D1143317

Terminaal

2536

Bezoek onze internetsite www.awbruna.nl
voor informatie over al onze boeken.

Robin Cook

Terminaal

Zwarte Beertjes
Utrecht

Oorspronkelijke titel: Terminal
© 1993 by Robin Cook
Vertaling: Marianne van der Heijden
Omslagontwerp: Studio Eric Wondergem
© 2007 A.W. Bruna Uitgevers B.V., Utrecht

Dit is een uitgave van A.W. Bruna Uitgevers B.V.
in samenwerking met Zwarte Beertjes.

ISBN 978 90 461 1246 5
NUR 313

Dankbetuigingen

Ik wil graag dr. Matthew Bankowski bedanken voor zijn geduld; eindeloos mocht ik vragen stellen op zijn vakgebied. Daarnaast toonde hij zich zeer bereidwillig het oorspronkelijke manuscript van *Terminaal* te lezen en van commentaar te voorzien.

Ik wil ook graag Phyllis Grann bedanken, mijn vriendin en redacteur, voor haar waardevolle inbreng. Ik wil me verontschuldigen voor eventuele schadelijke effecten die het te laat inleveren van het manuscript op haar levensduur zullen hebben.

Ten slotte zou ik de wetenschappelijke afdeling van het College van artsen en chirurgen aan de Universiteit van Columbia willen bedanken, omdat zij mij hebben ingewijd in de snelle ontwikkelingen in de moleculaire biologie.

Voor Jean, met liefde en waardering

Wetenschap zonder geweten is slechts het verwoesten van de ziel.

François Rabelais

Proloog

Helen Cabot werd langzaam wakker toen de dageraad door de winterse duisternis die Boston bedekte, begon te breken. Bleke, dunne lichtstraaltjes doorboorden de duisternis van de op de derde verdieping gelegen slaapkamer in haar ouderlijk huis aan Louisburg Square. Met gesloten ogen bleef ze nog even nagenieten onder het donzen dekbed van haar hemelbed. Ze voelde zich volkomen tevreden en was zich gelukkig niet bewust van de vreselijke moleculaire gebeurtenissen die binnen in haar hersenen plaatsvonden.

De kerstdagen waren minder plezierig geweest dan andere jaren. Om geen colleges te hoeven missen op Princeton, waar ze als eerstejaars student stond ingeschreven, had ze tussen kerst en nieuwjaar een afspraak gemaakt voor een dilatatie en curettage. De doktoren hadden haar beloofd dat de verwijdering van haar abnormaal taaie baarmoederslijmvlies een eind zou maken aan de hevige krampen die haar tijdens iedere menstruatie volledig uitschakelden. Ze hadden tevens beloofd dat het een routine-ingreep zou zijn. Maar dat was het niet geweest.

Ze draaide haar hoofd om en staarde naar het zachte, gefilterde ochtendlicht dat door de vitrage viel. Ze was zich niet bewust van naderend onheil. In feite voelde ze zich beter dan ze in dagen had gedaan. Hoewel de operatie probleemloos was verlopen en er zich slechts licht post-operatief ongemak had voorgedaan, had ze de derde dag na de ingreep last gekregen van ondraaglijke hoofdpijn, gevolgd door koorts, duizeligheid en, wat het meest verontrustend was, een onduidelijke spraak. Gelukkig waren de symptomen weer net zo snel verdwenen als ze opgekomen waren, maar toch stonden haar ouders erop dat ze haar afspraak met de neuroloog in het Massachusetts General Hospital nakwam.

Terwijl ze weer wegdommelde, hoorde ze nauwelijks waarneembare klikgeluidjes die afkomstig waren van het toetsenbord van haar vaders computer. Zijn werkkamer lag naast haar slaap-kamer. Ze opende haar ogen even om op de klok te kijken en be-sefte dat het nog maar net zeven uur was. Het was verbazingwek-kend hoe hard haar vader werkte. Als oprichter en president-directeur van een van de machtigste softwarebedrijven ter we-reld, kon hij het zich veroorloven op zijn lauweren te rusten. Maar dat deed hij niet. Hij was een gedreven, harde werker en de familie was als gevolg daarvan enorm welvarend en invloedrijk geworden.

Helaas hield de geborgenheid die haar familieomstandigheden haar verschaften er geen rekening mee dat de natuur geen eerbied heeft voor wereldse rijkdom en macht. De natuur gaat volgens haar eigen schema te werk. De gebeurtenissen die, zonder dat ze het wist, in haar hersenen plaatsvonden, werden gedicteerd door de DNA-moleculen waaruit haar genen waren opgebouwd. En op die dag in het begin van januari gingen vier genen in verscheide-ne van haar hersenzenuwcellen over tot het produceren van be-paalde gecodeerde proteïnen. Deze zenuwcellen hadden zich niet meer gedeeld sinds Helen een kind was, en dat was normaal. Maar vanwege deze vier genen en de eruit voortvloeiende prote-inen zouden deze zenuwcellen gedwongen zijn zich opnieuw te delen, en dat te blijven doen. Een bijzonder kwaadaardige kan-ker stond op het punt haar leven te verwoesten. Op eenentwin-tigjarige leeftijd was Helen Cabot potentieel 'terminaal', zonder dat ze daar zelf enig idee van had.

4 januari, 10.45 uur

Vergezeld door een licht zoemend geluid gleed Howard Pace uit de opening van het nieuwe MRI-apparaat in het University Hospital in St. Louis. Nog nooit in zijn leven was hij zo bang ge-weest. Ziekenhuizen en artsen hadden hem altijd al een vage angst ingeboezemd, maar nu hij ziek was, was zijn vrees tot volle ontwikkeling gekomen en allesoverheersend geworden.

Howard was op zijn zevenenveertigste kerngezond geweest, tot die beslissende dag midden oktober toen hij tijdens de halve fina-le van het jaarlijkse tennistoernooi van de Belvedere Country Club naar het net was gestormd. Hij had een knappend geluid ge-hoord en vervolgens was hij smadelijk onderuitgegaan terwijl de niet-teruggeslagen bal over zijn hoofd zeilde. De voorste gewrichtskruisband in zijn rechterknie was gescheurd.

Daarmee was het begonnen. Het letsel aan zijn knie was snel genoeg verholpen. Hoewel Howard nog een paar lichte klachten had, die door zijn artsen aan de nawerking van de narcose werden toegeschreven, was hij enkele dagen geleden weer aan het werk gegaan. Het was belangrijk voor hem geweest om weer snel te kunnen beginnen aangezien het runnen van een van de grootste nationale vliegtuigfabrieken toch al niet gemakkelijk was in een tijdperk waarin er sterk werd besnoeid op defensieuitgaven. Daar Howard nog met zijn hoofd in het bankschroefachtige MRI-apparaat vastzat, werd hij zich pas van de aanwezigheid van de technicus bewust toen de man zijn mond opendeed.

'Alles oké?' vroeg hij terwijl hij Howards hoofd losmaakte.

'Ja,' wist Howard met moeite uit te brengen. Hij loog. Zijn hart bonkte van angst. Hij was bang voor wat het onderzoek zou uitwijzen. Achter een glazen scheidingswand kon hij een groepje personen in witte jassen zien die een beeldscherm bestudeerden. Een van hen was Tom Folger, zijn arts. Ze stonden te wijzen en te gebaren en, wat hem het meest verontrustte, hun hoofd te schudden.

De narigheid was de dag tevoren begonnen. Howard was wakker geworden met hoofdpijn, iets wat zelden voorkwam tenzij hij te veel had gedronken, wat ditmaal niet het geval was geweest. In feite had hij sinds oudejaarsavond geen druppel meer gedronken. Nadat hij een paar aspirines had ingenomen en iets had gegeten, was de pijn minder geworden. Maar later op de ochtend had hij midden onder een directievergadering zonder enige waarschuwing moeten overgeven. Het was zo hevig en zo onverwacht geweest, zonder voorafgaande misselijkheid, dat hij niet eens de tijd had gehad zijn hoofd af te wenden en tot zijn grote ontzetting zijn onverteerde ontbijt over de vergadertafel had uitgebraakt.

Zodra zijn hoofd vrij was, probeerde hij rechtop te gaan zitten, maar door die beweging keerde zijn hoofdpijn in volle hevigheid terug. Hij liet zich weer achterover op de MRI-tafel zakken en sloot zijn ogen tot zijn dokter zacht zijn schouder aanraakte. Tom was al meer dan twintig jaar de internist van het hele gezin. Howard en hij waren door de jaren heen bevriend geraakt en ze kenden elkaar goed. De uitdrukking op Toms gezicht beviel hem niet.

'Het ziet er slecht uit, niet?' vroeg Howard.

'Ik ben altijd eerlijk tegen je geweest, Howard...'

'Wees dat nu dan ook,' fluisterde Howard. Hij wilde de rest eigenlijk niet horen, maar hij moest wel.

'Het ziet er niet zo best uit,' gaf Tom toe, met zijn hand nog altijd op Howards schouder. 'Er zijn meervoudige tumoren. Drie om precies te zijn. Dat wil zeggen dat we er drie kunnen zien.'

'Mijn god!' kreunde Howard. 'Het is ongeneeslijk, nietwaar?'

'Zo moeten we nu nog niet praten,' zei Tom.

'O, nee!' beet Howard hem toe. 'Je zei zojuist dat je altijd eerlijk tegen me bent geweest. Ik heb een simpele vraag gesteld. Ik heb er recht op het te weten.'

'Als je per se een antwoord wilt hebben, moet ik zeggen dat het terminaal zou kunnen zijn. Maar we weten het nog niet zeker. Voorlopig hebben we genoeg te doen. Allereerst moeten we erachter zien te komen waar het vandaan komt. Het feit dat het multifocaal is, wijst erop dat het ergens vandaan komt.'

'Laten we dan opschieten,' zei Howard. 'Ik wil dit de baas worden.'

4 januari, 1.25 uur

Toen Louis Martin voor het eerst wakker werd in de verkoeverkamer had hij het gevoel dat zijn keel was verschroeid door een acetyleenbrander. Hij had al eerder last gehad van keelpijn, maar dat was niets geweest vergeleken bij de pijn die hij had gevoeld toen hij na zijn operatie probeerde te slikken. Alsof dat nog niet erg genoeg was geweest, had hij ook nog een kurkdroge mond gehad.

De verpleegster die ineens aan zijn bed stond en uit het niets leek te zijn opgedoken, had uitgelegd dat het ongemak te wijten was aan de endotracheale slang die de anesthesist vóór de operatie had ingebracht. Ze gaf hem een vochtig washandje om op te zuigen en dat had de pijn verlicht.

Tegen de tijd dat hij per brancard werd teruggereden naar zijn kamer, was er een andere pijn komen opzetten, die ergens tussen zijn benen zat en die zich verspreidde naar de onderkant van zijn rug. Louis wist wat daarvan de oorzaak was. Het was de plek waar hij was geopereerd aan een vergrote prostaatklier. Dat verdraaide ding had hem ertoe gedwongen vier, vijf maal per nacht op te staan om te plassen. Hij had een afspraak voor de operatie gemaakt voor de dag na nieuwjaar. Dat was traditioneel een slappe tijd voor de computergigant waaraan hij leiding gaf.

Toen de pijn hem te machtig dreigde te worden, diende een andere verpleegster hem een dosis Demerol toe via het infuus dat nog altijd aan zijn linkerhand bevestigd was. Een fles met vocht hing aan een T-vormige stang boven het hoofdeinde van zijn bed.

Door de Demerol verdoofd viel hij weer in slaap. Hij wist niet precies hoeveel tijd er verstreken was toen hij zich ervan bewust werd dat er iemand naast zijn hoofd stond. Het kostte hem al zijn kracht om zijn ogen te openen; zijn oogleden voelden loodzwaar aan. Aan het hoofdeinde van zijn bed frunnikte een verpleegster met de plastic slangetjes die uit de infuusfles kwamen. In haar rechterhand had ze een injectiespuit.

'Wat is dat?' mompelde Louis. Hij klonk dronken.

De verpleegster glimlachte tegen hem.

'Het lijkt wel alsof je er een te veel op hebt,' zei ze.

Louis knipperde met zijn ogen terwijl hij zijn blik op het donkere gezicht van de vrouw probeerde te richten. In zijn verdoofde toestand vormde de verpleegster een nevelige vlek. Maar het klopte dat hij dronken klonk.

'Ik heb geen pijnstiller meer nodig,' bracht hij er met moeite uit.

'Het is geen pijnstiller,' zei de verpleegster.

'O,' zei Louis. Terwijl de verpleegster de injectienaald lostrok, drong het langzaam tot Louis door dat hij nog altijd niet wist wat ze hem had toegediend. 'Wat voor medicijn is het?' vroeg hij.

'Een wondermiddel,' zei de verpleegster terwijl ze vlug het dopje op de naald deed.

Louis lachte onwillekeurig. Hij stond op het punt nog een vraag te stellen, maar de verpleegster was hem al voor.

'Het is een antibioticum,' zei ze. Ze gaf hem een geruststellend kneepje in zijn schouder. 'En nu je ogen dicht en rusten.'

Louis liet zich grinnikend achterover op bed vallen. Hij hield van mensen met gevoel voor humor. In gedachten herhaalde hij wat de verpleegster had gezegd: een wondermiddel. Antibiotica waren inderdaad wondermiddelen, dat leed geen twijfel. Hij herinnerde zich dat dr. Handlin hem had verteld dat hij na zijn operatie misschien een antibioticakuur zou moeten volgen als voorzorgsmaatregel. Louis vroeg zich vaag af hoe het was geweest om in een ziekenhuis te liggen voordat antibiotica waren uitgevonden. Hij prees zich gelukkig dat hij in deze tijd leefde.

Louis volgde de suggestie van de verpleegster op, sloot zijn ogen en ontspande zijn lichaam. De pijn was er nog, maar dankzij het verdovende middel had hij er geen last van. Verdovende middelen waren ook wondermiddelen, net als narcosemiddelen. Louis gaf grif toe dat hij een lafaard was zodra het op pijn aankwam. Hij zou nooit een operatie hebben kunnen ondergaan in de tijd dat er nog geen enkel wondermiddel beschikbaar was geweest. Terwijl hij insluimerde, vroeg hij zich af wat voor soorten middelen de toekomst zou brengen. Hij besloot dr. Handlin naar zijn mening te vragen.

4 januari, 14.53 uur

Norma Taylor keek hoe de druppels in het reservoir vielen dat onder haar infuusfles hing. Het infuus ging via een catheter met een grote doorlaatopening haar linkerarm binnen. Ze had gemengde gevoelens ten opzichte van de medicijnen die ze kreeg. Ze hoopte dat de krachtige chemotherapeutische middelen haar borstkanker, die zich, zo had men haar verteld, tot aan haar lever en longen had verspreid, zouden genezen. Tegelijkertijd wist ze dat de medicijnen cellen doodden en in staat waren zowel haar lichaam als haar tumor totaal te verwoesten. Dr. Clarence had haar voor zoveel afschuwelijke neveneffecten gewaarschuwd dat ze bewust had geprobeerd zijn stem buiten te sluiten. Ze had genoeg gehoord en met een verdoofd, afstandelijk gevoel het toestemmingsformulier ondertekend.

Ze draaide zich om en keek uit het raam naar de intens blauwe lucht vol met enorme witte stapelwolken. Sinds er kanker bij haar was geconstateerd, deed ze haar best niet te vragen waarom het haar nu juist moest overkomen. Toen ze de knobbel voor het eerst had gevoeld, had ze gehoopt dat hij vanzelf weg zou gaan, zoals in het verleden zoveel knobbels hadden gedaan. Pas nadat er enkele maanden waren verstreken en de huid boven de knobbel ineens was gaan rimpelen, had ze zich ertoe gedwongen naar een dokter te gaan en vernomen dat haar vrees gegrond bleek te zijn geweest: de knobbel was kwaadaardig. Dus had ze vlak voor haar drieëndertigste verjaardag een complete mastectomie ondergaan. Ze was nog niet helemaal hersteld van de operatie toen de artsen met de chemotherapie begonnen.

Vastbesloten een einde te maken aan haar zelfbeklag, stak ze juist haar hand uit naar een roman toen de deur van haar privé-kamer openging. Ze keek niet eens op. Het verplegend personeel van het Forbes Cancer Center liep constant in en uit om haar infuus bij te stellen en haar medicijnen te injecteren. Ze was zo gewend geraakt aan het voortdurende komen en gaan dat het haar nauwelijks stoorde bij het lezen.

Pas toen de deur weer was gesloten, drong het tot haar door dat ze een nieuw middel had gekregen. De uitwerking was uniek; alle kracht vloeide uit haar weg. Zelfs het boek dat ze vasthield, viel uit haar handen. Maar het meest angstaanjagend was het effect op haar ademhaling: ze leek te stikken. In doodsangst probeerde ze lucht te krijgen, wat haar steeds meer moeite kostte, en al gauw was ze, op haar ogen na, totaal verlamd. Het laatste beeld dat ze had, was dat van de deur die langzaam werd geopend.

1

Vrijdag 26 februari, 9.15 uur

'Mijn god, daar komt ze aan!' zei Sean Murphy. Gejaagd greep hij de stapel dossiers die voor hem lag en dook het kamertje in achter de verpleegsterspost op de zevende verdieping van het Weber-gebouw van het Boston Memorial Hospital.

Peter Colbert, net als Sean derdejaarsstudent aan de medische faculteit van Harvard, keek verward om zich heen bij deze onverwachte storing. Hij kon niets ongewoons ontdekken. Alles zag eruit zoals op iedere andere afdeling Interne geneeskunde. De verpleegsterspost, waar de afdelingsadministrateur en vier gediplomeerde verpleegsters druk bezig waren, gonsde van bedrijvigheid. Enkele broeders duwden patiënten op brancards voort. Vanuit de lounge klonk orgelmuziek; het was de soundtrack van een soapserie die overdag werd uitgezonden. De enige persoon die hier niet thuishoorde, was de aantrekkelijke verpleegster die de balie naderde. Ze heette Janet Reardon en stond hoog genoteerd op Peters lijstje van mooie vrouwen. Hij wist dat ze uit een oude snobistische familie in Boston kwam en dat ze gereserveerd en onbereikbaar was.

Peter verliet de balie waar hij naast het rek met dossiers had gezeten en duwde de deur van het achterkamertje open. Het was een rommelkamertje met werkbladen op bureauhoogte, een computerterminal en een kleine koelkast. Hier vond na afloop van iedere dienst de overdracht plaats, en de verpleegsters die hun brood meebrachten gebruikten het als lunchkamertje. Achterin was een toiletruimte.

'Wat is er eigenlijk aan de hand?' informeerde Peter, die op z'n zachtst gezegd nieuwsgierig was. Sean leunde tegen de muur met zijn dossiers tegen zijn borst gedrukt.

'Doe de deur dicht!' gebood hij.

Peter stapte de kamer in. 'Heb je Reardon versierd?' Het was deels een vraag, deels een verbijsterd besef. Bijna twee maanden geleden, toen de derdejaarsstage van Peter en Sean begon, had

Sean Janet in het oog gekregen.

'Wie is dat in vredesnaam?' had Sean aan Peter gevraagd. Met open mond had hij staan kijken hoe een van de mooiste vrouwen die hij ooit had gezien van het aanrecht klom na iets van de onbereikbare bovenste plank van een muurkastje te hebben gepakt. Hij zag dat ze een figuur bezat dat ieder tijdschrift zou hebben gesierd.

'Ze is jouw type niet,' had Peter gezegd. 'Doe je mond dus maar dicht. Vergeleken bij jou is ze van koninklijken bloede. Ik ken een paar kerels die geprobeerd hebben een afspraak met haar te maken. Het is onmogelijk.'

'Niets is onmogelijk,' had Sean geantwoord terwijl hij Janet met stomme bewondering had gadegeslagen.

'Een straatjongen als jij zou niet eens het eerste honk halen,' had Peter gezegd. 'Laat staan een homerun maken.'

'Zullen we wedden?' had Sean hem uitgedaagd. 'Ik wed om vijf dollar dat je het mis hebt. Tegen het einde van onze stage zal ze naar mijn lichaam smachten.'

Peter had destijds alleen maar gelachen. Nu nam hij zijn medestudent met hernieuwd respect op. Hij had gemeend dat hij Sean gedurende de afgelopen twee slopende maanden had leren kennen, maar die wist hem op de laatste stagedag toch nog te verrassen.

'Kijk eens om het hoekje van de deur of ze al weg is,' zei Sean.

'Dit is belachelijk,' zei Peter, maar niettemin opende hij de deur op een kier. Janet stond aan de balie met Carla Valentine, de hoofdzuster, te praten. Peter deed de deur weer dicht.

'Ze staat hier pal voor de deur,' zei hij.

'Verdraaid!' riep Sean uit. 'Ik heb nu geen zin om met haar te praten. Ik heb veel te veel te doen en ik heb geen zin in een scène. Ze weet nog niet dat ik naar het Forbes Cancer Center in Miami ga voor mijn keuzevak. Ik wil het haar zaterdagavond pas vertellen. Ze zal vast en zeker woest zijn.'

'Je hebt dus echt iets met haar gehad?'

'Ja, we zijn behoorlijk intiem met elkaar geworden,' zei Sean. 'Dat is waar ook, ik krijg nog vijf dollar van je. Ik kan je wel vertellen dat het niet meeviel. In het begin wilde ze nauwelijks een woord met me wisselen. Maar uiteindelijk werden charme en volharding beloond. Volgens mij was het voornamelijk te danken aan het laatste.'

'En, is het een homerun geworden?' vroeg Peter.

'Doe niet zo grof,' zei Sean.

Peter lachte. 'Ik grof? Dit is een prachtig voorbeeld van de pot die de ketel verwijt dat hij zwart ziet.'

'Het probleem is dat ze serieus begint te worden,' zei Sean. 'Ze meent dat het feit dat we een paar keer samen hebben geslapen tot een vaste relatie zal leiden.'

'Denken jullie erover om te gaan trouwen?' vroeg Peter.

'Ik niet,' antwoordde Sean. 'Maar zij volgens mij wel. Het is krankzinnig, te meer omdat haar ouders mijn bloed wel kunnen drinken. En verdraaid nog aan toe, ik ben pas zesentwintig.'

Peter deed opnieuw de deur open. 'Ze staat nog steeds te praten met een van de andere verpleegsters. Ik denk dat ze pauze heeft.'

'Geweldig!' zei Sean sarcastisch. 'Ik denk dat ik hier wel kan werken. Ik moet mijn notities af hebben voordat Opname met een nieuw geval komt.'

'Ik houd je wel gezelschap,' zei Peter. Hij ging de gang op en keerde terug met een paar van zijn eigen dossiers.

Ze werkten in stilte en maakten gebruik van de indexkaartjes van acht bij vijftien die ze op zak hadden en waar de laatste laboratoriumuitslagen van de hun toegewezen patiënten op stonden. Het was de bedoeling dat ieder geval kort samengevat werd voor de medische studenten die per 1 maart stage zouden gaan lopen.

'Dit is mijn interessantste geval geweest,' zei Sean na ongeveer een half uur. Hij stak een omvangrijk dossier omhoog. 'Als zij er niet geweest was, zou ik niet eens van het Forbes Cancer Center hebben gehoord.'

'Heb je het over Helen Cabot?' vroeg Peter.

'Precies,' antwoordde Sean.

'Jij hebt alle interessante gevallen gekregen, schurk. En Helen is nog een schoonheid ook. Verdraaid, in haar geval smeekten de specialisten erom bij haar te worden geroepen.'

'Ja, maar deze schoonheid bleek meervoudige hersentumoren te hebben,' zei Sean. Hij opende het dossier en bekeek vluchtig enkele van de tweehonderd pagina's. 'Het is triest. Ze is pas eenentwintig en duidelijk terminaal. Haar enige hoop is dat ze wordt geaccepteerd door het Forbes. Ze hebben daar fenomenaal veel geluk gehad met het soort tumor dat zij heeft.'

'Is haar pathologisch rapport al klaar?'
'Het is gisteren binnengekomen,' zei Sean. 'Ze heeft medullo-blastoma. Het is vrij zeldzaam; slechts zo'n twee procent van alle hersentumoren zijn van dit type. Ik heb er wat over gelezen, zodat ik vanmiddag tijdens de ronde heb kunnen uitblinken. Het komt eigenlijk alleen maar voor bij kinderen.'
'Zij is dus een ongelukkige uitzondering,' merkte Peter op.
'Niet echt,' zei Sean. 'Twintig procent van de medulloblastoma-gevallen komt voor bij patiënten van boven de twintig. Wat iedereen verbaasde, en wat de reden was dat niemand zelfs maar bij benadering het celtype vermoedde, was dat ze meervoudige tumoren had. Haar behandelend geneesheer meende aanvankelijk dat ze metastatische kanker had, vermoedelijk van een eierstok. Maar hij had het mis. Nu bereidt hij een artikel voor het *New England Journal of Medicine* voor.'
'Iemand zei dat ze niet alleen mooi maar ook rijk was,' zei Peter.
'Haar vader is hoofddirecteur van Software Limited,' zei Sean. 'De Cabots zitten er duidelijk warmpjes bij. Met al hun geld kunnen ze zich zonder meer een plaats in het Forbes veroorloven. Ik hoop dat ze in Miami iets voor haar kunnen doen. Behalve mooi is ze ook heel aardig. Ik heb vrij veel tijd met haar doorgebracht.'
'Denk erom, artsen mogen niet verliefd worden op hun patiënten,' zei Peter.
'Helen Cabot zou een heilige in bekoring kunnen brengen.'

Janet Reardon nam de trap naar de afdeling Kindergeneeskunde op de vijfde verdieping. Ze had de vijftien minuten koffiepauze gespendeerd aan het opsporen van Sean. De verpleegsters op de zevende zeiden dat ze hem zojuist nog aan zijn notities hadden zien werken, maar ze hadden er geen flauw idee van waar hij naartoe was gegaan.
Janet maakte zich zorgen. Ze sliep al enkele weken slecht en werd om vier of vijf uur 's morgens wakker, lang voordat haar wekker afliep. Het probleem was Sean en hun relatie. Toen ze hem voor het eerst had ontmoet, had zijn ruwe, brutale houding haar afgestoten, hoewel zijn knappe, zuidelijke gelaatstrekken, zwarte haren en opvallend blauwe ogen aantrekkingskracht op haar hadden uitgeoefend. Voordat ze Sean had ontmoet, had ze niet geweten wat er met 'een zwarte Ier' werd bedoeld.

Toen Sean haar na begon te lopen, had Janet zich aanvankelijk verzet. Ze vond dat ze niets gemeen hadden, maar hij weigerde genoegen te nemen met nee. En zijn scherpe verstand prikkelde haar nieuwsgierigheid.

Ze ging ten slotte met hem uit in de veronderstelling dat één afspraakje direct een einde zou maken aan de aantrekkingskracht. Maar dat was niet gebeurd en ze ontdekte al gauw dat zijn rebelse houding een krachtige uitdaging vormde. Ze was als een blad aan een boom omgeslagen en tot de conclusie gekomen dat al haar vroegere vriendjes te voorspelbaar waren geweest. Plotsklaps realiseerde ze zich dat haar ik-gevoel verbonden was geweest met de verwachting van een huwelijk zoals dat van haar ouders, met iemand die conventioneel acceptabel was. Toen had Seans ruwe aantrekkingskracht een ferme greep op haar hart gekregen en was ze verliefd geworden.

Toen ze bij de verpleegsterspost op de pediatrische afdeling gekomen was, ontdekte ze dat ze nog vijf minuten pauze overhad. Ze duwde de deur van het kamertje achter de balie open en begaf zich naar het gemeenschappelijke koffiezetapparaat. Ze had een oppepper nodig om de rest van de dag door te komen.

'Je ziet eruit alsof je zojuist een patiënt hebt verloren.'

Janet draaide zich om en zag dat het Dorothy MacPherson was, een afdelingsverpleegster met wie ze bevriend was geraakt. Dorothy had haar voeten op het werkblad gelegd.

'Misschien is dit wel even erg,' zei Janet terwijl ze koffie inschonk. Ze stond zich slechts een half bekertje toe. Gewoonlijk dronk ze na het middaguur geen koffie meer. Ze liep naar Dorothy en liet zich zwaar in een van de metalen bureaustoelen vallen. 'Mannen!' voegde ze er met een gefrustreerde zucht aan toe.

'Een bekende klacht,' zei Dorothy.

'Mijn relatie met Sean Murphy zit helemaal in het slop,' zei Janet ten slotte.

'Het zit me echt dwars en ik moet er iets aan doen. Bovendien,' voegde ze er lachend aan toe, 'het laatste wat ik wil, is mijn moeder te moeten bekennen dat ze van meet af aan gelijk heeft gehad wat hem betreft.'

Dorothy glimlachte. 'Daar kan ik in komen.'

'Het is al zover gekomen dat ik denk dat hij me ontloopt,' zei Janet.

'Hebben jullie erover gesproken?' vroeg Dorothy.

'Ik heb het geprobeerd,' zei Janet. 'Maar over gevoelens praten is niet een van zijn sterke punten.'

'Dat doet er niet toe,' zei Dorothy. 'Misschien moet je vanavond met hem uitgaan en hem zeggen wat je net tegen mij hebt gezegd.'

'Ha!' Janet lachte smalend. 'Het is vrijdagavond, dus dat kan niet.'

'Heeft hij wachtdienst?'

'Nee. Iedere vrijdag ontmoeten hij en zijn oude buurtvriendjes elkaar in een bar. Vriendinnen en echtgenotes zijn niet welkom. Het is het spreekwoordelijke avondje uit met jongens onder elkaar. En in zijn geval is het een soort Ierse traditie, met knokpartijen en al.'

'Het klinkt walgelijk,' zei Dorothy.

'Na vier jaar Harvard, een jaar moleculaire biologie aan het MIT en drie jaar medicijnen, zou je verwachten dat hij het ontgroeid was. Maar die vrijdagavonden lijken juist steeds belangrijker voor hem te worden.'

'Ik zou het niet pikken,' zei Dorothy. 'Ik dacht dat de golfverslaving van mijn man al erg was, maar dat is niets vergeleken bij dit. Gaan ze ook met vrouwen uit op deze escapades?'

'Soms gaan ze naar een stripteasetent in Revere. Maar meestal drinken ze alleen maar bier, tappen ze moppen en kijken ze naar sport op een grootbeeld-t.v. Zo heeft hij het tenminste afgeschilderd. Uiteraard ben ik er nooit bij geweest.'

'Misschien moet je je eens afvragen waarom je eigenlijk met hem omgaat,' zei Dorothy.

'Dat heb ik gedaan,' antwoordde Janet. 'Zeker de laatste tijd, omdat we zo weinig contact hebben gehad. Het is zelfs moeilijk tijd te vinden om met hem te praten. Hij heeft niet alleen zijn studie maar ook zijn onderzoek omdat hij tegelijkertijd afstudeert en promoveert.'

'Hij is vast heel intelligent,' merkte Dorothy op.

'Dat is zijn enige pluspunt,' zei Janet. 'En zijn lichaam.'

Dorothy lachte. 'Er zijn in ieder geval een paar dingen die je ellende rechtvaardigen. Maar ik zou dat kinderachtige vrijdagavondgedoe niet pikken als ik jou was. Verdorie, ik zou die tent binnenmarcheren en hem ongelooflijk voor schut zetten. Man-

19

nen zijn weliswaar net kleine jongens, maar er zijn grenzen.'
'Ik weet niet of ik dat zou kunnen,' zei Janet. Terwijl ze een slok-je koffie nam, dacht ze over het idee na. Het probleem was dat ze haar leven lang passief was geweest, de dingen liet gebeuren en pas naderhand reageerde. Daardoor raakte ze misschien in dit soort moeilijkheden verzeild. Misschien moest ze zich eens wat assertiever gaan opstellen.

'Verdraaid, Marcie!' schreeuwde Louis Martin. 'Waar zijn die begrotingen verdomme? Ik heb je gezegd dat je ze op mijn bu-reau moest leggen.' Om zijn ongenoegen extra te benadrukken sloeg Louis met zijn hand op zijn in leer gebonden vloeiblad, waarbij een stel papieren opwaaiden. Hij was al prikkelbaar sinds hij om half vijf die ochtend met een doffe hoofdpijn wak-ker was geworden. Toen hij in de badkamer naar aspirine zocht, had hij in de wastafel gebraakt. Het voorval had hem geschokt. Het kokhalzen was plotseling begonnen en niet voorafgegaan door misselijkheid.
Marcie Delgado kwam haastig het kantoor van haar baas binnen. Hij liep de hele dag al tegen haar te snauwen en aanmerkingen te maken. Dociel schoof ze een stapel paperassen naar hem toe die met een paperclip eraan op de hoek van zijn bureau lag. Er stond met blokletters op de omslag: BEGROTINGEN VOOR DIRECTIEVERGA-DERING VAN 26 FEBRUARI.
Zonder haar te bedanken, laat staan zijn excuses aan te bieden, griste Louis de documenten van het bureau en stormde het kan-toor uit. Maar hij kwam niet ver. Na zes stappen kon hij zich niet meer herinneren waar hij naartoe wilde gaan. Toen het be-gon te dagen dat hij op weg was naar de directiekamer, wist hij niet precies welke deur het was.
'Goedemiddag, Louis,' zei een van de directieleden, die achter hem opdook en de deur aan de rechterkant opende.
Louis ging met een gedesoriënteerd gevoel de kamer binnen. Hij wierp een steelse blik op de personen die rondom de lange verga-dertafel zaten. Tot zijn ontsteltenis herkende hij geen enkel ge-zicht. Hij sloeg zijn ogen neer, staarde naar de bundel paperassen die hij had meegebracht en liet ze uit zijn trillende handen glij-den.
Louis Martin bleef nog een ogenblik staan terwijl het gemompel

in de kamer wegebde. Alle ogen waren gericht op zijn gezicht, dat lijkbleek was geworden. Toen draaiden Louis' ogen omhoog en kromde zijn rug zich. Hij viel achterover en zijn hoofd raakte met een doffe bons het tapijt. Terwijl hij de vloer raakte, begon zijn lichaam te trillen en werd hij overmand door wilde tonische en klonische spiercontracties.

Geen van Louis' mede-directieleden had ooit meegemaakt dat iemand een toeval kreeg en een ogenblik waren ze allen verbijsterd. Ten slotte overwon een van hen de schrik en kwam de zieke voorzitter te hulp. Toen pas reageerden anderen door naar nabijgelegen telefoons te rennen om hulp in te roepen.

Tegen de tijd dat de ambulance arriveerde, was de toeval voorbij. Afgezien van een beetje hoofdpijn en een gevoel van lethargie voelde Louis zich betrekkelijk normaal. Hij voelde zich niet langer gedesoriënteerd. Hij was wel ontzet toen hij vernam dat hij een toeval had gehad. Wat hem betrof, was hij alleen maar flauwgevallen.

De eerste persoon die Louis op de Eerste Hulp van het Boston Memorial Hospital zag, was een inwonend arts die zich voorstelde als George Carver. George leek gejaagd maar grondig. Na een voorbereidend onderzoek vertelde hij Louis dat hij zou moeten worden opgenomen, ook al was Louis' eigen internist, Clarence Handlin, nog niet geconsulteerd.

'Is een toeval ernstig?' vroeg Louis. Na de operatie aan zijn prostaat twee maanden geleden trok het vooruitzicht weer te moeten worden opgenomen hem niet bepaald aan.

'We zullen een neuroloog raadplegen,' zei George.

'Maar wat is úw mening?' wilde Louis weten.

'Een plotseling optredend toeval bij een volwassene wijst op een structurele afwijking in de hersenen,' zei George.

'Zou u het in gewone woorden kunnen zeggen?' vroeg Louis. Hij haatte medisch jargon.

De arts schuifelde nerveus heen en weer. 'Structureel betekent precies wat het zegt,' zei hij ontwijkend. 'Iets abnormaals met de hersenen zelf, niet alleen met hun functie.'

'U bedoelt iets als een hersentumor?' vroeg Louis.

'Het zou een tumor kunnen zijn,' antwoordde George met tegenzin.

'Mijn god!' zei Louis. Het koude zweet brak hem uit.

Nadat hij de patiënt zo goed mogelijk had gekalmeerd, ging George naar het centrale gedeelte van de Eerste Hulp-zaal, die door degenen die er werkten de 'kuil' werd genoemd. Eerst ging hij na of Louis' eigen arts al had gebeld. Dat bleek niet het geval te zijn. Daarna piepte hij een inwonend neuroloog op. Bovendien droeg hij de receptionist van de Eerste Hulp-afdeling op de medische student die aan de beurt was voor de volgende opname op te piepen.

'Wie is dat eigenlijk,' vroeg George aan de receptionist terwijl hij terugkeerde naar het hokje waar Louis Martin zat te wachten.

'Sean Murphy,' zei de receptionist.

'Shit!' zei Sean toen zijn pieper ging. Hij wist zeker dat Janet al lang was verdwenen, maar voor alle zekerheid opende hij de deur behoedzaam en keek spiedend rond. Hij zag haar niet, dus ging hij de gang op. Hij moest de telefoon op de verpleegsterspost gebruiken omdat Peter het toestel in de achterkamer bezet hield om de laatste labuitslagen te bemachtigen.

Voordat hij een nummer draaide, liep hij naar Carla Valentine, de hoofdverpleegster. 'Zijn júllie soms op zoek naar mij?' vroeg hij hoopvol. Hij hoopte dat dat zo was omdat de oproep dan een of andere gemakkelijke corveeklus zou betekenen. Hij vreesde echter dat de oproep afkomstig was van Opname of Eerste Hulp.

'Wij hebben je momenteel niet nodig,' zei Carla.

Sean draaide het nummer van de centrale en hoorde het slechte nieuws. Het was inderdaad de Eerste Hulp met een opname.

Omdat hij het opnemen van de ziektegeschiedenis en het lichamelijk onderzoek zo snel mogelijk achter de rug wilde hebben, groette hij Peter, die nog altijd aan de telefoon was, en ging naar beneden.

Onder normale omstandigheden hield Sean van de Eerste Hulpafdeling met haar opgewonden en gehaaste sfeer. Maar op de middag van zijn laatste stagedag had hij geen zin in een nieuw geval. Het onderzoeksverslag dat van een stagiaire werd verwacht, kostte uren en besloeg tussen de vier en de tien dichtbeschreven bladzijden aantekeningen.

'Het is een interessant geval,' zei George toen Sean arriveerde. Hij wachtte op een verbinding met de afdeling radiologie.

'Dat zeg je altijd,' zei Sean.

'Echt waar,' zei George. 'Heb je ooit papilledema gezien?'
Sean schudde zijn hoofd.
'Pak een oogspiegel en kijk naar de zenuwuiteinden in beide ogen van die man. Ze zien eruit als miniatuurbergen. Dat betekent dat de druk binnen de schedel verhoogd is.' George schoof een klembord over de balie naar Sean toe.
'Wat heeft hij?' informeerde Sean.
'Ik vermoed een hersentumor,' zei George. 'Hij heeft een toeval gehad op zijn werk.'
Op dat moment kreeg George een radiologie-medewerker aan de lijn en maakte hij een afspraak voor een spoed-CAT-onderzoek. Sean pakte de oogspiegel en ging naar Louis Martin. Sean was bepaald niet handig met het instrument, maar door volharding van zijn kant en geduld van Louis' zijde slaagde hij erin vluchtige glimpen op te vangen van de onregelmatige zenuwuiteinden.
Zelfs in het gunstigste geval waren het opnemen van een ziektegeschiedenis en het verrichten van lichamelijk onderzoek inspannend, en het feit dat het op de Eerste Hulp-afdeling en daarna op de röntgenafdeling moest worden gedaan in afwachting van een CAT-onderzoek, maakte het nog moeilijker. Sean hield vol en stelde zoveel vragen als hij kon bedenken, vooral over de huidige klachten. Sean vernam als eerste dat Louis Martin ongeveer een week na zijn prostaatoperatie begin januari last had gehad van voorbijgaande hoofdpijn, koorts, misselijkheid en braken. Sean had deze informatie gekregen vlak voordat Louis' uitgebreide CAT-onderzoek begon. De technicus sommeerde Sean de CAT-scankamer te verlaten en naar de regelkamer te gaan.
Behalve de technicus die de CAT-scanner bediende, waren er een aantal andere mensen in de regelkamer, onder wie dr. Clarence Handlin, de internist van Louis Martin, George Carver, de inwonende arts en Harry O'Brien, de dienstdoende neuroloog. Ze hadden zich rond de monitor geschaard in afwachting van de eerste 'doorsneden'.
Sean nam George apart en vertelde hem over de hoofdpijn, koorts en misselijkheid.
'Een goed aanknopingspunt,' zei George terwijl hij nadenkend over zijn kin streek. Hij probeerde de symptomen in verband te brengen met het onderhavige probleem. 'Die koorts komt me nogal vreemd voor,' zei hij. 'Zei hij dat het hoge koorts was?'

'Matig,' zei Sean. 'Negenendertig. Hij zei dat het op een verkoudheid of een lichte griep leek. Wat het ook is geweest, het ging allemaal over.'

'Het zou ermee in verband kunnen staan,' zei George. 'Hij is in ieder geval ernstig ziek. Het voorbereidende CAT-onderzoek liet twee tumoren zien. Herinner je je Helen Cabot, die boven ligt?'

'Hoe zou ik haar kunnen vergeten?' zei Sean. 'Ze is nog steeds mijn patiënte.'

'De tumoren van deze man lijken heel veel op die van haar,' zei George.

Het groepje artsen rondom de monitor begon opgewonden te praten. De eerste doorsneden verschenen. Sean en George gingen achter hen staan en keken over hun schouders mee.

'Daar zijn ze weer,' zei Harry, terwijl hij met de punt van zijn reflexhamer wees. 'Het zijn ongetwijfeld tumoren. En hier is nog een kleintje.'

Sean rekte zijn hals uit om het te kunnen zien.

'Hoogstwaarschijnlijk uitzaaiingen,' zei Harry. 'Meervoudige tumoren als deze moeten van elders komen. Was zijn prostaataandoening goedaardig?'

'Volkomen,' zei dr. Handlin. 'Hij is zijn leven lang goed gezond geweest.'

'Rookt hij?' vroeg Harry.

'Nee,' zei Sean. De mensen vooraan gingen opzij om Sean een beter zicht op de monitor te gunnen.

'We zullen een volledig metastatisch onderzoek moeten doen,' zei Harry.

Sean boog zich over naar de monitor. De plekken waar de opname minder sterk was, waren zelfs voor zijn onervaren oog duidelijk te onderscheiden. Maar wat hem vooral trof, was hoezeer ze op Helen Cabots tumoren leken, zoals George al had gezegd. En net als die van haar bevonden ze zich allemaal in de grote hersenen. Dat was bij Helen Cabot nogal opvallend geweest, omdat medulloblastoma's over het algemeen voorkwamen in de kleine hersenen en niet in de grote.

'Ik weet dat je statistisch gezien moet denken aan een metastase van long, dikke darm of prostaat,' zei George. 'Maar hoe groot is de kans dat we een tumor zien die gelijk is aan die van Helen Cabot? Met andere woorden, multifocale primaire hersenkanker zoals medulloblastoma.'

Harry schudde zijn hoofd. 'Denk erom, als je hoefgetrappel hoort, moet je aan paarden denken en niet aan zebra's. Helen Cabots geval is uniek, alhoewel er onlangs een paar soortgelijke gevallen zijn gerapporteerd. Niettemin durf ik met iedereen te wedden dat we hier naar metastatische tumoren kijken.'

'Op welke afdeling moet hij volgens jou worden opgenomen?' vroeg George.

'Het is lood om oud ijzer,' zei Harry. 'Als hij op neurologie komt, zal er een consult Interne geneeskunde nodig zijn voor het metastatische onderzoek, en als hij op de interne afdeling komt, is er een neurologisch consult nodig.'

'Wij hebben Cabot genomen dus waarom nemen jullie hem niet?' stelde George voor. 'Jullie werken trouwens beter samen met Neurochirurgie.'

'Mij best,' antwoordde Harry.

Sean kreunde inwendig. Al zijn werk aan de ziektegeschiedenis en het lichamelijk onderzoek was voor niets geweest. Aangezien de patiënt op Neurologie zou worden opgenomen, zou de student op die afdeling met de eer gaan strijken. Maar het betekende in ieder geval dat hij nu vrij was.

Sean beduidde George dat hij hem straks tijdens de patiëntenronde weer zou zien en glipte de CAT-scankamer uit. Hoewel hij achter was met zijn aantekeningen, nam hij de tijd om een bezoek af te leggen. Nadat hij over Helen Cabot had nagedacht en gesproken, wilde hij haar zien. Hij stapte op de zevende verdieping uit de lift, liep rechtstreeks naar kamer 708 en klopte op de halfopenstaande deur.

Ondanks haar geschoren hoofd en een reeks blauwe markeerstrepen op haar schedel, slaagde Helen Cabot erin er aantrekkelijk uit te zien. Haar verfijnde gelaatstrekken benadrukten haar grote heldergroene ogen. Haar huid had de doorschijnende perfectie van een fotomodel. Maar ze zag bleek en het leed geen twijfel dat ze ziek was. Toch klaarde haar gezicht op toen ze Sean zag.

'Mijn lievelingsdokter,' zei ze.

'Aanstaande dokter,' verbeterde Sean haar. Hij hield er niet van zich als dokter voor te doen, zoals zoveel medische studenten deden. Sinds hij de middelbare school had verlaten, had hij zich een bedrieger gevoeld die eerst de rol van student speelde, daarna die van medewerker aan het MIT en nu die van medisch student.

'Heb je het goede nieuws al gehoord?' vroeg Helen. Ze ging rechtop zitten, hoewel de vele epileptische aanvallen die ze had gehad, haar ernstig hadden verzwakt.

'Vertel het me eens,' zei Sean.

'Ik ben geaccepteerd als patiënt in het Forbes Cancer Center,' zei Helen.

'Fantastisch!' antwoordde Sean. 'Nu kan ik je vertellen dat ik daar zelf ook naartoe ga. Ik durfde er niet over te beginnen zolang het niet zeker was dat jij ook zou gaan.'

'Wat een schitterende samenloop van omstandigheden!' zei Helen. 'Nu zal ik daar een vriend hebben. Je weet vermoedelijk wel dat ze met mijn speciale soort tumor honderd procent remissie hebben gehad.'

'Ik weet het,' zei Sean. 'Hun resultaten zijn ongelooflijk. Maar het is geen toeval dat we er samen naartoe gaan. Het was jouw geval dat me attent maakte op het Forbes. Zoals ik je al heb gezegd, heeft mijn onderzoek te maken met de moleculaire basis van kanker. Dus het is buitengewoon opwindend voor me om een kliniek te ontdekken waar ze honderd procent succes hebben met de behandeling van deze specifieke kanker. Het verbaast me dat ik er nog niets over gelezen heb in de medische vakbladen. Enfin, ik wil ernaartoe om erachter te komen wat ze precies doen.'

'Hun behandeling is nog in een experimenteel stadium,' zei Helen. 'Dat heeft mijn vader me nadrukkelijk verteld. We denken dat ze hun resultaten nog niet hebben gepubliceerd omdat ze eerst volkomen zeker willen zijn van hun aanspraken. Maar of ze hebben gepubliceerd of niet, ik popel om ernaartoe te gaan en met de behandeling te beginnen. Het is het eerste sprankje hoop sinds deze nachtmerrie is begonnen.'

'Wanneer ga je?' informeerde Sean.

'Volgende week. En jij?'

'Ik ga zondag bij het ochtendkrieken op weg. Ik moet er dinsdagochtend vroeg zijn. Ik zal op je wachten.' Sean pakte haar bij haar schouder.

Helen legde glimlachend haar hand op die van Sean.

Nadat Janet haar werk had overgedragen, keerde ze terug naar de zevende verdieping om Sean te zoeken. Opnieuw zeiden de verpleegsters dat hij er zojuist was geweest, maar kennelijk al weer weg was. Ze stelden voor hem op te piepen, maar Janet wilde hem overrompelen. Aangezien het nu na vieren was, meende ze dat de beste plek om hem te vinden het lab van dr. Clifford Walsh zou zijn. Dr. Walsh was Seans studiebegeleider.

Om er te komen moest Janet het ziekenhuis verlaten, zich schrap zetten tegen de winterse wind en Longfellow Avenue gedeeltelijk aflopen, het vierkante plein van de medische faculteit oversteken en de trap naar de derde verdieping nemen. Voordat ze de deur van het lab had geopend, wist ze al dat ze goed geraden had. Ze herkende Seans gestalte door het matglas. Het was voornamelijk de wijze waarop hij zich bewoog die zo vertrouwd was. Hij bewoog zich verrassend gracieus voor iemand met zo'n stevige, gespierde bouw. Hij maakte geen overbodige bewegingen, maar ging snel en efficiënt te werk.

Janet ging het vertrek binnen en aarzelde toen ze de deur achter zich had gesloten.

Een ogenblik genoot ze ervan Sean gade te slaan. Behalve Sean waren er nog drie mensen geconcentreerd aan het werk. Een radio speelde klassieke muziek. Er werd niet gesproken.

Het was een tamelijk ouderwets en rommelig lab met werkbladen van speksteen. De nieuwste apparatuur waren de computers en een reeks analyseapparaten van het formaat van een bureau. Sean had verschillende malen het onderwerp van zijn proefschrift voor haar beschreven, maar Janet was er nog altijd niet honderd procent zeker van dat ze het allemaal begreep. Hij zocht specifieke genen, oncogenen genaamd, die het vermogen bezaten een cel aan te moedigen kankerachtig te worden. Sean had uitgelegd dat oncogenen van oorsprong normale 'cellulaire controle'-genen leken te zijn die de neiging hadden bepaalde soorten virussen, genaamd retrovirussen te vangen teneinde virale produktie in toekomstige gastheercellen te stimuleren.

Janet had tijdens deze uitleg op gepaste momenten geknikt, maar ze had zich er steevast op betrapt dat ze geïnteresseerder was in Seans geestdrift dan in de materie. Ze besefte ook dat ze wat meer zou moeten lezen op het gebied van moleculaire genetica als ze Seans speciale onderzoeksterrein wilde begrijpen. Sean had de neiging aan te nemen dat ze meer kennis bezat dan ze in werkelijkheid deed, op een gebied waar in duizelingwekkend tempo vorderingen werden gemaakt.

Terwijl Janet Sean vanaf de deur gadesloeg en goedkeurend de V bekeek die zijn brede schouders en smalle taille vormden, werd ze nieuwsgierig naar wat hij op dat moment deed. Anders dan tijdens de vele bezoeken die ze de afgelopen twee maanden had afgelegd, was hij niet bezig een van de analyseapparaten in werking te zetten. In plaats daarvan leek hij spullen weg te zetten en op te ruimen.

Nadat ze enkele minuten had toegekeken in de verwachting dat hij haar zou opmerken, deed ze een stap naar voren en ging ze pal naast hem staan. Met haar 1 meter 70 was Janet niet erg klein en aangezien Sean maar 1 meter 73 was, konden ze elkaar min of meer in de ogen kijken, vooral als Janet schoenen met hoge hakken droeg.

'Mag ik weten wat je aan het doen bent?' vroeg Janet abrupt.

Sean schrok. Hij was zo geconcentreerd bezig geweest, dat hij haar aanwezigheid niet had gevoeld.

'Gewoon aan het opruimen,' zei hij schuldbewust.

Janet leunde voorover en keek in zijn helderblauwe ogen. Hij beantwoordde haar blik een ogenblik en wendde toen het hoofd af.

'Aan het opruimen?' vroeg Janet. Haar blik gleed over de nu maagdelijke werkbank. 'Wat een verrassing.' Ze richtte haar blik weer op zijn gezicht. 'Wat is er aan de hand? Je werkplek heeft er nog nooit zo onberispelijk uitgezien. Ben je me iets vergeten te vertellen?'

'Nee,' antwoordde Sean. Hij zweeg even alvorens eraan toe te voegen: 'Tja, toch wel. Ik neem twee maanden onderzoeksverlof.'

'Waar?'

'In Miami, Florida.'

'Was je niet van plan het me te vertellen?'

'Natuurlijk wel. Ik was van plan het je morgenavond te vertellen.'

'Wanneer vertrek je?'

'Zondag.'

Janet keek woedend het vertrek rond. Ze trommelde geërgerd

met haar vingers op het blad. Ze vroeg zich af wat ze had misdaan om zo'n behandeling te verdienen. Ze keek Sean weer aan en zei: 'Je was van plan te wachten tot de avond voor je vertrek om me dit te vertellen?'

'Het is deze week pas ter sprake gekomen. Twee dagen geleden wist ik het pas zeker. Ik wilde het juiste moment afwachten.'

'Gezien onze relatie zou het juiste moment zijn geweest direct nadat je zekerheid had. Miami? Waarom nu?'

'Herinner je je die patiënte over wie ik je heb verteld? De vrouw met medulloblastoma?'

'Helen Cabot? Die aantrekkelijke studente?'

'Die bedoel ik,' zei Sean. 'Toen ik over haar tumor las, ontdekte ik...' Hij zweeg.

'Wat ontdekte je?' wilde Janet weten.

'Een van de behandelende geneesheren zei dat haar vader had gehoord over een behandeling waarmee kennelijk honderd procent resultaat wordt bereikt. Deze wordt uitsluitend toegepast in het Forbes Cancer Center in Miami.'

'Dus besloot je te gaan. Zomaar.'

'Niet precies,' zei Sean. 'Ik sprak met dokter Walsh, die toevallig de directeur, een zekere Randolph Mason, kent. Een aantal jaren geleden hebben ze samengewerkt aan het NIH. Dokter Walsh vertelde hem over mij en zorgde ervoor dat ik werd uitgenodigd.'

'Het is het verkeerde moment hiervoor,' zei Janet. 'Je weet dat ik me ongerust heb gemaakt over ons.'

Sean haalde zijn schouders op. 'Dat spijt me. Maar ik heb er nu de tijd voor en dit kan belangrijk zijn. Mijn onderzoek heeft te maken met de moleculaire basis van kanker. Als ze honderd procent remissie kennen bij een specifieke tumor, moet dat gevolgen hebben voor alle soorten kanker.'

Janet voelde zich slap. Ze was pijnlijk getroffen. Seans afwezigheid van twee maanden leek haar op dit moment het ergste wat kon gebeuren. Toch waren zijn motieven nobel. Hij ging niet naar de Club Med of iets dergelijks. Hoe kon ze kwaad worden of proberen het hem te verbieden? Ze voelde zich totaal verward.

'Er zijn telefoons,' zei Sean. 'Ik ga niet naar de maan. Het is maar voor een paar maanden. En je begrijpt dat dit heel belangrijk zou kunnen zijn.'

'Belangrijker dan onze relatie?' liet Janet zich ontvallen. 'Belangrijker dan onze verdere levens?' Ze voelde zich bijna meteen belachelijk. Zulke opmerkingen klonken zo kinderachtig.

'Laten we geen appels met peren vergelijken,' zei Sean.

Janet zuchtte diep en drong de tranen terug. 'Laten we er later over praten,' wist ze uit te brengen. 'Dit is niet bepaald de juiste plek voor een emotionele uitbarsting.'

'Vanavond kan ik niet,' zei Sean. 'Het is vrijdag en...'

'En je moet naar die stomme bar,' snauwde Janet. Ze zag dat enkele andere mensen in het lab zich omdraaiden en naar hen staarden.

'Janet, praat wat zachter!' zei Sean. 'We zien elkaar als afgesproken zaterdagavond. Dan kunnen we praten.'

'Aangezien je weet hoe overstuur je vertrek me maakt, snap ik niet waarom je het drinken met je flutvrienden niet een keer kunt opgeven.'

'Pas op, Janet,' waarschuwde Sean. 'Mijn vrienden zijn belangrijk voor me. Ze vormen mijn wortels.'

Een ogenblik keken ze elkaar aan, terwijl hun vijandigheid bijna tastbaar was. Toen draaide Janet zich om en verliet het lab met grote stappen.

Sean keek onbehaaglijk naar zijn collega's. De meesten meden zijn blik. Dr. Clifford Walsh deed dat niet. Hij was een grote man met een volle baard. Hij droeg een lange witte jas waarvan de mouwen tot aan de ellebogen waren opgerold.

'Verwarring is niet bevorderlijk voor de creativiteit,' zei hij. 'Ik hoop dat deze wanklank bij je vertrek je gedrag in Miami niet zal beïnvloeden.'

'Absoluut niet,' zei Sean.

'Denk erom dat ik me voor je heb uitgesloofd,' zei dr. Walsh. 'Ik heb dokter Mason verzekerd dat je een aanwinst voor zijn organisatie zou zijn. Het idee dat je veel ervaring hebt met monoklonale antistoffen beviel hem wel.'

'Hebt u hem dat verteld?' vroeg Sean ontzet.

'Ik kon uit ons gesprek opmaken dat hij daarin geïnteresseerd was,' legde dr. Walsh uit. 'Word nou maar niet nijdig.'

'Maar mijn ervaring dateert van drie jaar geleden,' zei Sean. 'Proteïnescheikunde en ik zijn al lang uit elkaar gegaan.'

'Ik weet dat je nu geïnteresseerd bent in oncogenen,' zei dr. Walsh, 'maar je wilde de baan en ik deed wat volgens mij het beste was om je een uitnodiging te bezorgen. Als je daar bent, kun je uitleggen dat je liever op het gebied van moleculaire genetica zou willen werken. Jou kennende, maak ik me er geen zorgen over dat je van je hart een moordkuil zult maken. Maar probeer het tactisch in te kleden.'

'Ik heb wat artikelen gelezen van het hoofd van de researchafdeling,' zei Sean. 'Het is perfect voor mij. Haar achtergrond ligt op het gebied van retrovirussen en oncogenen.'

'Dat is dokter Deborah Levy,' zei dr. Walsh. 'Misschien kun je met haar werken. Maar of je dat zult doen of niet, wees dankbaar dat je samen nog bent uitgenodigd terwijl ze al zo ver zijn.'

'Ik heb geen zin helemaal daarnaartoe te gaan om met fröbelwerk te worden opgezadeld.'

'Beloof me dat je geen moeilijkheden zult maken,' zei dr. Walsh.

'Ik?' vroeg Sean met opgetrokken wenkbrauwen. 'U kent me toch.'

'Maar al te goed,' zei dr. Walsh. 'Dat is juist het probleem. Je vrijpostigheid kan verontrustend zijn, om het zacht uit te drukken, maar god zij dank ben je in ieder geval intelligent.'

2

Vrijdag 26 februari, 16.45 uur

'Wacht even, Corissa,' zei Kathleen Sharenburg. Ze bleef staan en leunde tegen een van de toonbanken op de cosmetica-afdeling van Neiman Marcus. Ze waren naar het winkelcentrum ten westen van Houston gegaan om jurken voor een schoolfeest te kopen. Nu ze hun inkopen hadden gedaan, wilde Corissa het liefst zo snel mogelijk naar huis.

Kathleen was plotseling duizelig geworden, wat haar het misselijkmakende gevoel had gegeven dat alles om haar heen draaide. Gelukkig kwam daaraan een einde zodra ze tegen de toonbank leunde. Huiverend trok een aanval van misselijkheid door haar heen. Maar ook die ging voorbij.

'Voel je je wat beter?' vroeg Corissa. Ze zaten allebei in de eerste klas van de middelbare school.

'Ik weet het niet,' zei Kathleen. De hoofdpijn waarvan ze de afgelopen paar dagen met tussenpozen last had gehad, was weer terug. Ze was er wakker van geworden, maar ze had niets tegen haar ouders gezegd uit angst dat het te maken zou kunnen hebben met de marihuana die ze het weekend tevoren had gerookt.

'Je ziet lijkbleek,' zei Corissa. 'Misschien hadden we die caramels beter niet allemaal kunnen opeten.'

'Mijn god!' fluisterde Kathleen. 'Die man daarginds luistert ons af. Hij is vast van plan ons in de parkeergarage te ontvoeren.'

Corissa draaide zich snel om, halfverwachtend een verschrikkelijke man boven hen uit te zien torenen. Maar het enige wat ze zag, was een handjevol vreedzaam winkelende vrouwen, voornamelijk op de cosmetica-afdeling. Er was geen man te bekennen. 'Over welke man heb je het?' vroeg ze.

Kathleen staarde strak voor zich uit. 'Die man daar vlak bij de jassen.' Ze wees met haar linkerhand.

Corissa volgde de richting van Kathleens vinger en zag in de verte een man op bijna vijftig meter afstand. Hij stond achter een vrouw die snel een rek met kleding doorzocht. Hij stond niet eens met zijn gezicht naar hen toe.

Beduusd draaide Corissa zich om naar haar boezemvriendin.

'Hij zegt dat we de winkel niet mogen verlaten,' zei Kathleen.

'Waar heb je het over?' vroeg Corissa. 'Je maakt me bang.'

'We moeten maken dat we hier wegkomen,' waarschuwde Kathleen. Ze draaide zich abrupt om en liep de andere kant uit. Corissa moest hollen om haar in te halen. Ze pakte Kathleen bij de arm en draaide haar met een ruk om.

'Wat is er met jou aan de hand?' wilde ze weten.

Kathleens gezicht was verstard van angst. 'Er zijn nu meer mannen,' zei ze dringend. 'Ze komen de roltrap af. Ze hebben het er over dat ze ons te pakken willen nemen.'

Corissa draaide zich om. Er kwamen inderdaad net een paar mannen via de roltrap naar beneden. Maar op deze afstand kon Corissa niet eens hun gezichten zien, laat staan horen wat ze zeiden.

Kathleens gil ging als een elektrische schok door haar heen. Corissa draaide zich snel om en zag dat Kathleen ineenzakte. Ze stak haar handen uit en probeerde Kathleen voor een val te behoeden. Maar ze verloren hun evenwicht en vielen allebei op de grond, met hun armen en benen in elkaar verward.

Voordat Corissa zich kon bevrijden, begon Kathleen te stuiptrekken. Haar lichaam bonsde wild tegen de marmeren vloer.

Behulpzame handen hielpen Corissa overeind. Twee vrouwen, die bij een dichtbijgelegen toonbank hadden gestaan, ontfermden zich over Kathleen. Ze hielden haar hoofd tegen, zodat het niet op de vloer sloeg en slaagden erin iets tussen haar tanden te duwen. Er sijpelde een dun straaltje bloed uit haar mond. Ze had op haar tong gebeten.

'O, mijn god, o, mijn god,' zei Corissa steeds weer.

'Hoe heet ze?' vroeg een van de vrouwen.

'Kathleen Sharenburg,' antwoordde Corissa. 'Haar vader is Ted Sharenburg, directeur van de Shell,' voegde ze eraan toe, alsof dat feit haar vriendin nu op de een of andere wijze van dienst kon zijn.

'Iemand kan maar beter een ambulance bellen,' zei de vrouw. 'We moeten de aanval van dit meisje stoppen.'

Het was al donker toen Janet uit het raam van het Ritz Café probeerde te kijken. Mensen haastten zich in beide richtingen in Newbury Street voorbij, met hun handen om hun revers of aan hun hoed geklemd.

'Ik snap trouwens niet wat je in hem ziet,' zei Evelyn Reardon. 'De dag waarop je hem mee naar huis nam, heb ik je al verteld dat hij ongeschikt is.'

'Hij is bezig voor zijn artsdiploma én voor zijn promotie,' bracht Janet haar moeder in herinnering.

'Dat vormt geen excuus voor zijn manieren, of liever gezegd zijn gebrek daaraan,' antwoordde Evelyn.

Janet nam haar moeder op. Ze was een lange, tengere vrouw met regelmatige gelaatstrekken. Weinig mensen zouden moeite hebben vast te stellen dat Evelyn en Janet moeder en dochter waren.

'Sean is trots op zijn afkomst,' zei Janet. 'Hij gaat er prat op dat hij uit een arbeidersmilieu komt.'

'Daar is niets verkeerds aan,' zei Evelyn. 'Het probleem is dat hij

erin vastzit. De knaap heeft geen manieren. En dat lange haar...'
'Hij vindt conventies verstikkend,' zei Janet. Zoals gewoonlijk bevond ze zich in de niet erg benijdenswaardige positie Sean te moeten verdedigen, wat des te irritanter was omdat ze kwaad op hem was. Ze had gehoopt dat haar moeder haar advies zou geven, in plaats van de bekende kritiek.

'Wat banaal,' zei Evelyn. 'Als hij van plan was een praktijk te beginnen, zou er nog hoop zijn. Maar die moleculaire biologie of wat het ook mag zijn, gaat mij boven mijn pet. Wat onderzoekt hij ook alweer?'

'Oncogenen,' zei Janet. Ze had beter moeten weten dan zich tot haar moeder te wenden.

'Leg me nog eens uit wat dat ook alweer zijn,' zei Evelyn.

Janet schonk haar theekopje nog eens vol. Haar moeder kon lastig zijn, en proberen Seans onderzoek voor haar te beschrijven was als de lamme die de blinde leidt. Niettemin deed ze een poging.

'Oncogenen zijn genen die normale cellen in kankercellen kunnen veranderen. Ze zijn afkomstig van normale cellulaire genen die aanwezig zijn in iedere levende cel en proto-oncogenen genoemd worden. Sean denkt dat een écht begrip van kanker pas zal komen als alle proto-oncogenen en oncogenen ontdekt en gedefinieerd zijn. En daarmee is hij bezig: het zoeken naar oncogenen in specifieke virussen.'

'Het zal best de moeite waard zijn,' zei Evelyn. 'Maar het is allemaal erg geheimzinnig en nauwelijks het soort carrière waarmee je een gezin kunt onderhouden.'

'Daar zou je je wel eens in kunnen vergissen,' antwoordde Janet. 'Sean en een paar medestudenten aan het MIT hebben toen hij voor zijn doctoraal studeerde, een bedrijf opgezet om monoklonale antistoffen te maken. Ze noemden het Immunotherapie B.V. Ruim een jaar geleden is het opgekocht door Genentech.'

'Dat is bemoedigend,' zei Evelyn. 'Heeft hij er een flinke winst mee gemaakt?'

'Dat deden ze allemaal,' zei Janet. 'Maar ze kwamen overeen het te investeren in een nieuw bedrijf. Dat is het enige wat ik er nu over kan zeggen. Hij heeft me geheimhouding opgelegd.'

'Ook tegenover je moeder?' wilde Evelyn weten. 'Dat klinkt nogal melodramatisch. Maar je weet dat je vader het niet zou goedkeuren. Hij heeft altijd gezegd dat mensen niet hun eigen kapitaal moeten gebruiken bij het starten van nieuwe ondernemingen.'

Janet zuchtte gefrustreerd. 'Dit doet allemaal niet ter zake,' zei ze. 'Wat ik wilde horen, is wat je vindt van mijn plan naar Florida te gaan. Sean blijft er twee maanden. Het enige wat hij daar zal doen, is onderzoek. Hier in Boston doet hij onderzoek plus zijn andere werk. Ik dacht dat we misschien meer kans zouden hebben te praten en problemen op te lossen.'

'Hoe moet het met je baan in het Memorial?'

'Ik kan verlof nemen,' zei Janet. 'En ik kan daarginds zeker werken. Een van de voordelen van het beroep van verpleegster is dat ik zo ongeveer overal werk kan krijgen.'

'Ik vind het geen goed idee,' zei Evelyn.

'Waarom niet?'

'Het is niet goed om achter die knul aan te lopen,' zei Evelyn. 'Vooral niet omdat je weet hoe je vader en ik over hem denken. Hij zal nooit in onze familie passen. En na wat hij tegen oom Albert heeft gezegd, zou ik niet weten waar ik hem bij een diner zou moeten plaatsen.'

'Oom Albert pestte hem met zijn haar,' zei Janet. 'Hij wist van geen ophouden.'

'Dat is geen excuus om zoiets te zeggen tegen een ouder iemand.'

'We weten allemaal dat oom Albert een toupet draagt,' zei Janet.

'Dat kan zijn, maar we praten daar nu eenmaal niet over,' zei Evelyn.

Janet nam een slokje thee en staarde uit het raam. Het was juist dat de hele familie wist dat oom Albert een toupet droeg. Het klopte ook dat niemand er ooit iets over zei. Janet was opgegroeid in een familie waar veel stilzwijgende regels golden. Individuele expressie, vooral bij kinderen, werd niet aangemoedigd. Manieren werden van het grootste belang geacht.

'Waarom maak je geen afspraak met die leuke jongeman die je vorig jaar heeft geëscorteerd naar de Myopia Hunt Clubpolowedstrijd?' stelde Evelyn voor.

'Hij was een zeikerd,' antwoordde Janet.

'Janet!' zei haar moeder waarschuwend.

Ze dronken enkele ogenblikken zwijgend hun thee. 'Als je zo graag met hem wilt praten,' zei Evelyn ten slotte, 'waarom doe je dat dan niet voordat hij vertrekt? Waarom ga je hem vanavond niet opzoeken?'

'Dat kan niet,' zei Janet. 'Op vrijdagavond gaat hij altijd uit met zijn oude makkers. Ze hangen de hele avond rond in de een of andere bar waar ze al kwamen als scholieren.'

'Zoals je vader zou zeggen, ik wil het hierbij laten,' zei Evelyn met onverholen voldoening.

Een sweatshirt met capuchon onder zijn wollen jack beschutte Sean tegen de ijskoude mist. Hij had het koordje van de capuchon strak aangetrokken en onder zijn kin vastgeknoopt. Terwijl hij over High Street jogde in de richting van Monument Square in Charlestown, stuiterde hij een basketbal heen en weer van de ene hand in de andere. Hij had zojuist een vriendschappelijke partij gespeeld in de Charlestown Boys Club met een groep die 'The Alumni' heette. Deze groep bestond uit een bonte verzameling vrienden en kennissen van tussen de achttien en de zestig jaar. Het was een goede training geweest en hij zweette nog steeds.

Terwijl Sean Monument Square met zijn enorme fallusachtige monument ter nagedachtenis aan de Slag bij Bunker overstak, naderde hij het huis waar hij in zijn jeugd gewoond had. Als loodgieter had zijn vader, Brian Murphy sr., een fatsoenlijk inkomen gehad en lang voordat het mode werd om in het centrum te wonen, had hij het grote Victoriaanse huis in de stad gekocht. Aanvankelijk hadden de Murphy's op de begane grond gewoond, maar nadat zijn vader op zesenveertigjarige leeftijd aan leverkanker was overleden, hadden ze de huuropbrengst hard nodig gehad. Toen Seans oudere broer, Brian jr., was gaan studeren, waren Sean, zijn jongere broer Charles en Anne, zijn moeder, naar een van de bovengelegen flats verhuisd. Nu woonde alleen Anne er nog.

Toen hij de deur bereikte, merkte hij een bekende Mercedes op die vlak achter zijn Isuzu stond geparkeerd, wat erop duidde dat zijn oudere broer Brian een van zijn onverwachte bezoeken bracht. Intuïtief wist Sean dat hem wat te wachten stond betreffende zijn geplande reis naar Miami.

Hij nam met twee treden tegelijk de trap, opende de deur en stapte naar binnen. Brians zwarte leren aktentas lag op een stoel met lattenrug. De geur van gestoofd rundvlees vulde de kamer.

'Ben jij dat, Sean?' riep Anne vanuit de keuken. Ze verscheen in de deuropening net toen Sean zijn jas ophing. Gekleed in een eenvoudige huisjurk met daaroverheen een versleten schort, leek Anne aanzienlijk ouder dan vierenvijftig. Door haar lange, deprimerende huwelijk met de zwaar drinkende Brian Murphy had ze een afgetobd gezicht gekregen en stonden haar ogen meestal vermoeid en verloren. Haar haar, dat ze in een ouderwetse knot droeg, krulde van nature en hoewel het ooit een aantrekkelijk donkerbruine kleur had gehad, was het nu grijs.

'Brian is er,' zei Anne.

'Dat vermoedde ik al.'

Sean ging de keuken binnen om zijn broer gedag te zeggen. Brian zat aan de keukentafel met een drankje in zijn handen. Hij had zijn colbertjasje uitgetrokken en over een stoel gehangen. Paisley-bretels slingerden over zijn schouders. Net als Sean had hij knappe gelaatstrekken, zwart haar en schitterende blauwe ogen. Maar daarmee hield de gelijkenis op. Sean was vrijpostig en nonchalant, Brian daarentegen terughoudend en nauwgezet. In tegenstelling tot Seans ruige lokken, was Brians haar keurig geknipt en gekamd. Hij had een zorgvuldig geknipte snor. Zijn kleding was bepaald advocaatachtig en hij neigde naar donkerblauwe streepjespakken.

'Ben ik verantwoordelijk voor deze eer?' vroeg Sean. Brian kwam niet vaak op bezoek, hoewel hij vlakbij in Back Bay woonde.

'Moeder heeft me gebeld,' bekende Brian.

Het kostte Sean weinig tijd om zich te douchen, te scheren en een spijkerbroek en rugbyshirt aan te trekken. Hij was terug in de keuken voordat Brian klaar was met het snijden van het rundvlees. Sean hielp met het dekken van de tafel. Onderwijl nam hij zijn oudere broer op. Er was een tijd geweest dat Sean een wrok tegen hem koesterde. Jarenlang had zijn moeder haar zoons voorgesteld als mijn geweldige Brian, mijn brave Charles en mijn Sean. Charles zat momenteel op een seminarie in New Jersey, waar hij werd opgeleid tot priester.

Net als Sean was Brian altijd een atleet geweest, hoewel niet zo'n succesvolle. Hij was een ijverig kind geweest en had meestal thuisgezeten. Hij was naar de universiteit van Massachusetts gegaan en vervolgens naar de rechtenfaculteit aan de universiteit van Boston. Iedereen had Brian altijd graag gemogen. Iedereen had altijd geweten dat hij succesvol zou worden en dat hij stellig zou ontsnappen aan de Ierse vloek van alcohol, schuld, depressie en tragedie. Sean daarentegen was altijd de wilde jongen geweest die de voorkeur gaf aan het gezelschap van de nietsnutten uit de buurt en herhaaldelijk last had met de autoriteiten vanwege knokpartijen, lichte inbraken en joyriding met gestolen auto's. Zonder zijn intelligentie en zijn behendigheid met een hockeystick zou hij misschien in de gevangenis van Bridgewater zijn geëindigd in plaats van op Harvard. In de getto's van de stad was de grens tussen succes en mislukking slechts een smalle streep, waarop de jongelui gedurende hun woelige puberteitsjaren voortdurend balanceerden.

Tijdens de laatste voorbereidingen voor de maaltijd werd er weinig gesproken. Maar toen ze eenmaal aan tafel zaten, schraapte Brian zijn keel, nadat hij een slok melk had genomen. Ze hadden tijdens hun jeugd altijd al melk bij hun eten gedronken.

'Moeder is ongerust over je reis naar Miami,' zei Brian.

Anne keek op haar bord. Ze had zichzelf altijd weggecijferd, vooral toen Brian sr. nog leefde. Hij had een afschuwelijk humeur gehad, wat nog werd verergerd door de alcohol en hij had dagelijks aan zijn drankzucht toegegeven. Nadat hij afvoeren had ontstopt, verouderde boilers had gerepareerd en toiletten had geïnstalleerd, placht hij iedere middag aan te leggen bij de Blue Tower-bar onder de Tobin-brug. Vrijwel iedere avond was hij dronken thuisgekomen, gemelijk en kwaadaardig. Anne vormde gewoonlijk het doelwit, alhoewel Sean ook de nodige klappen had opgelopen als hij haar probeerde te beschermen. Tegen de ochtend was Brian sr. weer nuchter, werd hij verteerd door wroeging en zwoer hij dat hij zou veranderen. Maar dat deed hij nooit. Zelfs toen hij vijfenzeventig pond was afgevallen en leverkanker in het laatste stadium had, was zijn gedrag hetzelfde.

'Ik ga ernaartoe om onderzoek te doen,' zei Sean.

'Er zijn drugs in Miami,' zei Anne zonder op te kijken.

Sean rolde met zijn ogen. Hij stak zijn hand uit en greep zijn moeder bij de arm. 'Mam, mijn drugprobleem was op de middelbare school. Ik studeer nu medicijnen.'

'En dat incident tijdens je eerste studiejaar dan?' voegde Brian eraan toe.

'Dat ging alleen maar om wat coke op een feestje,' antwoordde Sean. 'Het was gewoon pech dat de politie besloot een inval te doen.'

'Je hebt geboft dat het dossier met je jeugddelicten was afgesloten. Anders zou je behoorlijk in moeilijkheden zijn geraakt.'

'Miami is een gewelddadige stad,' zei Anne. 'Ik lees dat aldoor in de kranten.'

'Jezus Christus!' riep Sean uit.

'Gebruik de naam des Heren niet ijdel,' zei Anne.

'Mam, je hebt te veel t.v. gekeken. Miami is een stad net als iedere andere, met zowel goede als slechte elementen. Maar het doet er niet toe. Ik ga er onderzoek doen. Ik zal geen tijd hebben om in moeilijkheden te komen, zelfs al zou ik dat willen.'

'Je zult met de verkeerde mensen in aanraking komen,' zei Anne.

'Mam, ik ben volwassen,' zei Sean gefrustreerd.

'Je hangt nog altijd rond met de verkeerde lui hier in Charlestown,' merkte Brian op. 'Mams vrees is niet ongegrond. De hele buurt weet dat Jimmy O'Connor en Brady Flanagan nog steeds inbreken.'

'En het geld naar de IRA sturen,' voegde Sean eraan toe.

'Ze zijn geen politieke activisten,' zei Brian. 'Het zijn criminelen. En jij verkiest het bevriend met hen te blijven.'

'Ik drink op vrijdagavond een paar pilsjes met ze,' zei Sean. 'Dat is alles.'

'Juist,' antwoordde Brian. 'Net als voor onze vader is de kroeg voor jou je tweede thuis. En afgezien van mams bezorgheid is dit geen goed moment voor je om weg te gaan. De Franklin-bank zal nu gauw met de rest van de financiering voor Oncogen B.V. rond hebben. Ik heb de formulieren bijna in orde. Het kan nu snel worden afgewikkeld.'

'Voor het geval je het bent vergeten, er bestaan faxmachines en expressepost,' zei Sean, terwijl hij zijn stoel achteruit schoof. Hij stond op en bracht zijn bord naar het aanrecht. 'Ik ga naar Miami, wat jullie ook zeggen. Ik geloof dat het Forbes Cancer Center op iets buitengewoon belangrijks is gestuit. En als jullie twee samenzweerders het me toestaan, ga ik wat drinken met mijn criminele vriendjes.'

Geïrriteerd schoot hij in de oude duffel die nog van zijn vader was uit de tijd dat de marinewerf van Charlestown nog functioneerde. Hij trok een wollen bivakmuts over zijn oren, rende naar beneden de straat op en de ijskoude regen in. De wind was naar het oosten gedraaid en hij kon de zilte zeelucht ruiken. Toen hij Old Scully's Bar in Bunker Hill Street naderde, wasemde het warme lichtschijnsel achter de beslagen ruiten een vertrouwd gevoel van comfort en geborgenheid uit.

Hij duwde de deur open en ging op in de schaars verlichte, lawaaierige omgeving. Het was bepaald geen chique zaak. De betimmering was bijna zwart van de rook. Het meubilair zat vol krassen. De enige heldere plek was de koperen voetreling, die glanzend werd gehouden door ontelbare schoenen die over het oppervlak wreven. In de hoek achterin was een t.v.-toestel aan het plafond bevestigd dat op een hockeywedstrijd was afgesteld. De enige vrouw in de volle ruimte was Molly, die samen met Pete achter de bar stond. Voordat Sean iets hoefde te zeggen, gleed een tot de rand gevulde pul bier over de bar naar hem toe. Een hand pakte zijn schouder beet, terwijl er een gejuich opging onder de menigte. De Bruins hadden een doelpunt gemaakt.

Sean zuchtte voldaan. Hij voelde zich thuis. Hij had hetzelfde behaaglijke gevoel als wanneer hij bijzonder vermoeid was en zich in een zacht bed liet vallen.

Zoals gewoonlijk slenterden Jimmy en Brady naar hem toe en begonnen op te snijden over een klusje dat ze het voorafgaande weekend in Marblehead hadden opgeknapt. Dat leidde tot humoristische herinneringen aan de tijd dat Sean 'een van de jongens' was geweest.

'We hebben altijd wel geweten dat je pienter was omdat je zo goed alarmsystemen kon doorgronden,' zei Brady. 'Maar we hadden nooit gedacht dat je naar Harvard zou gaan. Hoe kan je het uithouden met al die zeikerds.'

Het was een bewering, geen vraag, en Sean ging er niet op in, maar de opmerking deed hem beseffen hoezeer hij was veranderd. Hij had het nog altijd naar zijn zin in Old Scully's Bar, maar voornamelijk als toeschouwer. Dit was een onaangename erkenning, omdat hij zich net zomin echt deel voelde uitmaken van de medische faculteit op Harvard. Hij voelde zich als een maatschappelijke verstoteling.

Enkele uren later, toen hij een paar pilsjes ophad en zich weker gestemd voelde en minder een buitenstaander, maakte hij met de anderen luidruchtig plannen voor een uitstapje naar Revere naar een van de striptenten vlak bij de waterkant. Juist toen de discussie een hoogtepunt bereikte, werd het plotseling doodstil in de bar. Een voor een draaiden de hoofden zich om naar de ingang. Er was iets uitzonderlijks gebeurd en iedereen was geschokt. Een vrouw was hun mannelijke bolwerk binnengedrongen. En het was geen gewone vrouw, bijvoorbeeld een te dik kauwgom kauwend meisje uit de wasserette. Nee, het was een slanke, prachtige vrouw die duidelijk niet uit Charlestown kwam.

In haar lange blonde haren glinsterden diamanten druppels en het haar contrasteerde scherp met de diepe mahoniehouten kleur van haar minkjasje. Haar ogen waren amandelvormig en keken vrijpostig het vertrek rond van het ene verblufte gezicht naar het andere. Er lag een vastberaden trek om haar mond. Haar hoge jukbeenderen gloeiden.

Een paar knapen gingen nerveus verzitten, vermoedend dat ze iemands vriendinnetje was. Ze was te mooi om iemands echtgenote te kunnen zijn.

Sean was een van de laatsten die zich naar de deur omdraaiden. En toen hij dat deed, viel zijn mond open. Het was Janet!

Janet kreeg hem tegelijkertijd in de gaten. Ze liep recht op hem af en schoof naast hem aan de bar. Brady ging opzij met een overdreven angstig gebaar alsof Janet een afzichtelijk schepsel was.

'Een pilsje graag,' zei ze.

Zonder te antwoorden vulde Molly een gekoelde pul en zette die voor Janet neer.

Het bleef stil in de bar, afgezien van de t.v.

Janet nam een slok en draaide zich naar Sean om. 'Ik wil met je praten,' zei ze.

Sean had zich niet meer zo belachelijk gevoeld sinds hij op zijn zestiende met zijn broek omlaag was betrapt met Kelley Parnell achter in de auto van haar ouders.

Hij zette zijn pilsje neer, greep Janet bij haar bovenarm, vlak boven de elleboog, en loodste haar mee naar buiten. Toen ze op het trottoir stonden, was Sean voldoende hersteld om kwaad te worden. Hij was ook lichtelijk aangeschoten.

'Wat doe je hier?' wilde hij bruusk weten.

Hij keek de buurt rond. 'Ik kan het niet geloven. Je weet dat je hier niet zou moeten komen.'

'Daar wist ik niets van,' antwoordde Janet. 'Ik wist dat ik niet uitgenodigd was, als je dat bedoelt. Maar ik dacht niet dat het een halsmisdaad was om hier te komen. Ik moet met je praten, en nu je zondag vertrekt, vind ik dat belangrijker dan drinken met die zogenaamde vrienden van je.'

'En wie velt dat waardeoordeel?' wilde Sean weten. 'Ik ben degene die beslist wat belangrijk voor me is, niet jij, en ik neem je deze inbreuk op mijn privacy kwalijk.'

'Ik moet met je praten over Miami,' zei Janet. 'Het is jouw schuld dat je tot de laatste minuut hebt gewacht met het me te vertellen.'

'Er valt niets te bespreken,' zei Sean. 'Ik ga, punt uit. Noch jij, noch mijn moeder, noch mijn broer zal me kunnen tegenhouden. Als je me nu wilt excuseren, ik moet weer naar binnen om te kijken of ik mijn gezicht nog kan redden.'

'Maar dit kan van invloed zijn op ons verdere leven,' zei Janet. Tranen begonnen zich op haar wangen te vermengen met de regen. Ze had een emotioneel risico genomen door naar Charlestown te komen, en het idee te worden afgewezen was afschuwelijk.

'Ik praat morgen wel met je,' zei Sean. 'Welterusten, Janet.'

Ted Sharenburg wachtte nerveus af tot de dokters hem zouden vertellen wat zijn dochter mankeerde. Zijn vrouw had contact met hem opgenomen in New Orleans, waar hij voor zaken was geweest en hij had zich door de Gulfstream-jet van het bedrijf linea recta naar Houston terug laten vliegen. Als president van een oliemaatschappij die grote schenkingen had gedaan aan de ziekenhuizen in Houston, genoot Ted Sharenburg een speciale behandeling. Op dat moment bevond zijn dochter zich binnen in het enorme MRI-apparaat, dat miljoenen had gekost, en werd er een spoed-hersenscan van haar gemaakt.

'We weten nog niet veel,' zei dr. Judy Buckley. 'Deze eerste beelden zijn maar heel oppervlakkige doorsneden.' Judy Buckley was het hoofd van de afdeling Neuroradiologie en ze was op verzoek van de directeur maar al te graag naar het ziekenhuis gekomen. Ook dr. Vance Martinez, de internist van de Sharenburgs, en dr. Stanton Rainey, hoofd Neurologie, waren aanwezig. Op ieder uur van de dag zou dit een prominent groepje experts geweest zijn, laat staan om één uur 's nachts.

Ted ijsbeerde in de kleine regelkamer heen en weer. Hij kon niet stil blijven zitten. Wat hij over zijn dochter te horen had gekregen, was verpletterend geweest.

'Ze heeft een acute paranoïde psychose gehad,' had dr. Martinez uitgelegd. 'Dergelijke symptomen kunnen vooral voorkomen als er iets is met de slaapkwab.'

Ted bereikte voor de vijftigste maal de overkant van het kamertje en draaide zich om. Hij keek door het glas naar het reusachtige MRI-apparaat. Hij kon zijn dochter maar nauwelijks onderscheiden. Het leek of ze was opgeslokt door een technologische walvis. Hij haatte het dat hij zo weinig kon doen. Hij kon alleen maar toekijken en hopen. Toen ze een paar maanden geleden haar amandelen had laten knippen, had hij zich bijna net zo weerloos gevoeld.

'We hebben iets gevonden,' zei dr. Buckley.

Ted haastte zich naar de monitor.

'Er is een overduidelijk begrensde plek in de rechter slaapkwab,' zei ze.

'Wat betekent dat?' wilde Ted weten.

De dokters keken elkaar aan. Het was niet gebruikelijk dat het familielid van een patiënt in de kamer was gedurende een dergelijk onderzoek.

'Het is waarschijnlijk een mass-laesie,' zei dr. Buckley.

'Kunt u het in lekentermen zeggen?' vroeg Ted, die probeerde kalm te klinken.

'Ze bedoelt een hersentumor,' zei dr. Martinez. 'Maar we weten momenteel nog heel weinig en we moeten geen overijlde conclusies trekken. De laesie zit er misschien al jaren.'

Ted wankelde. Zijn grootste angst was werkelijkheid geworden. Waarom kon híj niet in dat apparaat liggen in plaats van zijn dochter?

'O jee!' zei dr. Buckley, die vergat wat voor effect een dergelijke uitroep op Ted zou hebben. 'Hier zit nog een laesie.'

De dokters schaarden zich om de monitor, geboeid door de zich verticaal ontvouwende beelden. Ze vergaten Ted even.

'Weet je, het doet me denken aan het geval waarover ik je in Boston vertelde,' zei dr. Rainey. 'Een vrouw van in de twintig met meervoudige intracraniale tumoren en een negatieve metastatische uitslag. Ze bleek medulloblastoma te hebben.'

'Ik dacht dat medulloblastoma alleen in de achterste schedelgroeve voorkwam,' zei dr. Martinez.

'Gewoonlijk wel,' zei dr. Rainey. 'Het komt ook meestal voor bij heel jonge mensen. Maar in ongeveer twintig procent van de gevallen betreft het patiënten van boven de twintig, en het wordt incidenteel gevonden in andere delen van de hersenen dan in de kleine hersenen. In feite zou het gunstig zijn als het in dit geval medulloblastoma blijkt te zijn.'

'Waarom?' vroeg dr. Buckley. Ze was zich bewust van het hoge sterftecijfer van deze kankervariant.

'Omdat een team in Miami opmerkelijk succes heeft geboekt in het tot stand brengen van remissies bij die bijzondere tumor.'

'Waar zit dat team?' wilde Ted weten, zich vastklampend aan het eerste hoopvolle bericht dat hij hoorde.

'Het Forbes Cancer Center,' zei dr. Rainey. 'Ze hebben nog niet gepubliceerd, maar dergelijke opvallende resultaten raken hoe dan ook bekend.'

3

Dinsdag 2 maart, 6.15 uur

Toen Tom Widdicomb om kwart over zes wakker werd om zijn werkdag te beginnen, was Sean Murphy al een paar uur onderweg, omdat hij halverwege de ochtend bij het Forbes Cancer Center wilde aankomen. Tom kende Sean niet en had er geen flauw idee van dat hij werd verwacht. Als hij had geweten dat hun wegen elkaar spoedig zouden kruisen, zou zijn bezorgdheid nog groter zijn geweest. Tom maakte zich altijd nerveus als hij had besloten een patiënt te helpen, en de avond tevoren had hij besloten niet één, maar twee vrouwen te helpen. Sandra Blankenship op de tweede verdieping zou het eerst aan de beurt komen. Ze leed veel pijn en kreeg de chemotherapie al per infuus toegediend. De andere patiënte, Gloria D'Amataglio, lag op de vierde verdieping. Dat was wat lastiger aangezien de laatste patiënte die hij had geholpen, Norma Taylor, ook op de vierde had gelegen. Tom wilde niet dat er zich een patroon zou aftekenen. Hij maakte zich constant zorgen dat iemand vermoedens zou gaan koesteren. Op dagen dat hij in actie kwam, was zijn angst dan ook overweldigend. Maar hoewel hij alert was op geruchten op de zalen, bleek nergens uit dat iemand argwaan koesterde. Per slot van rekening ging het om vrouwen in een terminaal stadium. Tom bespaarde hen alleen onnodig lijden.

Tom douchte en schoor zich, trok zijn groene uniform aan en ging de keuken van zijn moeder binnen. Ze was altijd eerder op dan hij en zo lang hij zich kon herinneren, stond ze erop dat hij stevig ontbeet omdat hij niet zo sterk was geweest als andere jongens. Tom had samen met Alice, zijn moeder, geleefd in hun intieme, geheime wereldje sinds Tom op vierjarige leeftijd zijn vader had verloren. Vanaf dat moment waren zijn moeder en hij bij elkaar gaan slapen en was ze hem 'haar kleine man' gaan noemen.

'Ik ga vandaag weer een vrouw helpen, mam,' zei Tom en hij begon aan zijn eieren met spek. Hij wist hoe trots zijn moeder op hem was. Ze had hem altijd opgehemeld, zelfs toen hij een eenzaam kind was dat te kampen had met oogproblemen. Zijn klasgenoten hadden hem meedogenloos getreiterd omdat hij zo scheel keek en hem vrijwel iedere dag tot aan zijn huis achternagezeten.

'Maak je maar geen zorgen, kleine man,' placht Alice te zeggen als hij weer eens in tranen thuiskwam. 'We hebben immers elkaar. We hebben niemand anders nodig.'

En zó ging het goed. Tom had nooit de behoefte gehad het huis uit te gaan. Hij had eerst een tijdje bij een plaatselijke dierenarts gewerkt. Aangezien zijn moeder altijd al geïnteresseerd was geweest in geneeskunde, had hij op haar aanraden een opleiding gevolgd voor ziekenbroeder. Daarna kreeg hij een baan bij een ambulancedienst, maar hij kon slecht opschieten met zijn collega's. Hij besloot dat hij beter af zou zijn als ziekenbroeder, omdat hij dan met minder mensen te maken zou hebben. Aanvankelijk had hij in het Miami General Hospital gewerkt, maar daar had hij ruzie gekregen met zijn chef. Na eerst nog even in een rouwcentrum te hebben gewerkt, maakte hij nu deel uit van de huishoudelijke dienst van het Forbes.

'Ze heet Sandra,' zei Tom tegen zijn moeder, terwijl hij zijn bord onder de kraan afspoelde. 'Ze is ouder dan jij en ze heeft verschrikkelijk veel pijn. Het probleem heeft haar ruggegraat al bereikt.'

Als Tom met zijn moeder sprak, gebruikte hij het woord kanker nooit. Al in een vroeg stadium van haar ziekte hadden ze besloten het woord te vermijden. Ze gaven de voorkeur aan minder emotioneel geladen woorden als 'probleem' of 'moeilijkheid'.

Tom had over het middel succinylcholine gelezen in een kranteartikel over een arts in New Jersey. Dankzij zijn medische basiskennis was hij op de hoogte van de grondbeginselen van de fysiologie en als lid van de huishoudelijke dienst kon hij gemakkelijk bij de narcosemiddelen. Het had hem dan ook nooit moeite gekost aan het middel te komen. Wel een probleem was waar hij het moest verstoppen tot hij het nodig had. Op een dag had hij een geschikte plek gevonden boven op de muurkastjes in de bergruimte van de huishoudelijke dienst op de vierde verdieping. Toen hij eens boven op de kastjes keek en de dikke laag stof zag die zich daar had opgehoopt, wist hij dat hij het middel hier veilig kon bewaren.

'Maak je maar niet ongerust, mam,' zei Tom, terwijl hij zich klaarmaakte om te vertrekken. 'Ik kom zo gauw mogelijk thuis. Ik zal je missen, mam. Ik houd van je.' Tom nam al sinds zijn schooltijd op die wijze afscheid en hij vond het niet nodig om daar verandering in te brengen, enkel en alleen vanwege het feit dat hij zijn moeder drie jaar geleden had moeten laten inslapen.

Het was bijna half elf in de ochtend toen Sean zijn jeep de parkeerplaats van het Forbes Cancer Center opreed. Het was een heldere, onbewolkte zomers aandoende dag. Het was een graad of eenentwintig en na de ijskoude regen in Boston had Sean het gevoel of hij in de hemel was beland. Hij had genoten van de rit, die twee dagen had geduurd. Het had sneller gekund, maar dat was niet echt nodig geweest omdat hij pas later op de dag in de kliniek werd verwacht. De eerste nacht had hij doorgebracht in een motel aan de I-95 in Rocky Mount in Noord-Carolina.

De dag daarop was hij doorgereden tot ver in Florida, en het voorjaar was bij iedere kilometer die hij aflegde duidelijker merkbaar geworden. De tweede nacht bracht hij vlak bij Vero Beach door, waar het verrukkelijk rook. Toen hij de receptionist vroeg waar die heerlijke geur vandaan kwam, kreeg hij te horen dat die afkomstig was van de citrusbomen in de omgeving.

De laatste etappe van de reis bleek de lastigste. Tussen West Palm Beach en Miami had hij veel hinder van het spitsverkeer gehad. Tot zijn verbazing waren er zelfs verkeersopstoppingen en files op de I-95, een achtbaansweg nota bene.

Sean sloot zijn auto af, rekte zich uit en keek met ontzag omhoog naar de twee indrukwekkende, bronskleurige spiegeltorens van het Forbes Cancer Center. Een overdekte voetgangersbrug die ook van spiegelglas was gemaakt, verbond de gebouwen met elkaar. Hij maakte uit de borden op dat het researchcentrum en de administratie in het linkergebouw waren ondergebracht en het ziekenhuis in het rechter.

Terwijl Sean zich naar de ingang begaf, verwerkte hij zijn eerste indrukken van Miami. Die waren gemengd. Toen hij de afslag naar de stad was genaderd had hij een glimp opgevangen van de glanzende nieuwe wolkenkrabbers in het centrum. Maar de wijken die pal aan de snelweg grensden, bestonden uit vervallen winkelcentra en troosteloze woningen voor gezinnen met lage inkomens. De buurt rondom het Forbes Center, dat aan de rivier de Miami lag, maakte ook een tamelijk vervallen indruk, hoewel er hier en daar een paar moderne gebouwen stonden tussen de prefabwoningen met platte daken.

Terwijl Sean de spiegeldeur openduwde, bedacht hij wrang dat iedereen het hem knap lastig had gemaakt wat deze onderzoeksstage van twee maanden betreft. Hij vroeg zich af of zijn moeder ooit de trauma's zou kwijtraken die hij haar als tiener had bezorgd. 'Je lijkt veel te veel op je vader,' placht ze te zeggen, wat als verwijt was bedoeld. Afgezien van het feit dat hij graag in de kroeg kwam, kon Sean weinig punten van overeenkomst tussen zichzelf en zijn vader ontdekken. Maar hem waren dan ook heel andere mogelijkheden en kansen geboden dan zijn vader ooit had gehad.

Bij de ingang stond een zwart vilten bord waarop met witte plastic letters Seans naam was aangebracht en het woord 'welkom'. Sean vond het een reuze aardige geste.

Vlak achter de ingang bevond zich een kleine lounge. De toegang tot de kliniek zelf werd geblokkeerd door een tourniquet, waarnaast een met leer overtrokken bureau stond. Achter het bureau zat een donkere, knappe man van Latijnsamerikaanse afkomst in een bruin uniform, compleet met epauletten en een militair aandoende pet. Het tenue deed Sean denken aan een kruising tussen de uniformen op wervingsposters voor mariniers en die in Hollywood-films van de Gestapo. Op de linkermouw zat een indrukwekkend embleem met het woord 'Bewaking' erop en boven de linkerborstzak een naamplaatje. Hij bleek Martinez te heten.

'Kan ik u helpen?' vroeg Martinez met een zwaar accent.

'Ik ben Sean Murphy,' zei Sean, en hij wees naar het vilten bord. De bewaker nam hem met een onbewogen gezicht op, pakte een van de telefoons op en zei iets in snel, staccato Spaans. Nadat hij had opgehangen, wees hij naar een leren bank die vlakbij stond. 'Een ogenblikje, alstublieft.'

Sean nam plaats op de bank. Hij pakte een exemplaar van *Science* van een lage tafel en bladerde het doelloos door. Zijn aandacht was meer gericht op het uitgebreide beveiligingssysteem van het Forbes. Dikke glazen wanden scheidden de receptie van de rest van het gebouw. De bewaakte tourniquet vormde kennelijk de enige toegang.

Aangezien bewaking in gezondheidsinstellingen maar al te vaak werd verwaarloosd, was Sean onder de indruk van wat hij hier zag en hij zei dat tegen de bewaker.

'We zitten hier in een slechte buurt,' antwoordde de bewaker zonder er dieper op in te gaan.

Even later verscheen er een tweede beveiligingsbeambte, die op identieke wijze was gekleed als de eerste. De tourniquet werd geopend en hij kwam de lounge binnen.

'Ik ben Ramirez,' zei hij. 'Volgt u me maar, alstublieft.'

Sean stond op. Toen hij door de tourniquet liep, zag hij dat Martinez geen knop indrukte. Hij vermoedde dat de tourniquet werd bediend door middel van een voetpedaal.

Sean volgde Ramirez, die al na een paar meter het eerste kantoor aan de linkerkant binnenging. Op de open deur stond met blokletters 'Bewaking'. Het bleek een regelkamer te zijn, waarvan één wand in beslag werd genomen door een reeks televisiemonitoren. Voor de monitoren zat een derde bewaker met een klembord in de hand. Een vluchtige blik op de monitoren maakte Sean duidelijk dat de man naar een groot aantal locaties in het complex keek.

Sean volgde Ramirez naar een klein kantoortje zonder ramen. Achter het bureau zat een vierde bewaker, met twee gouden sterren op zijn uniform en goudgalon op de klep van zijn pet. Op zijn naamplaatje stond dat hij Harris heette.

'Ingerukt, Ramirez,' zei Harris. Hij gaf Sean het gevoel dat hij voor het leger was opgeroepen.

Terwijl Harris hem bekeek, staarde Sean terug. De mannen voelden onmiddellijk antipathie voor elkaar.

Met zijn donkere, vlezige gezicht leek Harris op bepaalde mannen die Sean in zijn jeugd in Charlestown had gekend. Ze hadden gewoonlijk ondergeschikte baantjes die ze ogenschijnlijk overgedienstig uitoefenden. Het waren tevens lui met een kwade dronk. Als ze twee pilsjes ophadden, wilden ze al met je vechten. Het was krankzinnig. Sean had lang geleden geleerd dergelijke lieden te mijden. Nu stond hij tegenover precies zo'n type.

'We willen hier geen moeilijkheden,' zei Harris met een licht zuidelijk accent.

Sean vond het een vreemde manier om een gesprek te beginnen. Hij vroeg zich af of de man soms dacht dat Harvard hem een voorwaardelijk vrijgelaten gevangene had gestuurd. Harris was duidelijk in een goede lichamelijke conditie. De korte mouwen van zijn T-shirt spanden om zijn uitpuilende biceps en zijn overhemd spande zich om een beginnend buikje. Sean speelde even met het idee de man een korte preek te geven over de voordelen van gezonde voeding, maar hij bedacht zich. Hij hoorde in gedachten dr. Walsh aanmaningen.

'Je gaat voor een dokter door,' zei Harris. 'Waarom heb je dan zulk lang haar? En ik durf te wedden dat je je vanmorgen niet hebt geschoren.'

'Maar ik heb voor de gelegenheid wel een overhemd aan en een das omgedaan,' zei Sean. 'Ik dacht dat ik er keurig uitzag.'

'Haal geen geintjes met me uit, knaap,' zei Harris zonder een greintje gevoel voor humor.

Sean verplaatste vermoeid zijn gewicht van het ene been op het andere. Hij begon dit gesprek beu te worden.

'Ben ik hier om een bepaalde reden?'

'Je moet een identiteitskaart hebben met een foto erop,' zei Harris. Hij stond op en kwam achter zijn bureau vandaan om de deur naar een aangrenzende kamer te openen. Hij was een paar centimeter langer dan Sean en minstens twintig pond zwaarder. Sean had er met hockeyen altijd plezier in gehad dergelijke kerels de pas af te snijden door ineens onder hun kin op te duiken.

'Ik raad je aan je haar te laten knippen,' zei Harris en hij gebaarde Sean het aangrenzende vertrek binnen te gaan. 'En je broek te laten persen. Misschien dat je hier dan beter past. Je bent hier niet op de universiteit.' Toen Sean de deur door ging, zag hij Ramirez opkijken van een polaroid-camera op statief die hij bezig was in te stellen. Ramirez wees naar een kruk voor een blauw gordijn en Sean nam plaats.

Harris sloot de deur van het kamertje, liep terug naar zijn bureau en ging zitten. Sean was nog erger dan hij had gevreesd. Het idee dat er een pedant joch van Harvard zou komen, had hem toch al niet aangestaan, maar hij had niet verwacht dat hij er als een hippie uit de jaren zestig zou uitzien.

Terwijl hij een sigaret opstak, vervloekte hij lui als Sean. Hij haatte dergelijke progressieve types, die dachten dat ze de wijsheid in pacht hadden. Harris had de militaire academie in Charleston doorlopen en was daarna in het leger gegaan, waar hij hard had getraind voor de commando's. Hij had het er goed afgebracht en was na Desert Storm tot kapitein bevorderd. Maar door het uiteenvallen van de Sovjetunie werd het leger in vredestijd ingekrompen. Harris was een van de slachtoffers.

Harris drukte zijn sigaret uit. Zijn intuïtie zei hem dat Sean voor moeilijkheden zou zorgen. Hij besloot hem in de gaten te houden.

Met een nieuwe identiteitskaart bevestigd aan zijn borstzak, verliet Sean het bureau van de veiligheidsdienst. De ervaring van zojuist viel niet te rijmen met het welkomstbord, maar één feit maakte indruk op hem. Toen hij de terughoudende Ramirez had gevraagd waarom de bewaking zo streng was, had de man hem verteld dat er het jaar daarvoor verscheidene onderzoekers waren verdwenen.

'Verdwenen?' had Sean verbaasd gevraagd. Hij had wel eens gehoord dat er apparatuur verdween, maar mensen!

'Zijn ze nog gevonden?' had hij willen weten.

'Ik weet het niet,' had Ramirez geantwoord. 'Ik ben hier pas dit jaar komen werken.'

'Waar kom je vandaan?'

'Medellin, Colombia,' luidde het antwoord.

Sean had geen verdere vragen gesteld, maar Ramirez' antwoord had zijn gevoel van onbehagen nog versterkt. Het leek overdreven om een man die zich gedroeg als een gefrustreerde Groene Baret als hoofd van de bewakingsdienst aan te stellen en het personeel te rekruteren uit een stel knapen die afkomstig zouden kunnen zijn uit het privé-legertje van een Colombiaanse drugbaron. Toen Sean achter Ramirez aan in de lift naar de zevende verdieping stapte, was zijn aanvankelijk positieve indruk van de bewakingsdienst in het Forbes geheel verdwenen.

'Kom binnen, kom binnen!' zei dr. Randolph Mason, terwijl hij de deur van zijn kantoor uitnodigend openhield. Seans gevoel van onbehagen maakte vrijwel meteen plaats voor het gevoel dat hij oprecht welkom was. 'We zijn blij met je komst,' zei Mason. 'Ik was verheugd toen Clifford opbelde en het voorstelde. Heb je zin in een kop koffie?'

Sean knikte gretig en zat even later met een kop koffie in zijn handen op een bank tegenover de directeur van het Forbes. Dr. Mason beantwoordde volkomen aan het romantische beeld dat men vaak van een arts heeft. Hij was rijzig en had een aristocratisch gezicht, klassiek grijzend haar, een expressieve mond, sympathieke ogen en een licht gebogen neus. Hij leek het type man aan wie je een probleem kon voorleggen in het zekere besef dat hij het zich niet alleen zou aantrekken, maar het tevens zou oplossen.

'Het eerste dat we moeten doen,' zei dr. Mason, 'is je kennis laten maken met dokter Levy, het hoofd van de onderzoeksafdeling.' Hij pakte de telefoonhoorn op en verzocht zijn secretaresse Deborah Levy naar boven te sturen. 'Ik weet zeker dat je onder de indruk van haar zult zijn. Het zou me niets verbazen als ze binnenkort zou mededingen naar de Nobelprijs.'

'Ik ben al onder de indruk geraakt van haar vroegere onderzoek van retrovirussen,' zei Sean.

'Zoals iedereen,' zei dr. Mason. 'Nog een kop koffie?'

Sean schudde zijn hoofd. 'Ik moet oppassen met dit spul,' zei hij. 'Het maakt me hyper. Als ik er te veel van drink, sta ik dagenlang op mijn kop.'

'Voor mij geldt hetzelfde,' zei dr. Mason. 'Apropos, heeft iemand het al met je over je logies gehad?'

'Dokter Walsh zei alleen dat u me onderdak kon verschaffen.'

'Inderdaad,' zei dr. Mason. 'Gelukkig zijn we zo vooruitziend geweest om een paar jaar geleden een tamelijk groot flatgebouw te kopen. Het ligt niet in Coconut Grove, maar het is er ook niet ver vandaan. We gebruiken het voor tijdelijk personeel en voor de familieleden van patiënten, en we bieden je graag voor de duur van je verblijf een van de appartementen aan. Ik weet zeker dat het naar je zin zal zijn. De buurt zal je ook wel bevallen, zo dicht bij de Grove.'

'Ik ben blij dat ik zelf niets heb hoeven regelen,' zei Sean. 'En wat het uitgaansleven betreft, ik ben meer geïnteresseerd in werken dan in toeristische uitstapjes.'

'Iedereen moet het juiste evenwicht tussen werk en ontspanning in zijn leven weten aan te brengen,' antwoordde dr. Mason. 'Maar reken er maar op dat we volop werk voor je hebben. We willen dat je hier veel ervaring opdoet. Als je ooit gaat praktizeren, verwijs je hopelijk patiënten naar ons door.'

'Ik ben van plan onderzoek te blijven doen,' zei Sean.

'Ach zo,' zei dr. Mason met enigszins verflauwde geestdrift.

'De reden dat ik hier wilde komen, is feitelijk...' begon Sean, maar voordat hij zijn zin kon afmaken, kwam dr. Deborah Levy het vertrek binnen.

Deborah Levy was een opvallend aantrekkelijke vrouw met een donkere, olijfkleurige huid, grote amandelvormige ogen en haar dat nog donkerder was dan dat van Sean. Ze was slank en droeg een donkerblauwe zijden jurk onder haar laboratoriumjas. Ze had de zelfverzekerde, gracieuze gang van iemand die weet dat ze succesvol is.

Sean haastte zich overeind te komen.

'Blijf gerust zitten,' zei dr. Levy met een hese, maar vrouwelijke stem. Ze stak Sean haar hand toe.

Sean schudde dr. Levy's hand terwijl hij zijn koffiekop in zijn linkerhand hield. Ze omklemde zijn vingers met onverwachte kracht en schudde Seans hand zo ferm, dat zijn kopje op het schoteltje rinkelde. Ze keek hem met een doordringende, intense blik aan.

'Ik heb instructies gekregen je te verwelkomen,' zei ze terwijl ze tegenover hem plaatsnam. 'Maar ik vind dat we open kaart moeten spelen. Ik ben er niet helemaal van overtuigd dat je bezoek een goed idee is. Ik regeer het lab met harde hand. Of je gaat hard aan de slag, óf je gaat met het volgende vliegtuig terug naar Boston. Je moet namelijk niet denken...'

'Ik ben met de auto gekomen,' viel Sean haar in de rede. Hij wist dat hij zich provocerend gedroeg, maar hij kon zich niet beheersen. Hij had niet op zo'n bruuske begroeting van het hoofd van de onderzoeksafdeling gerekend.

Dr. Levy staarde hem een ogenblik aan voordat ze doorging. 'Het Forbes Cancer Center is niet de plek voor een vakantie in de zon,' voegde ze eraan toe. 'Ben ik duidelijk genoeg?'

Sean wierp een snelle blik op dr. Mason, die nog altijd vriendelijk glimlachte.

'Ik ben hier niet gekomen om vakantie te houden. Als het Forbes in Bismark in Noord-Dakota had gelegen, zou ik ook zijn gekomen. Ik ben namelijk zeer geïnteresseerd in jullie geweldige resultaten met medulloblastoma.'

Dr. Mason kuchte en schoof naar voren op zijn stoel om zijn koffie op het tafeltje te zetten. 'Je verwachtte toch hopelijk niet dat je aan het medulloblastoma-protocol zou kunnen werken,' zei hij.

Sean keek beurtelings van de ene dokter naar de andere. 'Eigenlijk wel,' zei hij enigszins verontrust.

'Toen ik met dokter Walsh sprak,' zei Mason, 'benadrukte hij dat je uitgebreide en succesvolle ervaring had met de ontwikkeling van monoklonale antistoffen afkomstig van ratten en muizen.'

'Dat was tijdens mijn jaar aan het MIT,' legde Sean uit. 'Maar daar gaat mijn interesse nu niet meer naar uit. Ik heb het idee dat het enigszins gedateerde technologie is.'

'Wij denken daar anders over,' zei Mason. 'Wij vinden dat het nog altijd commercieel interessant is en dat nog enige tijd zal blijven. In feite hebben we wat geluk gehad met het isoleren en produceren van glycoproteïne van patiënten met darmkanker. Wat we nu nodig hebben, is een monoklonale antistof in de hoop dat die ons kan helpen bij een vroege diagnose. Maar zoals je weet, kan glycoproteïne nogal lastig zijn. Het is ons niet gelukt bij muizen een antigene reactie op te wekken en we zijn er niet in geslaagd de stof te kristalliseren. Dokter Walsh verzekerde me dat je een ster was op het gebied van proteïnescheikunde.'

'Dat was ik,' zei Sean. 'Maar ik heb het al een tijd niet gedaan. Mijn interesse heeft zich verplaatst naar oncogenen en oncoproteïnen.'

'Daar was ik al bang voor,' zei dr. Levy, zich tot dr. Mason wendend. 'Ik heb je gezegd dat dit geen goed idee was. We zijn niet ingesteld op studenten. Ik heb het veel te druk om op een externe medisch student te passen. Als jullie me willen excuseren, ik moet weer aan het werk.'

Dr. Levy stond op en keek op Sean neer. 'Mijn onbeleefdheid is niet persoonlijk bedoeld. Ik heb veel te doen en sta onder grote druk.'

'Dat spijt me,' zei Sean. 'Maar het is moeilijk het niet persoonlijk op te vatten. Uw medulloblastoma-resultaten zijn namelijk de reden dat ik deze stage uitkoos en helemaal hiernaartoe ben gereden.'

'Dat is eerlijk gezegd mijn probleem niet,' zei ze terwijl ze naar de deur beende.

'Dokter Levy,' riep Sean haar na. 'Waarom hebt u geen enkel artikel gepubliceerd over de medulloblastoma-resultaten? Als u in het academisch wereldje was gebleven, zou u nu waarschijnlijk op zoek zijn naar een baan als u nooit iets publiceerde.'

Dr. Levy bleef even staan en keek Sean afkeurend aan. 'Brutaliteit is voor een student niet erg verstandig,' zei ze, waarna ze de deur achter zich dichtdeed.

Sean keek naar dr. Mason en haalde zijn schouders op. 'Zíj was degene die zei dat we eerlijk moesten zijn. Ze heeft al jaren niet gepubliceerd.'

'Clifford heeft me gewaarschuwd dat je misschien niet de meest tactische persoonlijkheid zou zijn,' zei dr. Mason.

'U meent het,' zei Sean hautain. Hij begon er al aan te twijfelen of het verstandig was geweest naar Florida te gaan. Misschien hadden alle anderen uiteindelijk toch gelijk.

'Maar hij zei ook dat je buitengewoon intelligent was. En ik denk dat dokter Levy wat harder overkwam dan haar bedoeling was. In ieder geval heeft ze onder grote spanning gestaan. Dat hebben we eigenlijk allemaal.'

'Maar de resultaten die jullie hebben geboekt met de medulloblastoma-patiënten zijn fantastisch,' zei Sean, in de hoop zijn zaak te bepleiten. 'Hier moet iets over kanker in het algemeen uit te leren zijn. Ik wil ontzettend graag bij jullie protocol worden betrokken. Misschien zal ik door er met frisse, objectieve ogen naar te kijken iets ontdekken dat jullie is ontgaan.'

'Aan zelfvertrouwen ontbreekt het je in ieder geval niet,' zei dr. Mason. 'En op een dag kunnen we misschien wel een frisse blik gebruiken. Maar nu niet. Ik zal open kaart met je spelen en je wat vertrouwelijke informatie geven. Er zijn diverse redenen waarom je niet aan ons medulloblastoma-onderzoek kunt deelnemen. Ten eerste is het al een klinisch protocol en ben jij hier voor fundamenteel wetenschappelijk onderzoek. Dat hebben we je studiebegeleider duidelijk gemaakt. En ten tweede kunnen we geen buitenstaanders toelaten tot ons huidige werk omdat we de juiste patenten nog moeten aanvragen op een paar van onze unieke biologische methodes. Dit beleid is ons opgelegd door onze subsidiegever. Net als veel onderzoeksinstellingen hebben we naar alternatieve subsidiegevers moeten zoeken sinds de regering de kraan heeft dichtgedraaid voor onderzoekssubsidies, afgezien van die voor aids. We hebben ons tot de Japanners moeten wenden.'

'Zoals het Massachusett General Hospital in Boston?' vroeg Sean.

'Zoiets,' zei dr. Mason. 'We hebben een contract voor veertig miljoen dollar gesloten met Sushita Industries, dat zich bezig is gaan houden met biotechnologie. De afspraak was dat Sushita ons het geld zou voorschieten over een periode van enkele jaren, in ruil waarvoor zij het beheer over alle eruit voortvloeiende patenten zouden krijgen. Dat is een van de redenen dat we de monoklonale antistof voor het darm-antigeen nodig hebben. We moeten een paar commercieel aantrekkelijke produkten opleveren als we Sushita's jaarlijkse betalingen willen blijven ontvangen. Tot dusver hebben we in dat opzicht weinig gepresteerd. En als we de fondsen kwijtraken, zullen we onze deuren moeten sluiten, waarvan het publiek, dat van ons gezondheidszorg verwacht, natuurlijk de dupe zal worden.'

'Een droevige stand van zaken,' zei Sean.

'Zeg dat wel,' beaamde dr. Mason. 'Maar het is de realiteit van het huidige onderzoeksklimaat.'

'Maar uw tijdelijke financiële nood zal tot Japanse inmenging leiden.'

'Dat geldt voor de meeste industrieën,' zei dr. Mason. 'Dat is niet voorbehouden aan de biotechnologische gezondheidsindustrie.'

'Waarom gebruiken jullie de opbrengst van patenten niet om zelf aanvullend onderzoek te financieren?'

'Er is nergens aan beginkapitaal te komen,' zei dr. Mason. 'In ons geval is dat trouwens niet eens helemaal waar. Gedurende de afgelopen twee jaar hebben we aanzienlijk succes gehad met ouderwetse filantropie. Een aantal zakenlieden heeft flinke bedragen geschonken. Vanavond geven we een liefdadigheidsdiner, waarvoor ik je bij deze graag uitnodig. Het vindt plaats bij mij thuis op Star Island en avondkleding is verplicht.'

'Die heb ik niet,' zei Sean. Het verbaasde hem dat hij werd uitgenodigd na de scène met dr. Levy.

'Daar hebben we aan gedacht,' zei dr. Mason. 'We hebben een afspraak gemaakt met een zaak die smokings verhuurt. Je hoeft alleen maar je maten door te bellen en er zal er een bij je flat worden bezorgd.'

'Dat is heel attent,' zei Sean verward. Hij had moeite met de wisselende gastvrijheid en vijandigheid.

Ineens vloog de deur van dr. Masons kantoor open en stormde er een vrouw in een wit verpleegstersuniform binnen, die pal voor dr. Mason ging staan. Ze was zichtbaar overstuur.

'Het is weer gebeurd, Randolph,' riep ze uit. 'Dit is de vijfde borstkankerpatiënte die overlijdt aan een ademhalingsstilstand. Ik heb je gezegd...'

Dr. Mason sprong op. 'Margaret, we hebben gezelschap.'

De verpleegster deinsde terug alsof ze een klap had gekregen en draaide zich om naar Sean, die ze nu pas opmerkte. Ze was een jaar of veertig, had een rond gezicht, grijs haar dat ze in een strakke knot droeg, en stevige benen. 'Neem me niet kwalijk!' zei ze, terwijl al het bloed wegtrok uit haar wangen. 'Het spijt me vreselijk.' Ze wendde zich weer tot dr. Mason en voegde eraan toe: 'Ik wist dat dokter Levy hier net was, en toen ik haar zag terugkeren naar haar kantoor, dacht ik dat je alleen was.'

'Het doet er niet toe,' zei dr. Mason. Hij stelde Sean voor aan Margaret Richmond, het hoofd van de verpleging, en voegde eraan toe: 'Meneer Murphy zal twee maanden bij ons blijven.'

Margaret Richmond schudde Sean plichtmatig de hand en mompelde dat het een genoegen was kennis met hem te maken. Toen pakte ze dr. Mason bij de elleboog en loodste hem mee naar buiten. De deur ging dicht, maar het slot pakte niet en de deur kierde weer open.

Sean kon niet voorkomen dat hij het gesprek opving, vooral vanwege Margaret Richmonds scherpe, doordringende stem. Kennelijk was er opnieuw een patiënte die een standaard chemotherapiebehandeling voor borstkanker onderging onverwacht overleden. Ze was volkomen cyanotisch in haar bed aangetroffen en had net zo blauw gezien als de anderen.

'Dit kan zo niet langer!' snauwde Margaret. 'Er moet opzet in het spel zijn. Een andere verklaring is er niet. Het gebeurt altijd tijdens de dagdienst en het verpest onze statistieken. We moeten ingrijpen voordat de lijkschouwer argwaan krijgt. En als de media hier lucht van krijgen, betekent dat een ramp.'

'We zullen Harris laten komen,' zei dr. Mason sussend. 'We zullen hem zeggen dat hij al het andere moet laten schieten en dat hij aan dit probleem prioriteit moet geven.'

'Het kan zo niet langer,' herhaalde Margaret Richmond. 'Harris moet meer doen dan de antecedenten van het verplegend personeel controleren.'

'Daar ben ik het mee eens,' zei dr. Mason. 'We zullen direct met hem gaan praten. Geef me een ogenblikje om een rondleiding voor meneer Murphy te regelen.'

De stemmen stierven weg. Sean schoof naar voren op de bank in de hoop meer te horen, maar het bleef stil in het andere kantoor totdat de deur opnieuw werd geopend. Schuldbewust leunde hij achterover toen er weer iemand de kamer binnenstoof. Dit keer was het een aantrekkelijk meisje van in de twintig, gekleed in een geruite rok en een witte blouse. Ze was gebruind, vrolijk en ze had een geweldige glimlach.

'Hoi, ik ben Claire Barington.'

Sean ontdekte al gauw dat Claire medewerkster was van de public-relationsafdeling van de kliniek. Ze liet een bosje sleutels voor zijn gezicht bungelen en zei: 'Deze zijn van je vorstelijke appartement in het Cow's Palace.' Ze legde uit dat de residentie van de kliniek die bijnaam had gekregen vanwege de afmetingen van enkele vorige bewoners.

'Ik zal je erheen brengen,' zei Claire. 'Om er zeker van te zijn dat alles in orde is. Maar dokter Mason vroeg me om je eerst hier rond te leiden. Wat vind je ervan?'

'Het lijkt me een prima idee,' zei Sean en hij stond op van de bank. Hij was pas ongeveer een uur in het Forbes, en als dat uur een aanwijzing vormde van hoe de twee maanden hier zouden verlopen, beloofde het een bijzonder interessant verblijf te worden. Mits hij zou blijven natuurlijk. Terwijl hij de welgevormde Claire Barington volgde, overwoog hij ernstig dr. Walsh te bellen en terug te keren naar Boston. Daar zou hij stellig meer kunnen betekenen dan hier, als hij zou worden gedwongen te fröbelen met monoklonale antistoffen.

'Dit is natuurlijk onze administratie,' begon Claire de routinematige rondleiding. 'Henry Falworths kantoor is naast dat van dokter Mason. Meneer Falworth is de personeelschef voor het niet-verpleegkundige personeel. Achter zijn kantoor ligt dat van dokter Levy. Ze heeft natuurlijk nog een werkkamer beneden in het maximum containment-lab.'

Sean spitste zijn oren. 'Hebben jullie een maximum containment-lab?' vroeg hij verrast.

'Nou en of,' zei Claire. 'Dokter Levy eiste dat toen ze hier kwam werken. Het Forbes Cancer Center beschikt trouwens over zeer geavanceerde apparatuur.'

Sean haalde zijn schouders op. Een maximum containment-laboratorium, bedoeld om optimaal veilig met besmettelijke micro-organismen te kunnen werken, leek hier lichtelijk overdreven.

Al wijzend duidde Claire het kantoor aan dat werd gedeeld door dr. Stan Wilson, het hoofd van de geneeskundige afdeling, Margaret Richmond, het hoofd van de verpleging en Dan Selenburg, de administratief directeur. 'Zij hebben natuurlijk ook nog allemaal privé-kantoren op de bovenste verdieping.'

'Dat interesseert me niet,' zei Sean. 'Laten we naar de onderzoeksafdeling gaan.'

'Hé, je krijgt de volledige rondleiding of helemaal geen,' zei ze streng. Toen vervolgde ze lachend: 'Doe me een lol! Ik heb de oefening nodig.'

Sean glimlachte. Claire was de oprechtste persoon die hij tot dusver in het Forbes had ontmoet. 'Dat is niet onredelijk. Ga me maar voor!'

Claire nam hem mee naar een aangrenzend vertrek met acht bureaus die werden bemand door bedrijvige mensen. Een enorme kopieermachine stond druk te vergaren. Een grote computer met verschillende modems stond als een soort trofee achter een glazen wand. Een goederenliftje met een glazen voorkant besloeg een andere muur. Het zat vol met wat patiëntendossiers leken te zijn.

'Dit is een heel belangrijk vertrek!' zei Claire glimlachend. 'Van hieruit worden alle declaraties voor ziekenhuis- en poliklinische behandelingen verstuurd. Dit zijn de mensen die met de verzekeringsmaatschappijen onderhandelen. En het is ook de plek waar mijn salaris vandaan komt.'

Nadat Sean meer van de administratie had gezien dan hem lief was, nam Claire hem ten slotte mee naar beneden om de laboratoriumfaciliteiten te bekijken, die maar liefst vijf verdiepingen van het complex besloegen.

'Op de eerste verdieping van het gebouw bevinden zich auditoria, de bibliotheek en de bewaking,' dreunde Claire op terwijl ze de zesde verdieping betraden. Sean volgde haar een lange centrale gang door met aan weerszijden laboratoria. 'Dit is de hoofdafdeling Onderzoek. De meeste apparatuur is hier ondergebracht.'

Sean stak zijn hoofd om de hoek van verschillende laboratoriumdeuren. Hij werd direct teleurgesteld. Hij had futuristische opstellingen verwacht, schitterend ontworpen en vol met geavanceerde technologie. In plaats daarvan zag hij basislaboratoria met de gebruikelijke apparatuur. Claire stelde hem voor aan de vier mensen die ze in een van de laboratoria tegenkwamen: David Lowenstein, Arnold Harper, Nancy Sprague en Hiroshi Gyuhama. Van deze mensen toonde alleen Hiroshi een meer dan oppervlakkige belangstelling voor Sean. Hij boog tijdens het voorstellen diep en leek oprecht onder de indruk toen Claire vermeldde dat Sean van Harvard kwam.

'Harvard is een heel goede universiteit,' zei Hiroshi met een zwaar accent.

Terwijl ze de gang verder afliepen, viel het Sean op dat de meeste vertrekken leeg waren.

'Waar is iedereen?' vroeg hij.

'Je hebt nagenoeg de hele onderzoeksstaf ontmoet,' zei Claire. 'Er is nog een laborant, Mark Halpern, maar ik zie hem zo gauw niet. We hebben momenteel niet veel personeel, hoewel het bericht de ronde doet dat de bezetting uitgebreid zal worden. Net als alle bedrijven hebben we magere jaren achter de rug.'

Sean knikte, maar de verklaring nam zijn teleurstelling niet weg. Door de indrukwekkende resultaten van het medulloblastoma-onderzoek had hij zich een grote groep onderzoekers voorgesteld die in een dynamisch tempo werkten. De afdeling leek daarentegen tamelijk verlaten, wat Sean weer deed denken aan de schokkende opmerking van Ramirez.

'Op de bewaking vertelden ze me dat er een paar onderzoekers spoorloos verdwenen zijn. Weet je daar iets van?'

'Niet veel,' bekende Claire. 'Het is verleden jaar gebeurd en het bracht nogal wat consternatie teweeg.'

'Wat is er precies gebeurd?'

'Ze waren inderdaad plotseling verdwenen,' zei Claire. 'Ze lieten alles achter: hun flats, hun auto's, zelfs hun vriendinnen.'

'En ze werden nooit gevonden?' vroeg Sean.

'O ja, ze doken weer op,' antwoordde Claire. 'Het bestuur praat er niet graag over, maar kennelijk werken ze voor een of ander bedrijf in Japan.'

'Sushita Industries?' vroeg Sean.

'Dat zou ik niet weten,' zei Claire.

Sean had wel eens gehoord dat bedrijven personeel wegkochten, maar nooit zo heimelijk. En nooit naar Japan. Hij besefte dat het waarschijnlijk weer een indicatie was dat de tijden in de biotechnologische arena aan het veranderen waren.

Claire liep naar een dikke, matglazen deur die de verdere doorgang over de gang belemmerde. Met blokletters stond erop: *Verboden Toegang*. Sean keek Claire vragend aan.

'Het maximum containment-lab is hier,' zei ze.

'Kunnen we het bezichtigen?' informeerde Sean. Hij schermde zijn ogen af en probeerde door de deur te kijken.

Claire schudde haar hoofd. 'Verboden terrein,' zei ze. 'Dokter Levy verricht het merendeel van haar werk daar. Dat wil zeggen, als ze in Miami is. Ze verdeelt haar tijd tussen het Forbes en ons Basic Diagnostic-lab in Key West.'

'Wat is dat?' wilde Sean weten.

Claire knipoogde en legde haar vinger tegen haar mond alsof ze een geheimpje ging verklappen. 'Het is een winstgevend nevenbedrijfje van het Forbes,' zei ze. 'Er wordt diagnostisch basisonderzoek verricht voor zowel ons ziekenhuis als voor andere ziekenhuizen in de Keys. Het is een manier om aan aanvullende inkomsten te komen. Het probleem is dat de wetgeving in Florida verwijzing moeilijk maakt.'

'Waarom kunnen we hier niet naar binnen?' vroeg Sean, en hij wees naar de glazen deur.

'Dokter Levy zegt dat het niet zonder risico is, maar ik weet niet precies wat ze daarmee bedoelt. Eerlijk gezegd blijf ik net zo lief buiten. Maar vraag het aan haar. Ze zal je vermoedelijk wel mee naar binnen nemen.'

Sean was er niet zo zeker van dat dr. Levy hem na hun eerste ontmoeting gunsten zou verlenen. Hij stak zijn hand uit en opende de deur op een kiertje. Er klonk een zacht sisgeluid toen de vergrendeling werd verbroken.

Claire pakte hem bij zijn arm. 'Wat doe je?' vroeg ze ontzet.

'Ik was gewoon benieuwd of hij op slot zou zijn,' zei Sean. Hij liet de deur weer dichtzwaaien.

'Je bent echt gek,' zei ze.

Ze keerden op hun schreden terug en gingen een verdieping naar beneden. De vijfde verdieping werd gedomineerd door een groot lab aan één kant van de gang en kleine kantoortjes aan de andere kant. Claire nam Sean mee het grote lab in.

'Er is me verteld dat je in dit lab gaat werken,' zei Claire. Ze deed de plafondlichten aan. Het was een enorme ruimte vergeleken bij de laboratoria waarin Sean gewoonlijk werkte op zowel Harvard als het MIT, waar ruzies om werkruimte onder onderzoekers legendarisch waren vanwege hun felheid. In het midden was een met glas omgeven kantoortje met een bureau, een telefoon en een computerterminal.

Sean wandelde rond en raakte de apparatuur aan. Die was eenvoudig, maar bruikbaar. De indrukwekkendste voorwerpen waren een luminescentie-spectrofotometer en een fluorescentiemicroscoop waar te nemen. Sean meende dat hij in de juiste omstandigheden wel wat plezier zou kunnen hebben van die instrumenten, maar hij wist niet of het Forbes de juiste sfeer verschafte. Om te beginnen besefte hij dat hij vermoedelijk helemaal alleen in deze grote ruimte zou werken.

'Waar zijn alle reagentia en dergelijke?' vroeg hij.

Claire gebaarde hem haar te volgen en ze daalden weer een verdieping af, waar Claire hem de voorraadkamer liet zien. Wat Sean betrof, was dit de indrukwekkendste plek die hij tot dusver had gezien. De voorraadkamer was gevuld met alles wat een moleculair-biologisch lab nodig kon hebben.

Na een vluchtige rondleiding door de rest van de laboratoriumruimte voerde Claire Sean mee naar het souterrain. Met opgetrokken neus bracht ze hem naar de ruimte waar de proefdieren zaten. Honden blaften, apen grijnsden dreigend en muizen en ratten renden als waanzinnigen door hun kooien. De lucht was vochtig en rook doordringend. Claire stelde Sean voor aan Roger Calvet, de dierenverzorger. Hij was een kleine man met een grote bochel.

Ze bleven maar een minuutje en toen de deuren achter hen dichtgingen, maakte Claire een opgelucht gebaar. 'Mijn minst favoriete onderdeel van de rondleiding,' vertrouwde ze hem toe. 'Ik weet niet precies waar ik sta ten opzichte van de rechten van dieren.'

'Het is moeilijk,' beaamde Sean. 'Maar we hebben ze zonder meer nodig. Om de een of andere reden maak ik me minder druk over muizen en ratten dan over honden of apen.'

'Ik word geacht je ook het ziekenhuis te laten zien,' zei Claire. 'Heb je nog zin?'

'Waarom niet,' antwoordde Sean. Hij genoot van Claires gezelschap.

Ze namen de lift naar de tweede verdieping en staken via de voetgangersbrug over naar de kliniek. De torens lagen ongeveer vijftien meter van elkaar.

De tweede verdieping van het ziekenhuis bevatte zowel de onderzoek- en behandelkamers als de intensive-care en de operatiezalen. Het scheikundig laboratorium en de radiologische afdeling bevonden zich eveneens hier, tezamen met het medisch archief. Claire nam Sean mee naar binnen om kennis te maken met haar moeder, die een van de medisch bibliothecaressen was.

'Als ik je van dienst kan zijn,' zei mevrouw Barington, 'geef je maar een gil.'

Sean bedankte haar en maakte aanstalten om te vertrekken, maar mevrouw Barington stond erop hem de afdeling te laten zien. Sean probeerde interesse te tonen toen hem de computerfaciliteiten van het Forbes werden getoond, de laserprinters, de goederenlift die ze gebruikten om dossiers vanuit de archiefruimte in het souterrain omhoog te halen en het uitzicht dat ze hadden over de trage rivier.

Toen ze weer op de gang stonden, bood Claire haar excuses aan. 'Dat heeft ze nog nooit gedaan,' voegde ze eraan toe. 'Ze vond je vast aardig.'

'Zoiets overkomt mij nu altijd,' zei Sean. 'Oudere vrouwen en meisjes onder de tien mogen me wel. Het zijn de vrouwen daartussenin met wie ik moeite heb.'

'Je denkt zeker dat ik dat geloof,' zei Claire sarcastisch.

Vervolgens werd Sean onthaald op een snelle wandeling door het moderne ziekenhuis, dat tachtig bedden telde. Het was schoon, goed ontworpen en het had kennelijk voldoende personeel. Met zijn tropische kleuren en verse bloemen was het er zelfs vrolijk, ondanks de ernst van de ziekten van veel van de patiënten. Tijdens deze etappe van de rondleiding vernam Sean dat het Forbes samenwerkte met het NIH om gevorderde melanomen te behandelen. Door de felle zon kwamen er veel melanomen voor in Florida.

Na afloop van de rondleiding meende Claire dat het tijd was dat ze hem naar het Cow's Palace bracht. Hij probeerde haar erop te wijzen dat hij zich prima alleen zou redden, maar daar wilde ze niets van horen. Met het strikte bevel dicht achter haar te blijven rijden, volgde hij haar auto de parkeerplaats van het Forbes af en zette via Twelfth Avenue koers naar het zuiden. Hij reed uiterst voorzichtig omdat hij eens had gehoord dat veel inwoners van Miami pistolen in hun handschoenenvak hadden liggen. Miami had een van de hoogste sterftecijfers tengevolge van lichte aanrijdingen.

Bij Calle Ocho sloegen ze linksaf en Sean ving een glimp op van de rijke Cubaanse cultuur die zo'n onuitwisbaar stempel op modern Miami heeft gedrukt. Bij Brickell sloegen ze rechtsaf en de stad veranderde opnieuw. Nu reed hij voorbij glanzende bankgebouwen die elk een openlijk bewijs vormden van de financiële macht van de illegale drughandel.

Het Cow Palace was op zijn zachtst gezegd niet bepaald indrukwekkend. Net als veel andere gebouwen in de buurt bestond het uit twee verdiepingen beton met aluminium schuifdeuren en ramen. Het strekte zich bijna een blok lang uit met zowel aan de voor- als de achterkant een geasfalteerde parkeerplaats. Het enige aantrekkelijke aan het gebouw waren de tropische planten, waarvan er veel in bloei stonden.

Sean parkeerde naast Claires Honda.

Nadat Claire op de sleutels had gecontroleerd wat het flatnummer was, ging ze hem voor naar boven. Seans appartement bevond zich halverwege de hal aan de achterkant. Terwijl Claire worstelde met de sleutel ging de tegenoverliggende deur open.

'Kom je hier wonen?' vroeg een blonde man van een jaar of dertig met een ontbloot bovenlijf.

'Dat lijkt er wel op,' zei Sean.

'Ik ben Gary,' zei de man. 'Gary Engels uit Philadelphia. Ik ben röntgenlaborant. Ik werk 's nachts. Hoe zit het met jou?'

'Ik ben medisch student,' zei Sean, terwijl Claire eindelijk de deur open kreeg.

De gemeubileerde flat bevatte naast een woonkamer, een slaapkamer en een complete keuken. Glazen schuifdeuren leidden van zowel de woonkamer als de slaapkamer naar een balkon dat langs de hele lengte van het gebouw liep.

'Wat vind je ervan?' informeerde Claire terwijl ze de schuifdeur naar de woonkamer opende.

'Beter dan ik had verwacht,' antwoordde Sean.

'Het is moeilijk voor het ziekenhuis om vast personeel te krijgen,' zei Claire. 'Vooral goede verpleegsters. We moeten ze een acceptabel tijdelijk verblijf geven om te kunnen concurreren met andere plaatselijke ziekenhuizen.'

'Bedankt voor alles,' zei Sean.

'Nog één ding,' zei Claire. Ze overhandigde hem een stukje papier. 'Dit is het nummer van het avondkledingverhuurbedrijf waarover dokter Mason het had. Ik neem aan dat je vanavond komt.'

'Dat was ik alweer vergeten,' zei Sean.
'Je moet echt komen,' zei Claire. 'Dit soort evenementen zijn een van de voordelen van het werken voor het Forbes.'
'Komen ze veel voor?' wilde Sean weten.
'Redelijk vaak,' zei Claire. 'Ze zijn echt leuk.'
'Jij bent er dus ook?' vroeg Sean.
'Vast en zeker.'
'Dan kom ik misschien ook wel,' zei hij. 'Ik heb me nog niet dikwijls in smoking gestoken. Het moet wel amusant zijn.'
'Geweldig,' zei Claire. 'En omdat je misschien moeite zou hebben om dokter Masons huis te vinden, vind ik het geen bezwaar je op te halen. Ik woon in Coconut Grove, hier verderop. Wat zou je zeggen van half acht?'
'Ik zal zorgen dat ik klaarsta,' zei Sean.

Hiroshi Gyuhama was geboren in Yokosuka, ten zuiden van Tokio. Zijn moeder had op de Amerikaanse marinebasis gewerkt en van jongs af aan had Hiroshi belangstelling gehad voor Amerika en voor westerse manieren. Zijn moeder dacht er anders over en weigerde hem op school Engels te laten leren. Als een gedwee kind berustte Hiroshi in de wensen van zijn moeder zonder ze in twijfel te trekken. Pas na haar dood, toen hij aan de universiteit biologie studeerde, was hij in staat Engelse les te nemen, en toen hij eenmaal begon, legde hij een ongewone vaardigheid aan den dag.
Na zijn afstuderen werd Hiroshi in dienst genomen door Sushita Industries, een enorme elektronica-corporatie die zich juist op het terrein van de biotechnologie had begeven. Toen Hiroshi's superieuren ontdekten dat hij vloeiend Engels sprak, stuurden ze hem naar Florida om toezicht te houden op hun investering in het Forbes.
Afgezien van een aanvankelijk probleem met betrekking tot twee onderzoekers van het Forbes die weigerden mee te werken, een dilemma dat vlot werd afgehandeld door hen naar Tokio te halen door hun enorme salarissen aan te bieden, had Hiroshi geen ernstige moeilijkheden ondervonden tijdens zijn opdracht in het Forbes.
Sean Murphy's onverwachte komst was een ander verhaal. Voor Hiroshi en de Japanners in het algemeen was iedere verrassing

verontrustend. Vooral het feit dat Sean van Harvard kwam, baarde hem zorgen. Harvard stond voor Amerikaanse perfectie en Amerikaanse vindingrijkheid. Vandaar dat Hiroshi zich er zorgen over maakte dat Sean wel eens wat van de resultaten van het Forbes mee naar Harvard zou kunnen nemen, waarna de Amerikaanse universiteit hen eventuele patenten afhandig zou kunnen maken. Aangezien Hiroshi's carrière bij Sushita afhankelijk was van zijn welslagen de investering in Forbes te beschermen, beschouwde hij Sean als een potentiële bedreiging.

Zijn eerste reactie was geweest via zijn privé-telefoonverbinding een fax te verzenden naar zijn Japanse chef. Van meet af aan hadden de Japanners erop gestaan met Hiroshi te kunnen communiceren zonder tussenkomst van het schakelbord van het centrum. Dat was slechts één van hun voorwaarden geweest.

Hiroshi had onmiddellijk dr. Masons secretaresse gebeld om te vragen of hij de directeur zou kunnen spreken. Hij had een afspraak om twee uur gekregen. Om drie minuten voor twee liep hij de trap naar de zevende verdieping op. Hiroshi was een nauwgezet man die weinig aan het toeval overliet.

Toen hij binnenkwam, sprong Mason direct op. Hiroshi boog diep uit ogenschijnlijk respect, hoewel hij in werkelijkheid geen hoge dunk had van de Amerikaanse geneesheer omdat hij meende dat dr. Mason de ijzeren wilskracht miste die noodzakelijk was voor een goed manager. Naar Hiroshi's mening zou dr. Masons reactie als hij onder druk werd gezet onvoorspelbaar zijn. 'Dokter Gyuhama, aardig van u om boven te komen,' zei dr. Mason en hij gebaarde naar de bank. 'Kan ik iets voor u inschenken? Koffie, thee, vruchtesap?'

'Vruchtesap graag,' antwoordde Hiroshi met een beleefde glimlach. Hij had eigenlijk nergens zin in, maar hij wilde liever niet weigeren omdat dat ondankbaar zou lijken.

Dr. Mason nam tegenover Hiroshi plaats. Maar hij zat niet ontspannen. Hiroshi merkte op dat hij op het puntje van zijn stoel zat en zijn handen voortdurend over elkaar wreef. Hiroshi kon zien dat hij nerveus was, waardoor zijn achting voor hem nog verder daalde. Men behoorde zijn stemming niet zo openlijk te tonen.

'Wat kan ik voor u doen?' informeerde dr. Mason.

Hiroshi glimlachte opnieuw, bedenkend dat geen enkele Japanner ooit zo direct zou zijn.

'Ik werd vandaag voorgesteld aan een jonge student,' zei Hiroshi.

'Sean Murphy,' zei dr. Mason. 'Hij studeert medicijnen aan Harvard.'

'Harvard is een heel goede universiteit,' zei Hiroshi.

'Een van de beste,' zei dr. Mason. 'Vooral op het gebied van medisch onderzoek.' Dr. Mason nam Hiroshi behoedzaam op. Hij wist dat Hiroshi rechtstreekse vragen altijd vermeed. Mason moest proberen uit te puzzelen waar de Japanner op aanstuurde. Het was frustrerend, maar Mason wist dat Hiroshi Sushita's stroman was, dus was het belangrijk hem met respect te bejegenen. Duidelijk was in ieder geval dat hij Seans aanwezigheid verontrustend had gevonden.

Op dat ogenblik arriveerde het vruchtesapje en Hiroshi boog en bedankte enkele malen. Hij nam een slokje en zette het glas toen op het lage tafeltje.

'Misschien is het nuttig als ik uitleg waarom meneer Murphy hier is,' zei dr. Mason.

'Dat zou heel interessant zijn,' zei Hiroshi.

'Meneer Murphy is derdejaarsstudent medicijnen,' zei dr. Mason. 'In de loop van het derde jaar kunnen de studenten een periode besteden aan een keuzevak, om iets te bestuderen dat hen bijzonder interesseert. Meneer Murphy is geïnteresseerd in onderzoek. Hij zal hier twee maanden blijven.'

'Dat is heel fijn voor meneer Murphy,' zei Hiroshi. 'Hij komt tijdens de winter naar het zonnige Florida.'

'Het is een goed systeem,' beaamde dr. Mason. 'Hij zal ervaring opdoen door te zien hoe een lab functioneert, en wij hebben een extra kracht.'

'Misschien is hij geïnteresseerd in ons medulloblastoma-project,' zei Hiroshi.

'Hij is zeker geïnteresseerd,' zei dr. Mason, 'maar hij zal er niet in participeren. In plaats daarvan gaat hij werken met onze darmkanker-glycoproteïne en zal hij proberen de proteïne te kristalliseren. Ik hoef u niet te vertellen hoe goed het zou zijn voor zowel Forbes als Sushita als hij in staat zou blijken iets tot stand te brengen wat ons tot dusver niet is gelukt.'

'Ik ben door mijn superieuren niet ingelicht over de komst van meneer Murphy,' zei Hiroshi. 'Het is niets voor hen om zoiets na te laten.'

Ineens besefte dr. Mason waar dit omslachtige gesprek om draaide. Een van Sushita's voorwaarden was dat zij alle nieuwe medewerkers beoordeelden voordat ze definitief in dienst werden genomen. Gewoonlijk was het een formaliteit, en omdat het een student betrof, had dr. Mason er geen moment bij stilgestaan, vooral omdat Murphy's verblijf tijdelijk was.

'De beslissing om meneer Murphy uit te nodigen in het kader van zijn keuzevak verliep nogal snel. Misschien had ik Sushita op de hoogte moeten stellen, maar hij is geen reguliere werknemer. Hij wordt niet betaald. Bovendien is hij maar een student met een beperkte ervaring.'

'Toch zullen hem monsters glycoproteïne worden toevertrouwd,' zei Hiroshi. 'Hij zal toegang hebben tot de recombinant E. coli dat de proteïne produceert.'

'Het ligt voor de hand dat hij de proteïne zal isoleren,' zei dr. Mason. 'Maar al moet hij met onze recombinante technologie werken, daarom hoeven we hem die technologie nog niet te tonen.'

'Hoeveel weet u van hem af?' vroeg Hiroshi.

'Hij is aanbevolen door een uitermate betrouwbare collega,' zei dr. Mason.

'Misschien is mijn bedrijf geïnteresseerd in zijn curriculum vitae,' zei Hiroshi.

'Dat hebben we niet,' zei dr. Mason. 'Hij is slechts een student. Als er iets bijzonders was, zou mijn vriend, dokter Walsh, dat ongetwijfeld hebben meegedeeld. Hij heeft gezegd dat meneer Murphy een ster was op het gebied van proteïne-kristallisatie en het maken van monoklonale antistoffen van ratten en muizen. We hebben een ster nodig als we met een octrooibaar produkt voor de dag willen komen. Bovendien is het Harvard-cachet waardevol voor de kliniek. Het idee dat we een Harvard-student hebben opgeleid zal ons geen kwaad doen.'

Hiroshi stond op en boog met zijn onverstoorbare glimlach, maar niet zo diep en ook niet zo langdurig als toen hij het kantoor was binnengekomen. 'Bedankt voor uw tijd,' zei hij, waarna hij het vertrek verliet.

Nadat de deur achter Hiroshi in het slot was gevallen, sloot dr. Mason zijn ogen en wreef met zijn vingertoppen over zijn oogleden. Zijn handen trilden. Hij was veel te nerveus en als hij niet oppaste, zou zijn maagzweer gaan opspelen. Nu de mogelijkheid bestond dat de een of andere psychopaat metastatische borstkankerpatiënten stelselmatig doodde, had hij allerminst behoefte aan moeilijkheden met Sushita. Hij had er nu spijt van dat hij de postdoctoraal student had uitgenodigd om Clifford Walsh een genoegen te doen. Het was een complicatie die hij eigenlijk niet kon gebruiken.

Maar dr. Mason wist ook dat hij iets nodig had om de Japanners aan te bieden, omdat ze anders hun subsidie misschien niet zouden verlengen, ongeacht andere belangen die ze hadden. Als Sean het probleem van de ontwikkeling van een antistof voor hun glycoproteïne kon helpen oplossen, zou zijn komst een geschenk uit de hemel blijken te zijn.

Dr. Mason streek nerveus door zijn haar. Het probleem was, zoals Hiroshi hem had doen beseffen, dat hij heel weinig af wist van Sean Murphy. Toch zou Sean toegang hebben tot hun laboratoria. Hij kon praten met andere werknemers; hij zou toegang krijgen tot de computers. En Sean leek bepaald een nieuwsgierig type.

Dr. Mason griste de hoorn van de haak en vroeg zijn secretaresse Clifford Walsh te bellen. Terwijl hij wachtte, vroeg hij zich af waarom hij er niet eerder aan had gedacht Clifford te bellen.

Binnen enkele minuten kwam dr. Walsh aan de telefoon. Omdat ze elkaar de week tevoren nog hadden gesproken, besteedden ze weinig tijd aan beuzelpraat.

'Is Sean goed aangekomen?' informeerde dr. Walsh.

'Hij is vanochtend gearriveerd.'

'Hopelijk heeft hij niet nu al voor moeilijkheden gezorgd,' zei dr. Walsh.

Dr. Mason voelde zijn maagzweer opspelen. 'Dat is een vreemde opmerking,' zei hij. 'Vooral na je uitstekende aanbevelingen.'

'Alles wat ik over hem heb verteld, is waar,' zei dr. Walsh. 'Het joch is een genie als het op moleculaire biologie aankomt. Maar hij is een straatjongen en zijn sociale vaardigheden blijven ver achter bij zijn intellectuele vermogens. Hij kan koppig zijn. En fysiek is hij sterker dan een os. Hij had profhockeyer kunnen worden. Hij is het type kerel dat je het liefst aan jouw kant hebt bij een knokpartij.'

'We hebben hier zelden knokpartijen,' zei dr. Mason met een lachje. 'Dus wat dat betreft zullen we geen profijt hebben van zijn vaardigheden. Maar ik wil iets anders weten. Is Sean ooit op de een of andere manier verbonden geweest met de biotechnologie-industrie? Heeft hij bijvoorbeeld ergens vakantiewerk gedaan?'

'Nou en of,' zei dr. Walsh. 'Hij heeft er niet alleen ergens gewerkt, hij heeft zelf een bedrijf gehad. Samen met een groepje vrienden heeft hij een bedrijf opgezet dat Immunotherapie heette, om monoklonale antistoffen te ontwikkelen. Het bedrijf liep goed voorzover ik weet. Maar ik houd me niet bezig met de commerciële kant van ons vak.'

De pijn in Masons maag werd heviger. Dit had hij niet willen horen.

Mason bedankte dr. Walsh, hing op en slikte meteen twee antimaagzuurtabletten. Hij was bang dat Sushita achter Seans connecties met dit Immunotherapie-bedrijf zou komen. Als dat gebeurde, zou dat hen ertoe kunnen brengen de overeenkomst te verbreken.

Dr. Mason ijsbeerde door zijn kantoor. Zijn intuïtie vertelde hem dat hij iets moest doen. Misschien moest hij Sean terugsturen naar Boston, zoals dr. Levy had gesuggereerd. Maar dat zou betekenen dat ze Seans bijdrage aan het glycoproteïne-project zouden verliezen.

Ineens kreeg dr. Mason een idee. Hij kon in ieder geval proberen meer over Seans bedrijf te weten te komen. Hij nam opnieuw de hoorn op. Ditmaal liet hij het nummer niet door zijn secretaresse draaien. Hij draaide het zelf. Hij belde Sterling Rombauer.

Zoals afgesproken, verscheen Claire om klokslag half acht bij Seans flat. Ze droeg een zwarte jurk met dunne schouderbandjes en lange bungelende oorringen. Haar bruine haar was opzij gekamd en vastgezet door met bergkristallen bezette spelden. Sean vond dat ze er fantastisch uitzag.

Hij was niet zo zeker van zijn eigen uiterlijk. De gehuurde smoking had zonder meer bretels nodig: de pantalon bleek twee maten te groot en er was geen tijd meer geweest om hem te ruilen.

De schoenen waren ook een halve maat te groot. Maar het overhemd en de jas pasten redelijk goed en hij bracht het haar boven zijn oren in fatsoen met wat haargel die hij van zijn vriendelijke buurman, Gary Engels, had geleend. Hij had zich zelfs geschoren.

Ze namen Seans jeep, omdat die ruimer was dan Claires kleine Honda. Met behulp van Claires aanwijzingen omzeilden ze de hoogbouw in het centrum en reden ze Biscayne Boulevard op. Mensen van alle rassen en nationaliteiten bevolkten de straat. Ze passeerden een Rolls Royce-dealer en Claire zei dat ze had gehoord dat de meeste auto's bij die dealer contant werden betaald; de mensen liepen naar binnen met aktentassen vol biljetten van twintig dollar.

'Als er morgen een einde kwam aan de drughandel, zou dat waarschijnlijk enorme invloed hebben op deze stad,' suggereerde Sean.

'De stad zou instorten,' zei Claire.

Ze sloegen rechtsaf op de MacArthur Causeway en zetten koers naar de zuidelijke punt van Miami Beach. Aan hun rechterhand passeerden ze verscheidene grote cruiseschepen die afgemeerd lagen in de zeehaven van Dodge Island. Vlak voordat ze Miami Beach bereikten, sloegen ze linksaf en reden een bruggetje op, waar ze werden tegengehouden door een gewapende bewaker bij een portierswoning.

'Dit moet een chique plaats zijn,' merkte Sean op toen hen door een armzwaai duidelijk werd gemaakt dat ze konden doorrijden.

'Nogal,' antwoordde Claire.

'Mason boert niet slecht,' zei Sean. De vorstelijke huizen waar ze nu langs reden leken ongepast voor een directeur van een onderzoekscentrum.

'Ik denk dat zij degene met het geld is,' zei Claire. 'Haar meisjesnaam is Forbes, Sarah Forbes.'

'Dat meen je niet.' Sean wierp een blik op Claire om er zeker van te zijn dat ze hem niet voor de gek hield.

'Het was haar vader die het Forbes Cancer Center opzette.'

'Wat gerieflijk,' zei Sean. 'Aardig van de oude man om zijn schoonzoon een baan te geven.'

'Het is niet zoals je denkt,' zei Claire. 'Het is net een soap opera. Haar vader begon de kliniek, maar toen hij overleed, maakte hij

Sarah's oudere broer, Harold, executeur testamentair. Toen verloor Harold het grootste deel van het geld van de stichting met een of ander landontwikkelingsproject elders in Florida. Dokter Mason arriveerde pas toen de kliniek op het punt stond ten onder te gaan. Hij en dokter Levy hebben de zaak weer op poten gezet.'

Ze reden langs een uitgestrekte oprijlaan tot voor een enorm wit huis met een zuilengang met Corinthische zuilen. Een parkeerbediende ontfermde zich direct over de auto.

Het interieur van het huis was even imponerend. Alles was wit: witte marmeren vloeren, wit meubilair, wit tapijt en witte wanden.

'Ik hoop dat ze de binnenhuisarchitect niet te veel hebben betaald voor het uitkiezen van de kleuren,' zei Sean.

Ze werden via het huis naar een terras gebracht dat uitkeek op de Baai van Biscayne. De baai was bezaaid met lichtjes van andere eilanden en van honderden boten. Aan de andere kant lag Miami in het maanlicht.

Ingebed in het midden van het terras lag een groot niervormig zwembad dat verlicht werd van onder het water. Links ervan stond een tent met roze en witte strepen en lange tafels die waren beladen met eten en drinken. Een calypso steelband speelde naast het huis en vulde de fluwelen nachtlucht met melodieuze percussie. Aan de rand van het water achter het terras lag een gigantisch wit motorjacht aan een steiger afgemeerd. Aan davits aan de achtersteven van het jacht hing nog een boot.

'Daar heb je de gastheer en de gastvrouw,' waarschuwde Claire Sean, die tijdelijk gehypnotiseerd was door het tafereel.

Sean draaide zich op tijd om om te zien hoe dr. Mason een weelderig gevormde geblondeerde vrouw naar hen toe loodste. Hij droeg een elegante smoking, die duidelijk niet gehuurd was, en lakleren schoenen met zwarte strikken. Zij zat zo strak in een strapless perzikkleurige jurk, dat Sean vreesde dat haar indrukwekkende borsten bij de geringste beweging zouden worden ontbloot. Haar haar zat een beetje in de war en haar make-up zou beter passen bij een meisje dat de helft jonger was dan zij. Ze was bovendien duidelijk dronken.

'Welkom, Sean,' zei dr. Mason. 'Hopelijk heeft Claire goed voor je gezorgd.'

'Uitstekend!' zei Sean.

Dr. Mason stelde Sean voor aan zijn vrouw, die met haar zwaar opgemaakte wimpers knipperde. Sean drukte haar plichtmatig de hand, maar gaf haar geen kus op haar wang, hoewel ze dat kennelijk verwachtte.

Dr. Mason draaide zich om en gebaarde een ander stel zich bij hen te voegen. Hij stelde Sean voor als medicijnenstudent van Harvard, die een tijdje in het centrum kwam studeren. Sean had het onbehaaglijke gevoel dat hij tentoongesteld werd.

De naam van de man was Howard Pace en Sean maakte uit dr. Masons woorden op dat hij hoofddirecteur was van een vliegtuigfabriek in St. Louis en dat hij degene was die op het punt stond een donatie aan het centrum te doen.

'Weet je, jongen,' zei meneer Pace terwijl hij zijn arm om Seans schouder sloeg. 'Mijn gift is bedoeld om jonge mannen en vrouwen zoals jij te helpen opleiden. Ze doen geweldige dingen in het Forbes. Je zult veel leren. Studeer hard!' Hij gaf Sean tot slot een joviale klap op de schouder.

Mason stelde Pace voor aan een paar andere stellen en Sean merkte plotseling dat hij alleen was. Hij stond op het punt een drankje te pakken toen een onvaste stem hem daarvan weerhield. 'Hallo, schoonheid.'

Sean draaide zich om en keek recht in de wazige ogen van Sarah Mason.

'Ik wil je iets laten zien,' zei ze, en ze pakte Sean bij de mouw. Sean wierp een wanhopige blik om zich heen op zoek naar Claire, maar vond haar niet. Met een berusting die hij slechts zelden toonde, liet hij zich de patiotrap af voeren naar de werf. Hij moest Sarah om de paar stappen opvangen, omdat haar hoge hakken door de kieren tussen de planken gleden. Bij de loopplank die naar het jacht leidde, kwam Sean oog in oog te staan met een forse Dobermann met een spijkerhalsband en witte tanden.

'Dit is mijn boot,' zei Sarah. 'De naam is Lady Luck. Heb je zin in een rondleiding?'

'Ik geloof niet dat dat beest op het dek gezelschap wenst,' zei Sean.

'Batman?' vroeg Sarah. 'Maak je over hem maar niet ongerust. Zolang je bij mij bent, is hij als een lam.'

'Misschien kunnen we later terugkomen,' zei Sean. 'Eerlijk gezegd rammel ik van de honger.'

'Er is eten in de koelkast,' hield Sarah vol.

'Ja, maar ik heb mijn zinnen gezet op de oesters die ik in de tent heb gezien.'

'Oesters, hè?' zei Sarah. 'Dat klinkt goed. We kunnen de boot later bekijken.'

Zodra hij Sarah weer aan land had, ging Sean ervandoor en liet haar achter bij een nietsvermoedend echtpaar dat juist op weg was naar het jacht. Toen hij de menigte afspeurde naar Claire, greep een sterke hand zijn arm beet. Sean draaide zich om en keek recht in het opgeblazen gezicht van Robert Harris, het hoofd van de bewaking. Zelfs een smoking veranderde weinig aan zijn ruige uiterlijk. Zijn boord knelde kennelijk, want zijn ogen puilden uit.

'Ik zal je een goede raad geven, Murphy,' zei Harris met duidelijke minachting.

'Echt waar?' vroeg Sean. 'Dat moet interessant zijn omdat we zoveel gemeen hebben.'

'Je bent een eigenwijze klootzak,' siste Harris.

'Is dat het advies?' vroeg Sean.

'Blijf uit de buurt van Sarah Forbes,' zei Harris. 'Ik zeg het maar één keer.'

'Verdraaid,' zei Sean. 'Dan moet ik onze picknick van morgen moeten afzeggen.'

'Ga niet te ver!' waarschuwde Harris. Met een laatste woedende blik beende hij weg.

Sean vond Claire ten slotte bij de tafel met oesters, garnalen en krab. Terwijl hij zijn bord vulde, verweet hij haar dat ze hem in de klauwen van Sarah Mason had laten vallen.

'Ik neem aan dat ik je had moeten waarschuwen,' zei Claire. 'Ze is berucht omdat ze, als ze drinkt, alles met een broek aan achterna zit.'

'En ik dacht nog wel dat ik onweerstaanbaar was.'

Ze waren nog druk bezig met het zeebanket toen dr. Mason het podium betrad en op de microfoon tikte. Zodra iedereen stil was, stelde hij Howard Pace voor en bedankte hem uitbundig voor zijn royale gift. Na een daverend applaus overhandigde dr. Mason de eregast de microfoon.

'Dit is een beetje weeïg naar mijn smaak,' fluisterde Sean.

'Gedraag je,' berispte Claire hem.

Howard Pace begon zijn praatje met de gebruikelijke gemeenplaatsen, maar toen sloeg zijn stem over van emotie. 'Zelfs deze cheque voor tien miljoen dollar is niet voldoende om mijn gevoelens van dankbaarheid uit te drukken. Het Forbes Cancer Center heeft me een tweede kans gegeven om te leven. Voordat ik hier kwam geloofden al mijn doktoren dat mijn hersentumor terminaal was. Ik had het bijna opgegeven. God zij dank deed ik dat niet. En god zij dank voor de toegewijde artsen in het Forbes Cancer Center.'

Niet in staat verder te spreken, zwaaide Pace met zijn cheque in de lucht terwijl de tranen over zijn gezicht stroomden. Dr. Mason verscheen meteen aan zijn zij en redde de cheque zodat hij niet in de Biscayne Baai kon waaien.

Een nieuw applaus maakte een einde aan de formele gebeurtenissen van de avond. De gasten stroomden naar voren, allen geraakt door de emotie die Howard Pace tot uitdrukking had gebracht. Ze hadden een dergelijke intimiteit van zo'n machtig man niet verwacht.

Sean wendde zich tot Claire. 'Ik wil niet saai zijn,' zei hij. 'Maar ik ben al vanaf vijf uur vanochtend op. Ik begin in te storten.'

Claire zette haar glas neer.

'Ik heb er ook genoeg van. Bovendien moet ik morgen weer vroeg op mijn werk zijn.'

Ze vonden dr. Mason en bedankten hem, maar hij was verstrooid en besefte amper dat ze vertrokken. Sean was blij dat mevrouw Mason was verdwenen.

Toen ze terugreden over de Causeway was Sean de eerste die iets zei. 'Die speech was in feite heel aandoenlijk,' zei hij.

'Dat maakt het allemaal de moeite waard,' stemde Claire in.

Sean parkeerde naast Claires Honda. Er volgde een onbehaaglijk moment. 'Ik heb vanmiddag een paar blikjes bier gekocht,' zei hij na een stilte. 'Heb je zin een paar minuten mee naar boven te gaan?'

'Prima,' zei Claire geestdriftig.

Terwijl Sean achter haar aan de trap op liep, vroeg hij zich af of hij zijn uithoudingsvermogen had overschat. Hij viel om van de slaap.

Bij de deur van zijn flat morrelde hij onhandig met de sleutels en probeerde de juiste in het slot te steken. Toen hij ten slotte de sleutel had omgedraaid, opende hij de deur en tastte naar het lichtknopje. Juist toen zijn vingers de schakelaar aanraakten, klonk er een woeste kreet. Toen hij zag wie er op hem wachtte, stolde het bloed in zijn aderen.

'Voorzichtig!' zei dr. Mason tegen de twee ambulancebroeders. Ze gebruikten een speciale brancard om Helen Cabot uit de Lear jet te tillen die haar naar Miami had gebracht. 'Pas op voor de treden!'

Dr. Mason had zijn smoking nog aan. Juist toen het feest op zijn eind liep, had Margaret Richmond opgebeld om te vertellen dat Helen Cabot ieder moment kon landen. Zonder een seconde te aarzelen was dr. Mason in zijn Jaguar gesprongen.

Zo voorzichtig mogelijk lieten de paramedici Helen in de ambulance glijden. Dr. Mason stapte in na de ernstig zieke vrouw.

'Lig je comfortabel?' vroeg hij.

Helen knikte. De vlucht was inspannend geweest. De zware medicamenten hadden haar aanvallen niet helemaal onder controle kunnen houden. Daar kwam nog bij dat ze slecht weer hadden gehad boven Washington D.C.

'Ik ben blij dat ik hier ben,' zei ze met een flauwe glimlach. Dr. Mason pakte geruststellend haar arm vast, stapte toen uit de ambulance en wendde zich tot haar ouders, die de brancard vanuit het vliegtuig waren gevolgd. Ze besloten dat mevrouw Cabot met de ambulance zou meerijden en John Cabot met dr. Mason. Dr. Mason volgde de ambulance vanaf het vliegveld.

'Ik ben geroerd dat u ons bent komen afhalen,' zei Cabot. 'Te oordelen naar uw kleding vrees ik dat we uw avond hebben verstoord.'

'Het was feitelijk een perfecte timing,' zei Mason. 'Kent u Howard Pace?'

'De vliegtuigmagnaat?' vroeg John Cabot.

'Precies,' zei dr. Mason. 'Meneer Pace heeft een royale donatie gedaan aan het Forbes Center en we hadden een klein feestje. Maar het liep ten einde toen u belde.'

'Toch is uw bezorgdheid geruststellend,' zei John Cabot. 'Veel dokters hebben alleen oog voor hun eigen agenda's. Ze zijn meer geïnteresseerd in zichzelf dan in hun patiënten. De ziekte van mijn dochter heeft me de ogen geopend.'

'Helaas zijn uw klachten maar al te gewoon,' zei dr. Mason. 'Maar in het Forbes is het de patiënt die telt. We zouden zelfs nog meer doen als we niet zo verlegen zaten om fondsen. Sinds de regering de subsidies heeft beperkt, hebben we het moeilijk.'

'Als u mijn dochter kunt helpen, zal ik met plezier een financiële bijdrage leveren.'

'We zullen alles doen wat in onze macht ligt om haar te helpen.'

'Vertelt u me eens,' zei Cabot. 'Wat zijn volgens u haar kansen? Ik wil graag de waarheid weten.'

'De kans op volledig herstel is heel groot,' zei dr. Mason. 'We hebben opmerkelijk veel geluk gehad met Helens soort tumor, maar we moeten onmiddellijk met de behandeling beginnen. Ik heb geprobeerd haar overplaatsing te bespoedigen, maar uw dokters in Boston leken onwillig haar te laten gaan.'

'Zo zijn de artsen in Boston. Zolang er nog een proef beschikbaar is, willen ze die doen. En natuurlijk willen ze die herhalen.'

'We hebben geprobeerd hen ervan af te brengen een biopsie op de tumor uit te voeren,' zei dr. Mason. 'We kunnen nu de diagnose van medulloblastoma stellen met een verbeterde MRI. Maar ze wilden niet luisteren. Ziet u, we moeten een biopsie doen ongeacht of ze dat al hebben gedaan of niet. We moeten enkele van haar tumorcellen in weefsel kweken. Het vormt een wezenlijk onderdeel van de behandeling.'

'Wanneer kan het worden gedaan?' vroeg John Cabot.

'Hoe eerder hoe beter,' zei dr. Mason.

'Maar je had toch niet hoeven schreeuwen,' zei Sean. Hij trilde nog steeds van de schrik die hij kreeg toen hij het licht had aangedaan.

'Ik schreeuwde niet,' zei Janet. 'Ik riep "verrassing!". Onnodig te zeggen dat ik niet zeker weet wie er meer verrast was, ik, jij of die vrouw.'

'Die vrouw werkt in het Forbes Cancer Center,' zei Sean. 'Dat heb ik je al tien keer verteld. Ze werkt op de afdeling public-relations. Haar was opgedragen mij bezig te houden.'

'En dat hield in dat ze na tien uur 's avonds mee naar je flat moest gaan?' vroeg Janet smalend. 'Ik ben geen kind meer. Ik kan het niet geloven. Je bent hier nog geen vierentwintig uur en je neemt al een vrouw mee naar je flat.'

'Ik wilde haar niet uitnodigen,' zei Sean. 'Maar ik bevond me in een lastig parket. Ze heeft me vanmiddag hiernaartoe gebracht en vanavond heeft ze me meegenomen naar een evenement van Forbes. Toen we hier aankwamen omdat haar auto hier stond, vond ik dat ik gastvrij moest zijn. Ik bood haar een biertje aan. Ik had haar al verteld dat ik uitgeput was. Verdorie, anders klaag je altijd over mijn asociale gedrag.'

'Je besluit om manieren te leren komt wel buitengewoon goed van pas nu je ze kunt uitproberen op een jonge, aantrekkelijke vrouw,' tierde Janet. 'Ik geloof niet dat het onredelijk is als ik sceptisch ben.'

'Je zoekt hier veel te veel achter,' zei Sean. 'Hoe ben je trouwens binnengekomen?'

'Ze hebben me de flat twee deuren verderop gegeven,' zei Janet. 'En je hebt je schuifdeur opengelaten.'

'Waarom laten ze je hier logeren?'

'Omdat ik ben aangenomen door het Forbes Cancer Center,' zei Janet. 'Dat vormt een deel van de verrassing. Ik ga hier werken.'

Voor de tweede keer die avond deed Janet hem versteld staan. 'Hier werken?' herhaalde hij alsof hij het niet goed had gehoord. 'Waar heb je het over?'

'Ik heb het Forbes-ziekenhuis gebeld,' zei Janet. 'Ze hebben een actief wervingsprogramma voor verpleegsters. Ze hebben me onmiddellijk aangenomen. Zij hebben op hun beurt het bestuur van de Vereniging voor verpleegkundigen in Florida gebeld en een tijdelijke vergunning voor 120 dagen geregeld, zodat ik kan werken terwijl de administratieve rompslomp van het verkrijgen van een verpleegdiploma voor Florida wordt afgewikkeld.'

'Hoe zit het met je baan in het Boston Memorial?' vroeg Sean.

'Geen enkel probleem,' zei Janet. 'Ze hebben me meteen verlof gegeven. Een van de voordelen van het werken in de verpleging in deze tijd is dat er een grote vraag naar verpleegkundigen is. Wij hebben meer zeggenschap over onze arbeidsvoorwaarden dan de meeste werknemers.'

'Heel interessant,' zei Sean. Op dit ogenblik was dat het enige wat hij wist te zeggen.

'Dus we werken nog steeds voor dezelfde instelling.'

'Had je dit idee niet beter eerst met mij kunnen bespreken?' vroeg Sean.

'Dat kon ik niet,' zei Janet. 'Je was al onderweg.'

'En voor mijn vertrek?' vroeg Sean. 'Of je had kunnen wachten totdat ik hier was gearriveerd. Ik vind dat we hierover hadden moeten praten.'

'Dat is het hele punt,' zei Janet.

'Wat bedoel je?'

'Ik ben hier gekomen zodat we kunnen praten,' zei Janet. 'Ik vind dat dit een perfecte gelegenheid voor ons is om te praten. In Boston heb je het zo druk met je studie en je onderzoek. Hier zal je rooster ongetwijfeld minder zwaar zijn. We zullen de tijd hebben die we in Boston nooit hadden.'

Sean stond op van de bank en liep naar de open schuifdeur. Hij zocht naar woorden. Zijn verblijf in Florida bleek vies tegen te vallen. 'Hoe ben je hier gekomen?' vroeg hij.

'Ik ben komen vliegen en heb een auto gehuurd,' zei Janet.

'Dus er is nog niets onherroepelijks gebeurd,' zei Sean.

'Je moet niet denken dat je me zomaar naar huis kunt sturen,' zei Janet met opnieuw een scherpe klank in haar stem. 'Dit is waarschijnlijk de eerste keer in mijn leven dat ik zoveel moeite heb gedaan voor iets wat ik belangrijk vind.' Ze klonk nog altijd kwaad, maar Sean voelde dat ze ook ieder moment in tranen kon uitbarsten. 'Misschien is onze relatie in jouw plannen niet belangrijk...'

Sean viel haar in de rede. 'Dat is het helemaal niet. Het probleem is dat ik niet weet of ik hier blijf.'

Janets mond viel open. 'Waar heb je het over?' vroeg ze.

Sean liep terug naar de bank en ging zitten. Hij keek in Janets lichtbruine ogen terwijl hij haar alles vertelde over zijn verwarrende ontvangst in het centrum waarbij de ene helft van de mensen gastvrij was geweest en de andere helft onbeschoft. Het belangrijkste was, vertelde hij haar, dat dr. Mason en dr. Levy weigerden hem aan het medulloblastoma-protocol te laten werken.

'Wat willen ze dan dat je doet?' vroeg ze.

'Fröbelwerk, als je het mij vraagt,' zei Sean. 'Ze willen dat ik probeer een monoklonale antistof te maken voor een specifieke proteïne. Als dat niet lukt, moet ik de proteïne kristalliseren zodat de driedimensionale moleculaire vorm bepaald kan worden. Het zal tijdverspilling zijn. Ik zal niets leren. Ik kan beter teruggaan naar Boston om voor mijn dissertatie aan het oncogenenproject te werken.'

'Misschien zou je beide kunnen doen,' stelde Janet voor. 'Hen helpen met hun proteïne en in ruil daarvoor aan het medullo-blastoma-project werken.'

Sean schudde zijn hoofd. 'Ze waren heel duidelijk. Ze zullen niet van gedachten veranderen. Ze zeiden dat het medulloblastoma-onderzoek zich in het experimentele klinische stadium bevond en ik ben hier voor basisonderzoek. Onder ons gezegd, ik denk dat hun onwil iets te maken heeft met de Japanners.'

'De Japanners?' vroeg Janet.

Sean vertelde haar over de enorme subsidie die het Forbes had geaccepteerd in ruil voor octrooibare biotechnologische produk-ten. 'Ik denk dat het medulloblastoma-protocol op de een of andere manier verband houdt met hun overeenkomst. Het is de enige verklaring voor het feit dat de Japanners het Forbes zo veel geld aanbieden. Het is duidelijk dat ze verwachten en van plan zijn op een dag iets terug te krijgen voor hun investering – hoe eerder hoe beter.'

'Dat is afschuwelijk,' zei Janet, maar haar reactie was persoon-lijk. Het had niets te maken met Seans onderzoekscarrière. Haar inspanningen naar Florida te gaan hadden haar zo in beslag geno-men, dat ze zich niet had voorbereid op dit soort tegenslag.

'En er is nog een probleem,' zei Sean. 'De persoon die me het koelst ontvangen heeft, blijkt het hoofd van de onderzoeksafde-ling te zijn. Zij is degene aan wie ik rechtstreeks verantwoording moet afleggen.'

Janet zuchtte. Ze probeerde al te bedenken hoe ze alles wat ze had gedaan om naar het Forbes te gaan ongedaan kon maken. Ze zou in het Boston Memorial vermoedelijk weer nachtdiensten moeten draaien, een poosje althans. Janet richtte zich op uit de diepe fauteuil waarin ze zat en slenterde naar de schuifdeur. Naar Florida gaan had haar in Boston zo'n goed idee geleken. Nu leek het het stomste dat ze ooit had bedacht.

Ineens draaide ze zich snel om. 'Wacht eens even!' zei ze. 'Mis-schien weet ik er wel iets op.'

'Wat dan?' vroeg Sean toen Janet bleef zwijgen.

'Ik denk na,' zei ze, gebarend dat hij zijn mond moest houden.

Sean bestudeerde haar gezicht. Een ogenblik geleden had ze er verslagen uitgezien. Nu schitterden haar ogen.

'Goed, ik heb het volgende bedacht,' zei ze. 'Laten we hier blijven en samen in die medulloblastoma-zaak duiken. We zullen een team vormen.'

'Wat bedoel je?' vroeg Sean sceptisch.

'Het is heel eenvoudig,' zei Janet. 'Je zei dat het project in een klinisch experimentele fase is gekomen. Dat is geen enkel probleem. Ik zal op de zalen werken. Ik zal de behandelingsvoorschriften kunnen bekijken: de timing, de doseringen, alles. Jij zult in het lab werken en doen wat je moet doen. Die monoklonale toestand zal niet al je tijd opslokken.'

Sean beet op zijn onderlip terwijl hij over Janets voorstel nadacht. Hij had inderdaad overwogen die medulloblastomakwestie stiekem te onderzoeken. Zijn grootste obstakel was juist dat wat Janet hem in haar positie zou kunnen verschaffen, namelijk klinische informatie.

'Je zou me dossiers moeten leveren,' zei Sean. Hij kon het niet helpen dat hij twijfelde. Janet hield zich altijd strikt aan ziekenhuisprocedures en regels, in feite aan alle regels.

'Zolang ik een kopieermachine kan vinden, lijkt me dat geen probleem,' zei ze.

'Ik zou monsters nodig hebben van alle medicamenten,' zei Sean.

'Ik zal de geneesmiddelen vermoedelijk zelf toedienen,' zei ze.

Hij zuchtte. 'Ik weet het niet. Het klinkt allemaal nogal vaag.'

'Vooruit,' zei Janet. 'Wat is dit? Een rolverwisseling? Jij bent degene die er altijd op hamert dat ik een veel te beschut leventje leid en nooit risico's neem. Ineens ben ik degene die risico's neemt en word jij voorzichtig. Waar is die rebelse geest waarop je altijd zo trots bent geweest?'

Sean betrapte zich erop dat hij glimlachte. 'Wie is deze vrouw met wie ik praat?' vroeg hij retorisch. Hij lachte en zei: 'Goed, je hebt gelijk. Ik geef me al gewonnen voordat ik het heb geprobeerd. Laten we het erop wagen.'

Janet sloeg haar armen om hem heen. Hij omhelsde haar ook. Daarna keken ze elkaar in de ogen en kusten elkaar.

'Laten we naar bed gaan, nu we ons komplot hebben gesmeed,' zei Sean.

'Wacht eens even,' zei Janet. 'We slapen niet samen, als je dat bedoelt. Dat doen we pas weer als we serieus over onze verhouding hebben gepraat.'

'Vooruit, Janet,' jammerde Sean.

'Jij hebt jouw flat en ik de mijne,' zei Janet, en kneep hem in zijn neus. 'Ik meen het dat we eerst moeten praten.'

'Ik ben te moe om te redetwisten,' zei Sean.

'Prima,' zei Janet. 'Met redetwisten schieten we niets op.'

Om half twaalf die avond was Hiroshi Gyuhama de enige persoon in het Forbes-onderzoeksgebouw afgezien van de bewaker die hij ervan verdacht op zijn post bij de hoofdingang te zitten slapen. Hiroshi was al alleen in het gebouw sinds David Lowenstein om negen uur was vertrokken. Hiroshi bleef niet zo laat vanwege zijn onderzoek; hij wachtte op een boodschap. Hij wist dat het op dat moment in Tokio half twee in de middag van de volgende dag was. Gewoonlijk kreeg zijn chef na de lunch bericht van de directeuren over alles wat Hiroshi had doorgegeven. Precies op dat moment knipperde het ontvangstlampje op de fax en op het LCD-scherm verscheen de boodschap: ontvangen. Gretig pakten Hiroshi's vingers het vel papier beet zodra het uit het apparaat gleed. Opgewonden leunde hij achterover en las de instructie.

Het eerste deel luidde zoals hij had verwacht. De directie van Sushita was verontrust over de onverwachte komst van de Harvard-student. Ze waren van mening dat dit in strijd was met de afspraak met het Forbes. De instructie ging verder met te benadrukken dat het bedrijf geloofde dat de diagnose en behandeling van kanker de belangrijkste biotechnologische/farmaceutische ontwikkeling van de eenentwintigste eeuw zou zijn. Ze waren van mening dat het economisch belang ervan de triomf van de antibiotica van de twintigste eeuw zou overtreffen.

Het was het tweede deel van de boodschap dat Hiroshi met wanhoop vervulde. Het vermeldde dat de directie geen enkel risico wilde nemen, en dat Hiroshi Tanaka Yamaguchi moest bellen. Hij moest Tanaka zeggen dat hij een onderzoek naar Sean Murphy moest instellen en dat hij naar bevind van zaken moest handelen. Indien Murphy als een bedreiging werd beschouwd, moest hij onmiddellijk naar Tokio worden gebracht.

Nadat hij het faxformulier een paar keer in de lengte had opgevouwen, verbrandde hij het boven de gootsteen. Hij spoelde de as weg. Terwijl hij dat deed, merkte hij dat zijn handen trilden. Hiroshi had gehoopt dat de instructie uit Tokio hem rust zou brengen. Maar hij was er alleen maar geagiteerder door geworden. Het feit dat Hiroshi's superieuren van mening waren dat Hiroshi de situatie niet aankon, was geen goed teken. Ze hadden het niet rechtstreeks gezegd, maar de instructie Tanaka te bellen zei dat met zoveel woorden. Hiroshi maakte daaruit op dat ze hem niet vertrouwden in zaken van cruciaal belang, en als ze hem niet vertrouwden, had dat automatisch invloed op zijn opwaartse beweging in de Sushita-hiërarchie. Vanuit Hiroshi's standpunt gezien, had hij zijn gezicht verloren.

Hiroshi haalde, gehoorzaam als altijd, ondanks zijn toenemende ongerustheid, de lijst van noodtelefoonnummers tevoorschijn die men hem had gegeven voordat hij ruim een jaar geleden naar het Forbes was gekomen. Hij vond het nummer van Tanaka en draaide het. Terwijl de telefoon overging, voelde Hiroshi woede en wrok jegens de Harvard-student opkomen. Als de jonge toekomstige dokter niet naar het Forbes was gekomen, zou Hiroshi's positie tegenover zijn superieuren nooit op deze wijze zijn aangetast.

De boodschap in snel gesproken Japans spoorde degene die belde aan zijn naam en nummer na de piep in te spreken. Hiroshi volgde het verzoek op, maar voegde eraan toe dat hij op een telefoontje zou wachten. Hij hing op en dacht na over Tanaka. Hij wist niet veel van de man, maar wat hij wist was verontrustend. Tanaka was iemand die door verscheidene Japanse bedrijven werd gebruikt voor elke soort bedrijfsspionage. Wat Hiroshi dwarszat, was het gerucht dat Tanaka banden had met de Yakusa, de meedogenloze Japanse maffia.

Toen de telefoon een paar minuten later ging, klonk het schrille gerinkel onnatuurlijk hard in het stille, verlaten lab. Hiroshi werd erdoor opgeschrikt, en hij had de hoorn al van de haak voordat de telefoon voor de tweede keer overging.

'Moshimoshi,' zei Hiroshi veel te snel, waardoor hij zijn nervositeit verried.

De stem die antwoordde, was scherp en doordringend als een stiletto. Het was Tanaka.

4

Woensdag 3 maart, 8.30 uur

Toen Sean om half negen zijn ogen knipperend opende, was hij op slag klaarwakker. Hij pakte zijn horloge om te kijken hoe laat het was en had meteen de smoor in. Hij was van plan geweest die dag vroeg naar het lab te gaan. Als hij Janets plan een kans wilde geven, zou zijn inzet groter moeten zijn.

Nadat hij een boxershort had aangetrokken om er enigszins toonbaar uit te zien, liep hij op blote voeten over het balkon en klopte zacht op Janets schuifdeur. Haar gordijnen waren nog dicht. Hij klopte nog eens en ditmaal harder, en Janets slaperige gezicht verscheen achter het glas.

'Heb je me gemist?' vroeg Sean plagerig toen ze de deur openschoof.

'Hoe laat is het?' vroeg ze, met haar ogen knipperend tegen het felle licht.

'Tegen negenen,' zei Sean. 'Ik vertrek over een kwartier, twintig minuten. Zullen we samen gaan?'

'Ik kan beter mijn eigen auto nemen,' zei Janet. 'Ik moet namelijk een flat zoeken. Ik kan hier maar een paar nachten blijven.'

'Tot vanmiddag dan,' zei Sean. Hij maakte aanstalten weg te lopen.

'Sean!' riep Janet.

Sean draaide zich om.

'Succes!' zei Janet.

'Jij ook,' zei Sean.

Zodra Sean zich had aangekleed, reed hij naar het Forbes Center en parkeerde voor het onderzoeksgebouw. Het was iets over half tien toen hij binnenwandelde. Hij zag dat Robert Harris zich oprichtte achter het bureau, nadat hij de bewaker die baliedienst had iets had uitgelegd. Zijn gezichtsuitdrukking hield het midden tussen woede en norsheid. De man had kennelijk nooit een goed humeur.

'Bankiersuren?' vroeg Harris provocerend.

'Mijn lieve, beste marinier,' zei Sean. 'Heb je mevrouw Mason op het rechte pad weten te houden, of was ze wanhopig genoeg om met jou een tochtje met de Lady Luck te maken?'

Robert Harris keek Sean woedend aan toen hij tegen de stang van de tourniquet leunde om zijn identiteitsbewijs te laten zien aan de bewaker achter het bureau. Maar Harris kon zo gauw geen geschikt antwoord bedenken. De bewaker achter het bureau liet de stang omhooggaan en Sean liep door de tourniquet. Terwijl Sean erover nadacht hoe hij het vandaag zou aanpakken, nam hij de lift naar de zevende verdieping en ging naar Claires kantoor. Hij zag er niet naar uit haar te ontmoeten nadat ze op zo'n onaangename manier afscheid van elkaar hadden genomen, maar hij wilde de lucht zuiveren.

Claire en haar chef deelden een kantoor, maar toen Sean binnenkwam, trof hij alleen Claire achter een van de tegenover elkaar staande bureaus aan.

'Goedemorgen!' zei Sean opgewekt.

Claire keek op van haar werk. 'Je hebt hopelijk goed geslapen,' zei ze sarcastisch.

'Het spijt me dat de avond zo moest eindigen,' zei Sean. 'Ik besef dat het voor ons alledrie gênant was, maar ik verzeker je dat Janets komst een volslagen verrassing voor me was.'

'Dat zal ik dan maar geloven,' zei Claire koeltjes.

'Alsjeblieft,' zei Sean. 'Doe niet zo onvriendelijk. Jij bent een van de weinigen hier die aardig tegen me is geweest. Ik bied je mijn excuses aan. Wat kan ik meer doen?'

'Je hebt gelijk,' zei Claire, die zich liet vermurwen. 'Laten we het maar vergeten. Wat kan ik voor je doen?'

'Ik neem aan dat ik met dokter Levy zal moeten spreken,' zei Sean. 'Hoe kan ik haar vinden?'

'Piep haar op,' zei Claire. 'De hele medische staf heeft een pieper. Je moet er ook een zien te krijgen.' Ze pakte de hoorn van de haak en nadat ze van de telefoniste te horen had gekregen dat dr. Levy aanwezig was, liet ze haar oppiepen.

Claire kon Sean nog net vertellen waar hij een pieper kon krijgen voordat haar telefoon rinkelde. Het was een van de secretaresses die belde om te zeggen dat dr. Levy op haar kantoor was, dat een paar deuren verderop in de gang lag.

Twee minuten later klopte Sean op dr. Levy's deur. Hij vroeg zich af wat voor ontvangst hem te wachten stond. Toen hij dr.

Levy hoorde roepen dat hij binnen kon komen, nam hij zich voor beleefd te zijn, ook als dr. Levy dat niet was.

Dr. Levy's kantoor was de eerste plek die leek op de academische, wetenschappelijke omgeving waaraan Sean gewend was. Er heerste de gebruikelijke wanorde van tijdschriften en boeken, een microscoop en allerlei objectglaasjes, fotomicrogrammen, her en der verspreide kleurendia's, laboratoriumkolven, petrischaaltjes, weefselkweekbuisjes en laboratorium-aantekenboeken.

'Wat een prachtige morgen,' zei Sean in de hoop beter te beginnen dan de dag tevoren.

'Ik heb Mark Halpern gevraagd hier te komen toen ik hoorde dat je op de verdieping was,' zei dr. Levy, Seans opmerking negerend. 'Hij is de hoofdlaborant en momenteel tevens onze enige laborant. Hij zal je wegwijs maken en alles bestellen wat je nodig hebt. Maar ik moet alle bestellingen goedkeuren.' Ze schoof een kleine ampul over haar bureau naar hem toe. 'Hier is de glycoproteïne. Je begrijpt natuurlijk wel dat dit spul het gebouw niet mag verlaten. Ik meende wat ik gisteren zei: houd je bij je opdracht. Als het goed is, heb je daaraan je handen vol. Succes ermee en hopelijk ben je net zo goed als dokter Mason kennelijk gelooft.'

'Zou het niet prettiger zijn als we ons wat vriendelijker opstellen?' vroeg Sean. Hij stak zijn hand uit en pakte de ampul.

Dr. Levy streek een paar weerbarstige, glanzend zwarte lokken uit haar gezicht. 'Ik waardeer je openhartigheid,' zei ze na een korte pauze. 'Onze verhouding zal afhangen van je prestatie. Als je hard werkt, zullen we het prima kunnen vinden.'

Op dat moment kwam Mark Halpern dr. Levy's kantoor binnen. Terwijl ze aan elkaar werden voorgesteld, nam Sean de man op en schatte dat hij rond de dertig was. Hij was een paar centimeter langer dan Sean en onberispelijk gekleed. Met de smetteloze witte jas die hij over zijn kostuum droeg, deed hij Sean veeleer denken aan een verkoper op de cosmetica-afdeling van een warenhuis dan aan een laborant in een wetenschappelijk laboratorium.

Gedurende het volgende half uur zorgde Mark ervoor dat Sean aan de slag kon in het grote lege lab op de vijfde verdieping, dat Claire hem de dag tevoren had laten zien. Tegen de tijd dat Mark vertrok, was Sean voldaan over de fysieke aspecten van zijn werksituatie; hij wou alleen dat hij aan iets werkte waarin hij werkelijk was geïnteresseerd.

Hij nam de ampul op die dr. Levy hem had gegeven, schroefde de dop los en bekeek het fijne witte poeder. Hij snoof eraan, maar het was reukloos. Nadat hij zijn kruk dichter bij de laboratoriumtafel had geschoven, ging hij aan de slag. Eerst loste hij het poeder op in verschillende vloeistoffen om een idee te krijgen van de oplosbaarheid. Hij zette ook een gel-elektroforese in om bij benadering het moleculaire gewicht te schatten.

Na ongeveer een uur lang geconcentreerd te hebben gewerkt, werd Sean ineens afgeleid door een beweging die hij vanuit zijn ooghoek meende op te vangen. Toen hij opkeek, was het enige dat hij zag de lege laboratoriumruimte die zich uitstrekte tot aan de deur naar het trappenhuis. Sean onderbrak zijn werkzaamheden. De enige waarneembare geluiden waren het zoemen van een koelkastmotor en het brommen van een schudtafel die hij gebruikte bij het maken van een verzadigde oplossing. Hij vroeg zich af of de ongewone eenzaamheid hem deed hallucineren.

Sean zat te werken aan een tafel die bijna in het midden van het lab stond. Hij legde zijn instrumenten neer, liep het lab in de lengte door en keek in alle zijgangen. Hoe langer hij keek, hoe meer hij eraan begon te twijfelen of hij iets had gezien. Toen hij de deur naar het trappenhuis had bereikt, rukte hij deze open en deed een stap naar voren, met de bedoeling de trap op en af te kijken. Hij had niet echt verwacht iets te zien en zijn adem stokte onwillekeurig toen hij plotseling oog in oog stond met iemand die zich achter de deur had opgesteld.

Hij herkende al snel Hiroshi Gyuhama, die net zo hevig geschrokken leek te zijn als hij. Sean herinnerde zich dat hij de man de dag tevoren had ontmoet toen Claire hen aan elkaar voorstelde.

'Het spijt me,' zei Hiroshi met een nerveuze glimlach. Hij maakte een diepe buiging.

'Het is al goed,' zei Sean, die een bijna onbedwingbare neiging voelde ook een buiging te maken. 'Het was mijn schuld. Ik had door het raam moeten kijken voordat ik de deur opendeed.'

'Nee, nee, mijn schuld,' beweerde Hiroshi.

'Het was echt mijn schuld,' zei Sean. 'Maar het is bespottelijk om hierover te bekvechten.'

'Mijn schuld,' hield Hiroshi vol.

'Wilde je binnenkomen?' vroeg Sean, naar het lab wijzend.

'Nee, nee,' zei Hiroshi. Zijn glimlach werd breder. 'Ik ga weer aan het werk.' Maar hij verroerde zich niet.

'Waar ben je mee bezig?' vroeg Sean om maar iets te zeggen.

'Longkanker,' antwoordde Hiroshi. 'Hartelijk bedankt.'

'Jij ook,' zei Sean automatisch. Toen vroeg hij zich af waarvoor hij Hiroshi bedankte.

Hiroshi boog een paar keer voordat hij zich omdraaide en de trap op ging.

Sean haalde zijn schouders op en ging terug naar zijn tafel in het laboratorium. Hij vroeg zich af of hij via het raam in de deur misschien een glimp had opgevangen van Hiroshi, toen hij iets had zien bewegen. Maar dat zou betekenen dat Hiroshi er aldoor was geweest, wat hem absurd voorkwam.

Omdat het nu toch met zijn concentratie was gedaan, besloot hij naar het souterrain af te dalen om Roger Calvet op te zoeken. Toen Sean de man had gevonden, voelde hij zich onbehaaglijk om met hem te praten omdat zijn bochel hem belette de ander aan te kijken. Niettemin slaagde Calvet erin een groep geschikte muizen te isoleren, zodat Sean kon beginnen ze te injecteren met de glycoproteïne, in de hoop een immunoreactie op te wekken. Sean verwachtte niet dat deze poging succes zou hebben aangezien anderen in het Forbes Centrum dat ongetwijfeld al hadden geprobeerd. Maar hij wist dat hij bij het begin moest beginnen voordat hij zijn toevlucht kon nemen tot zijn 'trucendoos'.

Toen hij weer in de lift stond, wilde hij op de knop voor de vijfde verdieping drukken, maar hij bedacht zich en drukte op die van de zesde. Hij had het niet van zichzelf verwacht, maar hij voelde zich geïsoleerd en zelfs een beetje eenzaam. Hij ervoer het werken in het Forbes zonder meer als onaangenaam, en dat was niet enkel en alleen te wijten aan het feit dat er een aantal onvriendelijke mensen waren. Er waren gewoon niet *voldoende* mensen aanwezig. Het gebouw was te leeg, te schoon, te ordelijk. Sean had de academische collegialiteit van zijn vorige werkomgevingen altijd als iets vanzelfsprekends beschouwd. Nu betrapte hij zich erop dat hij menselijke interactie nodig had, dus begaf hij zich naar de zesde verdieping.

De eerste persoon die hij tegenkwam, was David Lowenstein, een gevoelige, magere man die voorovergebogen achter zijn laboratoriumtafel zat en weefselkweken onderzocht. Sean ging links van hem staan en zei goedendag.

'Pardon?' zei David, opkijkend van zijn werk.

'Hoe gaat het?' informeerde Sean. Hij stelde zich opnieuw voor, voor het geval David hun kennismaking van de dag tevoren was vergeten.

'Zo goed als mag worden verwacht,' antwoordde David.

'Waar ben je mee bezig?' vroeg Sean.

'Melanoma,' antwoordde David.

'O,' zei Sean.

Het gesprek viel hierna stil, dus slenterde Sean verder. Hij onderschepte Hiroshi's blik, maar na het voorval in het trappenhuis ging Sean hem liever uit de weg. Hij liep naar Arnold Harper, die druk bezig was onder een kap. Sean kon zien dat het om een recombinatie van bacteriën ging.

Het lukte hem net zo min een gesprek met Arnold aan te knopen, als met David Lowenstein. Het enige dat Sean van Arnold vernam, was dat hij werkte aan darmkanker. Hoewel hij de glycoproteïne had geleverd waarmee Sean werkte, leek hij niet in het minst geïnteresseerd te zijn in het bespreken ervan.

Sean slenterde verder en kwam bij de glazen deur naar het maximum containment-lab met het bordje *Verboden Toegang* erop. Hij schermde zijn ogen af zoals hij de dag tevoren had gedaan en probeerde opnieuw door het glas te kijken. Ook nu zag hij alleen maar een gang waarop deuren uitkwamen. Nadat hij over zijn schouder had gekeken om er zeker van te zijn dat er niemand in de buurt was, trok hij de deur open en stapte de gang in. De deur sloot zich achter hem met een zachte klik. In dit deel van het lab heerste onderdruk, zodat er geen lucht naar buiten zou gaan als de deur werd geopend.

Sean bleef een ogenblik achter de deur staan en voelde zijn hart sneller kloppen van opwinding. Het was hetzelfde gevoel dat hij als tiener had gehad wanneer hij, Jimmy en Brady naar een van de rijke buurten in Noord-Boston, zoals Swampscott of Marblehead, gingen om ergens in te breken. Ze hadden nooit iets van echte waarde gestolen, alleen maar t.v.'s en dergelijke. Het kostte hun nooit moeite de artikelen in Boston te slijten. Het geld ging naar een kerel die geacht werd het over te maken naar de IRA, maar Sean had nooit zeker geweten hoeveel ervan inderdaad in Ierland terecht was gekomen.

Toen er niemand verscheen om tegen Seans aanwezigheid in het lab te protesteren, liep hij verder. Niets wees erop dat het om een maximum containment-lab ging. De eerste ruimte die hij bekeek, was leeg op een paar kale laboratoriumtafels na. Er was geen apparatuur te bekennen. Sean ging naar binnen en onderzocht de bladen van de tafels. Ze waren ooit gebruikt, maar niet intensief. Hij zag een paar sporen die waren achtergelaten door de rubberen voetjes van een apparaat, maar dat was dan ook het enige teken dat het lab ooit was gebruikt.

Hij bukte zich en maakte een kastje open. Er stonden een paar halfvolle flessen met reagentia in en een verzameling glaswerk, waarvan een deel was gebroken.

'Blijf staan!' schreeuwde iemand.

Sean draaide zich snel om en ging rechtop staan.

Robert Harris stond in de deuropening, met zijn handen op zijn heupen en zijn voeten wijd uit elkaar. Zijn vlezige gezicht was rood aangelopen en er parelden zweetdruppels op zijn voorhoofd. 'Kun je niet lezen, meneer Harvard?' snauwde hij.

'Ik geloof niet dat het de moeite waard is je op te winden over een leeg laboratorium,' zei Sean.

'Dit is verboden terrein,' zei Harris.

'We zijn niet in het leger,' zei Sean.

Harris kwam dreigend dichterbij. Hij verwachtte Sean te intimideren met zijn lengte en gewicht. Maar Sean verroerde zich niet. Hij verstrakte alleen. Door alle ervaring die hij als straatjochie had opgedaan, wist hij instinctief waar hij Harris zou raken, en hard ook, als die een vinger naar hem uit zou steken. Maar Sean vertrouwde er min of meer op dat Harris dat niet zou doen.

'Je bent een arrogante zak,' zei Harris. 'Ik wist dat je voor problemen zou zorgen zodra ik je zag.'

'Dat is toevallig! Ik had hetzelfde gevoel toen ik jou zag,' zei Sean.

'Ik heb je gewaarschuwd me niet op stang te jagen, knaap,' zei Harris. Hij ging pal voor Sean staan.

'Je hebt een paar meeëters op je neus,' zei Sean. 'Voor het geval je dat niet wist.'

Harris keek Sean woedend aan en een ogenblik zei hij niets. Zijn gezicht werd nog roder.

'Ik vind dat je je veel te veel opwindt,' zei Sean.

'Wat doe je hier eigenlijk?' wilde Harris weten.

'Louter nieuwsgierigheid,' zei Sean. 'Er was me verteld dat het een maximum containment-lab was. Ik wilde het zien.'

'Ik wil dat je hier binnen twee tellen weg bent,' zei Harris. Hij ging achteruit en wees naar de deur.

Sean liep de gang in. 'Er zijn hier nog een paar laboratoria die ik graag zou willen zien,' zei hij. 'Zullen we samen een ronde maken?'

'Eruit!' schreeuwde Harris terwijl hij naar de glazen deur wees.

Janet had aan het eind van de ochtend een afspraak met het hoofd van de verpleging, Margaret Richmond. Nadat ze door Sean was gewekt, nam ze een uitgebreide douche en gunde zich de tijd om haar benen te scheren, haar haar te föhnen en haar jurk te strijken. Hoewel ze wist dat haar baan in het Forbes Center vaststond, maakten afspraken als die ze nu in het vooruitzicht had haar nog altijd nerveus. Daar kwam nog bij dat ze nog steeds ongerust was over Seans eventuele terugkeer naar Boston. Al met al had ze volop reden van streek te zijn; ze had er geen flauw idee van wat de komende dagen zouden brengen.

Margaret Richmond was anders dan Janet had verwacht. Haar stem over de telefoon had het beeld opgeroepen van een delicate, tengere vrouw. Ze was daarentegen fors en nogal streng. Toch was ze nog steeds hartelijk en zakelijk en ze liet Janet merken dat ze haar komst naar het Forbes Center oprecht waardeerde. Janet mocht zelfs kiezen welke dienst ze wilde draaien. Janet koos gretig voor de dagdienst. Ze was ervan uitgegaan dat ze met de nachtdienst, waaraan ze een hekel had, zou moeten beginnen.

'Je zei dat je een voorkeur hebt voor zaaldienst,' zei Margaret Richmond terwijl ze haar aantekeningen raadpleegde.

'Dat klopt,' zei Janet. 'Dat brengt het soort patiëntencontact met zich mee dat me de meeste voldoening geeft.'

'We hebben een plaats vrij voor de dagdienst op de vierde verdieping.'

'Dat lijkt me prima,' zei Janet opgewekt.

'Wanneer zou je willen beginnen?'

'Morgen,' zei Janet. Ze zou liever een paar dagen uitstel hebben gehad om een flat te kunnen zoeken en zich in te richten, maar ze voelde de drang om in het medulloblastoma-protocol te gaan spitten.

'Ik zou vandaag graag een flat hier in de buurt zoeken,' voegde Janet eraan toe.

'Ik geloof niet dat je hier iets moet zoeken,' zei Margaret Richmond. 'Als ik jou was, zou ik het in de buurt van het strand proberen. Ze hebben die buurt heel aardig gerestaureerd. Of je kunt het in Coconut Grove proberen.'

'Ik zal uw advies opvolgen,' zei Janet. Ze nam aan dat het onderhoud afgelopen was en stond op.

'Wat zou je zeggen van een snelle rondleiding door het ziekenhuis?' vroeg mevrouw Richmond.

'Graag,' zei Janet.

Margaret Richmond nam haar eerst mee naar de overkant van de gang om kennis te maken met Dan Selenburg, de administratief directeur. Maar hij was in bespreking. In plaats daarvan gingen ze naar de eerste verdieping om de poliklinische faciliteiten, het ziekenhuisauditorium en de kantine te bekijken.

Op de tweede verdieping gluurde Janet om het hoekje van de intensive-care-afdeling, het scheikundig lab, de afdeling Radiologie en het medisch archief. Daarna gingen ze naar de vierde verdieping.

Janet was onder de indruk van het ziekenhuis. Het deed vrolijk en modern aan en de personeelsbezetting leek voldoende te zijn, wat vanuit het oogpunt van een verpleegkundige bijzonder belangrijk was. Ze had zo haar twijfels gehad over oncologie en het feit dat ze alleen maar met kankerpatiënten te maken zou krijgen, maar op grond van de aangename omgeving en de verscheidenheid van patiënten die ze zag – sommigen oud, sommigen ernstig ziek, anderen schijnbaar normaal – concludeerde ze dat ze het hier best een tijdje zou uithouden. In veel opzichten verschilde het niet erg van het Boston Memorial. Het was alleen moderner en prettiger ingericht.

De vierde verdieping had dezelfde vorm en indeling als de andere patiëntenverdiepingen. Het was een eenvoudige rechthoek met privé-kamers aan weerszijden van een centrale gang. De verpleegsterspost lag in het midden, vlak bij de liften, en werd ge-

vormd door een grote U-vormige balie. Erachter lag een voor-
raadkamertje en een kleine apotheek in de vorm van een kast
met een deur die uit twee helften bestond.

Tegenover de verpleegsterspost was een patiëntenlounge en tegenover de liften was een bergruimte van de huishoudelijke
dienst met een spoelaanrecht. Aan beide uiteinden van de lange
centrale gang bevond zich een trappenhuis.

Na afloop van de rondleiding droeg Margaret Richmond Janet
over aan Marjorie Singleton, de hoofdverpleegster van de dagdienst. Janet mocht Marjorie op slag. Ze was klein en had rood
haar en sproeten op haar neus. Ze leek constant in de weer te zijn
en glimlachte voortdurend. Janet maakte ook kennis met andere
collega's, en de overvloed van namen overstelpte haar. Afgezien
van Margaret Richmond en Marjorie dacht ze dat ze geen enkele
persoon aan wie ze was voorgesteld, had onthouden, behalve
Tim Katzenburg, de afdelingssecretaris. Hij was een blonde ado-
nis die eerder thuis leek te horen op het strand dan op een zieken-
huiszaal. Hij vertelde Janet dat hij avondonderwijs volgde omdat
hij het beperkte nut van een filosofische graad had ontdekt.

'We zijn heel blij met jou,' zei Marjorie, die zich weer bij Janet
voegde nadat ze voor een licht spoedgeval was weggeroepen.
'Jammer voor Boston, fijn voor ons.'

'Ik ben blij dat ik hier ben,' zei Janet.

'Sinds het drama met Sheila Arnold hebben we te kampen met
personeelsgebrek,' zei Marjorie.

'Wat is er gebeurd?'

'De arme meid is in haar flat verkracht en daarna neergeschoten,'
zei Marjorie. 'Ze woonde niet ver van het ziekenhuis. Welkom
in de grote stad.'

'Wat vreselijk,' zei Janet. Ze vroeg zich af of dat de reden was dat
Margaret Richmond haar had gewaarschuwd niet in de buurt
van het ziekenhuis te gaan wonen.

'Op dit moment hebben we toevallig een kleine groep patiënten
uit Boston,' zei Marjorie. 'Heb je zin kennis met hen te maken?'

'Natuurlijk,' zei Janet.

Marjorie snelde vooruit. Janet moest praktisch rennen om haar
bij te houden. Samen gingen ze een kamer aan de westzijde van
het ziekenhuis binnen.

'Helen,' riep Marjorie zacht toen ze naast het bed stond. 'Je hebt bezoek uit Boston.'

Het meisje opende haar ogen. De intens heldergroene kleur contrasteerde sterk met haar bleke huid.

'We hebben een nieuwe zuster,' zei Marjorie, en ze stelde de twee vrouwen aan elkaar voor.

De naam Helen maakte Janet meteen alert. Hoewel ze in Boston een beetje jaloers was geweest, was ze blij Helen in het Forbes aan te treffen. Haar aanwezigheid zou er ongetwijfeld toe bijdragen Sean in Florida te houden.

Nadat Janet kort met Helen had gesproken, verlieten de twee verpleegsters de kamer.

'Een triest geval,' zei Marjorie. 'Het is zo'n lieve meid. Er wordt vandaag een biopsie bij haar gedaan. Ik hoop dat ze op de behandeling reageert.'

'Maar ik heb gehoord dat jullie hier honderd procent remissie hebben met haar speciale soort tumor,' zei Janet. 'Waarom zou ze niet reageren?'

Marjorie bleef staan en staarde Janet aan. 'Ik sta versteld,' zei ze. 'Je bent niet alleen bekend met onze medulloblastoma-resultaten, je hebt ook onmiddellijk een correcte diagnose gesteld. Heb je soms geheimzinnige krachten waarvan we op de hoogte dienen te zijn?'

'Nee, hoor,' zei Janet lachend. 'Helen Cabot was een patiënte in mijn ziekenhuis in Boston. Ik heb over haar geval gehoord.'

'Ik voel me meteen een stuk beter,' zei Marjorie. 'Ik dacht heel even dat ik getuige was van iets bovennatuurlijks.' Ze liep door. 'Ik maak me bezorgd over Helen Cabot omdat haar tumoren vergevorderd zijn. Waarom hebben jullie haar zo lang in Boston gehouden? Ze had hier weken geleden al met de behandeling moeten beginnen.'

'Daar weet ik niets van,' bekende Janet.

De volgende patiënt was Louis Martin. In tegenstelling tot Helen leek Louis niet ziek. Hij zat volledig gekleed in een stoel, omdat hij die ochtend was gearriveerd en men nog bezig was met de opnameprocedure. Hoewel hij er niet ziek uitzag, leek hij zich ongerust te maken.

Marjorie stelde hen aan elkaar voor en voegde eraan toe dat Louis hetzelfde probleem had als Helen, maar dat hij gelukkig veel sneller naar hen overgeplaatst was.

Janet schudde de man de hand en merkte op dat zijn handpalm klam was. Ze keek in zijn angstige ogen en wenste dat er iets was wat ze kon zeggen om hem te troosten. Ze had ook last van wroeging omdat ze een lichte voldoening had gevoeld toen ze hoorde waaraan hij leed. Als ze twee medulloblastoma-patiënten op haar afdeling had, zou ze veel meer gelegenheid hebben de behandeling te onderzoeken. Sean zou ongetwijfeld tevreden zijn. Toen Marjorie en Janet terugkeerden naar de verpleegsterspost, vroeg Janet of de medulloblastoma-gevallen allemaal op de vierde verdieping lagen.

'Hemeltje nee,' zei Marjorie. 'We groeperen patiënten niet volgens hun type tumor. Hun plaatsing is puur willekeurig. Het is toeval dat we er momenteel drie hebben. Op dit moment wordt er namelijk nog een geval opgenomen: een jonge vrouw uit Houston, Kathleen Sharenburg.'

Janet verborg haar opgetogenheid.

'Er is nog een laatste patiënte uit Boston,' zei Marjorie, en ze bleef stilstaan voor kamer 409. 'Ze is een echte schat met een ongelooflijk positieve houding, die voor alle andere patiënten een bron van kracht en steun is geweest. Ik geloof dat ze zei dat ze afkomstig is uit een deel van de stad dat North End heet.'

Marjorie klopte op de deur. Er was een gedempt 'binnen' te horen. Marjorie duwde de deur open en stapte naar binnen. Janet volgde.

'Gloria,' riep Marjorie. 'Hoe gaat het met de chemo?'

'Heerlijk,' schertste Gloria. 'Ik ben vandaag met de infuus-portie begonnen.'

'Ik heb iemand bij me die ik aan je wil voorstellen,' zei Marjorie. 'Een nieuwe zuster. Ze komt uit Boston.'

Janet keek naar de vrouw in het bed, die van haar eigen leeftijd leek te zijn. Een paar jaar geleden zou Janet geschokt zijn geweest. Voordat ze in een ziekenhuis was gaan werken, had ze het waanidee gehad dat kanker vooral een aandoening was van ouderen. Ze was er op pijnlijke wijze achter gekomen dat zo ongeveer iedereen aan de ziekte ten prooi kon vallen.

Gloria had een olijfkleurige huid, donkere ogen en zwart haar, te oordelen naar het donkere dons op haar schedel. Hoewel ze een stevige vrouw was, was één kant van haar borst onder haar lingerie nu plat.

'Tom Widdicomb!' riep Marjorie verrast en geïrriteerd uit. 'Wat doe jij hier?'

Omdat al haar aandacht op de patiënte was gericht, had Janet niet gemerkt dat er nog iemand in de kamer was. Ze draaide zich om en zag een man in een groen uniform met een lichtelijk misvormde neus.

'Doe niet zo onaardig tegen Tom,' zei Gloria. 'Hij probeert alleen maar te helpen.'

'Ik heb je gezegd dat je kamer 417 moest schoonmaken,' zei Marjorie zonder op Gloria te letten. 'Waarom ben je dan hier?'

'Ik stond op het punt de badkamer te doen,' zei Tom gedwee. Hij meed ieder oogcontact en betastte nerveus de steel van de zwabber, die uit zijn emmer stak.

Janet keek gefascineerd toe. Kleine Marjorie was van een beminnelijk kaboutertje veranderd in een gebiedende kenau.

'Wat moeten we met de nieuwe patiënte beginnen als haar kamer nog niet klaar is?' wilde Marjorie weten. 'Ga er meteen naartoe en zorg dat het gebeurt.' Ze wees naar de deur.

Nadat de man was vertrokken, schudde Marjorie haar hoofd. 'Tom Widdicomb is een nagel aan mijn doodkist.'

'Hij bedoelt het goed,' zei Gloria. 'Hij is engelachtig lief voor me en hij komt iedere dag kijken hoe het met me gaat.'

'Hij is niet aangenomen als lid van de verpleegkundige staf,' zei Marjorie. 'Hij moet eerst zijn eigen werk doen.'

Janet glimlachte. Ze hield ervan op zalen te werken die werden bestuurd door iemand die in staat was leiding te geven. Na het incident waarvan ze zoëven getuige was geweest, was ze vol vertrouwen dat ze het prima zou kunnen vinden met Marjorie Singleton.

Er klotste wat zeepsop over de rand van Toms emmer toen hij de gang door holde en kamer 417 binnenging. Hij maakte de deurdranger los en liet de deur dichtvallen. Hij leunde ertegenaan. Zijn adem kwam met horten en stoten, een gevolg van de angst die door hem heen was geflitst toen er op Gloria's deur was geklopt. Hij had op het punt gestaan haar de succinylcholine te geven. Als Marjorie en die nieuwe verpleegster een paar minuten later langs waren gekomen, zou hij op heterdaad zijn betrapt.

'Alles is in orde, Alice,' zei hij geruststellend tegen zijn moeder.

'Er is niets aan de hand. Je hoeft je niet ongerust te maken.'
Zodra hij zijn vrees had beteugeld, werd hij kwaad. Hij had een hekel gehad aan Marjorie vanaf de eerste dag dat hij haar had ontmoet. Die sprankelende opgewektheid was maar schijn. Ze was een bemoeiziek kreng. Alice had hem voor haar gewaarschuwd, maar hij had niet willen luisteren. Hij had haar uit de weg moeten ruimen zoals hij had gedaan met die andere bemoeial, Sheila Arnold, die had willen weten waarom hij aldoor bij het karretje met narcosemiddelen rondhing. Hij hoefde alleen maar Marjories adres te pakken zien te krijgen als hij het secretariaat schoonmaakte. Dan zou hij haar voor eens en altijd laten zien wie de baas was.

Nadat Tom zichzelf had gerustgesteld met gedachten over hoe hij Marjorie zou aanpakken, liep hij weg van de deur en bekeek het kamertje. Hij interesseerde zich niet voor het feitelijke schoonmaakgedeelte van zijn baan, alleen maar voor de vrijheid die het werk hem verschafte. Hij had de baan bij de ambulancedienst eigenlijk geprefereerd, als hij maar niet te maken had gehad met collega's. Als lid van de huishoudelijke dienst had hij met niemand iets te maken, zeldzame confrontaties met lui als Marjorie buiten beschouwing gelaten. Bovendien kon hij praktisch altijd gaan en staan waar hij wilde. Het enige nadeel was dat hij zo nu en dan schoon moest maken. Maar omdat toch niemand op hem lette, kon hij er zich meestal van afmaken door dingen heen en weer te schuiven.

Als Tom eerlijk was tegenover zichzelf, moest hij bekennen dat de baan die hij vlak na het verlaten van de middelbare school had gehad, hem het best was bevallen. Hij had een baan gekregen bij een dierenarts en hij had van de dieren gehouden. Nadat hij er een poosje had gewerkt, had de dierenarts Tom de leiding gegeven over het laten inslapen van de dieren. Het waren gewoonlijk oude, zieke dieren die veel leden en het werk gaf Tom veel voldoening. Hij kon zich herinneren dat het hem diep had teleurgesteld dat Alice zijn geestdrift niet deelde.

Tom opende de deur en gluurde de gang in. Hij moest eigenlijk zijn karretje met schoonmaakspullen uit de bergruimte van de huishoudelijke dienst halen, maar hij wilde Marjorie niet tegen het lijf lopen, uit vrees dat ze weer tegen hem zou beginnen. Tom was bang dat hij zich niet zou kunnen beheersen. Bij veel gelegenheden had hij zin gehad haar een flinke klap te geven omdat ze dat nodig had. Maar hij wist dat hij zich dat absoluut niet kon permitteren.

Tom wist dat het moeilijk zou worden om Gloria te helpen nu hij in haar kamer was gesignaleerd. Hij zou voorzichtiger moeten zijn dan gewoonlijk en bovendien een dag of wat moeten wachten. Hopelijk lag ze dan nog aan het infuus. Hij wilde de succinylcholine niet intramusculair injecteren omdat het dan wellicht terug te vinden zou zijn als de lijkschouwer het in zijn hoofd kreeg ernaar te zoeken.

Nadat hij de kamer uit was geglipt, liep hij de gang door. Toen hij 409 passeerde, keek hij naar binnen. Hij zag Marjorie niet, maar wel die andere verpleegster, de nieuwe.

Tom ging langzamer lopen toen een nieuwe angst hem in zijn greep kreeg. Stel dat de nieuwe verpleegster, die in dienst was genomen om Sheila te vervangen, in feite was ingehuurd om te pakken te krijgen? Misschien was ze een spion. Dat zou verklaren waarom ze ineens met Marjorie in Gloria's kamer was opgedoken!

Hoe langer Tom erover nadacht, hoe vaster hij ervan overtuigd raakte, vooral omdat de nieuwe verpleegster nog steeds in Gloria's kamer was. Ze was eropuit hem in de val te lokken en een einde te maken aan zijn kruistocht tegen borstkanker.

'Maak je maar geen zorgen, Alice. Dit keer zal ik luisteren,' verzekerde hij zijn moeder.

Anne Murphy voelde zich beter dan ze in weken had gedaan. Ze was een paar dagen depressief geweest nadat ze van Seans plannen om naar Miami te gaan had gehoord. Voor haar was de stad synoniem met drugs en zonde. Het nieuws had haar echter verrast. Sean had van jongs af aan niet willen deugen en net als de meeste mannen zou ook hij waarschijnlijk niet veranderen, ondanks zijn verbazingwekkende studieprestaties op de middelbare school en later op de universiteit. Toen hij zei dat hij medicijnen wilde gaan studeren, had ze aanvankelijk een sprankje hoop gevoeld. Maar die hoop was de bodem ingeslagen toen hij haar had verteld dat hij niet van plan was een praktijk te beginnen. Anne had ten slotte ingezien dat ze er gewoon in moest berusten, zoals ze dat zo vaak in haar leven had moeten doen, en dat ze moest ophouden met hopen op een wonder.

Toch bleef ze zich afvragen waarom Sean zo anders was dan Brian of Charles. Wat had ze verkeerd gedaan? Het moest haar schuld zijn. Misschien kwam het omdat ze Sean geen borstvoeding had kunnen geven als baby. Of misschien omdat ze haar echtgenoot er niet van had kunnen weerhouden het kind soms te slaan tijdens een van zijn dronken woedeaanvallen.

Maar haar jongste zoon, Charles, had weer voor een lichtpuntje gezorgd in de dagen na Seans vertrek. Charles had gisteren opgebeld vanuit het seminarie in New Jersey met het heerlijke nieuws dat hij de volgende avond op bezoek zou komen. Die goeie Charles! Zijn gebeden zouden hen allemaal redden.

In afwachting van Charles' komst was Anne die morgen inkopen gaan doen. Ze wilde de dag doorbrengen met bakken en koken. Brian had gezegd dat hij zou proberen ook te komen, hoewel hij die avond een belangrijke afspraak had die zou kunnen uitlopen.

Anne opende de koelkast en begon spullen op te bergen, terwijl ze in gedachten al bij voorbaat genoot van de fijne avond die in het verschiet lag. Maar toen hield ze zich in. Ze wist dat dergelijke gedachten gevaarlijk waren. Het leven was zo'n broze draad. Geluk en plezier nodigden uit tot tragedie. Een ogenblik kwelde ze zichzelf met de gedachte hoe ze zich zou voelen als Charles op weg naar Boston zou verongelukken.

De deurbel stoorde haar in haar gepieker. Ze drukte op de intercom en vroeg wie er was.

'Tanaka Yamaguchi,' zei een stem.

'Wat wilt u?' vroeg Anne. Er werd niet vaak gebeld.

'Ik wil met u over uw zoon Sean spreken,' zei Tanaka.

Al het bloed trok weg uit Annes gezicht. Ze verweet het zich meteen dat ze zich aan aangename gedachten had overgegeven. Sean zat weer in de narigheid. Had ze iets anders verwacht?

Nadat ze de knop van de automatische deuropener had ingedrukt, liep ze naar de deur van haar flat en trok die open in afwachting van haar onverwachte gast. Anne Murphy was überhaupt al verbaasd dat iemand haar een bezoek bracht; toen ze zag dat de bezoeker een oosterling was, was ze geschokt. Het feit dat de man een oosterse naam had opgegeven, was niet tot haar doorgedrongen.

De vreemdeling was ongeveer even lang als Anne, maar hij was stevig en gespierd en had koolzwart haar en een gebruinde huid. Hij was gekleed in een donker, enigszins glanzend kostuum, een wit overhemd en donkere das. Over zijn arm droeg hij een Burberry-jas met ceintuur.

'Neemt u mij niet kwalijk,' zei Tanaka met een heel licht accent. Hij maakte een buiging en overhandigde haar zijn visitekaartje, waarop simpelweg stond: Tanaka Yamaguchi, Industrieel adviseur.

Met een hand tegen haar keel gedrukt en de andere om het kaartje geklemd, zocht Anne tevergeefs naar woorden.

'Ik moet met u spreken over uw zoon Sean,' zei Tanaka.

Alsof ze herstelde van een schok, kreeg Anne haar stem terug. 'Wat is er gebeurd? Zit hij weer in moeilijkheden?'

'Nee,' zei Tanaka. 'Heeft hij ooit in moeilijkheden gezeten?'

'Als tiener,' zei Anne. 'Hij was een hele eigenzinnige jongen. Heel actief.'

'Amerikaanse kinderen kunnen lastig zijn,' zei Tanaka. 'In Japan leren kinderen dat ze ouderen moeten respecteren.'

'Maar Seans vader was niet gemakkelijk,' zei Anne, verrast over haar bekentenis. Ze was nerveus en wist niet of ze de man moest uitnodigen binnen te komen of niet.

'Ik ben geïnteresseerd in de zakelijke transacties van uw zoon,' zei Tanaka. 'Ik weet dat hij een prima student op Harvard is, maar is hij ook betrokken bij bedrijven die biologische produkten vervaardigen?'

'Hij en een groepje vrienden hebben zelf een bedrijf opgezet dat Immunotherapie heet,' zei Anne, opgelucht dat het gesprek zich richtte op de positievere momenten uit het bonte verleden van haar zoon.

'Is hij nog betrokken bij Immunotherapie?' vroeg Tanaka.

'Hij praat er met mij niet veel over,' zei Anne.

'Hartelijk bedankt,' zei Tanaka met een buiging. 'Een prettige dag verder.'

Anne keek toe hoe de man zich omdraaide, de trap af ging en uit het gezicht verdween. Het abrupte einde van het gesprek overrompelde haar net zo als het bezoek van de man. Ze stapte juist de hal in toen ze de voordeur twee verdiepingen lager dicht hoorde gaan. Ze sloot en vergrendelde de deur.

Het kostte haar een ogenblik om tot zichzelf te komen. Het was een vreemd voorval geweest. Ze bekeek Tanaka's kaartje en liet het in haar schortzak glijden. Toen ging ze verder met het opbergen van voedsel in de koelkast. Ze dacht erover Brian op te bellen, maar bedacht dat ze hem die avond over het bezoek van de Japanner kon vertellen. Als hij kwam natuurlijk. Ze besloot hem te bellen als hij niet zou komen. Een uur later was Anne verdiept in het maken van een cake toen de zoemer haar opnieuw deed opschrikken. Even was ze bang dat de Japanner was teruggekomen met meer vragen. Misschien had ze Brian toch moeten bellen. Met een trillerig gevoel drukte ze op de knop van de intercom en vroeg wie er was.

'Sterling Rombauer,' antwoordde een diepe mannenstem. 'Bent u Anne Murphy?'

'Ja...'

'Ik zou graag met u over uw zoon Sean Murphy spreken,' zei Sterling.

Annes adem stokte in haar keel. Ze kon er niet bij dat er weer een vreemdeling aan de deur was om vragen over haar tweede zoon te stellen.

'Wat wilt u over hem weten?' vroeg ze.

'Ik praat liever persoonlijk met u,' zei Sterling.

'Ik zal naar beneden komen,' zei Anne.

Ze veegde de bloem van haar handen en liep de trap af. De man stond in de hal met een cameljas over zijn arm. Net als de Japanner droeg hij een kostuum en een wit overhemd. Zijn das was een felrode foulard.

'Het spijt me dat ik u stoor,' zei Sterling door het glas.

'Waarom wilt u me vragen stellen over mijn zoon?' wilde Anne weten.

'Ik ben gestuurd door het Forbes Cancer Center in Miami,' legde Sterling uit.

Anne herkende de naam van de instelling waar Sean werkte en ze opende de deur en keek de vreemdeling aan. Hij was aantrekkelijk, met een breed gezicht en een rechte neus. Hij had lichtbruin haar dat licht krulde. Anne vond dat hij, afgezien van zijn naam, Iers had kunnen zijn. Hij was ruim 1 meter 80 en zijn ogen waren net zo blauw als die van haar zoons.

'Heeft Sean iets gedaan wat ik dien te weten?' vroeg ze.

'Niet dat ik weet,' zei Sterling. 'Het bestuur van de kliniek voert altijd een routineonderzoek uit naar de achtergrond van de mensen die er werken. Veiligheid is voor hen een belangrijke kwestie. Ik wilde u alleen maar een paar vragen stellen.'

'Zoals?' vroeg Anne.

'Is uw zoon voor zover u weet betrokken geweest bij biotechnologische bedrijven?'

'U bent de tweede die die vraag het afgelopen uur stelt,' zei Anne.

'O ja?' zei Sterling. 'Mag ik vragen wie die andere persoon was?'

Anne stak haar hand in haar schortzak en haalde Tanaka's kaartje tevoorschijn. Ze zag dat de man zijn ogen samenkneep. Hij gaf haar het kaartje terug.

'En wat hebt u meneer Yamaguchi verteld?' vroeg Sterling.

'Ik heb hem verteld dat mijn zoon en een paar vrienden hun eigen biotechnologiebedrijf waren begonnen,' zei Anne. 'Ze noemden het Immunotherapie.'

'Bedankt, mevrouw Murphy,' zei Sterling. 'Ik waardeer het zeer dat u me te woord hebt willen staan.'

Anne keek hoe de elegante vreemdeling het bordes voor haar huis afdaalde en achter in een donkere auto stapte. Zijn chauffeur was in uniform.

Meer verbijsterd dan ooit ging Anne terug naar boven. Na enige aarzeling pakte ze de hoorn van de haak en belde Brian. Ze verontschuldigde zich voor het feit dat ze hem stoorde in zijn drukke werkzaamheden en vertelde hem over de eigenaardige incidenten. Ze beschreef haar twee bezoekers.

'Dat is vreemd,' zei Brian toen ze klaar was.

'Moeten we ons zorgen maken over Sean?' vroeg Anne. 'Je kent je broer immers.'

'Ik zal hem bellen,' zei Brian. 'Als er ondertussen nog iemand vragen komt stellen, vertel je hun niets maar verwijs je hen gewoon door naar mij.'

'Ik hoop dat ik niets verkeerds heb gezegd,' zei Anne.

'Vast niet,' verzekerde Brian haar.

'Zien we je straks nog?'

'Ik ben nog aan het werk,' zei Brian. 'Als ik er om acht uur nog niet ben, moeten jullie maar zonder mij aan tafel gaan.'

Met de plattegrond van Miami opengevouwen op de zitting naast haar, slaagde Janet erin de weg terug te vinden naar de Forbes-flat. Ze was blij toen ze Seans Isuzu op de parkeerplaats zag staan. Ze hoopte dat ze hem thuis zou treffen omdat ze meende goed nieuws te hebben. Ze had een lichte, prettig gemeubileerde flat gevonden op de zuidelijke punt van Miami Beach, met beperkt uitzicht op de oceaan vanuit de badkamer. Vanwege het hoogseizoen was het zoeken naar een flat al gauw een ontmoedigende activiteit gebleken. De flat die ze ten slotte had gevonden, was een jaar vooruit gereserveerd geweest, maar vijf minuten voordat Janet het makelaarskantoor binnenstapte, was er een annulering binnengekomen.

Ze pakte haar tasje en haar kopie van het huurcontract en ging naar haar flat. Ze gunde zich vijf minuten om haar gezicht te wassen en een short en een topje aan te trekken. Daarna liep ze met het contract in haar hand via het balkon naar Seans schuifdeur. Ze trof hem somber onderuitgezakt op de bank aan.

'Goed nieuws!' zei Janet opgewekt. Ze liet zich in de leunstoel tegenover hem vallen.

'Dat kan ik wel gebruiken,' zei Sean.

'Ik heb een flat gevonden,' verkondigde ze. Ze zwaaide met het contract. 'Hij is niet grandioos, maar hij ligt maar één blok van het strand vandaan en, wat het allerbeste is, vlak bij de snelweg naar het Forbes.'

'Janet, ik weet niet of ik hier kan blijven,' zei Sean. Hij klonk gedeprimeerd.

'Wat is er gebeurd?' vroeg Janet met een huivering.

'Het Forbes is net een gekkenhuis,' zei Sean. 'De sfeer deugt niet. Zo is er bijvoorbeeld een Japanse malloot die me, ik zweer het je, aldoor in de gaten houdt. Iedere keer als ik me omdraai, is hij er.'

'Wat nog meer?' vroeg Janet. Ze wilde alle bezwaren van Sean horen zodat ze een manier kon bedenken om ze uit de weg te ruimen. Nu ze zojuist een huurcontract voor twee maanden had getekend, zat ze nog meer aan een verblijf hier vast dan voorheen.

'Er is iets fundamenteels mis met het Forbes,' zei Sean. 'De mensen zijn of vriendelijk, of onvriendelijk. Het is zwart of wit. Het is niet natuurlijk. Bovendien werk ik in mijn eentje in een enorm leeg laboratorium. Het is krankzinnig.'

'Je hebt altijd geklaagd over gebrek aan ruimte,' zei Janet.

'Ik zal het nooit meer doen,' zei Sean. 'Ik heb het nooit beseft, maar ik heb mensen om me heen nodig. En nog iets: ze hebben een geheim maximum containment-lab dat als verboden terrein wordt beschouwd. Ik heb het bordje genegeerd en ben er toch binnengegaan. Weet je wat ik vond? Niets. Het was leeg. Ik ben weliswaar niet in iedere ruimte geweest, maar waar ik was, was niets te zien. Ik was nog niet ver gekomen toen die gefrustreerde marinier die aan het hoofd van de bewaking staat, binnenstormde en me bedreigde.'

'Waarmee?' vroeg Janet gealarmeerd.

'Met zijn lef,' zei Sean. 'Hij kwam pal voor me staan en keek me smerig aan. Het scheelde niet dàt of ik had hem een dreun gegeven.' Sean hield zijn duim en wijsvinger ongeveer een centimeter van elkaar.

'Wat gebeurde er?' vroeg Janet.

'Niets,' zei Sean. 'Hij bond in en zei dat ik moest maken dat ik wegkwam. Maar hij was heel opgefokt en deed alsof ik echt iets verkeerds had gedaan. Krankzinnig.'

'Maar je hebt de andere ruimten niet gezien,' zei Janet. 'Misschien wordt het lab waarin jij bent geweest opnieuw ingericht.'

'Dat zou kunnen,' gaf Sean toe. 'Er zijn een heleboel mogelijke verklaringen. Maar het blijft vreemd, en als je alle vreemde dingen bij elkaar optelt, lijkt het hele Forbes stapelgek.'

'Hoe zit het met het werk dat ze je willen laten doen?'

'Dat is in orde,' zei Sean. 'In feite snap ik niet waarom ze zoveel problemen hebben gehad. Dokter Mason, de directeur, kwam vanmiddag langs en ik liet hem zien wat ik aan het doen was. Ik had al een paar minuscule kristallen geproduceerd. Ik vertelde hem dat ik vermoedelijk binnen een week of zo enkele fatsoenlijke kristallen zou hebben. Hij leek tevreden, maar nadat hij was vertrokken, dacht ik erover na en ik voel er eigenlijk weinig voor mee te helpen geld te verdienen voor een of andere Japanse holding maatschappij. En dat zou ik in wezen doen als ik kristallen produceer die ze kunnen defracteren.'

'Maar dat is niet het enige dat je gaat doen,' zei Janet.

'Wat bedoel je?'

'Je gaat ook het medulloblastoma-protocol onderzoeken,' zei Janet. 'Morgen start ik op de vierde verdieping en raad eens wie daar ligt?'

'Helen Cabot,' giste Sean. Hij trok zijn benen in en ging rechtop zitten.

'Precies,' zei Janet. 'Plus nog een patiënt uit Boston. Een Louis Martin.'

'Heeft hij dezelfde diagnose?' vroeg Sean.

'Ja,' zei Janet. 'Medulloblastoma.'

'Dat is verbazingwekkend!' merkte Sean op. 'En ze hebben hem snel hier gekregen!'

Janet knikte. 'Ze zijn in het Forbes een beetje verbolgen dat Helen zo lang in Boston is vastgehouden,' zei ze. 'De hoofdzuster maakt zich zorgen over haar.'

'Er is veel over gediscussieerd of er al dan niet een biopsie moest worden gedaan en welke van haar tumoren moest worden onderzocht,' legde Sean uit.

'En er werd nog een jonge vrouw opgenomen terwijl ik er was,' zei Janet.

'Ook medulloblastoma?'

'Ja. Er zijn dus drie patiënten op mijn afdeling die met hun behandeling beginnen. Mooier kan het niet.'

'Ik zal kopieën nodig hebben van hun dossiers,' zei Sean. 'En monsters van de medicamenten, zodra ze met de feitelijke behandeling beginnen, tenzij de medicamenten genoemd worden natuurlijk. Maar dat zal wel niet het geval zijn. Ze zullen geen chemo toepassen op deze mensen, niet uitsluitend tenminste. De medicamenten zullen vermoedelijk gecodeerd zijn. En ik zal van iedere patient de voorschriften moeten weten.'

'Ik zal doen wat ik kan,' zei Janet. 'Het lijkt me niet zo moeilijk met drie patiënten op mijn afdeling. Misschien kan ik regelen dat ik voor minstens een van hen persoonlijk zal zorgen. Ik heb ook een geschikte kopieermachine zien staan op de archiefafdeling.'

'Je moet wel oppassen,' waarschuwde Sean. 'Een van de medisch bibliothecaressen is de moeder van de public-relationsmedewerkster.'

'Ik zal voorzichtig zijn,' zei Janet. Ze nam Sean behoedzaam op voordat ze verder ging. Ze had ontdekt dat het een vergissing was om hem te dwingen conclusies te trekken voordat hij daaraan toe was. Maar ze moest het gewoon weten. 'Dat betekent dus dat je nog altijd van de partij bent?' vroeg ze. 'Je blijft dus? Zelfs als dat inhoudt dat je wat met de proteïne moet doen en de Japanners daarvan zullen profiteren?'

Sean leunde met gebogen hoofd en met zijn ellebogen op zijn knieën voorover en wreef over zijn achterhoofd. 'Ik weet het niet,' zei hij. 'Deze hele situatie is absurd. Wat een manier om wetenschap te bedrijven!' Hij keek Janet aan. 'Ik vraag me af of iemand in Washington er enig idee van heeft gehad wat de gevolgen zouden zijn van de beperking van de onderzoekssubsidies. En het gebeurt allemaal net nu het land meer dan ooit behoefte heeft aan onderzoek.'

'Des te meer reden voor ons om er iets aan te doen,' zei Janet.

'Meen je dat serieus?' vroeg Sean.

'Nou en of.'

'Je begrijpt dat we vindingrijk moeten zijn.'

'Ja, dat begrijp ik.'

'En dat we een paar regels zullen moeten breken,' voegde Sean eraan toe. 'Weet je zeker dat je dat aankunt?'

'Ik geloof van wel,' zei Janet.

'En als we eenmaal begonnen zijn, is er geen terugkeer mogelijk,' zei Sean.

Janet wilde iets antwoorden, maar het rinkelen van de telefoon op het bureau deed hen beiden schrikken.

'Wie zou dat kunnen zijn?' vroeg Sean zich af. Hij liet de telefoon gewoon rinkelen.

'Ben je niet van plan op te nemen?' vroeg Janet.

'Ik denk na,' zei Sean. Wat hij niet zei, was dat hij bang was dat het Sarah Mason zou kunnen zijn. Ze had hem die middag gebeld, en ondanks de verleiding om Harris op stang te jagen, wilde Sean niets met de vrouw te maken hebben.

'Ik vind dat je op moet nemen,' zei Janet.

'Doe jij het maar,' stelde Sean voor.

Janet sprong op en nam de hoorn van de haak. Sean keek naar de uitdrukking op haar gezicht terwijl ze vroeg wie er aan de lijn was. Ze vertoonde nauwelijks enige reactie terwijl ze hem de hoorn toestak.

'Het is je broer,' zei ze.

'Wat krijgen we nou!' bromde Sean, terwijl hij zich van de bank oprichtte. Het was niets voor zijn broer om te bellen. Daar was hun verhouding gewoon niet naar en bovendien hadden ze elkaar vrijdagavond nog gezien.

Sean nam de hoorn aan. 'Wat is er aan de hand?' vroeg hij.

'Dat wilde ik nou juist van jou weten,' zei Brian.

'Wil je een eerlijk antwoord of gemeenplaatsen?' vroeg Sean.

'Ik denk dat je het me beter ronduit kunt vertellen,' zei Brian.

'Het is hier bizar,' zei Sean. 'Ik weet niet zeker of ik wel wil blijven. Het zou zonde van mijn tijd kunnen zijn.' Sean keek naar Janet, die wanhopig met haar ogen rolde.

'Er is hier ook iets vreemds gaande,' zei Brian. Hij vertelde Sean over de twee mannen die hun moeder een bezoek hadden gebracht en waarmee zij over Immunotherapie had gesproken.

'Immunotherapie behoort tot het verleden,' zei Sean. 'Wat heeft moeder gezegd?'

'Niet veel,' zei Brian. 'Volgens haar zeggen tenminste. Maar ze raakte een beetje in de war. Het enige dat ze heeft gezegd, was dat jij en enkele vrienden het bedrijf hebben opgezet.'

'Heeft ze niet verteld dat we het hebben verkocht?'

'Klaarblijkelijk niet.'

'En over Oncogen?'

'Ze zei dat ze het niet heeft genoemd omdat we haar hadden gevraagd er met niemand over te spreken.'

'Verstandig van haar,' zei Sean.

'Waarom zouden die lui met moeder zijn komen praten?' vroeg Brian. 'Die Rombauer zei dat hij namens het Forbes Cancer Center kwam. Hij zei dat ze uit veiligheidsoverwegingen alle werknemers aan een routineonderzoek onderwierpen. Heb je iets gedaan om de suggestie te wekken dat je een risicogeval bent?'

'Verdraaid, ik ben hier pas vierentwintig uur,' zei Sean.

'We weten allebei dat je nogal eens de oorzaak bent van allerlei problemen. Je gezeik zou zelfs het geduld van een Job zwaar op de proef stellen.'

'Mijn gezeik is niets vergeleken bij dat gewauwel van jou, broer,' plaagde Sean. 'Je hebt er zelfs een instituut van gemaakt door advocaat te worden.'

'Aangezien ik in een goede bui ben, zal ik hier maar niet op ingaan,' zei Brian. 'Maar serieus, wat is er volgens jou aan de hand?'

'Ik heb er geen flauw idee van,' zei Sean. 'Misschien was het inderdaad een routineonderzoek, zoals die kerel zei.'

'Maar ze wisten niet van elkaar af,' zei Brian. 'Dat lijkt mij raar.

En de eerste bezoeker heeft zijn kaartje achtergelaten. Ik heb het hier. Er staat op: Tanaka Yamaguchi, Industrieel adviseur.'

'Dat kan van alles betekenen,' zei Sean. 'Ik vraag me af of zijn betrokkenheid soms te maken heeft met het feit dat een Japanse elektronica-gigant, Sushita Industrie, flink in het Forbes heeft geïnvesteerd. Ze zijn duidelijk op zoek naar een paar lucratieve patenten.'

'Waarom kunnen ze zich niet houden aan camera's, elektronica en auto's?' zei Brian. 'Ze verpesten de wereldeconomie toch al.'

'Daarvoor zijn ze veel te slim,' zei Sean. 'Ze zoeken het op de lange termijn. Maar ik heb er geen flauw idee van waarom ze geïnteresseerd zijn in mijn connectie met die gedateerde Immunotherapie.'

'Ik vond dat je het moest weten,' zei Brian. 'Ik kan nog altijd moeilijk geloven dat je daarginds de zaak niet aan het opstoken bent, jou kennende.'

'Je kwetst me als je zulke dingen zegt,' zei Sean.

'Ik neem contact met je op zodra de Franklin-bank over de brug komt voor Oncogen,' zei Brian. 'Probeer uit de moeilijkheden te blijven.'

'Wie, ik?' vroeg Sean onschuldig.

Sean legde de hoorn neer zodra Brian gedag had gezegd.

'Ben je weer van gedachten veranderd?' informeerde Janet zichtbaar gefrustreerd.

'Waar heb je het over?' vroeg Sean.

'Je zei tegen je broer dat je nog niet zeker wist of je wilde blijven,' zei Janet. 'Ik dacht dat we hadden besloten het erop te wagen.'

'Dat klopt,' zei Sean. 'Maar ik wilde Brian niet over ons plan vertellen. Hij zou zich maar zorgen maken. Bovendien zou hij het waarschijnlijk aan mijn moeder vertellen, en wie weet wat er dan gebeurt.'

'Dat was heel lekker,' zei Sterling tegen de masseuse, een knappe, gezonde Finse die was gekleed in wat voor een tennistenue zou kunnen doorgaan. Hij gaf haar een extra fooi van vijf dollar; toen hij de afspraak voor de massage had gemaakt via de portier van het Ritz, had hij al een ruime fooi toegevoegd aan het bedrag dat op zijn rekening werd bijgeschreven, maar hij zag dat ze de afgesproken tijd had overschreden.

Terwijl de masseuse de tafel inklapte en haar flacons olie verzamelde, trok Sterling een dikke, witte badjas aan en maakte de handdoek los die om zijn middel zat. Hij liet zich in de fauteuil vlak bij het raam vallen, legde zijn voeten op de ottomane en schonk een glas in uit de fles champagne die de hotelleiding hem had aangeboden. Sterling was een vaste gast in het Boston Ritz Carlton.

De masseuse zei gedag toen ze bij de deur stond en Sterling bedankte haar nogmaals. Hij besloot de volgende keer haar naam te vragen. De cliënten van Sterling waren eraan gewend geraakt dat hij kosten voor massage op zijn declaraties opvoerde. Ze klaagden er zo nu en dan over, maar Sterling zei dat ze dan maar iemand anders in dienst moesten nemen. Ze stemden onveranderlijk in omdat Sterling erg goed was in het werk dat hij deed: bedrijfsspionage.

Er waren andere, meer verholen beschrijvingen voor Sterlings werk, zoals handelsconsulent of zakenconsulent, maar Sterling prefereerde de oprechtheid van het woord bedrijfsspionage, hoewel hij het fatsoenshalve op zijn kaartje achterwege liet. Op zijn kaartje stond alleen maar: 'adviseur', niet 'industrieel adviseur' zoals op het visitekaartje dat Anne Murphy hem eerder die dag had laten zien. Hij vond dat het woord 'industrieel' een beperking tot fabricage suggereerde en Sterling was geïnteresseerd in alle zaken.

Sterling nipte van zijn champagne en staarde uit het raam naar het schitterende uitzicht. Zoals gewoonlijk had hij een kamer op een hooggelegen verdieping met uitzicht op de prachtige Boston Garden. Naarmate het zonlicht geleidelijk afnam, waren de lampen aan weerszijden van de slingerende wandelpaden knipperend aangegaan en ze verlichtten de zwanenvijver met zijn miniatuurhangbrug. Hoewel het al begin maart was, was de vijver door de recente strenge vorst opnieuw helemaal bevroren. De schaatsers, die stipjes vormden op het spiegelende oppervlak, beschreven moeiteloos elkaar snijdende bogen op het ijs.

Toen Sterling iets meer omhoog keek, zag hij de vervagende schittering van het Massachusetts State House met zijn gouden koepel. Hij betreurde het trieste feit dat de wetgevende macht systematisch haar eigen belastingbasis had verwoest door kortzichtige wetten tegen de zakenwereld door te voeren. Helaas had

Sterling een aantal goede cliënten verloren die of gedwongen waren te vluchten naar een staat met meer begrip voor het zakenleven, of genoodzaakt waren de zaken helemaal op te geven. Niettemin genoot Sterling van zijn tripjes naar Boston. Het was zo'n beschaafde stad, vond hij.

Hij trok de telefoon naar de rand van het tafeltje om zijn werk voor die dag af te maken, voordat hij ging dineren. Niet dat het werk hem een last was. Integendeel. Sterling hield van zijn huidige bezigheden, vooral als je bedacht dat hij helemaal niet hoefde te werken. Hij had aan Stanton een opleiding computertechniek gevolgd, verscheidene jaren voor Apple gewerkt en daarna zijn eigen succesvolle computer-chipbedrijf gesticht, en dat alles voor zijn dertigste. Tegen zijn vijfendertigste had hij genoeg van zijn onbevredigende leven, zijn slechte huwelijk en de verstikkende sleur van het runnen van een bedrijf. Eerst ging hij scheiden, daarna maakte hij zijn bedrijf tot een BV, wat hem een kapitaal opleverde. Toen verkocht hij het en verdiende opnieuw een kapitaal. Tegen zijn veertigste zou hij een aanzienlijk deel van de staat Californië hebben kunnen kopen als hij dat had gewild.

Bijna een jaar lang gaf hij toe aan de typische genoegens van de jeugd die hij naar zijn gevoel op de een of andere wijze had gemist. Ten slotte gingen plaatsen als Aspen hem vreselijk de keel uithangen. Op dat moment vroeg een zakenvriend hem of hij een privé-kwestie voor hem wilde onderzoeken. Vanaf dat moment had Sterling zich in een nieuwe loopbaan gestort, die stimulerend was, nooit een sleur werd, zelden saai was en waarin hij gebruik kon maken van zijn technische achtergrond, zijn zakenexpertise, zijn verbeeldingskracht en zijn intuïtieve gevoel voor menselijk gedrag.

Sterling belde Randolph Mason thuis op. Dr. Mason beantwoordde het telefoontje op zijn privé-toestel in zijn studeerkamer.

'Ik weet niet zeker of je blij zult zijn met wat ik heb ontdekt,' zei Sterling.

'Ik kan er beter vroeger dan later achter komen,' antwoordde dr. Mason.

'Die Sean Murphy is een indrukwekkende jongeman,' zei Sterling. 'Als student aan het MIT heeft hij zijn eigen biotechnologisch bedrijf, Immunotherapie, opgezet. Het bedrijf bleek winstgevend te zijn nagenoeg vanaf de eerste dag dat het diagnostische sets op de markt bracht.'

'Hoe loopt het nu?'

'Geweldig,' zei Sterling. 'Het is een succes. Het deed het zo goed, dat Genentech het ruim een jaar geleden heeft overgenomen.'

'Werkelijk!' zei dr. Mason. Het begon er alweer wat zonniger uit te zien. 'En hoe zit het met Sean Murphy?'

'Hij en zijn kameraden maakten een aanzienlijke winst,' zei Sterling. 'Gezien hun geringe investering, was het buitengewoon lucratief.'

'Dus Sean is er niet langer bij betrokken?' vroeg dr. Mason.

'Hij heeft zich helemaal laten uitkopen,' zei Sterling. 'Scheelt dat?'

'Dat zou ik wel denken,' zei dr. Mason. 'Ik kan zijn ervaring met monoklonalen goed gebruiken, maar niet als hij produktiefaciliteiten achter zich heeft. Dat zou te riskant zijn.'

'Hij zou de informatie nog altijd aan derden kunnen verkopen,' zei Sterling. 'Of hij zou in dienst van een ander bedrijf kunnen zijn.'

'Kun je dat uitzoeken?'

'Hoogstwaarschijnlijk wel,' zei Sterling. 'Wil je dat ik hiermee doorga?'

'Absoluut,' zei dr. Mason. 'Ik wil de knaap gebruiken, maar niet als hij de een of andere bedrijfsspion is.'

'Ik heb nog iets ontdekt,' zei Sterling terwijl hij nog wat champagne inschonk. 'Er heeft nog iemand navraag gedaan naar Sean Murphy. Zijn naam is Tanaka Yamaguchi.'

Dr. Mason voelde de tortellini in zijn maag omdraaien.

'Heb je ooit van die man gehoord?' vroeg Sterling.

'Nee!' zei dr. Mason. Hij had inderdaad nooit van hem gehoord, maar met een dergelijke naam lagen de implicaties voor de hand.

'Ik neem aan dat hij voor Sushita werkt,' zei Sterling. 'En ik weet dat hij op de hoogte is van Sean Murphy's betrokkenheid bij Immunotherapie. Dat weet ik omdat Seans moeder het hem heeft verteld.'

'Heeft hij Seans moeder opgezocht?' vroeg dr. Mason gealarmeerd.

'Net als ik,' zei Sterling.

'Maar dan zal Sean weten dat zijn antecedenten worden onderzocht,' stamelde dr. Mason.

'Dat hindert immers niet,' zei Sterling. 'Als Sean een bedrijfsspion is, zal hij zich bedenken. Als hij dat niet is, zal hij het alleen maar merkwaardig vinden of zal hij op zijn hoogst lichtelijk geïrriteerd zijn. Je hoeft je niet druk te maken over Seans reactie. Je kunt je beter druk maken over Tanaka Yamaguchi.'

'Wat bedoel je?'

'Ik heb Tanaka nooit ontmoet,' zei Sterling. 'Maar ik heb veel over hem gehoord aangezien we min of meer concurrenten zijn. Hij is de oudste zoon van een rijke industriële familie, zware machinebouw, geloof ik. Jaren geleden kwam hij naar de vs om te studeren. Het probleem was dat hij zich naar de zin van zijn familie te gemakkelijk aanpaste aan 'gedegenereerde' Amerikaanse gewoonten. Hij werd snel te Amerikaans en te individualistisch naar Japanse smaak. De familie besloot dat ze hem niet meer thuis wilde hebben, dus financierden ze een weelderige levenswijze. Het was een soort ballingschap, maar hij is zo slim geweest zijn toelage te vermeerderen door te doen wat ik doe, maar dan voor Japanse bedrijven die in de vs opereren. Hij is een soort dubbelagent en vertegenwoordigt dikwijls tegelijkertijd de Yakusa en een erkend bedrijf. Hij is pienter, hij is meedogenloos en hij is effectief. Het feit dat hij hierbij betrokken is, betekent dat je Sushita-vrienden het menen.'

'Denk je dat hij betrokken was bij de verdwijning van onze twee wetenschappers die je in Japan, in dienst van Sushita, hebt teruggevonden?'

'Dat zou me niet verbazen,' zei Sterling.

'Ik kan het me niet veroorloven dat deze Harvard-student verdwijnt,' zei dr. Mason. 'Als dat bekend zou worden, zou dat het Forbes kunnen vernietigen.'

'Ik geloof niet dat je je nu al zorgen hoeft te maken,' zei Sterling. 'Mijn bronnen hebben me verteld dat Tanaka nog hier in Boston is. Aangezien hij tot vrijwel dezelfde informatie toegang heeft als ik, zal hij ervan uitgaan dat Sean Murphy bij iets anders betrokken is.'

'Zoals?' vroeg dr. Mason.

'Ik weet het niet zeker,' zei Sterling. 'Ik ben er niet in geslaagd al het geld op te sporen dat die jongens hebben verdiend toen ze Immunotherapie verkochten. Noch Sean, noch zijn vrienden hebben noemenswaardig privé-kapitaal en geen van hen is zich te buiten gegaan aan dure auto's of andere luxeartikelen. Ik denk dat ze iets in hun schild voeren en ik denk dat Tanaka dat ook denkt.'

'Mijn god!' zei dr. Mason. 'Ik weet niet wat ik moet doen. Misschien kan ik die knaap beter naar huis sturen.'

'Als je denkt dat Sean je kan helpen met dat proteïnewerk waarover je me vertelde,' zei Sterling, 'houd hem dan daar. Ik geloof dat ik alles onder controle heb. Ik heb bij talloze personen inlichtingen ingewonnen, en dankzij de computerindustrie hier beschik ik over goede connecties. Het enige dat je hoeft te doen, is me vertellen dat ik aan deze zaak moet blijven werken, en de rekeningen blijven betalen.'

'Ga ermee door,' zei dr. Mason. 'En houd me op de hoogte.'

5

Donderdag 4 maart, 6.30 uur

Janet was opgestaan, had haar witte uniform aangetrokken en was vroeg van huis gegaan. Haar dienst liep van zeven tot drie. Zo vroeg was er erg weinig verkeer op de I-95, vooral in noordelijke richting. Zij en Sean hadden het erover gehad samen met één auto te gaan, maar uiteindelijk hadden ze besloten dat het beter zou zijn als ze allebei hun eigen vervoer hadden.

Janet ging die ochtend met een draaierig gevoel in haar maag het Forbes Hospital binnen. Haar benauwdheid was meer dan de gebruikelijke nervositeit die verbonden was met het begin van een nieuwe baan. Het vooruitzicht de regels te overtreden maakte haar gespannen en nerveus. Ze voelde zich bij voorbaat al schuldig vanwege haar plannen.

Janet was ruimschoots op tijd op de vierde verdieping. Ze schonk een kop koffie in en bekeek de dossiers, de apothekerskast en de voorraadkast: zaken waarmee ze bekend zou moeten zijn om haar taak als afdelingsverpleegster uit te voeren. Tegen de tijd dat ze ging zitten voor de overdrachtsrapportage van de nachtdienst aan de dagdienst, was ze beduidend kalmer geworden. Marjories opgewekte aanwezigheid stelde haar op haar gemak.

Er viel niets bijzonders te rapporteren, behalve Helen Cabots verslechterende toestand. De arme vrouw had gedurende de nacht verscheidene aanvallen gehad en de artsen zeiden dat haar intracraniale druk toenam.

'Denken ze dat het probleem te maken heeft met de door de CAT-scan gestuurde biopsie van gisteren?' vroeg Marjorie.

'Nee,' zei Juanita Montgomery, het hoofd van de nachtdienst. 'Dokter Mason was hier om drie uur vannacht toen ze opnieuw een aanval had, en hij zei dat het probleem te maken had met de behandeling.'

'Zijn ze dan al met haar behandeling begonnen?' vroeg Janet.

'Nou en of,' zei Juanita. 'Daar is dinsdagavond mee begonnen, de avond waarop ze hier aankwam.'

'Maar gisteren heeft ze pas haar biopsie gehad,' zei Janet.

'Dat is het cellulaire aspect van haar behandeling,' viel Marjorie haar bij. 'Er wordt vandaag aferese bij haar verricht om T-lymfocyten te vergaren, die op kweek worden gezet en gevoelig zullen worden gemaakt voor haar tumor. Maar met het humorale aspect van haar behandeling was onmiddellijk begonnen.'

'Ze hebben mannitol gebruikt om de intracraniale druk te verlagen,' voegde Juanita eraan toe. 'Het leek te werken. Ze heeft geen aanvallen meer gehad. Ze willen als het mogelijk is, steroïden en een by-pass vermijden. In ieder geval moet ze zorgvuldig via de monitor worden bewaakt, vooral met de aferese.'

Zodra de overdracht afgelopen was en de vermoeide nachtploeg was vertrokken, begon het werk pas echt. Janet merkte dat ze het buitengewoon druk had. Er waren veel zieke patiënten op de vierde verdieping die een breed scala van kankersoorten vertegenwoordigden, en elk van hen had een individuele behandeling. Het schrijnendste geval vond Janet een engelachtig negenjarig jongetje dat uit voorzorg een 'omgekeerde isoleringsbehandeling' ontving terwijl hij op een beenmergtransplantatie wachtte om zijn merg opnieuw te voorzien van bloedvormende cellen. Hij had een sterke dosis chemotherapie en bestraling gekregen om zijn door leukemie aangetaste merg volledig uit te roeien. Op dit moment was hij geheel weerloos voor alle micro-organismen, zelfs voor die micro-organismen die normaal niet bedreigend zijn voor mensen.

Halverwege de ochtend had Janet eindelijk de kans op adem te komen. De meeste verpleegsters brachten hun koffiepauzes door in het bergkamertje achter de verpleegsterspost, waar ze hun vermoeide voeten op tafel konden leggen. Janet besloot van de gelegenheid gebruik te maken en vroeg Tim Katzenburg een demonstratie van de Forbes-computer. Van iedere patiënt bestond een traditioneel dossier en een computerfile. Janet was niet geïntimideerd door computers, omdat ze computerkunde als bijvak had gedaan op de universiteit. Maar het zou gemakkelijker zijn als iemand die vertrouwd was met het Forbes-systeem haar op weg hielp.

Toen Tim een ogenblik werd afgeleid door een telefoontje van het lab, vroeg Janet Helen Cabots dossier op. Aangezien Helen er nog geen achtenveertig uur was, was het dossier niet erg uitgebreid. Een computergrafiek liet zien op welke van haar drie tumoren biopsie was verricht en de locatie van de hersenpanboring vlak boven het rechteroor. Het biopsiespecimen werd grofweg beschreven als stevig, wit en van voldoende hoeveelheid. Er werd vermeld dat het specimen onmiddellijk in ijs was verpakt en naar Basic Diagnostics gestuurd. In het behandelingsgedeelte stond dat er was gestart met MB-300C en MB-303C in een dosis van 100mg per kg lichaamsgewicht per dag, toegediend in 0,05ml per kg lichaamsgewicht per minuut.

Janet keek naar Tim, die nog altijd bezig was aan de telefoon. Op een stukje papier schreef ze de informatie betreffende de behandeling. Ze noteerde ook de lettercijfercode T-9872, die als de diagnose was geregistreerd tezamen met de beschrijvende term: medulloblastoma, meervoudig.

Gebruikmakend van deze diagnostische code, vroeg Janet vervolgens de namen op van de patiënten met medulloblastoma die momenteel in het ziekenhuis lagen. Er waren er in totaal vijf, inclusief de drie op de vierde verdieping. De andere twee waren Margaret Demars op de derde verdieping en Luke Kinsman, een achtjarige op de kinderafdeling op de vijfde verdieping. Janet noteerde de namen.

'Moeilijkheden?' informeerde Tim terwijl hij over Janets schouder keek.

'Nee, hoor,' zei ze. Ze maakte snel het scherm leeg, zodat Tim niet zou zien waarmee ze bezig was geweest. Ze kon het zich niet permitteren op haar allereerste dag argwaan te wekken.

'Ik moet deze lab-uitslagen invoeren,' zei Tim. 'Het duurt maar een paar seconden.'

Terwijl Tim verdiept was in zijn werk, speurde Janet snel het dossierrek af naar de dossiers van Cabot, Martin of Sharenburg. Tot haar teleurstelling waren ze er geen van drieën.

Marjorie kwam binnenstormen om narcosemiddelen uit de apothekerskast te halen. 'Ik dacht dat je koffiepauze had,' riep ze tegen Janet.

'Dat heb ik ook,' zei Janet terwijl ze haar plastic bekertje omhoogstak. Ze moest niet vergeten een beker van huis mee te nemen. Iedereen had een eigen beker.

'Ik ben al onder de indruk van je,' plaagde Marjorie vanuit de kast. 'Je hoeft niet tijdens je koffiepauze door te werken. Ontspan je, meid, en laat je voeten uitrusten.'

Janet glimlachte en zei dat ze dat zou doen zodra ze helemaal gewend was aan de dagelijkse gang van zaken op de afdeling. Toen Tim klaar was met de computer, vroeg Janet hem naar de ontbrekende dossiers.

'Die liggen allemaal op de tweede verdieping,' zei Tim. 'Cabot krijgt een aferese en Martin en Sharenburg onderwijl een biopsie. De dossiers zijn natuurlijk bij hen.'

'Natuurlijk,' beaamde Janet. Het was gewoon pech dat geen van de dossiers er was nu ze de kans had erin te kijken. Ze begon te vermoeden dat de klinische spionage wel eens niet zo gemakkelijk zou blijken te zijn als ze had gedacht toen ze Sean haar plan voorstelde.

Ze gaf de dossiers voor het ogenblik maar op en wachtte tot een van de andere dagverpleegsters, Dolores Hodges, klaar was in de apothekerskast. Zodra Dolores naar de gang was gegaan, vergewiste Janet zich ervan dat niemand keek voordat ze het kleine hokje binnenglipte. Iedere patiënt had een vakje dat zijn of haar voorgeschreven medicamenten bevatte. Ze waren afkomstig van de centrale apotheek op de eerste verdieping.

Zodra ze Helens vakje had gevonden, speurde Janet snel het assortiment ampullen, flesjes en buisjes af die anti-attaque-medicamenten, algemene tranquillizers, anti-misselijkheidspillen en niet-narcotische pijnstillers bevatten. Er waren geen doosjes met de aanduiding MB300C of MB303C. Omdat de kans bestond dat er medicamenten waren opgeborgen bij de narcosemiddelen, controleerde Janet de narcoticakast, maar ze trof daar uitsluitend verdovingsmiddelen aan.

Vervolgens vond ze het vakje van Louis Martin, dat helemaal onderaan zat. Nadat ze de onderste helft van de deur had gesloten om ruimte te krijgen, hurkte ze neer om het te doorzoeken. Net zo min als in Helens vakje kon ze hier doosjes vinden met speciale MB-codes op het etiket.

'Hemeltje, je laat me schrikken!' riep Dolores uit. Ze was haastig teruggekeerd en was praktisch languit over Janet gestruikeld, die voor Louis Martins vakje zat gehurkt. 'Het spijt me,' zei Dolores. 'Ik dacht dat er niemand was.'

'Het is mijn schuld,' zei Janet, die voelde hoe ze bloosde. Ze was bang dat ze zich had verraden en dat Dolores zich zou afvragen wat ze in haar schild voerde. Dolores vertoonde echter geen tekenen van achterdocht. Zodra Janet een stap achteruit en opzij deed, kwam ze binnen om te pakken wat ze nodig had. Binnen een ogenblik was ze weer verdwenen.

Janet verliet zichtbaar trillend de apothekerskast. Dit was pas haar eerste dag, en hoewel er niets vreselijks was gebeurd, wist ze niet zeker of ze genoeg lef had voor het stiekeme gedrag dat voor spionage vereist was.

Toen Janet Helen Cabots kamer bereikte, bleef ze staan. De deur werd opengehouden door een rubberen stop. Ze ging naar binnen en staarde om zich heen. Ze verwachtte niet dat er geneesmiddelen waren, maar ze wilde het niettemin toch nagaan. Zoals ze had verwacht, was er niets te vinden.

Nadat ze haar kalmte had herwonnen, begaf ze zich naar de verpleegsterspost en passeerde onderweg Gloria D'Amataglio's kamer. Ze gunde zich een ogenblik om haar hoofd om de open deur te steken. Gloria zat in haar leunstoel met een roestvrijstalen nierbekken in haar hand geklemd. Haar infuus liep nog.

Toen ze de dag tevoren hadden gebabbeld, had Janet vernomen dat Gloria net als zij het Wellesley College had bezocht. Janet had een jaar hoger gezeten. Na erover te hebben nagedacht, besloot Janet Gloria te vragen of ze een vriendin van haar had gekend die van hetzelfde jaar was geweest als Gloria. Zodra ze Gloria's aandacht had getrokken, stelde ze haar vraag.

'Heb jij Laura Lowell gekend?' zei Gloria gemaakt geestdriftig. 'Hoe is het mogelijk! Ik ben goed bevriend met haar geweest. Ik mocht haar ouders ook graag.' Het was Janet pijnlijk duidelijk dat Gloria moeite deed gezellig te zijn. Ze was ongetwijfeld misselijk vanwege haar chemotherapie.

'Dat dacht ik al,' zei Janet. 'Iedereen kende Laura.'

Janet stond op het punt zich te excuseren en Gloria te laten rusten toen ze gerammel achter zich hoorde. Ze draaide zich net op tijd om om de man van de huishoudelijke dienst bij de deur te zien verschijnen en onmiddellijk weer verdwijnen. Ze vreesde dat haar aanwezigheid zijn rooster in de war bracht, zei tegen Gloria dat ze later zou terugkomen en ging de gang in om de man te vertellen dat hij naar binnen kon. Maar hij was spoorloos verdwenen. Ze speurde de gang af en keek zelfs in een paar aangrenzende kamers. Hij leek in rook te zijn opgegaan.

Janet begaf zich opnieuw naar de verpleegsterspost. Toen ze zag dat ze nog een paar minuten pauze overhad, nam ze de lift naar de tweede verdieping in de hoop een glimp op te vangen van een of meerdere van de ontbrekende dossiers. Helen Cabot onderging nog altijd aferese en dat kon nog wel een poosje duren. Haar dossier was niet beschikbaar. Kathleen Sharenburg onderging op dat moment een biopsie en haar dossier bevond zich op het radiologisch kantoor. Met Louis Martin had ze meer geluk. Hij zou na Kathleen Sharenburg aan de beurt zijn voor een biopsie. Janet ontdekte hem op een brancard in de gang. Hij zat zwaar onder de tranquillizers en sliep als een blok. Zijn dossier was onder de matras gestopt.

Nadat ze met een röntgenlaborant had gesproken en had vernomen dat Louis het eerste uur niet aan de beurt zou zijn, nam Janet het risico en haalde het dossier onder de matras vandaan. Snel, alsof ze de plek van een misdrijf verliet met het bewijs in haar hand, liep ze met het dossier naar het medisch archief. Het kostte haar moeite het niet op een hollen te zetten. Ze dacht bij zichzelf dat ze vermoedelijk de minst geschikte persoon ter wereld was om bij dit soort dingen te worden betrokken. De angst die ze in de apothekerskast had ervaren kwam in een flits terug.

'Natuurlijk kun je de kopieermachine gebruiken,' zei een van de bibliothecaressen toen ze het haar vroeg. 'Daarvoor staan ze hier. Zet maar verpleegkunde in het register.'

Janet vroeg zich af of deze vrouw de moeder was van de public-relationsmedewerkster die ze de avond van haar aankomst in Seans flat had gezien. Ze zou moeten oppassen. Terwijl ze naar de kopieermachine liep, keek ze over haar schouder. De vrouw had het werk waarmee ze bezig was geweest toen Janet binnenkwam, hervat en besteedde geen enkele aandacht aan haar.

Janet kopieerde snel het hele dossier van Louis Martin. Het bevatte meer pagina's dan ze had verwacht, vooral gezien het feit dat hij pas een dag geleden was opgenomen. Toen ze naar enkele ervan keek, zag ze dat het grootste deel van het dossier verwijsmateriaal bevatte dat afkomstig was uit het Boston Memorial.

Toen ze eindelijk klaar was, bracht ze het dossier haastig terug naar de brancard. Tot haar opluchting zag ze dat Louis niet verplaatst was. Ze liet het dossier onder de matras glijden op precies dezelfde plaats als waar ze het had aangetroffen. Louis verroerde zich niet.

Toen ze terugkeerde naar de vierde verdieping, raakte ze in paniek. Ze had er niet aan gedacht wat ze met de kopie van het dossier zou doen. Er waren te veel kopieën om in haar tasje te doen en ze kon ze niet laten rondslingeren. Ze moest een tijdelijke schuilplaats vinden, ergens waar de andere verpleegsters en assistenten waarschijnlijk niet zouden komen.

Omdat ze geen pauze meer had, moest ze snel iets bedenken. Het laatste wat ze wilde, was op haar eerste werkdag een langere pauze nemen dan waarop ze recht had. Gejaagd dacht ze na. Ze overwoog de patiëntenlounge, maar die was op dat moment bezet. Ze dacht aan een van de lage kastjes in de apothekerskast, maar wees dat af als te riskant. Ten slotte dacht ze aan de bergruimte van de huishoudelijke dienst.

Janet tuurde de gang in beide richtingen af. Er was een flink aantal mensen in de buurt, maar ze leken allemaal verdiept te zijn in hun eigen bezigheden. Ze zag het wagentje met schoonmaakspullen voor de deur van een patiëntenkamer staan, waaruit ze opmaakte dat de man daar binnen bezig was met schoonmaken. Na diep adem te hebben gehaald, glipte ze het kamertje binnen. De deur sloot door de dranger meteen achter haar, zodat ze in volledig duister werd gehuld. Ze tastte naar de schakelaar en deed het licht aan.

Het kleine hokje werd voor een groot deel in beslag genomen door een royale gootsteen. Aan de muur ertegenover was een werkblad met kastjes eronder, een rij ondiepe muurkastjes erboven en een bezemkast. Ze opende de bezemkast. Er zaten een paar planken boven de ruimte, die bezems en stokdweilen bevatte, maar die liepen te veel in het oog. Toen keek ze naar de kastjes boven het aanrecht, en nog hoger.

Ze zette een voet op de rand van de gootsteen en klom boven op het aanrecht. Ze stak haar hand uit en betastte het gedeelte boven de muurkastjes. Zoals ze al had vermoed, was er een smalle holte tussen de bovenkant van de kastjes en het plafond. Ervan overtuigd dat ze had gevonden waarnaar ze had gezocht, liet ze de kopie van het dossier over de rand glijden. Er steeg een stofwolkje op.

Voldaan klom Janet omlaag, waste haar handen boven de gootsteen en ging toen de gang weer in. Niets wees erop dat iemand zich had afgevraagd wat ze had uitgevoerd. Een van de andere verpleegsters passeerde haar met een opgewekte glimlach. Janet keerde terug naar de verpleegsterspost en stortte zich op haar werk. Na vijf minuten werd ze wat rustiger. Na tien minuten was zelfs haar hartslag weer normaal geworden. Toen Marjorie een paar minuten later verscheen, was Janet kalm genoeg om naar Helens gecodeerde medicijnen te informeren.

'Ik heb de behandeling van iedere patiënt doorgenomen,' zei Janet. 'Ik wil me vertrouwd maken met hun medicaties, zodat ik voorbereid zal zijn op iedere patiënt die me zal worden toegewezen. Ik zag een verwijzing naar MB300C en MB303C. Wat zijn dat voor geneesmiddelen en waar kan ik ze vinden?'

Marjorie richtte zich op achter haar bureau. Ze pakte een sleutel die aan een zilverkleurige ketting om haar nek hing en trok die naar voren. 'Je krijgt de MB-geneesmiddelen van mij,' zei ze. 'We bewaren die in een gekoelde, afgesloten ruimte hier op de verpleegsterspost.' Ze trok een kastje open en toonde een kleine koelkast. 'Het is de taak van de hoofdzusters om het uit te delen. We controleren de MB-geneesmiddelen min of meer op dezelfde wijze als de narcosemiddelen, maar nog iets strenger.'

'Dat verklaart waarom ik het niet kon vinden in de apothekers-kast,' zei Janet met een gemaakte glimlach. Ineens besefte ze dat het bemachtigen van monsters honderd maal moeilijker zou zijn dan ze zich had voorgesteld. Ze vroeg zich af of het eigenlijk wel mogelijk zou zijn.

Tom Widdicomb probeerde kalm te worden. Hij had zich nog nooit zo gespannen gevoeld. Gewoonlijk was zijn moeder in staat hem te kalmeren, maar nu wilde ze niet eens met hem praten.

Hij had ervoor gezorgd die ochtend extra vroeg aanwezig te zijn en die nieuwe verpleegster, Janet Reardon, in het oog gehouden vanaf het moment waarop ze was gearriveerd. Hij was haar aldoor gevolgd en had al haar bewegingen in de gaten gehouden. Na een uur had hij geconcludeerd dat zijn bezorgdheid ongegrond was geweest. Ze had zich gedragen als iedere andere verpleegster, had hij opgelucht vastgesteld.

Maar toen was ze weer in Gloria's kamer verschenen. Tom kon het niet geloven. Juist toen hij niet langer op zijn hoede was geweest, was ze er opeens. Dat dezelfde vrouw zijn poging om Gloria uit haar lijden te verlossen niet een- maar tweemaal had verijdeld, kon geen toeval meer zijn. 'Twee dagen achtereen!' had Tom gesist toen hij alleen in de bergruimte van de huishoudelijke dienst stond. 'Ze móet wel een spion zijn!'

Zijn enige troost was dat hij háár dit keer had betrapt in plaats van andersom. In feite was het nog beter geweest. Hij was haar praktisch tegen het lijf gelopen. Hij wist niet of ze hem al dan niet had gezien, maar hij vermoedde van wel.

Vanaf dat moment was hij haar weer gaan volgen. Bij iedere stap die ze deed, raakte hij er vaster van overtuigd dat ze hier was om hem te grazen te nemen. Ze gedroeg zich absoluut niet als een gewone verpleegster, met dat rondsluipen. Het ergste was dat ze zijn bergruimte was binnengeslopen en daar kastjes had geopend. Hij kon het vanaf de gang horen. Hij wist waarnaar ze op zoek was en hij was ziek geweest van angst bij de gedachte dat ze zijn spullen zou vinden. Zodra ze was vertrokken, was hij naar binnen gegaan. Hij was op het aanrecht geklommen, en had blindelings zijn hand uitgestoken naar de verste hoek van het bovenkastje in de hoek om te voelen of de succinylcholine en spuiten er nog lagen. Tot zijn opluchting lagen ze er nog onaangeroerd. Nadat Tom naar beneden was geklommen, had hij moeite gedaan om kalm te worden. Hij bleef zich voorhouden dat hij geen gevaar liep nu de succinylcholine er nog lag. Voorlopig was hij veilig. Maar het leed geen twijfel dat hij zou moeten afrekenen met Janet Reardon zoals hij dat met Sheila Arnold had moeten doen. Hij kon niet toestaan dat ze een einde zou maken aan zijn kruistocht. Als hij dat deed, liep hij het risico Alice te verliezen.

'Maak je maar niet ongerust, mam,' zei Tom hardop. 'Alles komt goed.'

Maar Alice wilde niet luisteren. Ze was bang.

Na een kwartier voelde Tom zich kalm genoeg om de wereld onder ogen te zien. Nadat hij nog eens diep adem had gehaald om zich te vermannen, trok hij de deur open en stapte de gang op. Zijn karretje stond tegen de muur. Hij pakte het handvat en begon te duwen.

Hij hield zijn blik op de vloer gericht, terwijl hij zich naar de liften begaf. Toen hij de verpleegsterspost passeerde, hoorde hij Marjorie schreeuwen dat hij een kamer moest schoonmaken.

'Ik ben opgeroepen door de administratie,' zei Tom zonder op te kijken. Hij werd vaak geroepen als er een ongelukje was gebeurd, bijvoorbeeld als er koffie was gemorst of zo, om het schoon te maken. Gewoonlijk maakte de nachtploeg de administratie-verdieping schoon.

'Zorg dat je hier snel terug bent,' commandeerde Marjorie.

Tom vloekte binnensmonds.

Toen hij de administratie-verdieping had bereikt, duwde hij zijn karretje meteen naar het secretariaat. Er was daar altijd een drukte van belang en niemand keurde hem een blik waardig. Hij parkeerde zijn karretje pal voor de plattegrond van de Forbes-flat in zuidoost-Miami, die aan de wand hing.

Er waren tien appartementen op iedere verdieping en ieder appartement had een kleine gleuf met de naam van de bewoner. Tom vond al snel Janet Reardons naam in de gleuf met het nummer 207. Verder was er een sleutelkastje dat aan de muur vlak onder de kaart was bevestigd. Er zaten meervoudige setjes sleutels in, allemaal zorgvuldig geëtiketteerd. Het kastje behoorde afgesloten te zijn, maar de sleutel zat altijd in het slot. Terwijl het kastje aan het oog werd onttrokken door zijn karretje, hielp

Tom zich kalmpjes aan een setje voor appartement 207.

Om zijn aanwezigheid te rechtvaardigen, leegde Tom een paar prullenbakken voordat hij zijn karretje terugduwde naar de liften.

Terwijl hij op de komst van de lift wachtte, voelde hij een golf van opluchting. Zelfs Alice was nu bereid met hem te praten. Ze vertelde hem hoe trots ze op hem was nu hij in staat zou zijn de zaak op te lossen, en dat ze zich ongerust had gemaakt over deze nieuwe verpleegster, Janet Reardon.

'Ik heb je toch gezegd dat je je geen zorgen hoefde te maken,' zei Tom. 'Niemand zal ons ooit lastig vallen.'

Sterling Rombauer had altijd veel opgehad met het spreekwoord waarmee zijn moeder, die les gaf, graag schermde: Het geluk is met degene die op alles voorbereid is. Ervan uitgaande dat er maar een beperkt aantal hotels in Boston was dat Tanaka Yamaguchi acceptabel zou vinden, had hij besloten enkele hotelcontacten te bellen die hij door de jaren heen had opgedaan. Zijn moeite werd onmiddellijk beloond. Sterling glimlachte toen hij vernam dat Tanaka en hij niet alleen hun beroep deelden, maar tevens dezelfde smaak hadden op het gebied van hotels.

Dit was een gunstige ommekeer. Dankzij zijn veelvuldige verblijven in het Ritz Carlton in Boston, waren Sterlings contacten in het hotel uitstekend. Een paar discrete vragen leverden nuttige informatie op. Op de eerste plaats had Tanaka zich tot hetzelfde autoverhuurbedrijf gewend als Sterling, wat niet verbazingwekkend was aangezien het veruit het beste was. Op de tweede plaats was hij van plan nog minstens een nacht in het hotel te logeren. Ten slotte had hij in het Ritz Café een lunch gereserveerd voor twee personen.

Sterling ging meteen aan de slag. Een telefoontje naar de hoofdkelner van het café, een tamelijk drukke, intieme omgeving, leverde de belofte op dat het gezelschap van meneer Yamaguchi aan de muurbank aan het einde zou worden geplaatst. Het aangrenzende hoektafeltje, letterlijk op slechts enkele centimeters afstand, zou worden gereserveerd voor meneer Sterling Rombauer. Een telefoontje naar de eigenaar van het autoverhuurbedrijf resulteerde in de belofte dat men hem de naam van meneer Yamaguchi's chauffeur zou verstrekken, evenals een opsomming van de plaatsen waar hij zou stoppen.

'Deze Jap heeft goede connecties,' zei de eigenaar van het verhuurbedrijf toen Sterling hem belde. 'We hebben hem opgepikt op het vliegveld. Hij kwam in een privé-jet, en niet zo'n kleintje ook.'

Een telefoontje naar het vliegveld bevestigde de aanwezigheid van de Sushita Gulfstream III en verschafte Sterling het oproepnummer hiervan. Toen hij zijn contact bij het FAA in Washington belde en de oproepnummers doorgaf, beloofde men hem dat men hem op de hoogte zou houden van de vluchten van de jet. Nadat Sterling zoveel had gepresteerd zonder zijn hotelkamer zelfs maar te hebben verlaten, wandelde hij, omdat hij nog wat tijd overhad vóór de lunchafspraak, via Newbury Street naar Burberry's om zich op enkele nieuwe overhemden te trakteren.

Met zijn benen over elkaar zat Sean in een van de plastic stoelen in de ziekenhuiscafetaria. Hij steunde met zijn linkerelleboog, waarop zijn kin rustte, op de tafel; zijn rechterarm bungelde over de rugleuning van zijn stoel. Hij had ongeveer dezelfde stemming als de avond tevoren, toen Janet via de schuifdeur binnen was gekomen. De ochtend was een hinderlijke herhaling geweest van de voorafgaande dag en had hem gesterkt in zijn geloof dat het Forbes een bizarre en bijzonder onvriendelijke plek was om te werken. Hiroshi volgde hem nog altijd als een derderangs detective. Als hij op de zesde verdieping was om apparatuur te gebruiken die op de vijfde niet beschikbaar was, zag hij bijna iedere keer als hij zich omdraaide de Japanner. Zodra Sean naar hem keek, wendde Hiroshi snel zijn hoofd af, alsof Sean een imbeciel was die niet wist dat Hiroshi hem bespioneerde.

Sean keek op zijn horloge. De afspraak was geweest dat hij Janet om half een zou ontmoeten. Het was al vijf over half een en hoewel er een gestage stroom ziekenhuispersoneel voorbij bleef trekken, moest Janet nog komen. Sean dacht erover naar de parkeerplaats te gaan, in zijn Isuzu te stappen en weg te rijden. Maar toen kwam Janet binnen, en zodra hij haar zag, klaarde zijn stemming op.

Hoewel Janet naar Floridase begrippppen nog bleek zag, had ze in de paar dagen in Miami al duidelijk een rozig tintje gekregen. Sean vond dat ze er nooit beter had uitgezien. Terwijl hij bewonderend toekeek hoe ze zich met sensuele bewegingen een weg baande tussen de tafeltjes, hoopte hij dat hij haar de reden dat ze in haar eigen flat bleef en niet bij hem wilde intrekken, uit het hoofd zou kunnen praten.

Ze nam tegenover hem plaats en zei nauwelijks gedag. Onder haar arm klemde ze een krant uit Miami. Aan de manier waarop ze voortdurend het vertrek rondkeek als een waakzame, weerloze vogel, zag hij dat ze nerveus was.

'Janet, we zitten niet in de een of andere thriller,' zei Sean. 'Kalmeer!'

'Dat gevoel heb ik wel,' zei Janet. 'Ik heb rondgeslopen achter de ruggen van anderen en geprobeerd geen argwaan te wekken. Maar ik heb het gevoel of iedereen weet wat ik uitvoer.'

Sean rolde met zijn ogen. 'Wat een amateur heb ik als medeplichtige,' schertste hij. Daarna voegde hij er ernstiger aan toe: 'Ik weet niet of het wel zal lukken als je nu al gestresst bent, Janet. Dit is nog maar het begin. Dit was nog niets vergeleken bij wat je te wachten staat. Maar eerlijk gezegd ben ik jaloers. Jij doet tenminste iets, terwijl ik het grootste deel van de ochtend in de kelder heb doorgebracht met het injecteren van muizen met de Forbes-proteïne. Daar gebeurde niets spannends of opwindends.

'Hoe zit het met je kristallen?' informeerde Janet.

'Ik vertraag het proces opzettelijk,' zei Sean. 'Het ging te goed. Ik wil ze niet laten weten hoe ver ik ben. Op die manier kan ik als het nodig is wat tijd besteden aan onderzoekswerk en toch in staat zijn resultaten te tonen als dekmantel. Hoe is het jou vergaan?'

'Niet geweldig,' bekende Janet. 'Maar ik heb een begin gemaakt. Ik heb een dossier gekopieerd.'

'Eentje maar?' vroeg Sean zichtbaar teleurgesteld. 'Ben je al zo nerveus vanwege één dossier?'

'Doe niet zo rot tegen me,' waarschuwde Janet. 'Dit is niet gemakkelijk voor me.'

'En ik zou nooit zeggen: ik heb het je wel gezegd,' schertste Sean. 'Nooit. Ik niet. Zo ben ik niet.'

'Hou toch op,' zei Janet, terwijl ze hem onder de tafel de krant toestak. 'Ik doe mijn best.'

Sean pakte de krant en legde hem op tafel. Hij spreidde hem uit en opende hem zodat de gekopieerde vellen zichtbaar werden.

Hij verwijderde ze meteen en schoof de krant opzij.

'Sean!' zei Janet, naar adem snakkend terwijl ze heimelijk de volle zaal rondkeek. 'Kun je niet wat subtieler doen?'

'Ik ben het beu subtiel te doen,' zei hij. Hij wilde het dossier gaan doornemen.

'Zelfs niet omwille van mij?' vroeg Janet. 'Er zijn misschien lui van mijn afdeling hier. Ze hebben misschien gezien dat ik deze kopieën aan jou heb gegeven.'

'Je hebt een te hoge dunk van de mensen,' zei Sean verstrooid. 'Mensen zijn veel minder scherpzinnig dan jij schijnt te denken.'

Daarna, doelend op de kopieën die Janet voor hem had meegebracht, zei hij: 'Het dossier van Louis Martin bestaat uitsluitend uit verwijsmateriaal uit het Memorial. De ziektegeschiedenis en het verslag van het lichaamsonderzoek zijn van mij. Die luie donder op neurologie heeft mijn verslag gewoon gekopieerd.'

'Hoe weet je dat?' vroeg Janet.

'De woordkeuze,' zei Sean. 'Luister maar eens: "de patiënt heeft drie maanden geleden een prostatectomie moeten ondergaan." Ik gebruik uitdrukkingen als "moeten ondergaan" enkel en alleen om te kijken wie mijn verslagen leest en wie niet. Het is een spelletje dat ik met mezelf speel. Niemand anders gebruikt dat soort frasen in een medisch verslag. Je wordt geacht enkel feiten te geven, geen oordelen.'

'Imitatie is de hoogste vorm van vleierij, dus je zou je gevleid moeten voelen,' zei Janet.

'Het enige interessante hier zijn de voorschriften,' zei Sean. 'Hij heeft twee gecodeerde middelen gekregen: MB300C en MB303C.'

'Die codes staan ook in Helen Cabots computerdossier,' zei Janet. Ze overhandigde hem het papiertje met de informatie over de behandeling die ze via de computer had verkregen.

Sean keek naar de dosering en de tijdstippen van toediening.

'Wat is het volgens jou?' vroeg Janet.

'Geen flauw idee,' zei Sean. 'Heb je er iets van weten te bemachtigen?'

'Nog niet,' bekende Janet. 'Maar ik heb wel eindelijk de voorraad gelokaliseerd. Die wordt in een speciale kast bewaard en de hoofdzuster is de enige die de sleutel heeft.'

'Dit is interessant,' zei Sean die nog altijd het dossier bestudeerde. 'Te oordelen naar de datum en tijd op de voorschriften zijn ze met de behandeling begonnen zodra hij hier was.'

'Hetzelfde geldt voor Helen Cabot,' zei Janet. Ze vertelde hem wat Marjorie haar had uitgelegd, namelijk dat ze meteen met het humorale aspect van de behandeling waren begonnen, terwijl met het cellulaire aspect pas zou worden begonnen na de biopsie en het vergaren van de T-cellen.

'Vreemd dat ze zo gauw met de behandeling zijn begonnen,' zei Sean. 'Tenzij deze middelen alleen lymfokinen zijn of een andere algemene immunologische stimulans. Het kan geen nieuw middel zijn, bijvoorbeeld een nieuw chemomiddel.'

'Waarom niet?' vroeg Janet.

'Omdat het FDA dat zou moeten goedkeuren,' zei Sean. 'Het moet een geneesmiddel zijn dat al is goedgekeurd. Hoe komt het dat je alleen het dossier van Louis Martin hebt? Hoe zit het met dat van Helen Cabot?'

'Ik bofte dat ik dat van Martin kon bemachtigen,' zei Janet. 'Cabot heeft op dit moment een aferese en de andere jonge vrouw, Kathleen Sharenburg, ondergaat een biopsie. Martin komt na haar aan de beurt, dus zijn dossier was beschikbaar.'

'Ze zijn nu dus allebei op de tweede verdieping?' vroeg Sean. 'Pal boven ons?'

'Ik geloof van wel,' zei Janet.

'Misschien sla ik de lunch over en wandel ik er naartoe,' zei Sean. 'Gezien de gebruikelijke verwarring op de meeste diagnostische en behandelafdelingen, slingeren de dossiers meestal gewoon rond. Ik zou ze vermoedelijk zo kunnen inkijken.'

'Jij liever dan ik,' zei Janet. 'Ik weet zeker dat jij hier beter in bent dan ik.'

'Ik neem je taak niet over,' zei Sean. 'Ik wil nog steeds kopieën van de andere twee dossiers hebben, evenals dagelijkse verslagen. Bovendien wil ik een lijst van alle patiënten die ze tot op heden hebben behandeld voor medulloblastoma. Ik ben vooral geïnteresseerd in hun resultaten. Bovendien wil ik monsters van het gecodeerde geneesmiddel. Dat behoort jouw prioriteit te zijn. Ik moet dat middel hebben; hoe eerder hoe beter.'

'Ik zal mijn best doen,' zei Janet. Omdat ze wist hoeveel moeite het haar alleen al had gekost om Martins dossier te kopiëren, wist ze niet zeker of ze alles zo snel zou kunnen bemachtigen als Sean wilde. Niet dat ze van plan was hem deelgenoot te maken van haar zorgen. Ze was bang dat hij het dan op zou geven en naar Boston zou vertrekken.

Sean stond op. Hij pakte Janet bij de schouders. 'Ik weet dat dit niet gemakkelijk voor je is,' zei hij. 'Maar vergeet niet dat het jouw idee was.'

Janet legde haar hand op die van hem. 'Het zal ons lukken,' zei ze.

'Ik zie je wel in het Cow Palace,' zei hij. 'Ik neem aan dat je er rond vier uur zult zijn. Ik zal proberen dan ook terug te zijn.'

'Tot straks,' zei Janet.

Sean verliet de cafetaria en nam de trap naar de tweede verdieping. Hij kwam boven aan de zuidkant van het gebouw. De tweede verdieping was een en al bedrijvigheid en het was er net zo druk als hij had verwacht. Alle radiologische therapie en diagnostische radiologie werd hier verricht, net als de chirurgische ingrepen en behandelingen die niet op de kamers konden worden gedaan.

Vanwege de drukte moest Sean zich een weg banen tussen brancards die patiënten naar de behandelkamers vervoerden. Een aantal brancards met patiënten stond langs de muren geparkeerd. Andere patiënten zaten op banken, gekleed in ziekenhuisbadjassen.

Sean verontschuldigde zich en wrong zich door de drukte heen, waarbij hij opbotste tegen ziekenhuispersoneel en lopende patiënten. Met enige moeite baande hij zich een weg door de centrale gang en controleerde in het voorbijgaan iedere deur. Radiologie en scheikunde lagen aan de linkerkant, behandelkamers, intensive-care en de operatiezalen aan de rechter. Omdat hij wist dat een aferese een langdurig proces was en niet arbeidsintensief, besloot Sean te proberen of hij Helen Cabot kon vinden. Afgezien van naar haar dossier kijken, wilde hij haar gedag zeggen.

Toen Sean een hematologielaborante ontwaarde met rubberen tourniquets aan de bandjes van haar riem, vroeg hij haar waar aftereses werden gedaan. De vrouw loodste hem een zijgang in en wees naar twee kamers. Sean bedankte haar en controleerde de eerste. Er lag een man op de brancard. Sean sloot de deur en opende de andere. Nog op de drempel herkende hij de patiënte: het was Helen Cabot.

Ze was de enige in de kamer. Er waren slangetjes voor intraveneuze toe- en afvoer aan haar linkerarm bevestigd, terwijl haar bloed door een machine werd geleid die de elementen scheidde, de lymfocyten isoleerde en de rest van het bloed naar haar lichaam terugstuurde.

Helen draaide haar verbonden hoofd in Seans richting. Ze herkende hem direct en probeerde te glimlachen. In plaats daarvan sprongen er tranen in haar grote, groene ogen.

Uit haar gelaatskleur en de rest van haar uiterlijk maakte Sean op dat haar toestand aanzienlijk verslechterd was. De epileptische aanvallen waaraan ze had geleden hadden een zware tol geëist.

'Blij je te zien,' zei Sean en hij boog zich voorover om zijn gezicht vlak bij dat van haar te brengen. Hij onderdrukte de neiging haar vast te pakken en te troosten. 'Hoe gaat het ermee?'

'Het is zwaar geweest,' wist Helen uit te brengen. 'Ik heb gisteren weer een biopsie gehad. Het was geen pretje. Ze hebben me ook gewaarschuwd dat mijn toestand zou kunnen verslechteren als ze met de behandeling begonnen, en dat klopt. Ze vertelden me dat ik de moed niet moest laten zakken. Maar dat is niet gemakkelijk geweest. Ik heb ondraaglijke hoofdpijn. Het doet zelfs pijn als ik praat.'

'Je moet volhouden,' zei Sean. 'Blijf eraan denken dat ze iedere medulloblastoma-patiënt hebben genezen.'

'Ik denk aan niets anders,' zei Helen.

'Ik zal proberen iedere dag even naar je te komen kijken,' zei Sean. 'Trouwens, waar is je dossier?'

'Ik denk dat het in de wachtkamer ligt,' zei Helen, en ze wees met haar vrije hand naar een tweede deur in het vertrek.

Sean schonk haar een warme glimlach. Hij kneep in haar schouder en stapte toen het wachtkamertje in dat verbonden was met de gang. Op een werkblad lag wat hij zocht: Helens dossier.

Sean nam het op en bladerde door naar de opdrachtformulieren. Hij vond, keurig genoteerd, dezelfde codes als die hij in Martins dossier had gezien: MB300C en MB303C. Toen bladerde hij naar het begin van het dossier en zag een kopie van zijn eigen verslag, dat was meegestuurd als onderdeel van het verwijsmateriaal.

Terwijl hij de pagina's snel omsloeg, kwam hij bij de sectie vooruitgang en hij las de notities door over de biopsie die de dag tevoren was gedaan en waarin werd aangegeven dat ze boven het rechteroor naar binnen waren gegaan. De notities vermeldden dat de patiënte de procedure goed had verdragen.

Sean zocht juist naar het gedeelte met laboratoriumuitslagen om te kijken of er een bevroren sectie was gedaan, toen hij werd gestoord. De deur naar de gang werd opengesmeten en bonsde met zoveel kracht tegen de muur dat de deurknop een deuk maakte in de kalk.

De plotselinge bons deed Sean schrikken. Hij liet het dossier op het geplastificeerde blad vallen. De formidabele gestalte van Margaret Richmond, het hoofd van de verpleging, vulde de hele deuropening. Sean herkende haar onmiddellijk als de vrouw die dr. Masons kantoor was binnengevallen. Kennelijk maakte ze er een gewoonte van een dergelijke dramatische entree te maken.

'Wat doe je hier?' wilde ze weten. 'En wat doe je met dat dossier?' Haar brede, ronde gezicht was vertrokken van woede.

Sean speelde met het idee haar een luchtig antwoord te geven, maar hij zag ervan af.

'Ik neem een kijkje bij een vriendin,' zei hij. 'Juffrouw Cabot was een patiënte van me in Boston.'

'Je hebt niet het recht haar dossier in te zien,' tierde Margaret Richmond. 'Patiëntendossiers zijn vertrouwelijke documenten en slechts beschikbaar voor de patiënt en de behandelend geneesheer. We nemen onze verantwoordelijkheid in dit opzicht heel ernstig op.'

'Ik ben ervan overtuigd dat de patiënte bereid zou zijn me inzage te geven,' zei Sean. 'Misschien kunnen we hiernaast gaan kijken en het haar vragen.'

'Je bent hier niet als klinisch medewerker,' schreeuwde Margaret Richmond, Seans suggestie negerend. 'Je bent hier alleen maar in de capaciteit van onderzoeker. Het is onvergeeflijk arrogant van je om te denken dat je het recht hebt in het ziekenhuis binnen te komen vallen.'

Sean zag een bekend gezicht boven Margaret Richmonds intimiderende schouder verschijnen. Het was het opgeblazen, zelfgenoegzame gelaat van de gefrustreerde marinier, Robert Harris. Sean vermoedde ineens wat er was gebeurd. Hij was natuurlijk opgepikt door een van de surveillancecamera's, vermoedelijk op de gang van de tweede verdieping. Harris had Richmond gebeld en was daarna gekomen om de slachting gade te slaan.

Nu Sean wist dat Harris erbij betrokken was, kon hij de neiging om terug te katten niet weerstaan, vooral niet omdat Margaret Richmond niet reageerde op zijn pogingen redelijk te zijn.

'Aangezien jullie niet in de stemming zijn dit als volwassenen te bespreken,' zei hij, 'denk ik dat ik maar terugwandel naar de onderzoeksafdeling.'

'Je brutaliteit maakt alles alleen maar erger,' snauwde Margaret Richmond. 'Je verschaft je wederrechtelijk toegang, je pleegt inbreuk op privacy en toont geen enkele spijt. Het verbaast me dat het bestuur van de Harvard Universiteit iemand als jou op hun instituut duldt.'

'Ik zal een geheimpje verklappen,' zei Sean. 'Ze waren niet zozeer onder de indruk van mijn manieren als wel van mijn behendigheid met een puck. Enfin, ik zou graag een praatje met jullie blijven maken, maar ik moet terug naar mijn muizenvrienden, die trouwens aangenamere karakters hebben dan het grootste deel van het personeel hier in het Forbes.'

Sean zag dat Margaret Richmonds gezicht paars aanliep. Dit was het zoveelste belachelijke incident in een hele reeks en hij begon er zijn buik van vol te krijgen. Daarom verschafte het hem een pervers genot om deze vrouw, die met gemak lijnverdediger bij de Miami Dolphins zou kunnen worden, op stang te jagen en te tergen.

'Maak dat je hier wegkomt voordat ik de politie bel,' gilde Margaret Richmond.

Sean bedacht dat het interessant zou zijn als de politie werd gebeld. Hij kon zich voorstellen hoe een arme smeris in uniform probeerde uit te puzzelen waar hij Seans overtreding moest onderbrengen. Sean zag het al voor zich in de krant. Harvard-stagiair kijkt het dossier van zijn patiënte in!

Sean deed een stap naar voren, zodat hij letterlijk oog in oog stond met Margaret Richmond. Hij glimlachte en nam zijn toevlucht tot zijn oude charme. 'Ik weet dat je me zult missen,' zei hij, 'maar ik moet nu echt gaan.'

Margaret Richmond en Harris volgden hem helemaal tot aan de voetgangersbrug tussen het ziekenhuis en het onderzoeksgebouw. Gedurende al die tijd voerden ze een luide dialoog over de degeneratie van de hedendaagse jeugd. Sean had het gevoel alsof hij als een bandiet uit de stad werd verdreven.

Terwijl hij over de brug wandelde, begreep hij hoezeer hij op Janet zou moeten vertrouwen voor klinisch materiaal met betrekking tot het medulloblastoma-onderzoek. Als hij zou blijven tenminste.

Toen hij terugkeerd was in zijn laboratorium op de vijfde verdieping, probeerde hij zich te verliezen in zijn werk om de gevoelens van woede en frustratie over de belachelijke situatie waarin hij zich bevond, te onderdrukken. Net als de lege laboratoriumruimte boven, bevatte Helens dossier niets om overstuur van te raken. Maar toen Sean geleidelijk tot kalmte kwam, moest hij erkennen dat Margaret Richmond wel enigszins gelijk had. Hoe node hij het ook wilde toegeven, het Forbes was een particulier ziekenhuis. Het was geen academisch ziekenhuis zoals het Boston Memorial, waar onderwijs en patiëntenzorg hand in hand gingen. Hier was Helens dossier vertrouwelijk. Maar ondanks dat was Margaret Richmonds woedeaanval buiten alle proporties geweest.

Ondanks alles raakte Sean binnen een uur verdiept in zijn pogingen kristallen te kweken. Terwijl hij een kolf tegen het plafondlicht hield, ving hij vanuit zijn ooghoek een beweginkje op. Het was een herhaling van het incident op de eerste dag. Opnieuw kwam de beweging uit de richting van het trappenhuis.

Zonder ook maar die kant uit te kijken, stond Sean kalm op van zijn kruk en ging de voorraadkamer binnen alsof hij een paar dingen nodig had. Omdat de voorraadkamer verbonden was met de centrale gang, was Sean in staat de lengte van het gebouw door te rennen naar het trappenhuis aan de andere kant van de gang. Hij stormde een trap af en rende de vierde verdieping in de lengte door om via het tegenovergelegen trappenhuis weer terug te keren naar zijn lab. Terwijl hij zich zo geruisloos mogelijk bewoog, beklom hij de trap totdat het portaal van de vijfde verdieping in zicht kwam. Zoals hij al vermoedde, gluurde Hiroshi stiekem door het glas in de deur. Hij was duidelijk perplex omdat Sean nog steeds niet was teruggekeerd uit de voorraadkamer.

Sean liep op zijn tenen de resterende treden op tot hij pal achter Hiroshi stond. Toen gilde hij zo hard hij kon. Sean was zelf onder de indruk van de hoeveelheid lawaai die hij wist te verwekken in het begrensde trappenhuis.

Sean die een paar judo- en karatefilms van Chuck Norris had gezien, was even bang geweest dat Hiroshi automatisch in een karateduivel zou veranderen. Maar in plaats daarvan stortte Hiroshi praktisch in. Gelukkig had hij een hand op de deurklink. Die steun hield hem op de been.

Toen Hiroshi voldoende hersteld was om te bevatten wat er was gebeurd, liep hij van de deur weg en mompelde een verklaring. Maar hij deinsde tegelijkertijd achteruit, en toen zijn voet de rand van de eerste tree raakte, draaide hij zich om en ging er als een haas vandoor.

Sean liep vol afkeer achter hem aan, niet om hem te achtervolgen maar om Deborah Levy op te zoeken. Sean had zijn buik vol van het gespioneer van Hiroshi. Hij dacht dat dr. Levy de geschiktste persoon zou zijn om de zaak mee te bespreken, aangezien zij het laboratorium runde.

Hij ging regelrecht naar de zevende verdieping en naar dr. Levy's kantoor. De deur stond op een kier. Hij keek om het hoekje. Het kantoor was verlaten.

Op het secretariaat hadden ze er geen flauw idee van waar ze uithing, maar men stelde Sean voor haar te laten oppiepen. Sean ging in plaats daarvan naar de zesde verdieping en zocht Mark Halpern op, die als altijd keurig gekleed was in zijn smetteloze witte jas. Sean vermoedde dat hij die iedere dag waste en streek.

'Ik ben op zoek naar dokter Levy,' zei hij geïrriteerd.

'Ze is vandaag niet aanwezig,' zei Mark. 'Kan ik je misschien helpen?'

'Komt ze nog?' vroeg Sean.

'Vandaag niet meer,' zei Mark. 'Ze moest naar Atlanta. Ze reist veel voor haar werk.'

'Wanneer is ze terug?'

'Ik weet het niet precies,' zei Mark. 'Waarschijnlijk morgen, later op de dag. Ze zei er iets over dat ze op de terugweg naar ons lab in Key West zou gaan.'

'Brengt ze daar veel tijd door?' informeerde Sean.

'Nogal,' zei Mark. 'Een aantal hier gepromoveerde doktoren zouden naar Key West gaan, maar ze vertrokken. Hun vertrek betekende een hele last voor dokter Levy, omdat zij voor compensatie moest zorgen. Ik denk dat het Forbes moeite heeft ze te vervangen.'

'Zeg haar dat ik haar graag wil spreken zodra ze terug is,' zei Sean. Hij was niet geïnteresseerd in de moeilijkheden die het

Forbes had met het aantrekken van personeel.

'Weet je zeker dat ik niets voor je kan doen?' vroeg Mark.

Sean speelde heel even met het idee met Mark over Hiroshi's gedrag te praten, maar zag ervan af. Hij moest met een leidinggevende spreken. Mark zou niets kunnen doen.

Gefrustreerd omdat hij zijn woede niet kon luchten, liep Sean terug naar zijn lab. Hij was bijna bij de deur toen hij bedacht dat hij iets anders aan Mark zou kunnen vragen.

Hij keerde terug naar diens kleine kantoortje en vroeg de laborant of de pathologen in het ziekenhuis samenwerkten met de onderzoeksstaf.

'Zo nu en dan,' zei Mark. 'Dokter Barton Friedburg is de co-auteur van een aantal onderzoeksverslagen die een pathologische invalshoek hebben.'

'Wat voor iemand is het?' informeerde Sean. 'Vriendelijk of onvriendelijk? Me dunkt dat iedereen hier in een van die twee categorieën valt.'

'Zonder meer vriendelijk,' zei Mark. 'Bovendien geloof ik dat je onvriendelijk wel eens zou kunnen verwarren met serieus zijn en het druk hebben.'

'Denk je dat ik hem zou kunnen bellen om hem een paar vragen te stellen?' vroeg Sean. 'Is hij zo vriendelijk?'

'Absoluut,' zei Mark.

Sean ging naar zijn laboratorium en maakte gebruik van de telefoon in het door glas omsloten kantoortje, zodat hij aan een bureau kon zitten. Hij beschouwde het als een gunstig teken toen de patholoog meteen aan de lijn kwam.

Sean legde uit wie hij was en vertelde dat hij geïnteresseerd was in de uitslag van een biopsie die de dag tevoren bij Helen Cabot was verricht.

'Blijf even aan de lijn,' zei dr. Friedburg. Sean hoorde hem praten met iemand anders in het lab. 'We hebben geen biopsie van een Helen Cabot binnengekregen,' zei hij even later.

'Maar ik weet zeker dat die gisteren bij haar is gedaan,' zei Sean.

'De biopsie is naar het zuiden gestuurd, naar Basic Diagnostics,' zei dr. Friedburg. 'Je zult daarnaartoe moeten bellen als je er informatie over wilt hebben. Dat soort dingen gaat niet via dit lab.'

'Naar wie moet ik vragen?' vroeg Sean.

'Naar dokter Levy,' zei dr. Friedburg. 'Sinds het vertrek van

Paul en Roger runt zij de zaak daarginds. Ik weet niet door wie ze nu de specimens laat onderzoeken, maar in ieder geval niet door ons.'

Sean hing op. Niets in het Forbes scheen gemakkelijk te gaan. Hij was niet van plan dr. Levy naar Helen Cabot te vragen. Ze zou weten wat hij in zijn schild voerde, vooral als ze van Margaret Richmond te horen kreeg dat hij Helens dossier had ingekeken.

Sean keek zuchtend naar het werk waarmee hij bezig was, de kweekjes van kristallen met de Forbes-proteïne. Hij had zin om alles in de gootsteen te smijten.

Voor Janet ging de middag snel. Door het voortdurende komen en gaan van patiënten voor therapie en diagnostische onderzoeken, had ze de grootste moeite alles soepel te laten lopen. Daar kwam nog bij dat er ingewikkelde behandelingsvoorschriften waren die nauwkeurige timing en dosering vereisten. Maar tijdens alle koortsachtige activiteit kon Janet bekijken hoe de patiënten onder het verplegend personeel werden verdeeld. Zonder veel moeite zou ze kunnen regelen dat Helen Cabot, Louis Martin en Kathleen Sharenburg de volgende dag aan haar werden toegewezen.

Hoewel ze de dozen waarin de gecodeerde medicamenten binnenkwamen niet in handen kreeg, zag ze deze wel toen Marjorie de ampullen overhandigde aan de verpleegsters die die dag waren belast met de medulloblastoma-patiënten. Zodra de verpleegsters de medicijnen hadden ontvangen, namen ze deze mee naar de apothekerskast om er de injectienaalden mee te vullen. Het MB300-middel zat in een injecteerbaar flesje van 10cc, en de MB303 zat in een kleiner flesje van 5cc. Er was niets bijzonders aan de dozen te zien. Ze zagen er net zo uit als die waarin de meeste andere injecteerbare geneesmiddelen waren verpakt.

Het was de gewoonte dat iedereen zowel 's middags als 's morgens een pauze had. Janet gebruikte haar middagpauze om terug te gaan naar de archiefafdeling. Eenmaal daar nam ze haar toevlucht tot hetzelfde smoesje als ze tegenover Tim had gebruikt. Ze vertelde een van de bibliothecaressen, een jonge vrouw die Melanie Brock heette, dat ze nieuw was en geïnteresseerd in het Forbes-systeem. Ze zei dat ze vertrouwd was met computers, maar enige hulp best zou kunnen gebruiken. De vrouw was onder de indruk van Janets belangstelling en maar al te blij haar hun manier van archiveren te tonen, waarbij ze gebruikmaakte van de toegangscode tot de medische dossiers.

Toen Janet na Melanies introductie alleen werd gelaten, vroeg ze alle patiënten met de T-9872-code op, die ze op de verpleegsterspost op haar afdeling had gebruikt om de huidige medulloblastoma-gevallen op te vragen. Dit keer kreeg ze een lijst van achtendertig gevallen die gedurende de afgelopen tien jaar waren geregistreerd. De vijf huidige gevallen in het ziekenhuis waren hierin niet opgenomen.

Omdat ze een recente toename vermoedde, vroeg ze de computer een grafiek te maken van het aantal gevallen per jaar. In grafiekvorm waren de resultaten bepaald spectaculair.

Terwijl ze naar de grafiek keek, merkte ze op dat er gedurende de eerste acht jaar vijf medulloblastoma-gevallen waren geweest en gedurende de afgelopen twee jaar drieëndertig. Ze vond die toename merkwaardig, totdat ze bedacht dat het Forbes de afgelopen twee jaar veel succes had gehad met de behandeling. Succes bracht een stroom van doorverwijzingen op gang. Dat verklaarde vast de toename.

Omdat ze benieuwd was naar de demografische gegevens vroeg ze een uitsplitsing in leeftijd en geslacht aan. In de laatste drieëndertig gevallen bleken mannen te overheersen: zesentwintig mannen en zeven vrouwen. In de voorafgaande vijf gevallen waren er drie vrouwen en twee mannen geweest.

Toen ze naar de leeftijden keek, merkte ze op dat zich onder de eerste vijf gevallen één twintigjarige bevond. De andere vier waren jonger dan tien. Onder de recente drieëndertig gevallen zag ze dat zeven gevallen onder de tien waren, twee tussen de tien en de twintig en de resterende vierentwintig boven de twintig.

Toen ze opvroeg hoe het momenteel met de patiënten stond, zag ze dat de vijf oorspronkelijke gevallen allemaal nog geen twee jaar na de diagnose waren overleden. Drie waren er binnen enkele maanden overleden. Bij de recente drieëndertig gevallen was het effect van de nieuwe therapie echter maar al te duidelijk. Alle drieëndertig patiënten waren nog in leven, terwijl bij drie van hen al twee jaar geleden de diagnose was gesteld.

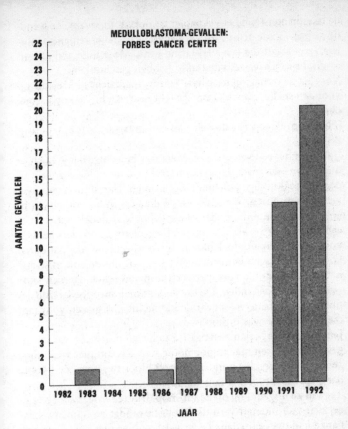

MEDULLOBLASTOMA-GEVALLEN:
FORBES CANCER CENTER

AANTAL GEVALLEN

JAAR

Haastig schreef ze al deze informatie op voor Sean.

Vervolgens koos ze een willekeurige naam op de lijst. De naam was Donald Maxwell. Ze vroeg zijn dossier op. Terwijl ze de informatie doornam, zag ze dat die nogal ingekort was. Ze vond zelfs een notitie die luidde: *raadpleeg medisch dossier indien verdere informatie is gewenst.*

Janet was zo verdiept geweest in haar onderzoekswerk, dat ze schrok toen ze op haar horloge keek. Net als 's ochtends had ze haar koffiepauze ruim overschreden.

Snel maakte ze een uitdraai van de achtendertig gevallen met hun leeftijden, geslacht en registratienummer. Nerveus liep ze naar de laserprinter toen het vel papier tevoorschijn kwam. Ze wendde zich af van de printer en verwachtte half dat er iemand achter haar zou staan die een verklaring eiste. Maar niemand scheen aandacht aan haar activiteiten te hebben geschonken.

Voordat ze terugging naar haar verdieping, zocht ze Melanie op voor een snelle, laatste vraag. Ze trof haar aan bij de kopieermachine.

'Hoe kom ik aan het dossier van een ontslagen patiënt?' vroeg ze.

'Je vraagt het een van ons,' zei Melanie. 'Het enige dat je hoeft te doen is ons een machtiging te verstrekken, die in jouw geval van de verpleegkundige afdeling moet komen. Dan duurt het ongeveer tien minuten. We bewaren de dossiers in het souterrain in een opslagruimte die onder beide gebouwen doorloopt. Het is een efficiënt systeem. Wij moeten toegang tot de dossiers hebben voor patiëntenzorgdoeleinden, bijvoorbeeld als de patiënten voor poliklinische behandelingen komen. Op de administratie hebben ze ze nodig voor het versturen van rekeningen en voor verzekeringsdoeleinden. De dossiers komen met goederenliftjes omhoog.' Melanie wees naar de kleine lift met glazen voorkant die in de muur was ingebouwd.

Janet bedankte Melanie en haastte zich naar de lift. Ze was teleurgesteld dat ze een machtiging nodig had. Ze zou niet weten hoe ze dat moest regelen zonder zichzelf bloot te geven. Ze hoopte dat Sean een oplossing zou weten.

Terwijl ze ongeduldig op de liftknop drukte, vroeg ze zich af of ze zich zou moeten verontschuldigen omdat ze opnieuw haar pauze had overschreden. Ze wist dat ze hier niet mee door kon gaan. Het was niet eerlijk en Marjorie zou vast klagen.

Sterling was buitengewoon voldaan over de wijze waarop de dag verliep. Terwijl hij naar boven ging met de met houten panelen betimmerde lift van het hoofdfiliaal van de Franklin-bank in Federal Street in Boston, moest hij inwendig glimlachen. Het was een perfecte dag geweest met minimale inspanning en maximale winst. En het feit dat hij er aardig voor betaald werd om zich te vermaken, maakte het allemaal nog bevredigender.

De lunch in het Ritz was verrukkelijk geweest, vooral omdat de hoofdkelner zo voorkomend was geweest om een witte Meursault uit de kelder van het restaurant te halen. Aangezien hij zo dicht bij Tanaka en zijn gast had gezeten, had hij het grootste deel van hun gesprek kunnen opvangen van achter zijn *Wall Street Journal*.

Tanaka's gast was een personeelsmanager van Immunotherapie. Sinds de overname had Genentech het bedrijf grotendeels ongewijzigd gelaten. Sterling wist niet hoeveel geld de effen witte envelop bevatte die Tanaka op het tafeltje had gelegd, maar hij zag wel dat de personeelsmanager hem in een oogwenk in zijn colbert liet glijden.

De informatie die Sterling afluisterde, was interessant. Sean en zijn medeoprichters hadden Immunotherapie verkocht om kapitaal te vergaren voor een geheel nieuw waagstuk. Tanaka's informant was er niet honderd procent zeker van, maar hij had begrepen dat het nieuwe bedrijf zich ook met biotechnologie zou bezighouden. Hij kon Tanaka niet vertellen hoe het heette of wat het produceerde.

De man wist dat er een vertraging was opgetreden in het opzetten van het nieuwe bedrijf toen Sean en zijn compagnons beseften dat ze te weinig kapitaal hadden. Hij wist dit omdat hij indertijd door hen was benaderd voor overplaatsing naar het nieuwe bedrijf. Nadat hij hierin had toegestemd, had hij te horen gekregen dat de zaak uitgesteld was tot er voldoende geld zou zijn verzameld. Te oordelen naar de klank van zijn stem terwijl hij dit vertelde, vermoedde Sterling dat de vertraging nogal wat kwaad bloed had gezet tussen deze man en het nieuwe bestuur.

De laatste informatie van de man was de naam van de bankdirecteur van de Franklin-bank die belast was met de behandeling van de lening voor aanvullend startkapitaal. Sterling kende een aantal mensen van de Franklinbank, maar Herbert Devonshire was niet een van hen. Maar dat zou weldra veranderen, want Sterling was van plan Herbert een bezoekje te brengen.

Tijdens de lunch kreeg Sterling ook de kans Tanaka van dichtbij te observeren. Daar hij behoorlijk veel af wist van het Japanse karakter en van de cultuur, vooral op zakengebied, was hij gefascineerd door Tanaka's optreden. Omdat hij zich onberispelijk en respectvol gedroeg, zou het voor een niet-ingewijde Amerikaan onmogelijk zijn geweest om de aanwijzingen op te pikken die erop duidden dat Tanaka zijn lunchpartner verachtte. Maar

Sterling pikte de subtiele tekenen meteen op.

Sterling kon op geen enkele wijze Tanaka's ontmoeting met Herbert Devonshire afluisteren. Hij had dit zelfs niet overwogen. Maar hij wilde de locatie ervan weten, zodat hij zou kunnen suggereren dat hij de inhoud van het gesprek kende als hij met meneer Devonshire onderhandelde. Daarom verzocht Sterling de directeur van het limousinebedrijf om Tanaka's chauffeur te gelasten de locatie telefonisch aan hem door te geven.

Nadat Sterling deze informatie had ontvangen, was hij City Side, een populaire bar in het zuidelijk gebouw van Fauneuil Hall Market, binnengegaan. Er bestond een kans dat Tanaka hem zou herkennen van de lunch, maar Sterling had besloten het te riskeren. Hij zou niet te dichtbij komen. Hij had Tanaka en Devonshire vanuit de verte geobserveerd en opgeschreven waar ze zich bevonden in de bar en wat ze bestelden, evenals het tijdstip waarop Tanaka zich had verontschuldigd om te telefoneren.

Gewapend met deze informatie was Sterling de confrontatie met Devonshire vol vertrouwen aangegaan. Het was hem gelukt een afspraak te maken voor die middag.

Na een korte wachttijd, ongetwijfeld bedoeld om hem onder de indruk te brengen van Devonshires drukke rooster, werd Sterling het imposante kantoor van de bankier binnengeleid. Het vertrek keek uit op het noorden en het oosten en bood een imposant uitzicht op de haven van Boston, Logan International Airport in Oost-Boston en de Mystic River Bridge, die zich tot aan Chelsea spande.

Herbert Devonshire was een kleine man met een glimmende kale schedel, een stalen bril en conservatieve kleding. Hij stond op van achter zijn antieke directeursbureau om Sterling de hand te schudden. Sterling schatte hem niet langer dan 1 meter 65.

Sterling overhandigde de man een van zijn kaartjes. Ze gingen allebei zitten. Herbert Devonshire legde het kaartje midden op zijn vloeiblad, volmaakt parallel met de randen ervan. Toen vouwde hij de handen.

'Prettig u te ontmoeten, meneer Rombauer,' zei Herbert terwijl hij zijn kraaloogjes op Sterling richtte. 'Wat kan de Franklinbank vandaag voor u doen?'

'Ik ben niet geïnteresseerd in de bank,' zei Sterling. 'Ik ben geïnteresseerd in u, meneer Devonshire. Ik zou een zakelijke relatie met u willen aangaan.'

'Persoonlijke service staat hoog in ons vaandel,' zei Herbert.

'Ik zal meteen ter zake komen,' zei Sterling. 'Ik ben bereid tot een vertrouwelijke relatie die voor ons allebei profijtelijk zal zijn. Ik heb bepaalde informatie nodig en ik beschik over bepaalde informatie die uw superieuren beter niet te weten kunnen komen.'

Herbert Devonshire slikte. Afgezien daarvan verroerde hij zich niet.

Sterling leunde voorover en keek Herbert recht aan. 'De feiten zijn simpel. U hebt deze middag een afspraak gehad met een zekere Tanaka Yamaguchi in de City Side Bar, niet een gebruikelijke locatie voor zakelijke besprekingen, dunkt mij. U hebt een wodkacocktail besteld en meneer Yamaguchi daarna enige informatie verstrekt, een service die, hoewel niet illegaal, van twijfelachtige ethiek getuigt. Korte tijd later werd een aanzienlijk deel van het geld dat Sushita Industries op de Bank van Boston heeft staan, telegrafisch overgemaakt naar de Franklin-bank, waarbij u werd vermeld als de betrokken privé-bankier.'

Herberts gezicht verbleekte bij Sterlings woorden.

'Ik heb in de zakenwereld een uitgebreid netwerk van contacten,' zei Sterling. Hij leunde achterover in zijn stoel. 'Ik zou u graag willen toevoegen aan dit intieme, zeer anonieme maar uitgebreide netwerk. Ik weet zeker dat we elkaar in de loop van de tijd nuttige informatie kunnen verschaffen. De vraag is dus, wilt u zich bij ons voegen? De enige verplichting is dat u nooit of te nimmer de bron van de informatie die ik aan u doorgeef onthult.'

'En als ik niet mee wil doen?' vroeg Herbert met schorre stem.

'Dan geef ik de informatie over u en meneer Tanaka door aan mensen hier op de bank die iets te zeggen hebben over uw toekomst.'

'Dat is chantage,' zei Herbert.

'Ik noem het vrije handel,' zei Sterling. 'En bij wijze van contributie zou ik graag precies willen weten wat u meneer Yamaguchi hebt verteld over een wederzijdse kennis, Sean Murphy.'

'Dit is schandelijk,' zei Herbert.

'Alstublieft,' waarschuwde Sterling. 'Laten we ervoor zorgen dat dit gesprek niet eindigt in loze kreten. U weet heel goed dat úw gedrag schandelijk was, meneer Devonshire. Ik vraag u slechts een kleine prijs te betalen voor het prestige dat u door het binnenhalen van een cliënt als Sushita Industries zult krijgen. En ik kan u garanderen dat ik in de toekomst nuttig voor u zal zijn.'

'Ik heb heel weinig informatie gegeven,' zei Herbert. 'Volkomen onbelangrijk.'

'Als het u een beter gevoel geeft dat te geloven, vind ik dat prima,' zei Sterling.

Er viel een stilte. De twee mannen staarden elkaar aan over het antieke mahoniehouten bureaublad. Sterling was bereid te wachten.

'Het enige dat ik heb gezegd, was dat meneer Murphy en enkele compagnons geld hebben geleend om een nieuw bedrijf te beginnen,' zei Herbert. 'Ik heb geen enkel getal genoemd.'

'De naam van het nieuwe bedrijf?' vroeg Sterling.

'Oncogen.'

'En de geplande produktielijn?'

'Aan kanker gerelateerde medische produkten. Zowel diagnostische als therapeutische.'

'Tijdsplanning?'

'Zeer binnenkort,' zei Herbert. 'Binnen de komende paar maanden.'

'Verder nog iets?' vroeg Sterling. 'Ik moet eraan toevoegen dat ik over de middelen beschik om deze informatie te controleren.'

'Nee,' zei Herbert. Er was een scherpe klank in zijn stem gekomen.

'Als ik ontdek dat u me opzettelijk heeft voorgelogen,' waarschuwde Sterling, 'zal het resultaat hetzelfde zijn als wanneer u zou hebben geweigerd mee te werken.'

'Ik heb nog andere afspraken,' zei Herbert strak.

Sterling stond op. 'Ik weet dat het irritant is om tot iets te worden gedwongen,' zei hij. 'Maar denk erom, ik ben u iets verschuldigd en ik betaal mijn schulden altijd. Belt u me maar.'

Sterling nam de lift naar de begane grond en haastte zich naar zijn auto. De chauffeur had de portieren afgesloten en was in slaap gevallen. Sterling moest op het raampje bonzen om hem zover te krijgen dat hij het achterportier openmaakte. Eenmaal in de auto belde hij zijn contact bij het FAA. 'Ik bel via een autotelefoon,' waarschuwde hij zijn vriend.

'De vogel is van plan morgenochtend te vertrekken,' zei de man. 'Met welke bestemming?'
'Miami,' zei de man. Toen voegde hij eraan toe: 'Ik zou willen dat ik mee kon.'

'Wat vind je ervan?' vroeg Janet toen Sean zijn hoofd om het hoekje van de slaapkamer stak. Ze had hem meegenomen naar Miami Beach om de flat te bezichtigen die ze had gehuurd.
'Ik vind het perfect,' zei hij, omkijkend naar de woonkamer. 'Ik weet niet zeker of ik op termijn nog tegen de kleuren zou kunnen, maar het is op en top Florida.' De muren waren felgeel, het tapijt was hardgroen. Het meubilair was van wit rotan met tropisch gebloemde katoenen kussens.
'Het is maar voor een paar maanden,' zei Janet. 'Kom eens in de badkamer, dan kun je de oceaan zien.'
'Ik zie hem!' zei Sean terwijl hij door de latten van de jaloezie tuurde. 'Ik kan in ieder geval zeggen dat ik hem heb gezien.' Een smalle strook oceaan was tussen twee gebouwen door te zien. Aangezien het na zevenen was en de zon al onder was, leek het water in de toenemende duisternis eerder grijs dan blauw.
'De keuken is ook niet gek,' zei Janet.
Sean liep achter haar aan en keek toe hoe ze kastjes openmaakte om hem het serviesgoed en glaswerk te laten zien. Ze had haar verpleegstersuniform verwisseld voor een topje en een short. Sean vond Janet ongelooflijk sexy, zeker als ze zo schaars gekleed was. Daardoor voelde hij zich duidelijk in het nadeel, en het kostte hem moeite om helder na te denken, vooral toen ze zich bukte om hem de potten en pannen te laten zien.
'Ik kan hier nog koken ook,' zei ze terwijl ze zich oprichtte.
'Geweldig,' zei Sean, die aan heel andere behoeften dacht.
Ze keerden terug naar de woonkamer.
'Het bevalt me prima. Ik wil hier vanavond al intrekken,' zei Sean.
'Wacht eens even,' zei Janet. 'Je denkt toch zeker niet dat dat zomaar gaat. We moeten eerst eens ernstig met elkaar praten. Daarom ben ik hier naartoe gekomen.'
'Eerst moeten we iets aan die medulloblastoma-zaak doen,' zei Sean.
'Het een hoeft het ander niet uit te sluiten,' zei Janet.

'Dat suggereer ik ook niet,' zei Sean. 'Maar ik vind het op dit moment gewoon moeilijk om aan iets anders te denken dan aan mijn positie hier in het Forbes en aan de vraag of ik wel moet blijven. Je snapt toch zeker wel dat dat me helemaal in beslag neemt.'

Janet keek wanhopig naar het plafond.

'Bovendien rammel ik van de honger,' zei Sean glimlachend. 'Je weet dat ik niet kan praten met een lege maag.'

'Ik zal je nog wat tijd gunnen,' zei Janet berustend. 'Maar vergeet niet dat we hoognodig met elkaar moeten praten. Over eten gesproken, volgens de makelaar is er op Collins Avenue een leuk Cubaans restaurant.'

'Cubaans?' vroeg Sean weifelend.

'Ik weet dat jij zweert bij vlees en aardappelen,' zei Janet. 'Maar hier in Miami kunnen we best wat avontuurlijker zijn.'

'Hmm,' mompelde Sean.

Omdat het restaurant op loopafstand lag, lieten ze Seans jeep staan op het plekje dat ze vlak bij de flat hadden gevonden. Hand in hand slenterden ze Collins Avenue af onder enorme zilver- en goudomrande wolken die de roodgekleurde lucht boven de Everglades, die verderop lagen, weerspiegelden. Ze konden de oceaan niet zien. Wel hoorden ze de golven op het strand aan de andere kant van een aantal pas gerenoveerde art deco-gebouwen. De hele buurt bruiste van leven. Mensen slenterden over straat, zaten op stoepen of veranda's, bewogen zich voort op skateboards of reden langzaam rondjes met hun auto. Sommige autoradio's stonden zo hard dat Sean en Janet de bastonen in hun borst voelden trillen als de auto's dreunend passeerden.

'Tegen de tijd dat die lui dertig zijn, functioneren hun middenoren niet meer,' merkte Sean op.

Het restaurant, dat afgeladen vol was met tafeltjes en mensen, maakte een chaotische indruk. De obers waren gekleed in een zwarte pantalon en een wit overhemd en de serveersters in een zwarte rok en een witte blouse. Ze droegen allemaal een smoezelig schort en varieerden in leeftijd van twintig tot zestig. Terwijl ze tussen de tafels heen en weer schoten, communiceerden ze luidruchtig met elkaar en met de keuken in vloeiend Spaans. Het smakelijke aroma van geroosterd varkensvlees, knoflook en dubbelgebrande koffie was allesoverheersend.

Voortgestuwd door een stroom mensen werden Sean en Janet tussen andere bezoekers aan een grote tafel geperst. Beslagen flessen Corona met schijfjes citroen in de halzen gestoken werden voor hen op tafel getoverd.

'Er staat niets op dat ik lust,' merkte Sean op nadat hij een paar minuten het menu had bestudeerd. Janet had gelijk; hij veranderde zijn menu zelden.

'Onzin,' zei Janet. Zij bestelde voor hen beiden.

Sean was aangenaam verrast toen het eten kwam. Het gemarineerde en met veel knoflook gekruide geroosterde varkensvlees was verrukkelijk, evenals de gele rijst en de zwarte, met gehakte uien bedekte bonen. Het enige dat hij niet lekker vond, was de yucca.

'Dat spul smaakt als aardappelen met een laagje slijmafscheiding,' riep hij.

'Viezerik!' riep Janet uit. 'Praat niet als een medisch student.'

Een gesprek voeren was in het lawaaierige restaurant vrijwel onmogelijk, dus wandelden ze na het eten naar Ocean Drive en waagden ze zich in Lummus Park, waar ze konden praten. Ze zaten onder een brede waringin en staarden naar de donkere oceaan, die bezaaid was met de lichten van koopvaardijschepen en plezierboten.

'Je kunt je moeilijk voorstellen dat het in Boston nog winter is,' zei Sean.

'Je vraagt je af waarom we natte sneeuw en ijskoude regen dulden,' zei Janet. 'Maar, iets anders. Als je er, zoals je zei, momenteel niet aan toe bent over onze relatie te praten, laten we het dan over de toestand in het Forbes hebben. Was je middag beter dan je ochtend?'

Sean liet een vreugdeloos lachje horen. 'Slechter,' zei hij. 'Ik was nog geen vijf minuten op de tweede verdieping toen het hoofd van de verpleging als een dolle stier de kamer binnenstormde en begon te gillen en te krijsen omdat ik Helens dossier inkeek.'

'Margaret Richmond' vroeg Janet.

Sean knikte. 'Met al haar tweehonderdvijftig pond. Ze was buiten zinnen.'

'Tegen mij is ze altijd beleefd geweest,' zei Janet.

'Ik heb haar pas twee keer gezien,' zei Sean. 'En ze was geen van beide keren beleefd te noemen.'

'Hoe wist ze dat je daar was?' vroeg Janet.

'De marinier was bij haar,' zei Sean. 'Ze moeten me hebben gezien via een surveillancecamera.'

'Geweldig!' zei Janet. 'Nog iets waar ik me zorgen over zal moeten maken. Ik heb geen moment gedacht aan surveillancecamera's.'

'Jij hoeft je niet ongerust te maken,' zei Sean. 'Ik ben degene op wie het hoofd van de bewakingsdienst de pik heeft. Bovendien staan er hoogstwaarschijnlijk alleen camera's in openbare ruimten en niet op de patiëntenverdiepingen.'

'Heb je met Helen Cabot gesproken?' vroeg Janet.

'Heel even,' zei Sean. 'Ze ziet er niet bepaald goed uit.'

'Haar toestand is achteruitgegaan,' zei Janet. 'Er is sprake van een by-pass. Heb je iets ontdekt via haar dossier?'

'Nee,' zei Sean. 'Ik had er de tijd niet voor. Ze joegen me letterlijk via de brug terug naar het onderzoeksgebouw. Daarna, als klap op de vuurpijl, dook die Japanner weer op. Hij sloop in de buurt van mijn lab rond en bespioneerde me vanaf het trapportaal. Ik weet niet wat zijn motieven zijn, maar dit keer heb ik hem te grazen genomen. Ik heb hem de stuipen op het lijf gejaagd door hem van achteren te besluipen en een bloedstollende kreet te slaken. Hij deed het bijna in zijn broek.'

'De arme kerel,' zei Janet.

'Niets arme kerel!' zei Sean. 'Die vent heeft me sinds mijn aankomst bespioneerd.'

'Enfin, ik heb geluk gehad,' zei Janet.

Seans gezicht klaarde op. 'Echt waar? Geweldig! Heb je wat van het wondermiddel weten te bemachtigen?'

'Nee, dat niet,' zei Janet. Ze stak haar hand in haar zak en haalde de computeruitdraai en het vel met de haastig neergekrabbelde notities tevoorschijn. 'Maar hier is de lijst van alle medulloblastoma-patiënten van de afgelopen tien jaar: alles bij elkaar achtendertig; drieëndertig in de afgelopen twee jaar. Ik heb de data samengevat op het vel papier.'

Sean nam de vellen papier gretig aan. Maar om ze te lezen moest hij ze boven zijn hoofd houden om het licht op te vangen dat afkomstig was van de straatlantaarns langs Ocean Drive. Terwijl hij ze doornam, legde Janet uit wat ze had ontdekt over de verdeling naar geslacht en leeftijd van de medulloblastoma-patiënten.

Ze vertelde hem ook dat de computerdossiers waren ingekort en dat er een opmerking was geweest om de dossiers zelf te raadplegen voor meer informatie. Ten slotte vertelde ze dat ze van Melanie had gehoord dat ze de dossiers binnen tien minuten in handen zou kunnen hebben, mits ze natuurlijk de juiste machtiging had.

'Ik zal de dossiers nodig hebben,' zei Sean. 'Bevinden ze zich in het medisch archief?'

'Nee.' Janet legde uit wat Melanie had verteld over de opslagruimten die zich onder beide gebouwen uitstrekten.

'Echt waar?' zei Sean. 'Dat zou handig kunnen zijn.'

'Hoe bedoel je?' vroeg Janet.

'Het houdt in dat ik ze vanuit het onderzoeksgebouw te pakken zou kunnen krijgen,' zei Sean. 'Na het incident van vandaag is het duidelijk dat ik in het ziekenhuis een *persona non grata* ben. Op deze manier kan ik proberen bij die dossiers te komen zonder in conflict te komen met Margaret Richmond en consorten.'

'Ben je van plan in de opslagkelder in te breken?' vroeg Janet gealarmeerd.

'Ik denk niet dat ze de deur voor me open zullen laten,' zei Sean.

'Maar dat gaat te ver,' zei Janet. 'Als je dat doet, overtreed je de wet, niet alleen maar een ziekenhuisregel.'

'Ik heb je hiervoor gewaarschuwd,' zei Sean.

'Je zei dat we regels zouden moeten overtreden, niet de wet,' bracht Janet hem in herinnering.

'Laten we niet gaan muggeziften,' zei Sean wanhopig.

'Maar er is een groot verschil,' zei Janet.

'Wetten zijn alleen maar vastgelegde regels,' zei Sean. 'Ik wist dat we op de een of andere wijze de wet zouden moeten overtreden en ik dacht dat jij dat ook wist. Hoe dan ook, vind je niet dat we het recht hebben? Die lui hier in het Forbes hebben kennelijk een zeer effectieve behandeling voor medulloblastoma ontwikkeld. Helaas hebben ze verkozen er geheimzinnig over te doen zodat ze patent op hun behandeling kunnen aanvragen voordat iemand anders er lucht van krijgt. Weet je, dat is waarom ik zo'n hekel heb aan particuliere fondsen voor medisch onderzoek. Hierdoor wordt het doel winst te maken op de investering, in plaats van het algemeen belang. Het algemeen welzijn komt op de tweede plaats, als het al in overweging wordt genomen. Deze behandeling voor medulloblastoma heeft ongetwijfeld implicaties voor alle kankersoorten, maar het publiek wordt die informatie onthouden. Het doet er niet toe dat het grootste deel van de basiswetenschap waarop deze particuliere laboratoria hun werk baseren, verkregen werd door middel van openbare fondsen aan academische instellingen. Deze particuliere instellingen némen alleen. Ze geven niet. Het publiek wordt bedrogen.'

'Het doel heiligt nooit de middelen,' zei Janet.

'Ga je gang en wees maar rechtschapen,' zei Sean. 'Onderwijl vergeet je dat dit hele geval jouw idee was. Misschien moeten we het maar opgeven en kan ik beter teruggaan naar Boston om aan mijn dissertatie te werken.'

'Goed!' zei Janet gefrustreerd. 'Goed, we zullen doen wat we moeten doen.'

'We hebben de dossiers nodig en we hebben het wondermiddel nodig,' zei Sean. Hij stond op en rekte zich uit. 'Laten we dus gaan.'

'Nu?' vroeg Janet gealarmeerd. 'Het is bijna negen uur.'

'Regel één,' zei Sean. 'Je breekt ergens in wanneer er niemand thuis is. Dit is een perfect tijdstip. Bovendien heb ik een legitieme dekmantel. Ik moet mijn muizen injecteren met een nieuwe dosis glycoproteïne.'

'De hemel sta me bij,' zei Janet, terwijl ze zich door Sean overeind liet trekken.

Tom Widdicomb parkeerde zijn auto op een vrij plaatsje aan het einde van de parkeerplaats van de Forbes-flat. Hij reed een paar centimeter naar voren tot de wielen de trottoirband raakten. Hij was gestopt onder de beschermende takken van een grote gumbo-limboboom. Alice had hem gezegd daar te parkeren voor het geval iemand de auto opmerkte. Het was de auto van Alice, een lindegroene Cadillac-convertible uit 1969.

Tom opende het portier en stapte uit, nadat hij zich ervan had vergewist dat er niemand in de buurt was. Hij trok een paar rubberen operatiehandschoenen aan, stak zijn hand onder de voorbank en greep het vleesmes dat hij van thuis had meegenomen. Er glommen lichtjes op het gepolijste oppervlak. Aanvankelijk was hij van plan geweest het pistool mee te nemen. Maar toen hij dacht aan het lawaai en de dunne muren van de Forbes-flat, had hij gekozen voor het mes. Het enige nadeel was dat het een bloederige bedoening zou kunnen worden.

Terwijl Tom uitkeek voor de scherpe kant van het mes, liet hij het lemmet in de rechtermouw van zijn overhemd glijden en omvatte het heft. In zijn andere hand droeg hij de sleutels van nummer 207.

Hij zocht zich een weg langs de achterkant van het gebouw en telde de schuifdeuren tot hij onder 207 was. Er was geen licht aan in de flat. Of die verpleegster lag al in bed, of ze was weg. Het kon Tom niet schelen. Beide mogelijkheden hadden hun voor- en nadelen.

Terwijl hij naar de voorkant van het gebouw liep, moest hij wachten omdat een van de bewoners naar buiten kwam en zich naar zijn auto begaf. Nadat de man was weggereden, gebruikte Tom een van de sleutels om het gebouw binnen te gaan. Eenmaal binnen bewoog hij zich snel. Hij wilde liever niet gezien worden.

Toen hij voor 207 was aangekomen, stak hij de sleutel in het slot, opende de deur, ging naar binnen en sloot de deur achter zich in één snelle, vloeiende beweging.

Enkele minuten lang stond hij bij de deur zonder zich te verroeren, luisterend naar het kleinste geluidje. Hij kon verscheidene t.v.'s horen, maar die geluiden waren afkomstig uit andere flats. Hij borg de sleutels op in zijn zak en liet het mes met het lange lemmet uit zijn mouw glijden. Hij omklemde het heft alsof het een dolk was.

Langzaam schoof hij naar voren. Bij het licht dat afkomstig was van de parkeerplaats, kon hij de omtrek van het meubilair en de deuropening naar de slaapkamer onderscheiden. De slaapkamerdeur stond open.

Tom keek de duistere slaapkamer in, die vanwege de gesloten gordijnen nog donkerder was dan de woonkamer. Hij kon niet uitmaken of het bed bezet was of leeg. Opnieuw luisterde hij. Afgezien van het gedempte geluid van t.v.'s in de andere flats en het gezoem van de koelkast die juist was aangeslagen, hoorde hij niets. Er klonk niet de regelmatige ademhaling van iemand die sliep.

Toen hij met kleine stapjes de kamer binnenging, stootte hij zacht tegen het voeteneinde van het bed. Hij stak zijn vrije hand uit en tastte naar een lichaam. Toen pas wist hij het zeker: het bed was leeg. Zich nu pas realiserend dat hij zijn adem had ingehouden, richtte hij zich op en ademde uit. Hij voelde enerzijds het wegebben van de spanning en anderzijds een gevoel van diepe teleurstelling. Het vooruitzicht van geweld had hem opgehitst en nu zou de bevrediging worden uitgesteld.

Terwijl hij zich veeleer liet leiden door zijn gevoel dan door zijn gezicht, slaagde hij erin zijn weg naar de badkamer te vinden. Hij stak zijn vrije hand om de hoek en liet deze langs de muur op en neer glijden tot hij de schakelaar had gevonden. Toen hij die omdraaide, moest hij zijn ogen dichtknijpen vanwege het felle licht, maar wat hij zag, beviel hem. Boven de badkuip hingen een pastelkleurig kanten slipje en een beha.

Tom legde het vleesmes op de rand van de wasbak en nam het slipje op. Het leek volstrekt niet op het ondergoed dat Alice droeg. Hij had er geen flauw idee van waarom zulke voorwerpen hem fascineerden, maar het was een feit. Gezeten op de rand van het bad betastte hij het zijdeachtige materiaal. Voorlopig was hij tevreden, in de wetenschap dat hij zich wel zou vermaken terwijl hij wachtte, met de lichtschakelaar en het mes binnen handbereik.

'Maar stel dat we worden betrapt?' vroeg Janet nerveus toen ze zich in de richting van het Forbes Center begaven. Ze kwamen van de Home Depot-ijzerwarenhandel, waar Sean gereedschap had gekocht dat naar zijn zeggen bijna net zo goed zou werken als een koevoet en een dubbele loper.

'We zullen niet worden betrapt,' zei Sean. 'Daarom gaan we er nu naartoe, nu er niemand is. Dat weten we niet zeker, maar we zullen zien.'

'Er zullen veel mensen op het ziekenhuisterrein zijn,' waarschuwde Janet.

'En dat is de reden waarom we uit de buurt van het ziekenhuis blijven,' zei Sean.

'Hoe zit het met de bewaking?' vroeg Janet. 'Heb je daaraan gedacht?'

'Een fluitje van een cent,' zei Sean. 'Die gefrustreerde marinier buiten beschouwing gelaten, ben ik er niet van onder de indruk. Ze zijn zonder meer laks bij de hoofdingang.'

'Ik ben hier niet goed in,' bekende Janet.

'Je vertelt me niets nieuws!' zei Sean.

'Hoe komt het dat je zo goed op de hoogte bent van sloten en lopers en alarminstallaties?' vroeg Janet.

'Toen ik in Charlestown opgroeide, was het nog een echte arbeiderswijk,' zei Sean. 'De "versjieking" was nog niet begonnen. Onze vaders hadden allemaal een ander vak. Mijn vader was loodgieter. Die van Timothy O'Brien was slotenmaker. De ouwe O'Brien leerde zijn zoon enkele kneepjes van het vak en Timmy liet het ons zien. Eerst was het een spelletje; een soort wedstrijd. We beeldden ons in dat er in de buurt geen sloten waren die wij niet open konden krijgen. En Charlie Sullivans vader was een meester-elektricien. Hij legde dure alarminstallaties aan op Beacon Hill in Boston. Hij nam Charlie vaak mee. Dus leerde Charlie ons hoe alarminstallaties werkten.'

'Dat is gevaarlijke informatie voor kinderen,' zei Janet. Haar eigen jeugd verschilde hemelsbreed van die van Sean, met particuliere scholen, muzieklessen en zomers op de Cape.

'Nou en of,' beaamde Sean. 'Maar we pikten nooit iets uit onze eigen buurt. We maakten sloten gewoon open als practical joke. Maar later veranderde dat. We gingen met een van de oudere jongens, die konden rijden, naar voorsteden als Swampscott en Marblehead. We hielden een poosje een huis in de gaten, braken dan in en bedienden ons van drank en namen een paar elektronische artikelen mee. Je weet wel, stereo's, t.v.'s.'

'Heb je gestolen?' vroeg Janet geschokt.

Sean keek haar een ogenblik aan voordat hij zijn blik weer op de weg richtte. 'Natuurlijk,' zei hij. 'Het was destijds opwindend en we dachten dat alle mensen die op de North Shore woonden miljonair waren.' Sean vertelde verder hoe hij en zijn makkers de artikelen in Boston verkochten, de chauffeur betaalden, bier kochten en de rest aan een vent gaven die geld inzamelde voor de IRA. 'We beeldden ons zelfs in dat we jeugdige politieke activisten waren, hoewel we er geen flauwe notie van hadden wat er zich in Noord-Ierland afspeelde.'

'Mijn god! Dat had ik nooit gedacht,' zei Janet. Ze had geweten van Seans vechtpartijen en zelfs van zijn joyriding, maar deze inbraken waren iets heel anders.

'Laat je niet meeslepen door waardeoordelen,' zei Sean. 'Mijn jeugd en die van jou waren volkomen verschillend.'

'Ik maak me er alleen een beetje ongerust over dat je hebt geleerd ieder soort gedrag te rechtvaardigen,' zei Janet. 'Ik kan me voorstellen dat het gemakkelijk een gewoonte zou kunnen worden.'

'De laatste keer dat ik dergelijke streken heb uitgehaald, was op mijn vijftiende,' zei Sean.

Ze draaiden de parkeerplaats van het Forbes op en reden naar het onderzoeksgebouw. Sean zette de motor af en deed de lichten uit. Een ogenblik verroerden ze zich geen van beiden.

'Wil je hiermee doorgaan of niet?' vroeg Sean die ten slotte de stilte verbrak. 'Ik wil je niet onder druk zetten, maar ik kan hier geen twee maanden verspillen met fröbelwerk. Of ik werp een blik in het medulloblastoma-protocol of ik ga terug naar Boston. Helaas kan ik het eerste niet alleen; dat is wel duidelijk geworden door de confrontatie met de driftige Margaret Richmond. Of jij helpt me, of de hele zaak wordt afgelast. Maar laat het je duidelijk zijn dat we hier naar binnen gaan om informatie te verkrijgen, niet om t.v.-toestellen te stelen. En het is voor een verdraaid goede zaak.'

Janet staarde een ogenblik voor zich uit. Ze kon zich niet de weelde van besluiteloosheid veroorloven, maar in haar hoofd was het een chaos van verwarde gedachten. Ze keek naar Sean. Ze dacht dat ze van hem hield.

'Oké,' zei ze ten slotte. 'Laten we het doen.'

Ze stapten uit de auto en liepen naar de ingang. Sean droeg de papieren zak met het gereedschap dat hij in de ijzerwarenhandel had gekocht.

'Goedenavond,' zei Sean tegen de bewaker die met knipperende ogen naar Seans identiteitskaart keek. Het was een donkere Latino met een dun snorretje. Hij leek Janets short te appreciëren.

'Ik moet mijn ratten injecteren,' zei Sean.

De bewaker gebaarde hen binnen te komen. Hij zei geen woord en wendde zijn blik niet van Janets onderlichaam af. Toen Sean en Janet het tourniquet passeerden, konden ze zien dat hij een kleine draagbare t.v. boven op de rij monitors had gedeponeerd, die stond afgestemd op een voetbalwedstrijd.

'Zie je nu wat ik bedoel?' zei Sean terwijl ze met de trap naar het souterrain gingen. 'Hij had meer belangstelling voor jouw benen dan voor mijn identiteitskaart. Als ik er een foto van Charlie

Manson op had geplakt, had hij het nog niet opgemerkt.'

'Waarom zei je ratten in plaats van muizen?' vroeg Janet.

'De meeste mensen haten ratten,' zei Sean. 'Ik wil voorkomen dat hij besluit beneden een kijkje te komen nemen.'

'Je denkt ook aan alles,' zei Janet.

Het souterrain vormde een doolhof van gangen en afgesloten deuren, maar er was in ieder geval voldoende licht. Sean was redelijk bekend met dit gedeelte vanwege zijn tochtjes naar het dierenverblijf, maar hij was nooit verder gekomen dan die ruimte. Tijdens het lopen weerklonken hun hakken op het kale beton.

'Heb je er enig idee van waar we naartoe gaan?' informeerde Janet.

'Vaag,' zei Sean.

Ze liepen de centrale gang af, en namen verscheidene bochten en wendingen totdat ze bij een splitsing kwamen.

'Dit moet de weg naar het ziekenhuis zijn,' zei Sean.

'Waaraan zie je dat?'

Sean wees naar de warwinkel van buizen aan het plafond. 'De elektriciteitscentrale staat in het ziekenhuis,' zei hij. 'Deze leidingen voorzien het onderzoeksgebouw van stroom. Nu moeten we uitvinden aan welke kant de archiefkelder ligt.'

Ze liepen verder de gang af in de richting van het ziekenhuis. Vijftig meter verderop was aan beide kanten van de smalle hal een deur. Sean probeerde ze allebei. Beide waren op slot.

'Laten we deze eens uitproberen,' zei hij. Hij zette de zak neer en pakte er een paar stukken gereedschap uit, onder meer een fijne dunne schroefsleutel en een paar korte stukjes ijzerdraad. Hij stak de schroefsleutel en een van de stukjes ijzerdraad in het slot. 'Dit is het riskante gedeelte,' zei hij. 'Het heet morrelen.'

Sean sloot zijn ogen en ging op de tast verder.

'Wat denk je?' vroeg Janet terwijl ze de gang in beide richtingen afkeek in de verwachting dat er ieder moment iemand kon verschijnen.

'Een fluitje van een cent,' zei Sean. Er klonk een klikgeluid en de deur ging open. Sean vond een lichtschakelaar en knipte deze aan. Ze hadden ingebroken in een ruimte waar tegen de wand enorme elektrische generatoren tegenover elkaar hingen.

Sean draaide het licht uit en sloot de deur. Vervolgens ging hij aan de slag met de deur aan de overkant van de gang. Hij kreeg hem nog sneller open dan de eerste.

'Dit gereedschap kan er heel goed mee door als koevoet en loper,' zei hij. 'Het kan niet tippen aan het echte spul, maar het is toch niet gek.'

Hij draaide het licht aan en ze ontdekten dat ze zich in een lange, smalle ruimte met metalen planken bevonden. Op de planken lagen ziekenhuisdossiers gerangschikt. Er was veel lege ruimte.

'Dit is het,' zei Sean.

'Er is veel plaats voor uitbreiding,' merkte Janet op.

'Blijf even doodstil staan,' zei Sean. 'Laat me eerst even kijken of er geen alarminstallaties zijn.'

'Jeetje!' zei Janet. 'Waarom vertel je me dit soort dingen niet van tevoren?'

Sean maakte een snelle ronde door het vertrek om te kijken of er infrarode sensoren of bewegingsdetectors waren. Hij vond niets. Toen hij zich weer bij Janet had gevoegd, zei hij: 'Laten we de dossiers tussen ons beiden verdelen. Ik heb alleen die van de afgelopen twee jaar nodig omdat die een evaluatie van de medulloblastoma-behandeling zullen bevatten.'

Janet nam de bovenste helft van de lijst voor haar rekening en Sean de onderste. Binnen tien minuten hadden ze een stapel van drieëndertig dossiers.

'Je kunt wel zien dat dit geen academisch ziekenhuis is,' zei Sean. 'In een academisch ziekenhuis zou je van geluk mogen spreken als je één dossier kon vinden, laat staan drieëndertig.'

'Wat wil je ermee doen?' vroeg Janet.

'Ze kopiëren,' zei Sean. 'Er is een kopieerapparaat in de bibliotheek. De vraag is of de bibliotheek open is. Ik wil niet dat de bewaker me dat slot ziet openbreken. Er is daar waarschijnlijk een camera.'

'Laten we gaan kijken,' zei Janet. Ze wilde het achter de rug hebben.

'Wacht,' zei Sean. 'Ik heb geloof ik een beter idee.' Hij liep naar de andere kant van de archiefkelder. Janet had moeite hem bij te houden. Nadat ze om de laatste rij metalen planken heen waren gelopen, kwamen ze bij een muur. Midden in de muur zat een glazen deur met rechts daarvan een paneel met twee knoppen. Toen Sean op de onderste van de twee drukte, verbrak een diep zoemend geluid de stilte.

'Misschien boffen we,' zei hij.

Binnen enkele minuten verscheen de goederenlift. Sean opende de deur en begon enkele van de planken te verwijderen.

'Wat doe je?' vroeg Janet.

'Een experimentje,' zei Sean. Toen hij voldoende planken had verwijderd, klom hij in de lift. Hij moest zich dubbelvouwen en zijn knieën tot aan zijn kin optrekken.

'Doe de deur dicht en druk op de knop,' zei hij.

'Weet je het zeker?' vroeg Janet.

'Vooruit!' zei Sean. 'Maar zodra de motor stopt, moet je voor alle zekerheid een paar tellen wachten en op de andere knop drukken om me hier terug te laten keren.'

Janet deed wat hij haar vroeg. Sean steeg met een armzwaai op en verdween uit het gezicht.

Toen Sean weg was, nam Janets ongerustheid toe. De ernst van hun daden was niet goed tot haar doorgedrongen zolang Sean bij haar was. Maar in de naargeestige stilte trof haar de realiteit van waar ze was en van wat ze deed: ze was aan het inbreken in het Forbes Cancer Center.

Toen het zoemen ophield, telde Janet tot tien en drukte toen op de knop om de lift te laten dalen. Gelukkig verscheen Sean al snel. Ze opende de deur.

'Hij doet het perfect,' zei Sean. 'Hij gaat helemaal omhoog tot aan de financiële afdeling. Maar het mooiste is dat daar de beste kopieermachine staat die je je kunt voorstellen.'

Het kostte maar een paar minuten om de dossiers naar de elektrische lift te dragen.

'Jij eerst,' zei Sean.

'Ik weet niet of ik dit wel wil,' zei Janet.

'Prima,' zei Sean. 'Dan wacht jij hier terwijl ik de dossiers kopieer. Het zal vermoedelijk ongeveer een half uur duren.' Hij wilde weer in de lift stappen.

Janet pakte hem bij zijn arm. 'Ik heb me bedacht. Ik wil ook niet hier in mijn eentje blijven wachten.'

Sean keek wanhopig naar het plafond en deed een stap opzij. Janet klom in de kooi. Sean overhandigde haar het grootste deel van de dossiers, sloot de deur en drukte op de knop. Toen de motor stopte, drukte hij opnieuw en de lift verscheen weer. Met de resterende dossiers in zijn hand wrong hij zich voor de tweede maal in de lift en wachtte enkele onbehaaglijke minuten totdat Janet op de administratieve verdieping op de knop drukte.

Toen ze de deur voor hem opende, zag hij dat ze buiten zichzelf was.

'Wat is er aan de hand?' informeerde hij, terwijl hij zich uit de lift bevrijdde.

'Alle lichten zijn hierboven aan,' zei ze nerveus. 'Heb jij ze aangedraaid?'

'Nee,' zei Sean en hij verzamelde een arm vol met dossiers. 'Ze waren al aan toen ik hier kwam. Waarschijnlijk hebben de schoonmakers dat gedaan.'

'Daar heb ik niet aan gedacht,' zei Janet. 'Hoe bestaat het dat je aldoor zo kalm bent?' Ze klonk bijna kwaad.

Sean haalde zijn schouders op. 'Waarschijnlijk door al die ervaring die ik in mijn jeugd heb opgedaan.'

Ze werkten weldra systematisch samen bij de kopieermachine. Door ieder dossier uit elkaar te halen, konden ze het in de automatische lader doen. Met behulp van een nietapparaat, dat ze op een bureau er vlakbij vonden, hielden ze de kopieën bijeen en verzamelden ze de oorspronkelijke dossiers zodra ze waren gekopieerd.

'Heb je de computer in het glazen hokje opgemerkt?' vroeg Janet. 'Ik heb hem de eerste dag tijdens de rondleiding gezien,' zei Sean.

'Hij draait een soort programma af,' zei Janet. 'Terwijl ik wachtte tot jij boven kwam, heb ik even naar binnen gekeken. Hij is verbonden met verscheidene modems en automatische kiesschijven. Hij is kennelijk met een soort controle bezig.'

Sean keek Janet verrast aan. 'Ik wist niet dat je zoveel van computers af wist. Dat is nogal vreemd voor iemand die afgestudeerd is in Engelse literatuur.'

'Op het Wellesley was Engelse literatuur mijn hoofdvak, maar computers fascineerden me,' legde ze uit. 'Ik heb een stel computercursussen gevolgd. Op een gegeven moment ben ik zelfs bijna van studierichting veranderd.'

Nadat Sean en Janet nog meer dossiers in de kopieermachine hadden geladen, liepen ze naar het glazen hokje en keken naar binnen. Op het beeldscherm wisselden digitale cijfers elkaar bliksemsnel af. Sean probeerde de deur. Die was open. Ze gingen naar binnen.

'Waarom zou hij in dit glazen hokje staan?' vroeg Sean.

'Om hem te beschermen,' zei Janet. 'Grote apparaten zoals dit kunnen worden aangetast door sigaretterook. Er zitten vermoedelijk een paar rokers op deze afdeling.'

Ze keken naar de getallen die op het scherm verschenen. Het waren getallen van negen cijfers.

'Waarmee is hij volgens jou bezig?' vroeg Sean.

'Geen flauw idee,' zei Janet. 'Het zijn geen telefoonnummers. Als het dat waren, zouden er zeven of tien cijfers zijn, geen negen. Bovendien kunnen telefoonnummers niet zo snel worden opgevraagd.'

Het scherm werd plotseling leeg en vervolgens verscheen er een getal van tien cijfers. Ogenblikkelijk kwam er een automatische kiesschijf in actie, waarvan de tonen te horen waren boven het geluid van de ventilator uit.

'Dat is een telefoonnummer,' zei Janet. 'Ik herken zelfs het netnummer. Het is van Connecticut.'

Het scherm werd opnieuw leeg en even later verschenen opnieuw getallen van negen cijfers. Na een minuut bleef de lijst van getallen steken bij een bepaald nummer en begon de printer te ratelen. Sean en Janet keken allebei naar de printer en zagen nog net dat de uitdraai van het getal van negen cijfers werd gevolgd door: *Peter Ziegler, 55 jaar, Valley Hospital, Charlotte, Noord Carolina, herstel achillespees, 11 maart.*

Ineens ging er een alarm over. Terwijl de computer opnieuw getallen van negen cijfers liet zien, keken Sean en Janet elkaar aan, Sean verward en Janet in paniek.

'Wat gebeurt er?' wilde ze weten. Het alarm bleef overgaan.

'Ik weet het niet,' bekende Sean. 'Maar het is geen inbraakalarm.' Hij draaide zich om om naar het kantoor te kijken, juist op tijd om de deur naar de gang open te zien gaan.

'Bukken!' zei hij tegen Janet en hij duwde haar op de knieën. Sean nam aan dat degene die eraan kwam, binnen zou komen om de computer te controleren. Hij gebaarde Janet gejaagd dat ze achter het schakelbord moest kruipen. Janet deed het in grote angst en struikelde over opgerolde computerkabels. Sean was pal achter haar. Ze waren nog maar net aan het oog onttrokken of de deur van het glazen hokje ging open.

Vanaf de plaats waar ze ineengedoken zaten, konden ze een paar benen de kamer zien binnenkomen. Wie het ook was, het was een vrouw. Het alarm waardoor dit incident was veroorzaakt, werd afgezet. De vrouw nam een telefoonhoorn op en draaide een nummer.

'We hebben weer een potentiële donor,' zei ze. 'In Noord-Carolina.'

Op dat moment begon de laserprinter opnieuw te printen en opnieuw klonk voor korte tijd het alarm.

'Hoorde je dat?' vroeg de vrouw. 'Wat een toeval. We krijgen er op dit moment weer een bij.' Ze zweeg even en wachtte op de uitdraai. 'Patricia Southerland, 47 jaar, San Jose General. San Jose, Californië, borstbiopsie, 14 maart. Dat klinkt ook goed. Wat vind je ervan?'

Er viel een stilte voordat ze opnieuw sprak. 'Ik weet dat het team er niet is. Maar er is nog tijd. Geloof me. Dit is mijn afdeling.'

De vrouw hing op. Sean en Janet hoorden hoe ze het vel papier dat net was geprint, afscheurde, zich omdraaide en vertrok.

De eerste minuten zei noch Sean noch Janet een woord.

'Wat bedoelde ze in vredesnaam met die potentiële donor?' fluisterde Sean ten slotte.

'Ik weet het niet en het kan me ook niet schelen,' fluisterde Janet terug. 'Ik wil hier weg.'

'Donor?' mompelde Sean. 'Dat klopt niet. Wat hebben we hier? Een opslagplaats voor menselijke organen? Het doet me denken aan een film die ik ooit heb gezien. Ik zeg je dat dit een gekkenhuis is.'

'Is ze weg?' vroeg Janet.

'Ik zal even kijken,' zei Sean. Langzaam verliet hij hun schuilplaats en gluurde boven het werkblad uit. 'Ze lijkt weg te zijn,' zei hij. 'Ik vraag me af waarom ze geen aandacht heeft geschonken aan het kopieerapparaat.'

Janet kwam ook tevoorschijn en hief behoedzaam haar hoofd op. Ze speurde eveneens het vertrek af.

'Bij het binnenkomen moet het computeralarm het geluid hebben overstemd,' zei Sean. 'Maar toen ze wegging, moet ze het hebben gehoord.'

'Misschien was ze in gedachten,' opperde Janet.

Sean knikte. 'Dat zal wel.'

Het beeldscherm waarop alsmaar getallen van negen cijfers waren verschenen, werd ineens leeg.

'Het programma schijnt afgelopen te zijn,' zei Sean.

'Laten we maken dat we hier wegkomen,' zei Janet met trillende stem.

Ze waagden zich het kantoor in. Het kopieerapparaat had de laatste stapel dossiers afgewerkt en was stil.

'Nu weten we waarom ze het niet heeft gehoord,' zei Sean, en hij liep naar het apparaat en controleerde het. Hij laadde de laatste dossiers.

'Ik wil hier weg!' zei Janet.

'Pas als ik mijn dossiers heb,' zei Sean. Hij duwde op de knop voor kopiëren en het apparaat kwam luidruchtig tot leven. Toen begon hij de kopieën te vergaren en te nieten en de oorspronkelijke dossiers te sorteren.

Aanvankelijk keek Janet toe, doodsbang dat de vrouw weer zou verschijnen. Maar toen ze inzag dat hoe sneller ze klaar waren, des te eerder ze zouden kunnen vertrekken, besloot ze mee te helpen. Zonder verdere onderbrekingen hadden ze weldra alle dossiers gekopieerd en geniet.

Toen ze terugkeerden naar het liftje, ontdekte Sean dat het mogelijk was op de knop te drukken met de deur op een kier. Als de deur dicht was, trad de lift in werking. 'Nu hoef ik er niet over in te zitten dat je me vergeet naar beneden te halen,' zei hij plagerig.

'Ik ben niet in de stemming voor grapjes,' merkte Janet op terwijl ze in de kooi klom. Ze stak haar armen uit om zoveel mogelijk dossiers vast te houden.

Op dezelfde manier als daarvoor brachten ze de dossiers terug naar de kelder. Tot Janets ergernis stond Sean erop dat ze de tijd namen de dossiers op hun oorspronkelijke plaatsen terug te leggen. Toen dat klaar was, droegen ze de kopieën naar het dierenvertrek, waar Sean ze verstopte achter de kooien met muizen.

'Ik moet die jongens eigenlijk injecteren,' zei hij, 'maar eerlijk gezegd heb ik er weinig zin in.'

Janet was blij dat ze konden vertrekken, maar ze ontspande zich pas toen ze de parkeerplaats af reden.

'Dit is een van de vreselijkste ervaringen van mijn leven geweest,' zei ze toen ze Little Havana overstaken. 'Ik vind het ongelooflijk dat jij zo kalm bleef.'

'Mijn hartslag was versneld,' gaf Sean toe. 'Maar het ging gesmeerd, afgezien van dat incidentje in de computerkamer. Vond je het bij nader inzien ook niet opwindend? Een beetje?'
'Nee!' zei Janet nadrukkelijk.

Ze reden een poosje in stilte door totdat Sean zei: 'Ik snap nog steeds niet wat die computer aan het doen was. En ik snap niet wat het met orgaandonatie te maken heeft. Ze gebruiken in ieder geval geen organen van overleden kankerpatiënten. Dat is te riskant in verband met het transplanteren van zowel de kankercel als het orgaan. Heb jij enig idee?'
'Op dit moment kan ik niet nadenken,' zei Janet.

Ze bereikten de Forbes-flat.

'Goh, moet je die oude Caddy convertible zien,' zei Sean. 'Wat een bak. Barry Dunhegan had er precies zo een toen ik een jochie was, maar die van hem was roze. Hij had een gokkantoor en we vonden zijn auto allemaal te gek.'

Janet wierp een vluchtige blik op het gevleugelde monster dat in de schaduw van een exotische boom stond geparkeerd. Ze verbaasde zich erover dat Sean na zo'n beproeving aan auto's kon denken.

Sean stopte en trok de handrem aan. Ze stapten uit en gingen het gebouw binnen. Sean bedacht hoe fijn het zou zijn om de nacht met Janet door te brengen. Hij kon het de bewaker niet kwalijk nemen dat hij naar haar had gelonkt. Terwijl Sean achter Janet de trap op ging, viel het hem weer op hoe fantastisch haar benen waren.

Toen ze bij zijn deur waren beland, nam hij haar in zijn armen. Een ogenblik omhelsden ze elkaar alleen maar.

'Wat zou je ervan zeggen om samen te slapen?' dwong Sean zich te vragen. Zijn stem klonk aarzelend; hij was bang voor een afwijzing. Janet gaf niet meteen antwoord, en hoe langer ze draalde, hoe optimistischer hij werd. Ten slotte haalde hij met zijn linkerhand zijn sleutels tevoorschijn.

'Ik geloof niet dat het een goed idee is,' zei ze.

'Vooruit,' spoorde Sean haar aan. Hij kon haar geur ruiken omdat hij haar had vastgehouden.

'Nee!' zei Janet na een ogenblik resoluut. Ze had even geweifeld, maar nu had ze een besluit genomen. 'Ik weet dat het fijn zou zijn en ik heb na deze avond behoefte aan geborgenheid, maar we moeten eerst praten.'

Sean rolde gefrustreerd met zijn ogen. Ze kon zo ongelooflijk koppig zijn. 'Goed,' zei hij pruilend en hij probeerde een andere tactiek. 'Jij je zin.' Hij liet haar los, opende zijn deur en ging naar binnen. Voordat hij de deur sloot, keek hij naar haar gezicht. Hij hoopte daarop plotselinge bezorgdheid te zien omdat hij nijdig was. In plaats daarvan zag hij irritatie. Janet draaide zich om en liep weg.

Nadat hij zijn deur dicht had gedaan, kreeg Sean wroeging. Hij liep naar de schuifdeur, deed hem open en stapte het balkon op. Een paar deuren verderop zag hij het licht in Janets woonkamer aangaan. Sean aarzelde, niet precies wetend wat hij moest doen.

'Mannen!' zei Janet hardop en vol toorn en verontwaardiging. Ze bleef bij de deur staan en liet in gedachten het gesprek voor Seans deur opnieuw de revue passeren. Hij had geen enkele reden kwaad op haar te worden. Was ze niet akkoord gegaan met zijn riskante plan? Gaf ze over het algemeen geen gehoor aan zijn wensen? Waarom kon hij nooit eens proberen die van haar te begrijpen?

Omdat ze wist dat er die avond niets zou worden opgelost, liep ze de slaapkamer binnen en draaide het licht aan. Hoewel ze het zich later zou herinneren, drong het niet helemaal tot haar door dat haar badkamerdeur dicht was. Als ze alleen was deed ze nooit deuren dicht; een gewoonte die al uit haar jeugd dateerde.

Ze trok haar topje uit en maakte haar beha los en gooide ze op de leunstoel bij het bed. Ze verwijderde de speld boven op haar hoofd en schudde haar haren los. Ze voelde zich uitgeput, prikkelbaar en zoals een van haar kamergenoten uit haar studententijd placht te zeggen, gaar. Nadat ze de föhn had opgeraapt die ze die ochtend haastig op het bed had gegooid, opende ze de badkamerdeur en ging naar binnen. Zodra ze het licht aandeed, werd ze zich bewust van iemand die zich links van haar schuilhield. Ze reageerde instinctief en haar hand schoot uit alsof ze de indringer wilde afweren.

Er welde een kreet op in haar keel, maar hij bleef stokken voor hij hoorbaar kon worden vanwege het afgrijselijke beeld waarmee ze werd geconfronteerd. Er stond een man in haar badkamer, gekleed in slobberige donkere kleren. Een dichtgeknoopt

stuk nylonkous was over zijn hoofd getrokken zodat zijn gelaatstrekken op groteske wijze waren samengeperst. Op schou-
derhoogte omklemde hij dreigend een vleesmes.

Een ogenblik lang verroerden ze zich geen van beiden. Janet
richtte trillend de ondoelmatige föhn op het monsterlijke gezicht, alsof het een magnum-revolver was. De indringer staarde
geschokt naar de loop, totdat hij besefte dat hij naar een krultang
keek en niet naar een handwapen.

Hij reageerde als eerste, stak zijn hand uit en griste de föhn uit Janets hand. In een uitbarsting van woede smeet hij het apparaat
weg; het verbrijzelde de spiegel van het medicijnkastje. Het bre-
kende glas wekte Janet met een schok op uit haar verlamde
toestand en ze stoof de badkamer uit.

Tom reageerde snel en slaagde erin Janets arm vast te pakken,
maar Janets gewicht trok hem struikelend de slaapkamer in. Zijn
oorspronkelijke bedoeling was geweest haar in de badkamer met
het mes te steken. De föhn had hem verrast. Hij had er geen rekening mee gehouden dat ze de badkamer zou verlaten. En hij wilde niet dat ze schreeuwde, maar dat deed ze toch.

Janets eerste kreet was in haar keel blijven steken vanwege de
schok die ze had ervaren, maar ze vergoedde dat ruimschoots
met een tweede gil, die binnen de grenzen van haar kleine flat
weergalmde en door de dunne muren heen drong. De gil werd
vermoedelijk in iedere flat in het gebouw gehoord en joeg een ril-
ling van angst langs Toms ruggegraat. Hoe kwaad hij ook was,
hij wist dat hij in de problemen zat.

Hij had nog altijd Janets arm vast en draaide haar met een ruk
om, zodat ze tegen de muur bonsde om daarna kruiselings op het
bed te belanden. Tom had haar ter plekke kunnen vermoorden,
maar hij durfde zich de tijd niet meer te gunnen. In plaats daarvan rende hij naar de schuifdeur. Nadat hij eerst met de gordijnen en daarna met het slot had geworsteld, rukte hij de deur
open en verdween in de nacht.

Sean had op het balkon voor de open schuifdeur van Janets
woonkamer staan talmen terwijl hij moed verzamelde om naar
binnen te gaan en zich te verontschuldigen voor het feit dat hij
haar een schuldgevoel had proberen te bezorgen. Hij schaamde
zich voor zijn gedrag, maar omdat excuses aanbieden niet zijn

sterkste punt vormde, kostte het hem moeite argumenten te vinden.

Seans aarzeling was bij het geluid van de verbrijzelde spiegel direct verdwenen. Een ogenblik worstelde hij met de hor en probeerde die open te dúwen. Toen hij Janets bloedstollende gil
hoorde, gevolgd door een luide dreun, gaf hij het op om de hor
op fatsoenlijke wijze te openen en gooide hij zich erdoorheen.
Hij belandde op het hoogpolige tapijt, met zijn benen nog verward in het gaas. Hij krabbelde overeind en schoot via de deuropening de slaapkamer binnen. Hij trof Janet op het bed aan met
grote ogen van angst.

'Wat is er aan de hand?' wilde Sean weten.

Janet ging rechtop zitten. Terwijl ze haar tranen terugdrong, zei
ze: 'Er was een man met een mes in mijn badkamer.' Toen wees
ze naar de open schuifdeur van de slaapkamer. 'Hij is langs die
weg vertrokken.'

Sean vloog naar de glazen schuifdeur en rukte het gordijn opzij.
In plaats van één man zag hij er twee. Ze kwamen achter elkaar
de deur binnen en schoven Sean ruw terug de kamer in voordat
ze elkaar herkenden. De nieuwkomers waren Gary Engels en
een andere bewoner, die net als Sean op Janets gil hadden gereageerd.

Terwijl Sean gejaagd uitlegde dat er zojuist een indringer was gevlucht, loodste hij de twee mannen mee naar het balkon. Toen
ze de balustrade bereikten, hoorden ze gierende banden op de
parkeerplaats achter het gebouw. Terwijl Gary en zijn metgezel
naar de trap renden, keerde Sean terug naar Janet.

Janet was enigszins hersteld en had een sweater aangetrokken.
Toen Sean binnenkwam zat ze op de rand van het bed en beëin-
digde juist een spoedtelefoontje naar de politie. Terwijl ze de
hoorn neerlegde, keek ze naar Sean die boven haar uittorende.

'Alles in orde?' vroeg hij zacht.

'Ik geloof van wel,' zei ze. Ze trilde zichtbaar. 'God, wat een
dag!'

'Ik zei toch dat je bij mij had moeten blijven.' Sean ging naast
haar zitten en sloeg zijn armen om haar heen.

Ondanks alles lachte Janet even. Je kon het rustig aan Sean over-
laten om de humor in te zien van iedere situatie. Het voelde heerlijk aan om in zijn armen te liggen.

'Ik had gehoord dat Miami een levendige stad was,' zei ze, zijn voorbeeld volgend, 'maar dit is te gek.'

'Heb je er enig idee van hoe die vent hier is binnengekomen?' vroeg Sean.

'Ik had de schuifdeur van de woonkamer open laten staan,' bekende Janet.

'Je hebt dus hardhandig je lesje geleerd,' zei Sean.

'In Boston is me nooit iets ergers overkomen dan een obsceen telefoontje,' zei Janet.

'Ja, en daarvoor mijn excuses,' zei Sean.

Janet gooide grijnzend haar kussen naar zijn hoofd.

Het duurde twintig minuten eer de politie er was. Ze arriveerden in een patrouillewagen met zwaailicht maar zonder sirene. Twee agenten in het uniform van de politiebrigade van Miami kwamen naar de flat. De een was een enorme gebaarde neger, de ander een tengere Latino met een snor. Hun namen waren Peter Jefferson en Juan Torres. Ze luisterden bezorgd, aandachtig en professioneel, terwijl ze ruim een half uur besteedden aan het verslag van Janet. Toen ze vermeldde dat de man rubberen handschoenen had gedragen, belden ze een technicus, die na de afhandeling van een moordzaak zou komen.

'Het feit dat er niemand gedeerd is, plaatst dit incident in een andere categorie,' zei Juan. 'Het ligt voor de hand dat moordzaken meer aandacht krijgen.'

'Maar dit had een moordzaak kunnen worden,' protesteerde Sean.

'Hé, we doen ons best met de beschikbare manschappen,' zei Peter.

Terwijl de agenten nog bezig waren met het verzamelen van feiten, kwam er iemand anders opdagen: Robert Harris.

Robert Harris had zorgvuldig een relatie met de politiebrigade van Miami opgebouwd. Hoewel Harris hun gebrek aan discipline en hun armzalige lichamelijke conditie, kenmerken die zich ongeveer een jaar na hun afstuderen aan de politieacademie aandienden, verfoeide, was hij pragmatisch genoeg om in te zien dat hij hen beter te vriend kon houden. En deze aanval op een verpleegster in de Forbes-flat vormde daarvan het bewijs. Als hij niet de nodige connecties had opgebouwd, zou hij vermoedelijk pas de volgende ochtend van het incident hebben gehoord. Wat Robert Harris betrof, zou een dergelijke situatie onaanvaardbaar zijn voor het hoofd van de bewaking.

Het telefoontje van de dienstdoende commandant was gekomen terwijl Harris thuis met zijn afstandsbediening voor de t.v. had gezeten. Helaas was er een vertraging van bijna een half uur geweest, na het vertrek van de patrouillewagen, maar Harris was niet in de positie om te klagen. Laat arriveren was beter dan helemaal niet arriveren. Harris wilde alleen niet dat de zaak afgehandeld zou zijn tegen de tijd dat hij erbij werd betrokken.

Terwijl hij naar de flat was gereden, had hij teruggedacht aan de verkrachting van en de moord op Sheila Arnold. Hij kon het vermoeden – hoe onwaarschijnlijk het ook mocht lijken – niet van zich afzetten dat Arnolds dood op de een of andere wijze verband hield met die van de borstkankerpatiënten. Harris was geen dokter, dus hij moest afgaan op wat dr. Mason hem een paar maanden geleden had verteld, namelijk dat de borstkankerpatiënten naar zijn mening waren vermoord. Het feit dat de gezichten van deze patiënten blauw waren, een teken dat ze op de een of andere wijze waren gestikt, wees hierop.

Dr. Mason had duidelijk gemaakt dat het Harris' voornaamste taak was deze situatie tot op de bodem uit te zoeken. Als hiervan iets uitlekte naar de pers, zou het Forbes onherstelbare schade kunnen worden toegebracht. Feitelijk had dr. Mason het doen voorkomen alsof Harris' vaste betrekking afhing van een snelle en onopvallende oplossing van dit mogelijk onaangename probleem. Hoe sneller de oplossing er was, hoe beter voor alle betrokkenen.

Maar Harris had de afgelopen paar maanden geen enkele vordering gemaakt. Dr. Masons suggestie dat de dader waarschijnlijk een arts of verpleegster was, was onjuist gebleken. Uitgebreide antecedentenonderzoeken van de medische staf hadden geen verdachte discrepanties of onregelmatigheden aan het licht gebracht. Harris' pogingen een onopvallend oogje op de borstkankerpatiënten te houden, had niets opgeleverd. Niet dat hij ze allemaal in de gaten had kunnen houden.

Harris' vermoeden dat de dood van Sheila Arnold verband hield met die van de borstkankerpatiënten, was opgekomen de dag na de moord terwijl hij naar zijn werk reed. Toen had hij zich herinnerd dat er op de dag voordat ze was vermoord een borstkankerpatiënt op haar verdieping was overleden en blauw geworden.

Stel dat Sheila Arnold iets had gezien, vroeg Harris zich af. Stel dat ze ergens getuige van was geweest of iets had opgevangen waarvan ze de betekenis niet had doorgrond – iets waardoor de dader zich niettemin bedreigd had gevoeld. Het idee leek Harris redelijk, hoewel hij zich afvroeg of het niet het produkt van een wanhopige geest was.

In ieder geval hadden Harris' vermoedens weinig opgeleverd waarmee hij verder kon. Hij had van de politie vernomen dat er een getuige was geweest die een man had gezien die Sheila Arnolds flat had verlaten op de avond van de moord, maar het signalement was hopeloos vaag geweest: een man met bruin haar van gemiddelde lengte en lichaamsbouw. De getuige had het gezicht van de man niet gezien. In een instelling die zo groot was als het Forbes Cancer Center, was een dergelijke beschrijving niet erg van nut geweest.

Dus toen Harris te horen kreeg dat er weer een aanval was gepleegd op een Forbes-verpleegster, overwoog hij opnieuw een mogelijke connectie met de overleden borstkankerpatiënten. Afgelopen dinsdag was er weer een verdachte 'blauwe dood' geweest.

Harris ging Janets flat binnen, popelend om met Janet Reardon te praten. Hij betreurde het diep dat hij haar aantrof in het gezelschap van die arrogante medische student, Sean Murphy.

Aangezien de politie de verpleegster nog steeds ondervroeg, keek Harris snel rond. Hij zag de verbrijzelde spiegel in de badkamer, tezamen met de kapotte föhn. Hij merkte tevens het slipje op te midden van de puinhoop op de vloer. Toen hij de woonkamer binnenslenterde, merkte hij het grote gat in de hordeur op. Het was duidelijk dat er iemand door naar binnen was gekomen, niet weggegaan.

'De getuige staat helemaal tot je dienst,' zei Peter Jefferson schertsend, terwijl hij de woonkamer binnenkwam. Zijn partner volgde hem op de voet. Harris had Peter in het verleden bij verscheidene gelegenheden ontmoet.

'Kun je me iets vertellen?' vroeg Harris.

'Niet veel,' zei Peter. 'De dader droeg een nylonkous over zijn hoofd. Gemiddelde bouw, gemiddelde lengte. Hij zei kennelijk geen woord. Het meisje boft. De kerel had een mes.'

'Wat ga je doen?' informeerde Harris.

Peter haalde zijn schouders op. 'Het gebruikelijke,' zei hij. 'We zullen proces-verbaal opmaken en kijken hoe de aanklacht luidt. Het zal hoe dan ook worden overgedragen aan een onderzoekseenheid. Wie weet wat die zullen doen.' Peter liet zijn stem dalen. 'Geen letsel, geen beroving. Het is niet waarschijnlijk dat dit prioriteit zal krijgen. Als ze een paar flinke meppen had opgelopen, zou het een ander verhaal zijn geweest.'

Harris knikte. Hij bedankte de agenten en ze vertrokken. Harris ging de slaapkamer binnen. Janet was een tas aan het inpakken. Sean verzamelde in de badkamer haar toiletartikelen.

'Namens het Forbes wil ik u zeggen dat deze zaak me vreselijk spijt,' zei hij.

'Bedankt,' zei Janet.

'We hebben nooit de noodzaak gezien deze flat te bewaken,' voegde Harris eraan toe.

'Dat begrijp ik,' zei Janet. 'Het had overal kunnen gebeuren. Ik had de deur opengelaten.'

'De politie vertelde me dat u de kerel niet precies kon beschrijven,' zei Harris.

'Hij had een kous over zijn hoofd,' zei Janet. 'En alles ging zo snel.'

'Is het mogelijk dat u hem eerder hebt gezien?' vroeg Harris.

'Ik geloof het niet,' zei Janet. 'Maar dat kan ik onmogelijk met zekerheid zeggen.'

'Ik wil u een vraag stellen,' zei Harris. 'Maar ik wil dat u een minuut nadenkt voordat u antwoordt. Is u onlangs iets ongewoons overkomen in het Forbes?'

Janet kreeg meteen een kurkdroge mond.

Sean, die deze gedachtenwisseling had opgevangen, vermoedde op slag wat er door Janets hoofd ging: ze dacht aan hun inbraak in de dossierkelder.

'Janet heeft een heleboel meegemaakt,' zei Sean terwijl hij de kamer binnenkwam.

Harris draaide zich om. 'Ik heb het niet tegen jou, jongen,' zei hij dreigend.

'Luister, ezel,' zei Sean. 'Wíj hebben de mariniers er niet bij gehaald. Janet heeft met de politie gesproken. Je kunt van hen informatie krijgen. Ze hoeft niet met jou te praten, en ik denk dat ze vanavond genoeg heeft doorgemaakt. Ze heeft geen behoefte aan jouw getreiter.'

De twee mannen namen elkaar met woedende gezichten op.

'Alsjeblieft!' schreeuwde Janet. Er sprongen weer tranen in haar ogen. 'Ik kan op dit moment geen spanning verdragen,' zei ze. Sean ging op het bed zitten, sloeg zijn arm om haar heen en liet zijn voorhoofd tegen dat van haar rusten.

'Het spijt me, mevrouw Reardon,' zei Harris. 'Ik begrijp het. Maar het is belangrijk voor me u te vragen of u iets ongewoons hebt opgemerkt tijdens uw werk vandaag. Ik weet dat het uw eerste dag was.'

Janet schudde haar hoofd. Sean keek Harris aan en beduidde hem met zijn ogen dat hij moest vertrekken.

Het koste Harris veel moeite het joch geen pak ransel te geven. Hij fantaseerde er zelfs over dat hij boven op hem ging zitten en zijn hoofd kaalschoor. In plaats daarvan draaide hij zich om en vertrok.

Naarmate de nacht overging in de dag nam Tom Widdicombs bezorgdheid geleidelijk toe. Hij zat ineengedoken in het berghok naast de garage, in de hoek naast de diepvrieskist. Hij had zijn armen om zich heen geslagen en zijn knieën opgetrokken alsof hij het koud had. Hij huiverde zo nu en dan zelfs, terwijl zijn gedachten hem voortdurend martelden door steeds weer de rampzalige gebeurtenissen in de Forbes-flat af te spelen.

Nu was hij een complete mislukking. Hij was er niet in geslaagd Gloria D'Amataglio te laten inslapen, en het was hem ook niet gelukt zich te ontdoen van de verpleegster, die hem daarvan had weerhouden. En niettegenstaande de nylonkous die hij had gedragen, had ze hem van dichtbij gezien. Misschien had ze hem herkend. Wat Tom het meest ergerde, was het feit dat hij die stomme föhn voor een pistool had aangezien.

Vanwege zijn stommiteit sprak Alice niet met hem. Hij had geprobeerd om met haar te praten, maar ze wilde niet eens luisteren. Hij had haar teleurgesteld. Hij was niet langer haar 'kleine man'. Hij verdiende het te worden uitgelachen door de andere kinderen. Tom had getracht haar om te praten en hij had haar beloofd dat hij Gloria die morgen zou helpen en dat hij zich zo snel mogelijk van de bemoeizieke verpleegster zou ontdoen. Hij had erbij gehuild, maar het had niet mogen baten. Alice kon koppig zijn.

Terwijl hij stijf overeind kwam, strekte hij zijn verkrampte spieren. Hij had urenlang roerloos in de hoek gezeten, in de hoop dat zijn moeder uiteindelijk medelijden met hem zou krijgen. Maar het had niet gewerkt. Ze had hem genegeerd. Dus besloot hij om te proberen rechtstreeks met haar te praten.

Hij ging voor de diepvrieskist staan, opende het slot en tilde het deksel op. Bevroren damp wervelde rond in de vriezer, terwijl hij zich vermengde met een vlaag vochtige, warme lucht. Geleidelijk loste de damp op en vanuit de nevel doemde het ontbonden gezicht van Alice Widdicomb op. Haar geverfde rode haar was bevroren in ijzige klitten. De huid van haar gezicht was opgezwollen, vlekkerig en blauw. Er hadden zich kristallen gevormd langs de randen van haar open oogleden. Haar oogballen waren lichtelijk samengetrokken, waardoor putjes waren ontstaan op het oppervlak van de hoornvliezen, die troebel waren vanwege de winters aandoende rijp. Haar gele tanden waren ontbloot, doordat de lippen waren opgetrokken tot een grimas.

Omdat Tom en zijn moeder zo'n geïsoleerd leven hadden geleid, had Tom weinig problemen gehad nadat hij haar had laten inslapen. Zijn enige fout was geweest dat hij niet vroeg genoeg aan de vrieskist had gedacht waardoor ze na een paar dagen was gaan stinken. Een van de weinige buren met wie ze zo nu en dan spraken, had er zelfs over gerept en Tom in paniek gebracht. Toen had hij aan de diepvrieskist gedacht.

Sindsdien was er niets veranderd. Zelfs Alices cheques van de sociale dienst bleven op tijd arriveren. Het enige riskante moment was geweest toen de compressor van de kist het op een hete vrijdagavond had begeven. Tom was er niet in geslaagd een reparateur te laten komen vóór de maandag daarop. Hij had doodsangsten uitgestaan dat de kerel de diepvrieskist zou moeten openen, maar dat gebeurde niet. De man zei tegen Tom dat er volgens hem bedorven vlees in zat.

Terwijl hij het deksel omhooghield, staarde Tom naar zijn moeder. Maar ze weigerde nog steeds een woord te zeggen. Ze was bang, wat begrijpelijk was.

'Ik zal het vandaag doen,' zei Tom smekend. 'Gloria zal nog wel aan het infuus liggen. Zo niet, dan bedenk ik iets anders. En ik zal me van die verpleegster ontdoen. Het zal geen enkel probleem vormen. Niemand zal je komen weghalen. Je bent veilig bij me. Alsjeblieft!'

Alice Widdicomb zei niets.

Langzaam liet Tom het deksel zakken. Hij wachtte een ogenblik voor het geval ze zich bedacht, maar dat deed ze niet. Onwillig verliet hij haar en liep via de keuken naar de slaapkamer, die ze zoveel jaren hadden gedeeld. Hij opende het nachtkastje en haalde Alices pistool tevoorschijn. Het was oorspronkelijk van zijn vader geweest maar na zijn dood had Alice het geërfd, het dikwijls aan Tom laten zien en gezegd dat ze het zou gebruiken als iemand ooit tussen hen probeerde te komen. Tom hield ervan om naar het paarlemoeren handvat te kijken.

'Niemand zal ooit tussen ons komen, Alice,' zei Tom. Tot dusver had hij het pistool slechts één keer gebruikt, en dat was geweest toen die bemoeial van een Arnolds hem apart had genomen om te zeggen dat ze hem enkele medicamenten van het anesthesiekarretje had zien nemen. Nu zou hij het opnieuw moeten gebruiken voor die Janet Reardon, voordat ze nog meer problemen veroorzaakte dan ze al had gedaan.

'Ik zal je bewijzen dat ik je kleine man ben,' zei Tom. Hij liet het koude pistool in zijn zak glijden en ging naar de badkamer om zich te scheren.

6

Vrijdag 5 maart, 6.30 uur

Terwijl ze via de General Douglas MacArthur Causeway naar haar werk reed, probeerde Janet haar gedachten te verzetten door het indrukwekkende uitzicht over Biscayne Bay te bewonderen. Ze probeerde zelfs te fantaseren dat ze met Sean een cruise maakte op een van de verblindend witte cruiseschepen die in de Dodge Island Seaport lagen afgemeerd. Haar gedachten bleven echter terugkeren naar de gebeurtenissen van de afgelopen nacht.

Na de confrontatie met die man in haar badkamer, was Janet niet van plan de nacht op nummer 207 door te brengen. Zelfs Seans appartement leek haar geen veilige haven. In plaats daarvan stond ze erop te verhuizen naar de flat die ze in Miami Beach had gehuurd. Omdat ze niet alleen wilde zijn, had ze Sean uitgenodigd mee te gaan en tot haar opluchting had hij het geaccepteerd en zelfs aangeboden op de bank te slapen. Maar toen ze er eenmaal waren, lieten Janets goede voornemens het afweten. Ze sliepen samen op wat Sean als de 'platonische wijze' beschreef. Ze gingen niet met elkaar naar bed maar Janet moest bekennen dat het fijn was geweest dicht bij hem te zijn.

Janet was bijna net zo bezorgd over haar escapade met Sean als over de confrontatie met de indringer. De gebeurtenis in het administratiekantoor de avond tevoren zat haar hevig dwars. Ze kon het niet nalaten erover na te denken wat er zou zijn gebeurd als ze waren betrapt. Daar kwam nog bij dat ze zich begon af te vragen wat voor soort man Sean was. Hij was pienter en geestig, dat leed geen twijfel. Maar na de nieuwe onthulling over zijn vroegere ervaring met diefstal, vroeg ze zich af wat zijn ware moraal was.

Alles bijeengenomen voelde Janet zich diep ontdaan, en wat het nog erger maakte was dat ze de komende dag door middel van bedrog monsters moest zien te bemachtigen van de medicamenten die zwaar bewaakt werden. Als ze faalde, moest ze de mogelijkheid onder ogen zien dat Sean zijn spullen zou pakken en Miami zou verlaten. Toen ze het ziekenhuis naderde, betrapte ze zich erop dat ze verlangend aan zondag dacht, de eerste dag die ze volgens het rooster vrij zou hebben. Uit het feit dat ze op haar tweede werkdag al aan een vrije werkdag dacht, bleek in welke stress-situatie ze zich bevond.

De jachtige sfeer op de afdeling bleek een uitkomst te zijn voor Janets tobberige gedachten. Binnen enkele minuten na haar aankomst werd ze meegevoerd in de bedrijvigheid van het ziekenhuis. De rapportage van de nachtdienst gaf de startende ploeg een indruk van het werk dat voor hen lag. Alle verpleegsters wisten dat ze tussen alle diagnostische tests, behandelingen en gecompliceerde medicatievoorschriften door, weinig vrije tijd zouden hebben. Het meest verontrustende nieuws was dat Helen Cabots toestand gedurende de nacht niet was verbeterd, zoals de artsen hadden gehoopt. De nachtzuster die voor haar zorgde, vond dat ze in feite achteruit was gegaan, omdat ze rond vier uur een lichte aanval had gehad. Janet luisterde zorgvuldig naar dit deel van de briefing, omdat ze had geregeld dat ze die dag Helen Cabot toegewezen kreeg.

Ze had een plan gemaakt om de geneesmiddelen die ze nodig hadden, te pakken te krijgen. Omdat ze had gezien in wat voor soort ampullen ze binnenkwamen, had ze ervoor gezorgd soortgelijke ampullen te bemachtigen die leeg waren. Het enige dat ze nu nog nodig had, was wat tijd alleen.

Na afloop van de rapportage stortte Janet zich op haar werk. Eerst moest ze een infuus aanleggen bij Gloria D'Amataglio. Het was de laatste dag dat Gloria intraveneuze chemotherapie kreeg. Omdat ze van begin af aan een vaardigheid in het inbrengen van een infuus in de ader had getoond, vroeg men Janet voor deze klus. Tijdens de rapportage had ze aangeboden Gloria's infuus aan te leggen omdat er in het verleden enkele problemen waren geweest. De verpleegster die volgens het rooster die dag voor Gloria zou zorgen stemde grif in.

Gewapend met alle nodige parafernalia ging Janet naar Gloria's kamer. Gloria zat op het bed en leunde tegen een stapel kussens, zich duidelijk beter voelend dan de dag tevoren. Terwijl ze nostalgisch babbelden over hoe mooi de vijver op de Wellesley-campus was en hoe romantisch het tijdens feestweekeinden was geweest, kreeg Janet het infuus aan de gang.

'Dat heb ik nauwelijks gevoeld,' zei Gloria vol bewondering.

'Graag gedaan,' zei Janet.

Toen ze Gloria's kamer verliet, voelde ze haar maag samentrekken terwijl ze zich voorbereidde op haar volgende taak: de gecontroleerde medicamenten bemachtigen. Ze moest verscheidene brancards ontwijken en deed toen een soort zijwaartse dans om de schoonmaker en zijn emmer heen.

Toen ze de verpleegsterspost had bereikt, haalde ze Helen Cabots dossier tevoorschijn en nam het orderformulier voor zich. Het gaf aan dat Helen vanaf acht uur 's morgens haar MB300C en

MB303C moest hebben. Eerst haalde Janet het infuus en naalden; daarna de lege dozen die ze apart had gelegd. Ten slotte ging ze naar Marjorie en vroeg om Helens medicatie.

'Een seconde,' zei Marjorie. Ze rende de gang af naar de liften om een ingevuld röntgenformulier te geven aan een broeder die een patiënt naar de afdeling radiologie bracht.

'Die kerel denkt nooit aan dat formulier,' merkte Tim hoofd-schuddend op.

Marjorie keerde op een drafje terug naar de verpleegsterspost. Terwijl ze om de balie heen liep, nam ze de sleutel van het kastje al van haar nek.

'Wat een dag!' zei ze tegen Janet. 'En dan te bedenken dat we nog maar net begonnen zijn!' Ze werd duidelijk volledig in beslag ge-nomen door alle bedrijvigheid waarmee ziekenhuiszalen aan het begin van iedere werkdag werden geconfronteerd. Nadat ze de kleine maar brede koelkast had geopend, haalde ze de twee am-pullen van Helen Cabot eruit. Nadat ze een grootboek, dat ook in de koelkast werd bewaard, had geraadpleegd, vertelde ze Janet dat ze 2 cc van de grote ampul en een halve cc van de kleinere moest nemen. Ze liet Janet zien waar ze haar paraaf moest zetten nadat ze de medicamenten had toegediend en waar Marjorie haar paraaf zou zetten als Janet klaar was.

'Marjorie, ik heb dr. Larsen aan de lijn,' zei Tim, hen storend. Met de ampullen met de kleurloze vloeistof veilig in haar hand, trok Janet zich terug in de apothekerskast. Eerst draaide ze de warmwaterkraan boven de kleine gootsteen open. Nadat ze zich ervan had vergewist dat er niemand keek, hield ze de twee MB-ampullen onder het hete water. Toen de gegomde etiketten los-kwamen, trok ze ze eraf en plakte ze op de lege ampullen. Ze stopte de nu ongeëtiketteerde ampullen in de voorraadlade ach-ter een assortiment plastic doseerbekertjes, potloden, blocnotes en elastiekjes.

Uit voorzorg wierp ze nog een blik op de bedrijvige ver-pleegsterspost, hield toen de twee lege ampullen boven haar hoofd en liet ze op de betegelde vloer vallen. Ze vielen beide in heel kleine scherven. Nadat ze wat water op de stukken glas had gegoten, draaide ze zich om en verliet de apothekerskast.

Marjorie was nog aan de telefoon en Janet moest wachten tot ze ophing. Zodra ze dat deed, legde Janet een hand op haar arm.

'Er is een ongelukje gebeurd,' zei Janet. Ze probeerde overstuur te klinken, wat niet moeilijk was omdat ze nerveus was.

'Wat is er gebeurd?' informeerde Marjorie. Ze zette grote ogen op.

'Ik heb de twee ampullen gebroken,' zei Janet. 'Ze gleden uit mijn hand en vielen kapot op de vloer.'

'Al goed, al goed,' zei Marjorie, zowel zichzelf als Janet geruststellend. 'Laten we ons er niet over opwinden. Ongelukjes gebeuren nu eenmaal, vooral wanneer we het druk hebben en ons haasten. Laat het me maar even zien.'

Janet voerde haar mee naar de apotheek en wees naar de overblijfselen van de twee ampullen. Marjorie hurkte neer en met haar duim en wijsvinger haalde ze er behoedzaam de splinters uit waaraan de etiketten vastzaten.

'Het spijt me vreselijk,' zei Janet.

'Het is in orde,' zei Marjorie. Ze richtte zich op en haalde haar schouders op. 'Zoals ik al zei: er kan altijd een ongelukje gebeuren. Laten we mevrouw Richmond bellen.'

Janet volgde Marjorie naar de verpleegsterspost waar Marjorie telefoneerde naar het hoofd verpleegkunde. Nadat ze had uitgelegd wat er was gebeurd, moest ze het boek uit de geneesmiddelenkoelkast halen. Janet kon de ampullen voor de andere twee patiënten zien terwijl ze dat deed.

'Er zat 6 cc in de grootste en 4 cc in de kleinste,' zei Marjorie in de hoorn. Ze luisterde, stemde een paar keer in en hing toen op.

'Geen probleem,' zei Marjorie. Ze maakte een aantekening in het boek en overhandigde Janet toen de pen. 'Zet maar een paraaf waar ik heb aangegeven wat er verloren is gegaan,' zei ze.

Janet zette haar paraaf.

'Ga nu naar het kantoor van mevrouw Richmond in het onderzoeksgebouw, zevende verdieping,' zei Marjorie. 'Neem deze etiketten mee.' Ze stopte de stukjes glas met de vastgehechte etiketten in een envelop en overhandigde die aan Janet. 'Ze zal je een paar nieuwe ampullen geven. Goed?'

Janet knikte en verontschuldigde zich opnieuw.

'Het is al goed,' verzekerde Marjorie haar. 'Het had iedereen kunnen overkomen.' Toen vroeg ze Tim om Tom Widdicomb op te piepen en te vragen de apothekerskast te dweilen.

Janet liep met bonzend hart en blozend gezicht zo kalm mogelijk naar de liften. Haar list was gelukt, maar ze had er geen goed gevoel over. Ze vond nog steeds dat ze profiteerde van Marjories vertrouwen en goede humeur. Ze maakte zich er tevens ongerust over dat iemand de ongeëtiketteerde ampullen in de voorraadlade zou vinden. Ze zou ze graag hebben verwijderd, maar durfde dat pas te riskeren als ze ze direct aan Sean kon geven.

Ondanks haar zorg voor Helens medicijnen, viel het haar in het voorbijgaan op dat Gloria's deur dicht was. Omdat Janet zojuist haar infuus had aangelegd, verontrustte haar dat. Behalve die ene keer, toen Marjorie Gloria aan Janet had voorgesteld, stond Gloria's deur altijd op een kier. Gloria had zelfs opgemerkt dat ze het prettig vond als hij openstond omdat ze daardoor voeling kon blijven houden met het leven op de zaal.

Verbaasd bleef Janet staan en staarde naar de deur, met zichzelf overleggend wat ze moest doen. Ze was al achter met haar werk en ze moest zorgen dat ze snel bij mevrouw Richmonds kantoor kwam. Toch zat Gloria's dichte deur haar dwars. Omdat ze vreesde dat Gloria zich weer ellendig zou voelen, liep ze naar de deur en klopte. Toen er geen antwoord kwam, klopte ze nog wat harder. Toen er nog niet werd geantwoord, duwde Janet de deur open en gluurde naar binnen. Gloria lag plat op haar bed. Een van haar benen bungelde langs de matras. Het leek een onnatuurlijke houding voor een dutje.

'Gloria?' riep Janet.

Gloria gaf geen antwoord.

Ze hield de deur met de rubberen stop open en liep naar het bed. Er stond een emmer met een dweilstok aan de kant, maar Janet zag hem niet omdat ze toen ze dichterbij kwam, gealarmeerd opmerkte dat Gloria's gezicht een diepe, cyanotisch blauwe tint had.

'Spoedgeval, kamer 409!' gilde ze tegen de telefonist nadat ze de hoorn van de haak had gegrist. Ze smeet de envelop met de glassplinters op het nachtkastje.

Nadat ze Gloria's hoofd achterover had getrokken en zich ervan had vergewist dat haar mond vrij was, begon ze mond-op-mond-beademing toe te passen. Terwijl ze met haar rechterhand Gloria's neusvleugels dichtkneep, blies ze krachtig enkele malen in Gloria's longen. Toen ze bemerkte hoe gemakkelijk dat ging, vertrouwde ze erop dat er geen blokkering was. Met haar linkerhand voelde ze naar een hartslag. Ze vond er een, maar heel zwak. Janet blies nog enkele malen, terwijl er allerlei mensen binnenkwamen. Marjorie was er als eerste, maar weldra volgden anderen. Tegen de tijd dat Janet door een van de andere verpleegsters werd afgelost in haar pogingen tot reanimatie, bevonden er zich minstens tien mensen in de kamer die probeerden te helpen. Janet was onder de indruk van de snelle reactie: zelfs de schoonmaker was er.

Gloria kreeg snel weer kleur, tot ieders opluchting. Binnen drie minuten arriveerden er verscheidene artsen, onder wie een anesthesist van de tweede verdieping. Inmiddels was er een hartbewakingsmonitor opgesteld die een langzame, maar overigens normale hartslag liet zien. De anesthesist bracht behendig een endotracheale buis in en gebruikte een Ambuzak om lucht in Gloria's longen te blazen. Dat was efficiënter dan mond-op-mondbeademing, en Gloria's kleur werd nog beter.

Maar er waren eveneens slechte tekenen. Toen de anesthesist met een lampje in Gloria's ogen scheen, reageerden haar vergrote pupillen niet. Toen een andere arts reflexen trachtte op te wekken, lukte dat ook niet.

Na twintig minuten deed Gloria pogingen om adem te halen. Een paar minuten later ademde ze op eigen kracht. Haar reflexen keerden eveneens terug, maar op een wijze die weinig goeds voorspelde.

'Oei,' zei de anesthesist. 'Het lijken tekenen van decerebrate rigiditeit. Dat is niet best.'

Janet wilde het niet horen.

De anesthesist schudde zijn hoofd. 'Te lang zonder zuurstof naar de hersenen.'

'Wat gek,' zei een van de andere dokters. Ze hield het infuus scheef om te zien wat erin zat. 'Ik wist niet dat ademhalingsstilstand een complicatie van deze kuur was.'

'Chemo kan onverwachte dingen doen,' zei de anesthesist. 'Het had ook kunnen beginnen met een cerebraal vasculair incident. Ik denk dat Randolph dit moet horen.'

Nadat ze haar envelop weer had gepakt, liep Janet wankelend de kamer uit. Ze wist dat dit soort gebeurtenissen bij het werk hoorden, maar die wetenschap maakte het niet gemakkelijker te verdragen.

Marjorie kwam uit Gloria's kamer, zag Janet en kwam naar haar toe. Ze schudde haar hoofd. 'We hebben niet veel geluk met deze gevorderde borstkankerpatiënten,' zei ze. 'Ik denk dat de autoriteiten het behandelingsvoorschrift nog eens zouden moeten controleren.'

Janet knikte, maar ze zei niets.

'Het is altijd rot om als eerste ter plekke te zijn,' zei Marjorie. 'Je hebt alles gedaan wat je kon.'

Janet knikte opnieuw. 'Bedankt,' zei ze.

'Ga nu die medicatie voor Helen Cabot halen voordat we nog meer problemen krijgen,' zei Marjorie. Ze gaf Janet een zusterlijk klapje op de schouder.

Janet knikte. Ze nam de trap naar de tweede verdieping en stak toen over naar het onderzoeksgebouw. Ze nam een lift naar de zevende verdieping, en nadat ze naar mevrouw Richmond had gevraagd, werd ze naar haar kantoor gestuurd.

Het hoofd verpleegkunde verwachtte haar en stak haar hand uit naar de envelop. Ze opende hem en liet de inhoud op haar vloeiblad glijden. Met haar wijsvinger duwde ze de splinters rond tot ze de etiketten kon lezen.

Janet bleef staan. Het zwijgen van mevrouw Richmond deed haar vrezen dat de vrouw op de een of andere manier wist wat ze had gedaan. Ze begon te transpireren.

'Heeft dit een probleem veroorzaakt?' vroeg mevrouw Richmond ten slotte met een verrassend zachte stem.

'Wat bedoelt u?' vroeg Janet.

'Heb je je gesneden, toen je deze ampullen brak?' vroeg mevrouw Richmond.

'Nee,' zei Janet opgelucht. 'Ik liet ze op de grond vallen. Ik raakte niet gewond.'

'Enfin, het is niet de eerste keer en het zal ook niet de laatste keer zijn,' zei mevrouw Richmond. 'Ik ben blij dat je je niet hebt bezeerd.'

Met voor haar bouw verbazingwekkende lenigheid, sprong ze op van achter haar bureau en ging naar een van de vloer tot het plafond reikende kast die een grote, afgesloten koelkast verborg. Ze ontsloot en opende de koelkastdeur en haalde er twee ampullen uit die gelijk waren aan die welke Janet had gebroken. De koelkast was bijna helemaal vol met dergelijke ampullen.

Mevrouw Richmond keerde terug naar haar bureau. In een zijlade rommelend, haalde ze gedrukte etiketten tevoorschijn die identiek waren met die op de glassplinters. Ze likte over de achterkant en begon op iedere ampul het juiste etiket te plakken. Voordat ze klaar was, ging de telefoon.

Ze nam op en bleef doorwerken met de hoorn tussen haar oor en haar opgetrokken schouder geklemd. Maar bijna meteen kreeg het telefoontje haar volle aandacht.

'Wat?' riep ze. Haar zachte stem klonk boos. Haar gezicht liep rood aan.

'Waar?' wilde ze weten. 'Vierde verdieping?' zei ze na een pauze. 'Dat is bijna nog erger! Verdraaid!'

Mevrouw Richmond smeet de hoorn neer en staarde een ogenblik voor zich uit zonder met haar ogen te knipperen. Toen werd ze zich met een schok weer bewust van Janets aanwezigheid. Ze stond op en overhandigde haar de ampullen. 'Ik moet weg,' zei ze dringend. 'Wees voorzichtig met die ampullen.'

Janet knikte en wilde antwoorden, maar mevrouw Richmond was al op weg naar de deur.

Janet bleef op de drempel van mevrouw Richmonds kantoor staan en zag haar snel weglopen. Ze staarde over haar schouder naar de kast die de afgesloten koelkast verborg. Er klopte iets niet, maar ze wist niet precies wat het was. Er gebeurde te veel tegelijk.

Randolph Mason verwonderde zich over Sterling Rombauer. Hij had enig idee van Sterlings persoonlijke rijkdom evenals van zijn legendarisch zakelijk inzicht, maar hij wist absoluut niets van de motieven van de man. Door het land jagen op bevel van anderen was niet het leven dat Mason zou leiden als hij over Sterlings middelen zou beschikken. Niettemin was Mason dankbaar voor het door Sterling gekozen beroep. Iedere keer dat hij de man huurde, zag hij resultaten.

'Ik geloof niet dat je je ergens ongerust over hoeft te maken tot het Sushita-vliegtuig hier in Miami landt,' zei Sterling. 'Het had in Boston op Tanaka gewacht en zou volgens schema naar Miami gaan, maar toen ging het zonder hem naar New York en vervolgens naar Washington. Tanaka moest een lijntoestel hiernaartoe nemen.'

'En jij zult weten of en wanneer het vliegtuig arriveert?' vroeg dr. Mason.

Sterling knikte.

Dr. Masons intercom kwam knetterend tot leven. 'Het spijt me dat ik u moet storen, dokter Mason,' zei Patty, zijn secretaresse. 'Maar u zei me dat ik u moest waarschuwen als het om mevrouw Richmond ging. Ze is op weg hiernaartoe en lijkt overstuur.'

Dr. Mason slikte moeizaam. Er was maar één ding dat Margaret overstuur kon maken. Hij verontschuldigde zich tegenover Sterling en verliet zijn kantoor om zijn hoofd verpleegkunde te onderscheppen. Hij ving haar op vlak bij Patty's bureau en trok haar mee.

'Het is weer gebeurd,' snauwde mevrouw Richmond. 'Weer een borstkankerpatiënte met een cyanotische ademhalingsstilstand. Randolph, je moet iets doen!'

'Weer een dode?' vroeg dr. Mason.

'Nog geen dode,' zei mevrouw Richmond. 'Maar misschien wel erger, vooral als de media erbij betrokken raken. De patiënte is in een vegetatieve toestand met duidelijke hersenbeschadiging.'

'Mijn hemel!' riep dr. Mason uit. 'Je hebt gelijk, het wordt nog erger als de familie vragen gaat stellen.'

'Natuurlijk zullen ze vragen stellen,' zei mevrouw Richmond. 'Ik moet je er opnieuw aan herinneren dat dat alles waarvoor we hebben gewerkt zou kunnen vernietigen.'

'Dat hoef je mij niet te vertellen,' zei dr. Mason.

'Welnu, wat ga je doen?'

'Ik weet niet wat ik er verder aan moet doen,' bekende dr. Mason. 'We zullen Harris hier laten komen.'

Dr. Mason vroeg Patty om Robert Harris op te roepen en hem te bellen zodra Harris er was. 'Ik heb Sterling Rombauer in mijn kantoor,' vertelde hij mevrouw Richmond. 'Misschien zou je eens moeten horen wat hij te zeggen heeft over onze externe medische student.'

'Dat joch!' zei mevrouw Richmond. 'Toen ik hem in het ziekenhuis betrapte terwijl hij in Helen Cabots dossier gluurde, had ik zin hem te wurgen.'

'Kalmeer, kom binnen en luister,' zei dr. Mason.

Mevrouw Richmond liet zich onwillig door dr. Mason zijn kantoor binnenleiden. Sterling stond op. Mevrouw Richmond zei hem dat hij dat voor haar niet hoefde te doen.

Dr. Mason liet iedereen plaatsnemen en vroeg Sterling toen mevrouw Richmond op de hoogte te brengen.

'Sean Murphy is een interessante en gecompliceerde persoon,' zei Sterling terwijl hij nonchalant zijn benen over elkaar sloeg. 'Hij heeft min of meer een dubbelleven geleid en is drastisch veranderd toen hij aan Harvard medicijnen ging studeren, maar toch klampt hij zich nog altijd vast aan zijn Ierse arbeidersafkomst. En hij is succesvol geweest. Momenteel staan hij en een groepje vrienden op het punt een bedrijf te starten dat ze Oncogen willen noemen. Ze zijn van plan om diagnostische en therapeutische middelen op de markt te brengen die gebaseerd zijn op oncogene technologie.'

'Dan is het duidelijk wat we zouden moeten doen,' zei mevrouw Richmond. 'Vooral gezien het feit dat hij onverdraaglijk brutaal is.'

'Laat Sterling uitpraten,' zei dr. Mason.

'Hij is buitengewoon knap in biotechnologie,' zei Sterling. 'Feitelijk zou ik moeten zeggen dat hij begaafd is. Zijn enige echte nadeel, zoals u al hebt vermoed, ligt op het sociale vlak. Hij heeft weinig respect voor gezag en slaagt erin veel mensen tegen zich in het harnas te jagen. Maar desondanks is hij al betrokken geweest bij de oprichting van een succesvol bedrijf dat werd opgekocht door Genentech. En het heeft hem niet veel moeite gekost om financiering te vinden voor zijn tweede waagstuk.'

'Hij blijkt een steeds grotere lastpost te zijn,' zei mevrouw Richmond.

'Niet op de manier die u denkt,' zei Sterling. 'Het probleem is dat Sushita ongeveer evenveel weet als ik. Naar mijn professionele mening zullen ze Sean Murphy als een bedreiging beschouwen voor hun investering hier in het Forbes. Als dat zo is, zullen ze zich genoodzaakt voelen om op te treden. Ik ben er niet van overtuigd dat een overplaatsing naar Tokio en een feitelijke overname bij Murphy zullen lukken. Maar als hij hier blijft, zullen ze volgens mij overwegen uw subsidie niet te verlengen.'

'Ik begrijp nog altijd niet waarom we hem niet terugsturen naar Boston,' zei mevrouw Richmond. 'Dan is het afgelopen. Waarom zouden we onze relatie met Sushita in gevaar brengen?'

Sterling keek naar dr. Mason.

Dr. Mason schraapte zijn keel. 'Ik stel me op het standpunt, dat we niet overhaast te werk moeten gaan,' zei hij. 'De jongen is goed in wat hij doet. Vanochtend ging ik naar het lab waar hij werkt. Hij heeft een hele generatie muizen die de glycoproteïne accepteert. Daar komt nog bij dat hij me een paar veelbelovende kristallen heeft getoond die hij heeft kunnen kweken. Hij beweert dat hij binnen een week betere zal hebben. Niemand anders heeft zover kunnen komen. Mijn probleem is dat ik tussen twee vuren zit. De grootste bedreiging voor onze Sushita-subsidie is het feit dat we hun nog geen enkel produkt hebben kunnen verschaffen. Ze verwachten onderhand iets.'

'Met andere woorden, je denkt dat we deze knaap nodig hebben, ondanks de risico's,' zei mevrouw Richmond.

'Zo zou ik het niet willen stellen,' zei dr. Mason.

'Waarom bel je Sushita dan niet op en leg je het ze uit?' vroeg mevrouw Richmond.

'Dat zou niet verstandig zijn,' zei Sterling. 'De Japanners prefereren indirecte communicatie om confrontatie te vermijden. Ze zouden zo'n directe benadering niet begrijpen. Zo'n kunstgreep zou eerder bezorgdheid veroorzaken dan wegnemen.'

'Bovendien heb ik hierop al gezinspeeld tegenover Hiroshi,' zei dr. Mason. 'En ze zijn toch doorgegaan op eigen houtje een onderzoek in te stellen naar Murphy.'

'De Japanse zakenman is nogal onzeker,' voegde Sterling eraan toe.

'Wat is uw mening over deze knaap?' vroeg mevrouw Richmond. 'Is hij een spion? Is hij daarom hier?'

'Nee,' zei Sterling. 'Niet in de traditionele betekenis van het woord. Hij is duidelijk geïnteresseerd in uw succes met medulloblastoma, maar vanuit een academisch standpunt, niet vanuit een commercieel oogpunt.'

'Hij was heel open over zijn interesse in het medulloblastoma-werk,' zei dr. Mason. 'De eerste keer dat ik hem sprak, was hij zichtbaar teleurgesteld toen ik hem meedeelde dat hij geen toestemming zou krijgen aan het project te werken. Als hij een soort spion zou zijn, zou hij zich volgens mij gedeisd hebben gehouden. Dit soort dingen trekt alleen maar meer aandacht.'

'Daar ben ik het mee eens,' zei Sterling. 'Als jongeman wordt hij nog gemotiveerd door idealisme en altruïsme. Hij is nog niet vergiftigd door de nieuwe vercommercialisering van de wetenschap in het algemeen en het medisch onderzoek in het bijzonder.'

'Toch is hij al een eigen bedrijf begonnen,' hield mevrouw Richmond hem voor. 'Dat lijkt me nogal commercieel.'

'Maar hij en zijn compagnons verkochten hun produkten hoofdzakelijk tegen kostprijs,' zei Sterling. 'Het winstmotief speelde geen rol voordat het bedrijf werd opgekocht.'

'Wat is dus de oplossing?' informeerde mevrouw Richmond.

'Sterling zal de situatie in de gaten houden,' zei dr. Mason. 'Hij zal ons dagelijks op de hoogte brengen. Hij zal Murphy beschermen tegen de Japanners zolang hij ons tot voordeel is. Als Sterling concludeert dat hij een spion is, zal hij het ons laten weten. Dan sturen we hem terug naar Boston.'

'Een dure babysitter,' zei mevrouw Richmond.

Sterling glimlachte en knikte instemmend. 'Miami is bijzonder aangenaam in maart,' zei hij. 'Vooral in het Grand Bay Hotel.'

Een korte statische uitbarsting uit dr. Masons intercom ging aan Patty's stem vooraf: 'Mr. Harris is er.'

Dr. Mason bedankte Sterling en gaf aan dat het onderhoud afgelopen was. Terwijl dr. Mason met Sterling het kantoor uit liep, bedacht hij dat mevrouw Richmonds taxatie juist was. Sterling was een dure babysitter. Maar dr. Mason was ervan overtuigd dat het geld waarover hij dankzij Howard Pace kon beschikken, goed besteed was.

Harris stond naast Patty's bureau en Mason stelde hem fatsoenshalve voor aan Sterling. Terwijl hij dat deed, kreeg hij het gevoel dat de twee mannen elkaars tegenpool waren.

Nadat dr. Mason Harris gevraagd had zijn kantoor binnen te gaan, bedankte hij Sterling voor alles wat hij had gedaan en verzocht hem dringend hen op de hoogte te houden. Sterling verzekerde hem dat hij dat zou doen en vertrok. Daarna ging dr. Mason zijn kantoor weer binnen om de huidige crisis het hoofd te bieden.

Hij sloot de deur achter zich. Hij merkte op dat Harris stijfjes midden in het vertrek stond; hij hield zijn lakleren kleppet met het goudgalon onder zijn linkerarm gedrukt.

'Ontspan je,' zei dr. Mason terwijl hij om zijn bureau liep en ging zitten.

'Ja, meneer,' zei Harris beleefd. Hij verroerde zich niet.

'Ga in vredesnaam zitten!' zei dr. Mason toen hij merkte dat Harris nog altijd stond.

Harris nam plaats met zijn pet nog onder de arm.

'Ik neem aan dat je hebt gehoord dat er weer een borstkankerpatiënte is overleden,' zei dr. Mason. 'Dat wil zeggen, zo goed als.'

'Ja, meneer,' zei Harris kort.

Dr. Mason nam het hoofd van de veiligheidsdienst met lichte irritatie op. Enerzijds apprecieerde hij het professionalisme van Robert Harris; anderzijds zat zijn militaristische act hem dwars. Het was niet gepast voor een medisch instituut. Maar hij had nooit geklaagd omdat er tot aan de dood van de borstkankerpatiënten nooit problemen met de beveiliging waren geweest.

'Zoals we je in het verleden al hebben verteld,' zei dr. Mason, 'geloven we dat de een of andere misleide, demente persoon dit doet. Het gaat nu te ver. Het moet worden gestopt. Ik heb je gevraagd dit als prioriteit te stellen. Heb je iets kunnen ontdekken?'

'Ik verzeker u dat dit probleem mijn onverdeelde aandacht heeft,' zei Harris. 'Overeenkomstig uw advies heb ik een uitgebreid antecedentenonderzoek verricht naar het grootste deel van de medische staf. Ik heb referenties gecontroleerd door honderden instellingen te bellen. Er zijn tot dusver geen discrepanties aan het licht gekomen. Ik zal de controle nu uitbreiden tot de andere personeelsleden die toegang hebben tot de patiënten. We hebben geprobeerd sommigen van de borstkankerpatiënten via de monitor te bewaken, maar er zijn er zo veel, dat we ze niet aldoor in de gaten kunnen houden. Misschien moeten we overwegen veiligheidscamera's in alle kamers te installeren.' Harris repte niet van zijn vermoeden dat er een mogelijk verband bestond tussen deze gevallen, de dood van een verpleegster en de poging tot aanranding van een andere. Per slot van rekening was het alleen maar een vermoeden.

'Misschien zouden we inderdaad camera's in de kamer van iedere borstkankerpatiënte moeten installeren,' zei mevrouw Richmond.

'Het zou duur zijn,' waarschuwde Harris. 'Niet alleen de kosten van de camera's en de installatie, maar ook het extra personeel om de monitors in de gaten te houden.'

'De onkosten zouden misschien een theoretisch probleem zijn,' zei mevrouw Richmond. 'Maar als dit zich voortzet en de pers er lucht van krijgt, hebben we wellicht geen instelling meer.'

'Ik zal me erover buigen,' beloofde Harris.

'Als je extra mankracht nodig hebt, laat het ons dan weten,' zei dr. Mason. 'Hier moet een einde aan komen.'

'Ik begrijp het, meneer,' zei Harris. Maar hij wilde geen hulp. Hij wilde dit op eigen houtje doen. Het was nu een erezaak geworden. Geen doorgedraaide psychoot zou hem te slim af zijn.

'En hoe zit het met die aanval gisteravond in de flat?' vroeg mevrouw Richmond. 'Ik heb het al moeilijk genoeg met het werven van verplegend personeel. We kunnen niet toelaten dat ze worden aangevallen in het tijdelijke onderkomen dat we hun aanbieden.'

'Het is de eerste keer dat de beveiliging in de flat een probleem is,' zei Harris.

'Misschien moeten we er tijdens de avonduren beveiligingsmensen laten rondlopen,' stelde mevrouw Richmond voor.

'Ik zal met genoegen een kostenplaatje maken,' zei Harris.

'Ik geloof dat de patiëntenkwestie belangrijker is,' zei dr. Mason. 'Laat je niet afleiden van die zaak.'

'Nee, meneer,' zei Harris.

Dr. Mason keek naar mevrouw Richmond. 'Is er verder nog iets?'

Mevrouw Richmond schudde haar hoofd.

Dr. Mason keek weer naar Harris. 'We rekenen op je,' zei hij.

'Ja, meneer,' zei Harris en hij stond op. Als in een reflex wilde hij salueren, maar hij hield zich nog net op tijd in.

'Zeer indrukwekkend!' zei Sean hardop. Hij zat in zijn eentje in het met glas omgeven kantoor midden in zijn uitgestrekte lab. Hij zat aan een leeg metalen bureau en hij had de kopieën van de drieëndertig dossiers voor zich uitgespreid. Hij had het kantoortje gekozen voor het geval er ineens iemand kwam opdagen. Als dat gebeurde, zou hij tijd genoeg hebben om de dossiers in een van de lege archiefladen te laten glijden. Daarna zou hij het grootboek naar zich toe trekken waarin het protocol stond dat hij had ontwikkeld om de muizen te immuniseren met de Forbes-glycoproteïne.

Sean was nog onder de indruk van de statistieken van de medulloblastoma-gevallen. Het Forbes Cancer Center had gedurende de afgelopen twee jaar, inderdaad honderd procent remissie bereikt wat sterk contrasteerde met de honderd procent dodelijke afloop tijdens de daaraan voorafgaande acht jaar. Via voortgezette MRI-onderzoeken bleken zelfs grote tumoren na succesvolle behandeling volledig te zijn verdwenen. Voor zover Sean wist, waren dergelijke duurzame resultaten volkomen ongehoord in de behandeling van kanker, afgezien van de situatie van kanker *in situ*, waarbij het om buitengewoon kleine, gelocaliseerde neoplasia ging die volledig konden worden weggesneden of op andere wijze geëlimineerd.

Voor het eerst sinds Sean hier was gekomen, had hij een redelijke morgen gehad. Niemand had hem gehinderd; hij had noch Hiroshi, noch een van de andere onderzoekers gezien. Hij was de dag begonnen met het injecteren van de muizen, wat hem de gelegenheid had geboden de kopieën van de dossiers naar zijn kantoor te brengen. Toen had hij zich beziggehouden met het kristallisatieprobleem, enkele kristallen gekweekt die naar zijn mening dr. Mason voor een week of wat tevreden zouden stellen. Hij had de directeur zelfs laten komen om een paar van de kristallen te bekijken. Sean wist dat hij onder de indruk was geweest. Omdat Sean er op dat punt redelijk zeker van was dat hij niet zou worden gestoord, had hij zich teruggetrokken in het glazen kantoortje om de dossiers te bekijken.

Eerst had hij alle dossiers doorgenomen om een algemene indruk te krijgen. Daarna was hij opnieuw begonnen, waarbij hij in het bijzonder lette op de epidemiologische aspecten. Hij had opgemerkt dat de patiënten een breed scala van leeftijden en rassen vertegenwoordigden. Ze waren ook van verschillende sekse. Maar de belangrijkste groep bestond uit blanke mannen van middelbare leeftijd, niet de typische groep waarbij medulloblastoma meestal werd gezien. Sean vermoedde dat de statistieken uit economische overwegingen waren vervormd. Het Forbes was geen goedkoop ziekenhuis. Als je er als patiënt wilde worden opgenomen, moest je een adequate medische verzekering hebben of een aanzienlijke spaarrekening. Het viel hem ook op dat de gevallen afkomstig waren uit diverse grote steden verdeeld over het hele land.

Maar toen, als om aan te tonen hoe gevaarlijk generalisaties waren, ontdekte hij een geval uit een kleine stad in het zuidwesten van Florida: Naples. Sean had het stadje wel eens op een kaart gezien. Het was het zuidelijkst gelegen stadje aan de westkust van Florida, net ten noorden van de Everglades. De naam van de patiënt was Malcolm Betencourt, en er waren bijna twee jaar verstreken sinds het begin van zijn behandeling. Sean noteerde het adres en telefoonnummer van de man. Hij dacht dat hij wellicht met hem zou willen spreken.

Sean merkte op dat de meeste tumoren multifocaal waren en niet een enkele laesie, wat gebruikelijker was. Aangezien ze multifocaal waren, hadden de behandelende artsen in de meeste gevallen aanvankelijk gemeend dat ze te maken hadden met een metastatische tumor, een tumor die zich vanuit een ander orgaan zoals long, nier of darm naar de hersenen had verspreid. In al deze gevallen hadden de verwijzende artsen blijk gegeven van verbazing toen de laesies primaire hersentumoren bleken te zijn die voortkwamen uit oorspronkelijke neurale elementen. Sean merkte tevens op dat de tumoren bijzonder agressief en snelgroeiend waren. Zonder therapie zouden ze ongetwijfeld tot een snelle dood hebben geleid.

Sean zag dat de therapie altijd hetzelfde was. De dosering en de ratio van toediening van de gecodeerde medicatie waren voor alle patiënten gelijk, en werden alleen aangepast naar het gewicht. Alle patiënten hadden ongeveer een week in het ziekenhuis gelegen en werden na hun ontslag poliklinisch gevolgd met tussenpozen van twee weken, vier weken, twee maanden, zes maanden en daarna jaarlijks. Dertien van de drieëndertig patiënten hadden het jaarlijkse bezoekstadium bereikt. De ziekte had nauwelijks nasleep, en als die er was, was hij veeleer te wijten aan lichte neurologische gebreken als gevolg van de zich uitbreidende tumormassa's voor de behandeling dan aan de behandeling zelf.

Sean was ook onder de indruk van de dossiers zelf. Hij realiseerde zich dat ze een schat aan materiaal bevatten, waarvan de verwerking hem waarschijnlijk een week zou kosten.

Omdat hij zo geconcentreerd bezig was, schrok hij toen de telefoon op het bureau begon te rinkelen. Het was de eerste keer dat hij overging. Sean nam op en verwachtte dat iemand een verkeerd nummer had gedraaid. Tot zijn verrassing was het Janet. 'Ik heb de medicamenten,' zei ze kortaf.

'Geweldig!' zei Sean.

'Kun je me in de kantine ontmoeten?' vroeg ze.

'Nou en of,' zei Sean. Hij kon horen dat er iets mis was. Haar stem klonk gespannen. 'Wat is er aan de hand?'

'Van alles,' zei Janet. 'Ik vertel het je wel als ik je zie. Kun je nu weg?'

'Ik ben er over vijf minuten,' zei Sean.

Nadat hij de dossiers had opgeborgen, daalde hij met de lift af en stak de voetgangersbrug over naar het ziekenhuis. Hij vermoedde dat hij werd gadegeslagen door de camera en had zin om te zwaaien om te laten zien dat hij dit wist, maar hij bedwong de neiging.

Toen hij in de kantine arriveerde, zat Janet al aan een tafeltje met een kop koffie voor zich. Ze zag er niet bijster vrolijk uit. Sean liet zich op de stoel tegenover haar zakken.

'Wat is er mis?' vroeg hij.

'Een van mijn patiënten ligt in coma,' zei Janet. 'Ik had net een infuus bij haar aangelegd. Het ene moment was het nog prima, en het volgende ademde ze niet meer.'

'Het spijt me dat te horen,' zei Sean. Hij kende de emotionele trauma's van het ziekenhuisleven al enige tijd, dus kon hij tot op zekere hoogte met haar meevoelen.

'Ik heb de medicamenten in ieder geval,' zei ze.

'Was het moeilijk?' informeerde Sean.

'Voornamelijk emotioneel,' zei Janet.

'Waar zijn ze?'

'In mijn tasje,' zei ze. Ze keek om zich heen om zich ervan te vergewissen dat niemand naar hen keek. 'Ik zal je de ampullen onder de tafel geven.'

'Je hoeft er niet zo'n drama van te maken,' zei Sean. 'Dat stiekeme gedoe trekt meer aandacht dan wanneer je je gewoon normaal gedraagt en ze me overhandigt.'

'Doe me een lol,' zei Janet. Ze rommelde in haar tasje.

Sean voelde haar hand op zijn knie. Hij stak zijn arm onder de tafel en er vielen twee ampullen in zijn hand. Rekening houdend met Janets gevoeligheid, liet hij ze in zijn zakken glijden, aan iedere kant een. Toen schoof hij zijn stoel naar achteren en stond op.

'Sean!' klaagde Janet.

'Wat?' vroeg hij.

'Moet je zo doorzichtig doen? Kun je niet vijf minuten wachten en doen alsof we een gesprek voeren?'

Hij ging zitten. 'Niemand let op ons,' zei hij. 'Wanneer zul je het eens leren?'

'Hoe kun je daar nu zo zeker van zijn?' vroeg ze.

Sean wilde iets zeggen, maar hij bedacht zich.

'Kunnen we voor de verandering over iets leuks praten?' vroeg Janet. 'Ik ben volkomen gestresst.'

'Waarover wil je het hebben?'

'Wat we aanstaande zondag zullen doen,' zei Janet. 'Ik moet weg van het ziekenhuis en alle spanning. Ik wil iets ontspannends en leuks doen.'

'Goed, dat is afgesproken,' beloofde Sean. 'Onderwijl popel ik om hiermee terug te gaan naar het lab. Zou het erg doorzichtig zijn als ik nu wegging?'

'Ga maar!' beval Janet. 'Je bent onmogelijk.'

'Ik zie je in het appartement,' zei Sean. Hij vertrok snel voordat Janet kon zeggen dat hij niet uitgenodigd was. Hij keek om en zwaaide terwijl hij de kantine verliet.

Terwijl hij gehaast over de brug tussen de twee gebouwen liep, stak hij zijn handen in zijn zakken en omvatte de twee ampullen. Hij popelde om te beginnen. Dankzij Janet ervoer hij iets van de onderzoeksopwinding die hij had verwacht toen hij het besluit had genomen naar het Forbes Cancer Center te gaan.

Robert Harris droeg de kartonnen doos met personeelsdossiers zijn kleine raamloze kantoortje binnen en zette hem op de grond naast zijn bureau. Hij ging zitten, opende de bovenkant van de doos en haalde er het eerste dossier uit.

Na het gesprek met dr. Mason en mevrouw Richmond was Harris regelrecht naar personeelszaken gegaan. Met de hulp van Henry Falworth, de personeelschef, had hij een lijst opgesteld van niet-verpleegkundigen die toegang hadden tot patiënten. De lijst bevatte keukenpersoneel dat menu's uitdeelde en bestellingen in ontvangst nam, en degenen die maaltijden rondbrachten en de bladen ophaalden. De lijst bevatte tevens de concierge en het onderhoudspersoneel dat bij gelegenheid naar patiëntenkamers werd geroepen voor allerlei klusjes. Ten slotte bevatte de lijst de namen van de huishoudelijke dienst: zij die de kamers, de gangen en de lounges van het ziekenhuis schoonmaakten.

Al met al was het aantal personen op de lijst aanzienlijk. Afgezien van de camerasurveillance, had hij helaas geen enkel constructief idee, en hij wist dat surveillance op alle kamers te kostbaar zou blijken. Hij zou prijzen nagaan en een voorstel opstellen, maar hij wist dat dr. Mason de prijs onaanvaardbaar zou vinden.

Harris was van plan de ongeveer vijftig dossiers tamelijk snel door te nemen om te zien of iets wat onwaarschijnlijk of vreemd leek, zijn aandacht zou trekken. Ieder dossier waarin hij iets twijfelachtigs vond, zou hij op een stapeltje leggen dat het eerst moest worden onderzocht. Harris was dan wel geen psycholoog of dokter, maar hij meende dat iemand die getikt genoeg was om patiënten te doden iets vreemds in zijn dossier zou moeten hebben.

Het eerste dossier was dat van Ramon Conception, een keukenmedewerker. Conception was een vijfendertig jaar oude man van Cubaanse afkomst die vanaf zijn zestiende als ober had gewerkt in verschillende hotels en restaurants. Harris las zijn sollicitatieformulier door en keek naar de referenties. Hij wierp zelfs een blik op zijn medisch rapport. Hij vond niets vreemds. Hij gooide het dossier op de grond.

Harris werkte de dossiers in de doos één voor één door. Niets trok zijn aandacht tot hij bij Gary Wanamaker kwam, een andere keukenmedewerker. Onder het kopje 'ervaring' had Gary geschreven dat hij vijf jaar in de keuken van de Rikers Island-gevangenis in New York had gewerkt. Op de foto had de man bruin haar. Harris legde dat dossier op de hoek van zijn bureau.. Vijf dossiers later stuitte Harris weer op een dossier dat zijn aandacht trok. Tom Widdicomb was medewerker van de huishoudelijke dienst. Wat Harris' aandacht trok was het feit dat de man een opleiding als medisch-technisch EHBO-er had gevolgd. Alhoewel de man na zijn EMT-opleiding een reeks huishoudelijke baantjes had gehad, waaronder een korte tijd in het Miami General Hospital, vond hij het eigenaardig dat een kerel met zo'n opleiding schoonmaakwerk deed. Harris bekeek de foto. De man had bruin haar. Harris deponeerde Widdicombs dossier boven op dat van Wanamaker.

Enkele dossiers later stuitte Harris opnieuw op een dossier dat zijn nieuwsgierigheid wekte. Ralph Seaver werkte voor de onderhoudsafdeling. Deze man had gezeten voor verkrachting in Indiana. Het stond duidelijk in het dossier! Er stond zelfs een telefoonnummer van Seavers vroegere reclasseringsambtenaar in Indiana. Harris schudde zijn hoofd. Hij had niet verwacht zoveel vruchtbaar materiaal te vinden. De dossiers van de medische staf waren hierbij vergeleken saai geweest. Afgezien van een paar op zichzelf staande gevallen van mishandeling en een aanklacht wegens kindermishandeling had hij niets gevonden. Maar van deze groep had hij pas een kwart van de dossiers doorgenomen en er al drie gevonden die naar zijn mening een nader onderzoek verdienden.

In plaats van koffie te gaan drinken tijdens haar middagpauze, ging Janet naar de tweede verdieping, naar de afdeling intensive-care. Ze had veel respect voor de verpleegsters die daar werkten. Ze had nooit begrepen hoe ze de onafgebroken spanning aankonden. Janet had een tijdje gewerkt op de intensive-care nadat ze was afgestudeerd. Ze vond het werk intellectueel stimulerend, maar na een paar weken kwam ze tot de slotsom dat het niets voor haar was. Er was te veel spanning en te weinig contact met patiënten. De meeste patiënten waren niet in staat om op enige manier contact te leggen; velen van hen waren bewusteloos.

Janet liep naar Gloria's bed en keek op haar neer. Ze was nog altijd in coma en ze was niet vooruitgegaan, hoewel ze nog steeds ademde zonder de hulp van een apparaat. Haar verwijde pupillen waren niet samengetrokken en reageerden ook niet op licht. Wat het meest verontrustend was, was dat een EEG bijzonder weinig hersenactiviteit vertoonde.

Een bezoekster streelde zacht Gloria's voorhoofd. Ze was ongeveer dertig jaar oud en haar huidskleur en gelaatstrekken leken veel op die van Gloria. Toen Janet opkeek, ontmoetten hun ogen elkaar.

'Bent u een van Gloria's verpleegsters?' vroeg de bezoekster.

Janet knikte. Ze kon zien dat de vrouw had gehuild.

'Ik ben Marie,' zei ze. 'Gloria's oudere zus.'

'Het spijt me heel erg dat dit is gebeurd,' zei Janet.

'Tja,' zei Marie met een zucht, 'misschien is het wel het beste.

Op deze manier hoeft ze niet te lijden.'

Janet stemde hiermee in omwille van Marie, hoewel ze er in haar hart anders over dacht. Gloria had nog een kans gehad de borstkanker te overwinnen, vooral met haar positieve, optimistische instelling. Janet had mensen met een verder gevorderde ziekte zien opknappen.

Terwijl Janet haar eigen tranen met moeite bedwong, keerde ze terug naar de vierde verdieping. Opnieuw stortte ze zich op haar werk. Het was de gemakkelijkste manier om gedachten te mijden die haar alleen maar de oneerlijkheid van alles zouden doen vervloeken. Helaas was de kunstgreep slechts gedeeltelijk succesvol en bleef ze Gloria's gezicht zien terwijl ze Janet bedankte voor het aanleggen van haar infuus. Maar toen had ze de kunstgreep ineens niet langer nodig. Een nieuw drama, even erg als dat van Gloria, kwam tussenbeide en overweldigde Janet.

Iets over tweeën gaf Janet aan een patiënt, wiens kamer aan het einde van de gang lag, een intramusculaire injectie. Op de terugweg naar de verpleegsterspost besloot ze even langs te gaan bij Helen Cabot.

Helen had eerder op de ochtend, ongeveer een uur nadat Janet het gecodeerde medicament aan haar infuus had toegevoegd en het druppeltempo had bijgesteld, over hoofdpijn geklaagd. Omdat Janet zich zorgen maakte over haar toestand, had ze dr. Mason gebeld en hem van deze ontwikkeling op de hoogte gebracht. Hij had aanbevolen de hoofdpijn minimaal te behandelen en haar gevraagd hem terug te bellen als het erger werd.

Hoewel de hoofdpijn na de toediening van een orale pijnstiller niet was verdwenen, was hij niet erger geworden. Toch had Janet in het begin telkens naar Helen gekeken, vervolgens ongeveer ieder uur, en dat zo de hele dag door. Omdat de hoofdpijn niet erger werd en al haar functies en haar bewustzijnsniveau normaal bleven, was Janets bezorgdheid verminderd.

Maar nu, om bijna kwart over twee, ontdekte Janet bij binnenkomst gealarmeerd dat Helens hoofd opzij was gegleden en niet meer op het kussen lag. Toen ze dichter bij het bed kwam, merkte ze iets op dat nog verontrustender was: de ademhaling van de vrouw was onregelmatig. Die nam toe en af in een patroon dat een ernstige neurologische dysfunctie deed vermoeden. Janet belde de verpleegsterspost en zei Tim dat ze onmiddellijk Marjorie moest spreken.

'Helen Cabot heeft ademhalingsproblemen,' zei Janet toen Marjorie aan de lijn kwam.

'O nee!' riep Marjorie uit. 'Ik zal de neuroloog en dokter Mason bellen.'

Janet haalde het kussen weg en legde Helens hoofd recht. Toen nam ze een klein zaklampje, dat ze altijd bij zich had, en scheen ermee in Helens beide pupillen. Ze waren niet gelijk. De ene was verwijd en reageerde niet op het licht. Janet huiverde. Hierover had ze wel eens gelezen. Ze vermoedde dat de druk in Helens hoofd zodanig was toegenomen dat een deel van de hersenen vanuit de bovenste afdeling in de laagste uitstulpte, een levensgevaarlijke ontwikkeling.

Janet stak haar hand uit en vertraagde Helens infuus, zodat het nog maar heel langzaam druppelde. Op het moment was dat het enige dat ze kon doen.

Weldra kwamen er anderen binnen. Eerst Marjorie en andere verpleegsters. Toen stormden de neuroloog, dr. Burt Atherton, en een anesthesist, dr. Carl Seibert, binnen. De artsen gaven blaffend bevelen terwijl ze probeerden de druk in Helens hoofd te verlagen. Toen arriveerde dr. Mason, buiten adem van het hollen vanaf het onderzoeksgebouw.

Helaas had geen van de noodmaatregelen succes, en Helens toestand ging verder achteruit. Er werd besloten dat er een spoed-hersenoperatie nodig was. Tot Janets ontsteltenis werden er regelingen getroffen om Helen naar het Miami General Hospital over te brengen.

'Waarom wordt ze overgebracht?' vroeg Janet aan Marjorie toen ze een momentje had.

'Wij zijn een specialistisch ziekenhuis,' legde Marjorie uit. 'We hebben geen neurochirurgische dienst.'

Janet was geschokt. Het soort operatie dat Helen nodig had, vereiste spoed. Er was geen volledige neurochirurgische dienst voor nodig, alleen maar een operatiezaal en iemand die wist hoe hij een gat in de schedel moest maken. Vanwege de biopsies die ze hadden gedaan, lag het voor de hand dat die expertise in het Forbes aanwezig was.

Gejaagd werd Helen gereedgemaakt voor vertrek. Ze werd van haar bed naar een brancard overgebracht. Janet hielp bij de overplaatsing en hield Helens voeten vast; toen rende ze naast de brancard mee en hield de infuusfles vast terwijl de brancard haastig naar de lift werd gereden.

In de lift nam Helens toestand een ongunstige wending. Haar ademhaling, die onregelmatig was geweest toen Janet haar kamer was binnengekomen, hield nu helemaal op. Helens bleke gezicht begon snel blauw te worden.

Voor de tweede maal die dag begon Janet mond-op-mond-beademing toe te passen terwijl de anesthesist gilde dat iemand een endotracheale slang en een Ambuzak moest halen zodra ze op de eerste verdieping waren.

Toen de lift stilhield en de deuren opengingen, stormde een van de verpleegsters van de vierde verdieping naar buiten. Een andere hield de deuren open. Janet zette haar pogingen voort tot dr. Seibert haar opzij duwde en behendig een endotracheale slang inbracht. Nadat hij de Ambuzak had aangesloten, begon hij Helens longen tot bijna de gehele capaciteit met lucht te vullen. De blauwe teint van Helens gezicht veranderde in doorschijnend albast.

'Goed, laten we gaan,' schreeuwde dr. Seibert.

De dicht opeenstaande groep bracht Helen in allerijl naar de parkeerplaats van de ambulance, klapte de brancard in en schoof hem in het wachtende voertuig. Dr. Seibert stapte in en zorgde voor Helens ademhaling. De deuren werden dichtgeklapt en vergrendeld.

Met zwaailicht en loeiende sirene verliet de ambulance brullend de parkeerplaats en verdween om de hoek van het gebouw.

Janet draaide zich om naar Marjorie, die naast dr. Mason stond. Ze had troostend haar hand op zijn schouder gelegd.

'Ik kan het niet geloven,' zei dr. Mason met haperende stem. 'Ik neem aan dat ik me had moeten voorbereiden. Maar we hebben zoveel geluk gehad met onze medulloblastoma-behandelingen. Bij ieder succes dacht ik dat we deze drama's wellicht konden vermijden.'

'Het is de schuld van die lui in Boston,' zei mevrouw Richmond. Ze was ter plekke verschenen net voordat de ambulance was vertrokken. 'Ze wilden niet naar ons luisteren. Ze hebben haar te lang gehouden.'

'We hadden haar op Intensive-care moeten leggen,' zei dr. Mason. 'Maar ze was zo stabiel.'

'Misschien redden ze haar in het Miami General,' zei Marjorie, in een poging optimistisch te zijn.

'Dat zou een wonder zijn,' zei dr. Atherton. 'Het was tamelijk duidelijk dat haar uncus uitpuilde tot onder de calyx en haar medulla oblongata samendrukte.'

Janet bedwong de neiging de man te zeggen zijn gedachten voor zich te houden. Ze haatte de manier waarop sommige artsen zich achter hun jargon verstopten.

Ineens, alsof ze ongezien een teken hadden gekregen, draaide de hele groep zich om en verdween door de zwaaideuren van het ambulance-laadperron. Janet bleef buiten achter. Ze was blij dat ze alleen was. Het was ineens zo vredig op het gazon. Er stond een enorme banianeboom op het terrein. Achter de baniaan stond een bloeiende boom die Janet nooit eerder had gezien. Een warme, vochtige, tropische bries streelde haar gezicht. Maar het aangename tafereel werd nog altijd bedorven door de loeiende sirene van de verdwijnende ambulance. In Janets oren klonk het als de doodsklok voor Helen Cabot.

Tom Widdicomb dwaalde van de ene kamer naar de andere in zijn moeders bungalow, afwisselend huilend en vloekend. Hij was zo ongerust, dat hij niet stil kon blijven zitten. De ene minuut had hij het warm, de volgende ijskoud. Hij voelde zich ziek.

Hij had zich zo ziek gevoeld, dat hij naar zijn chef was gegaan en zich ziek had gemeld. De chef had hem naar huis gestuurd en gezegd dat hij bleek zag. Hij had zelfs opgemerkt dat Tom trilde. 'Je hebt het hele weekeinde,' had de chef gezegd. 'Ga naar bed en slaap het weg. Het is vermoedelijk een griepaanval.'

Zodoende was Tom naar huis gegaan, maar hij had niet kunnen rusten. Het probleem was Janet Reardon. Hij had bijna een hartaanval gekregen toen ze enkele minuten nadat hij Gloria in slaap had gebracht op Gloria's deur had geklopt. Volkomen in paniek was hij de badkamer binnen gevlucht, ervan overtuigd dat hij in een hoek was gedreven. Hij was wanhopig genoeg geweest om zijn pistool tevoorschijn te halen.

Maar toen verschafte het kabaal in de kamer hem de afleiding die hij nodig had om te ontsnappen. Toen hij uit de badkamer was gekomen, had niemand hem zelfs maar opgemerkt. Hij had met zijn emmer de gang in kunnen glippen.

Het probleem was dat Gloria nog leefde. Janet Reardon had haar gered en Gloria leed nog altijd, hoewel ze nu buiten bereik was. Ze lag op de intensive-care, waar hij niet mocht komen.

Om die reden wilde Alice nog altijd niet met hem praten. Tom was doorgegaan met smeken, maar zonder succes. Alice wist dat Tom niet bij Gloria kon komen tot ze van de intensive-care zou worden overgebracht naar een privé-kamer.

Dus bleef Janet Reardon over. Voor Tom leek ze een duivel die was gezonden om het leven dat hij en zijn moeder leidden, te verwoesten. Hij wist dat hij zich van haar moest ontdoen. Maar nu wist hij niet waar ze woonde. Haar naam was verwijderd uit het dossier met de namen van de flatbewoners, dat op de administratie lag. Ze was verhuisd.

Tom keek op zijn horloge. Hij wist dat haar dienst tegelijk met de zijne eindigde: om drie uur 's middags. Maar hij wist ook dat verpleegsters langer bleven vanwege de rapportage. Hij zou op de parkeerplaats moeten wachten tot ze naar buiten kwam. Dan zou hij haar naar haar huis kunnen volgen en haar kunnen neerschieten. Hij was er redelijk zeker van dat Alice dit pruilende stilzwijgen zou verbreken en weer met hem zou praten, als het hem gelukt was de verpleegster neer te schieten.

'Helen Cabot is overleden!' herhaalde Janet door haar plotseling opgekomen tranen heen. Als beroepsverpleegkundige was het niets voor haar om te huilen om de dood van een patiënt, maar ze was extra gevoelig aangezien er twee drama's op een dag hadden plaatsgevonden. Bovendien frustreerde Seans reactie haar. Hij was meer geïnteresseerd in de vraag waar Helens lijk was dan in het feit dat de vrouw dood was.

'Ik weet dat ze is overleden,' zei Sean sussend. 'Ik wil niet harteloos overkomen. Mijn reactie is deels bedoeld om de pijn die ik voel te verzachten. Ze was een geweldige vrouw. Het is zo jammer. En dan te bedenken dat haar vader een van de grootste computer-softwarebedrijven ter wereld runt.'

'Wat heeft dat ermee te maken?' snauwde Janet. Ze veegde met de knokkel van haar wijsvinger onder haar ogen.

'Niet veel,' gaf Sean toe. 'Ik bedoel maar dat de dood zo'n grote nivelleerder is. Al het geld ter wereld maakt geen verschil.'

'Je bent dus ook nog een filosoof,' zei Janet wrang.

'Alle Ieren zijn filosofen,' zei Sean. 'Zo kunnen we de drama's in onze levens aan.'

Ze zaten in de kantine waar Sean met haar had afgesproken toen Janet hem belde. Ze had hem gebeld na de rapportage, voordat ze naar de flat vertrok. Ze had gezegd dat ze moest praten. Ze had hem over Helen Cabot verteld.

'Ik wil je niet overstuur maken,' zei Sean. 'Maar ik ben echt geïnteresseerd in de locatie van Helens lijk. Is het hier?'

Janet keek naar het plafond. 'Nee, het is niet hier,' zei ze. 'Ik weet niet waar het is. Maar ik neem aan in het Miami General.'

'Waarom zou het daar zijn?' vroeg Sean. Hij leunde over de tafel. Janet legde het hele voorval uit en gaf blijk van haar verontwaardiging dat ze in het Forbes geen spoedcraniotomie konden doen.

'Ze was op het randje,' zei Janet. 'Ze hadden haar nooit moeten vervoeren. Ze heeft de operatiezaal niet eens gehaald. We hoorden dat ze is overleden op de Eerste Hulp van het Miami General.'

'Wat zou je ervan zeggen als jij en ik ernaartoe reden?' stelde Sean voor. 'Ik zou haar graag zien.'

Janet rolde opnieuw met haar ogen en dacht dat Sean een misselijke grap maakte.

'Ik meen het,' zei Sean. 'Er bestaat een kans dat ze een autopsie zullen doen. Ik zou graag een tumormonster hebben. Trouwens, ik zou ook graag wat bloed en zelfs wat cerebro-spinaal vocht hebben.'

Janet rilde van afkeer.

'Vooruit,' zei Sean. 'Denk erom dat we hier samen in zitten. Ik vind het echt vreselijk dat ze dood is – dat weet je toch. Maar nu ze dood is, behoren we ons op de wetenschap te concentreren. Als jij je verpleegstersuniform aan hebt en ik mijn witte jas, zullen we overal vrij kunnen rondlopen. Laten we eigenlijk maar een paar van onze eigen spuiten meenemen voor het geval.'

'Voor welk geval?' vroeg Janet.

'Voor het geval we ze nodig hebben,' zei Sean. Hij knipoogde samenzweerderig. 'Het is het beste om voorbereid te zijn,' voegde hij eraan toe.

Of het nu kwam omdat Sean zo'n goede verkoper was, of omdat zij zo gespannen was, in ieder geval was ze niet bij machte verzet te bieden. Vijftien minuten later stapte ze voor in Seans jeep om naar een ziekenhuis te rijden dat ze nooit eerder had bezocht, in de hoop het hersenweefsel van een van haar patiënten te bemachtigen, die zojuist was overleden.

'Dat is 'm.' Sterling wees Wayne Edwards door de voorruit van de auto Sean Murphy aan. Wayne was een enorme Afro-Amerikaan van wiens diensten Sterling gebruikmaakte als hij zaken deed in Zuid-Florida. Wayne was een ex-sergeant, ex-politieman en ex-kleine zakenman die in het veiligheidswezen was gegaan. Hij had net zoveel beroepen gehad als Sterling en net als Sterling benutte hij zijn gevarieerde ervaring nu voor een soortgelijke carrière. Wayne was privé-detective, en hoewel hij gespecialiseerd was in huiselijke ruzies, was hij ook op andere terreinen getalenteerd en doeltreffend. Sterling had hem een paar jaar tevoren ontmoet toen ze beiden een machtige zakenman uit Miami vertegenwoordigden.

'Het lijkt me een taaie knaap,' zei Wayne. Hij ging prat op ogenblikkelijke taxaties.

'Ik geloof dat hij dat is,' zei Sterling. 'Hij was tophockeyer op Harvard en had prof kunnen worden als hij dat gewild had.'

'Wie is die griet?' vroeg Wayne.

'Klaarblijkelijk een van de verpleegsters,' zei Sterling. 'Ik weet niets af van zijn affaires met vrouwen.'

'Ze is een mooie meid,' zei Wayne. 'Hoe zit het met Tanaka Yamaguchi? Heb je hem pas nog gezien?'

'Nee,' zei Sterling. 'Maar ik denk dat dat wel gaat gebeuren. Mijn contact bij de FAA vertelde me dat de Sushita-jet juist opnieuw een vluchtplan naar Miama heeft ingediend.'

'Dat klinkt naar actie,' zei Wayne.

'Op een bepaalde manier hoop ik dat,' zei Sterling. 'Het zal ons de gelegenheid geven dit probleem op te lossen.'

Wayne startte zijn donkergroene Mercedes 420SEL. De raampjes waren donker getint. Van buitenaf was het moeilijk naar binnen te kijken, vooral in fel zonlicht. Hij reed weg van de stoeprand en begaf zich naar de uitgang. Omdat er een half uur eerder een dienstwisseling in het ziekenhuis had plaatsgevonden, was er nog behoorlijk wat verkeer dat de parkeerplaats verliet. Wayne liet verscheidene auto's tussen de zijne en die van Sean komen.

Eenmaal op Twelfth zetten ze koers naar het noorden over de rivier de Miami.

'Ik heb sandwiches en drankjes in de koeltas op de achterbank,' zei Wayne, en hij gebaarde over zijn schouder.

'Een goed idee,' zei Sterling. Dat was een van de dingen die hem bevielen aan Wayne. Hij dacht vooruit.

'Wel wel,' zei Wayne. 'Een kort ritje. Ze slaan al af.'

'Is dit een ander ziekenhuis?' vroeg Sterling. Hij leunde voorover om het gebouw te bekijken waar Sean op af reed.

'Het stikt hier van de ziekenhuizen, man,' zei Wayne. 'Je kunt geen anderhalve kilometer rijden zonder er een tegen te komen. Maar ze rijden naar het moederziekenhuis. Dat is het Miami General.'

'Dat is eigenaardig,' zei Sterling. 'Misschien werkt de verpleegster er.'

'Oho,' zei Wayne. 'Ik geloof dat we gezelschap hebben.'

'Wat bedoel je?' vroeg Sterling.

'Zie je die groene Caddy achter ons?' vroeg Wayne.

'Het is moeilijk hem over het hoofd te zien,' zei Sterling.

'Ik heb hem in de gaten gehouden sinds we de Miami zijn overgestoken,' zei Wayne. 'Ik heb duidelijk de indruk dat hij onze Murphy volgt. Ik zou het niet hebben gemerkt als ik in mijn jeugd niet dezelfde auto had gehad. Die van mij was bourgondisch rood. Prima auto, maar een ramp om te parkeren.'

Sterling en Wayne keken hoe Sean en zijn metgezellin het ziekenhuis binnengingen via de Eerste Hulp-ingang. Niet ver achter hen liep de man die in de groene Cadillac was gearriveerd.

'Ik geloof dat mijn eerste indruk juist was,' zei Wayne. 'Het lijkt me dat die knaap hen fanatieker achtervolgt dan wij.'

'Dit bevalt me niet,' zei Sterling. Hij opende het portier, stapte uit en keek achterom naar de enorme Cadillac. Toen boog hij zich voorover om met Wayne te praten. 'Dit is niet Tanaka's stijl, maar ik kan het niet riskeren. Ik ga naar binnen. Als Murphy naar buiten komt, volg hem dan. Als de man in de Cadillac het eerst naar buiten komt, volg dan hèm. Ik houd contact via de telefoon.'

Sterling pakte zijn draagbare telefoon en haastte zich achter Tom Widdicomb aan, die het bordes naast het ambulancelaadperron beklom dat zich buiten de Eerste Hulp van het Miami General Hospital bevond.

Door de aanwijzingen van een geagiteerde inwonend arts op de Eerste Hulp-post kostte het Sean en Janet weinig moeite om de pathologieafdeling te vinden. Eenmaal daar, zocht Sean een andere arts uit. Hij vertelde Janet dat je via de inwonende artsen en de verpleegsters alles te weten kon komen wat je wilde over een ziekenhuis.

'Ik verricht deze maand geen autopsies,' zei de arts, die probeerde weg te lopen.

Sean versperde hem de weg. 'Hoe kom ik erachter wat er met een bepaalde patiënt gebeurd?' vroeg hij.

'Heb je het dossiernummer?' vroeg de arts.

'Alleen maar de naam,' zei Sean. 'Ze overleed op de Eerste Hulp.'

'Dan zullen we vermoedelijk geen autopsie verrichten,' zei de arts. 'Eerste Hulp-doden worden gewoonlijk toegewezen aan de lijkschouwer.'

'Hoe kom ik dat zeker te weten?' drong Sean aan.

'Hoe is de naam?'

'Helen Cabot,' zei Sean.

De arts was zo goed naar een wandtelefoon te gaan die in de buurt hing en te bellen. Het kostte hem minder dan twee minuten om hun te verzekeren dat Helen Cabot niet op het rooster stond.

'Waar gaan de lijken naartoe?' informeerde Sean.

'Naar het mortuarium,' zei de arts. 'Dat is in het souterrain. Neem de hoofdlift naar S1 en volg de rode borden met de grote letter M erop.'

Toen de arts weg was keek Sean naar Janet. 'Doe je mee?' vroeg hij. 'Als we haar vinden zullen we zekerheid krijgen over haar toestand. Misschien kunnen we zelfs wat lichaamsvocht van haar bemachtigen.'

'Nu ik hier toch ben,' zei Janet vol berusting.

Tom Widdicomb voelde zich kalmer dan hij zich de hele dag had gevoeld. Aanvankelijk was hij verslagen geweest toen Janet was komen opdagen met een jonge vent in een witte jas, maar alles had zich ten goede gekeerd toen de twee regelrecht naar het Miami General reden. Tom kende het ziekenhuis van haver tot gort. Hij wist ook dat het Miami General op dat tijdstip vol met mensen zou zijn omdat het officiële bezoekuur net was begonnen. En mensenmassa's betekenden chaos. Misschien zou hij hier de kans krijgen Janet te pakken te nemen en zou hij haar niet eens naar haar huis hoeven te volgen. Als hij die kerel met de witte jas moest neerschieten, was dat jammer!

Het was niet gemakkelijk geweest het stel in het ziekenhuis te volgen, vooral niet toen ze naar Pathologie gingen. Tom had gedacht dat hij ze kwijt was geraakt en stond op het punt terug te gaan naar de parkeerplaats om de jeep in de gaten te houden, toen ze plotseling weer kwamen opdagen. Janet kwam zo dichtbij dat hij ervan overtuigd was dat ze hem zou herkennen. Hij was in paniek geraakt, maar had zich gelukkig niet verroerd. Uit angst dat Janet zou gaan gillen zoals ze dat in de Forbes-flat had gedaan, had hij het pistool in zijn zak vastgegrepen. Als ze had gegild zou hij haar ter plekke hebben moeten neerschieten.

Maar Janet wendde zonder enige reactie haar blik af. Klaarblijkelijk had ze hem niet herkend. Tom voelde zich zekerder worden en volgde het stel van dichterbij. Hij nam zelfs dezelfde lift omlaag als zij, iets wat hij niet had durven doen toen ze omhoog naar pathologie waren gegaan.

Janets vriend drukte op de knop voor S1, en Tom raakte in extase. Van alle locaties in het Miami General hield Tom het meest van het souterrain. Toen hij in dit ziekenhuis werkte, was hij er vele malen heen geslopen om het mortuarium te bezoeken of de krant te lezen. Hij kende de labyrintische tunnels op zijn duimpje.

Toms ongerustheid dat Janet hem zou herkennen kwam terug toen iedereen, behalve een arts en een geüniformeerde onderhoudsman, op de eerste verdieping uitstapte. Maar zelfs nu herkende Janet hem niet.

Zodra de lift het souterrain bereikte, sloegen de dokter en de onderhoudsman rechtsaf en liepen snel weg. Janet en Sean bleven even staan en keken in beide richtingen. Toen sloegen ze linksaf. Tom wachtte achter in de lift tot de deuren zich sloten. Toen duwde hij ze open, stapte naar buiten en volgde het stel op een afstand van ongeveer vijftien meter. Hij liet zijn hand in zijn zak glijden en greep het pistool. Hij hield zijn vinger tussen de trekker en de haan.

Hoe verder het stel van de liften vandaan liep, hoe beter het Tom beviel. Dit was een perfecte locatie voor wat hij moest doen. Hij kon niet geloven dat hij zo bofte. Ze betraden een gedeelte van het souterrain dat door weinig mensen werd bezocht. De enige geluiden waren hun voetstappen en het lichte sissen van stoompijpen.

'Deze plek doet me aan de Hades denken,' zei Sean. 'Ik vraag me af of we verdwaald zijn.'

'Er zijn sinds het laatste M-teken geen afslagen meer geweest,' zei Janet. 'Ik denk dat we goed gaan.'

'Waarom zetten ze mortuariums altijd op zulke geïsoleerde plaatsen?' zei Sean. 'Zelfs de verlichting wordt hier slechter.'

'Het is vermoedelijk vlak bij een laadplaats,' zei Janet. Toen wees ze voor zich uit. 'Daar is weer een bord. We zitten goed.'

'Ik denk dat ze hun fouten zoveel mogelijk uit het zicht willen houden,' schertste Sean. 'Het zou geen goede reclame zijn om het mortuarium vlak bij de hoofdingang te hebben.'

'Ik ben vergeten te vragen hoe het is gegaan met het medicament dat ik voor je heb bemachtigd.'

'Ik ben nog niet ver gekomen,' bekende Sean. 'Ik ben begonnen met een gel elektroforese.'

'Dat zegt me nogal veel,' zei Janet sarcastisch.

'Het is heel simpel,' zei Sean. 'Ik vermoed dat het medicament bestaat uit proteïnen omdat ze de een of andere soort immunotherapie moeten toepassen. Omdat proteïnen allemaal elektrische ladingen hebben, bewegen ze zich in een elektrisch veld. Als je ze in een specifieke gel stopt die ze een identieke elektrische lading geeft, bewegen ze zich alleen nog maar in relatie met hun afmeting. Ik wil erachter komen met hoeveel proteïnen ik te maken heb en wat ongeveer hun moleculaire gewicht is. Het is een eerste stap.'

'Zorg ervoor dat je genoeg ontdekt om de moeite die ik heb gedaan om ze te bemachtigen te rechtvaardigen,' zei Janet.

'Hopelijk denk je niet dat je met dit ene monster van me af bent,' zei Sean. 'Ik wil dat je de volgende keer wat van het medicament van Louis Martin bemachtigt.'

'Ik denk niet dat ik het nog eens kan doen,' zei Janet. 'Ik kan geen ampullen meer breken. Als ik dat doe zullen ze achterdochtig worden.'

'Bedenk een andere methode,' opperde Sean. 'Ik heb niet zoveel nodig.'

'Ik dacht dat je meer dan genoeg zou hebben toen ik je de hele ampul gaf,' zei Janet.

'Ik wil de medicatie van verschillende patiënten vergelijken,' zei Sean. 'Ik wil erachter komen op welke manier ze verschillen.'

'Ik weet niet zeker of ze verschillen,' zei Janet. 'Toen ik naar het kantoor van mevrouw Richmond ging om andere ampullen te halen, pakte ze die uit een grote voorraad. Ik kreeg het idee dat ze allemaal met dezelfde twee middelen worden behandeld.'

'Dat kan ik niet geloven,' zei Sean. 'Iedere tumor is antigeen verschillend , zelfs dezelfde soort tumor. Havercelkanker van de ene persoon zal antigeen verschillen van hetzelfde type kanker van de andere. In feite is er zelfs een antigeen verschil tussen een nieuwe tumor en een oude tumor, ook in dezelfde persoon. En antigeen onderscheiden tumoren vereisen verschillende antistoffen.'

'Misschien gebruiken ze hetzelfde middel tot ze de tumorbiopsie gedaan hebben,' opperde Janet.

Sean keek haar met hernieuwd respect aan. 'Dat is een idee,' zei hij.

Ten slotte sloegen ze een hoek om en bevonden ze zich voor een grote geïsoleerde deur. Een metalen bord op borsthoogte luidde: *Mortuarium. Verboden toegang voor onbevoegden.* Naast de deur waren verscheidene lichtschakelaars.

'Ojee,' zei Sean. 'Ik vermoed dat ze ons verwachtten. Dit is een tamelijk indrukwekkend grendelslot. En ik heb mijn gereedschap niet bij me.'

Janet stak haar hand uit en rukte aan de deur. Die ging open.

'Ik neem mijn woorden terug,' zei Sean. 'Ik denk dat ze ons vandaag niet verwachtten.'

Er kwam een koele bries uit de zaal die om hun benen wervelde. Sean draaide de lichten aan. Gedurende een fractie van een seconde gebeurde er niets. Toen gingen de felle t.l.-lampen knipperend aan.

'Na u,' zei Sean galant.

'Dit was jouw idee,' zei Janet. 'Jij eerst.'

Sean ging naar binnen en Janet volgde hem op de voet. Verscheidene brede, betonnen steunberen benamen het zicht op de gehele ruimte, maar het was duidelijk een groot vertrek. Oude brancards stonden her en der verspreid. Op elk ervan lag een bedekt lijk. Volgens een meter op de deur bedroeg de temperatuur 9°C. Janet huiverde. 'Het bevalt me hier niet.'

'Deze ruimte is enorm,' zei Sean. 'Of de architecten hadden een lage dunk van de competentie van de medische staf, of ze hielden rekening met een nationale ramp.'

'Laten we opschieten,' zei Janet met haar armen om zich heen geslagen. De koude lucht was vochtig en doordringend. Het rook als een schimmelig, vochtig souterrain dat jarenlang niet was gelucht.

Sean rukte een laken weg. 'O, hallo,' zei hij. Het bebloede gezicht van een gedeeltelijk verpletterde bouwvakker staarde hem aan. Hij droeg zijn werkkleding nog. Sean bedekte de man en liep naar de volgende brancard.

Ondanks haar weerzin deed Janet hetzelfde, terwijl ze de tegenovergestelde richting uit liep.

'Jammer dat ze niet op alfabetische volgorde liggen,' zei Sean. 'Er liggen hier vast wel vijftig lijken.'

'Sean!' riep Janet omdat ze een eind bij elkaar vandaan waren. 'Ik vind je humor smakeloos.'

Ze werkten ieder aan een andere kant van een betonnen steunbeer.

'Vooruit, Helen,' riep Sean op een kinderlijk zangerige manier. 'Kom tevoorschijn, kom tevoorschijn, waar je ook bent.'

'Dat is wel erg grof,' zei Janet.

Tom Widdicomb was vervuld van opgewonden verwachting. Zelfs zijn moeder had besloten haar langdurig zwijgen te verbreken om hem te vertellen hoe slim het van hem was geweest om Janet en haar vriend in het Miami General te volgen. Tom was goed bekend met het mortuarium. Voor wat hij van plan was te doen, had hij geen betere plek kunnen vinden.

Terwijl Tom de geïsoleerde deur naderde, haalde hij zijn pistool uit zijn zak. Met het pistool in zijn rechterhand trok hij de dikke deur open en keek naar binnen. Toen hij Janet noch haar vriend zag, stapte hij het mortuarium in en deed de deur zachtjes dicht. Hij kon het stel niet zien, maar wel horen. Hij hoorde Janet duidelijk tegen de man in de witte jas zeggen dat hij zijn mond moest houden.

Tom greep de koperen knop van het zware slot op de deur beet en draaide hem langzaam om. Geruisloos gleed de grendel dicht. Toen Tom in het Miami General werkte, was het slot nooit gebruikt. Hij betwijfelde of er een sleutel bestond. Als hij de deur afsloot, wist hij zeker dat hij niet zou worden gestoord.

'Je bent een slimme vent,' fluisterde Alice.

'Bedankt, mam,' fluisterde Tom terug.

Met het pistool in beide handen, zoals hij dat op de t.v. had gezien, bewoog Tom zich voorwaarts in de richting van de dichtstbijzijnde betonnen steunbeer. Hij maakte uit de stemmen van Janet en haar vriend op dat ze precies aan de andere kant ervan waren.

'Sommigen liggen hier al een hele poos,' zei Sean. 'Het lijkt wel alsof ze vergeten zijn.'

'Ik dacht net hetzelfde,' zei Janet. 'Ik denk niet dat Helen Cabots lijk hier ligt. Het zou vlak bij de deur hebben moeten liggen. Per slot van rekening is ze pas een paar uur geleden gestorven.'

Sean wilde dit juist beamen toen de lichten uitgingen. Omdat er geen ramen waren en de deur bedekt was met isolerende tochtstrips, was het niet zomaar donker, maar pikdonker, alsof ze in een zwart gat waren gevallen.

Op hetzelfde ogenblik dat de lichten uitgingen, klonk er een oorverdovende gil, gevolgd door hysterisch gesnik. Aanvankelijk meende Sean dat het Janet was, maar omdat hij wist waar ze zich bevond voordat de duisternis hem omhulde, kon hij horen dat het gehuil afkomstig was van achter de muur vlak bij de deur naar de gang.

Maar als het Janet niet was, dacht Sean, wie was het dan?

De doodsangst was aanstekelijk. Het plotselinge duister zou Sean normaal gesproken niet van slag hebben gebracht, maar gecombineerd met het doodsbange gejammer, bracht het hem op de rand van paniek. Alleen zijn bezorgdheid om Janet weerhield hem ervan zijn kalmte te verliezen.

'Ik haat het donker,' riep de stem plotseling huilend uit. 'Help me!'

Sean wist niet wat hij moest doen. Uit de richting van het gejammer klonk een hevig lawaai van brancards die tegen elkaar botsten en waarvan de lijken op de betonnen vloer vielen.

'Help me!' gilde de stem.

Sean dacht erover iets te roepen om te proberen de arme ziel te kalmeren, maar hij wist niet zeker of dat wel zo'n goed idee was. Niet in staat te beslissen, hield hij zich stil.

Na het geluid van nog meer brancards die tegen elkaar kletterden, klonk er een gedempte bons alsof iemand de geïsoleerde deur had geraakt. De bons werd gevolgd door een mechanisch klikgeluid.

Gedurende een ogenblik baande een kleine hoeveelheid licht zich een weg rondom de betonnen pilaar. Sean ving een glimp op van Janet, die haar handen tegen haar mond gedrukt hield. Ze bevond zich op slechts twee meter afstand van hem. Toen daalde de duisternis opnieuw als een zware deken neer.

'Janet?' riep Sean zacht. 'Alles in orde?'

'Ja,' antwoordde ze. 'Wat was dat in vredesnaam?'

'Kom hier naartoe,' zei Sean. 'Ik kom naar jou toe.'

'Goed,' zei Janet.

'Dit is belachelijk,' zei Sean, die wilde blijven praten terwijl ze zich tastend een weg naar elkaar toe baanden. 'Ik dacht dat het Forbes vreemd was, maar deze plek is nog erger. Herinner me eraan dat ik hier geen co-schap aanvraag.'

Ten slotte vonden hun tastende handen elkaar. Hand in hand zochten ze zich een weg tussen de brancards door in de richting van de deur. Seans voet stootte tegen een lijk op de vloer. Hij waarschuwde Janet dat ze eroverheen moest stappen.

'Ik zal hier de rest van mijn leven nachtmerries over hebben,' zei Janet.

'Dit is erger dan Stephen King,' zei Sean.

Sean botste tegen de muur. Terwijl hij zich zijwaarts bewoog, voelde hij de deur. Hij duwde hem open en ze wankelden allebei de verlaten gang op en knipperden tegen het licht.

Sean nam Janets gezicht in zijn handen. 'Het spijt me,' zei hij.

'Met jou is het leven nooit saai,' zei Janet. 'Maar het was jouw schuld niet. Bovendien hebben we het gehaald. Laten we maken dat we hier wegkomen.'

Sean kuste het puntje van haar neus. 'Ik denk er precies zo over.'

Hun lichte bezorgdheid dat ze de liften niet meer zouden kunnen vinden, bleek ongegrond. Binnen enkele minuten stapten ze in Seans jeep en startten ze de auto.

'Wat een opluchting,' zei Janet. 'Heb je enig idee wat er daarbinnen gebeurde?'

'Nee,' zei Sean. 'Het was zo vreemd. Het leek wel in scène gezet om ons een doodschrik te bezorgen. Misschien woont er een of andere trol in het souterrain die dat bij iedereen doet.'

Toen ze op het punt stonden het parkeerterrein te verlaten, trapte Sean zo abrupt op de rem dat Janet haar hand moest uitsteken om zich schrap te zetten tegen het dashboard.

'Wat doe je?' vroeg ze.

Sean wees. 'Kijk eens wat we daar hebben. Dat komt goed uit,' zei hij. 'Dat bakstenen gebouw is het kantoor van de lijkschouwer. Ik had er geen idee van dat het zo dichtbij was. Het moet het lot zijn dat ons vertelt dat Helens lijk daarginds is. Wat zeg jij ervan?'

'Ik ben niet weg van het idee,' bekende Janet. 'Maar nu we hier toch zijn...'

'Dat is de juiste instelling,' zei Sean.

Sean parkeerde op een bezoekersparkeerplaats. Ze gingen het moderne gebouw binnen en liepen naar een inlichtingenbalie. Een hartelijke zwarte vrouw vroeg of ze hen van dienst kon zijn. Sean vertelde haar dat hij medisch student was en Janet verpleegster. Hij vroeg of hij een van de lijkschouwers kon spreken.

'Welke?' vroeg de receptioniste.

'Wat zou u zeggen van de directeur?' stelde Sean voor.

'De baas is de stad uit,' zei de receptioniste. 'Wat zegt u van de adjunct?'

'Perfect,' zei Sean.

Nadat ze even hadden gewacht, klonk er een zoemer, en werden ze via een glazen binnendeur naar een hoekkantoor verwezen. De adjunct-directeur was dr. John Stasin. Hij was ongeveer even lang als Sean, maar tenger gebouwd. Hij leek oprecht blij dat Sean en Janet langskwamen.

'Doceren is een van onze hoofdfuncties,' zei hij trots. 'We moedigen de medische gemeenschap aan een actieve interesse in ons werk te tonen.'

'We zijn geïnteresseerd in een specifieke patiënt,' zei Sean. 'Haar naam is Helen Cabot. Ze is vanmiddag op de Eerste Hulp van het Miami General overleden.'

'De naam zegt me niets,' zei dr. Stasin. 'Een ogenblikje. Laat me even naar beneden bellen.' Hij pakte een telefoon, noemde Helens naam, knikte, zei een paar keer 'ja' en hing toen op. Het ging allemaal buitengewoon snel. Het was duidelijk dat dr. Stasin nergens gras over liet groeien.

'Ze is een paar uur geleden gearriveerd,' zei dr. Stasin. 'Maar we zullen haar niet onderzoeken.'

'Waarom niet?' vroeg Sean.

'Om twee redenen,' zei dr. Stasin. 'Ten eerste had ze gedocumenteerde hersenkanker, wat haar behandelend geneesheer bereid is op te geven als doodsoorzaak. Ten tweede is haar familie sterk gekant tegen een autopsie. In dergelijke omstandigheden lijkt het ons beter het niet te doen. In tegenstelling tot de algemene opinie, zijn we ontvankelijk voor de wensen van de familie tenzij er natuurlijk bewijs van kwade opzet is of een duidelijke aanwijzing dat het algemeen welzijn gebaat zou zijn bij een autopsie.'

'Bestaat er een kans dat ik weefselmonsters krijg?' vroeg Sean.

'Niet als wij de autopsie niet verrichten,' zei dr. Stasin. 'Als we dat deden, zouden de verwijderde weefsels tot je beschikking staan. Maar aangezien we de patiënt niet onderzoeken, berusten de eigendomsrechten bij de familie. Bovendien is het lijk al opgehaald door het Emerson Rouwcentrum. Het wordt morgen naar Boston vervoerd.'

Sean bedankte dr. Stasin voor zijn tijd.

'Niets te danken,' zei hij. 'We zijn hier iedere dag. Bel maar als we kunnen helpen.'

Sean en Janet keerden terug naar de auto. De zon ging onder; het spitsuur was in volle gang.

'Verbazend behulpzaam type,' zei Janet.

Sean haalde alleen maar zijn schouders op. Hij liet zijn voorhoofd tegen het stuur rusten.

'Dit is deprimerend,' zei hij. 'Niets lijkt te gaan zoals we het willen.'

'Als iemand melancholiek zou moeten zijn, ben ik het wel,' hield Janet hem voor, merkend hoe somber hij ineens was geworden.

'Het is een Ierse eigenschap om melancholiek te zijn,' zei Sean. 'Dus gun het me. Misschien proberen de moeilijkheden die we hebben me iets te vertellen, bijvoorbeeld dat ik terug moet gaan naar Boston om wat serieus werk te doen. Ik had hier nooit moeten komen.'

'Laten we iets gaan eten,' zei Janet. Ze wilde op een ander onderwerp overstappen. 'We zouden terug kunnen gaan naar dat Cubaanse restaurant op het strand.'

'Ik geloof niet dat ik honger heb,' zei Sean.

'Een beetje *arroz con pollo* zal je goed doen,' zei Janet. 'Geloof me.'

Tom Widdicomb had alle lichten in huis aangedaan, ondanks het feit dat het buiten nog niet eens donker was. Maar hij wist dat het weldra donker zou zijn en het idee joeg hem angst aan. Hij hield niet van het donker. Hoewel het voorval in het mortuarium van het Miami General uren geleden had plaatsgevonden, trilde hij nog steeds. Zijn moeder had ooit iets soortgelijks met hem gedaan toen hij een jaar of zes was. Hij was boos op haar geworden toen ze zei dat hij geen ijs meer kreeg, en hij had gedreigd de onderwijzer op school te vertellen dat ze samen sliepen, tenzij ze hem nog wat ijs gaf. Als reactie daarop had ze hem 's nachts in een kast opgesloten. Het was de meest afschuwelijke ervaring geweest die Tom had meegemaakt. Hij was sindsdien voor zowel het donker als voor kasten bang geweest.

Tom had er geen idee van hoe de lichten in het mortuarium waren uitgegaan. Het enige dat hij wist was dat hij, toen hij eindelijk de deur had gevonden en opengeduwd, praktisch in botsing was gekomen met een man, gekleed in een kostuum en das. Omdat Tom nog altijd het pistool in zijn hand had, was de man achteruitgedeinsd en had hij Tom de gelegenheid gegeven de benen te nemen. De man was hem achternagegaan, maar Tom was hem gemakkelijk kwijtgeraakt in het netwerk van tunnels, gangen en doorgangskamers dat hij zo goed kende. Tegen de tijd dat Tom via een geïsoleerde kelderdeur met een buitentrap die naar de parkeerplaats leidde, buitenkwam, was de man nergens meer te bekennen.

Nog steeds in paniek was Tom naar zijn auto gerend, had hem gestart en was naar de uitgang gereden. Omdat hij bang was dat degene die hem in het souterrain had achternagezeten op de een of andere manier sneller buiten zou zijn gekomen dan hij, had hij goed opgelet onder het rijden, en doordat het op dat tijdstip niet druk was op de parkeerplaats, had hij de groene Mercedes vrijwel meteen gezien.

Hij was de uitgang die hij had willen nemen voorbijgereden en was naar een andere gegaan die zelden gebruikt werd. Toen de groene Mercedes hetzelfde deed, was Tom ervan overtuigd dat hij werd gevolgd. Hij had zich tot het uiterste ingespannen de auto in de middagspits kwijt te raken. Dankzij een verkeerslicht en een paar auto's die tussen hen in waren gekomen, was Tom in staat geweest hard weg te rijden. Hij had een half uur doelloos rondgereden om er zeker van te zijn dat hij niet langer werd gevolgd. Toen pas keerde hij naar huis terug.

'Je had nooit het Miami General binnen moeten gaan,' zei Tom, zichzelf kastijdend ter wille van zijn moeder. 'Je had buiten moeten blijven wachten en haar naar haar huis moeten volgen.'

Tom had er nog altijd geen flauw idee van waar Janet woonde. 'Alice, praat met me!' schreeuwde hij. Maar Alice zei geen woord.

Het enige dat Tom kon bedenken was te wachten tot Janet zaterdag uit haar werk kwam. Dan zou hij haar volgen. Hij zou beter opletten. Dan zou hij haar neerschieten.

'Je zult het zien, mam,' zei Tom tegen de vrieskist. 'Je zult het zien.'

Janet had gelijk gehad, ook al was Sean niet van plan dat toe te geven. Vooral de kleine kopjes Cubaanse koffie hadden hem opgekikkerd. Hij had de mensen aan de aangrenzende tafel nagedaan en ze als slokken alcohol gedronken. De mondvol sterke, dikke, zoete vloeistof was als een dosis medicijnen in zijn maag terechtgekomen. De smaak was intens geweest en vrijwel onmiddellijk gevolgd door een lichte euforie.

Ook Janets positieve houding had Sean uit zijn neerslachtige stemming gehaald. Ondanks haar zware dag en de gebeurtenis in het Miami General was het haar gelukt optimistisch te blijven. Ze herinnerde Sean eraan dat ze het niet gek hadden gedaan na slechts twee dagen werk. Ze hadden de drieëndertig dossiers van de voormalige medulloblastoma-patiënten en ze waren erin geslaagd ampullen van het geheime geneesmiddel te bemachtigen. 'Ik vind dat een tamelijk goed resultaat,' zei Janet. 'In dit tempo zullen we het Forbes-succes in de behandeling van deze mensen zeker tot op de bodem kunnen uitzoeken. Vooruit, kop op! Het lukt ons wel!'

Janets geestdrift en de cafeïne werkten ten slotte samen om Sean te overreden.

'Laten we uitzoeken waar dat Emerson Rouwcentrum ligt,' zei hij.

'Waarom?' vroeg Janet, op haar hoede voor een dergelijk voorstel.

'We kunnen erlangs rijden,' zei Sean. 'Misschien werken ze over. Misschien verstrekken ze monsters.'

Het rouwcentrum bevond zich op North Miami Avenue vlak bij de stadsbegraafplaats en Biscayne Park. Het was een goed onderhouden Victoriaans gebouw van twee verdiepingen met dakkapellen. Het was wit geschilderd, had een grijs leistenen dak en was aan drie zijden omgeven door een brede veranda. Het leek een particulier huis te zijn geweest.

De belendende percelen waren opgetrokken uit beton. Er was een slijterij aan een kant en een winkel voor sanitair aan de andere. Sean parkeerde pal voor een laadzone.

'Ik geloof niet dat ze open zijn,' zei Janet en ze staarde naar het gebouw.

'Er brandt overal licht,' zei Sean. Alle lichten op de begane grond waren aan, behalve de verandalichten. De eerste verdieping was volslagen donker. 'Ik denk dat ik het erop waag.'

Sean stapte uit de auto, beklom de verandatrap en belde aan. Toen er niemand opendeed, keek hij door de ramen. Hij keek zelfs door enkele zijramen voordat hij naar de auto terugkeerde en instapte. Hij startte de motor.

'Waar gaan we nu naartoe?' vroeg Janet.

'Terug naar de ijzerwarenwinkel,' zei Sean. 'Ik heb nog wat gereedschap nodig.'

'Het bevalt me niet,' zei Janet.

'Ik kan je afzetten bij de flat,' stelde Sean voor.

Janet zweeg. Sean reed eerst naar de flat op Miami Beach. Hij stopte langs de stoeprand. Ze hadden onderweg geen woord gezegd.

'Wat ben je precies van plan?' vroeg Janet ten slotte.

'Mijn zoektocht naar Helen Cabot voortzetten,' zei Sean. 'Het zal niet lang duren.'

'Ben je van plan in dat rouwcentrum in te breken?' vroeg ze.

'Ik ga "binnenglippen",' zei Sean. 'Dat klinkt beter. Ik wil gewoon een paar monsters. Wat is daar nou erg aan? Ze is al dood.'

Janet aarzelde, hoewel het portier al open was en ze één voet buiten had. Hoe krankzinnig Seans plan ook was, ze voelde zich tot op zekere hoogte verantwoordelijk. Zoals Sean al een paar maal had benadrukt, was deze hele onderneming haar idee geweest. Bovendien dacht ze dat ze gek zou worden als ze in de flat op hem moest wachten. Ze trok haar voet weer naar binnen en zei hem dat ze zich had bedacht en mee zou gaan.

'Ik ga mee als de stem der rede,' zei ze.

'Ik vind het best,' zei Sean minzaam.

Bij de ijzerwarenwinkel kocht Sean een glassnijder, een zuigapparaat om grote stukken glas mee op te tillen, een zakmes, een kleine handzaag en een koeltas. Daarna stopte hij bij een avondwinkel, waar hij ijs voor de koeltas kocht en wat frisdrank. Toen reed hij terug naar het Emerson Rouwcentrum en parkeerde opnieuw bij de laadzone.

'Ik denk dat ik hier wacht,' zei Janet. 'Tussen twee haakjes, volgens mij ben je gek.'

'Je hebt recht op je mening,' zei Sean. 'Ik beschouw mezelf liever als vastberaden.'

'Een koeltas en frisdrank,' merkte Janet op. 'Het lijkt wel of je wilt gaan picknicken.'

'Ik ben gewoon graag op alles voorbereid,' zei Sean.

Sean tilde de zak met gereedschap en de koeltas op en beklom de veranda van het rouwcentrum.

Janet keek hoe hij de ramen controleerde. Er passeerden verscheidene auto's in beide richtingen. Ze verbaasde zich over zijn koelbloedigheid. Hij scheen te denken dat hij onzichtbaar was. Ze keek toe hoe hij naar een zijraam liep aan de achterkant en zijn zak neerzette. Hij boog zich voorover en haalde er wat gereedschap uit.

'Verdraaid!' zei Janet. Geïrriteerd opende ze het portier, beklom de veranda en liep naar de plek waar Sean druk bezig was. Hij had het zuigapparaat aan het raam bevestigd.

'Heb je je bedacht?' vroeg Sean zonder naar Janet te kijken. Hij ging behendig met de glassnijder langs de omtrek van het raam.

'Ik kan niet op tegen je krankzinnigheid,' zei Janet. 'Het is niet te geloven dat je dit allemaal doet.'

'Het roept prettige herinneringen bij me op,' zei Sean. Met een kordate ruk trok hij een groot deel van de ruit eruit en legde het op de planken verandavloer. Nadat hij zijn hoofd naar binnen had gestoken, vertelde hij Janet dat er alleen een simpel raamalarm was, zoals hij al had vermoed.

Sean zette zijn gereedschap en de koeltas binnen op de grond. Nadat hij door het raam was gestapt, leunde hij naar buiten.

'Als je niet binnenkomt, kun je beter in de auto wachten,' zei hij. 'Een mooie vrouw die op dit uur rondhangt op de veranda van een rouwcentrum zou de aandacht kunnen trekken. Het duurt misschien maar een paar minuten, als ik Helens lijk vind.'

'Help me een handje!' zei Janet terwijl ze net zo behendig naar binnen probeerde te stappen als Sean had gedaan.

'Pas op voor de randen!' waarschuwde Sean. 'Ze zijn vlijmscherp.'

Toen Janet binnen was en tilde Sean het gereedschap op en overhandigde Janet de koeltas.

'Aardig van ze om de lichten voor ons aan te laten,' zei hij.

De twee grote voorkamers waren toonkamers. De kamer die ze waren binnengegaan was een toonkamer voor lijkkisten. Er waren acht kisten tentoongesteld met de deksels open. Tegenover een smalle gang lag een kantoor. Achter was een balsemkamer die zich over de hele breedte van het huis uitstrekte. Voor de ramen hingen zware gordijnen.

Er waren vier roestvrijstalen balsemtafels. Op twee tafels lagen afgedekte lijken. Het eerste was een zwaargebouwde vrouw die er zo levensecht uitzag, dat ze zou kunnen slapen, afgezien van de grote Y-vormige, grof gehechte incisie op de voorkant van haar torso. Er was autopsie op haar verricht.

Sean liep naar het tweede lijk en tilde het laken op.

'Eindelijk,' zei hij. 'Hier is ze.'

Janet kwam dichterbij en bereidde zich mentaal voor op een schok. De aanblik was minder verontrustend dan ze had gedacht. Net als de andere vrouw lag Helen Cabot erbij alsof ze sliep. Haar gelaatskleur was beter dan tijdens haar leven. De afgelopen paar dagen was ze erg bleek geweest.

'Jammer,' merkte Sean op. 'Ze is al gebalsemd. Ik zal het bloedmonster moeten laten schieten.'

'Ze lijkt zo natuurlijk,' zei Janet.

'Die balsemers zijn vreselijk goed,' zei Sean. Toen wees hij naar een stalen kast met een matglazen voorkant. 'Kijk eens of je een paar naalden en een scalpel kunt vinden.'

'Welke maat?'

'Kijk maar,' zei Sean. 'Hoe langer de naald hoe beter.'

Sean stak de stekker van de zaag in het stopcontact. Toen hij hem uitprobeerde, maakte hij vreselijk veel herrie.

Janet vond een verzameling spuiten, naalden, zelfs hechtmateriaal en rubberhandschoenen. Maar geen scalpels. Ze bracht de spullen naar de tafel.

'Laten we eerst het cerebro-spinale vocht aftappen,' zei Sean. Hij trok een paar handschoenen aan.

Janet hielp mee Helen op haar zij te rollen, zodat hij een naald kon inbrengen in het lumbale gedeelte tussen twee rugwervels.

'Dit doet maar even pijn,' zei Sean terwijl hij een klopje op Helens opgerichte heup gaf.

'Alsjeblieft,' zei Janet. 'Maak geen grapjes. Daarmee breng je me nog meer van streek dan ik al ben.'

Tot Seans verrassing kwam er al bij de eerste poging cerebrospinaal vocht in de naald. Hij had de manoeuvre slechts een paar keer op levende wezens uitgevoerd. Hij vulde de spuit, draaide het dopje erop en legde hem op het ijs in de koeltas. Janet rolde Helen weer op haar rug.

'En nu het moeilijke gedeelte,' zei Sean terwijl hij terugliep naar de balsemtafel. 'Ik neem aan dat je wel eens een autopsie hebt gezien.'

Janet knikte. Ze had er ooit een meegemaakt, maar het was geen bijster aangename ervaring geweest. Ze vermande zich toen Sean voorbereidingen trof.

'Geen scalpels?' vroeg hij.

Ze schudde haar hoofd.

'Het is maar goed dat ik dit mes heb gekocht,' zei Sean. Hij pakte het op en klapte het lemmet uit. Toen liet hij het langs de achterkant van Helens hoofd glijden, van het ene oor tot het andere. Hij pakte de bovenkant van de incisie beet en gaf een ruk. Met een scheurend geluid, als van onkruid dat wordt losgetrokken, kwam Helens scalp los van haar schedel. Sean trok het helemaal over Helens gezicht.

Hij betastte het craniotomiegat aan de linkerzijde van Helens schedel dat in het Boston Memorial was gemaakt, en zocht toen naar het gat aan de rechterkant dat twee dagen tevoren in het Forbes was gemaakt.

'Dat is vreemd,' zei hij. 'Waar zit het tweede craniotomiegat in vredesnaam?'

'Laten we geen tijd verspillen,' zei Janet. Ze was al nerveus geweest toen ze waren binnengekomen, en nu nam haar angst met iedere minuut die verstreek gestaag toe.

Sean bleef naar het tweede craniotomiegat zoeken, maar gaf het ten slotte op.

Hij pakte de zaag op en keek naar Janet. 'Ga achteruit. Misschien kun je beter niet kijken. Dit is geen prettig gezicht.'

'Doe het nu maar,' zei Janet.

Sean duwde de zaag in het craniotomiegat en zette hem aan. De zaag boorde zich in het bot en werd bijna uit zijn handen gerukt. De klus zou minder gemakkelijk worden dan Sean had gedacht.

'Je moet het hoofd vasthouden,' zei hij tegen Janet.

Terwijl Janet Helens gezicht aan weerszijden vastpakte, probeerde ze vergeefs te voorkomen dat het hoofd heen en weer schokte, terwijl Sean worstelde met de steigerende zaag. Met grote moeite slaagde hij erin een kapje bot van de schedel af te zagen. Hij was van plan geweest te zorgen dat het zaagblad niet door de schedel zou gaan, maar dat was onmogelijk gebleken. Het zaagblad had zich op verscheidene plaatsen in de hersenen geboord en het oppervlak gescheurd.

'Dit is walgelijk,' zei Janet. Ze richtte zich op en klopte haar kleren af.

'Het is geen beenderzaag,' zei Sean. 'We moesten improviseren.'

Het volgende gedeelte was bijna net zo moeilijk. Het mes was veel groter dan een scalpel, en het kostte Sean moeite ermee onder de hersenen te komen om de zenuwen van het ruggemerg en die van de schedel door te snijden. Hij deed wat hij kon. Toen pakte hij, met zijn beide handen aan weerszijden in de schedel, de verminkte hersenen beet en rukte ze eruit.

Nadat Sean de frisdrank uit de koeltas had gehaald, liet hij de hersenen op het ijs vallen. Toen trok hij een van de blikjes open en bood het Janet aan. Er parelde zweet op zijn voorhoofd.

Janet sloeg het af. Ze keek hoe hij een lange teug nam en schudde verbaasd haar hoofd. 'Soms ben je ongelooflijk,' zei ze.

Ineens hoorden ze allebei een sirene. Janet raakte in paniek en wilde teruggaan naar de toonkamer, maar Sean hield haar tegen.

'We moeten hier weg,' fluisterde Janet dringend.

'Nee,' zei Sean. 'Ze komen toch niet met een loeiende sirene. Het moet iets anders zijn.'

Het geluid van de sirene zwol aan en Janet voelde haar hart steeds sneller kloppen. Juist toen het leek alsof de sirene het huis binnen zou komen, veranderde de toonhoogte abrupt.

'Een perfecte demonstratie van het dopplereffect,' zei Sean.

'Alsjeblieft!' smeekte Janet. 'Laten we gaan. We hebben wat je wilde hebben.'

'We moeten opruimen,' zei Sean, en hij zette zijn blikje neer. 'Dit moet een clandestiene operatie zijn. Kijk of je een bezem of een dweil kunt vinden. Ik zal Helen weer in elkaar zetten zodat niemand het verschil zal kunnen zien.'

Ondanks haar nervositeit deed Janet wat Sean vroeg. Ze werkte koortsachtig. Toen ze klaar was, was Sean nog steeds bezig de scalp op zijn plaats te hechten, waarbij hij overhandse steken gebruikte. Toen hij klaar was, trok hij het haar over de incisie. Janet was onder de indruk. Helen Cabots lijk leek ongeschonden.

Ze droegen het gereedschap en de koeltas terug naar de kamer met de lijkkisten.

'Ik zal het eerst naar buiten gaan en dan geef jij me de spullen aan,' zei Sean. Hij bukte zich en stapte door het raam.

Janet overhandigde hem de spullen.

'Heb je hulp nodig?' vroeg Sean. Hij had zijn armen vol.

'Ik geloof het niet,' zei Janet. Het binnenkomen was niet zo moeilijk geweest.

Sean liep naar de auto.

Janet greep per ongeluk de rand van het glas beet voordat ze door het raam stapte. In haar haast was ze Seans eerdere waarschuwing vergeten. Toen ze de vlijmscherpe rand in vier van haar vingers voelde snijden, kromp ze ineen van pijn. Een blik op haar hand toonde haar een sijpelende streep bloed. Ze greep haar hand vast en vloekte binnensmonds.

Omdat ze nu aan de binnenkant was, besloot ze dat het veel gemakkelijker en minder gevaarlijk zou zijn om naar buiten te gaan door het raam te openen. Het was niet nodig opnieuw te riskeren dat ze zich zou snijden. Zonder erbij na te denken, maakte ze het slot los en schoof het raam omhoog. Onmiddellijk ging het alarm af.

Nadat ze zich naar buiten had geworsteld, rende ze achter Sean aan. Ze bereikte de auto net nadat hij de koeltas achterin op de grond had gezet. Ze sprongen tegelijkertijd op de voorbank en Sean startte de motor.

'Wat is er gebeurd?' vroeg hij terwijl hij de straat inreed.

'Ik was het alarm vergeten,' bekende Janet. 'Ik opende het raam. Het spijt me. Ik heb je verteld dat ik hier niet goed in ben.'

'Geen probleem,' zei Sean. Hij sloeg bij de eerste kruising rechts-af en zette koers in oostelijke richting. 'We zijn allang weg voor-dat iemand reageert.'

Maar Sean had niet gezien dat er een man uit de slijterij was geko-men. Hij had Janet en Sean in de jeep zien stappen en hij had de nummerplaat goed kunnen zien. Nadat hij in zijn winkel was te-ruggekeerd, noteerde hij de nummers voordat hij ze zou verge-ten. Toen belde hij de politie.

Sean reed terug naar het Forbes, zodat Janet haar auto kon pak-ken. Tegen de tijd dat ze het parkeerterrein opreden, was Janet enigszins gekalmeerd. Sean stopte naast haar huurauto. Ze open-de het portier en wilde uitstappen.

'Ga je meteen naar je flat?' vroeg ze.

'Ik ga naar mijn lab,' zei Sean. 'Ga je mee?'

'Ik moet morgen werken,' bracht Janet hem in herinnering. 'En het is een zware dag geweest. Ik ben uitgeput. Maar ik durf je niet alleen te laten gaan.'

'Ik maak het niet laat,' zei Sean. 'Vooruit! Ik wil maar een paar dingen doen. Bovendien is het morgen zaterdag en nemen we die kleine vakantie die ik je heb beloofd. We vertrekken als je uit je werk komt.'

'Je lijkt al te hebben besloten waar we naartoe gaan,' zei Janet.

'Inderdaad,' zei Sean. 'We gaan een tocht maken door de Ever-glades naar Naples. Ik heb gehoord dat het een geweldige plek is.'

'Goed, afgesproken,' zei Janet, haar portier sluitend. 'Maar ik wil vanavond in elk geval voor middernacht thuis zijn.'

'Geen probleem,' zei Sean terwijl hij naar de parkeerplaats van het onderzoeksgebouw reed.

'De Sushita-jet heeft Washington in ieder geval niet verlaten,' zei Sterling. Hij zat in dr. Masons kantoor. Edwards was er ook, evenals dr. Mason en Margaret Richmond. 'Ik geloof niet dat Tanaka een zet zal doen voordat de jet hier is en hij erover kan beschikken,' voegde hij eraan toe.

'Maar je zei dat Sean werd gevolgd,' zei dr. Mason. 'Wie volgde hem?'

'Ik hoopte dat u dat kon verklaren,' zei Sterling. 'Hebt u er enig idee van waarom iemand Murphy zou volgen? Wayne merkte hem op toen we de Miami overstaken.'

Dr. Mason keek naar mevrouw Richmond, die haar schouders ophaalde. Dr. Mason keek weer naar Sterling. 'Zou deze geheimzinnige persoon in dienst van Tanaka kunnen zijn?'

'Ik betwijfel het,' zei Sterling. 'Het is Tanaka's stijl niet. Als Tanaka een zet doet, zal Sean gewoon verdwijnen. Er zal geen enkele waarschuwing zijn. Het zal gladjes en professioneel verlopen. De persoon die Sean volgde, zag er onverzorgd uit. Hij droeg een vuil bruin overhemd met een open hals en een broek. En hij gedroeg zich zeker niet als het soort beroeps dat Tanaka zou inschakelen.'

'Vertel me precies wat er is gebeurd,' beval dr. Mason.

'We volgden Sean en een jonge verpleegster rond vier uur vanaf de parkeerplaats van het Forbes,' zei Sterling.

'De verpleegster moet Janet Reardon zijn,' viel mevrouw Richmond in de rede. 'Het zijn vrienden uit Boston.'

Sterling knikte. Hij gebaarde Wayne de naam te noteren. 'We zullen ook naar haar een onderzoek moeten instellen. Het is belangrijk dat we zeker weten dat ze niet als team samenwerken.'

Sterling beschreef hoe ze Sean naar het Miami General waren gevolgd en dat hij Wayne geïnstrueerd had de onbekende man in het bruin te volgen als deze het eerst naar buiten kwam.

Dr. Mason was verrast te horen dat Sean en zijn vriendin naar het mortuarium waren gegaan. 'Wat deden ze daar in vredesnaam?'

'Dat was ook iets waarvan ik hoopte dat u het ons kon vertellen,' zei Sterling.

'Ik heb er geen flauw idee van,' zei dr. Mason hoofdschuddend. Hij keek opnieuw naar mevrouw Richmond. Ze schudde eveneens haar hoofd.

'Toen de geheimzinnige man na Sean Murphy en Janet Reardon het mortuarium binnenging,' ging Sterling verder, 'kon ik slechts een glimp van hem opvangen. Maar ik kreeg de indruk dat hij een pistool in zijn hand had. Later bleek dat juist te zijn. In ieder geval was ik bezorgd voor Murphy's veiligheid, dus stormde ik naar de deur van het mortuarium en bemerkte dat hij van binnen op slot was.'

'Wat afschuwelijk,' zei mevrouw Richmond.

'Ik kon maar één ding doen,' zei Sterling. 'Ik draaide de lichten uit.'

'Dat was slim,' zei dr. Mason. 'Heel slim gedacht.'

'Ik hoopte dat de mensen binnen elkaar geen kwaad zouden doen tot ik een manier kon bedenken om de deur open te krijgen,' zei Sterling. 'Maar dat was niet nodig. De man in het bruin leed kennelijk aan een sterke fobie voor het donker. Korte tijd later stormde hij volkomen overstuur de zaal uit. Toen zag ik het pistool duidelijk. Ik zette de achtervolging in, maar helaas droeg ik schoenen met leren zolen, waardoor ik duidelijk in het nadeel was ten opzichte van hem met zijn trimschoenen. Bovendien leek hij volkomen bekend met het terrein. Toen duidelijk werd dat ik hem was kwijtgeraakt, keerde ik terug naar het mortuarium. Inmiddels waren Sean en Janet Reardon eveneens vertrokken.'

'En Wayne volgde de man in het bruin?' vroeg dr. Mason.

'Hij probeerde het,' zei Sterling.

'Ik raakte hem kwijt,' bekende Wayne. 'Het was spitsuur en ik had pech.'

'Dus nu hebben we er geen flauw idee van waar Murphy is,' kreunde dr. Mason. 'En we zitten met een nieuwe zorg over een onbekende aanvaller.'

'Een collega van Edwards houdt de Forbes-flat in de gaten met het oog op Seans terugkeer,' zei Sterling. 'Het is belangrijk dat we hem vinden.'

De telefoon op het bureau van dr. Mason rinkelde. Mason nam hem aan.

'Dokter Mason, met Juan Suarez van de veiligheidsdienst,' zei de stem aan de andere kant. 'U vroeg me u te bellen als Sean Murphy verscheen. Welnu, hij en een verpleegster zijn zojuist binnengekomen en naar de vijfde verdieping gegaan.'

'Bedankt, Juan,' zei dr. Mason opgelucht. Hij hing op. 'Sean Murphy is in veiligheid,' deelde hij mee. 'Hij is zojuist het gebouw binnengekomen, vermoedelijk om zijn muizen te injecteren. Wat een toewijding! Ik zeg jullie dat de knaap een lot uit de loterij is en al deze moeite waard.'

Het was 's avonds na tienen toen Robert Harris de flat van Ralph Seaver verliet. De man was niet bijster behulpzaam geweest. Hij was verontwaardigd geweest over het feit dat Harris zijn veroordeling wegens verkrachting in Indiana ter sprake had gebracht, die hij als 'oude koe' had betiteld. Harris had geen hoge dunk van Seavers eigendunk, maar in gedachten schrapte hij de man van zijn lijst met verdachten zodra hij hem zag. De aanvaller was beschreven als iemand van gemiddelde lengte en gemiddeld postuur. Seaver was minstens 1 meter 90 en woog vermoedelijk tweehonderdvijftig pond.

Nadat Harris in zijn donkerblauwe Ford sedan was gestapt, pakte hij het laatste dossier van de groep personen die hij het eerst wilde onderzoeken. Tom Widdicomb woonde in Hialeah, niet al te ver van de plek waar Harris zich bevond. Ondanks het late uur besloot Harris langs het huis van de man te rijden. Als er licht brandde, zou hij aanbellen. Anders zou hij het laten rusten tot de volgende ochtend.

Harris had al verscheidene telefoongesprekken gevoerd over Tom Widdicomb. Hij had ontdekt dat de man een EMT-cursus had gevolgd en het diploma had gehaald. Een telefoontje naar een ambulancedienst waar Tom had gewerkt, leverde weinig informatie op. De eigenaar van het bedrijf weigerde commentaar te geven en legde uit dat de laatste keer dat hij over een voormalige werknemer had gepraat, de banden van twee ambulances waren doorgesneden.

Een telefoontje naar het Miami General was iets nuttiger gebleken, maar niet veel. Een personeelschef zei dat Widdicomb en het ziekenhuis met wederzijdse instemming uiteen waren gegaan. De man bekende dat hij Widdicomb nooit had ontmoet, hij las alleen maar voor uit het werkdossier.

Harris had ook navraag gedaan bij Glen, de chef van de huishoudelijke dienst in het Forbes. Glen zei dat Tom naar zijn mening betrouwbaar was, maar dat hij herhaaldelijk problemen had met zijn collega's. Hij zei dat Tom het best in zijn eentje functioneerde.

Het laatste telefoontje dat Harris pleegde was naar een dierenarts, Maurice Springborn genaamd. Dat nummer was echter buiten dienst en inlichtingen had geen ander nummer. Al met al had Harris dus niets belastends ontdekt over Tom Widdicomb. Terwijl hij naar Hialeah reed en naar Palmetto Lane nummer 18 zocht, was hij niet optimistisch gestemd.

'Enfin, de lichten zijn in ieder geval aan,' zei Harris terwijl hij naar de stoeprand voor een slecht onderhouden bungalow reed. In sterk contrast met de andere bescheiden huizen in de buurt was dat van Tom Widdicomb verlicht als Times Square op oudejaarsavond. Alle lichten in en buiten het huis brandden fel.

Harris stapte uit de auto en staarde naar het huis. Het was verbazingwekkend hoeveel licht ervan uitstraalde. Struikgewas drie huizen verderop wierp nog scherpe schaduwen. Toen hij de oprit opliep, zag hij de naam Alice Widdicomb op de brievenbus staan. Hij vroeg zich af welke relatie er tussen haar en Tom bestond.

Nadat hij het bordes had beklommen, drukte hij op de bel. Terwijl hij wachtte, bekeek hij het huis. Het was in een eenvoudige stijl geschilderd met verschoten pastelkleuren. Het geheel had dringend een verfje nodig.

Toen er niemand op de bel reageerde, belde Harris nogmaals en drukte zijn oor tegen de deur om zich ervan te verzekeren dat hij het deed. Hij hoorde de bel duidelijk. Het was moeilijk te geloven dat er niemand thuis was, met alle lichten aan.

Nadat hij voor de derde keer had gebeld, gaf Harris het op en keerde terug naar zijn auto. In plaats van meteen te vertrekken, staarde hij naar het huis en vroeg zich af wat mensen ertoe kon brengen hun huis zo fel te verlichten. Hij stond juist op het punt zijn auto te starten toen hij meende een beweging bij het woonkamerraam te zien. Toen zag hij het opnieuw. Iemand in huis had kennelijk een gordijn verschoven. Wie het ook was scheen te proberen een glimp van Harris op te vangen.

Zonder een moment te aarzelen, stapte Harris uit zijn auto en liep terug naar het bordes. Hij drukte hard op de bel en liet hem lang en schel overgaan. Maar er kwam nog steeds niemand.

Vol afkeer liep Harris naar zijn auto terug. Hij belde via zijn autotelefoon naar Glen om te horen of Tom Widdicomb de volgende dag moest werken.

'Nee, meneer,' zei Glen met zijn zuidelijke accent. 'Hij hoeft volgens het rooster maandag pas weer te werken. En dat is maar goed ook. Hij voelde zich vandaag niet goed. Hij zag er vreselijk uit. Ik heb hem eerder naar huis gestuurd.'

Harris bedankte Glen en hing op. Als Widdicomb zich niet goed voelde en thuis in bed lag, waarom waren dan alle lichten aan? Voelde hij zich zo beroerd dat hij niet eens naar de deur kon komen? En waar was Alice, wie dat dan ook mocht zijn?

Terwijl Harris uit Hialeah wegreed, overwoog hij wat hij moest doen. Er was iets vreemds gaande bij de Widdicombs. Hij kon teruggaan en het huis in de gaten houden, maar dat leek overdreven. Hij kon wachten tot maandag, als Tom voor zijn werk kwam opdagen, maar wat moest hij in die tussentijd doen? Hij besloot de volgende ochtend terug te gaan om te kijken of hij een glimp van Tom Widdicomb kon opvangen. Glen had gezegd dat hij van gemiddelde lengte en gemiddeld postuur was en bruin haar had.

Harris zuchtte. Hij kon zich een leukere bezigheid voor een zaterdag voorstellen dan voor Tom Widdicombs huis te zitten, maar hij was wanhopig. Hij voelde dat hij maar beter wat vorderingen kon maken in de zaak van de overleden borstkankerpatiënten als hij in dienst van het Forbes wilde blijven.

Sean floot zacht onder het werken en leek het toonbeeld van tevreden concentratie. Janet sloeg hem gade vanaf een hoge kruk, gelijk aan die van Sean, die ze naar de laboratoriumbank had gesleept. Voor hem stond een verzameling glaswerk.

Het was op rustige momenten zoals nu dat Janet Sean zo vreselijk aantrekkelijk vond. Zijn donkere haar was naar voren gevallen en omlijstte zijn omlaaggerichte gezicht met zachte krullen die bijna vrouwelijk aandeden en in sterke tegenstelling waren met zijn harde, mannelijke gelaatstrekken. Zijn neus was van boven smal, daar waar hij een brug vormde tussen de zware wenkbrauwen. Het was een rechte neus, afgezien van de punt die schuin afliep voordat hij zich bij de welving van de lippen voegde. Zijn donkerblauwe ogen waren onafgebroken op een doorzichtig plastic bakje gericht dat hij in zijn sterke maar lenige vingers hield.

Hij hief zijn hoofd op en keek Janet recht aan. Zijn ogen waren helder en glanzend. Ze kon zien dat hij opgewonden was. Op dat moment voelde ze zich mateloos verliefd, en zelfs de recente gebeurtenis in het rouwcentrum verdween tijdelijk naar de achtergrond. Ze wilde dat hij haar in zijn armen nam en haar vertelde dat hij van haar hield en de rest van zijn leven met haar wilde doorbrengen.

'Deze elektroforese gels zijn fascinerend,' zei Sean en deed daarmee Janets fantasie in duigen vallen. 'Kom eens kijken!'

Janet schoof van haar kruk. Ze was nu niet geïnteresseerd in elektroforese gels, maar ze voelde dat ze weinig keus had. Ze durfde niet te riskeren dat zijn geestdrift verflauwde. Toch was ze teleurgesteld dat hij niets merkte van haar liefdevolle gevoelens.

'Dit is het monster uit de grootste ampul,' legde Sean uit. 'Het is een non-reducerende gel, daarom kun je via de controle opmaken dat het monster slechts één component heeft en dat zijn moleculaire gewicht ongeveer 150000 daltons bedraagt.'

Janet knikte.

Sean tilde het andere bakje op en liet het haar zien. 'Het middel in de andere ampul is anders. Hier zijn drie afzonderlijke ringen, wat betekent dat er drie afzonderlijke samenstellingen zijn. Ze hebben alledrie veel lagere moleculaire gewichten. Ik vermoed dat de grote ampul een immunoglobuline antistof bevat, terwijl de kleine ampul hoogstwaarschijnlijk cytokinen bevat.'

'Wat is een cytokine?' vroeg Janet.

'Het is een algemene term,' zei Sean. Hij klom van zijn kruk. 'Kom mee,' zei hij. 'Ik moet wat reagens halen.'

Ze namen de trap. Onder het lopen bleef Sean uitleggen. 'Cytokinen zijn proteïne-moleculen die geproduceerd worden door immuniteitssysteemcellen. Ze zijn betrokken bij cel-tot-cel-communicatie en signaleren wachtwoorden als die aangeven wanneer ze moeten groeien, wanneer ze iets bepaalds moeten doen, wanneer ze klaar moeten zijn voor een invasie van virussen, bacteriën of zelfs tumorcellen. Het NIH heeft zich druk beziggehouden met het in vitro kweken van lymfocyten van kankerpatiënten met een cytokine genaamd interleukin-2, en daarna met het injecteren van de cellen in de patiënten. In sommige gevallen hebben ze goede resultaten geboekt.'

'Maar niet zo goed als het Forbes met zijn medulloblastoma-gevallen,' zei Janet.

'Zeker niet zo goed,' zei Sean.

Sean overlaadde zichzelf en Janet met reagens uit de voorraadka-mer; toen gingen ze terug naar het lab.

'Dit is een opwindende periode in de biologische wetenschap,' zei Sean. 'De negentiende eeuw was de eeuw van de natuurkun-de. Maar de eenentwintigste eeuw zal aan de moleculaire biolo-gie behoren; dan zullen scheikunde, natuurkunde en biologie sa-mensmelten. De resultaten zullen verbazingwekkend zijn, als science fiction die werkelijkheid is geworden. In feite zien we het nu al gebeuren.'

Tegen de tijd dat ze terugwaren in het lab, merkte Janet dat ze oprecht geïnteresseerd begon te raken, ondanks de emoties van die dag en haar vermoeidheid. Seans geestdrift werkte aansteke-lijk.

'Wat gaan we nu met deze medicamenten doen?' vroeg ze.

'Ik weet het niet precies,' gaf Sean toe. 'Ik denk dat we zouden moeten kijken naar de reactie die we krijgen tussen de onbeken-de antistof in de grootste ampul en Helen Cabots tumor.'

Sean vroeg Janet enkele scharen en een scalpel te pakken. Hij nam de koeltas mee naar de gootsteen en nadat hij een paar rub-berhandschoenen had aangetrokken, tilde hij de hersenen eruit en spoelde ze af. Van onder de gootsteen pakte hij een snijplank. Hij legde de hersenen op de plank.

'Ik hoop dat ik de tumor kan vinden,' zei hij. 'Ik heb zoiets nooit eerder geprobeerd. Te oordelen naar de MRI die we in Boston hebben gedaan, zit de grootste tumor in de linker slaapkwab. Dat was de tumor waarop ze hier biopsie hebben gedaan. Ik neem aan dat het de tumor is die ik moet hebben.' Sean zette de hersenen zo neer dat hij de voorkant van de achterkant kon on-derscheiden. Daarna maakte hij verscheidene sneden in de slaap-kwab.

'Ik heb een bijna onbedwingbare neiging grapjes te maken over dat waarmee ik bezig ben,' zei hij.

'Alsjeblieft niet,' zei Janet. Ze had het er moeilijk mee dat dit de hersenen waren van iemand met wie ze nog zo kort geleden con-tact had gehad.

'Het ziet er veelbelovend uit,' zei Sean. Hij spreidde de randen van zijn meest recente incisie. Aan de onderkant zat betrekkelijk dicht en geliger lijkend weefsel met minuscule maar duidelijk zichtbare holten. 'Ik geloof dat deze plekken gebieden zouden kunnen zijn waar de tumor te groot werd voor de bloedvoorraad.'

Sean vroeg Janet hem een handje te helpen, dus trok ze een paar rubberhandschoenen aan en hield de opengesneden hersenen uit elkaar, terwijl Sean met de schaar een monster van de tumor nam.

'Nu moeten we de cellen scheiden,' zei hij. Hij legde het monster in weefselkweek en voegde toen enzymen toe. Hij zette de fles in de stoof om de enzymen de gelegenheid te geven hun werk te doen.

'Vervolgens moeten we deze immunoglobuline determineren,' zei hij, de grootste van de twee ampullen omhooghoudend. 'En om dat te doen hebben we een test die ELISA wordt genoemd, waarin we commerciele antistoffen gebruiken om specifieke soorten immunoglobulines aan te tonen.' Hij legde de grootste ampul op het werkblad en pakte een plastic plaatje op dat 96 kleine ronde putjes had. In ieder van de putjes deponeerde hij een verschillende detector-antistof en liet het binden. Toen blokkeerde hij eventuele resterende bindgebieden in de putjes met het runderalbumine. Vervolgens deed hij een klein gedeelte van de eerste onbekende in ieder putje.

'Nu moet ik uitpuzzelen welke detector op de onbekende heeft gereageerd,' zei hij, elk putje uitwassend om het te ontdoen van elk restje van de onbekende immunoglobuline dat niet had gereageerd. 'We doen dit door aan ieder putje dezelfde detectorantistof toe te voegen die oorspronkelijk in het putje zat, maar dit keer voegen we een enzym toe dat in staat is een gekleurde reactie op te leveren.' Deze laatste substantie had het kenmerk in licht lavendel te veranderen.

Terwijl Sean de test deed, bleef hij Janet voortdurend een directe verklaring geven. Ze had van de test gehoord, maar hem nooit zien uitvoeren.

'Bingo!' zei Sean toen een van de vele putjes dezelfde kleur kreeg als de controles die hij in zestien eindputjes had ingezet. 'De onbekende is niet langer onbekend. Het is een menselijke immunoglobuline, genaamd IgGl.'

'Hoe heeft het Forbes die gemaakt?' vroeg Janet.

'Een goede vraag,' zei Sean. 'Ik zou denken via de monoklonale antistof-techniek. Hoewel het ook gemaakt kan worden met behulp van recombinante DNA-technologie. Het probleem daarvan is dat het een groot molecuul is.'

Janet had er een vage notie van waarover Sean het had en was stellig geïnteresseerd geraakt in het proces van het determineren van deze onbekende geneesmiddelen, maar ineens kon ze haar lichamelijke uitputting niet langer negeren. Toen ze een blik wierp op haar horloge, kon ze begrijpen waarom. Het was bijna middernacht.

Omdat ze een ambivalent gevoel had ten aanzien van het verstoren van Seans geestdrift, die ze eerst met zoveel moeite had opgekrikt, stak ze haar hand uit en pakte zijn arm vast. Hij hield een micropipet vast. Hij was met de ELISA-test begonnen voor de tweede onbekende.

'Heb je enig idee van de tijd?' vroeg ze.

Sean keek op zijn horloge. 'Jeetje, de tijd vliegt als je je vermaakt.'

'Ik moet morgen werken,' zei ze. 'Ik heb wat slaap nodig. Ik kan wel alleen teruggaan naar de flat.'

'Niet op dit uur,' zei Sean. 'Laat me even afmaken waarmee ik bezig ben, dan doe ik een snelle immuno-fluorescentietest om het niveau van reactie te zien tussen het IgGl en Helens tumorcellen. Het duurt maar een paar minuten.'

Janet stemde met tegenzin toe. Maar ze kon niet langer op een kruk zitten. Dus sleepte ze een fauteuil aan uit het met glas omsloten kantoortje. Nog geen half uur later steeg Seans geestdrift nog meer. De ELISA-test op de tweede onbekende had drie cytokinen geïdentificeerd: interleukin-2, een T-lymfocyte groeifactor, zoals hij Janet uitlegde; necroseweefsel factor alpha, een stimulant voor bepaalde cellen om vreemde cellen zoals kankercellen te doden; en interferon gamma, een stof die het hele immuniteitssysteem leek te helpen activeren.

'Zijn de T-cellen niet de cellen die bij aids verdwijnen?' vroeg Janet. Ze had er steeds meer moeite mee wakker te blijven.

'Precies,' zei Sean. Hij hield nu een aantal objectglaasjes vast waarop hij fluorescentie-antistoftesten had verricht met verschillende oplossingen van de onbekende immunoglobuline. Nadat hij een preparaat met een sterke verdunning onder het objectief van de fluoricentiemicroscoop had gelegd, keek hij in de microscoop.

'Wauw!' riep hij uit. 'Dit is ongelooflijk. Zelfs in een oplossing van één op tienduizend reageert deze IgGl-antistof op de tumor met een vier plus. Janet, kom hier eens naar kijken!'

Toen Janet niet reageerde, keek Sean op van de microscoop. Janet lag onderuit gezakt in de stoel. Ze was diep in slaap.

Toen Sean dat zag, had hij onmiddellijk wroeging. Hij had er niet bij stilgestaan hoe uitgeput Janet moest zijn. Hij stond op en strekte zijn vermoeide armen, stapte naar haar toe en keek op haar neer. Ze leek bijzonder engelachtig nu ze rustte. Haar gezicht werd omlijst door haar fijne blonde haar. Sean voelde de neiging haar te kussen. In plaats daarvan schudde hij haar zacht bij de schouder.

'Vooruit,' fluisterde hij. 'Laten we zorgen dat je in bed komt.'

Janet zat al in de veiligheidsgordel van Seans auto toen ze zich slaperig haar eigen auto herinnerde. Ze vertelde het Sean.

'Ben je in staat om te rijden?' vroeg Sean.

Ze knikte. 'Ik wil mijn auto hebben,' zei ze, geen ruimte latend voor discussie.

Sean reed naar het ziekenhuis en liet haar uitstappen. Toen ze haar auto had gestart, liet hij haar voorop rijden. En toen ze de straat inreden, lette Sean te veel op Janet om de donkergroene Mercedes op te merken die hen beiden langzaam volgde zonder zijn koplampen aan.

7

Zaterdag 6 maart, 4.45 uur

Zodra Sean zijn ogen opendeed, was hij klaarwakker. Hij popelde om naar het lab te gaan en het raadsel van de medulloblastoma-kuur verder te ontrafelen. Het weinige dat hij de avond tevoren had kunnen doen, had zijn interesse gewekt. Ondanks het vroege tijdstip stond hij meteen op, nam een douche en kleedde zich aan.

Toen hij gereed was om naar het lab te gaan, liep hij op zijn tenen terug naar de donkere slaapkamer en stootte Janet zachtjes aan. Hij wist dat ze zo lang mogelijk wilde slapen, maar hij moest haar iets vertellen.

Janet draaide zich om en kreunde: 'Is het al tijd om op te staan?'

'Nee,' fluisterde Sean. 'Ik ga naar het lab. Je kunt nog een paar minuten blijven slapen. Maar vergeet niet dat je een paar spullen moet inpakken voor onze trip naar Naples. Ik wil vanmiddag na je werk meteen vertrekken.'

'Waarom heb ik het gevoel dat je hiermee bijbedoelingen hebt?' vroeg Janet, en ze wreef in haar ogen. 'Wat is er met Naples?'

'Ik vertel het je wel op weg ernaartoe,' zei Sean. 'Als we vanuit het Forbes vertrekken, mijden we het verkeer vanuit Miami. Neem niet te veel spullen mee. Het enige dat je nodig hebt, is iets om aan te trekken als we vanavond uit eten gaan, een badpak en jeans. Nog iets,' voegde Sean eraan toe terwijl hij zich over haar heen boog.

Janet keek hem recht aan.

'Ik wil dat je vandaag probeert monsters van Louis Martins medicamenten te bemachtigen,' zei hij.

Janet ging rechtop zitten. 'Toe maar!' riep ze sarcastisch uit. 'Hoe verwacht je dat ik dat zal doen? Ik heb je verteld hoe moeilijk het was om aan monsters van Helens medicamenten te komen.'

'Rustig maar,' zei Sean. 'Probeer het maar gewoon. Het zou belangrijk kunnen zijn. Je zei dat de medicamenten volgens jou allemaal van één grote partij afkomstig waren. Ik wil bewijzen dat dat onmogelijk is. Ik heb alleen maar iets uit de grootste ampul nodig, en het hoeft niet veel te zijn. Een paar cc is al voldoende.'

'Ze controleren de medicamenten zorgvuldiger dan een narcosemiddel,' klaagde Janet.

'En als je het nu eens met saline aanlengt?' opperde Sean. 'Je weet wel, die oude truc om de drankflessen van je ouders aan te vullen met water. Ze zullen er niet achter komen dat de concentratie is veranderd.'

Janet dacht over het voorstel na. 'Denk je dat het de patiënt zou kunnen schaden?'

'Ik zou niet weten hoe,' zei Sean. 'Hoogstwaarschijnlijk is er een ruime veiligheidsmarge aangebracht.'

'Goed, ik zal het proberen,' zei Janet met tegenzin. Ze had er een hekel aan Marjorie te bedriegen en te misleiden.

'Meer zal ik niet vragen,' zei Sean. Hij gaf haar een kus op het voorhoofd.

'Nu kan ik niet meer slapen,' klaagde ze toen Sean naar de deur liep.

'In het weekeinde zullen we volop kunnen slapen,' beloofde hij. Toen Sean zich naar zijn jeep begaf, was er in het oosten nog maar een zweempje licht te bespeuren. In het westen twinkelden de sterren alsof het nog middernacht was.

Terwijl hij wegreed, was hij in gedachten al druk bezig met het werk dat hem in het lab wachtte en daarom was hij zich niet bewust van zijn omgeving. Ook ditmaal merkte hij de donkergroene Mercedes niet op toen die zich een paar auto's achter hem eveneens in het verkeer voegde.

In de Mercedes draaide Wayne Edwards met zijn autotelefoon het nummer van Sterling Rombauer in het Grand Bay Hotel in Coconut Grove.

Een slaperige Sterling nam op toen de telefoon voor de derde maal overging.

'Hij heeft het hol verlaten en is op weg naar het westen,' zei Wayne. 'Vermoedelijk naar het Forbes.'

'Goed,' zei Sterling. 'Blijf bij hem in de buurt. Ik kom je straks gezelschap houden. Ik kreeg een half uur geleden te horen dat de Sushita-jet op dit moment in zuidelijke richting vliegt.'

'Het wordt dus menens,' zei Wayne.

'Ik neem aan van wel,' zei Sterling.

Anne Murphy was opnieuw gedeprimeerd. Charles was thuisgekomen, maar hij was maar één nacht gebleven. Nu hij weg was, leek de flat leeg en verlaten. Het was prettig om bij hem te zijn, omdat hij zo kalm was en dicht bij God stond. Ze lag nog in bed en vroeg zich juist af of ze niet moest opstaan toen de zoemer van de voordeur ging.

Anne pakte haar wollen badjas en ging naar de keuken. Ze verwachtte niemand, maar ze had indertijd ook de twee bezoekers niet verwacht die inlichtingen over Sean kwamen inwinnen. Ze herinnerde zich haar belofte om niet met vreemden over Sean of Oncogen te praten.

'Wie is daar?' vroeg Anne terwijl ze op de spreekknop van haar intercom drukte.

'Politie,' antwoordde een stem.

Anne voelde een huivering langs haar ruggegraat terwijl ze de deuropener indrukte. Het stond voor haar vast dat dit bezoek betekende dat Sean tot zijn oude gedrag was vervallen. Nadat ze snel een borstel door haar haar had gehaald, ging ze naar de deur en trof een man en een vrouw aan in het uniform van de Bostonse politie. Anne had hen geen van beiden ooit eerder gezien.

'Het spijt me dat we u lastig moeten vallen, mevrouw,' zei de vrouwelijke agent. Ze stak haar identiteitsbewijs omhoog. 'Ik ben agent Hallihan en dit is agent Mercer.'

Anne omklemde de revers van haar badjas en hield die dicht. De politie was een aantal keren aan de deur geweest toen Sean een tiener was geweest. Dit bezoek wekte onaangename herinneringen op.

'Wat is het probleem?' vroeg Anne.

'Bent u Anne Murphy, de moeder van Sean Murphy?' vroeg agent Hallihan.

Anne knikte.

'We zijn hier op verzoek van de politie van Miami,' zei agent Mercer. 'Weet u waar uw zoon Sean Murphy momenteel verblijft?'

'In het Forbes Cancer Center in Miami,' zei Anne. 'Wat is er gebeurd?'

'Dat weten we niet,' zei agent Hallihan.

'Zit hij in moeilijkheden?' vroeg Anne, bang voor het antwoord.

'We hebben geen enkele informatie,' zei agent Hallihan. 'Hebt u zijn adres in Miami?'

Anne liep naar het telefoontafeltje in de hal, schreef het adres van de Forbes-flat op en overhandigde het aan de politie.

'Bedankt, mevrouw,' zei Hallihan. 'We appreciëren uw medewerking.'

Anne sloot de deur en leunde ertegenaan. In haar hart wist ze dat wat ze had gevreesd was gebeurd: Miami had inderdaad een slechte invloed op Sean gehad; hij zat weer in de narigheid.

Zodra ze meende voldoende gekalmeerd te zijn, belde ze Brian op.

'Sean zit weer in moeilijkheden,' barstte ze los toen Brian opnam. De tranen kwamen zodra ze de woorden had geuit.

'Moeder, probeer je te beheersen,' zei Brian.

'Je moet iets doen,' zei Anne tussen haar snikken door.

Brian wist zijn moeder zodanig te kalmeren dat ze hem kon vertellen wat er was gebeurd en wat de politie had gezegd.

'Het is waarschijnlijk een verkeersovertreding,' zei Brian. 'Hij zal wel over iemands gazon hebben gereden of iets dergelijks.'

'Ik denk dat het erger is,' snoof Anne. 'Ik weet het. Ik voel het. Die jongen zal nog eens mijn dood worden.'

'Zal ik naar je toe komen?' vroeg Brian. 'Ik zal een paar telefoontjes plegen en de zaak uitzoeken. Ik wed dat het iets onbelangrijks is.'

'Ik hoop het,' zei Anne en ze snoot haar neus.

Terwijl Anne wachtte tot Brian van Marlborough Street zou komen, kleedde ze zich aan en stak ze haar haren op. Brian woonde aan de overkant van de rivier de Charles in Back Bay, en omdat er op zaterdag nauwelijks verkeer was, was hij er binnen een half uur. Toen hij beneden op de bel drukte om haar te laten weten dat hij op weg was naar boven, stak Anne net de laatste speld in haar haar.

'Voordat ik vertrok heb ik Kevin Porter, een collega in Miami gebeld,' zei Brian tegen zijn moeder. 'Hij werkt voor een firma waarmee we zaken doen. Ik heb hem verteld wat er is gebeurd, en hij zei dat hij contacten had bij de politie en erachter kon komen wat er aan de hand is.'

'Ik weet gewoon dat het iets ergs is,' zei Anne.

'Dat weet je niet!' zei Brian. 'Maak je nu niet van streek. Denk aan de laatste keer dat je in het ziekenhuis belandde.'

Het telefoontje van Kevin Porter kwam enkele minuten na Brians aankomst.

'Ik ben bang dat ik geen geweldig nieuws voor je heb,' zei Kevin. 'Een slijter heeft de nummerplaat van de auto van je broer gezien toen hij de plaats van een inbraak verliet.'

Brian zuchtte en keek naar zijn moeder. Ze zat op het puntje van een stoel met haar handen ineengeklemd in haar schoot. Brian was woedend op Sean. Stond hij nooit stil bij het effect van zijn escapades op hun arme moeder?

'Het is een vreemd verhaal,' ging Kevin verder. 'Er schijnt een

lijk te zijn verminkt en, ben je hier klaar voor...?'
'Vertel me het hele verhaal maar,' zei Brian.
'Iemand heeft de hersenen van het lijk gestolen,' zei Kevin. 'En het was niet het lijk van de een of andere verslaafde. De overledene was een jonge vrouw wier vader de een of andere grote zakenman in Beantown is.'
'Hier in Boston?'
'Ja, en er is hier veel commotie ontstaan vanwege zijn connecties,' zei Kevin. 'Er wordt druk uitgeoefend op de politie om iets te doen. De officier van justitie heeft een kilometerslange lijst van aanklachten opgesteld. De lijkschouwer die naar het lijk heeft gekeken, vermoedde dat de schedel was geopend met een figuurzaag.'
'En men heeft Seans jeep de plaats van het misdrijf zien verlaten?' vroeg Brian. Hij was in gedachten al bezig met een verdediging.
'Ik ben bang van wel,' zei Kevin. 'Daar komt nog bij dat een van de lijkschouwers zegt dat je broer en een verpleegster een paar uur daarvoor in het kantoor van de lijkschouwer waren en vragen stelden over hetzelfde lijk. Ze bleken monsters te willen hebben. Enfin, die schijnen ze te hebben bemachtigd. De politie is dus op zoek naar je broer en de verpleegster om hen te ondervragen en vermoedelijk te arresteren.'
'Bedankt, Kevin,' zei Brian. 'Laat me weten waar ik je vandaag kan bereiken. Ik zou je nodig kunnen hebben, vooral áls Sean wordt gearresteerd.'
'Je kunt me het hele weekeinde thuis bereiken,' zei Kevin. 'Ik zal het politiebureau vragen me te bellen als je broer is opgepakt.'
Brian legde langzaam de hoorn op de haak en keek naar zijn moeder. Hij wist dat ze hier niet klaar voor was, vooral niet omdat ze meende dat Sean alleen in Sodom en Gomorra verbleef.
'Heb je Seans telefoonnummers bij de hand?' vroeg hij, terwijl hij probeerde de bezorgdheid uit zijn stem te weren.
Anne pakte ze voor hem zonder iets te zeggen.
Brian belde eerst naar de flat. Hij liet de telefoon een keer of tien overgaan voordat hij het opgaf. Toen probeerde hij de onderzoeksafdeling van het Forbes Cancer Center te bellen. Helaas kreeg hij alleen maar een bandje dat meedeelde dat de telefooncentrale van maandag tot en met vrijdag van acht tot vijf bemand was.

Resoluut nam hij opnieuw de hoorn van de haak en belde Delta Airlines om een plaats te reserveren voor de middagvlucht naar Miami. Er was iets vreemds gaande, en hij vond dat hij beter ter plekke kon zijn.

'Ik had dus gelijk,' zei Anne. 'Het is iets ernstigs.'

'Ik weet zeker dat het een misverstand is,' zei Brian. 'Daarom vind ik dat ik ernaartoe moet gaan om de zaak op te helderen.'

'Ik weet niet wat ik verkeerd heb gedaan,' zei Anne.

'Moeder,' zei Brian. 'Het is jouw schuld niet.'

Hiroshi Gyuhama had last van zijn maag. Zijn zenuwen waren van slag. Sinds Sean hem in het trappenhuis had laten schrikken, had hij geen zin meer gehad de man te bespioneren. Maar deze ochtend had hij geen keus gehad. Hij had Sean gecontroleerd toen hij zijn jeep al zo vroeg op de dag op de parkeerplaats zag staan. Zodra Hiroshi zag dat Sean koortsachtig in zijn lab aan het werk was, keerde hij terug naar zijn kantoor.

Hiroshi was extra van streek omdat Tanaka Yamaguchi in de stad was. Hiroshi had hem twee dagen geleden op het vliegveld ontmoet en hem naar de Doral Country Club gereden, waar hij van plan was te logeren en golf te spelen tot er een definitief besluit kwam van Sushita.

Dat besluit was vrijdagavond laat gekomen. Op grond van Tanaka's memorandum had het Sushita-management geconcludeerd dat Sean Murphy een risico voor de Forbes-investering vormde. Sushita wilde Murphy daarom in Tokio hebben, waar ze met hem zouden 'redeneren'.

Hiroshi voelde zich niet bepaald op zijn gemak met Tanaka. Omdat Hiroshi op de hoogte was van zijn connecties met de Yakusa, was hij buitengewoon op zijn hoede. En Tanaka liet op een subtiele manier merken dat hij Hiroshi niet respecteerde. Hij had weliswaar gebogen toen ze elkaar hadden ontmoet, maar niet erg diep en niet erg langdurig. Hun gesprek op weg naar het hotel was onbeduidend geweest. Tanaka repte met geen woord over Sean Murphy. En zodra ze in het hotel waren gearriveerd, had Tanaka Hiroshi genegeerd. Het ergste was dat hij Hiroshi niet uitnodigde voor een spelletje golf.

Al deze kleineringen waren Hiroshi pijnlijk duidelijk; de implicaties lagen voor de hand.

Hiroshi draaide het nummer van de Doral Country Club en vroeg of hij de heer Yamaguchi kon spreken. Hij werd doorverbonden met het sociëteitsgebouw omdat Yamaguchi van plan was over twintig minuten thee te drinken.

Tanaka kwam aan de lijn. Hij was bijzonder kortaangebonden toen hij Hiroshi's stem hoorde. In snel Japans kwam Hiroshi meteen ter zake.

'Sean Murphy is hier in het onderzoekscentrum,' zei Hiroshi.

'Bedankt,' zei Tanaka. 'Het vliegtuig is onderweg. Alles is in orde. We zullen vanmiddag in het Forbes zijn.'

Sean was de ochtend met een uitstekend humeur begonnen. Na het aanvankelijke gemak waarmee hij de immunoglobuline en de drie cytokinen had geïdentificeerd, had hij verwacht dat het nauwkeurig vaststellen op welke soort antigeen de immunoglobuline reageerde, net zo snel zou gaan. Aangezien die zo sterk reageerde op de tumorcel-suspensie, veronderstelde hij dat het antigeen aan het membraan gebonden moest zijn. Met andere woorden, dat het antigeen op het oppervlak van de kankercellen moest voorkomen.

Om zich van de juistheid van deze veronderstelling te vergewissen en tevens vast te stellen dat het antigeen ten minste gedeeltelijk een peptide was, had Sean intacte cellen van Helens tumor met trypsine behandeld. Toen hij keek of deze behandelde cellen een reactie aangingen met de immunoglobuline, ontdekte hij al snel dat dat niet het geval was.

Vanaf dat moment was Sean in moeilijkheden gekomen. Hij kon dit membraan gebonden antigeen niet karakteriseren. Hij kwam op het idee om een groot aantal bekende antigenen te proberen en te zien of ze reageerden op het antigeenbindende deel van de onbekende immunoglobuline. Er reageerde er niet een. Gebruikmakend van letterlijk honderden cellijnen uit weefselkweek, spendeerde hij uren aan het vullen van de kleine putjes, maar hij kreeg geen reactie. Hij was vooral geïnteresseerd in cellijnen die van oorsprong neurale weefsels waren. Hij probeerde alle cellen te behandelen met detergentia in steeds hogere concentraties, om eerst de celmembranen te openen en cytoplasmische antigenen te onthullen, en om daarna nucleaire membranen te openen om nucleaire antigenen vrij te maken. Nog steeds kwam er geen enkele reactie. In geen van de honderden putjes van de ELISA-plaatjes vond kleurverandering plaats.

Sean kon niet geloven dat het zo moeilijk was om een antigeen te vinden dat reageerde op de geheimzinnige immunoglobuline. Tot dusver had hij zelfs geen gedeeltelijke reactie gekregen. Juist toen hij zijn geduld begon te verliezen, rinkelde de telefoon. Hij liep naar het wandapparaat om op te nemen. Het was Janet.

'Hoe gaat het, Einstein?' vroeg ze opgewekt.

'Vreselijk,' zei Sean. 'Ik bereik niets.'

'Het spijt me dat te horen,' zei Janet. 'Maar ik heb iets dat je misschien opmontert.'

'Wat?' vroeg Sean. Op het moment kon hij aan niets anders denken dan aan het antigeen waarnaar hij op zoek was. Maar daar zou Janet hem ook niet aan kunnen helpen.

'Ik heb een monster van Louis Martins grootste medicament-ampul,' zei Janet. 'Ik heb jouw idee gebruikt.'

'Geweldig,' zei Sean niet bijster geestdriftig.

'Wat is er aan de hand?' vroeg Janet. 'Ik dacht dat je blij zou zijn.'

'Dat ben ik ook wel,' zei hij. 'Maar ik ben ook teleurgesteld in het spul dat ik al heb; ik ben ten einde raad.'

'Laten we elkaar ontmoeten zodat ik je deze spuit kan geven,' zei Janet. 'Misschien heb je een pauze nodig.'

Zoals gewoonlijk spraken ze af in de kantine. Sean nam de gelegenheid te baat om iets te eten. Net als de vorige keer gaf Janet hem de spuit onder tafel aan. Hij liet hem in zijn zak glijden.

'Zoals je vroeg heb ik mijn weekendtas meegebracht,' zei ze, in de hoop Sean wat op te vrolijken.

Sean knikte alleen maar, terwijl hij zijn sandwich at.

'Je lijkt veel minder opgewonden over onze tocht dan vanmorgen,' merkte Janet op.

'Ik heb gewoon te veel aan mijn hoofd,' zei Sean. 'Ik had nooit kunnen denken dat ik geen antigeen zou kunnen vinden dat op de geheimzinnige immunoglobuline zou reageren.'

'Ik heb ook niet zo'n fantastische dag gehad,' zei Janet. 'Gloria is niet vooruitgegaan. Eigenlijk gaat het zelfs slechter met haar. Ik wordt er depressief van als ik haar zie. Ik weet niet hoe het met jou zit, maar ik verheug me er echt op om er tussenuit te gaan. Ik denk dat het ons allebei goed zal doen. Misschien krijg je ideeën als je een poosje uit het lab weg bent.'

'Dat zou prettig zijn,' zei Sean mat.

'Ik ben rond half vier klaar,' zei Janet. 'Waar spreken we af?'

'Kom maar naar het onderzoeksgebouw,' zei Sean. 'Ik zie je wel beneden in de hal. Als we daarvandaan vertrekken, mijden we de dienstwisseling in het ziekenhuis.'

'Ik zal er zijn met toeters en bellen,' zei Janet opgewekt.

Sterling stak zijn arm uit over de zitting en stootte Wayne aan. Wayne, die achterin had liggen slapen, ging snel rechtop zitten. 'Dit ziet er veelbelovend uit,' zei Sterling. Hij wees door de voorruit naar een zwarte Lincoln Town Car die halverwege het ziekenhuisgebouw en het onderzoekscentrum langs het trottoir parkeerde. Zodra de auto stilstond, stapte er een Japanner achter uit en staarde naar de twee gebouwen.

'Dat is Tanaka Yamaguchi,' zei Sterling. 'Kun je met je kijker zien hoeveel personen er in de limousine zitten?'

'Het is moeilijk te zien door de getinte ramen,' zei Wayne, die een kleine kijker gebruikte. 'Op de achterbank zit een tweede man. Wacht even. Het portier voorin gaat ook open. Ik kan er nog twee zien. Dus vier mensen in totaal.'

'Dat had ik wel verwacht,' zei Sterling. 'Ik neem aan dat het allemaal Japanners zijn.'

'Klopt, man,' zei Wayne.

'Het verbaast me dat ze hier bij het Forbes zijn,' zei Sterling. 'Tanaka's lievelingstechniek is om mensen op een afgelegen locatie te ontvoeren, zodat er geen getuigen zijn.'

'Ze zullen hem vermoedelijk volgen,' meende Wayne. 'En dan wachten tot ze op de juiste plek zijn.'

'Ik denk dat je gelijk hebt,' zei Sterling. Hij zag een tweede man uit de limousine stappen. Hij was lang vergeleken bij Tanaka. 'Geef mij die kijker eens,' zei Sterling. Wayne gaf de kijker aan over de zitting. Sterling stelde de scherpte van de lenzen bij en bestudeerde de twee oosterlingen. Hij herkende de tweede niet. 'Zullen we naar hen toe gaan en ons voorstellen?' opperde Wayne. 'Hun laten weten dat dit een riskante operatie is? Misschien geven ze het hele plan dan wel op.'

'Ze zouden alleen maar op hun hoede zijn,' zei Sterling. 'Op deze manier is het beter. Als we ons te vlug bekendmaken zullen ze alleen maar heimelijker te werk gaan. We moeten hen op he-

terdaad betrappen zodat we iets hebben om met hen te onderhandelen.'

'Het lijkt wel een kat-en-muisspel,' zei Wayne.

'Je slaat de spijker op zijn kop,' zei Sterling.

Robert Harris had vanaf vroeg in de ochtend in zijn auto gezeten, een paar deuren van Tom Widdicombs huis aan Palmetto
Lane in Hialeah vandaan. Hoewel Harris er ruim vier uur was
geweest, had hij geen teken van leven gezien, afgezien van het
feit dat de lichten allemaal uit waren gegaan. Eén keer meende hij
de gordijnen op dezelfde wijze te zien bewegen als de avond tevoren, maar hij wist het niet zeker. Hij dacht dat zijn ogen hem
wellicht bedrogen vanwege zijn verveling.

Verscheidene malen had Harris op het punt gestaan het op te geven. Hij verspilde te veel waardevolle tijd aan een individu dat alleen maar verdacht was vanwege een verandering van loopbaan,
het feit dat hij al zijn lichten liet branden en omdat hij niet open
wilde doen als er werd aangebeld. Toch liet de gedachte dat de
aanval op de twee verpleegsters in verband stond met de gebeurtenissen met de kankerpatiënten hem niet los. Omdat hij geen
andere ideeën of aanknopingspunten had, bleef hij waar hij was.

Het was net na twee uur in de middag, en Harris stond juist op
het punt te vertrekken om iets te doen aan zijn honger en andere
lichamelijke behoeften, toen hij Tom Widdicomb voor het eerst
zag. De garagedeur ging omhoog en daar was hij, knipperend tegen het felle zonlicht.

Lichamelijk beantwoordde Tom aan het signalement. Hij was
van gemiddelde lengte en van gemiddeld postuur en had bruin
haar. Zijn kleren waren lichtelijk gekreukt. Zijn overhemd en
pantalon waren niet geperst. Eén mouw van zijn overhemd was
opgerold tot halverwege zijn onderarm, de andere was afgerold
maar niet dichtgeknoopt. Aan zijn voeten droeg hij oude, licht-
gewicht trimschoenen.

Er stonden twee auto's in de garage: een enorme groene Cadillac
convertible en een grijze Ford Escort. Tom startte de Ford met
enige moeite. Toen de motor eenmaal liep, kwam er zwarte rook
uit de uitlaat alsof de auto enige tijd niet was gestart. Tom reed
achteruit de garage uit, sloot de garagedeur met de hand en stapte
toen weer in de Escort. Toen hij de oprit afreed, gaf Harris hem

enige voorsprong om hem daarna te volgen.

Harris had geen vooropgezet plan. Toen de garagedeur openging, en hij Tom voor het eerst zag, had hij uit de auto willen stappen om een gesprek met de man aan te knopen. Maar hij had dat niet gedaan en nu volgde hij hem zonder speciale reden. Na korte tijd bleek waar Tom naartoe ging en Harris werd steeds geïnteresseerder. Tom was op weg naar het Forbes Cancer Center.

Toen Tom de parkeerplaats opreed, volgde Harris hem, maar hij reed opzettelijk de tegenovergestelde kant op om te voorkomen dat Tom hem zou zien. Harris stopte snel, opende het portier en ging op de treeplank staan terwijl hij keek hoe Tom langzaam om de parkeerplaats heen reed en ten slotte vlak bij de ingang van het ziekenhuis stilhield.

Harris stapte weer in zijn auto. Hij reed dichterbij en vond een lege plek op ongeveer anderhalve meter van de Escort. Het schoot door zijn hoofd dat Tom Widdicomb de tweede verpleegster die was aangevallen, Janet Reardon, zou kunnen besluipen. Als dat zo was, was hij wellicht degene die haar had aangevallen, en als hij dat had gedaan, was hij misschien de moordenaar van de borstkankerpatiënten.

Harris schudde zijn hoofd. Het was allemaal giswerk. Er waren zoveel 'misschiens' en alles was zo in strijd met de manier waarop hij graag dacht en handelde. Hij hield van feiten, niet van vage veronderstellingen. Toch was dit het enige dat hij op dit moment had, en Tom Widdicomb gedroeg zich vreemd: in een huis blijven met alle lichten aan; zich het grootste deel van de dag verbergen; op zijn vrije dag rondhangen op het parkeerterrein van het ziekenhuis, terwijl hij geacht werd ziek thuis te zijn. Hoe belachelijk het vanuit een rationeel standpunt ook allemaal mocht klinken, het was voldoende reden voor Harris om in zijn auto te blijven wachten, terwijl hij wenste dat hij eraan had gedacht sandwiches en iets te drinken mee te nemen.

Toen Sean terugkeerde van zijn ontmoeting met Janet, besloot hij in een andere richting te gaan zoeken. In plaats van te proberen het antigene karakter van Helen Cabots geneesmiddel te determineren, besloot hij precies te bepalen in welk opzicht Louis Martins geneesmiddel verschilde van het hare. Een snelle elektroforese van de twee geneesmiddelen toonde aan dat ze nagenoeg hetzelfde moleculaire gewicht hadden, wat hij had verwacht. Een even snelle ELISA-test met de anti-menselijke immunoglobuline IgGl bevestigde dat beide middelen tot dezelfde klasse van immunoglobulinen behoorden. Ook dat had hij verwacht.

Maar toen ontdekte hij het onverwachte. Hij voerde een fluorescentie-antilichaamtest uit met Louis Martins geneesmiddel en met Helens tumor, en kreeg net zo'n sterk positieve reactie als hij met Helens middel had gehad! Hoewel Janet geloofde dat de medicamenten uit dezelfde bron kwamen, geloofde Sean niet dat ze hetzelfde konden zijn. Van wat hij wist over het antigene karakter van kankers en hun antistoffen, was het uiterst onwaarschijnlijk. Toch werd hij nu geconfronteerd met het feit dat Louis middel reageerde met Helens tumor. Hij wenste bijna dat hij de hand kon leggen op Louis' biopsie, zodat hij die kon inzetten tegen Helens middel om zijn verbijsterende bevinding te bevestigen.

Gezeten aan de labtafel, probeerde Sean te bedenken wat hem nu te doen stond. Hij kon Louis Martins geneesmiddel onderwerpen aan dezelfde reeks antigenen als dat van Helen, maar dat zou vermoedelijk zinloos zijn. In plaats daarvan besloot hij de antigene bindingsgebieden van de twee immunoglobulinen te determineren. Daarna kon hij hun aminozuur-volgorde rechtstreeks vergelijken.

De eerste stap van deze procedure was om elk van de immunoglobulinen te behandelen met een enzym genaamd papaïne, om de delen die te maken hadden met antigeenbinding, af te splitsen. Na de splitsing scheidde Sean deze segmenten, en 'ontvouwde' vervolgens de moleculen. Ten slotte voerde hij deze samenstellingen in een geautomatiseerde peptide-analysator in, die het gecompliceerde werk zou doen van het analyseren van de aminozuren. Dit apparaat bevond zich op de zesde verdieping.

Sean ging naar de zesde verdieping en bracht de geautomatiseerde apparatuur op gang. Er waren die zaterdagochtend een paar andere onderzoekers aan het werk, maar Sean was te verdiept in zijn werk om een gesprek te beginnen.

Zodra de analysator ingesteld en aangezet was, keerde Sean terug naar zijn lab. Aangezien hij meer van Helens geneesmiddel had dan van dat van Louis, gebruikte hij het hare om te blijven proberen iets te vinden dat zou reageren op zijn antigene bindingsgebied.

Hij probeerde te bedenken wat voor soort oppervlakte-antigeen zich op haar tumor kon bevinden en redeneerde dat het vermoedelijk een of ander soort glycoproteïne was, dat een cellulair bindingsgebied vormde.

Toen dacht hij aan de Forbes-glycoproteïne die hij geprobeerd had te kristalliseren.

Zoals hij met een groot aantal andere antigeen-kandidaten had gedaan, testte hij de reactiviteit van de Forbes-glycoproteïne met Helens medicamenten door middel van een ELISA-test. Juist toen hij het ELISA-plaatje afspeurde naar tekenen van reactiviteit, die hij niet zag, schrok hij op van een hese vrouwenstem.

'Wat ben je precies aan het doen?'

Sean draaide zich om en zag dat dr. Deborah Levy pal achter hem stond. Haar ogen schitterden fel.

Sean was volkomen verrast. Hij had zelfs niet de voorzorgsmaatregel genomen om met een overtuigende smoes voor de dag te komen voor al zijn immunologische proeven. Hij had niet verwacht dat iemand hem op zaterdagochtend zou storen, vooral dr. Levy niet; hij wist niet eens dat ze in de stad was.

'Ik heb een simpele vraag gesteld,' zei dr. Levy. 'Ik verwacht een antwoord.'

Sean wendde zijn blik van dr. Levy af en liet zijn ogen over de chaos van ELISA-plaatjes op de laboratoriumbank glijden, de grote hoeveelheid celkweekbuizen en de algemene wanorde. Hij stotterde, terwijl hij zocht naar een redelijke verklaring. Afgezien van het werk met de kristallen dat hij geacht werd te doen, wilde hem niets te binnen schieten. Helaas had dat niets te maken met immunologie.

'Ik probeer kristallen te kweken,' zei Sean.

'Waar zijn ze?' vroeg dr. Levy effen. Haar toon gaf aan dat ze zich niet gemakkelijk zou laten overtuigen.

Sean gaf niet meteen antwoord.

'Ik wacht op een antwoord,' zei dr. Levy.

'Ik weet het niet precies,' zei Sean. Hij voelde zich een idioot.

'Ik heb je verteld dat ik hier de touwtjes in handen heb,' zei dr. Levy. 'Ik heb het gevoel dat je me niet geloofde.'

'Dat deed ik wel,' haastte Sean zich te zeggen. 'Ik bedoel, dat doe ik wel.'

'Roger Calvet zei dat je niet langs bent geweest om je muizen te injecteren,' zei dr. Levy.

'Tja, kijk...' begon Sean.

'En Harris zei dat hij je betrapt heeft in ons maximum containmentgebied,' viel dr. Levy hem in de rede. 'Claire Barrington zei dat ze je nadrukkelijk heeft verteld dat dat verboden terrein is.'

'Ik dacht alleen...' begon Sean.

'Ik heb je van meet af aan laten weten dat ik je komst niet goedkeurde,' zei dr. Levy. 'Je gedrag tot nu toe heeft mijn achterdocht alleen maar bevestigd. Ik wil weten wat je uitvoert met al deze apparatuur en de dure reagentia. Men gebruikt geen ELISA-plaatjes om proteïnekristallen te kweken.'

'Ik rotzooi maar wat aan,' zei Sean tam. Het laatste wat hij wilde was bekennen dat hij met meduloblastoma bezig was, vooral nadat hem de toegang was verboden.

'Aanrotzooien!' herhaalde dr. Levy minachtend. 'Denk je soms dat het hier je privé-speelplaatsje is?' Ondanks haar donkere teint, steeg het bloed naar haar wangen. 'Niemand doet hier enig werk zonder bij mij een formeel voorstel in te dienen. Ik heb de leiding over de onderzoeksafdeling. Jij hoort te werken aan het glycoproteïneproject, en verder niets. Ben ik duidelijk genoeg? Ik wil de kristallen volgende week zien.'

'Goed,' zei Sean. Hij vermeed het haar aan te kijken.

Dr. Levy bleef nog een minuutje, alsof ze zich ervan wilde vergewissen dat haar woorden waren doorgedrongen. Sean voelde zich een kind dat op heterdaad op iets stouts was betrapt. Hij kon niets tot zijn verdediging aanvoeren. Zijn gebruikelijke talent voor een geestig weerwoord had hem in de steek gelaten. Ten slotte verliet dr. Levy met grote stappen het lab. De stilte keerde terug.

Sean staarde een paar minuten zonder zich te verroeren naar de chaos voor hem. Hij had er nog altijd geen idee van waar de kristallen zich bevonden. Ze moesten ergens zijn, maar hij maakte geen aanstalten ze te zoeken. Hij schudde alleen maar zijn hoofd. Wat een bespottelijke situatie. Zijn gevoel van frustratie kwam in één klap terug. Hij had werkelijk zijn buik vol van deze plek. Hij had nooit moeten komen en zou dat ook nooit hebben gedaan als hij de voorwaarden van het Forbes Center had geweten. Hij had in protest moeten vertrekken zodra hij daarvan op de hoogte was gebracht. Hij had zin om met zijn hand al het glaswerk en alle pipetten en ELISA-plaatjes van het werkblad te maaien en ze op de grond aan stukken te laten vallen.

Sean keek op zijn horloge. Het was iets na tweeën. 'De pot op met dit alles,' dacht hij. Terwijl hij de immunoglobuline-monsters bij elkaar veegde, stopte hij ze achter in de koelkast, tezamen met Helen Cabots hersenen en het monster van haar cerebro-spinale vocht.

Sean pakte zijn spijkerjack en stevende op de liften af, de chaos die hij had gemaakt achterlatend.

Toen hij in de heldere, warme zonneschijn stapte, voelde hij zich opgelucht. Hij gooide zijn jasje op de achterbank van de jeep en klom achter het stuur. De motor kwam brullend tot leven. Hij verliet opzettelijk met gierende banden de parkeerplaats en jakkerde zuidwaarts in de richting van de Forbes-flat. Hij was zo verdiept in zijn gedachten, dat hij de limousine die achter hem aan denderde in een poging Sean in het oog te houden niet opmerkte. Evenmin zag hij de donkergroene Mercedes die de limousine achtervolgde.

Sean racete naar zijn flat, knalde het autoportier dicht en schopte de voordeur van de flat dicht. Hij was in een rothumeur.

Toen hij de deur van zijn flat binnenging, hoorde hij de deur aan de overkant van de hal opengaan. Het was Gary Engels, die zoals gewoonlijk alleen een spijkerpak droeg en geen overhemd aanhad.

'Hoi, man,' zei Gary, nonchalant tegen de deurpost leunend. 'Je hebt zoëven bezoek gehad.'

'Wat voor bezoek?' vroeg Sean.

'Van de politie,' zei Gary. 'Twee smerissen kwamen hier rondneuzen en allerlei vragen over jou en je auto stellen.'

'Wanneer?' vroeg Sean.

'Een paar minuten geleden,' zei Gary. 'Je bent ze vermoedelijk op de parkeerplaats voorbijgereden.'

'Bedankt,' zei Sean. Hij ging zijn flat binnen en sloot de deur, geërgerd door dit nieuwe probleem. Er was maar één verklaring voor het politiebezoek: iemand had zijn nummerplaat genoteerd nadat het alarm in het rouwcentrum was afgegaan.

Het laatste wat Sean wilde was ruzie met de politie. Hij pakte een kleine tas en vulde die met ondergoed, een zwembroek en schoenen. In zijn klerenkoffer pakte hij een overhemd, een stropdas, een pantalon en een colbert. Nog geen drie minuten later liep hij de trap af.

Voordat hij het gebouw verliet, keek hij of hij politieauto's zag. Het enige voertuig dat niet op zijn plaats leek te zijn, was een limousine. Erop vertrouwend dat de smerissen hem niet zouden volgen in een limousine, spurtte hij naar zijn jeep en reed terug naar het Forbes Cancer Center. Onderweg hield hij stil om in een telefooncel te bellen.

Het idee dat de politie hem zocht, zat hem behoorlijk dwars. Het wekte nare herinneringen op aan zijn ongeregelde jeugd. Delen van zijn korte leven als dief waren opwindend geweest, maar zijn kortstondige contacten met het rechtssysteem waren alleen maar vervelend en ontmoedigend geweest. Hij wilde nooit meer in dat bureaucratische moeras vast komen te zitten.

Zodra hij had gehoord dat de politie naar hem vroeg, besloot hij zijn broer Brian te bellen. Voordat hij met de politie sprak, wilde hij spreken met de beste advocaat die hij kende. Hij hoopte dat zijn broer thuis zou zijn. Dat was hij gewoonlijk wel op zaterdagmiddag. Maar in plaats van Brian kreeg hij diens antwoordapparaat met een zinloze boodschap, compleet met achtergrondmuziek. Soms vroeg Sean zich af hoe het mogelijk was dat ze in hetzelfde huis waren opgegroeid.

Sean liet een boodschap achter dat het belangrijk was dat ze elkaar spraken maar dat hij geen nummer kon achterlaten. Hij zei dat hij later zou bellen. Sean wilde het opnieuw proberen als ze in Naples waren.

Hierna racete hij terug naar het Forbes. Hij wilde er zeker van zijn op de afgesproken plek te zijn als Janet klaar was met werken.

8

Zaterdag 6 maart, 15.20 uur

Toen om tien voor half vier tijdens de overdracht de laatste details werden doorgenomen, viel Janet in slaap. Ze was nog doodmoe geweest toen Sean haar die ochtend had gewekt, maar na een douche en een kop koffie had ze zich redelijk goed gevoeld. Halverwege de ochtend had ze weer koffie nodig gehad en halverwege de middag opnieuw. Ze had zich goed gehouden tot ze ging zitten voor de overdracht. Zodra ze zich niet meer bewoog, werd ze door moeheid overmand en begon ze tot haar schaamte te knikkebollen. Marjorie moest haar een por in de ribben geven.

'Je ziet eruit alsof je de halve nacht op bent geweest,' zei Marjorie.

Janet glimlachte alleen maar. Zelfs als ze Marjorie alles kon vertellen wat ze de middag en avond tevoren had uitgevoerd, betwijfelde ze of Marjorie haar zou hebben geloofd. In feite wist ze niet eens zeker of ze het zelf geloofde.

Na de overdracht verzamelde Janet haar spullen en stak ze over naar het Forbes-onderzoeksgebouw. Sean zat in de hal een tijdschrift te lezen. Hij glimlachte toen hij haar zag. Ze was blij te zien dat zijn humeur was verbeterd sinds ze elkaar in de kantine hadden ontmoet.

'Ben je klaar voor ons uitstapje?' vroeg Sean terwijl hij opstond.

'Nou en of,' zei Janet. 'Hoewel ik graag dit uniform zou uittrekken en een douche zou willen nemen.'

'Het uniform is geen probleem,' zei Sean. 'Er is hier een damestoilet waar je je kunt omkleden. De douche zal moeten wachten, maar het spitsuur ontlopen is wel een offer waard. Onze route zal ons langs het vliegveld voeren en ik weet zeker dat daar iedere middag veel verkeer is.'

'Ik maakte maar een grapje over de douche,' zei Janet. 'Maar ik kleed me wel even om.'

'Ga je gang,' zei Sean. Hij wees naar de deur van het damestoilet.

Tom Widdicomb had zijn hand in zijn broekzak en omklemde zijn speciale 'zaterdagse' pistool met de paarlemoeren kolf. Hij had opzij van de ziekenhuisingang gestaan om te kijken wanneer Janet Reardon naar buiten kwam. Hij dacht dat hij misschien de kans zou krijgen om haar neer te schieten terwijl ze in haar auto stapte. In gedachten zag hij hoe hij naar haar toeliep, net als ze achter het stuur ging zitten. Hij zou haar in het achterhoofd schieten en doorlopen. In de chaos en de verwarring van heen en weer gaande mensen en auto's en het lawaai van startende motoren zou het geluid van het pistool verloren gaan.

Maar er was één probleem. Janet was niet komen opdagen. Tom had andere bekende gezichten gezien, waaronder die van verpleegsters van de vierde verdieping, dus ze was niet opgehouden door de overdracht.

Tom keek op zijn horloge. Het was zeven over half vier en de massale uittocht van de dagdienst was uitgedund tot een stroompje. De meeste mensen waren nu vertrokken en Tom voelde zich verward en nerveus; hij moest haar vinden. Hij had de moeite genomen zich ervan te vergewissen dat ze werkte, maar waar was ze nu?

Hij liep weg van de muur van het gebouw waartegen hij had geleund, wandelde om het ziekenhuis heen en begaf zich in de richting van het onderzoeksgebouw. Hij kon de voetgangersbrug zien die de twee complexen verbond en vroeg zich af of ze wellicht naar de andere kant was gelopen en daar naar buiten was gekomen.

Hij was halverwege de twee gebouwen toen de aankomst van een lange zwarte limousine hem deed aarzelen. Tom ging ervan uit dat er een of andere beroemdheid werd behandeld op de poliklinische afdeling. Dat was al eens eerder gebeurd.

Terwijl hij de parkeerplaats afspeurde, probeerde hij nerveus te bedenken wat hij moest doen. Hij wilde dat hij wist in wat voor auto Janet reed, omdat hij dan zou weten of ze hem was ontsnapt of niet. Als dat zo was, was er een groot probleem. Hij wist dat ze de volgende dag vrij had. Tenzij hij uitvond waar ze woonde, zou ze de rest van het weekeinde onbereikbaar zijn. En dat betekende moeilijkheden. Tom haatte het idee om naar een stil huis terug te keren zonder zijn moeder iets definitiefs mee te kunnen delen. Alice had de hele avond niet tegen hem gesproken.

Tom probeerde nog altijd uit te puzzelen wat hij moest doen toen hij de zwarte jeep zag die hij de dag tevoren was gevolgd. Hij wilde er dichter naartoe gaan om er een betere blik op te kunnen werpen, toen hij haar opeens zag. Ze was net het onderzoeksgebouw uit gekomen.

Tom was opgelucht dat hij haar eindelijk zag, maar teleurgesteld dat ze niet alleen was. Dezelfde man die de middag tevoren bij haar was geweest, vergezelde haar ook nu weer. Tom keek hoe ze naar de jeep liepen. Ze droeg een weekendtas. Tom stond op het punt terug te sprinten naar zijn auto toen hij zag dat ze niet in de Isuzu stapten, maar er alleen een tas en een koffer uit haalden.

Tom wist dat er nu de dagdienst vertrokken was geen sprake meer van kon zijn dat hij Janet op de parkeerplaats neer kon schieten. Bovendien betekende het feit dat er iemand bij haar was dat hij hen allebei zou moeten neerschieten als hij geen getuige wilde achterlaten.

Tom liep terug naar zijn auto en hield onderwijl een oogje op het stel. Tegen de tijd dat hij zijn Escort bereikte, waren Janet en Sean bij een rode gehuurde Pontiac beland. Tom stapte in zijn auto en startte, terwijl hij keek hoe Janet en Sean hun tassen in de bagageruimte van de Pontiac opborgen.

Robert Harris had iedere zet die Tom Widdicomb had gedaan in de gaten gehouden. Hij had Sean en Janet gezien nog voordat Tom dat deed, en toen Tom aanvankelijk niet reageerde, was Harris teleurgesteld geweest en had hij gedacht dat zijn hele theorie fout was. Maar toen had Tom hen ontdekt en was hij teruggerend naar zijn Escort. Harris startte hierop zijn eigen auto en reed de parkeerplaats af, omdat hij dacht en hoopte dat Tom van plan was Janet te volgen. Op de hoek van Twelfth Street reed hij naar de zijkant van de weg. Als hij het goed had, zou Tom weldra de parkeerplaats af komen rijden, wat Harris' vermoeden zou bevestigen.

Even later reden Sean en Janet voorbij en sloegen in noordelijke richting af om de Miami over te steken. Toen, precies zoals Harris verwachtte, kwam Tom en draaide in dezelfde richting. Slechts een zwarte limousine scheidde Tom van zijn ogenschijnlijke prooi.

'Het wordt steeds interessanter,' zei Harris tegen zichzelf terwijl hij begon te rijden. Achter hem loeide een claxon en Harris trapte op zijn remmen. Een grote groene Mercedes miste hem op een paar centimeter na.

'Verdraaid!' bromde Harris. Hij wilde Tom Widdicomb niet kwijtraken en hij moest plankgas rijden om hem in te halen. Hij was vastbesloten de man te volgen om te zien of hij Janet Reardon openlijk zou bedreigen. In dat geval zou Harris hem betrappen.

Harris was tevreden tot Tom via de 836 East-West Expressway in westelijke richting reed in plaats van naar het oosten. Terwijl hij Miami International Airport passeerde en toen over Florida's Turnpike in zuidelijke richting verderging, besefte Harris dat dit een veel langere rit zou worden dan hij had voorzien.

'Dit bevalt me niet,' zei Sterling toen ze Florida's Turnpike bij Route 41 verlieten. 'Waar gaan die lui naartoe? Ik wou dat ze naar huis gingen of op drukke plekken bleven.'

'Als ze bij de volgende kruising naar het westen gaan, zijn ze op weg naar de Everglades,' zei Wayne. Hij chauffeerde. 'Of ze rijden dwars door Florida. Route 41 doorsnijdt de Everglades van Miami tot aan de Gulf Coast.'

'Wat is er aan de Gulf Coast?' informeerde Sterling.

'Niet veel als je het mij vraagt,' zei Wayne. 'Aardige stranden en goed weer, maar het is er stil. Naples is de eerste echte grote stad. Er zijn ook een paar eilanden, zoals Marco en Sanibel. Voor het merendeel is het een appartementen-paradijs met veel gepensioneerden. Tamelijk gezapig, maar het stikt er van het geld. Je kunt in Naples miljoenen uitgeven aan een appartement.'

'Het ziet ernaar uit dat ze naar het westen gaan,' zei Sterling, zijn ogen op de limousine voor hen gericht. Ze volgden Tanaka, niet Sean, in de veronderstelling dat Tanaka achter Sean aan reed.

'Wat ligt er tussen hier en Naples?' vroeg Sterling.

'Niet veel,' zei Wayne. 'Alleen maar kaaimannen, zaaggras en moerasland.'

'Dit maakt me heel erg nerveus,' zei Sterling. 'Ze spelen Tanaka direct in de kaart. Laten we hopen dat ze niet op de een of andere geïsoleerde plek stilhouden.'

Sterling keek naar rechts, en keek toen nog eens. In de blauwe Sedan naast hen zat een bekend gezicht. Het was Roger Harris, het hoofd van de veiligheidsdienst in het Forbes. Sterling was de dag tevoren aan de man voorgesteld.

Sterling wees Wayne op Harris en legde uit wie hij was. 'Dit is een verontrustende complicatie,' zei hij. 'Waarom zou Harris Sean Murphy volgen? Er bestaat een kans dat hij deze situatie nog ingewikkelder gaat maken dan ze al is.'

'Zou hij af weten van Tanaka?' vroeg Wayne.

'Dat kan ik me niet voorstellen,' zei Sterling. 'Zo stom is dokter Mason niet.'

'Misschien is hij verliefd op die griet,' opperde Wayne. 'Misschien volgt hij Reardon en niet Murphy.'

Sterling zuchtte. 'Het is verontrustend hoe snel een operatie mis kan gaan. Een minuut geleden was ik er zeker van dat we de loop der gebeurtenissen zouden kunnen beheersen omdat wij over informatie beschikten. Helaas geloof ik dat niet langer. Ik begin het onbehaaglijke gevoel te krijgen dat het toeval een belangrijke factor zal worden. Er zijn ineens te veel variabelen.'

Brian had geen bagage afgegeven. Hij had alleen een reistas en zijn aktentas meegenomen. Nadat hij uit het vliegtuig was gestapt, ging hij rechtstreeks naar de Hertz-balie. Na een korte rit met de Hertz-shuttlebus vond hij zijn huurauto op de parkeerplaats: een roomkleurige Lincoln Town Car.

Gewapend met een gedetailleerde plattegrond van Miami was Brian in zuidelijke richting naar de Forbes-flat gereden. Hij had vanaf het vliegveld in Boston verscheidene malen Seans nummer gedraaid, maar er werd niet opgenomen. Bezorgd had hij Kevin vanuit het vliegtuig gebeld, maar Kevin had hem verzekerd dat de politie Sean nog niet had opgepikt.

Bij de Forbes-flat klopte Brian op Seans deur, maar er was geen reactie. In de hoop dat Sean spoedig zou terugkomen, had Brian een briefje voor hem achtergelaten waarin stond dat hij in de stad was en in het Colonnade Hotel logeerde. Brian krabbelde het telefoonnummer van het hotel neer. Juist toen hij het briefje onder Seans deur duwde, ging de deur aan de overkant open.

'Zoek je Sean Murphy?' vroeg een jongeman in spijkerbroek en zonder overhemd.

'Ja,' zei Brian. Toen stelde hij zich voor als Seans broer.

Gary Engels stelde zich ook voor. 'Sean was hier vanmiddag rond half drie,' zei hij. 'Ik vertelde hem dat de politie hier was geweest voor hem, dus bleef hij niet lang.'

'Zei hij waar hij naartoe ging?' vroeg Brian.

'Nee,' zei Gary. 'Maar hij heeft een koffer en een tas meegenomen toen hij wegging.'

Brian bedankte Gary en keerde terug naar zijn huurauto. Het idee dat Sean bagage mee had genomen, klonk niet veelbelovend. Brian hoopte maar dat zijn broer niet zo stom zou zijn om te proberen het op een lopen te zetten. Helaas was met Sean alles mogelijk.

Brian begaf zich naar het Forbes Cancer Center. Hoewel de telefooncentrale gesloten was, meende Brian dat het gebouw zelf wel open zou zijn en dat bleek te kloppen. Hij ging de foyer binnen. 'Ik ben op zoek naar Sean Murphy,' zei hij tegen de bewaker. 'Ik ben Brian Murphy, Seans broer uit Boston.'

'Hij is hier niet,' zei de bewaker met een zwaar Spaans accent. Hij raadpleegde een logboek dat voor hem lag. 'Hij is om tien voor half drie vertrokken. Hij kwam terug om vijf over drie, maar vertrok weer om tien voor vier.'

'Kunt u op de een of andere manier met hem in contact komen?' vroeg Brian.

De bewaker raadpleegde een ander boek. 'Hij verblijft in de Forbes-flat. Wilt u het adres hebben?'

Brian vertelde de bewaker dat hij dat al wist en bedankte hem. Hij liep naar buiten en stapte weer in zijn auto, terwijl hij probeerde te bedenken wat hij moest doen. Hij vroeg zich af of het wel verstandig was geweest naar Miami te komen zonder eerst met Sean te hebben gesproken en bedacht waar zijn broer zou kunnen zijn.

Uiteindelijk besloot hij naar zijn hotel te gaan. Hij startte zijn auto en maakte een U-bocht om de parkeerplaats te verlaten. Terwijl hij dat deed, ontdekte hij een zwarte Isuzu die verdacht veel op die van Sean leek. Hij reed er dichter naartoe en merkte op dat de nummerplaat uit Massachusetts was. Hij parkeerde zijn Lincoln en sprong eruit om de jeep van binnen te bekijken. Het was inderdaad die van Sean. Hij zat vol met fastfoodverpakkingen en lege plastic bekertjes.

Het leek vreemd dat Sean de auto op de ziekenhuisparkeerplaats had laten staan. Hij ging opnieuw het gebouw in, meldde de aanwezigheid van de auto aan de bewaker en vroeg of hij dat kon verklaren. De man haalde alleen maar zijn schouders op.

'Is er een manier om vóór maandag in contact te komen met de directeur van het centrum?' vroeg Brian.

De bewaker schudde zijn hoofd.

'Als ik mijn naam en hotelnummer achterlaat,' zei Brian, 'zou je dan je baas willen bellen en hem vragen of hij het zou kunnen doorspelen aan de directeur van het centrum?'

De bewaker knikte instemmend en haalde zelfs pen en papier voor Brian tevoorschijn. Brian schreef snel een briefje en overhandigde het aan de bewaker, tezamen met een biljet van vijf dollar. Het gezicht van de bewaker klaarde op met een brede glimlach.

Brian ging terug naar zijn auto, reed naar zijn hotel en checkte in. Eenmaal in zijn kamer was het eerste wat hij deed zijn vriend Kevin bellen om hem zijn nummer te geven. Kevin verzekerde hem nogmaals dat er geen arrestatie had plaatsgevonden.

Hierna belde Brian naar Anne om haar te vertellen dat hij veilig in Miami was aangekomen. Hij bekende dat hij nog niet met Sean had gesproken, maar zei dat hij verwachtte dat spoedig te doen. Hij gaf haar zijn hotelnummer voordat hij ophing.

Hierna schopte Brian zijn schoenen uit en opende zijn aktentas. Nu hij vastzat in een hotelkamer kon hij in ieder geval wat werk afhandelen.

'Dit lijkt meer op het landschap dat ik in Zuid-Florida verwachtte,' zei Sean. Ze hadden eindelijk de beschaafde wereld achter zich gelaten. De vierbaans snelweg, met aan weerszijden winkelcentra en flatgebouwen, had plaatsgemaakt voor een tweebaansweg die recht door de Everglades sneed.

'Het is adembenemend mooi,' zei Janet. 'Het ziet er bijna prehistorisch uit. Ik verwacht iedere keer een brontosaurus te zien oprijzen uit een van die vijvers,' voegde ze er lachend aan toe.

Ze reden voorbij zeeën van zaaggras, afgewisseld met bosjes pijnbomen, palmen, en cipressen. Overal waren exotische vogels, sommige spookachtig wit, andere iriserend blauw. Enorme stapelwolken bolden in de verte en zagen er tegen de intens blauwe lucht witter uit dan normaal.

De rit had Janet aanzienlijk gekalmeerd. Ze was blij Miami en haar patiënten achter zich te laten. Terwijl Sean reed, had ze haar schoenen uitgeschopt en haar blote voeten op het dashboard gelegd. Ze had haar gemakkelijkste spijkerbroek aangedaan met een eenvoudig wit katoenen shirt. Op haar werk droeg ze haar haren in een paardestaart, maar ze had ze losgemaakt zodra ze de Forbes-parkeerplaats hadden verlaten. Doordat alle raampjes openstonden, wapperde haar haar vrij.

Het enige probleem was de zon. Omdat ze naar het westen koersten, stroomde er fel zonlicht door de voorruit. Zowel Sean als Janet droeg een zonnebril en ze hadden de zonnekleppen neergeklapt om hun gezichten te beschermen tegen de felle stralen.

'Ik geloof dat ik de aantrekkingskracht van Florida begin te begrijpen,' zei Janet ondanks de zon.

'Het doet de winter in Boston extra streng lijken,' zei Sean.

'Waarom wilde je niet met je Isuzu gaan?' vroeg Janet.

'Er is een probleempje met mijn auto,' zei Sean.

'Wat voor probleem?' vroeg Janet.

'De politie is geïnteresseerd in een praatje met de eigenaar.'

Janet haalde haar voeten van het dashboard. 'Ik geloof niet dat ik het prettig vind om dat te horen,' zei ze. 'Wat is er met de politie?'

'Ze zijn naar de Forbes-flat gekomen,' zei Sean. 'Gary Engels heeft met ze gesproken. Ik denk dat iemand mijn nummerplaat heeft opgenomen toen het alarm afging in het rouwcentrum.'

'O nee!' riep Janet uit. 'Dan is de politie naar ons op zoek.'

'Correctie,' zei Sean. 'Naar mij op zoek.'

'Mijn god!' zei Janet. 'Als iemand de nummerplaat gezien heeft, heeft hij ons ook gezien.' Ze sloot haar ogen. Dit was het soort nachtmerrie waarvoor ze bang was geweest.

'Het enige dat ze hebben is een nummerplaat,' zei Sean. 'Dat is nauwelijks een bewijs.'

'Maar ze kunnen onze vingerafdrukken vinden,' zei Janet.

Sean schonk haar een lichtelijk verachtelijke blik. 'Wees serieus,' zei hij. 'Ze zullen echt geen team rechercheurs sturen voor een gebroken ruit en de vermiste hersenen van een lijk.'

'Hoe weet je dat?' wierp Janet tegen. 'Je bent geen criminele expert. Ik vind dat we ons bij de politie moeten aangeven en alles moeten uitleggen.'

Sean lachte honend. 'Alsjeblieft! We geven onszelf niet aan. Doe niet zo belachelijk. Denk erom, ze zoeken mij. Ze willen met mij praten. In het ergste geval zal ik ervoor opdraaien. Maar zover zal het niet komen. Ik heb Brian gebeld. Hij kent mensen in Miami. Hij zal het wel in orde brengen.'

'Heb je hem gesproken?' vroeg Janet.

'Nee, nog niet,' bekende Sean. 'Maar ik heb een boodschap achtergelaten op zijn antwoordapparaat. Als we in het hotel zijn, zal ik het nog eens proberen en het hotelnummer achterlaten als hij er nog steeds niet is. Tussen twee haakjes, heb je je creditcard meegenomen?'

'Natuurlijk,' zei Janet.

'Godzijdank,' zei Sean. Hij stak zijn hand uit en gaf Janet een speels klapje op haar knie. 'Ik heb gereserveerd in het Ritz Carlton. De Quality Inn zat vol.'

Janet staarde uit het zijraampje en vroeg zich af waar ze mee bezig was. Het had niets te maken met de creditcardkwestie. Ze vond het niet erg zo nu en dan te betalen. Sean was royaal met zijn geld als hij het had, en ze had meer dan genoeg. Wat haar dwarszat was het feit dat ze werden gezocht door de politie. Het was galant van Sean om aan te bieden er alleen voor op te draaien, maar ze wist dat ze dat niet zou toestaan, ook niet als het allemaal wel meeviel, wat waarschijnlijk niet het geval zou zijn. Degene die de nummerplaat had gezien, had haar ook gezien. Verliefd worden op Sean leek haar alleen maar verdriet te brengen, eerst emotioneel en nu op het beroepsmatige vlak. Ze wist niet hoe het Forbes Center zou reageren op een verpleegster die beschuldigd werd van god weet wat in verband met een inbraak in een rouwcentrum. Ze kon niet veel potentiële werkgevers bedenken die een dergelijke misdaad als een pluspunt zouden beschouwen.

Janet was op de rand van paniek, en toch was Sean net zo kalm en brutaal als anders. Hij scheen zich echt te vermaken. Hoe hij zo koel en beheerst kon zijn terwijl hij wist dat de politie van Miami hem zocht, ging haar verstand te boven. Ze vroeg zich af of ze hem ooit echt zou begrijpen.

'Wat zit er achter Naples in Florida?' vroeg Janet, besluitend op een ander onderwerp over te stappen. 'Je zei dat je het zou uitleggen zodra we op weg waren.'

'Heel simpel,' zei Sean. 'Een van de patiënten van die groep van drieëndertig woont in Naples. Hij heet Malcolm Betencourt.'

'Een van de medulloblastoma-patiënten in remissie?' vroeg Janet.

'Ja,' zei Sean. 'Een van de eersten die zijn behandeld. Hij is al bijna twee jaar in remissie.'

'Wat ben je van plan te doen?'

'Hem opbellen?'

'En wat wil je hem dan zeggen?'

'Ik weet het niet precies,' zei Sean. 'Ik zal moeten improviseren. Ik denk dat het interessant zou zijn over de Forbes-behandeling te horen vanuit het standpunt van de patiënt. Ik ben vooral benieuwd naar wat ze hem hebben verteld. Ze moeten hem iets verteld hebben, al was het maar om hem de toestemmingsformulieren te laten ondertekenen.'

'Waarom denk je dat hij met ons zal praten?' vroeg Janet.

'Hoe zou hij mijn Ierse charme kunnen weerstaan?' zei Sean.

'Even serieus,' zei Janet. 'Mensen houden er niet van over hun ziekten te praten.'

'Over hun ziekten misschien niet,' gaf Sean toe. 'Maar herstel van een terminale ziekte is iets heel anders. Je zou verbaasd zijn. De mensen zijn er dol op over dat soort dingen te praten en over de wereldberoemde dokter die ervoor gezorgd heeft. Is het je nooit opgevallen dat de mensen graag denken dat hun dokter wereldberoemd is, ook al praktiseert hij in een plaats als Malden of Revere?'

'Ik vind dat je een hoop lef hebt,' zei Janet. Ze was er niet van overtuigd dat Malcolm Betencourt open zou staan voor Seans telefoontje, maar ze wist ook dat ze niets zou kunnen doen om Sean ervan te weerhouden het te proberen. Bovendien was het idee van een weekend ertussenuit, afgezien dan van deze nieuwe zorg betreffende de politie van Miami, nog altijd verrukkelijk, ook al had Sean ook een ander motief in gedachten. Ze meende zelfs dat zij en Sean misschien eindelijk een moment zouden kunnen vinden om over hun toekomst te praten. Per slot van rekening zou ze, afgezien van Malcolm Betencourt, Sean onafgebroken voor zich alleen hebben.

'Hoe is het je vergaan met Louis Martins monster?' vroeg Janet. Ze vond dat ze het gesprek luchtig moest houden tot ze gingen eten. Ze stelde zich een etentje bij kaarslicht voor op een terras met uitzicht op zee. Dan zou ze praten over een vaste verbintenis en liefde.

Sean schonk Janet een gefrustreerde blik. 'Ik werd gestoord door het charmante hoofd van de onderzoeksafdeling,' zei hij. 'Ze las me de les en zei me dat ik terug moest keren naar de Forbesglycoproteïne-onzin. Ze overrompelde me echt; ik zat voor één keer verlegen om woorden. Ik kon niets intelligents verzinnen.'

'Wat rot,' zei Janet.

'Nu ja, het moest vroeg of laat gebeuren,' zei Sean. 'Maar ook voordat zij kwam opdagen, ging het niet al te geweldig. Het is me niet gelukt Helens geneesmiddel te laten reageren op enig antigeen, cellulair, viraal of bacterieel. Maar je moet gelijk hebben dat het middel van een grote partij afkomstig is. Ik accumuleerde een monster van Louis Martins geneesmiddel met Helens tumor, en het reageerde net zo sterk en in dezelfde oplossingen als dat van Helen.'

'Dus ze gebruiken dezelfde geneesmiddelen,' zei Janet. 'Wat is daar voor bijzonders aan? Als mensen worden behandeld met antibiotica krijgen ze ook allemaal hetzelfde middel. Het etiketteren voor iedere patiënt is vermoedelijk eerder een kwestie van controle dan iets anders.'

'Maar kankerimmunotherapie is niet te vergelijken met antibiotica,' zei Sean. 'Zoals ik al eerder zei, zijn kankers antigeen onderscheiden, zelfs hetzelfde type kanker.'

'Ik dacht dat een van de dogma's van wetenschappelijke logica draait om de kwestie van de uitzondering,' zei Janet. 'Als er een uitzondering op een hypothese wordt gevonden, is men gedwongen de oorspronkelijke hypothese te herzien.'

'Ja, maar...' zei Sean, maar hij aarzelde. Janet had iets verstandigs gezegd. Het was een feit dat het Forbes honderd procent remissie verkreeg, kennelijk met medicatie die niet geïndividualiseerd was. Sean had dat succes gedocumenteerd gezien in de drieëndertig gevallen. Daarom moest hij een fout maken door vast te houden aan de immunologische eigenschap van kankercellen.

'Je moet toegeven dat ik gelijk heb,' hield Janet vol.

'Goed,' zei Sean, 'maar ik denk nog altijd dat er aan dit alles iets vreemds is. Iets dat me ontgaat.'

'Dat is duidelijk,' zei Janet. 'Je weet niet op welk antigeen de immunoglobuline reageert. Dat is wat je ontgaat. Als je dat eenmaal hebt uitgepuzzeld, zal al het andere misschien op zijn plaats vallen. Laten we kijken wat een ontspannen weekend zal doen voor je creativiteit. Misschien zul je tegen maandag een idee hebben dat je over dit kennelijke struikelblok heen zal helpen.'

Nadat ze het hartje van de Everglades waren gepasseerd, begonnen Sean en Janet tekenen van beschaving te zien. Eerst waren er een paar geïsoleerde badplaatsen, daarna verbreedde de weg zich tot vier rijstroken. Al vlug maakte het zaaggras plaats voor winkelcentra, benzinestations annex levensmiddelenwinkels en miniatuurgolfbanen die net zo lelijk waren als die bij Miami.

'Ik had gehoord dat Naples nogal deftig was,' zei Janet. 'Dit lijkt er niet op.'

'Laten we ons van een oordeel onthouden tot we bij de Golf zijn,' zei Sean.

De weg ging plotseling noordwaarts en de onaantrekkelijke overdaad van borden en commerciële bebouwing bleef doorgaan.

'Hoe kunnen zoveel winkelcentra overleven?' vroeg Janet.

'Een van de mysteries van de Amerikaanse cultuur,' zei Sean.

Met de kaart in de hand begon Janet de weg te wijzen. Ze waarschuwde Sean ruim van te voren dat ze links moesten afslaan, in de richting van het water.

'Het begint er iets veelbelovender uit te zien,' zei Sean.

Na pakweg anderhalve kilometer met meer landschappelijke vergezichten doemde het in meditterane stijl gebouwde Ritz Carlton op uit de mangrovebossen aan de linkerkant van de weg. De overdaad van weelderige tropische planten en exotische bloemen was verbijsterend.

'Ah, eindelijk thuis!' zei Sean toen ze onder de poort door reden. Een man in een blauw jacquet en een zwarte hoge hoed opende de portieren. 'Welkom in het Ritz Carlton,' zei de heer in livrei. Ze gingen naar binnen door enorme glazen deuren en kwamen in een waas van gepolijst roze marmer, dure Oosterse tapijten en kristallen kroonluchters. Op de verhoging onder de enorme boogramen werd thee geserveerd. Opzij was een vleugel, compleet met een in jacquet gestoken pianist.

Sean sloeg zijn arm om Janet heen toen ze naar de receptiebalie slenterden. 'Ik denk dat deze plaats me wel zal bevallen,' zei hij tegen haar.

Tom Widdicomb had een hele reeks emoties ondergaan tijdens de twee uur durende achtervolging. Aanvankelijk, toen Janet en Sean de stad uit waren gereden in de richting van de Everglades, was hij verontrust geweest. Toen had hij besloten dat het misschien juist wel goed was. Als ze op een of andere minivakantie waren, zouden ze ontspannen en nietsvermoedend zijn. In de stad waren de mensen meestal achterdochtiger en voorzichtiger. Maar toen één uur twee uren werden en Tom naar zijn benzine-peil keek, was hij kwaad geworden. Deze vrouw had hem zoveel last bezorgd dat hij wenste dat ze gewoon aan de kant van de weg zouden stoppen. Dan zou hij ook kunnen stoppen, hen allebei neerschieten en dan was de zaak tenminste afgelopen.

Toen hij voor het Ritz Carlton stopte, vroeg hij zich af of hij nog benzine over had. De meter had de afgelopen acht kilometer op leeg gestaan.

De vooringang vermijdend, reed Tom om de hoek en parkeerde op een groot terrein naast de tennisbanen. Nadat hij uit zijn auto was gestapt, rende hij de oprijlaan op, maar hij minderde vaart toen hij de rode huurauto pal voor de ingang geparkeerd zag staan. Terwijl hij de kolf van zijn pistool, dat in zijn zak zat, in zijn hand geklemd hield, liep Tom om de auto heen. Hij liep mee met een groep gasten en ging het hotel binnen. Hij was bang dat iemand zou proberen hem tegen te houden, maar dat gebeurde niet. Nerveus speurde hij de luxueuze foyer af. Hij ontdekte Janet en Sean bij de receptiebalie.

Omdat zijn woede hem moed gaf, wandelde Tom vrijpostig naar de balie en ging naast Sean staan. Janet stond aan zijn andere kant. Haar nabijheid joeg een huivering langs zijn ruggegraat.

'De niet-rokerskamers met uitzicht op de oceaan zijn vol,' zei de receptioniste tegen Sean. Het was een kleine vrouw met grote ogen, goudblond haar en het soort gebruinde huid dat dermatologen ineen deed krimpen.

Sean keek Janet aan en trok zijn wenkbrauwen op. 'Wat vind je ervan?' vroeg hij.

'We kunnen kijken hoe erg de rokerskamer is,' stelde ze voor.

Sean wendde zich weer tot de receptioniste. 'Op welke verdieping is de kamer met uitzicht op de oceaan?' vroeg hij.

'Op de vijfde,' zei de receptioniste. 'Kamer 501. Het is een prachtige kamer.'

'Goed,' zei Sean. 'Laten we het proberen.'

Tom verwijderde zich van de balie en zei in zichzelf 'Kamer 501' terwijl hij zich naar de liften begaf. Hij zag een zwaargebouwde man in een zakenkostuum en met een klein oordopje in zijn oor. Tom vermeed hem. Nog steeds hield hij zijn hand in zijn zak en omklemde zijn pistool.

Robert Harris stond bij de piano, verscheurd door besluiteloosheid. Net als Tom was hij aan het begin van de jacht opgetogen geweest. Toms duidelijke achtervolging van Janet leek zijn theorie te bevestigen. Maar toen de stoet auto's Miami verliet, was hij geïrriteerd geraakt, vooral toen ook hij dacht dat hij zonder benzine zou komen te zitten. Daar kwam nog bij dat hij rammelde van de honger; hij had die ochtend vroeg voor het laatst gegeten. Nu ze helemaal via de Everglades naar het Ritz Carlton in Naples waren gereden, wist hij niet meer wat hij van de reis moest denken. Het was stellig geen misdaad om naar Naples te rijden en Tom zou kunnen beweren dat hij niemand had gevolgd. Tot zijn spijt moest Harris bekennen dat hij tot nu toe met niets overtuigends op de proppen was gekomen. Als er al een schakel bestond tussen Tom en de aanval op Janet of de overleden borstkankerpatiënten, dan was die zeer vaag, hij bestond alleen maar uit hypothesen en gissingen.

Harris wist dat hij zou moeten wachten tot Tom een openlijk agressieve zet in de richting van Janet zou doen en hij hoopte dat dat zou gebeuren. Per slot van rekening zou Toms kennelijke interesse in de verpleegster kunnen worden toegeschreven aan de een of andere getikte obsessie. De vrouw zag er niet slecht uit. In feite was ze redelijk aantrekkelijk en sexy; dat had Harris zelf goedkeurend vastgesteld.

Omdat Harris zich duidelijk niet op zijn plaats voelde in zijn short en T-shirt, liep hij om de vleugel heen toen Tom Widdicomb uit het gezicht verdween in de gang voorbij de receptie. Snel liep Harris langs Janet en Sean, die nog steeds bezig waren met inchecken.

Harris zag hoe Tom vóór hem een hoek omging en uit het gezicht verdween. Harris stond op het punt zijn tempo te versnellen toen hij een hand op zijn arm voelde. Zich omdraaiend keek hij in het gezicht van een zwaargebouwde man met een oordopje in zijn rechteroor. Hij was gekleed in een donker pak, vermoedelijk om niet op te vallen onder de gasten. Hij was geen gast. Hij was van de veiligheidsdienst van het hotel.

'Neemt u mij niet kwalijk,' zei de veiligheidsbeambte. 'Kan ik u van dienst zijn?'

Harris wierp een snelle blik in de richting waarin Tom was verdwenen en keek toen weer naar de veiligheidsbeambte, die nog altijd zijn arm vasthield. Hij wist dat hij vlug iets zou moeten bedenken.

'Wat gaan we doen?' vroeg Wayne. Hij zat over het stuur gebogen. De groene Mercedes stond langs de stoeprand geparkeerd, vlak bij de hoofdingang van het Ritz Carlton. Voor hen stond de limousine aan een kant van de inrijpoort geparkeerd. Er was niemand uit de limousine gestapt, hoewel de in livrei gestoken portier met de chauffeur had gesproken en de chauffeur hem een bankbiljet had overhandigd, vermoedelijk een groot bedrag.

'Ik weet werkelijk niet wat ik moet doen,' zei Sterling. 'Mijn intuïtie zegt me bij Tanaka te blijven, maar ik maak me er zorgen over dat Harris het hotel binnen is gegaan. Ik heb er geen idee van wat hij van plan is.'

'Ojee,' oh,' uitte Wayne. 'Nog meer complicaties.' Voor zich zagen ze het portier aan de passagierskant opengaan. Een onberispelijk geklede, jeugdige Japanner stapte uit. Hij legde een draagbare telefoon op het dak van de auto, trok zijn donkere das recht en knoopte zijn colbert dicht. Toen nam hij de telefoon op en ging het hotel binnen.

'Denk je dat ze overwegen Sean Murphy te vermoorden?' vroeg Wayne. 'Die vent lijkt me een beroeps.'

'Dat zou me bijzonder verbazen,' zei Sterling. 'Het is niets voor Japanners. Maar Tanaka is geen typische Japanner, vooral niet vanwege zijn connecties met de Yakusa. En er zit veel geld in biotechnologie. Ik vrees dat ik het vertrouwen begin te verliezen in mijn vermogen zijn intenties te voorspellen. Misschien kun je de Japanner beter naar binnen volgen. Wat je ook doet, zorg ervoor dat Murphy niets overkomt.'

Blij dat hij even uit de auto kon gaan, haastte Wayne zich om het hotel binnen te komen.

Nadat Wayne het hotel was binnengeglipt, dwaalden Sterlings

ogen weer af naar de limousine. Hij probeerde zich voor te stellen wat Tanaka dacht, wat hij van plan was. Verzonken in deze gedachten herinnerde hij zich ineens de Sushita-jet.

Sterling stak zijn hand uit naar de autotelefoon en belde zijn contact bij het FAA. Het contact vroeg hem aan de lijn te blijven terwijl hij de vraag intoetste in zijn computer. Na een korte pauze kwam hij weer aan de telefoon.

'Je vogel is gevlogen.' zei hij.

'Wanneer?' vroeg Sterling. Dit was niet wat hij wilde horen. Als het vliegtuig was vertrokken, zou Wayne gelijk kunnen hebben. Tanaka was stellig niet van plan Sean naar Japan te brengen, want daarvoor had hij de Sushita-jet nodig.

'Hij is een poosje geleden vertrokken,' zei het contact.

'Gaat hij terug naar de oostkust?' vroeg Sterling.

'Nee,' zei het contact. 'Hij gaat naar Naples in Florida. Zegt je dat iets?'

'Nou en of,' zei Sterling opgelucht.

'Van daaruit gaat hij naar Mexico,' zei het contact. 'Dan valt het niet langer onder onze jurisdictie.'

'Je bent bijzonder behulpzaam geweest,' zei Sterling.

Hij hing op. Hij was blij dat hij had gebeld. Nu wist hij zeker dat Sean Murphy niet ieder moment kon worden vermoord, maar dat hem weldra een gratis tocht over de Stille Oceaan zou worden aangeboden.

'Ik ruik geen sigaretterook,' zei Janet terwijl ze de lucht in het ruime vertrek opsnoof. Toen opende ze de glazen deuren en stapte het terras op. 'Sean, kom eens hier!' riep ze. 'Dit is schitterend.'

Sean zat op de rand van het bed de instructies voor een lange-afstandsgesprek te lezen. Hij stond op en voegde zich bij Janet op het terras.

Het uitzicht was spectaculair. Een strand strekte zich naar het noorden uit in een gigantische boog en eindigde in de verte bij Sanibel Island. Pal onder hun terras was de weelderige plantengroei van een mangrovemoeras. In zuidelijke richting vormde het strand een rechte lijn en verdween ten slotte achter een rij hooggelegen appartementsgebouwen. In het westen scheen de zon schuin door een opening in de rode wolken. De Golf was kalm en diepgroen. Een paar windsurfers tekenden zich af tegen het oppervlak en hun zeilen leken heldere kleurspatten.

'Laten we naar het strand gaan om te zwemmen,' stelde Janet voor. Haar ogen schitterden van geestdrift.

'Jij je zin,' zei Sean. 'Maar eerst wil ik Brian en Betencourt bellen.'

'Succes ermee,' zei Janet over haar schouder. Ze was al op weg naar binnen om zich te verkleden.

Toen Janet in de badkamer haar badpak aantrok, draaide Sean Brians nummer. Het was na zessen en Sean verwachtte zeker dat hij thuis zou zijn. Het was teleurstellend om het antwoordapparaat te horen aanslaan en opnieuw Brians boodschap te moeten afluisteren. Na de pieptoon liet Sean het nummer van het Ritz en zijn kamernummer achter en vroeg zijn broer alsjeblieft te bellen. Bij nader inzien voegde hij eraan toe dat het belangrijk was. Daarna draaide Sean Malcolm Betencourts nummer. Betencourt nam zelf op toen de telefoon voor de tweede keer overging.

Sean improviseerde. Hij legde uit dat hij een medisch student van Harvard was die een facultatieve stage liep in het Forbes Cancer Center. Hij zei dat hij dossiers had doorgenomen van patiënten die de medulloblastoma-behandeling hadden gekregen en met wie het goed ging. Omdat hij in de gelegenheid was geweest meneer Betencourts dossier door te nemen, zou hij het appreciëren als hij de kans kreeg met hem persoonlijk over zijn behandeling te praten als dat tenminste mogelijk was.

'Noem me alsjeblieft Malcolm,' zei meneer Betencourt. 'Bel je vanuit Miami?'

'Ik zit in Naples,' zei Sean. 'Mijn vriendin en ik zijn juist met de auto gearriveerd.'

'Prachtig. Dus je bent al in de buurt. En je bent van Harvard. Heb je er ook je kandidaats gedaan?'

Sean legde uit dat hij tijdelijk verlof had en dat hij zijn kandidaats ook op Harvard had gedaan.

'Ik heb zelf op Harvard gezeten,' zei Malcolm. 'Ik ben van '50. Ik wed dat dat voor jou een eeuw geleden lijkt. Heb je er nog aan sport gedaan?'

Sean was enigszins verbaasd vanwege de richting die het gesprek uit ging, maar hij besloot mee te gaan. Hij vertelde Malcolm dat hij in het hockeyteam had gezeten.

'Ik heb zelf geroeid,' zei Malcolm. 'Maar je bent geïnteresseerd in mijn periode in het Forbes en niet in de glorierijke dagen uit mijn jeugd. Hoe lang blijf je in Naples?'

'Alleen maar het weekend.'

'Wacht even, jongeman,' zei Malcolm. Binnen een minuut kwam hij weer aan de telefoon. 'Wat zou je ervan zeggen om te komen eten vanavond?' vroeg hij.

'Dat is bijzonder vriendelijk,' zei Sean. 'Weet je zeker dat het geen overlast betekent?'

'Ik heb het al met de baas besproken,' zei Malcolm opgewekt. 'En Harriet zal het heerlijk vinden om jong gezelschap te hebben. Wat zeg je van half negen?'

'Prima,' zei Sean. 'Kun je me vertellen hoe ik er moet komen?'

Malcolm vertelde Sean dat hij in Galleon Drive in Port Royal woonde, een wijk net ten zuiden van het oude centrum van Naples. Daarna gaf hij bepaalde aanwijzingen, die Sean noteerde.

Zodra Sean had opgehangen, werd er op de deur geklopt. Terwijl hij naar de deur liep, las Sean de aanwijzingen nog eens door. Afwezig opende hij de deur zonder te vragen wie het was of door het kijkgaatje te kijken. Hij realiseerde zich niet dat Janet de veiligheidsketting had vastgemaakt. Toen hij de deur opentrok, bleef die abrupt steken zodat er slechts een kier van vijf centimeter open was.

Door de kier zag Sean kortstondig metaal glinsteren in de hand van degene die voor de deur stond. De betekenis van dat geschitter drong niet tot hem door. Sean was te verbaasd dat hij de deur niet helemaal had kunnen openen om daarop te letten. Zodra hij de deur opnieuw en nu helemaal opende, verontschuldigde hij zich tegenover de man die voor hem stond.

De man, gekleed in een hoteluniform, glimlachte en zei dat excuses niet nodig waren. Hij zei dat hij zich behoorde te verontschuldigen omdat hij hen stoorde, maar de leiding zond fruit en een fles champagne om goed te maken dat er geen niet-rokerskamer met uitzicht op de oceaan vrij was.

Sean bedankte de man en gaf hem een fooi voordat hij hem uit liet, en vervolgens riep hij Janet. Hij schonk twee glazen in.

Janet verscheen in de deuropening in een zwart badpak dat bij de dijen hoog was opgesneden en laag in de rug. Sean moest even slikken.

'Je ziet er prachtig uit,' zei hij.

'Vind je het mooi?' vroeg Janet, terwijl ze wervelend de kamer binnenkwam. 'Ik heb het gekocht vlak voordat ik Boston verliet.'

'Ik vind het schitterend,' zei Sean. Opnieuw viel hem Janets figuur op, en hij bedacht zich dat het haar figuur was dat hem het eerst had aangetrokken toen hij haar van de balie had zien klimmen.

Sean overhandigde haar een glas champagne en legde uit dat het een geschenk van de leiding was.

'Op ons vrije weekend,' zei Janet, haar glas naar hem opheffend.

'Bravo!' zei Sean, zijn glas tegen dat van haar tikkend.

'En op onze gesprekken,' voegde Janet eraan toe, opnieuw haar glas opheffend.

Sean stootte haar glas voor de tweede keer aan, maar zijn gezicht nam een vragende uitdrukking aan. 'Wat voor gesprekken?' vroeg hij.

'Ergens in de komende vierentwintig uur wil ik over onze relatie praten,' zei Janet.

'O ja?' Sean trok een gezicht.

'Kijk niet zo somber,' zei Janet. 'Drink je glas leeg en trek je zwembroek aan. Anders is de zon al onder voordat we buiten zijn.'

Seans nylon sportbroek moest dienst doen als zwembroek. Hij had zijn zwembroek niet kunnen vinden toen hij in Boston zijn spullen had gepakt. Maar het had hem niets kunnen schelen. Hij had er niet op gerekend veel naar het strand te gaan, en als hij dat deed, zou het alleen maar zijn om te wandelen en naar de meisjes te kijken. Hij was niet van plan geweest het water in te gaan.

Nadat ze hun champagne hadden opgedronken, trokken ze de badjassen aan die door het hotel waren verschaft. Terwijl ze met de lift naar beneden gingen, vertelde Sean Janet over Malcolm Betencourts uitnodiging. Janet was verrast over deze ontwikkeling en enigszins teleurgesteld. Ze had zich een romantisch dineetje met z'n tweeën voorgesteld.

Op weg naar het strand wandelden ze langs het zwembad van het hotel, dat een vrije variant op een klaverblad was. Er zaten een stuk of zes mensen in het water, merendeels kinderen. Nadat ze een plankier waren overgestoken over een smalle tong mangrovemoeras, arriveerden ze bij de Golf van Mexico.

Zelfs op dit uur was het strand verblindend. Het zand was wit en vermengd met de verpulverde, door de zon gebleekte restanten van biljoenen schelpdieren. Het strand pal voor het hotel was bezaaid met houten strandmeubelen en blauwe canvas parasols. Aan de noordkant zaten groepjes luierende zonnebaders her en der verspreid, maar naar het zuiden was het strand verlaten.

Omdat ze de voorkeur gaven aan privacy gingen ze zuidwaarts en maakten een bocht over het zand om het verste punt te bereiken van de kleine golfjes die op het strand spoelden. Omdat Sean verwachtte dat het water zou aanvoelen als Cape Cod in de zomer, was hij aangenaam verrast. Het was nog koel, maar stellig niet koud.

Hand in hand wandelden ze over het vochtige, stevige zand aan de rand van het water. De zon ging aan de horizon onder en wierp een glinsterend pad van gouden licht langs het wateroppervlak. Een vlucht pelikanen gleed boven hun hoofd geruisloos voorbij. Vanuit de diepte van een uitgestrekt mangrovemoeras kwam de kreet van een tropische vogel.

Toen ze voorbij de aan het strand gelegen appartementen ten zuiden van het Ritz Carlton liepen, maakte bebouwing plaats voor een rij Australische pijnbomen vermengd met zeedruiven en een paar palmen. De Golf veranderde van groen tot zilver naarmate de zon onder de horizon wegzakte.

'Geef je echt om me?' vroeg Janet plotseling. Omdat ze niet de kans zou krijgen tijdens het eten serieus met Sean te praten, besloot ze dat er geen geschikter tijdstip was dan het huidige om in ieder geval een gesprek op gang te brengen. Wat kon er per slot van rekening romantischer zijn dan een strandwandeling bij zonsondergang?

'Natuurlijk geef ik om je,' zei Sean.

'Waarom vertel je me dat nooit?'

'Doe ik dat niet?' vroeg Sean verrast.

'Nee.'

'Maar ik denk het aldoor,' zei Sean

'Zou je zeggen dat je veel om me gaf?'

'Ja, dat zou ik wel zeggen,' zei Sean.

'Hou je van me, Sean?' vroeg Janet.

Ze wandelden een stukje zonder iets te zeggen en keken hoe hun voeten afdrukken maakten in het zand.

'Ja, dat doe ik,' zei Sean.

'Wat doe je?' vroeg Janet.

'Wat je zei,' antwoordde Sean. Hij staarde naar de plek aan de horizon waar de zon was ondergegaan. Er was nog steeds een vurige gloed te zien.

'Kijk me aan, Sean,' zei Janet.

Onwillig keek Sean haar in de ogen.

'Waarom kun je me niet zeggen dat je van me houdt?' vroeg ze.

'Ik zeg het je,' zei Sean.

'Je kunt de woorden niet zeggen,' zei Janet. 'Waarom niet?'

'Ik ben Iers,' zei Sean, in een poging de stemming wat luchtiger te maken. 'De Ieren praten niet gemakkelijk over hun gevoelens.'

'Je geeft het in ieder geval toe,' zei Janet. 'Maar of je wel of niet echt om me geeft is een belangrijk punt. Het soort gesprek dat ik wil is zinloos als de fundamentele gevoelens er niet zijn.'

'De gevoelens zijn er,' hield Sean vol.

'Goed, ik zal je voorlopig met rust laten,' zei Janet, Sean tot stilstaan dwingend. 'Maar ik moet zeggen dat het me een raadsel is hoe je over al het andere in het leven zo open kunt zijn en zo gesloten zodra het ons betreft. Maar daar kunnen we het later wel over hebben. Wat zeg je van een duik?'

'Wil je echt in het water gaan?' vroeg hij onwillig.

'Wat betekent volgens jou een duik?' vroeg Janet.

'Ik snap het,' zei Sean. 'Maar dit is eigenlijk geen zwembroek.' Hij was bang dat het zou lijken of hij niets aan had als zijn short nat werd.

Janet vond het ongelooflijk dat hij er, nadat ze zo ver waren gekomen, voor terugdeinsde om in het water te gaan vanwege zijn short.

'Als dat een probleem is,' zei ze, 'waarom trek je hem dan niet gewoon uit?'

'Moet je dat horen!' zei Sean spottend. 'Miss Keurig stelt naakt zwemmen voor. Ik doe het met plezier als jij het ook doet.'

Sean keek Janet in de schemering aan. Een deel van hem genoot ervan dat hij haar een onbehaaglijk gevoel gaf. Had hij zich per slot van rekening zojuist niet in allerlei bochten moeten wringen over de kwestie van het uitdrukken van gevoelens? Hij wist niet zeker of ze op de uitdaging zou ingaan, maar Janet had hem de laatste tijd vaker verrast doen staan, om te beginnen met het feit dat ze hem gevolgd was naar Florida.

'Wie eerst?' vroeg ze.

'We doen het tegelijk,' zei hij.

Na een korte aarzeling trokken ze allebei hun badjassen uit en vervolgens hun zwemkleding en sprongen naakt in de lichte branding. Terwijl de avond overging in de nacht stoeiden ze in het ondiepe water en lieten ze de miniatuurgolven over hun blote lijven stromen. Na de Bostonse winter leek dit het toppunt van ongedwongenheid, vooral voor Janet. Tot haar verrassing genoot ze immens.

Vijftien minuten later verlieten ze het water en stormden ze het strand op om hun kleren te pakken, giechelend als lichtzinnige tieners. Janet wilde meteen in haar badpak stappen, maar Sean dacht er anders over. Hij pakte haar hand en trok haar mee in de schaduw van de Australische pijnbomen. Nadat ze hun badjassen op het zanderige bed van dennenaalden aan de rand van het strand hadden uitgespreid, gingen ze liggen in een stevige, vreugdevolle omhelzing.

Maar het duurde niet lang.

Janet was de eerste die voelde dat er iets mis was. Ze tilde haar hoofd op en keek uit over de lichtgevende streep van het witte zandstrand.

'Hoorde je dat?' vroeg ze.

'Ik geloof het niet,' antwoordde Sean zonder zelfs te luisteren.

'Ik meen het,' zei Janet. Ze ging rechtop zitten. 'Ik hoorde iets.'

Voordat een van beiden zich kon bewegen stapte een gedaante uit de schaduwen die het bosje pijnbomen omhulden. Het gezicht van de vreemdeling ging verloren in de schaduw. Het enige dat ze duidelijk konden zien was het pistool met de paarlemoeren kolf dat op Janet was gericht.

'Als dit uw terrein is, gaan we gewoon,' zei Sean. Hij ging rechtop zitten.

'Houd je mond!' siste Tom. Hij kon zijn blik niet van Janets naakte lichaam losscheuren. Hij was van plan geweest uit de duisternis te treden en beiden meteen neer te schieten, maar nu merkte hij dat hij aarzelde. Hoewel hij niet veel kon zien in de schemering, was hetgeen hij wèl zag hypnotiserend. Hij merkte dat het hem moeite kostte om na te denken.

Toen Janet Toms doordringende blik voelde, pakte ze haar badpak op en drukte het tegen haar borst. Maar dat stond Tom haar niet toe. Met zijn vrije hand rukte hij het badpak weg en liet het op het zand vallen.

'Je had je er nooit mee moeten bemoeien,' snauwde Tom.

'Waar heb je het over?' vroeg Janet, niet in staat haar blik van het pistool af te wenden.

'Alice vertelde me dat meisjes zoals jij me zouden proberen te verleiden,' zei Tom.

'Wie is Alice?' vroeg Sean. Hij kwam overeind. Hij hoopte Tom aan de praat te houden.

'Kop dicht!' blafte Tom, en hij zwaaide het pistool in Seans richting. Hij besloot dat het tijd werd zich van deze kerel te ontdoen. Hij strekte zijn arm en verstevigde zijn greep op de trekker tot het pistool afging.

Maar de kogel miste doel. Precies op het moment dat Tom de trekker overhaalde, dook er een tweede schimmige figuur uit de duisternis op die Tom tackelde, waardoor hij een paar meter verderop op de grond viel.

Door de botsing met de vreemdeling verloor Tom zijn greep op het pistool. Het belandde enkele centimeters bij Seans voet vandaan op de grond. Met het geluid van het schot nog nagalmend in zijn oren, keek Sean geschokt naar het wapen. Hij kon niet geloven dat iemand een pistool op hem had afgevuurd!

'Pak het pistool!' wist Harris grommend uit te brengen terwijl hij met Tom worstelde. Ze rolden tegen de stam van een van de pijnbomen. Tom rukte zich kortstondig los. Hij wilde het strand oprennen, maar hij kwam niet verder dan een meter voordat Harris hem opnieuw tackelde.

Zowel Sean als Janet overwon de eerste schok en ze reageerden op hetzelfde moment. Janet pakte de badjassen en badpakken en Sean raapte het pistool op. Ze zagen dat Harris en Tom in het zand vlak bij het water met elkaar worstelden.

'Laten we maken dat we wegkomen!' zei Sean dringend.

'Maar wie heeft ons gered?' vroeg Janet. 'Moeten we hem niet helpen?'

'Nee,' zei Sean. 'Ik herken hem. Hij heeft geen hulp nodig. We smeren 'm.'

Sean pakte Janets onwillige hand en samen renden ze weg van de pijnbomen naar het strand en daarna noordwaarts in de richting van het hotel. Janet keek verscheidene malen over haar schouder, maar Sean spoorde haar iedere keer aan door te lopen. Toen ze het hotel naderden, hielden ze even stil om hun badjassen aan te schieten.

'Wie was de man die ons heeft gered?' wilde Janet hijgend weten.

'Het hoofd van de veiligheidsdienst in het Forbes,' zei Sean, eveneens buiten adem. 'Hij heet Robert Harris. Hij redt het wel. We kunnen ons beter zorgen maken over die andere gek.'

'Wie was dat?' vroeg Janet.

'Ik heb er geen flauw idee van,' zei Sean.

'Wat gaan we de politie vertellen?' vroeg Janet.

'Niets,' zei Sean. 'We gaan niet naar de politie. Dat kan niet. Ze zoeken me. Ik kan pas gaan als ik Brian heb gesproken.'

Ze renden langs het zwembad het hotel in.

'De man met het pistool moet ook met het Forbes te maken hebben,' zei Janet. 'Anders zou het hoofd van de veiligheidsdienst niet hier zijn.'

'Je hebt vast gelijk,' zei Sean. 'Tenzij Robert Harris achter mij aanzit, net als de politie. Hij zou de premiejager kunnen uithangen. Ik weet zeker dat hij niets liever zou willen dan mij kwijt te raken.'

'Dit bevalt me helemaal niet,' bekende Janet terwijl ze met de lift naar boven gingen.

'Mij ook niet,' zei Sean. 'Er gebeurt iets heel vreemds en we weten van niets.'

'Wat gaan we doen?' vroeg Janet. 'Ik vind nog steeds dat we naar de politie moeten gaan.'

'Het eerste dat we doen is van hotel veranderen,' zei Sean. 'Het bevalt me niet dat Harris weet waar we logeren. Het is al erg genoeg dat hij weet dat we in Naples zijn.'

Eenmaal in de kamer verzamelden ze vlug hun spullen. Janet probeerde Sean er opnieuw toe over te halen naar de politie te gaan, maar hij liet zich niet vermurwen.

'Dit is mijn plan,' zei Sean. 'Ik ga met de tassen naar het zwembad en glip weg via de tennisbanen. Jij gaat naar de hoofdingang, haalt de auto en komt me oppikken.'

'Hoezo?' wilde Janet weten. 'Vanwaar al dat rondsluipen?'

Sterling nam de autotelefoon op. 'Nu we het toch over Murphy's reisgenote hebben, laten we eens kijken wat mijn contacten in Boston over haar hebben ontdekt.'

9

Zaterdag 6 maart, 19.50 uur

'Dit is een geweldige kamer,' zei Janet terwijl ze de grote houten tropische luiken opende.

Sean kwam naast haar staan. 'Het lijkt wel alsof we schuin boven het strand hangen,' zei hij. Ze waren op de derde verdieping. Het strand was helemaal tot aan de rand van het water verlicht. Een rij catamarans lag pal onder hen.

Ze deden beiden een poging de verontrustende ervaring op het strand van zich af te zetten. Aanvankelijk wilde Janet teruggaan naar Miami, maar Sean overreedde haar om te blijven. Hij had gezegd dat wat de verklaring voor het incident ook mocht zijn, die nu tenminste achter hen lag. Hij had gezegd dat nu ze eenmaal in Naples waren, ze zich in ieder geval moesten vermaken. 'Laten we gaan,' zei Sean. 'Malcolm Betencourt verwacht ons over veertig minuten.'

Terwijl Janet een douche nam, ging Sean zitten en probeerde Brian nog een keer te bereiken. Hij was teleurgesteld toen hij opnieuw het antwoordapparaat kreeg. Hij liet een derde boodschap achter waarin hij zijn broer instrueerde het vorige telefoonnummer te vergeten. Hij sprak het nummer van Edgeware Beach in en het kamernummer, eraan toevoegend dat hij uit eten zou gaan, en vroeg hem om later terug te bellen, ongeacht het tijdstip. Hij zei dat het van levensbelang was dat ze elkaar spraken.

Sean belde daarna het huis van de Betencourts om te zeggen dat het een paar minuten later kon worden. Betencourt verzekerde hem dat het geen probleem was en bedankte hem voor het telefoontje.

Terwijl hij op de rand van het bed zat, en Janet nog onder de douche stond, haalde Sean het pistool tevoorschijn dat hij van het strand had opgeraapt. Hij klapte de cilinder open en schudde er wat zand uit. Het was een oude .38 Smith en Wesson. Er zaten nog vier patronen in. Sean schudde zijn hoofd toen hij bedacht hoe weinig het had gescheeld of hij was neergeschoten. Hij bedacht ook hoe ironisch het was dat hij was gered door iemand aan wie hij vanaf het moment dat hij hem had ontmoet een hekel had gehad.

Sean klapte de cilinder van de revolver weer dicht en borg hem op onder zijn hemd. Ze waren de afgelopen vierentwintig uur een paar keer te vaak ternauwernood aan een ramp ontsnapt om deze kans om zich te bewapenen voorbij te laten gaan. Sean voelde dat er iets bizars gaande was en zoals iedere goede medische diagnosticus probeerde hij alle symptomen tot een enkele ziekte terug te brengen. Intuïtief voelde hij aan dat hij het pistool voor de zekerheid maar beter kon houden. Inwendig trilde hij nog na van het gevoel van hulpeloosheid dat hij had gehad voordat het pistool was afgegaan.

Toen Janet uit de douche kwam, stapte Sean erin. Janet betreurde het nog steeds dat ze de man met het pistool niet hadden aangegeven en zei iets in die geest terwijl ze zich opmaakte. Maar Sean bleef bij zijn besluit en voegde eraan toe dat hij ervan overtuigd was dat Robert Harris de situatie volkomen in de hand had.

'Zal het niet verdacht lijken als we naderhand moeten uitleggen waarom we niet naar de politie zijn gegaan?' hield Janet vol.

'Vermoedelijk wel,' beaamde Sean, 'maar dat moet Brian tegen die tijd maar opknappen. Laten we er een poosje niet over praten en proberen ons een beetje te vermaken.'

'Nog een vraag,' zei Janet. 'De man noemde me een bemoeial. Wat bedoelde hij volgens jou?'

Sean stak wanhopig zijn handen op. 'Die vent was volslagen getikt. Hij zat vermoedelijk midden in een acute paranoïde psychose. Hoe moet ik weten waarover hij het had?'

'Al goed,' zei Janet. 'Rustig maar. Heb je nog geprobeerd Brian te bellen?'

Sean knikte. 'Die schooier is nog steeds niet thuis,' zei hij. 'Maar ik heb ons nummer ingesproken. Hij zal wel bellen terwijl we aan het eten zijn.'

Toen ze klaar waren voor vertrek belde Sean de parkeerbediende om hem te vragen de auto voor te rijden. Terwijl ze de kamer verlieten, stak Sean de Smith en Weston in zijn zak zonder dat Janet het merkte.

Toen ze over Gulf Shore Boulevard zuidwaarts reden, kwam Janet eindelijk tot rust. Ze lette zelfs weer op de omgeving en bewonderde alle bloeiende bomen. Het viel haar op dat er geen afval of graffiti was. Ze zag ook geen spoor van daklozen. De Amerikaanse grote-stadsproblemen lagen kennelijk ver weg van Naples in Florida.

Terwijl ze probeerde Seans aandacht op een bijzonder mooie bloeiende boom te vestigen, viel het haar op dat hij buitensporig vaak in de achteruitkijkspiegel keek.

'Waar let je op?' vroeg ze.

'Robert Harris,' zei Sean.

Janet keek achterom en toen naar Sean.

'Heb je hem gezien?' vroeg ze gealarmeerd.

Sean schudde zijn hoofd. 'Nee,' zei hij. 'Ik heb Harris niet gezien, maar ik geloof dat we worden gevolgd door een auto.'

'O geweldig!' zei Janet. Het weekeinde bleek heel anders uit te pakken dan ze zich had voorgesteld.

Plotsklaps maakte Sean midden op de weg een U-bocht. Janet moest het dashboard vastpakken om haar evenwicht te bewaren. In een oogwenk reden ze in noordelijke richting, de richting waaruit ze waren gekomen.

'Het is de tweede auto,' zei Sean. 'Kijk of je kunt zeggen wat voor auto het is en wie er achter het stuur zit.'

Er naderden twee auto's uit de tegenovergestelde richting. Hun koplampen boorden een gat in de duisternis. De eerste auto reed langs. Sean minderde vaart, waarna de tweede auto langsreed.

'Het is een limousine,' zei Janet verrast.

'Hieruit blijkt hoe paranoïde ik begin te worden,' zei Sean met een zweem van spijt. 'Dat is stellig niet het soort auto waarin Robert Harris zou rijden.'

Sean maakte weer een abrupte U-bocht en ze reden opnieuw zuidwaarts.

'Zou je me even willen waarschuwen als je weer op het punt staat zo'n manoeuvre te maken?' klaagde Janet. Ze ging weer op haar plaats zitten.

'Sorry,' zei Sean.

Terwijl ze langs het oude stadsgedeelte, naar het zuiden reden, merkten ze op dat de huizen steeds groter en indrukwekkender werden. Binnen Port Royal waren ze nog luxueuzer, en toen ze de oprijlaan van Malcolm Betencourt opreden, die was omzoomd met laaiende toortsen, waren ze vol ontzag. Ze parkeerden op een terrein dat werd aangeduid als bezoekersparkeerplaats, ten minste 300 meter van de deur.

'Dit lijkt eerder een overgebracht Frans château,' zei Janet. 'Het is enorm. Wat doet die man?'

'Hij runt een enorme commerciële ziekenhuiscorporatie,' zei Sean. Hij stapte uit de auto en liep eromheen om het portier voor Janet te openen.

'Ik wist niet dat er zoveel geld viel te verdienen met commerciële geneeskunde,' zei Janet.

De Betencourts waren zeer hoffelijk. Ze verwelkomden Sean en Janet alsof ze oude vrienden waren. Ze plaagden hen er zelfs mee dat ze geparkeerd stonden op een terrein dat gereserveerd was voor de leveranciers.

Met in hun hand een glas met de beste champagne, die op smaak was gebracht met een drupje cassis, werden Sean en Janet onthaald op een rondleiding door het huis. Ze maakten ook een wandeling over het terrein, dat in totaal meer dan 6 hectare besloeg en twee zwembaden bevatte waarvan de ene in de andere stroomde, en waar een 40 meter lange teakhouten zeilboot gemeerd lag aan een flinke steiger.

'Sommige mensen vinden dit huis misschien een beetje te groot,' zei Malcolm toen ze in de eetkamer zaten. 'Maar Harriet en ik zijn veel ruimte gewend. Ons huis in Connecticut is zelfs nog iets groter.'

'Bovendien ontvangen we regelmatig gasten,' zei Harriet. Ze drukte op een belletje en een bediende verscheen met de eerste gang. Een andere bediende schonk een pittige witte wijn in.

'Je studeert dus in het Forbes?' zei Malcolm tegen Sean. 'Je bent een boffer, Sean. Het is een geweldig ziekenhuis. Ik neem aan dat je dokter Mason hebt ontmoet?'

'Dokter Mason en dokter Levy,' zei Sean.

'Ze doen fantastische dingen,' zei Malcolm. 'Dat hoef ik jou niet te vertellen. Zoals je weet vorm ik het levende bewijs.'

'Ik kan me voorstellen dat je dankbaar bent,' zei Sean. 'Maar...'

'Dat is te zacht uitgedrukt,' viel Malcolm hem in de rede. 'Ze hebben me een tweede leven gegeven, en daarom zijn we meer dan dankbaar.'

'We hebben vijf miljoen geschonken namens onze stichting,' zei Harriet. 'Wij zouden in de vs ons geld veel meer in succesvolle instellingen moeten steken in plaats van die stomme politiek van het Congres te volgen.'

'Voor Harriet is de onderzoekssubsidie een teer punt,' legde Malcolm uit.

'Ze heeft gelijk,' gaf Sean toe. 'Maar als medisch student ben ik geïnteresseerd in je ervaring als patiënt en ik zou het graag in je eigen woorden horen. Hoe vatte je de behandeling die je kreeg op? Gezien het feit dat je zelf in de medische wereld werkzaam was, was je waarschijnlijk geïnteresseerd.'

'Bedoel je de kwaliteit van de behandeling of de behandeling op zich?'

'De behandeling op zich,' zei Sean.

'Ik ben zakenman, geen arts,' zei Malcolm. 'Maar ik beschouw mezelf als geïnformeerde leek. Toen ik in het Forbes kwam, begonnen ze onmiddellijk met immunotherapie met een antistof. De eerste dag namen ze een biopsie van de tumor en namen ze witte bloedcellen af. Ze incubeerden de witte bloedcellen met de tumor om ze te activeren "killercellen" te worden. Ten slotte injecteerden ze mijn eigen geactiveerde cellen weer in mijn bloedstroom. Voor zover ik heb begrepen, hechtte de antistof zich aan de kankercellen, waarna de killercellen kwamen en ze vernietigden.'

Malcolm haalde zijn schouders op en keek naar Harriet om te zien of zij iets wilde toevoegen.

'Dat is wat er gebeurde,' beaamde ze. 'Die kleine cellen gingen naar binnen en gaven de tumoren ervan langs!'

'Aanvankelijk verergerden mijn symptomen een beetje,' zei Malcolm. 'Maar daarna ging het steeds beter. De tumoren smolten gewoon weg. En momenteel voel ik me fantastisch.' Om zijn bewering klem bij te zetten beukte hij met zijn vuist op zijn borst.

'En nu word je poliklinisch behandeld?' vroeg Sean.

'Inderdaad,' zei Malcolm. 'Op dit moment moet ik ieder half jaar komen voor controle. Maar dokter Mason is ervan overtuigd dat ik genezen ben, dus verwacht ik dat de controle kan worden teruggebracht tot één keer per jaar. Iedere keer als ik ga, krijg ik voor alle zekerheid een dosis antistof.'

'En je hebt geen symptomen meer?' vroeg Sean.

'Niets,' zei Malcolm. 'Ik ben zo fris als een hoentje.'

De borden van de eerste gang werden weggehaald. Het hoofdgerecht arriveerde tezamen met een rode wijn. Sean voelde zich ontspannen, ondanks het incident op het strand. Hij keek naar Janet, die een gesprek voerde met Harriet; ze bleken gemeenschappelijke kennissen te hebben. Janet glimlachte tegen Sean toen ze zag dat hij naar haar keek. Ook zij vermaakte zich duidelijk.

Malcolm proefde de wijn waarderend. 'Niet gek voor een '86 Napa,' zei hij. Hij zette zijn glas op tafel en keek Sean aan. 'Niet alleen heb ik geen symptomen meer van de hersentumor, maar ik voel me ook geweldig. Beter dan ik me in jaren heb gevoeld. Natuurlijk vergelijk ik het vermoedelijk met het jaar voordat ik de immunotherapie kreeg, een afgrijselijk jaar. Werkelijk alles ging mis. Eerst had ik een knieoperatie, die geen pretje was, daarna encefalitis en toen de hersentumor. Dit jaar heb ik me geweldig gevoeld. Ik ben zelfs niet verkouden geweest.'

'Heb je encefalitis gehad?' vroeg Sean met zijn vork halverwege zijn mond.

'Ja,' zei Malcolm. 'Ik was een medische curiositeit. Iemand zou op mij hebben kunnen afstuderen. Ik had een aanval van hoofdpijn, koorts en voelde me over het algemeen belabberd en...' Malcolm leunde voorover en zei achter zijn hand: 'Als ik plaste, brandde mijn penis.' Hij keek naar de overkant van de tafel om er zeker van te zijn dat de vrouwen het niet hadden gehoord.

'Hoe wist je dat het encefalitis was?' vroeg Sean. Hij legde zijn vork op zijn bord.

'De hoofdpijn was het ergst,' zei Malcolm. 'Ik ging naar mijn plaatselijke internist, die me doorstuurde naar het Columbia Presbyterian. Ze zijn het daar gewend om vreemde zaken te zien, allerlei soorten exotische, tropische ziekten. Ik werd onderzocht door belangrijke artsen op het gebied van infectieziekten.

Zij waren het die het eerst encefalitis vermoedden en het toen bewezen door middel van een nieuwe methode, genaamd polymerase of iets dergelijks.'

'Polymerase Kettingreactie,' zei Sean alsof hij in trance was. 'Wat voor soort encefalitis was het?'

'Ze noemden het SLE,' zei Malcolm. 'Dat staat voor St. Louis Encefalitis. Ze waren allemaal verrast en zeiden dat het eigenlijk buiten het seizoen was. Maar ik had een paar reisjes gemaakt. Enfin, de encefalitis was licht en na wat bedrust voelde ik me prima. En toen had ik twee maanden later opeens een hersentumor. Ik dacht dat ik er was geweest. En mijn artsen in het noorden eveneens. Eerst dachten ze dat het zich vanaf elders, bijvoorbeeld mijn darm of prostaat had verspreid. Maar toen die allemaal gezond bleken te zijn, besloten ze een biopsie te doen. De rest is natuurlijk bekend.'

Malcolm nam een hapje eten, kauwde en slikte het door. Hij nam een slokje wijn en keek toen weer naar Sean. Sean had zich niet verroerd. Hij leek verbijsterd. Malcolm leunde over de tafel om hem recht aan te kijken. 'Alles in orde, jongeman?'

Sean knipperde met zijn ogen alsof hij uit een hypnose kwam. 'Ik voel me prima,' stamelde hij. Hij bood snel zijn excuses aan voor zijn verstrooidheid en zei dat hij alleen maar verstomd stond over Malcolms verhaal. Hij bedankte Malcolm uitbundig voor het feit dat hij hem dit alles had willen vertellen.

'Graag gedaan,' zei Malcolm. 'Als ik een paar medische studenten kan helpen opleiden, zal ik het gevoel hebben dat ik iets terugbetaal van de rente die ik schuldig ben aan de medische wetenschap. Als je mentor dokter Mason en zijn collega dokter Levy er niet waren geweest, zou ik hier vandaag niet zitten.'

Hierna richtte Malcolm zijn aandacht op de vrouwen en terwijl iedereen at, behalve Sean, ging het gesprek over op Naples en waarom de Betencourts hadden besloten hun huis hier te laten bouwen.

'Zullen we ons dessert meenemen naar het terras boven het zwembad?' stelde Harriet voor nadat de borden en schalen waren verwijderd.

'Het spijt me, maar we zullen het dessert moeten overslaan,' zei Sean, die voor het eerst na een langdurig stilzwijgen weer eens zijn mond opendeed. 'Janet en ik hebben enorm hard gewerkt.

Ik ben bang dat we terug zullen moeten gaan naar ons hotel voordat we staande in slaap vallen. Nietwaar, Janet?'

Janet knikte en glimlachte verlegen, maar haar glimlach was niet ingegeven door opgewekte instemming. Het was een poging haar wanhoop te verbergen.

Vijf minuten later namen ze in de grote hal afscheid van de Betencourts. Malcolm stond erop dat Sean hem direct zou bellen als hij nog meer vragen had. Hij gaf Sean zijn directe privénummer.

Toen de deur achter hen werd gesloten en ze de indrukwekkende oprijlaan afliepen, was Janet woest. 'Dat was een onbeschofte manier om de avond te beëindigen,' zei ze. 'Nadat ze zo hoffelijk tegen ons zijn geweest, loop jij praktisch midden onder de maaltijd weg.'

'Het was het einde van de maaltijd,' hield Sean haar voor. 'Harriet had het over het dessert. Ik kon trouwens geen minuut langer blijven zitten. Door het verhaal van Malcolm realiseerde ik me een paar dingen. Ik weet niet of je luisterde toen hij zijn ziekten beschreef.'

'Ik zat met Harriet te praten,' zei Janet geprikkeld.

'Hij vertelde me dat hij een operatie had gehad, daarna encefalitis en toen een hersentumor, allemaal binnen enkele maanden.'

'Wat maakte je daaruit op?' vroeg Janet.

'Het deed me beseffen dat zowel Helen Cabot als Louis Martin dezelfde ziektegeschiedenis had,' zei Sean. 'Dat weet ik omdat ik hun anamnese heb gedaan en hen lichamelijk heb onderzocht.'

'Denk je dat deze ziekten op de een of andere manier met elkaar in verband staan?' vroeg Janet. Iets van de woede was uit haar stem verdwenen.

'Ik geloof dat ik een soortgelijke volgorde van ziekten heb gezien in een aantal van de door ons gekopieerde dossiers,' zei Sean. 'Ik weet het niet zeker omdat ik er niet op lette, maar zelfs met drie is de kans op toeval erg klein.'

'Wat bedoel je daarmee?' vroeg Janet.

'Ik weet het niet precies,' zei Sean. 'Maar het overtuigde me ervan dat ik naar Key West moet gaan. Het Forbes heeft daar een commercieel diagnostisch lab waar ze de biopsies naartoe sturen. Het is een favoriete truc van ziekenhuizen om quasionafhankelijke labs te hebben om de winst die ze met diagnostisch laboratoriumonderzoek kunnen maken te maximaliseren, doordat ze er onbeperkt naar kunnen doorverwijzen.

'Ik heb het volgende weekende vrij,' zei Janet. 'Zowel zaterdag als zondag. Ik zou er niets op tegen hebben om Key West te bezoeken.'

'Ik wil niet wachten,' zei Sean. 'Ik wil meteen gaan. Ik denk dat we iets op het spoor zijn.' Hij dacht ook dat hij zich de luxe van een week wachten misschien niet zou kunnen permitteren nu de politie hem zocht en hij Brian niet kon bereiken.

Janet bleef stokstijf staan en keek op haar horloge. Het was over tienen. 'Bedoel je dat je er vanavond nog naartoe wilt?' vroeg ze ongelovig.

'Laten we kijken hoe ver het is,' zei Sean. 'Dan kunnen we beslissen.'

Janet liep weer door en passeerde Sean, die was blijven staan toen zij dat deed. 'Sean, je wordt steeds onbegrijpelijker en gekker,' zei ze. 'Je belt mensen op het laatste nippertje op, je krijgt een hoffelijke uitnodiging om te komen eten, en dan wandel je halverwege het eten weg omdat je ineens het idee hebt gekregen om naar Key West te gaan. Ik geef het op. Maar ik zal je iets zeggen: deze dame gaat vanavond niet naar Key West. Deze dame gaat...'

Janet maakte haar boze monoloog niet af. Toen ze om de Pontiac heen liep, die gedeeltelijk schuilging achter een grote bananeboom, liep ze bijna op tegen een gedaante in een donker pak, wit overhemd en donkere das. Zijn gezicht en haren bevonden zich in de schaduw.

Janet snakte naar adem. Ze was nog nerveus vanwege het incident op het strand, en een nieuwe confrontatie met een man die uit het duister opdook, joeg haar hevige angst aan. Sean wilde naar haar toe lopen, maar hij werd tegengehouden door een andere vage figuur aan zijn kant van de auto.

Ondanks de duisternis kon Sean zien dat de man voor hem Aziatisch was. Voordat Sean het besefte, was er een derde man achter hem gaan staan. Een ogenblik lang zei niemand een woord. Sean keek achterom naar het huis en schatte hoeveel tijd het hem zou kosten om de voordeur te bereiken. Hij bedacht ook wat hij zou doen zodra hij daar was. Er hing helaas veel af van de reactiesnelheid van Malcolm Betencourt.

'Alstublieft,' zei de man die voor Sean stond in vlekkeloos

Engels. 'Meneer Yamaguchi zou het bijzonder op prijs stellen als u en uw metgezellin een praatje met hem kwamen maken.'

Sean keek de mannen beurtelings aan. Ze straalden allen een aura van totaal zelfvertrouwen en rust uit die Sean van zijn stuk bracht. Sean kon het gewicht van Toms pistool in zijn jaszak voelen, maar hij durfde het er niet uit te halen. Hij had geen ervaring met vuurwapens en hij kon deze mensen onmogelijk allemaal tegelijk neerschieten. Bovenden durfde hij er niet aan te denken wat zij dan zouden doen.

'Het zou betreurenswaardig zijn als er moeilijkheden kwamen,' zei dezelfde man. 'Alstublieft, meneer Yamaguchi wacht in een auto die in de straat geparkeerd staat.'

'Sean,' riep Janet over het dak van de auto met een trillende stem, 'wie zijn deze mensen?'

'Ik weet het niet,' antwoordde Sean. Toen zei hij tegen de man voor hem: 'Kunt me er een idee van geven wie meneer Yamaguchi is en waarom hij speciaal met ons wil spreken?'

'Alstublieft,' herhaalde de man. 'Meneer Yamaguchi zal het u zelf vertellen. Alstublieft, de auto is hier een paar stappen vandaan.'

'Welnu, omdat u het zo vriendelijk vraagt,' zei Sean. 'Natuurlijk, laten we meneer Yamaguchi goedendag zeggen.'

Sean draaide zich om en liep om de auto heen. De man die naast hem stond, deed een stap opzij. Sean sloeg een arm om Janets schouder en samen liepen ze naar de straat. De langste Japanner, degene die voor Sean was opgedoken, ging voorop. De andere twee volgden zwijgend.

De limousine stond geparkeerd onder een rij bomen en was zo donker dat zij de auto pas zagen toen ze er nog maar een paar meter vandaan waren. De langere man opende het achterportier en beduidde Sean en Janet in te stappen.

'Kan meneer Yamaguchi niet uitstappen?' vroeg Sean. Hij vroeg zich af of dit dezelfde limousine was waarvan hij had gedacht dat ze hen volgde op weg naar de Betencourts. Hij vermoedde van wel.

'Alstublieft,' zei de langste Japanner. 'Het zal in de auto veel comfortabeler zijn.'

Sean beduidde Janet in te stappen en stapte na haar in. Bijna meteen ging het andere achterportier open en nam een van de zwijgende Japanners naast Janet plaats. Een andere man ging naast Sean zitten. De langste man ging voorin achter het stuur zitten en startte de auto.

'Wat gebeurt hier, Sean?' vroeg Janet. Haar aanvankelijke schrik ging over in paniek.

'Meneer Yamaguchi?' vroeg Sean. Voor zich kon hij net de gedaante van een man onderscheiden die in een van de stoelen naast de console met een kleine ingebouwde t.v. zat.

'Dank u wel dat u hebt willen komen,' zei Tanaka met een lichte buiging. Zijn accent was nauwelijks waarneembaar. 'Ik bied mijn excuses aan voor het ongerief, maar we hoeven slechts een korte rit te maken.'

De auto schoot naar voren. Janet pakte Seans hand vast.

'U bent zeer beleefd,' zei Sean. 'En dat appreciëren we. Maar we zouden het nog meer appreciëren als we enig idee hadden waar dit allemaal om gaat en waar we naartoe gaan.'

'U bent uitgenodigd voor een vakantie,' zei Tanaka. Zijn witte tanden schitterden in het duister. Toen ze een straatlantaarn passeerden, ving Sean voor het eerst een glimp op van zijn gezicht. Het stond kalm en vastberaden. Het vertoonde geen enkel teken van emotie.

'Het reisje wordt u aangeboden door Sushita Industries,' ging Tanaka verder. 'Ik kan u verzekeren dat u buitengewoon goed zult worden behandeld. Sushita zou zich al deze moeite niet geven als ze niet veel respect voor u had. Het spijt me dat het op deze geheimzinnige, barbaarse manier moet geschieden, maar ik heb mijn orders. Het spijt me ook dat uw metgezellin bij deze affaire betrokken is geraakt, maar uw gastheren zullen haar met hetzelfde respect behandelen. Haar aanwezigheid op dit moment is bijzonder nuttig omdat ik er zeker van ben dat u niet zou willen dat haar enig kwaad zou geschieden. Dus alstublieft, meneer Murphy, probeer niet de held uit te hangen. Mijn collega's zijn beroeps.'

Janet begon te jammeren, maar Sean kneep in haar hand om haar het zwijgen op te leggen.

'En waar gaan we naartoe?' vroeg Sean.

'Naar Tokio,' zei Tanaka alsof dat vanzelf sprak.

Ze reden in gespannen stilte in noordoostelijke richting. Sean schatte zijn kansen in. Er was niet veel wat hij kon doen. Het dreigement om geweld tegen Janet te gebruiken was ontnuchterend en het pistool in zijn zak stelde hem niet gerust.

Tanaka had gelijk gehad ten aanzien van de rit. In minder dan twintig minuten reden ze het luchtvaartterrein van het vliegveld van Naples op. Omdat het zaterdagavond laat was, waren er nauwelijks mensen te bekennen en er brandden slechts een paar lichten in het hoofdgebouw. Sean probeerde manieren te bedenken om iemands aandacht te trekken, maar het spookbeeld dat men Janet kwaad zou doen hield hem in toom. Hoewel hij stellig niet gedwongen wilde worden mee te gaan naar Japan, kon hij geen aannemelijke manier bedenken om dat te voorkomen.

De limousine reed door een hek in een omheining en draaide de landingsbaan op. De achterzijde van het luchtvaartgebouw omzeilend, zetten ze koers naar een grote privé-jet die duidelijk klaarstond om op te stijgen. De motoren liepen, de bots- en navigatielichten flikkerden, de deur stond open en de uitklapbare trap was neergelaten.

De limousine hield op ongeveer 15 meter afstand van het vliegtuig stil. Sean en Janet werd beleefd verzocht uit te stappen en de korte afstand naar de trap te lopen. Met hun handen tegen hun oren om ze te beschermen tegen het gejank van de jetmotor, begaven Sean en Janet zich onwillig naar het vliegtuig, zoals hun was bevolen. Opnieuw schatte Sean zijn kansen in. Hij zag weinig mogelijkheden. Hij onderschepte Janets blik. Ze zag er verslagen uit. Ze bleven onder aan de vliegtuigtrap staan.

'Alstublieft,' gilde Tanaka boven het geluid van de motoren uit, terwijl hij Sean en Janet gebaarde de trap op te gaan.

Sean en Janet wisselden opnieuw een blik. Sean knikte dat ze aan boord moest gaan en volgde haar omhoog. Ze moesten zich bukken bij het binnengaan, maar eenmaal binnen konden ze rechtop staan. Links van hen was de cockpit, waarvan de deur dicht was. Het interieur van het vliegtuig was eenvoudig maar elegant, met donker gebeitst mahonie en juchtleer. De vloerbedekking was donkergroen. De zitplaatsen bevatten een bankje en een reeks verstelbare fauteuils die konden ronddraaien. In het achterste gedeelte van het vliegtuig waren een kombuis en een deur naar een toilet. Op een aanrecht in de kombuis stonden een open fles wodka en een in schijfjes gesneden citroen.

Sean en Janet hielden vlak bij de deur stil, niet wetend waar ze heen moesten. Een van de fauteuils werd bezet door een blanke man, gekleed in een zakenkostuum. Net als de Japanners straalde hij een kalm zelfvertrouwen uit. Zijn gelaatstrekken waren hoekig en knap; zijn haar krulde licht. In zijn rechterhand hield hij een drankje. Sean en Janet konden het ijs tegen het glas horen rinkelen toen hij het naar zijn lippen bracht.

Tanaka, die pal achter Sean en Janet was ingestapt, zag de blanke man enkele seconden eerder dan zij. Hij leek ontsteld.

De langste Japanner botste tegen Tanaka aan, omdat die zo abrupt was blijven staan. De botsing veroorzaakte een snelle uitbarsting van kwaad klinkend Japans bij Tanaka.

De langste Japanner wilde reageren, maar hij werd in de rede gevallen door de blanke.

'Ik moet jullie waarschuwen,' zei hij in het Engels. 'Ik spreek vloeiend Japans. Ik heet Sterling Rombauer.' Hij zette zijn glas in een gleuf in de armleuning van zijn stoel die daarvoor was bestemd, stond op, haalde een kaartje tevoorschijn en overhandigde het met een eerbiedige buiging aan Tanaka.

Tanaka boog op hetzelfde moment als Sterling, terwijl hij het kaartje accepteerde. Hoewel hij duidelijk verrast was door Sterlings aanwezigheid, bekeek hij het kaartje met zorg en boog opnieuw. Toen sprak hij in snel Japans tegen zijn metgezel achter hem.

'Ik geloof dat ik daar het best op kan antwoorden,' zei Sterling nonchalant terwijl hij weer ging zitten en zijn glas ophief. 'De piloot, de copiloot en het cabinepersoneel zijn niet in de cockpit. Ze rusten uit in het toilet.' Sterling gebaarde over zijn schouder.

Tanaka sprak opnieuw in boos Japans tegen zijn handlanger.

'Mijn excuses dat ik u opnieuw in de rede val,' zei Sterling. 'Maar wat u uw partner vraagt te doen, is onredelijk. Ik weet zeker dat als u de situatie zorgvuldig bekijkt, u zult beamen dat ik er goed aan zou doen om hier alleen te zijn. En als u aan de stuurboordzijde naar buiten kijkt, zult u een voertuig zien waarin zich een medeplichtige bevindt. Op dit moment heeft hij een draagbare telefoon in zijn hand die is geprogrammeerd om met spoed de politie te bellen. In dit land is ontvoering een misdaad, een zware misdaad zelfs.'

Tanaka bekeek opnieuw Sterlings kaartje alsof hem daarop iets kon zijn ontgaan bij zijn eerste onderzoek. 'Wat wilt u?' vroeg hij in het Engels.

'Ik geloof dat we eens moeten praten, meneer Tanaka Yamagu-chi,' zei Sterling. Hij rammelde met de ijsblokjes in zijn glas en nam een laatste teug. 'Ik vertegenwoordig momenteel de belangen van het Forbes Cancer Center,' ging hij verder. 'De directeur ervan wil de relatie met Sushita Industries niet in gevaar brengen, maar er zijn grenzen. Hij wil niet dat meneer Murphy naar Japan wordt weggetoverd.'

Tanaka zweeg.

'Meneer Murphy,' riep Sterling, Tanaka tijdelijk negerend. 'Zou u meneer Yamaguchi en mij een paar ogenblikken alleen willen laten? Ik stel voor dat u en uw metgezellin uitstappen en zich bij mijn partner in de auto voegen. U kunt daar op me wachten. Het zal niet lang duren.'

Tanaka deed geen poging Sterlings voorstel tegen te gaan. Sean had geen tweede uitnodiging nodig. Hij pakte Janets hand en samen duwden ze Tanaka en zijn handlanger opzij en daalden de korte trap af. Ze renden naar de verduisterde auto die loodrecht op het vliegtuig stond geparkeerd.

Toen ze de Mercedes hadden bereikt, liep Sean naar het achterportier en opende het. Hij liet Janet instappen en volgde toen. Voordat hij het portier gesloten had, begroette Wayne hen met een warm 'Hoi, luitjes.' Hoewel hij een vluchtige blik op hen had geworpen terwijl ze instapten, richtte hij zijn aandacht meteen weer op het vliegtuig, dat duidelijk te zien was door de voorruit. 'Ik wil niet ongastvrij overkomen,' ging hij verder. 'Maar het zou voor jullie misschien beter zijn om in het luchthavengebouw te wachten.'

'Meneer Rombauer zei dat we ons bij u moesten voegen,' zei Janet.

'Dat weet ik,' zei Wayne. 'Want dat was het plan. Maar ik heb vooruit gedacht. Als er iets mis gaat en dat vliegtuig begint te rijden, rijd ik recht in zijn neus. Er zijn geen luchtzakken op de achterbank.'

'Ik snap het,' zei Sean. Hij stapte uit en gaf Janet een hand. Samen begaven ze zich naar het luchthavengebouw.

'Het wordt steeds onbegrijpelijker,' klaagde Janet. 'Als je bij jou bent, maak je nog eens wat mee, Sean Murphy. Wat gebeurt er allemaal?'

'Ik zou willen dat ik het wist,' zei Sean. 'Misschien denken ze dat ik meer weet dan ik doe.'

'En wat moet dat betekenen?'

Sean haalde zijn schouders op. 'Eén ding is zeker: we zijn zojuist een ongewenst reisje naar Japan misgelopen,' zei Sean.

'Maar waarom Japan?' vroeg Janet.

'Ik weet het niet zeker,' zei Sean. 'Maar die Hiroshi in het Forbes heeft me in de gaten gehouden vanaf het moment dat ik daar kwam, en een of andere Japanner heeft onlangs mijn moeder bezocht om vragen over me te stellen. De enige verklaring die ik kan bedenken is dat ze me op de een of andere manier als een risico zien voor hun investering in het Forbes.'

'Deze hele toestand is krankzinnig,' zei Janet. 'Wie was die man in het vliegtuig die ons weg wist te krijgen?'

'Ik heb hem nooit eerder gezien,' zei Sean. 'Het is me een raadsel. Hij zei dat hij voor het Forbes werkte.'

Ze arriveerden bij het luchthavengebouw en ontdekten dat de deur op slot zat.

'Wat nu?' vroeg Janet.

'Kom op!' zei Sean. 'We gaan hier niet staan wachten.' Hij pakte haar hand en samen liepen ze om het twee verdiepingen hoge betonnen gebouw heen en verlieten het vliegveld via hetzelfde hek als waar de limousine doorheen was gereden. Voor het gebouw lag een flinke parkeerplaats. Sean liep van de ene auto naar de andere en probeerde de portieren.

'Niets zeggen, laat me raden,' zei Janet. 'Je gaat nu een auto stelen om de avond af te ronden?'

'Lenen is een betere term,' zei Sean. Hij vond een Chevrolet Celebrity waarvan de portieren niet afgesloten waren. Na zich naar binnen te hebben gebogen om onder het dashboard te voelen, stapte hij achter het stuur. 'Stap in,' riep hij tegen Janet. 'Dit wordt een makkie.'

Janet aarzelde en kreeg steeds sterker het gevoel dat ze bij iets betrokken werd waar ze part noch deel aan wilde hebben. Het idee in een gestolen auto te rijden trok haar niet aan, vooral niet gezien de moeilijkheden die ze al hadden.

'Stap in!' riep Sean nogmaals.

Janet opende het portier en deed wat hij haar zei.

Sean kreeg de auto tot Janets ontsteltenis meteen aan de praat.

'Nog altijd een beroeps,' merkte ze smalend op.

'Oefening baart kunst,' zei Sean.

Op de plaats waar de vlieghaveningang de landweg kruiste, sloeg Sean rechtsaf. Ze reden een poosje in stilte.

'Zou ik mogen vragen waar we naartoe gaan?' vroeg Janet.

'Dat weet ik niet precies,' zei Sean. 'Ik zoek een plek waar ik de weg naar Key West kan vragen. Het vervelende is dat deze stad vrij rustig is, hoewel het zaterdagavond elf uur is.'

'Waarom breng je me niet terug naar de Betencourts?' zei Janet. 'Dan rijd ik in mijn huurauto naar het hotel. Dan kun jij naar Key West gaan als je daar zin in hebt.'

'Ik geloof niet dat dat een goed idee is,' zei Sean. 'Die Japanners kwamen niet toevallig bij de Betencourts opdagen. Ze zaten in de limousine die ons volgens mij al eerder volgde. Klaarblijkelijk zijn ze ons nagereden vanaf het Edgewater Beach Hotel, wat betekent dat ze ons al vanaf het Ritz Carlton moeten zijn gevolgd, waarschijnlijk vanaf het Forbes.'

'Maar de anderen zijn ons ook gevolgd,' zei Janet.

'We moeten een hele karavaan hebben gevormd toen we door de Everglades trokken,' stemde Sean in. 'Maar het punt is dat we niet terug kunnen naar de auto of het hotel. Niet als we geen verdere achtervolging willen riskeren.'

'En ik neem aan dat we niet naar de politie kunnen gaan?' zei Janet.

'Natuurlijk niet,' snauwde Sean.

'Hoe zit het met onze spullen?' vroeg Janet.

'We zullen vanuit Miami bellen en ze laten opsturen,' zei Sean. 'En we zullen de Betencourts bellen over de auto. Hertz zal hem moeten komen ophalen. Zo belangrijk is het niet. Het is belangrijker dat we niet langer worden gevolgd.'

Janet zuchtte. Ze voelde zich besluiteloos. Ze wilde naar bed, maar Sean wierp een klein beetje licht op een situatie waaraan geen touw was vast te knopen. Het voorval met de Japanners had haar bijna net zoveel angst aangejaagd als dat op het strand.

'Hier zijn een paar mensen,' zei Sean. 'Ik kan het hun vragen.'

Voor hen konden ze een rij auto's zien die stonden geparkeerd vlak bij een groot bord dat de Oasis aangaf, een soort nachtclub/disco. Sean reed naar de stoeprand. De rij slingerde zich over een parkeerplaats, die half vol stond met boten op trailers.

De Oasis deelde een parkeerplaats met een jachthaven.

Sean stapte uit de Celebrity en baande zich een weg tussen de geparkeerde auto's door naar de ingang van de disco. Kippevel verwekkende bastonen dreunden uit de open deur. Bij de verhoging van de parkeerbediende, onderschepte Sean een man en vroeg de weg naar de stadshaven. De geagiteerde man beschreef vlug de route aan Sean met flamboyante handgebaren. Enkele minuten later zat Sean weer in de auto. Hij herhaalde de aanwijzingen tegen Janet, zodat ze kon helpen de weg te vinden.

'Waarom gaan we naar de stadshaven?' vroeg Janet. 'Of is dat een domme vraag?'

'Hé, je hoeft niet kwaad op mij te zijn,' klaagde Sean.

'Op wie moet ik het anders zijn?' zei Janet. 'Dit weekend is tot dusver nauwelijks geworden wat ik me had voorgesteld.'

'Bewaar je woede maar voor die gek op het strand of die paranoïde Japanners,' zei Sean.

'Vanwaar de stadshaven?' vroeg Janet nogmaals.

'Key West ligt pal ten zuiden van Naples,' zei Sean. 'Dat heb ik op de kaart gezien. De Keys buigen naar het westen af. Het gaat waarschijnlijk gemakkelijker en sneller als we per boot gaan. We kunnen dan zelfs wat slapen. En we hoeven geen "geleende" auto te gebruiken.'

Janet gaf niet eens commentaar. Het idee van een nachtelijke boottocht zou een passend einde zijn van zo'n krankzinnige dag. Ze vonden de stadshaven met gemak. Hij lag aan het begin van een korte doodlopende straat en er stond een hoge vlaggemast bij de ingang. Maar de kaden vormden een teleurstelling voor Sean. Hij had verwacht dat het veel drukker zou zijn omdat hij had gehoord dat sportvissen populair was aan de westkust van Florida. De enige jachthaven was gesloten. Er werden op een bulletinbord een paar vissersboten te huur aangeboden, maar dat was alles. Nadat ze de auto hadden geparkeerd wandelden ze de pier op. De grotere, commerciële boten waren allemaal onverlicht. Toen ze terug waren bij de auto, leunde Janet op de motorkap.

'Nog meer briljante ideeën, Einstein?'

Sean dacht na. Het idee om per boot naar Key West te gaan trok hem nog steeds aan. Het was stellig te laat om een auto te huren. Bovendien zouden ze uitgeput zijn als ze aankwamen.

Naast de stadspier lag een restaurant annex bar met de toepasselijke naam het Dok. Sean wees.

'Laten we daar naar binnen gaan,' zei hij. 'Ik heb behoefte aan een pilsje en we kunnen kijken of de barkeeper soms bootverhuurders kent.'

Het Dok was een rustieke, eenvoudige tent, vervaardigd van geperste houten planken en gemeubileerd met eikehouten tafels. Er waren geen ramen, alleen maar van horren voorziene openingen die met luiken konden worden gesloten. In plaats van gordijnen hingen er een verzameling visnetten, boeien en andere nautische tuigage. Plafondventilatoren draaiden langzaam boven hun hoofd. Een donkergebrande houten bar in de vorm van een J strekte zich langs een muur uit.

Rond de bar had zich een groepje verzameld dat naar een basketbalwedstrijd keek op een t.v. die hoog aan de muur in een hoek bij de gang was geplaatst. Het was er niet als in Old Scully's in Charlestown, maar Sean vond de bar gezellig. Eigenlijk wekte het een beetje heimwee in hem op.

Sean en Janet vonden een plaatsje aan de bar met hun rug naar de t.v. gekeerd. Er waren twee barkeepers, de ene lang, serieus en snordragend, de andere pezig en met een onafgebroken grijns op zijn gezicht. Beiden waren nonchalant gekleed in gebloemde hemden met korte mouwen en donkere shorts. Ze droegen korte schorten om hun middel.

De lange barkeeper kwam meteen naar hen toe en gooide met een geoefende polsbeweging cirkelvormige kartonnen viltjes voor Sean en Janet neer.

'Wat zal het worden?' vroeg hij.

'Ik zie dat je gebakken mosselen hebt,' zei Sean terwijl hij een grote menukaart aan de muur bekeek.

'Inderdaad,' zei de barkeeper.

'Een portie graag,' zei Sean. 'En voor mij een pilsje.' Hij keek naar Janet.

'Voor mij hetzelfde,' zei ze.

Weldra stonden er twee beslagen mokken bier voor hen en Sean en Janet hadden nog maar net tegen elkaar gezegd hoe prettig ze het hier vonden, of de gebakken mosselen werden al gebracht.

'Wauw!' merkte Sean op. 'Dat is snel.'

'Goed voedsel heeft tijd nodig,' zei de barkeeper.

Niettegenstaande alles wat er was gebeurd die avond, lachten

Sean en Janet allebei. De barkeeper vertrok geen spier, zoals het een goed komediant betaamt.

Sean profiteerde van de gelegenheid om naar boten te informeren.

'In wat voor boot ben je geïnteresseerd?' vroeg de barkeeper.

Sean haalde zijn schouders op. 'Ik weet niet genoeg van boten om dat te zeggen,' bekende hij. 'We willen vanavond naar Key West. Hoe lang zou dat duren?'

'Hangt ervan af,' zei de barkeeper. 'Het is hemelsbreed negentig mijl. Met een redelijke boot kun je er binnen drie of vier uur zijn.'

'Enig idee hoe we iemand zouden kunnen vinden om ons te brengen?' vroeg Sean.

'Dat zal je wel geld kosten,' zei de barkeeper.

'Hoeveel?'

'Vijf, zeshonderd,' zei de barkeeper schouderophalend.

'Accepteren ze creditcards?' vroeg Sean.

Janet wilde protesteren, maar Sean greep haar bij haar been onder de rand van de bar. 'Ik betaal je terug,' fluisterde hij.

De barkeeper ging de hoek om om te telefoneren.

Sterling draaide met boosaardig plezier Randolph Masons privénummer. Hoewel hij goed betaald werd, was hij er niet blij mee om om twee uur 's nachts te werken. Hij vond dat dr. Mason net zoveel ongerief moest ondervinden.

Hoewel dr. Masons stem slaapdronken klonk, leek hij blij te zijn iets van Sterling te horen.

'Ik heb het Tanaka-Sushita-probleem opgelost,' verkondigde Sterling. 'We hebben zelfs faxbevestiging uit Tokio ontvangen. Ze zullen Murphy niet ontvoeren. Hij kan in het Forbes Cancer Center blijven mits u persoonlijk garandeert dat hij niet op de hoogte zal komen van octrooieerbare geheimen.'

'Die garantie kan ik niet geven,' zei dr. Mason. 'Daarvoor is het te laat.'

Sterling was sprakeloos.

'Er heeft zich een nieuwe ontwikkeling voorgedaan,' legde dr. Mason uit. 'Sean Murphy's broer, Brian Murphy, is hier in Miami komen opdagen uit bezorgdheid over Sean. Omdat hij hem niet kon opsporen, nam hij contact met mij op. Hij heeft me meegedeeld dat de politie van Miami Sean zoekt in verband met een inbraak in een rouwcentrum en de ongeoorloofde diefstal van de hersenen van een lijk.'

'Hebben de hersenen van dat lijk iets te maken met het Forbes Cancer Center?' vroeg Sterling.

'Nou en of,' zei dr. Mason. 'De overledene was een patiënte van het Forbes. Ze was een van onze medulloblastoma-patiënten, de enige die de afgelopen jaren is overleden, moet ik eraan toevoegen. Het probleem is dat we nog geen patent hebben op ons behandelingsprotocol.'

'Bedoelt u dat Sean Murphy in het bezit zou kunnen zijn van octrooieerbare geheimen nu hij deze hersenen tot zijn beschikking heeft?'

'Precies,' zei dr. Mason. 'Zoals gewoonlijk sla je de spijker op zijn kop. Ik heb de veiligheidsdienst van het Forbes al geïnstrueerd Murphy de toegang tot onze laboratoria te ontzeggen. Ik wil dat jij ervoor zorgt dat hij aan de politie wordt overgeleverd.'

'Dat zou wel eens moeilijk kunnen zijn,'. zei Sterling. 'Murphy en juffrouw Reardon zijn verdwenen. Ik bel vanuit hun hotel. Ze hebben hun spullen achtergelaten, maar ik denk niet dat ze van plan zijn terug te komen. Het is nu over tweeën. Ik ben bang dat ik hun kracht heb onderschat. Ik meende dat hun opluchting dat ze gered waren van een ontvoering, hen meegaand zou maken. Maar het tegendeel blijkt het geval te zijn. Ik vermoed dat ze een auto hebben gepikt en weg zijn gereden.'

'Zorg dat je ze vindt,' zei dr. Mason.

'Ik apprecieer uw vertrouwen in mijn bekwaamheden,' zei Sterling. 'Maar het karakter van deze opdracht is aan het veranderen. Volgens mij kunt u beter een echte privé-detective huren, wiens honorarium aanzienlijk lager is dan dat van mij.'

'Ik wil dat jij aan de klus blijft werken,' zei dr. Mason. Er klonk een zweem van wanhoop in zijn stem door. 'Ik wil dat Sean Murphy zo gauw mogelijk wordt uitgeleverd aan de politie. Eigenlijk zou ik willen dat je hem door de Japanners had laten meenemen, wetend wat ik nu weet. Ik zal je de helft meer betalen. Doe het nu maar.'

'Dat is bijzonder royaal,' zei Sterling, 'maar, Randolph...'

'Het dubbele,' zei dr. Mason. 'Er zou te veel oponthoud ontstaan als we nu nog iemand anders bij de zaak moeten betrekken.

Ik wil Sean Murphy nú in hechtenis!'

'Goed!' zei Sterling met tegenzin. 'Ik zal ermee doorgaan. Maar ik moet u waarschuwen dat tenzij juffrouw Reardon haar credit-kaart gebruikt, ik hem op geen enkele manier zal kunnen opspo-ren tot hij weer in Miami opduikt.'

'Waarom haar kaart?' vroeg dr. Mason.

'Omdat ze daarmee hun hotelrekeningen hebben betaald,' zei Sterling.

'Je hebt me nog nooit in de steek gelaten,' zei dr. Mason.

'Ik zal mijn best doen,' beloofde Sterling.

Nadat Sterling had opgehangen, beduidde hij Wayne dat hij nog een ander telefoontje moest voeren. Ze waren in de lobby van het Edgewater Beach Hotel. Wayne had zich comfortabel op een divan genesteld met een tijdschrift op zijn schoot.

Sterling draaide het nummer van een van zijn vele bankcontac-ten in Boston. Zodra Sterling er zeker van was dat de man wak-ker genoeg was om te kunnen nadenken, deelde hij hem alle ge-gevens mee die hij van Janet Reardon had, inclusief het feit dat zij die avond in twee hotels haar creditkaart had gebruikt. Ster-ling verzocht de man hem terug te bellen op zijn draagbare tele-foon als de kaart opnieuw werd gebruikt.

Nadat Sterling zich weer bij Wayne had gevoegd, deelde hij hem mee dat ze door moesten gaan met de klus, maar dat het doel was veranderd. Hij vertelde hem wat dr. Mason had gezegd en dat ze ervoor moesten zorgen dat Sean Murphy aan de politie werd uit-geleverd. Sterling vroeg of Wayne soms suggesties had.

'Eentje maar,' zei Wayne. 'Laten we een paar kamers nemen en een dutje doen.'

Janet voelde haar maag draaien. Het leek alsof de steak met groe-ne pepersaus die ze bij de Betencourts had gegeten rechtsomkeert begon te maken in haar spijsverteringskanaal. Ze lag op een kooi in de boeg van de 12 meter lange boot die hen naar Key West bracht. In de kooi aan de overkant van de smalle hut lag Sean vast te slapen. In het schemerlicht zag hij er vredig uit. Het feit dat hij zo ontspannen kon zijn onder deze omstandigheden gaf Janet een wanhopig gevoel. Het maakte haar onbehagen nog veel gro-ter.

Hoewel de Golf tijdens hun strandwandeling bij zonsondergang er heel kalm had uitgezien, voelde hij nu net zo woest aan als een ruwe oceaan. Ze voeren pal noordwaarts en raakten tegemoetkomende golven met vierenvijftig graden. De boot sprong telkens naar rechts omlaag, waarna hij met een sidderling naar links viel. Door alles heen klonk het onafgebroken diepe gebrul van de dieselmotoren.

Ze hadden pas om kwart voor drie in de ochtend kunnen vertrekken. Aanvankelijk hadden ze over kalm water gevaren, waarin honderden donkere met mangroven bedekte eilanden lagen. Omdat ze zo uitgeput was, was Janet naar beneden gegaan om te slapen, maar ze was gewekt door het plotselinge beuken van de boot tegen de golven en het geluid van een plotseling sterke wind. Ze had Sean niet naar beneden horen komen, maar toen ze wakker werd lag hij vredig te slapen.

Janet stak haar voeten over de rand van de kooi en zette zich schrap toen de boot in het dal van een golf zakte. Terwijl ze zich met beide handen vasthield, baande ze zich een weg naar het bovendek en de grote salon. Ze wist dat ze misselijk zou worden als ze geen frisse lucht kreeg. Benedendeks versterkte de lichte geur van diesel haar latente misselijkheid nog.

Terwijl Janet zich uit alle macht vasthield, slaagde ze erin naar de achtersteven van de slingerende boot te komen, waar twee diepzeevis-draaistoelen op het dek stonden. Omdat ze bang was dat deze stoelen te weinig beschutting zouden geven, liet ze zich op een stel kussens zakken die op een bank aan bakboord lagen. De bakboordzijde was kletsnat van het zoute water.

De wind en de frisse lucht deden wonderen met Janets maag, maar ze kon niet uitrusten. Ze moest zich letterlijk vastklampen. Daar kwam nog het gebrul van de motoren bij. Al met al kon Janet niet snappen wat mensen in motorboten zagen. Vooraan onder een afdak zat Doug Gardner, de man die bereid was gebleken het een nacht zonder slaap te doen om hen naar Key West te varen, voor een zekere vergoeding. Hij stond voor een verlichte verzameling wijzerplaten en meters. Hij had niet veel te doen omdat hij de automatische piloot had ingeschakeld.

Janet keek op naar de hemel vol sterren en herinnerde zich hoe ze hetzelfde placht te doen op zomeravonden toen ze nog een tiener was. Ze lag dan te dromen over haar toekomst. Nu beleefde ze die, en één ding stond vast: het was heel anders dan ze zich altijd had voorgesteld.

Misschien had haar moeder gelijk gehad, dacht ze onwillig. Misschien was het dwaas geweest om naar Florida te gaan om te proberen met Sean te praten. Ze glimlachte wrang. Het enige praten dat ze tot dusver hadden gedaan was het gesprekje die avond op het strand geweest, toen Sean alleen maar haar eigen liefdesverklaring had nagepraat. Het was niet bijster bevredigend geweest.

Janet was naar Florida gekomen in de hoop controle te krijgen over haar leven maar hoe langer ze bij Sean was, hoe minder beheerst ze zich voelde.

Om half vier had Sterling er nóg meer plezier in om dr. Mason te bellen dan hij om twee uur had gehad. De telefoon ging vier keer over voordat de dokter opnam. Sterling was zelf net gewekt door een telefoontje van zijn bankcontact in Boston.

'Ik weet nu waar het beruchte stel heen gaat,' zei Sterling. 'Gelukkig gebruikte de jongedame opnieuw haar creditcard. Ze betaalde vijfhonderdvijftig dollar om per boot van Naples naar Key West te worden gevaren.'

'Dat is geen goed nieuws,' zei dr. Mason.

'Ik dacht dat u blij zou zijn om te horen dat we ontdekt hebben waar ze naartoe gaan,' zei Sterling. 'Ik beschouw het als een bof.'

'Het Forbes heeft een voorziening in Key West,' zei dr. Mason. 'Het heet Basic Diagnostics. Ik neem aan dat Murphy daarnaar op weg is.'

'Waarom denkt u dat hij naar Basic Diagnostics gaat?' vroeg Sterling.

'We sturen er veel laboratoriumonderzoek naartoe,' zei dr. Mason. 'Dat drukt de kosten.'

'Waarom kan het u iets schelen of Murphy deze voorziening bezoekt?'

'De medulloblastoma-biopsies worden ernaartoe gestuurd,' zei dr. Mason. 'Ik wil niet dat Murphy onze technieken om T-lymfocyten te sensibiliseren te zien krijgt.'

'En hij zou achter deze technieken kunnen komen door alleen maar een bezoek te brengen?' vroeg Sterling.

'Hij is heel pienter op het gebied van biotechnologie,' zei dr. Mason. 'Ik kan het risico niet nemen. Zorg dat je er meteen naartoe gaat en houd hem uit dat lab. Zorg dat hij aan de politie uitgeleverd wordt.'

'Dokter Mason, het is half vier in de ochtend,' hield Sterling hem voor.

'Huur een vliegtuig,' zei dr. Mason. 'Wij betalen de onkosten. De naam van de manager is Kurt Wanamaker. Ik zal hem bellen zodra ik heb opgehangen en hem vertellen dat hij jullie kan verwachten.'

Nadat Sterling meneer Wanamakers telefoonnummer had gekregen, hing hij op. Niettegenstaande het geld dat hij betaald zou krijgen, verheugde hij zich er niet op om midden in de nacht naar Key West te vliegen. Hij vond dat dr. Mason overdreven reageerde. Per slot van rekening was het zondag en was het lab zeer waarschijnlijk niet eens open.

Toch stapte Sterling uit bed en liep naar de badkamer.

10

Zondag 7 maart, 5.30 uur

De eerste glimp die Sean opving van Key West vlak voor het ochtendgloren was een rij laaggelegen houten gebouwen, half verscholen in een tropische begroeiing. Een paar hogere bakstenen gebouwen staken hier en daar boven de horizon uit, maar zelfs die waren niet hoger dan vijf verdiepingen. De waterkant in het noordwesten was bezaaid met havens en hotels, die dicht bijeen lagen.

'Wat is de beste plek om ons af te zetten?' vroeg Sean aan Doug.

'Waarschijnlijk de House-pier,' zei Doug terwijl hij vaart minderde. 'Die ligt aan het begin van Duval Street, Key Wests hoofdstraat.'

'Ben je hier bekend?' informeerde Sean.

'Ik ben hier een keer of tien geweest,' antwoordde Doug.

'Ooit gehoord van een organisatie genaamd Basic Diagnostics?'

'Dat kan ik niet zeggen,' zei Doug.

'En ziekenhuizen?' vroeg Sean.

'Er zijn er twee,' antwoordde Doug. 'Er is een klein ziekenhuis hier in Key West. Op het volgende eiland, genaamd Stock Island, ligt een groter. Dat is de hoofdvoorziening.'

Sean ging naar beneden en maakte Janet wakker. Ze was er niet blij mee dat ze moest opstaan. Ze vertelde Sean dat ze pas een minuut of twintig eerder naar beneden was gegaan.

'Toen ik hier uren geleden kwam, sliep je als een roos,' zei Sean.

'Ja, maar zodra de zee ruw werd, moest ik terug naar dek. Ik heb niet de hele tocht geslapen zoals jij. Wat een rustgevend weekend!'

Het meren ging gemakkelijk omdat er geen andere boten waren zo vroeg op zondagochtend. Doug zwaaide ten afscheid en voer weg zodra Sean en Janet op de pier sprongen.

Terwijl Sean en Janet de pier af slenterden en om zich heen keken, hadden ze het vreemde gevoel dat zij de enige levende wezens op het eiland waren. Ze zagen resten van het feestvieren van de avond tevoren: lege bierflesjes en ander afval lagen her en der in de goten verspreid. Maar er waren geen mensen. Er waren zelfs geen dieren. Het leek op de stilte na de storm.

Ze wandelden Duval Street af met zijn wirwar van T-shirtwinkels, juweliers en souvenirwinkels, allemaal met potdichte luiken alsof er een rel werd verwacht. De beroemde Conch Tour Trein stond verlaten naast de felgele verkoopbalie van kaartjes.

Toen ze Sloppy Joe's Bar voorbij liepen, gluurde de zon aarzelend om het hoekje van de Atlantische Oceaan en vulde de verlaten straat met nevelig ochtendlicht. Een half blok verderop werden ze omhuld door een verrukkelijk aroma.

'Dat ruikt verdacht veel naar...' begon Sean.

'Croissants,' vulde Janet aan.

Ze volgden hun neus en gingen een Franse bakkerij annex café binnen. De aanlokkelijke geur kwam uit de open ramen bij een terras dat bezaaid was met tafeltjes en parasols. De voordeur was gesloten, zodat Sean door het open raam moest roepen. Een vrouw met rood kroeshaar kwam naar buiten terwijl ze haar handen afveegde aan een schort.

'We zijn nog niet open,' zei ze met een licht Frans accent.

'Kunnen we toch een paar croissants krijgen?' opperde Sean.

De vrouw hield haar hoofd scheef terwijl ze het idee overwoog. 'Ik kan jullie in ieder geval wat koffie aanbieden, die ik voor mezelf heb gezet,' zei ze.' Het espressoapparaat is nog niet aangezet.'

Zittend onder een van de parasols op het verlaten terras, genoten Sean en Janet van de ovenverse broodjes. De koffie wekte hen tot nieuw leven.

'En wat gaan we nu doen?' vroeg Janet.

Sean streek over zijn zware stoppelbaard. 'Ik zal kijken of ze een telefoonboek hebben,' zei hij. 'Dan kan ik het adres van het lab opzoeken.'

'Dan ga ik even naar het toilet,' zei Janet. 'Ik voel me smerig.'

'Zeg dat wel,' zei Sean. Hij dook weg toen Janet haar verfrommelde servet naar hem gooide.

Tegen de tijd dat Janet opgefrist terugkwam, had Sean niet alleen het adres bemachtigd maar tevens een routebeschrijving gekregen van de roodharige vrouw.

'Het is nogal ver,' zei hij. 'We zullen een lift nodig hebben.'

'Dat zal wel geen probleem zijn,' zei Janet. 'We kunnen liften, of gewoon een van de vele taxi's nemen die langsrijden.' Sinds hun aankomst hadden ze geen enkele auto gezien.

'Ik heb een ander plan,' zei Sean, en hij liet een royale fooi achter voor hun gastvrouw. Hij stond op.

Janet keek hem een ogenblik vragend aan voordat ze besefte wat hij in gedachten had. 'O nee!' zei ze. 'We gaan niet weer een auto stelen.'

'Lenen,' verbeterde Sean haar. 'Ik was vergeten hoe gemakkelijk het is.'

Janet weigerde iets te maken te hebben met het 'lenen' van een auto, maar Sean ging onvervaard verder.

'Ik wil niets forceren,' zei hij terwijl hij in een zijstraat van de ene auto naar de andere ging en alle portieren probeerde. Alle auto's waren op slot. 'Er moeten hier veel achterdochtige lui wonen.' Toen bleef hij staan en staarde naar de overkant van de straat. 'Ik heb me zojuist bedacht. Ik wil geen auto.'

Hij stak over naar een grote motor die op de standaard stond, en kreeg de motor bijna net zo vlug aan de praat als wanneer hij het contactsleuteltje had gehad. Terwijl hij er schrijlings op ging zitten en de standaard omhoogschopte, gebaarde hij Janet achterop te gaan zitten.

Janet bekeek Sean met zijn ongeschoren gezicht en verkreukte kleren terwijl hij de motor harder liet lopen. Hoe kon ze op een vent als deze verliefd zijn geworden, vroeg ze zich af. Met tegenzin gooide ze een been over de motor en sloeg haar armen om Seans middel. Sean gaf gas en ze schoten weg, de vroege ochtendstilte verstorend.

Ze reden Duval Street weer af in de richting vanwaaruit ze waren gekomen en gingen toen bij de Conch Trein in noordelijke richting en volgden de kustlijn. Uiteindelijk kwamen ze aan bij een oude werf. Basic Diagnostics was gevestigd in een bakstenen pakhuis van twee verdiepingen dat keurig gerenoveerd was. Sean reed naar de achterkant van het gebouw en parkeerde de motor achter een schuur. Toen de motor eenmaal uitgezet was, was het enige geluid dat ze konden horen de schreeuw van een zeemeeuw in de verte. Er was geen levende ziel te bekennen.

'Ik denk dat we pech hebben,' zei Janet. 'Het ziet eruit alsof het dicht is.'

'Laten we het controleren,' zei Sean.

Ze beklommen een achtertrap en tuurden door de achterdeur. Er waren binnen geen lichten aan. Langs de noordzijde van het gebouw liep een platform. Ze probeerden de deuren langs het platform, waaronder een grote deur boven hun hoofd, maar alles zat stevig op slot. Aan de voorzijde van het gebouw hing een bord op de dubbele deuren van de ingang waarop stond dat het lab op zon- en feestdagen geopend was van twaalf uur 's middags tot vijf uur 's avonds. Er was een kleine metalen valdeur om buiten openingstijden monsters achter te laten.

'Ik denk dat we later terug moeten komen,' zei Janet.

Sean gaf geen antwoord. Hij legde zijn handen om zijn ogen en tuurde door de ruiten aan de voorkant. Hij liep de hoek om en deed hetzelfde bij een ander raam. Janet volgde hem terwijl hij van het ene raam naar het andere ging en weer terugliep.

'Haal je nou niets in je hoofd,' zei Janet. 'Laten we een plaats zoeken waar we een paar uur kunnen slapen. Dan kunnen we na de middag terugkeren.'

Sean reageerde niet. In plaats daarvan stapte hij achteruit van het laatste raam waardoor hij had getuurd. Zonder waarschuwing gaf hij het glas een plotselinge karateachtige klap met de zijkant van zijn hand. Het raam klapte uit elkaar en viel in stukken op de vloer binnen. Janet sprong achteruit en keek toen vlug over haar schouder om te zien of er getuigen waren. Toen, weer naar Sean kijkend, zei ze: 'Laten we dit niet doen. De politie zoekt ons al vanwege dat voorval in Miami.'

Sean was bezig met het verwijderen van een paar van de grotere splinters. 'Geen alarm,' zei hij.

Hij klom snel door het raam, en draaide zich toen om om het zorgvuldig te inspecteren. 'Zie je, geen alarm,' zei hij. Hij deed het schuifraam van het slot en trok het omhoog. Toen stak hij een hand naar Janet uit.

Janet verzette zich. 'Ik wil hier niets mee te maken hebben,' zei ze.

'Vooruit,' drong hij aan. 'Ik zou hier niet inbreken als ik niet dacht dat het erg belangrijk was. Er is iets bizars aan de hand en hier vinden we misschien enkele antwoorden. Vertrouw me.'

'Stel dat er iemand komt?' vroeg Janet. Ze keek opnieuw nerveus over haar schouder.

'Er zal niemand komen,' zei Sean. 'Het is zondagmorgen half acht. Bovendien kijk ik alleen maar rond. We zijn over vijftien minuten weer buiten, dat beloof ik je. En als het je een beter gevoel geeft laten we tien dollar achter voor de ruit.'

Na alles wat ze hadden doorstaan bedacht Janet dat het weinig zin had nu verzet te bieden. Ze liet zich door Sean door het raam helpen.

Ze stonden in een herentoilet. Van een ovaal roze toiletbloc onder in het urinoir dat aan de muur vastzat, steeg een geparfumeerde, ontsmettende geur op.

'Vijftien minuten!' zei Janet toen ze behoedzaam de deur openden.

Buiten het herentoilet was een gang die over de hele lengte van het gebouw liep. Een vluchtige inspectie van de verdieping onthulde een groot laboratorium tegenover het herentoilet langs de hele lengte van het gebouw. Aan dezelfde kant als het herentoilet waren een damestoilet, een opslagruimte, een kantoor en een trapportaal.

Sean opende iedere deur en tuurde naar binnen. Janet keek over zijn schouder. Toen ze het eigenlijke laboratorium binnengingen, liep hij de gang die erdoor liep af en keek naar iedere kant. De vloer was bedekt met grijs vinyl, en de kastjes waren van een lichter grijs plastic laminaat en de werkbladen waren spierwit.

'Het ziet eruit als een normaal klinisch lab,' zei hij. 'Al de gebruikelijke apparatuur.' Hij bleef staan in de microbiologische afdeling en keek in een broefstoof die gevuld was met petrischalen.

'Verbaast dat je?' vroeg Janet.

'Nee, maar ik had meer verwacht,' zei Sean. 'Ik zie geen pathologieafdeling waar ze biopsies kunnen verwerken. Er is me verteld dat de biopsies hiernaartoe worden gestuurd.'

Hij keerde via hetzelfde gangpad terug en liep naar het trapportaal. Hij beklom de treden. Boven aan de trap was een stevige metalen deur. Hij zat op slot.

'O, o,' zei Sean. 'Het zou wel eens langer dan vijftien minuten kunnen gaan duren.'

'Je hebt het beloofd,' zei Janet.

'Dan heb ik dus gelogen,' zei Sean terwijl hij het slot inspecteerde. 'Als ik een paar geschikte stukken gereedschap kan vinden, zou het zestien minuten kunnen worden.'

'Er zijn er al veertien verstreken,' zei Janet.

'Vooruit,' zei Sean. 'Laten we kijken of we iets kunnen vinden dat als koevoet kan dienen en wat ijzerdraad om als loper te gebruiken.' Hij liep de trap af. Janet volgde.

Sterlings gehuurde Sea King landde met gierend rubber om kwart voor acht in de morgen op het vliegveld van Key West en taxiede naar het luchthaventerrein. Pal ernaast stapten mensen in een American Eagle-forensenvliegtuig.

Tegen de tijd dat Sterling werd teruggebeld door het verhuurbedrijf was het bijna vijf uur geweest. Na enige overreding, die onder andere een belofte van extra geld inhield, zou het vliegtuig rond een uur of zes vertrekken, maar vanwege tankproblemen duurde het nog tot kwart voor zeven.

Zowel Sterling als Wayne profiteerde van de vertraging door wat te slapen, eerst in het Edgewater Beach Hotel, daarna in de wachtruimte op het vliegveld. En verder hadden ze gedurende het grootste deel van de vlucht geslapen.

Toen ze bij het luchthavengebouw in Key West aankwamen, zag Sterling een kleine kalende man in een gebloemd hemd met korte mouwen, die door het raam aan de voorkant van het gebouw naar buiten staarde. Hij had een dampende plastic beker in zijn hand.

Toen Sterling en Wayne uitstapten, kwam de kalende man naar buiten en stelde zich voor. Het was Kurt Wanamaker. Hij was stevig gebouwd en had een breed, zongebruind gezicht. Het weinige haar dat hij bezat was gebleekt door de zon.

'Ik ben om ongeveer kwart over zeven langs het lab gegaan,' zei Kurt toen ze naar zijn Chrysler Cherokee liepen. 'Alles was rustig. Dus ik denk dat jullie ze voor zijn, als ze al van plan zijn te komen.'

'Laten we meteen naar het lab gaan,' zei Sterling. 'Ik zou er graag willen zijn als Murphy inbreekt. Dan zouden we meer kunnen doen dan hem alleen maar aan de politie over te leveren.'

'Dit zou moeten lukken,' zei Sean. Hij hield zijn ogen stijf dicht terwijl hij met de twee ballpointvullingen speelde. Hij had het uiteinde van de ene tot een rechte hoek gebogen om hem als koevoet te gebruiken.

'Wat ben je aan het doen?' vroeg Janet.

'Dat heb ik je in het Forbes al uitgelegd,' zei Sean. 'Toen we in de archiefkelder probeerden te komen. Er zitten vijf van die kleine jongens in die de cilinder beletten om te draaien. Aha, daar gaan we.' Het slot ging met een klik open. De deur zwaaide open.

Sean ging als eerste naar binnen. Omdat er geen ramen waren, was het er binnen net zo donker als in een maanloze nacht, afgezien van het licht dat zich door het trappenhuis verspreidde. Tastend langs de muur aan zijn linkerkant raakte Seans hand een paneel met schakelaars. Hij draaide ze allemaal in één klap om en het hele plafond lichtte in een oogwenk op.

'Kijk hier eens!' zei Sean stomverbaasd. Hier was het lab dat hij in het Forbes Cancer Center-onderzoeksgebouw had verwacht te zien. Het was enorm en besloeg de hele verdieping. Het was tevens heel wit, met witte vloertegels, witte kastjes en witte muren.

Langzaam wandelde Sean door het middenpad, de apparatuur bewonderend. 'Alles is gloednieuw,' zei hij goedkeurend. Hij legde zijn hand op een apparaat. 'En strikt eersteklas. Dit kost

minstens twaalfduizend dollar. En hier is de nieuwste chemilu-
miniscentie-spectro-fotometer. Kost pakweg drieëntwintig mil-
le. En daarginds is een hoge druk vloeistof chromatografaat.
Kost rond de vijftigduizend. En hier heb je een automatisch cel-
sorteer apparaat. Die kost minstens honderdvijftigduizend. En
mijn god!'

Sean bleef vol ontzag staan voor een eigenaardig eivormig apparaat. 'Houd je creditcard uit de buurt van deze grote knaap,' zei
hij. 'Het is een nucleaire magnetische resonator. Heb je er enig
idee van wat dit schatje kost?'

Janet schudde haar hoofd.

'Denk maar aan een half miljoen dollar,' zei Sean. 'En als ze dat
hebben, betekent het dat ze eveneens een röntgen-apparaat hebben.'

Toen hij verderliep, kwam hij bij een met glas afgeschoten gedeelte. Binnen kon hij een Type III-maximum containment kap
zien en rijen tafels met weefselkweekstoven. Sean probeerde de
glazen deur. Hij ging naar buiten open, dus moest hij werken tegen de zuigkracht die hem dicht hield. Om te voorkomen dat er
enig organisme zou ontsnapen, werd de druk in het virale lab lager gehouden dan in de rest van het laboratorium.

Terwijl hij het maximum containmentgedeelte binnenstapte, beduidde hij Janet te blijven waar ze was. Eerst ging hij naar een
vrieskist en opende de deksel. De temperatuur op een interne
meter stond op min twintig graden. In de vrieskist bevond zich
een groot aantal rekken met kleine ampullen. Iedere ampul bevatte een bevroren virale kweek.

Nadat hij de vrieskist dicht had gedaan, keek hij in een paar weefselkweekstoven. Ze werden bewaard op 37 graden, de normale
menselijke lichaamstemperatuur.

Hij liep verder naar het bureau en pakte zowel een paar electron
van isometrische virussen als begeleidende tekeningen van de virale capsiden. De tekeningen waren gemaakt om de icosahedrale
symmetrie van de virale schalen te bestuderen en bevatte actuele
metingen van de capsometers. Sean merkte op dat het virale
deeltje een totale diameter van 43 nanometer had.

Het maximum-containmentgedeelte verlatend, ging Sean verder
in een gedeelte waarin hij zich prima thuisvoelde. Een hele sectie
van het lab leek te zijn gewijd aan oncogeen onderzoek, precies

wat Sean in Boston deed. Het verschil echter was dat in dit lab alle apparatuur gloednieuw was. Sean keek verlangend van de ene plank naar de andere die vol stond met geschikte reagentia voor de isolatie van oncogenen en hun produkten, de oncoproteïnen. 'Dit lab is in ieder opzicht uit de kunst,' zei hij. In het oncogene gedeelte stonden aanvullende weefselkweekstoven met de afmeting van wijnkoelers voor duizend flessen. Hij opende de deur van een ervan en keek naar de cellijnen. 'Dit is een plek waar ik zou kunnen werken,' zei hij, de stoof sluitend.

'Is dit wat je verwachtte?' vroeg Janet. Ze was hem gevolgd als een jong hondje, behalve toen hij het maximum-containmentgedeelte binnenging.

'Meer dan ik had verwacht,' zei hij. 'Hier moet Levy werken. Ik vermoed dat het grootste deel van deze apparatuur afkomstig is uit het afgesloten gedeelte van de zesde verdieping van het Forbes-onderzoeksgebouw.'

'Wat concludeer je hieruit?' vroeg Janet.

'Dat ik een paar uur in het lab in het Forbes nodig heb,' zei Sean. 'Ik geloof...'

Sean was niet in staat zijn zin af te maken. Het geluid van stemmen en voetstappen was te horen op de trap. Janet sloeg in paniek een hand voor haar mond. Sean pakte haar beet terwijl zijn ogen wanhopig door het lab vlogen, op zoek naar een schuilplaats. Er was geen ontsnapping mogelijk.

11

Zondag 7 maart, 8.05 uur

'Hier zijn ze!' verkondigde Wayne Edwards. Hij had net een stevige metalen deur van een kleine voorraadkast opengetrokken, vlak bij het door glas omsloten deel van het lab.

Sean en Janet knipperden met hun ogen tegen het plotseling binnendringende licht.

Sterling stapte op Waynes ontdekking af, met Kurt aan zijn zij. 'Ze zien er misschien niet uit als voortvluchtigen of provocateurs,' zei Sterling. 'Maar wij weten natuurlijk wel beter.'

'Uit de kast!' gebood Wayne.

Een ingetogen en berouwvolle Janet en een uitdagende Sean stapten het felverlichte vertrek in.

'Jullie hadden gisteravond het vliegveld niet moeten verlaten,' zei Sterling berispend. 'En dan te bedenken hoeveel moeite we hebben gedaan om jullie ontvoering te verijdelen. Stank voor dank. Ik ben benieuwd of jullie beseffen hoeveel last jullie hebben veroorzaakt.'

'Hoeveel last ìk heb veroorzaakt,' verbeterde Sean.

'Aha, dokter Mason zei al dat je brutaal was,' zei Sterling. 'Enfin, we zullen ervoor zorgen dat je je brutaliteit kunt luchten tegenover de politie van Key West. Zij moeten het maar uitvechten met hun collega's uit Miami onder wiens jurisdictie je valt, nu je ook hier een misdaad hebt gepleegd.'

Sterling nam de hoorn van de haak om een nummer te draaien. Sean haalde het pistool uit zijn jaszak en richtte het op hem. 'Leg de hoorn neer,' gebood hij.

Janet hield haar adem in bij de aanblik van het pistool in Seans hand.

'Sean!' riep ze. 'Nee!'

'Hou je mond,' snauwde Sean. Het trio dat hem in een brede boog omringde, maakte hem nerveus. Het laatste wat hij wilde was dat Janet hen een kans gaf hem te overmeesteren.

Terwijl Sterling de hoorn neerlegde, gebaarde Sean dat de drie mannen bij elkaar moesten gaan staan.

'Dit is buitengewoon dwaas gedrag,' merkte Sterling op. 'Inbraak met een dodelijk wapen is een veel ernstiger misdrijf dan alleen maar inbraak.'

'In de kast!' gebood Sean, gebarend naar de ruimte die hij en Janet zojuist hadden ontruimd.

'Sean, dit gaat te ver!' zei Janet. Ze liep naar Sean toe.

'Uit de weg!' beet Sean haar toe. Hij schoof haar ruw opzij.

Janet, die al geschrokken was van het pistool, was dubbel geschokt bij de plotselinge ommekeer in Seans persoonlijkheid. De wrede en gemene klank van zijn stem en zijn gezichtsuitdrukking intimideerden haar.

Sean slaagde erin de drie mannen in de smalle kast te duwen. Hij deed de deur achter hen snel dicht en op slot. Nadat hij het pistool weer in zijn zak had gestopt, schoof hij wat grote meubels tegen de deur, waaronder een zware archiefkast met vijf laden.

Voldaan pakte hij Janets hand en liep in de richting van de uitgang. Janet probeerde zich te verzetten. Ze waren halverwege de trap toen ze erin slaagde zich los te rukken.

'Ik ga niet met je mee,' zei ze.

'Waar heb je het over?' fluisterde Sean.

'Over de manier waarop je zojuist tegen me sprak,' zei ze. 'Ik ken je niet meer terug.'

'Alsjeblieft!' siste Sean met opeengeklemde tanden. 'Dat was toneelspel ter wille van de anderen. Als het anders loopt dan ik hoop, zul je kunnen beweren dat je tot deze hele toestand gedwongen werd. Door het werk dat ik in het lab in Miami moet doen, moet alles eerst slechter worden voordat het beter wordt.'

'Wees eerlijk tegen me,' zei Janet. 'Hou op met dat raadselachtige gedoe. Wat heb je in de zin?'

'Het is nogal veel om nu uit te leggen,' zei Sean. 'We moeten maken dat we wegkomen. Ik weet niet hoe lang die voorraadkast die drie zal kunnen houden. Als ze er eenmaal uit zijn, hebben we de poppen aan het dansen.'

Verwarder dan ooit volgde Janet Sean de trap af, door het lab op de eerste verdieping en de voordeur uit. Kurt Wanamakers Cherokee stond op straat geparkeerd. Sean gebaarde Janet dat ze moest instappen.

'Geschikt en attent van ze om de sleutels erin te laten,' zei Sean. 'Alsof dat voor jou iets zou uitmaken,' zei Janet.

Sean startte de auto, maar zette de motor meteen weer af.

'Wat nu?' vroeg Janet.

'Ik ben door alle opwinding vergeten dat ik wat van die reagens nodig heb die boven ligt,' zei Sean. Hij stapte uit en boog zich naar het raampje. 'Dit duurt nog geen minuut. Ik ben zo terug.'

Janet probeerde te protesteren maar Sean was al weg. Niet dat hij zich tot dusver veel van haar gevoelens had aangetrokken. Ze stapte uit en begon nerveus heen en weer te lopen.

Gelukkig kwam Sean binnen enkele minuten terug met een grote kartonnen doos die hij op de achterbank schoof. Hij ging achter het stuur zitten en startte de auto. Janet stapte naast hem in. Ze reden de weg op en zetten koers naar het noorden.

'Kijk eens of er een kaart in het handschoenenvakje ligt,' zei Sean.

Janet zocht en vond er een. Ze opende hem bij de Florida Keys. Sean nam de kaart en bestudeerde hem onder het rijden. 'We kunnen er niet op rekenen dat we helemaal tot Miami door kunnen rijden met deze auto,' zei hij. 'Zodra die drie uit de kast zijn, zullen ze beseffen dat hij weg is. De politie zal ernaar uitkijken, en omdat er maar één weg naar het noorden is, zal hij niet moeilijk op te sporen zijn.'

'Ik ben op de vlucht voor de politie,' zei Janet verbaasd. 'Precies wat die man zei toen ze ons in de kast aantroffen. Ik kan het niet geloven. Ik weet niet of ik moet lachen of huilen.'

'Er is een vliegveld in Marathon,' zei Sean, Janets opmerking negerend. 'We laten de auto daar achter en huren een auto of nemen een vliegtuig, dat hangt van het vluchtrooster af.'

'Ik neem aan dat we teruggaan naar Miami,' zei Janet.

'Absoluut,' zei Sean. 'We gaan direct naar het Forbes.'

'Wat zit er in die kartonnen doos?' vroeg Janet.

'Een heleboel reagentia die ze in Miami niet hebben.'

'Zoals wat?'

'Voornamelijk DNA-primer en DNA-peilders voor oncogenen. Ik heb ook een paar primers en probes voor virus-nucleaire proteïne gevonden, die vooral worden gebruikt voor St. Louis-encefalitis.'

'En je bent niet van plan me te vertellen wat dit allemaal betekent?' vroeg Janet.

'Het zou te bespottelijk klinken,' zei Sean toe. 'Ik wil eerst een paar bewijzen. Ik moet het eerst mezelf bewijzen voordat ik het aan iemand vertel, zelfs aan jou.'

'Geef me dan in ieder geval een algemene indruk waarvoor die primers en probes bedoeld zijn.'

'DNA-primers worden gebruikt om speciale strengen DNA te vinden,' zei Sean. 'Ze zoeken een enkele streng uit miljoenen andere en gaan daar dan een reactie mee aan. Via een proces dat Polymerase Kettingreactie wordt genoemd, kan de oorspronkelijke DNA-streng vervolgens biljoenen malen worden vergroot. Op die manier kan hij gemakkelijk worden opgespoord door een geëtiketteerde DNA-probe.'

'Dus het gebruiken van deze primers en probes is als het gebruiken van een krachtige magneet om naar de spreekwoordelijke naald in de hooiberg te zoeken,' zei Janet.

'Precies,' zei Sean, onder de indruk van de snelheid waarmee ze het begreep. 'Een bijzonder sterke magneet. Ik bedoel dat hij een bepaalde DNA-streng kan halen uit miljoenen andere. In die zin is het bijna een tovermagneet. Ik vind dat de kerel die het proces heeft ontwikkeld de Nobelprijs dient te krijgen.'

'De moleculaire biologie maakt enorme vorderingen,' zei Janet slaperig.

'Het is ongelooflijk,' stemde Sean in. 'Zelfs de mensen in het veld hebben er moeite mee alles bij te houden.'

Janet vocht tegen haar slaap, die nog werd verergerd door het gedempte zoemen van de motor en het zachte schokken. Ze wilde Sean aansporen tot een nadere uitleg van wat er door zijn hoofd speelde, en ze dacht dat de beste manier om dat te doen was om hem aan de praat te krijgen over moleculaire biologie, en wat hij van plan was te doen als hij terug was in het lab in het Forbes. Maar ze was te uitgeput om door te gaan.

Janet had autorijden altijd kalmerend gevonden. Doordat ze aan boord van de boot maar weinig slaap had gehad en door al het rondrennen, duurde het niet lang of ze begon te knikkebollen. Ze viel in een diepe slaap en rustte ongestoord tot Sean de weg verliet en het terrein van de Marathon-luchthaven opreed.

'Tot dusver gaat alles goed,' zei Sean toen hij zag dat Janet zich bewoog. 'Geen wegafzettingen en geen politie.'

Janet ging rechtop zitten. Even had ze er geen benul van waar ze was, maar toen kwam ze met een klap in de werkelijkheid terug. Ze voelde zich nog beroerder dan voordat ze in slaap was gevallen. Ze streek door haar haren, die aanvoelden als een vogelnest. Ze kon zich moeilijk voorstellen hoe ze eruitzag. Ze besloot er niet aan te denken.

Sean parkeerde de auto op het volste gedeelte van de parkeerplaats. Hij meende dat de aanwezigheid ervan op die manier minder snel zou worden opgemerkt, waardoor ze meer tijd zouden hebben. Hij tilde de kartonnen doos van de achterbank en droeg hem naar de terminal. Hij stuurde Janet eropuit om naar pendelvluchten naar Miami te informeren, terwijl hij zou vragen naar de beschikbaarheid van huurauto's. Hij was nog steeds op zoek naar een autoverhuurder toen Janet terugkeerde en hem vertelde dat er over twintig minuten een vliegtuig naar Miami vertrok. De luchthavenbeambte plakte behulpzaam Seans doos dicht nadat hij op de buitenkant stickers had geplakt waar breekbaar op stond. De beambte garandeerde hem dat het pakket met de uiterste zorg zou worden behandeld. Later, toen Sean aan boord van het kleine vliegtuig stapte, zag hij hoe iemand zijn doos nonchalant op een bagagekar gooide. Maar Sean maakte zich niet ongerust. Hij had speciaal verpakkingsmateriaal gebruikt in Basic Diagnostics. Hij was er tamelijk zeker van dat zijn primers en probes de vlucht zouden overleven.

Toen ze op de luchthaven van Miami aangekomen waren, huurden ze een auto. Ze maakten gebruik van Avis en meden Hertz voor het geval de Hertz-computer zou aangeven dat Janet Reardon reeds een rode Pontiac gehuurd had.

Met de primers en probes op de achterbank reden ze regelrecht naar het Forbes. Sean parkeerde naast zijn jeep vlak bij de ingang van het onderzoeksgebouw. Hij haalde zijn Forbes-identificatiebewijs tevoorschijn.

'Wil je mee naar binnen?' vroeg Sean. Ook bij hem begon de uitputting nu haar tol te eisen. 'Je kunt ook met de auto teruggaan naar de flat.'

'Ik ben nu toch hier,' zei Janet. 'Ik wil dat je uitlegt wat je doet terwijl je bezig bent.'

'Dat lijkt me redelijk,' zei Sean.

Ze stapten uit en gingen het gebouw binnen. Sean verwachtte geen moeilijkheden, dus verraste het hem toen de veiligheidsbeambte opstond. Geen van de bewakers had dat ooit gedaan. De naam van deze was Alvarez. Sean had hem al bij verscheidene gelegenheden gezien.

'Meneer Murphy?' vroeg Alvarez met een onmiskenbaar Spaans accent.

'Dat ben ik,' zei Sean. Hij was tegen de stang van de tourniquet gebotst die Alvarez had verzuimd los te maken. Sean had zijn identificatiebewijs in zijn hand zodat het voor Alvarez zichtbaar was. De kartonnen doos had hij onder zijn andere arm. Janet stond achter hem.

'U mag het gebouw niet in,' zei Alvarez.

Sean zette de kartonnen doos neer.

'Ik werk hier,' zei Sean. Hij leunde voorover om zijn identificatiebewijs dichter bij Alvarez' gezicht te houden voor het geval de bewaker het niet had gezien.

'Orders van dokter Mason,' zei Alvarez. Hij deinsde achteruit alsof Seans identificatiebewijs op de een of andere wijze weerzinwekkend was. Hij nam met de ene hand een van zijn telefoons op en bladerde met de andere door een kaartenbak.

'Leg de telefoon neer,' zei Sean, terwijl hij met moeite zijn stem beheerste. Na alles wat hij had doorstaan en door zijn algehele vermoeidheid, was zijn geduld bijna ten einde.

De bewaker negeerde Sean. Hij vond dr. Masons telefoonnummer en begon de cijfers in te toetsen.

'Ik heb het je vriendelijk gevraagd,' zei Sean. 'Leg de telefoon neer!' Hij sprak nu met aanmerkelijk meer nadruk.

De bewaker was klaar met intoetsen en nam Sean kalm op terwijl hij op verbinding wachtte.

Bliksemsnel stak Sean zijn arm uit over het met leer beklede bureau en pakte het telefoonsnoer vast op de plaats waar het in het houtwerk verdween. Een flinke ruk en de kabel was los. Sean hield het uiteinde van de kabel voor het verraste gezicht van de bewaker. Het vormde een verwarde massa van dunne rode, groene en gele draden.

'Je telefoon doet het niet meer,' zei Sean.

Alvarez' gezicht liep rood aan. Hij liet de hoorn vallen, greep een wapenstok en liep om het bureau heen.

In plaats van achteruit te gaan, wat de bewaker had verwacht, schoot Sean op Alvarez af, zoals hij dat deed tijdens een hockeywedstrijd. De onderkant van zijn onderarm kwam in aanraking met de onderkaak van de bewaker. Alvarez werd opgetild en tegen de muur gesmeten voordat hij kon proberen iets met zijn wapenstok te doen. De klap ging gepaard met een duidelijk gekraak, alsof er een stuk droog brandhout doormidden werd gebroken. Sean hoorde de man kreunen toen hij de muur raakte, terwijl de lucht uit zijn longen werd gedwongen. Toen Sean zich terugtrok, viel het slappe lichaam van Alvarez op de grond.

'O god!' riep Janet. 'Je hebt hem verwond.'

'Jezus, wat een kaak,' zei Sean terwijl hij over de onderkant van zijn arm wreef.

Janet liep om Sean heen om bij Alvarez te komen, die uit zijn mond bloedde. Janet vreesde half dat hij dood was, maar ze stelde vlug vast dat hij alleen maar bewusteloos was.

'Wanneer komt hier een einde aan?' kreunde ze. 'Sean, ik denk dat je zijn kaak hebt gebroken, en hij heeft op zijn tong gebeten. Je hebt hem bewusteloos geslagen.'

'Laten we hem naar de ziekenhuiskant brengen,' stelde Sean voor.

'Ze hebben hier geen traumacapaciteit,' zei Janet. 'We zullen hem naar het Miami General moeten brengen.'

Sean keek wanhopig omhoog en zuchtte. Hij bekeek zijn kartonnen doos met primers en probes. Hij had een paar uur nodig in het lab boven, misschien zelfs wel vier uur. Hij keek op zijn horloge. Het was iets na één uur 's middags.

'Sean!' zei Janet gebiedend. 'Nu! Het is hier maar drie minuten vandaan. We kunnen terugkomen zodra we hem hebben afgeleverd. We kunnen hem niet zomaar achterlaten.'

Met tegenzin schoof Sean zijn kartonnen doos achter het bureau van de bewakers en hielp Janet Alvarez naar buiten te dragen. Gezamenlijk slaagden ze erin hem op de achterbank van de huurauto te deponeren.

Sean zag in dat ze er verstandig aan deden Alvarez naar de Eerste Hulp van het Miami General te brengen. Het was niet slim om een bloedende, bewusteloze man onverzorgd achter te laten. Als Alvarez' toestand zou verslechteren, zou Sean in grote moeilijkheden komen, waaruit zelfs zijn slimme broer hem slechts met grote moeite zou kunnen redden. Maar hij was niet van plan zich te laten pakken alleen maar omdat hij in deze barmhartige missie had toegestemd.

Ook al was het zondagmiddag, Sean rekende erop dat het druk zou zijn op de Eerste Hulp. Hij werd niet teleurgesteld. 'We leveren hem even snel af,' waarschuwde hij Janet. 'Snel in en uit. Zodra we hem op de Eerste Hulp hebben, smeren we 'm. Het personeel hier zal wel weten wat ze moeten doen.'

Janet was het daar niet helemaal mee eens, maar ze wist dat protesteren geen zin had.

Sean liet de motor draaien en zette de versnelling op neutraal terwijl hij en Janet met het nog altijd slappe lichaam van Alvarez worstelden. 'In ieder geval ademt hij,' zei Sean.

Vlak achter de deur naar de Eerste Hulp ontdekte Sean een lege brancard. 'Leg hem hierop,' gebood hij Janet.

Toen Alvarez er veilig bovenop lag, gaf Sean de brancard een lichte duw. 'Mogelijk spoedgeval,' riep hij terwijl de brancard de gang af rolde. Toen pakte hij Janet bij de arm. 'Vooruit, laten we gaan.'

Terwijl ze terugrenden naar de auto, zei Janet: 'Hij was geen spoedgeval.'

'Ik weet het,' bekende Sean. 'Maar het was het enige dat ik kon bedenken om ze in actie te krijgen. Je weet hoe Eerste Hulp-posten zijn. Alvarez zou urenlang hebben kunnen liggen voordat iemand iets voor hem deed.'

Janet haalde haar schouders op. Daar had Sean wel gelijk in. En voordat ze waren vertrokken, had ze een verpleger de brancard al zien onderscheppen.

Op de terugweg naar het Forbes zei Sean noch Janet een woord. Ze waren allebei uitgeput. Daar kwam nog bij dat Janet van haar stuk gebracht was door Seans explosieve gedrag; dit was opnieuw iets wat ze niet van hem had verwacht.

Onderwijl trachtte Sean uit te puzzelen hoe hij zich kon verzekeren van vier uur ongestoorde tijd in het lab. Vanwege het vervelende voorval met Alvarez en het feit dat de politie van Miami al naar hem zocht, wist hij dat hij met iets creatiefs op de proppen zou moeten komen om de hordes op afstand te houden. Ineens kreeg hij een idee. Het was drastisch, maar het zou stellig lukken. Zijn plan bracht een glimlach op zijn gezicht, ondanks zijn uitputting. Er was een soort poëtische gerechtigheid bij betrokken die hem beviel.

Sean vond dat hij, gezien de situatie, het recht had om drastische maatregelen te nemen. Hoe langer hij nadacht over zijn huidige theorie over wat er gaande was in het Forbes Cancer Center, hoe vaster hij ervan overtuigd raakte dat hij het bij het rechte eind had. Maar hij had bewijs nodig én om aan bewijs te komen had hij tijd in het lab nodig. En om tijd in het lab te krijgen had hij iets drastisch nodig. Hoe drastischer hoe beter.

Toen ze de laatste bocht naar de parkeerplaats van het Forbes namen, verbrak Sean de stilte. 'Op de avond waarop jij in Florida aankwam, was ik op een feestje bij dokter Mason. Een medulloblastoma-patiënt schonk geld aan het Forbes, veel geld. Hij was de directeur van een vliegtuigfabriek in St. Louis.'

Janet zweeg.

'Louis Martin is de directeur van een computer-hardwarebedrijf ten noorden van Boston,' zei Sean. Hij keek naar Janet terwijl hij parkeerde. Ze keek verbaasd.

'Malcolm Betencourt runt een enorme commerciële ziekenhuisketen,' ging Sean verder.

'En Helen Cabot was studente,' zei Janet ten slotte.

Sean opende het portier aan zijn kant, maar hij stapte niet uit.

'Dat klopt. Helen was een studente. Maar het klopt ook dat haar vader oprichter en directeur van een van de grootste softwarebedrijven ter wereld is.'

'Wat probeer je me duidelijk te maken?'

'Ik wil er gewoon over nadenken,' zei Sean, terwijl hij eindelijk uitstapte. 'En als we boven zijn, wil ik dat je naar de drieëndertig dossiers kijkt die we hebben gekopieerd en nadenkt over de economische demografische gegevens. Laat me maar weten wat ze je vertellen.'

Sean was blij dat de dienst van een nieuwe bewaker kennelijk nog niet was begonnen. Hij haalde zijn kartonnen doos achter de balie vandaan. Daarna kropen Janet en hij onder de tourniquet door en namen de lift naar de vijfde verdieping.

Sean controleerde eerst de koelkast om er zeker van te zijn dat Helens hersenen en het monster van haar cerebro-spinale vocht niet ontdekt waren. Vervolgens haalde hij de dossiers uit hun schuilplaats en gaf ze aan Janet. Hij bekeek de rotzooi op zijn laboratoriumbank, maar raakte die niet aan.

'Terwijl je de dossiers doorneemt,' zei hij nonchalant, 'ga ik ervandoor. Maar ik ben snel terug, misschien binnen een uur.'

'Waar ga je naartoe?' vroeg Janet. Sean zat zoals gewoonlijk vol verrassingen. 'Ik dacht dat je tijd in het lab nodig had. Daarom zijn we hier zo snel naartoe gegaan.'

'Dat heb ik ook,' verzekerde hij haar. 'Maar ik ben bang dat ik gestoord zal worden vanwege Alvarez en ook vanwege het groepje dat ik in de kast in Key West heb opgesloten. Ze zullen inmiddels wel vrij zijn. Ik moet een paar dingen regelen om die barbaren op afstand te houden.'

'Wat voor dingen moet je regelen?' vroeg Janet waakzaam.

'Misschien kun je dat maar beter niet weten. Ik kreeg een geweldig idee dat gegarandeerd zal lukken, maar het is nogal drastisch. Ik vind niet dat je erbij betrokken moet raken.'

'Het bevalt me helemaal niet,' zei Janet.

'Als hier iemand komt terwijl ik weg ben en naar me vraagt,' zei Sean, Janets bezorgdheid negerend, 'zeg dan maar dat je er geen idee van hebt waar ik ben, dat is nog waar ook.'

'Wie zou er kunnen komen?'

'Ik hoop niemand. Maar als er toch iemand komt, zal het vermoedelijk Robert Harris zijn, de vent die ons op het strand heeft gered. Als Alvarez íemand belt, zal hij hem bellen.'

'Stel dat hij vraagt wat ik hier doe?'

'Dan vertel je hem de waarheid,' zei Sean. 'Vertel hem dat je deze dossiers doorneemt om te proberen mijn gedrag te begrijpen.'

'O, schiet op!' zei Janet. 'Ik zal je gedrag niet gaan begrijpen door het lezen van deze dossiers. Dat is belachelijk.'

'Lees ze nu maar en denk eraan wat ik je zojuist heb gezegd.'

'Je bedoelt over de economische demografie?'

'Precies,' zei Sean. 'Nu moet ik weg. Maar ik moet iets lenen. Kan ik die spuitbus krijgen die je altijd in je tas hebt?'

'Dit bevalt me helemaal niet,' herhaalde Janet, maar ze haalde de spuitbus uit haar tas en gaf hem aan Sean. 'Dit maakt me heel erg nerveus.'

'Maak je maar niet ongerust,' zei Sean. 'Ik heb hem nodig voor het geval ik Batman tegenkom.'

'Doe me een lol,' zei Janet wanhopig.

Sean wist dat zijn tijd beperkt was. Alvarez zou spoedig kunnen bijkomen, en dan zou hij zeker zo snel mogelijk doorgeven dat hij het Forbes-onderzoeksgebouw niet langer bewaakte en dat Sean Murphy weer in de stad was.

Met de huurauto reed hij naar het City Yacht Basin vlak bij het gemeentelijk auditorium. Hij parkeerde de auto en liep naar een van de jachthavens waar hij een 5 meter lange Boston Whaler huurde. Eenmaal buiten de haven stuurde hij de boot over Biscayne Bay en om de zeehaven van Dodge Island heen. Omdat het zondagmiddag was, lag er een rij cruiseschepen gemeerd aan de kade, met mensen die aan boord gingen voor Caribische avonturen. Er was ook een horde pleziervaartuigjes, van jetski's tot grote zeewaardige jachten.

Het oversteken van de zeestraat was verraderlijk vanwege het schuim dat werd veroorzaakt door een combinatie van wind en ander waterverkeer, maar Sean bereikte veilig de brug die Mac-Arthur Causeway verbond met Miami Beach. Toen hij onder de brug door voer, zag hij zijn bestemming links van hem: Star Island.

Het was gemakkelijk om het huis van de Masons te vinden omdat hun enorme witte jacht, Lady Luck, aan de pier ervoor lag gemeerd. Sean stuurde zijn Boston Whaler tot achter het jacht, waar een drijvend dok verbonden was met de pier door middel van een scheepstrap. Zoals Sean al had verwacht stond Batman, de dobermann van de Masons, tegen de tijd dat hij zijn boot had vastgemaakt boven aan de trap en gromde terwijl hij zijn enorme tanden toonde.

Sean beklom de trap terwijl hij aldoor 'brave hond' zei. Batman boog zich zo ver hij durfde over de pier heen en reageerde op Seans gefleem door zijn bovenlip dreigend op te trekken. Zijn gegrom nam toe naarmate hij meer tanden liet zien.

Toen Sean nog maar twaalf centimeter van de snijtanden van de hond verwijderd was, gaf hij Batman een flinke dosis van Janets traangas, waardoor de hond jankend naar zijn schuilplaats aan de zijkant van de garage vluchtte.

Ervan overtuigd dat er maar één hond was, klauterde Sean de pier op en overzag het terrein. Wat hem te doen stond, moest vlug gebeuren, zodat niemand de tijd kreeg een telefoontje te plegen. De schuifdeuren van de woonkamer naar het zwembad stonden open. Er klonk geluid van operamuziek.

Vanaf de plek waar hij stond, kon hij niemand zien. Omdat het zo'n mooie dag was, had hij verwacht Sarah Mason zonnend op een van de ligstoelen bij het zwembad aan te treffen. Sean zag wel een handdoek, wat zonnebrandlotion en een katern van de zondagskrant, maar geen Sarah.

Snel liep Sean om het zwembad heen naar de open schuifdeuren. Tochtdeuren benamen hem het zicht naar binnen. Hoe dichter hij bij het huis kwam, hoe harder de muziek werd.

Toen Sean de deur had bereikt, probeerde hij de tochtdeur. Die zat niet op slot. Geruisloos schoof hij hem open. Terwijl hij de kamer in stapte probeerde hij geluiden van mensen te horen boven het plotselinge crescendo van de opera.

Sean liep naar de stereo-installatie en bekeek het enorme aantal meet- en regelknoppen. Toen hij de aan- en uitknop had gevonden, zette hij het apparaat af zodat de kamer in betrekkelijke stilte werd gedompeld. Hij hoopte dat het abrupt afzetten van de *Aïda*-aria een reactie zou oproepen. Dat bleek zo te zijn.

Bijna onmiddellijk verscheen dr. Mason bij de deur van zijn studeerkamer, met een vragend gezicht naar de stereo-installatie kijkend. Hij deed een paar stappen de kamer in voordat hij Sean zag. Toen bleef hij staan, duidelijk verbijsterd.

'Goedemiddag, dokter Mason,' zei Sean met een stem die opgewekter klonk dan hij zich voelde. 'Is mevrouw Mason in de buurt?'

'Wat is in vredesnaam de bedoeling van deze...?' stamelde dr. Mason. Hij leek de juiste woorden niet te kunnen vinden.

'Storing?' opperde Sean.

Sarah Mason verscheen, blijkbaar net zo verbijsterd door de abrupte stilte. Ze was gekleed, als dat ten minste het woord was, in een glimmende zwarte bikini. Het krappe badpak bedekte amper haar weelderige lichaam. Over de bikini droeg ze een doorschijnend jasje met namaakdiamanten knopen dat zo doorzichtig was, dat het haar verschijning er nauwelijks zediger op maakte. Zwarte hooggehakte sandalen, versierd met een toefje veren boven de wreef, completeerden het geheel.

'Ik kom u beiden uitnodigen voor een bezoek aan het lab,' zei Sean zakelijk. 'Ik zou u willen voorstellen om wat lectuur mee te nemen. Het zou wel eens een lange middag kunnen worden.'

Dr. Mason en zijn echtgenote keken elkaar aan.

'Het vervelende is dat ik weinig tijd heb,' voegde Sean eraan toe. 'Laten we gaan. We nemen uw auto, aangezien ik per boot ben gekomen.'

'Ik ga de politie bellen,' verkondigde dr. Mason. Hij wilde zijn studeerkamer binnengaan.

'Ik geloof niet dat dat deel uitmaakt van het spel,' zei Sean. Hij haalde Toms pistool tevoorschijn en stak het in de lucht om er zeker van te zijn dat beide Masons het duidelijk konden zien.

Sarah Mason snakte naar adem. Dr. Mason verstrakte.

'Ik hoopte dat een uitnodiging voldoende zou zijn,' zei Sean. 'Maar als het nodig is, heb ik dit pistool.'

'Ik geloof dat je een grote fout maakt, jongeman,' zei dr. Mason.

'Met alle respect,' zei Sean, 'als mijn vermoedens juist zijn, bent u degene die grote fouten heeft gemaakt.'

'Hier kom je niet mee weg,' waarschuwde dr. Mason.

'Dat ben ik ook niet van plan,' zei Sean.

'Doe iets!' gebood Sarah Mason haar echtgenoot. Tranen welden op in haar ooghoeken en vormden een bedreiging voor haar eyeliner.

'Ik wil dat iedereen kalm blijft,' zei Sean. 'Er zal niemand iets overkomen. Laten we nu naar de auto gaan.' Hij gebaarde met het pistool.

'We verwachten bezoek,' zei dr. Mason. 'In feite verwachten we je...'

'Dat betekent gewoon dat we hier sneller weg moeten,' viel Sean hem in de rede. Toen gilde hij: 'Lopen!' Met het pistool in de hand gebaarde hij naar de gang.

Onwillig sloeg dr. Mason een beschermende arm om zijn vrouw heen en liep met haar naar de voordeur. Sean opende hem voor hen. Sarah Mason snikte en zei dat ze niet in deze kleding kon gaan.

'Naar buiten!' gilde Sean ongeduldig.

Ze waren halverwege dr. Masons geparkeerde auto toen er een auto langs de stoeprand stopte.

Geschrokken door deze storing liet Sean het pistool in zijn jaszak glijden. Hij bedacht dat hij deze bezoeker aan het paar gijzelaars zou moeten toevoegen. Toen hij zag wie het was, moest hij een paar keer met zijn ogen knipperen: het was zijn broer Brian.

'Sean!' riep Brian zodra hij zijn broer herkende. Hij rende het gazon op met een gezicht dat zowel verrassing als genoegen weerspiegelde. 'Ik ben al vierentwintig uur naar je op zoek! Waar heb je gezeten?'

'Ik heb je gebeld,' zei Sean. 'Wat doe jij in godsnaam in Miami?'

'Het is goed dat je bent gearriveerd, Brian,' viel dr. Mason in de rede. 'Je broer was bezig ons te ontvoeren.'

'Hij heeft een pistool!' waarschuwde Sarah Mason tussen haar gesnik door.

Brian keek zijn broer ongelovig aan. 'Pistool?' herhaalde hij vol ongeloof. 'Wat voor pistool?'

'Het zit in zijn zak,' snauwde Sarah Mason.

Brian staarde Sean aan. 'Is dit waar?'

Sean haalde zijn schouders op. 'Het is een krankzinnig weekend geweest.'

'Geef dat pistool maar aan mij,' zei Brian met uitgestoken hand. 'Nee,' zei Sean.

'Geef dat pistool aan mij,' herhaalde Brian, nu strenger.

'Brian, er komt hier meer bij kijken dan op het eerste gezicht lijkt,' zei Sean. 'Bemoei je er nu alsjeblieft niet mee. Het is duidelijk dat ik je juridische talenten later nodig zal hebben, dus ga niet weg. Maar houd je gewoon een paar uur gedeisd.'

Brian deed nog een stap in Seans richting zodat hij binnen armbereik was. 'Geef me het pistool,' herhaalde hij. 'Ik laat je niet dit soort misdrijf plegen. Ontvoering met een dodelijk wapen is een ernstige misdaad. Er staat gevangenisstraf op.'

'Ik begrijp dat je het goed bedoelt,' zei Sean. 'Ik weet dat je ouder bent, en je bent advocaat. Maar ik kan niet alles uitleggen. Vertrouw me!'

Brian stak zijn arm uit en stak zijn hand in Seans jaszak, tastend naar de opvallende bult. Zijn vingers sloten zich om het pistool. Sean pakte Brians pols vast in een ijzeren greep.

'Jij bent ouder,' zei Sean, 'maar ik ben sterker. We hebben dit al eens eerder meegemaakt.'

'Ik sta niet toe dat je dit doet,' zei Brian.

'Laat het pistool los,' gebood Sean.

'Ik ben niet van plan jou je leven te laten vergooien. '

'Dwing me niet dit te doen,' waarschuwde Sean.

Brian probeerde zijn arm los te rukken uit Seans greep en onderwijl het pistool vast te houden.

Sean reageerde door Brian een linkse in zijn maag te geven. Bliksemsnel liet hij de stomp volgen door een flinke tik op zijn neus. Brian zakte als een zak aardappelen ineen en rolde zich tot een strakke bal op terwijl hij naar adem snakte. Er sijpelde wat bloed uit zijn neus.

'Het spijt me,' zei Sean.

Dr. en Sarah Mason, die deze woordenwisseling hadden gadegeslagen, renden naar de garage. Sean ging hen achterna en ving Sarah Mason het eerst. Dr. Mason, die de andere arm van zijn vrouw vast had, werd hierdoor ook tot staan gebracht.

Nadat Sean zijn broer had geslagen, was hij niet in de stemming voor verder redetwisten. 'In de auto,' gromde hij. 'Dokter Ma-

son, u rijdt.'
Schaapachtig gehoorzaamde dr. Mason. Sean stapte achterin.
'Naar het lab, graag.'
Toen ze de oprijlaan afreden, ving Sean een glimp op van Brian
die erin was geslaagd zich tot een zittende houding op te werken.
Brians gezicht weerspiegelde een mengeling van verwarring, ge-
krenktheid en woede.

'Dat werd tijd,' snauwde Kurt Wanamaker toen hij, Sterling en
Wayne wankelend uit de voorraadkast kwamen. Ze dropen van
het zweet. Ondanks de airconditioning in het hoofdlab, was de
temperatuur in de ongeventileerde kast pijlsnel gestegen.
'Ik hoorde u net pas,' legde de laborant uit.
'We hebben sinds twaalf uur geschreeuwd,' klaagde Kurt.
'Beneden is dat moeilijk te horen,' zei de laborant. 'Vooral als alle apparatuur loopt. Bovendien komen we nooit hier boven.'
'Ik snap niet dat je het niet hebt gehoord,' zei Kurt.
Sterling liep regelrecht naar een telefoon en draaide dr. Masons
privé-nummer. Toen dr. Mason niet opnam, vloekte hij terwijl
hij zich voorstelde hoe de dokter een ontspannen zondagmiddag
doorbracht in een countryclub.
Hij legde de hoorn neer en overwoog wat hij nu zou doen. Reso-
luut voegde hij zich weer bij Kurt en Wayne en zei dat hij terug
wilde naar het vliegveld.
Terwijl ze de trap afliepen, verbrak Wayne de gespannen stilte.
'Ik zou Sean Murphy nooit hebben aangezien voor iemand die
met een blaffer op zak loopt.'
'Het was een volslagen verrassing,' stemde Sterling in. 'Het is
een bewijs te meer dat Sean Murphy veel gecompliceerder is dan
we dachten.'
Toen ze bij de voorkant van het gebouw kwamen, raakte Kurt
Wanamaker in paniek. 'Mijn auto is weg!' kreunde hij.
'Ongetwijfeld met de complimenten van meneer Murphy,' zei
Sterling.
'Ik vraag me af hoe Murphy en zijn vriendin vanuit het centrum
van de stad naar hier zijn gekomen,' zei Wayne.
'Er staat een motor aan de achterkant die van geen van de mede-
werkers is,' zei de laborant.
'Dat zal het zijn,' zei Sterling. 'Bel de politie en geef hun de de-

tails over je vermiste auto. Aangezien hij de auto heeft meegenomen, kunnen we volgens mij rustig aannemen dat hij het eiland heeft verlaten. Misschien kan de politie hem oppikken.'

'Het is een nieuwe auto,' jammerde Kurt. 'Ik heb hem pas drie weken. Dit is vreselijk.'

Sterling hield zijn mond. Hij voelde niets dan verachting voor deze nerveuze, vervelende, kalende man met wie hij meer dan vijf oncomfortabele uren in een kleine kast had vastgezeten. 'Misschien zou je een van de laboranten kunnen vragen ons een lift naar het vliegveld te geven.' Hij troostte zich met de hoopvolle gedachte dat dit het laatste zou zijn wat hij ooit nog tegen de man zou hoeven zeggen.

12

Zondag 7 maart, 14.30 uur

Zodra dr. Mason de parkeerplaats van het Forbes opreed, probeerde Sean in de foyer van het onderzoeksgebouw naar binnen te kijken om te zien of er iets was veranderd sinds hij was vertrokken. Vanwege het zonlicht dat door de ramen weerkaatst werd, kon hij niets zien. Hij wist dus niet of er al dan niet een andere bewaker was die de wacht had betrokken.

Pas nadat ze hadden geparkeerd en Sean het gebouw was binnengegaan met de Masons vlak voor zich, zag hij dat er inderdaad een andere bewaker dienst had genomen. 'Sanchez' stond er op het naamplaatje van de man.

'Vertel hem wie u bent en vraag om zijn lopers,' fluisterde Sean toen ze gedrieën de tourniquet naderden.

'Hij weet wie ik ben,' snauwde dr. Mason.

'Vertel hem dat u niet wilt dat er anderen in het gebouw zijn tot we naar beneden komen,' zei Sean. Hij wist dat een dergelijk bevel in de loop van de middag zou worden genegeerd, maar hij vond dat hij het toch maar moest proberen.

Dr. Mason deed wat hem werd gevraagd. Hij gaf de grote sleutel-ring aan Sean zodra Sanchez hem die had overhandigd. De bewa-ker keek vreemd op toen ze door de tourniquet gingen. Blondi-nes met grote borsten die gekleed waren in zwarte bikini's en hooggehakte sandalen met pluimpjes droegen, waren geen alle-daags verschijnsel in het Forbes-onderzoeksgebouw.

'Je broer had gelijk,' zei dr. Mason nadat Sean de toegangsdeuren aan de andere kant van de tourniquet had dicht gedaan en af-gesloten. 'Dit is een ernstig misdrijf. Je zult de gevangenis in-draaien. Je zult hier niet mee wegkomen.'

'Ik heb u toch verteld dat ik dat niet van plan ben,' zei Sean.

Sean deed de deuren naar het trappenhuis op slot. Op de tweede verdieping sloot hij de branddeuren die naar de voetgangersbrug leidden af. Toen ze op de vijfde verdieping waren, sloot hij de lift af en liet de tweede kooi naar boven komen, die hij eveneens af-sloot.

Terwijl Sean de Masons zijn lab binnenloodste, zwaaide hij naar Janet. Ze zat in het met glas omsloten kantoortje de dossiers te lezen. Ze kwam naar buiten en keek vragend naar de Masons. Sean stelde hen haastig voor. Daarna stuurde hij de Masons het kantoortje in en vertelde hun dat ze daar moesten blijven. Hij deed de deur achter hen op slot.

'Wat doen ze hier?' vroeg Janet bezorgd. 'En wat doet mevrouw Mason in een badpak? Ze ziet eruit alsof ze gehuild heeft.'

'Ze is een beetje hysterisch,' legde Sean uit. 'Ze had geen tijd om zich om te kleden. Ik heb ze hier gebracht om anderen ervan te weerhouden me te storen. Bovendien wil ik dat dokter Mason erbij is als ik ga doen wat ik van plan ben.

'Heb je ze gedwongen hier te komen?' vroeg Janet. Zelfs na al het andere waartoe Sean zijn toevlucht had genomen, vond ze dit alle perken te buiten gaan.

'Ze zouden liever naar de rest van *Aïda* hebben geluisterd,' gaf Sean toe. Hij begon een gedeelte van zijn laboratoriumtafel vrij te maken om aan te werken.

'Heb je dat pistool gebruikt dat je bij je draagt?' vroeg Janet. Ze wilde het antwoord niet horen.

'Ik moest het hun laten zien,' zei Sean.

'De hemel sta ons bij!' riep Janet hoofdschuddend uit terwijl ze naar het plafond keek.

Sean haalde wat schoon glaswerk te voorschijn, waaronder een grote erlenmeyer. Hij schoof wat spullen naar de gootsteen om ruimte op zijn tafel te maken.

Janet pakte Seans arm beet. 'Deze hele zaak is te ver gegaan. Je hebt de Masons ontvoerd! Begrijp je dat?'

'Natuurlijk,' zei Sean. 'Denk je soms dat ik gek ben?'

'Daar kan ik beter geen antwoord op geven.'

'Is er iemand langsgekomen terwijl ik weg was?' informeerde Sean.

'Ja. Robert Harris kwam langs, zoals je al had verwacht.'

'En?' vroeg Sean, en hij keek op van zijn werk.

'Ik heb hem verteld wat ik van jou moest zeggen. Hij wilde weten of je terug was gegaan naar de flat. Ik zei dat ik het niet wist. Ik denk dat hij ernaartoe is gegaan om je te zoeken.'

'Perfect,' zei Sean. 'Hij is degene voor wie ik het bangst ben. Hij is te ijverig. Alles moet geregeld zijn tegen de tijd dat hij terugkomt.' Sean ging weer aan het werk.

Janet wist niet wat ze moest doen. Ze sloeg Sean een paar minuten gade terwijl hij reagentia mengde in de grote erlenmeyer en een kleurloze, olieachtige vloeistof maakte.

'Wat ben je precies aan het doen?' vroeg ze.

'Ik maak een grote dosis nitroglycerine. Plus een ijsbad om het in te doen en af te laten koelen.'

'Je maakt een grapje,' zei Janet met hernieuwde ongerustheid. Het was moeilijk Sean bij te houden.

'Je hebt gelijk,' zei Sean, en hij liet zijn stem dalen. 'Dit doe ik eigenlijk voor dokter Mason en zijn lieftallige bruid. Als arts weet hij net voldoende van scheikunde om erin te trappen.'

'Sean, je gedraagt je krankzinnig.'

'Ik ben een beetje manisch,' bekende Sean. 'Tussen twee haakjes, wat vond je van die dossiers?'

'Ik vermoed dat je gelijk hebt,' zei Janet. 'Niet alle dossiers vermeldden de financiële positie van de patiënt, maar die dat wel deden, toonden aan dat het directeurs waren of familieleden van directeurs.'

'Ze horen waarschijnlijk allemaal tot de 500 rijksten van Amerika,' zei Sean. 'Wat maak je eruit op?'

'Ik ben te uitgeput om conclusies te trekken. Maar het lijkt een vreemd toeval.'

Sean lachte. 'Wat is volgens jou de statistische waarschijnlijkheid dat zoiets toevallig is?'

'Ik weet niet genoeg van statistiek om daarop te kunnen antwoorden,' zei Janet.

Sean tilde de erlenmeyer op en draaide de oplossing rond. 'Dit ziet er goed genoeg uit om voor echt door te kunnen gaan,' zei hij. 'Laten we hopen dat die ouwe dokter Mason zich voldoende van zijn anorganische scheikunde herinnert om onder de indruk te raken.'

Janet keek hoe Sean de erlenmeyer mee naar het glazen hokje nam. Ze vroeg zich af of hij het contact met de realiteit begon te verliezen. Het was waar dat hij steeds meer in het nauw was gedreven, maar de Masons ontvoeren onder bedreiging van een pistool was wel een enorme sprong vooruit. De wettelijke consequenties van zo'n daad zouden vast ernstig zijn. Janet wist weinig van de wet, maar ze wist wel dat ze tot op zekere hoogte bij dit alles was betrokken. Ze betwijfelde of men zou geloven dat ze gedwongen was mee te doen, zoals Sean iedereen wilde doen geloven. Ze wenste dat ze wist wat ze moest doen.

Janet keek toe hoe Sean de namaak-nitroglycerine aan de Masons liet zien. Te oordelen naar de indruk die het op de directeur van het Forbes maakte, herinnerde hij zich voldoende van zijn anorganische scheikunde om de presentatie geloofwaardig te vinden. Dr. Mason zette grote ogen op. Sarah Mason sloeg haar hand voor haar mond. Toen Sean de kolf wild ronddraaide, deinsden de Masons allebei bevreesd achteruit. Sean zette de kolf in het ijsbad dat hij op het bureau had klaargezet, verzamelde de dossiers die Janet daar had achtergelaten en ging het lab binnen. Hij legde de dossiers op een nabije tafel neer.

'Wat zeiden de Masons?' informeerde Janet.

'Ze waren gepast onder de indruk,' zei Sean. 'Vooral toen ik hun vertelde dat het vriespunt al op 12° C ligt en dat het spul in vaste vorm buitengewoon onstabiel is. Ik zei hun voorzichtig te zijn daar binnen omdat een stootje tegen de tafel het al zou kunnen doen ontploffen.'

'Ik geloof dat we deze hele zaak moeten afgelasten,' zei Janet. 'Je gaat te ver.'

'Ik ben zo vrij er anders over te denken,' zei Sean. 'Bovendien ben ik het die dit doet en niet jij.'

'Ik ben erbij betrokken,' zei Janet. 'Waarschijnlijk maakt alleen al mijn aanwezigheid hier me medeplichtig.'

'Als het zover is, zal Brian het uitzoeken,' zei Sean. 'Vertrouw maar op me.'

Janets aandacht werd getrokken door het echtpaar in het glazen kantoor. 'Je had de Masons niet alleen moeten laten,' zei ze. 'Dokter Mason is aan het telefoneren.'

'Prima. Ik verwachtte al dat hij iemand zou bellen. In feite hoop ik dat hij de politie belt. Zie je, ik wil hier een heel circus.'

Janet staarde Sean aan. Voor het eerst kwam het bij haar op dat hij misschien op de rand van een psychische instorting stond. 'Sean,' zei ze zacht, 'ik heb het gevoel dat je volkomen uit balans bent. Misschien heb je onder te veel druk gestaan.'

'Ik meen het,' zei Sean. 'Ik wil een carnavalsstemming. Dat zal alles veel veiliger maken. Het laatste dat ik wil is dat de een of andere gefrustreerde commando, zoals Robert Harris, door de luchtkanalen kruipt met een mes tussen zijn tanden en de held probeert uit te hangen. Dan raken er mensen gewond. Ik wil de politie en de brandweerbrigade daar buiten besluiteloos staan te wachten, maar eventuele anderen op een afstand houden. Ik wil dat ze een uur of vier denken dat ik getikt ben.'

'Ik begrijp je niet,' zei Janet.

'Dat komt nog wel,' verzekerde Sean haar. 'Ondertussen heb ik werk voor je. Je vertelde me dat je iets af weet van computers. Ga naar de administratie op de zevende verdieping.' Hij overhandigde haar de sleutelring met lopers. 'Ga dat glazen kamertje binnen dat we zagen toen we de dossiers kopieerden, waar de computer dat programma afdraaide en die getallen van negen cijfers liet zien. Ik denk dat dat nummers van de sociale dienst zijn. En de telefoonnummers! Ik denk dat dat nummers waren van verzekeringsmaatschappijen die ziektekostenverzekeringen uitschrijven. Kijk eens of dat klopt. Kijk dan of je kunt inbreken in de hoofdcomputer van Forbes. Ik wil dat je zoekt naar reizen die voor de kliniek zijn gemaakt, met name door Deborah Levy en Margaret Richmond.'

'Kun je me niet vertellen waarom ik dat allemaal moet doen?' vroeg Janet.

'Nee,' zei Sean. 'Het moet een dubbelblind onderzoek zijn! Ik wil dat je objectief bent.'

Seans krankzinnigheid was merkwaardig overredend, en aanstekelijk. Janet nam de lopers en liep naar het trappenhuis. Sean stak ten afscheid zijn duim omhoog. Wat het resultaat van deze krankzinnige, roekeloze escapade ook mocht zijn, ze zou het binnen vier of vijf uur weten.

Voordat Sean aan het werk ging, nam hij een van de telefoons op, draaide Brians nummer in Boston en liet een lange boodschap achter. Eerst bood hij zijn excuses aan omdat hij hem had geslagen. Daarna zei hij dat voor het geval alles vreselijk mis zou gaan, hij wilde vertellen wat er volgens hem gaande was in het Forbes Cancer Center. Het kostte hem ongeveer vijf minuten.

Inspecteur Hector Salazar van de politie van Miami benutte de zondagmiddag gewoonlijk om de stapels paperassen af te handelen die voortvloeiden uit de voor Miami typisch drukke zaterdagavonden. Zondagen waren over het algemeen rustig. Het meeste werk bestond uit auto-ongevallen, die door de geüniformeerde eenheid en haar agenten konden worden afgehandeld. Later op de dag, als de voetbalwedstrijden waren afgelopen, laaide dikwijls huiselijk geweld op. Soms moest de wachtcommandant eraan te pas komen, dus wilde Hector zoveel mogelijk werk af hebben voordat de telefoon begon te rinkelen.

Omdat hij wist dat de wedstrijd van de Miami Dolphins nog aan de gang was, nam hij om kwart over drie vrij onbekommerd de telefoon op. Het telefoontje was via de klachtenkamer doorverbonden.

'Met brigadier Anderson,' zei de stem. 'Ik ben bij het Forbes Cancer Center. We hebben een probleem.'

'Wat voor probleem?' informeerde Hector. Zijn stoel kraakte toen hij achteroverleunde.

'Een vent heeft zich in het onderzoeksgebouw hiernaast opgesloten met twee, wellicht drie gegijzelden,' zei Anderson. 'Hij is gewapend. Er is ook sprake van de een of andere bom.'

'Mijn god!' zei Hector, terwijl zijn stoel met een bons naar voren klapte. Hij wist uit ervaring hoeveel papierwerk dit soort toestanden kon opleveren. 'Verder nog iemand in het gebouw?'

'We denken van niet,' zei Anderson. 'Volgens de bewaker althans. Wat de zaak nog erger maakt, is dat de gijzelaars VIPs zijn. Het zijn de directeur van het centrum, dokter Randolph Mason, en zijn echtgenote, Sarah Mason.'

'Is het gebied afgezet?' vroeg Hector, die al vooruitdacht. Deze operatie zou veel aandacht trekken. Dr. Randolph Mason was een bekende persoonlijkheid in Miami.

'Daar zijn we mee bezig,' zei Anderson. 'We zetten het hele gebouw af met geel lint.'

'Zijn de media er al?' vroeg Hector. Soms waren de media sneller ter plaatse dan het ondersteunend politiepersoneel. De media luisterden dikwijls de politieradiozenders af.

'Nog niet,' zei Anderson. 'Daarom gebruik ik deze lijn. Maar we verwachten ze ieder moment. De naam van de gijzelaar is Sean Murphy, een medisch student die in de kliniek werkt. Hij is samen met een verpleegster, Janet Reardon. We weten niet of ze een medeplichtige of een gegijzelde is.'

'Wat bedoel je met een soort bom?' vroeg Hector.

'Hij heeft een grote kolf met nitroglycerine gemengd,' zei Anderson. 'Het spul staat op ijs op een bureau in het kantoortje waar de gegijzelden zitten. Als het eenmaal bevriest, kan het slaan met een deur genoeg zijn om het te laten exploderen. Dat zei dokter Mason tenminste.'

'Heb je met de gegijzelden gesproken?' vroeg Hector.

'Ja,' zei Anderson. 'Dokter Mason vertelde me dat hij en zijn vrouw zich in een glazen kantoortje bevinden met de nitroglycerine. Ze zijn doodsbang, maar tot dusver ongedeerd, en ze hebben een telefoon bij de hand. Hij zegt dat hij de dader kan zien. Maar het meisje is verdwenen. Hij weet niet waar ze heen is gegaan.'

'Wat doet Murphy?' vroeg Hector. 'Heeft hij al eisen gesteld?'

'Nog niet,' zei Anderson. 'Kennelijk is hij druk bezig met het een of andere experiment.'

'Wat voor experiment?'

'Geen flauw idee. Ik herhaal alleen maar wat dokter Mason zei. Kennelijk is Murphy ontevreden geworden omdat hij niet aan een bepaald project mocht meewerken. Misschien is hij daarmee bezig. In ieder geval is hij gewapend. Dokter Mason zei dat hij met een pistool voor hun gezicht zwaaide toen hij in hun huis inbrak.'

'Wat voor pistool?'

'Het lijkt een .38 te zijn, te oordelen naar dokter Masons beschrijving,' zei Anderson.

'Zorg ervoor dat het gebouw afgezet wordt,' zei Hector. 'Ik wil dat er niemand in- of uitgaat. Begrepen?'

'Begrepen,' zei Anderson.

Hector zei Anderson nog dat hij binnen enkele minuten ter plekke zou zijn, en werkte daarna drie telefoontjes af. Eerst belde hij het gijzelings-onderhandelingsteam en sprak met de chef, Ronald Hunt. Daarna belde hij de dienstdoende commandant van het arrestatieteam, George Loring. Ten slotte belde hij Phil Darell, de chef van het explosieventeam. Hector gaf hun alledrie de opdracht hun teams bijeen te roepen en zo snel mogelijk naar het Forbes Cancer Center te gaan.

Hector hees zijn tweehonderdwintig pond uit de bureaustoel. Hij was een gedrongen man die op zijn twintigste een en al spier was geweest. Toen hij begin dertig was, had een groot deel van die spieren zich in vet omgezet. Met zijn stompe, kolenschopachtige handen bevestigde hij de politie-parafernalia, die hij had afgedaan toen hij achter zijn bureau zat, weer aan zijn riem. Hij was bezig zijn vest aan te trekken toen de telefoon rinkelde. Het was zijn chef, Mark Witman.

'Ik heb begrepen dat er een gijzeling is,' zei Witman.

'Ja, baas,' stamelde Hector. 'Ik ben zojuist gebeld. We zijn het nodige personeel aan het mobiliseren.'

'Denk je dat je dit aankunt?' vroeg Witman.

'Ja, baas,' antwoordde Hector.

'Weet je zeker dat je dit niet door een commandant wilt laten afhandelen?'

'Ik denk niet dat het een probleem zal zijn, baas,' zei Hector.

'Goed,' zei Witman. 'Maar ik moet je zeggen dat ik al ben gebeld door de burgemeester. Deze situatie ligt politiek gevoelig.'

'Dat zal ik in gedachten houden, baas,' zei Hector.

'Ik wil dat dit volgens de regels wordt afgehandeld,' zei Witman.

'Ja, baas,' zei Hector.

Sean ging vastberaden aan het werk. Omdat hij wist dat zijn tijd beperkt was, probeerde hij efficiënt te werken en iedere stap vooraf te plannen. Eerst glipte hij naar de zesde verdieping om de automatische peptide-analysator te controleren die hij zaterdag had ingesteld voor de aminozuur-reeksen. Hij was bang dat het proces was verstoord, omdat Deborah Levy was verschenen om hem de les te lezen vlak nadat hij het apparaat had gestart. Maar het apparaat was niet aangeraakt en zijn monster zat er nog in. Hij scheurde de uitdraai van de printer.

Hierna bracht Sean twee thermale cyclers van de zesde verdieping naar de vijfde. Ze zouden die middag het werk voor hem moeten doen. In de thermale cyclers werden namelijk de polymerese kettingreacties uitgevoerd.

Nadat Sean snel de Masons had gecontroleerd, die het merendeel van hun tijd leken door te brengen met ruziemaken over wiens schuld het was dat ze waren gegijzeld, ging hij serieus aan de slag. Eerst nam hij de uitdraai van de peptide-analysator door. De uitslagen waren indrukwekkend. De aminozuur-reeksen van Helen Cabots geneesmiddel waren identiek met die van Louis Martin. De immunoglobinen waren hetzelfde, wat inhield dat alle medulloblastoma-patiënten, tenminste aanvankelijk, werden behandeld met dezelfde antistof. Deze informatie stemde overeen met Seans theorie, dus werd zijn opwinding aangewakkerd.

Vervolgens haalde Sean Helens hersenen en de injectiespuit die haar cerebro-spinale vocht bevatte, uit de koelkast. Hij nam opnieuw een monster van de tumor uit de hersenen en borg het orgaan toen weer in de koelkast op. Nadat hij het in kleine stukjes had gesneden, deed hij de tumor in een kolf met de juiste enzymen om een celsuspensie te maken van de kankercellen.

Terwijl de enzymen inwerkten op het tumorcellenmonster, begon Sean een paar van de zesennegentig putjes van de eerste thermale cycler te vullen met delen van Helens cerebro-spinale vocht. Aan ieder putje met cerebro-spinaal vocht voegde hij een enzym toe dat een reverse transcriptase werd genoemd, om ieder viraal RNA in DNA te veranderen. Daarna deed hij de gepaarde primers voor St. Louis-encefalitis in hetzelfde putje. Ten slotte voegde hij de reagens toe om de polymerese kettingreactie teweeg te brengen.

Hij keerde terug naar de suspensie van Helens kankercellen en gebruikte een middel genaamd NP-40 om de cellen en hun nucleaire membranen te openen. Toen isoleerde hij door nauwgezette scheidingstechnieken de cellulaire nucleoproteïnen van de rest van het cellulaire afval. Als laatste stap scheidde hij het DNA van het RNA.

Hij deed DNA-monster in de overgebleven putjes van de eerste thermale cycler en voegde voorzichtig de paired primers voor oncogenen toe, een afzonderlijk paar voor ieder putje. Ten slotte voegde hij aan ieder putje een juiste hoeveelheid reagens toe voor de polymerese kettingreactie.

Toen de eerste thermale cycler helemaal ingezet was, zette Sean hem aan.

Hij wendde zich tot de tweede thermale cycler en voegde specimens van Helens tumorcel-RNA aan ieder putje toe. Hij was van plan naar boodschapper-RNA, gemaakt van oncogenen, te kijken gedurende de tweede keer dat het apparaat draaide. Om dit te doen moest hij delen van reverse transcripties aan ieder putje toevoegen, hetzelfde enzym dat hij aan de specimens van cerebrospinaal vocht had toegevoegd. Terwijl hij bezig was met het moeizame proces van het toevoegen van de oncogene primer pairs, een paar in ieder putje, rinkelde de telefoon.

Aanvankelijk negeerde Sean de telefoon, ervan uitgaand dat dr. Mason wel zou opnemen. Toen dr. Mason dat naliet, begon het aanhoudende gerinkel op Seans zenuwen te werken. Hij legde de pipet neer die hij gebruikte en liep naar het door glas omgeven kantoortje. Mevrouw Mason zat somber in een kantoorstoel die in de hoek was geschoven. Ze was waarschijnlijk uitgeput door het huilen en snoof alleen nog maar wat in een tissue. Dr. Mason keek nerveus naar de kolf in het ijsbad, bang dat de rinkelende telefoon hem zou laten ontploffen.

Sean duwde de deur open. 'Zou u hem alstublieft op willen nemen?' vroeg hij geïrriteerd. 'Wie het ook is, vertel hun dat de nitroglycerine op het punt staat te bevriezen.'

Sean gaf de deur een duw. Toen hij in de deurpost terugbonkte, zag Sean dr. Mason ineenkrimpen, maar hij nam gedwee de hoorn op. Sean liep terug naar zijn tafel en zijn pipet. Hij had pas een enkel putje gevuld toen hij opnieuw uit zijn concentratie werd gehaald.

'Het is ene inspecteur Hector Salazar van het politiebureau van Miami,' riep dr. Mason. 'Hij zou je graag spreken.'

Sean keek naar het kantoortje. Dr. Mason hield de deur open met zijn voet. Hij had de telefoon in de ene hand en de hoorn in de andere. Het snoer liep kronkelend door het kantoor.

'Zeg hem dat er geen problemen zullen zijn als ze nog een paar uur wachten,' zei Sean.

Dr. Mason sprak enkele ogenblikken in de hoorn en riep toen: 'Hij wil per se met je praten.'

Sean rolde met zijn ogen. Hij legde zijn pipet op de tafel, liep naar het muurtoestel en drukte op de knipperende knop.

'Ik ben nu druk bezig,' zei hij meteen.

'Kalm aan,' zei Hector sussend. 'Ik weet dat je overstuur bent, maar alles komt in orde. Er is hier iemand die graag even met je wil praten. Hij heet brigadier Hunt. Wij willen ons redelijk gedragen. Ik weet zeker dat jij dat ook wilt.'

Sean wilde net protesteren dat hij geen tijd had voor een gesprek toen brigadier Hunts barse stem aan de lijn kwam.

'Ik wil dat je kalm blijft,' zei brigadier Hunt.

'Dat is een beetje moeilijk,' zei Sean. 'Ik heb heel veel te doen in korte tijd.'

'Er zal niemand iets overkomen,' zei brigadier Hunt. 'We zouden graag willen dat je naar beneden komt om te praten.'

'Het spijt me,' zei Sean.

'Ik heb gehoord dat je kwaad bent geweest omdat je niet aan een bepaald project hebt kunnen werken,' zei brigadier Hunt. 'Laten we erover praten. Ik begrijp hoe enerverend dat kan zijn. Misschien wil je wraak nemen op de mensen die volgens jou verantwoordelijk zijn. Maar we moeten ook praten over het feit dat mensen tegen hun wil vasthouden een ernstig misdrijf is.'

Sean glimlachte toen hij besefte dat de politie vermoedde dat hij de Masons had gegijzeld omdat hij buiten het medulloblastoma-protocol was gehouden. Ze zaten er op een bepaalde manier niet ver naast.

'Ik apprecieer uw bezorgdheid en uw aanwezigheid,' zei Sean. 'Maar ik heb weinig tijd om te praten. Ik moet weer aan het werk.'

'Vertel ons wat je wilt,' zei brigadier Hunt.

'Tijd,' zei Sean. 'Ik wil alleen maar wat tijd. Twee of drie, hooguit vier uur.

Sean hing op. Hij keerde terug naar zijn labtafel, pakte zijn pipet en ging weer aan de slag.

Ronald Hunt was een roodharige man van 1 meter 80. Hij was zevenendertig en hij was al bij de politie sinds hij was afgestudeerd aan de sociale academie. Zijn hoofdvak was wetstoepassing geweest, maar zijn bijvak psychologie. In een poging psychologie te combineren met politiewerk, had hij de gelegenheid om zich aan te sluiten bij het gijzelings-onderhandelingsteam met beide handen aangegrepen toen er een vacature was. Hoewel hij niet zo vaak de kans kreeg zijn bekwaamheden te gebruiken als hij gewild had, genoot hij steeds weer van de uitdaging. Hij had er zelfs nog een psychologiecursus voor gevolgd aan de avondopleiding van de Universiteit van Miami.

Brigadier Hunt was in al zijn voorafgaande operaties succesvol geweest en hij had vertrouwen gekregen in zijn bekwaamheden. Na de geslaagde oplossing van het laatste incident, waarin een ontevreden werknemer van een limonadefabriek drie vrouwelijke collega's had gegijzeld, had Ronald van de politiemacht een oorkonde voor bewezen diensten ontvangen. Dus toen Sean Murphy ophing, was dat een klap voor zijn ego.

'Die klootzak heeft opgehangen!' zei Ron verontwaardigd.

'Wat wilde hij?' vroeg Hector.

'Tijd,' zei Ron.

'Wat bedoel je met tijd?' vroeg Hector. 'Het tijdschrift? Wil hij in *Time* komen?'

'Nee,' zei Ron. 'Gewoon tijd. Hij vertelde me dat hij weer aan het werk moest. Hij werkt vast aan dat verboden project.'

'Wat voor project?' vroeg Hector.

'Ik weet het niet,' zei Ron. Toen drukte hij op de herhaalknop van de draagbare telefoon. 'Ik kan niet onderhandelen als we niet praten.'

Inspecteur Hector Salazar en brigadier Ronald Hunt stonden achter drie blauw-met-witte politiewagens die op het Forbes-terrein pal tegenover de ingang van het Forbes-onderzoeksgebouw stonden geparkeerd. Hier hadden ze een minicommandocentrum opgezet met een paar telefoons en een radio op een uitklapbaar tafeltje.

Het aantal politiemensen dat op het terrein aanwezig was, was aanzienlijk groter geworden. Aanvankelijk waren er maar vier agenten geweest: de oorspronkelijke twee geüniformeerde patrouilleagenten die het telefoontje hadden beantwoord, plus hun brigadier en zijn partner. Nu was er een kleine menigte. Afgezien van tientallen gewone geüniformeerde agenten, Hector inbegrepen, was er het uit twee mannen bestaande onderhande-lingsteam, een explosieventeam van vijf manschappen en een ar-restatieteam van tien mannen, gekleed in zwarte aanvalsunifor-men. Het arrestatieteam stond opzij en warmde zich op door heen en wéer te springen.

Het Forbes werd vertegenwoordigd door dr. Deborah Levy, Margaret Richmond en Robert Harris. Ze mochten vlak bij de commandopost wachten, maar moesten wel aan de kant blijven. Een kleine menigte, waaronder de plaatselijke media, had zich vlak achter het gele lint verzameld. Verscheidene t.v.-wagens stonden zo dichtbij mogelijk geparkeerd met uitgestoken anten-nes. Verslaggevers met microfoons in de hand en cameraploegen op de hielen zochten de menigte af om iedereen te interviewen die enige informatie leek te hebben over het drama dat zich bin-nen afspeelde.

Terwijl de menigte toeschouwers toenam, probeerde de politie haar werk te doen.

'Dokter Mason zegt dat Murphy ronduit weigert weer aan de te-lefoon te komen,' zei Ron. Hij was duidelijk beledigd.

'Blijf het proberen,' adviseerde Hector hem. Hij wendde zich tot brigadier Anderson en zei: 'Ik vertrouw erop dat alle uitgangen bewaakt worden.'

'Allemaal,' verzekerde Anderson hem. 'Niemand gaat in of uit zonder dat wij het weten. Bovendien staan er scherpschutters op het dak van het ziekenhuis.'

'Hoe zit het met de voetgangersbrug tussen de twee gebouwen?' vroeg Hector.

'Er staat een man op de brug aan de ziekenhuiskant,' zei Ander-son. 'Bij deze operatie zullen er geen verrassingen zijn.'

Hector gebaarde Phil Darell naar hem toe te komen. 'Hoe zit het met die bom?'

'Die is een beetje onorthodox,' erkende Phil. 'Ik heb met de dok-ter gesproken. Het is een kolf met nitroglycerine. Hij schat hem op ongeveer twee-, driehonderd cc. Hij zit in een ijsbad. Murphy komt kennelijk zo nu en dan binnen om ijs in het badje te smij-ten. Iedere keer als hij dat doet, staat de dokter doodsangsten uit.'

'Is het spul gevaarlijk?' vroeg Hector.

'Ja, het is gevaarlijk.' zei Phil. 'Vooral als het eenmaal vast wordt.'

'Kan het dichtslaan van een deur hem detoneren?' vroeg Hector.

'Waarschijnlijk niet,' antwoordde Phil. 'Maar een trilling wel. En als hij op de vloer valt, ontploft hij zeker.'

'Kun je het aan?'

'Absoluut,' zei Phil.

Daarna gaf Hector met een armzwaai te kennen dat Deborah Levy bij hem moest komen.

'Ik heb begrepen dat u het hoofd van de onderzoeksafdeling bent.'

Dr. Levy knikte.

'Wat denkt u dat dat joch aan het doen is?' vroeg Hector. 'Hij vertelde onze onderhandelaar dat hij tijd nodig had om te werken.'

'Te werken!' zei dr. Levy minachtend. 'Hij is waarschijnlijk bezig ons onderzoek te saboteren. Hij was kwaad omdat we hem niet aan een van onze protocollen wilden laten werken. Hij heeft voor niets en niemand respect. Eerlijk gezegd vond ik hem gestoord vanaf het eerste moment dat ik hem zag.'

'Kan het zijn dat hij nu aan dat protocol werkt?' informeerde Hector.

'Absoluut niet,' zei dr. Levy. 'Dat protocol is al tot het klinisch experimentele stadium overgegaan.'

'U denkt dus dat hij moeilijkheden aan het maken is,' zei Hector.

'Ik weet zeker dat hij dat doet!' zei dr. Levy. 'Ik vind dat u naar boven moet gaan en hem naar buiten moet slepen.'

'We moeten rekening houden met de veiligheid van de gegijzelden,' zei Hector.

Hector stond op het punt met George Loring en zijn arrestatieteam te overleggen toen een van de geüniformeerde politieagenten zijn aandacht trok.

'Deze man staat erop met u te praten, inspecteur,' zei de politieagent. 'Hij beweert dat hij de broer is van de vent die binnen zit.'

Brian stelde zich voor. Hij legde uit dat hij een advocaat uit Boston was.

'Weet u wat er hier aan de hand is?' vroeg Hector.

'Nee, het spijt me,' zei Brian. 'Maar ik ken mijn broer. Hoewel hij altijd koppig is geweest, zou hij nooit iets doen als er geen verdraaid goede reden voor was. Ik wil me ervan verzekeren dat jullie niets overhaasts doen.'

'Mensen gijzelen onder bedreiging van een pistool en hen bedreigen met een bom is meer dan koppigheid,' zei Hector. 'Dat soort gedrag plaatst hem in een labiele, onvoorspelbare en gevaarlijke categorie. Dat is ons uitgangspunt.'

'Ik geef toe dat wat hij heeft gedaan dwaas lijkt,' zei Brian. 'Maar Sean is uiterst rationeel. Misschien moeten jullie mij met hem laten praten.'

'Denk je dat hij naar jou zou luisteren?' vroeg Hector.

'Ik denk van wel,' zei Brian, hoewel hij nog steeds de nawerking van het incident bij de Masons voelde.

Hector nam de telefoon uit Ronald Hunts hand en liet Brian bellen. Helaas nam er niemand op, zelfs dr. Mason niet.

'De dokter heeft een paar minuten geleden nog opgenomen,' zei Ron.

'Laat me naar binnen gaan om met hem te praten,' zei Brian. Hector schudde zijn hoofd. 'Er zijn al genoeg gegijzelden.'

'Inspecteur Salazar,' riep iemand. Hector draaide zich om en zag een lange, tengere blanke man naderen, tezamen met een gebaarde, krachtig gebouwde Afro-Amerikaan. Sterling stelde zichzelf en Wayne Edwards voor. 'Ik ken uw chef, Mark Witman, heel goed,' zei Sterling. Toen voegde hij eraan toe: 'We hoorden dat Sean Murphy hierbij betrokken is, en we komen onze diensten aanbieden.'

'Dit is een politiezaak,' zei Hector. Hij nam de nieuwkomers achterdochtig op. Hij vond het nooit prettig als iemand hem probeerde te intimideren door te zeggen dat hij goede maatjes met de baas was. Hij vroeg zich af hoe ze erin waren geslaagd door de afzetting te komen.

'Mijn collega en ik hebben Sean Murphy verscheidene dagen gevolgd,' legde Sterling uit. 'We zijn in tijdelijke dienst van het Forbes Cancer Center.'

'Hebt u een verklaring voor wat zich hier afspeelt?' vroeg Hector.

'We weten dat deze knaap steeds gekker is geworden,' zei Wayne.

'Hij is niet gek!' viel Brian hem in de rede. 'Sean is brutaal en onvoorzichtig, maar hij is niet gek.'

'Als iemand een reeks krankzinnige dingen doet,' zei Wayne,

'mag je hem gek noemen.'

Op dat moment dook iedereen in een reflexbeweging weg toen een helikopter laag over het gebouw vloog en bleef hangen boven de parkeerplaats. Het donderende gebonk van de rotorbladen was voelbaar in ieders ribbenkast. Ieder deeltje stof en zand dat kleiner was dan een gemiddelde kiezelsteen, steeg op. Enkele paperassen op het opklaptafeltje werden meegevoerd.

George Loring, de commandant van het arrestatieteam, kwam naar voren. 'Dat is onze helikopter,' gilde hij in Hectors oor. Het lawaai was oorverdovend. 'Ik heb hem opgeroepen zodat we op het dak kunnen komen zodra jij het groene licht geeft.'

Hector had moeite te voorkomen dat zijn pet afwaaide. 'In vredesnaam, George,' schreeuwde hij terug. 'Zeg die vervloekte helikopter dat hij moet verdwijnen tot we hem oproepen.'

'Jawel!' gilde George terug. Hij pakte een microfoontje dat aan een van zijn epauletten zat geklemd. Terwijl hij het met zijn handen afschermde, sprak hij kort met de piloot. Tot ieders opluchting maakte de helikopter een duikvlucht en landde op een pad naast het ziekenhuis.

'Wat denk jij van deze situatie?' vroeg Hector aan George nu ze weer konden praten.

'Ik heb de plattegronden van de verdiepingen bekeken die het hoofd van de bewakingsdienst me heeft gegeven. Hij is bijzonder behulpzaam geweest,' zei George, en hij wees Hector aan wie Robert Harris was. 'Ik denk dat een team van zes man op het dak genoeg zou zijn: drie onder aan ieder trappenhuis. De verdachte bevindt zich in het lab op de vijfde verdieping. Eén of voor de zekerheid twee granaten zouden voldoende moeten zijn. Het zal binnen een paar seconden voorbij zijn. Een makkie.'

'En hoe zit het met die nitroglycerine in het kantoortje?' vroeg Hector.

'Daar weet ik niets van,' zei George.

'Het bevindt zich in een met glas omsloten kantoortje.'

'Dat zou een risico zijn,' viel Phil, die het gesprek had opgevangen, hen in de rede. 'De klap zou de nitroglycerine kunnen detoneren als die in een vaste toestand is.'

'Vergeet de granaten dan maar,' zei George. 'We kunnen gewoon gelijktijdig uit beide trappenhuizen opduiken. De terrorist zou niet weten wat hem overkwam.'

'Sean is geen terrorist!' zei Brian, vervuld van afgrijzen door dit soort praat.

'Ik zou graag vrijwillig met het arrestatieteam meedoen,' zei Harris. Hij deed voor het eerst zijn mond open. 'Ik ken het terrein.'

'Dit is geen klusje voor amateurs,' zei Hector.

'Ik ben geen amateur,' zei Harris verontwaardigd. 'Ik ben een getrainde commando en heb een aantal commando-missies uitgevoerd in Desert Storm.'

'Ik vind dat er zo vlug mogelijk iets moet worden gedaan,' zei dr. Levy. 'Hoe langer die getikte knaap daar boven zit, hoe meer schade hij kan aanrichten aan onze experimenten.'

Iedereen dook weer weg toen er een andere helikopter laag over het parkeerterrein scheerde. Op de zijkant stond: Kanaal 4.

Hector gilde naar Anderson dat hij de klachtenkamer moest bellen om te zeggen dat ze Kanaal 4 moesten zeggen hun vervloekte helikopter weg te halen of hij zou de leden van het arrestatieteam erop loslaten met hun automatische wapens.

Niettegenstaande het lawaai en de algehele chaos, nam Brian een van de telefoons op en drukte op de herhaalknop. Hij bad vurig dat er zou worden opgenomen en dat gebeurde. Niet door Sean, maar door dr. Mason.

Sean had er geen flauw idee van hoelang hij de thermale cyclers had laten lopen. Het enige waar hij naar zocht was een positieve reactie in een van de ongeveer honderdvijftig putjes die hij had geprepareerd. Ongeduldig stopte hij de eerste machine en verwijderde het blad met de putjes.

Eerst voegde hij een gebiotinyleerd complementair middel toe en het reageermiddel dat werd gebruikt om te zien of het complementair middel had gereageerd op de reeks putjes die Helen Cabots cerebro-spinale vocht bevatten. Toen zette hij de monsters in de luminiscentie-spectrofotometer en wachtte bij de uitdraai om te kijken of er sprake was van enige luminescentie.

Tot zijn verrassing was het allereerste monster positief. Alhoewel dit was wat hij verwachtte, had hij niet zo spoedig een reactie verwacht. Hieruit bleek dat Helen Cabot, net als Malcolm Betencourt, midden in de winter St. Louis-encefalitis had opgelopen, wat een eigenaardige tijd was aangezien de normale drager van de ziekte een muskiet was.

Sean vestigde daarna zijn aandacht op de andere putjes om de aanwezigheid van oncogenen te onderzoeken. Maar voordat hij de juiste complementaire middelen kon toevoegen, werd hij gestoord door dr. Mason.

Hoewel Sean de telefoon zo nu en dan had horen rinkelen sinds hij met brigadier Hunt had gesproken, had hij er geen acht op geslagen. Kennelijk gold dit ook voor dr. Mason, want hij was verscheidene malen langdurig overgegaan. Sean had ten slotte de bel van zijn toestel afgezet. Maar klaarblijkelijk had hij opnieuw gerinkeld en dr. Mason had ditmaal kennelijk wel opgenomen, want hij opende behoedzaam de deur om Sean te zeggen dat zijn broer aan de lijn was.

Ofschoon Sean het vervelend vond zijn werkzaamheden te onderbreken, voelde hij zich schuldig genoeg jegens Brian om het telefoontje te beantwoorden. Het eerste dat hij deed was zijn excuses aanbieden omdat hij hem had geslagen.

'Ik ben bereid het te vergeven en vergeten,' zei Brian, 'als je op staande voet een einde maakt aan deze onzin, naar beneden komt en je overgeeft.'

'Dat kan niet,' zei Sean. 'Ik heb nog één hooguit twee uur nodig.'

'Wat doe je in godsnaam?' vroeg Brian.

'Het duurt te lang om uit te leggen,' zei Sean. 'Maar het is groot nieuws.'

'Ik ben bang dat je geen idee hebt van de commotie die je teweegbrengt,' zei Brian. 'Iedereen is hier, behalve de Nationale Garde. Dit keer ben je te ver gegaan. Als je niet meteen naarbuiten komt en hieraan een einde maakt, wil ik niets meer met je te maken hebben.'

'Ik heb alleen nog maar wat tijd nodig,' zei Sean. 'Ik vraag niet iets onmogelijks.'

'Hier buiten staat een troepje dienstkloppers,' zei Brian. 'Ze hebben het erover het gebouw te bestormen.'

'Zorg ervoor dat ze weten van de zogenaamde nitroglycerine,' zei Sean. 'Dat zal hen vermoedelijk afhouden van heldendaden.'

'Wat bedoel je met zogenaamde nitroglycerine?' vroeg Brian.

'Het is voornamelijk aceton,' zei Sean. 'Het ziet eruit als nitroglycerine. Althans, voldoende om dokter Mason te misleiden. Je

dacht toch niet dat ik echt een lading van die troep had gemaakt?'
'Momenteel,' zei Brian, 'zou ik je overal toe in staat achten.'
'Praat hun iedere commando-actie maar uit het hoofd,' zei Sean.
'Zorg dat ik in ieder geval nog een uur krijg.'

Sean hoorde dat Brian bleef protesteren, maar hij luisterde niet
meer. Hij hing de hoorn op en keerde terug naar het eerste blad
van de thermale cycler.

Sean was nog niet ver gekomen met het oncogeen-onderzoek
toen Janet via het trappenhuis binnenkwam met een printeruit-
draai.

'Het was geen probleem om het reisdossier te vinden,' zei ze terwijl ze Sean de uitdraai toestak. 'Voor wat het waard is, dokter
Deborah Levy reist veel, maar voornamelijk naar Key West.'

Sean wierp een blik op de uitdraai. 'Ze reist inderdaad veel,' beaamde hij. 'Maar let eens op al die andere steden. Dat is wat ik
had verwacht. Hoe zit het met Margaret Richmond?'

'Geen reisjes naar Key West,' zei Janet. 'Tamelijk weinig reizen
door het land. Ongeveer één keer per maand gaat ze naar een andere stad.'

'Hoe zit het met dat geautomatiseerde programma dat we hebben gezien?' vroeg Sean.

'Wat dat betreft heb je gelijk,' zei Janet. 'Het stond aan toen ik
boven kwam, dus heb ik twee van de nummers genoteerd waarvan we dachten dat het telefoonnummers zouden kunnen zijn.
Toen ik een van de nummers belde, bleek het van een computer
te zijn, dus heb ik de hoofdcomputer en het modem gebruikt om
een verbinding te maken. Het waren allebei verzekeringsmaatschappijen: de ene was Medi-First en de andere Healthnet.'

'Bingo,' zei Sean. 'Het klopt allemaal als een bus.'

'Zou je mij niet in het geheim willen inwijden?' zei Janet.

'Ik zou durven wedden dat die computer 's nachts en op zondagmiddag dossiers van ziektekosten-verzekeringsmaatschappijen
doorzoekt op specifieke sofi-nummers.

'Je bedoelt in verband met een chirurgische ingreep?' vroeg Janet.

'Precies,' zei Sean. 'Om op onnodige operaties te beknibbelen
eisen de meeste, zo niet alle verzekeringsmaatschappijen dat de
dokter of het ziekenhuis een geplande operatie van tevoren
meldt. Meestal is het niet meer dan het zetten van een stempel.

Er wordt vast geen aandacht besteed aan vertrouwelijkheid. Die computer boven print bepaalde geplande operaties op een specifieke lijst van nummers uit.'

'Dat zijn de nummers die op de monitor verschijnen,' zei Janet.

'Dat moet wel,' zei Sean.

'Maar waarom?' vroeg Janet.

'Dat moet jij uitpuzzelen. Terwijl ik verderga met deze specimens, moet jij de verwijsgeschiedenissen bekijken in de drieëndertig dossiers die we hebben gekopieerd. Ik denk dat je zult ontdekken dat in de meeste melding wordt gemaakt van het feit dat de patiënt niet lang voor de diagnose van medulloblastoma een bepaalde operatie heeft ondergaan. Ik wil dat je de data van die operaties vergelijkt met het reisschema van dokter Levy.'

Janet staarde Sean aan zonder met haar ogen te knipperen. Ondanks haar uitputting nam ze de feiten zoals Sean ze zag in zich op, en begon ze de richting die Seans gedachten uit gingen te bevatten. Zonder nog iets te zeggen ging ze zitten met de dossiers en de uitdraai die ze van de zevende verdieping had meegebracht. Sean ging terug naar zijn eigen werk en vulde nog een paar putjes met de juiste oncogeen-tests. Hij was nog niet ver gekomen toen dr. Mason hem stoorde.

'Mijn vrouw begint honger te krijgen,' verkondigde dr. Mason. Door zijn algehele uitputting waren Seans zenuwen tot het uiterste gespannen. Na alles wat er was voorgevallen kon hij de Masons niet uitstaan, vooral mevrouw Mason niet. Het feit dat ze hem lastig durfden te vallen met de mededeling dat ze honger hadden, wekte een kortstondige woede in hem op. Nadat hij de pipet had neergelegd, stormde hij terug naar het glazen hokje. Dr. Mason zag dat hij woedend was. Hij liet de deur los en liep achteruit het kantoor in.

Sean smeet de kantoordeur open zodat die tegen de deurstopper bonsde. Hij vloog het kantoor in, griste de kolf uit het ijsbad en schudde hem heen en weer. Een deel van de inhoud was vast geworden en stukken ijs klontten vast aan de zijkant van de kolf. Het gezicht van dr. Mason verbleekte terwijl hij ineenkromp in afwachting van een explosie. Mevrouw Mason verborg haar gezicht in haar handen.

'Als jullie nog een kik geven, kom ik hier binnen om deze kolf op de vloer te verbrijzelen,' gilde Sean.

Toen er geen explosie plaatsvond, opende dr. Mason zijn ogen. Mevrouw Mason gluurde tussen haar vingers door.

'Begrijpen jullie het?' snauwde Sean.

Dr. Mason slikte moeizaam en knikte toen.

Vol afkeer jegens de Masons en geïrriteerd door zijn eigen driftbui keerde Sean terug naar zijn labtafel. Schuldig wierp hij een blik op Janet, maar ze besteedde geen enkele aandacht aan hem. Ze was te verdiept in de dossiers.

Hij nam de pipet op en ging weer aan de slag. Het was niet gemakkelijk en hij moest zich concentreren. Hij moest het juiste monster in het juiste putje doen en hij had primerparen en monsters voor meer dan veertig oncogenen, een nogal uitgebreide lijst.

Een aantal van de eerste monsters was negatief. Sean wist niet of hij ze te vlug uit de thermale cycler had gehaald of dat ze echt negatief waren. Bij de vijfde begon hij ontmoedigd te raken. Voor het eerst sinds hij dit drama op gang had gebracht, begon hij te twijfelen aan de conclusies die hij tot dan als vaststaand had beschouwd. Maar het zesde monster bleek positief te zijn. Hij had de aanwezigheid aangetoond van een oncogeen genaamd ERB-2, waarmee erythroblastose bedoeld werd, een virus dat normaal bij kuikens voorkwam.

Tegen de tijd dat Janet klaar was met de dossiers had Sean een ander oncogeen gevonden, genaamd v-myc, dat voor myclocytoma stond, een virus dat in kuikens groeide.

'Slechts driekwart van de dossiers vermelden de operatiedata,' zei Janet. 'Maar die komen allemaal overeen met de data en reisbestemmingen van dokter Levy.'

'Hallelujah!' riep Sean uit. 'Het past allemaal als een legpuzzel in elkaar.'

'Ik begrijp alleen niet, wat ze in die steden deed,' zei Janet.

'Bijna iedereen wordt na een operatie aan het infuus gelegd,' zei Sean. 'Het houdt de vochthuishouding op peil, en als er een probleem is, heeft de medische staf een mogelijkheid snel medicamenten toe te dienen. Ik vermoed dat Deborah Levy hun een injectie in hun infuus heeft gegeven.'

'Wat voor injectie?' vroeg Janet.

'Een injectie met het St. Louis-encefalitisvirus,' zei Sean. Hij vertelde Janet over de positieve test voor het St. Louis-encefalitisvirus in Helen Cabots cerebro-spinale vocht. Hij vertelde haar ook dat Louis Martin enkele dagen na zijn operatie voorbijgaande neurologische symptomen had gehad die gelijk waren aan die van Helen.

'En als je naar de dossiers kijkt,' ging Sean verder, 'zul je denk ik zien dat de meesten van deze mensen soortgelijke voorbijgaande symptomen hebben gehad.'

'Waarom kregen ze geen volledige encefalitis?' vroeg Janet. 'Vooral omdat het via hun infuus werden geïnjecteerd?'

'Dat is juist het slimme gedeelte van dit alles,' zei Sean. 'Ik geloof dat de encefalitisvirussen werden gewijzigd en in toom gehouden door het toevoegen van virale oncogenen. Ik heb al twee van zulke oncogenen in Helens tumor aangetroffen. Ik vermoed dat ik er nog een zal vinden. Een van de huidige theorieën over kanker is dat er minstens drie geïsoleerde gebeurtenissen voor nodig zijn om een cel tot een kankercel te maken.'

'Hoe ben je hier allemaal opgekomen?' vroeg Janet. Het klonk te gecompliceerd, te ingewikkeld, te complex, en vooral te afgrijselijk om waar te zijn.

'Geleidelijk,' zei Sean. 'Helaas heeft het me veel tijd gekost. In eerste instantie was ik niet erg achterdochtig; het is het laatste dat ik verwachtte. Maar toen je me vertelde dat ze vanaf de eerste dag met immunotherapie begonnen met een specifiek middel, meende ik dat er iets niet klopte. Dat ging tegen alles in wat ik wist over de specificiteit van immunotherapie. Het kost tijd om een antistof te ontwikkelen, en ieders tumor is antigeen uniek.'

'Waarom gedroeg je je bij de Betencourts zo vreemd?' zei Janet. 'Omdat Malcolm Betencourt als eerste benadrukte dat het om een serie gebeurtenissen ging,' zei Sean. 'Een bepaalde operatie gevolgd door neurologische symptomen en vervolgens hersentumor. Datzelfde was ook Helen Cabot en Louis Martin overkomen. Totdat ik Malcolms verhaal hoorde, had ik het belang daarvan niet beseft. Zoals een van mijn professoren geneeskunde zei: als je angstvallig nauwgezet bent in het opnemen van een ziektegeschiedenis, moet je iedere diagnose kunnen stellen.'

'Je gelooft dus dat het Forbes Cancer Center overal in het land mensen kanker heeft bezorgd,' zei Janet, zich ertoe dwingend haar afschuwelijke angst onder woorden te brengen.

'Een heel speciale soort kanker,' zei Sean. 'Een van de virale oncogenen die ik heb aangetroffen maakt een proteïne die door het celmembraan heen steekt. Aangezien die gelijk is aan de proteïne die de receptor voor groeihormoon vormt, handelt zij als een schakelaar die aanstaat om celgroei en celdeling aan te moedigen. Maar afgezien daarvan is het deel dat door de cel steekt een peptide, en vermoedelijk een antigeen. Ik vermoed dat het immunoglobuline dat ze deze mensen geven een antistof is voor dat extracellulaire gedeelte van de ERB-2 oncoproteïne.'

'Nu kan ik je niet meer volgen,' bekende Janet.

'Laten we het proberen,' zei Sean. 'Misschien kan ik het je laten zien. Het kost maar een minuutje omdat ik wat van de ERB-2-oncoproteïne van het Key West-laboratorium heb. Laten we eens kijken of Helen Cabots geneesmiddel erop reageert. Denk erom dat ik niet in staat was het te laten reageren op enig natuurlijk cellulair antigeen. Het reageerde uitsluitend op haar tumor.'

Terwijl Sean vlug de ELISA-test klaarmaakte, probeerde Janet te laten bezinken wat Sean tot dusver had verteld.

'Met andere woorden,' zei ze na een poosje, 'wat deze medulloblastoma-kanker zo anders maakt is dat het niet alleen door de mens is gemaakt, maar ook te genezen is.'

Sean keek op van zijn werk met duidelijke bewondering. 'Precies!' zei hij. 'Je slaat de spijker op zijn kop. Ze creëerden een kanker met een tumor-specifiek antigeen waarvoor ze al een monoklonale antistof hadden. Deze antistof zou op het antigeen reageren en alle kankercellen bedekken. Het enige dat ze dan nog hoefden te doen, was het afweersysteem stimuleren, zowel in vivo als in vitro, om zoveel mogelijk killercellen te krijgen. Het enige probleempje was dat de behandeling de symptomen aanvankelijk vermoedelijk erger zou maken vanwege de ontsteking die zij ongetwijfeld zou veroorzaken.'

'Wat de reden is dat Helen Cabot overleed,' zei Janet.

'Dat vermoed ik,' zei Sean. 'Het Boston Memorial hield haar te lang vast gedurende de diagnostische fase. Ze hadden haar meteen naar Miami moeten sturen. Het probleem is dat het Boston Memorial niet kan geloven dat iemand anders een medisch probleem beter kan oplossen.'

'Hoe weet je dit alles zo zeker?' vroeg Janet. 'Toen we hier aankwamen had je geen enkel bewijs. Toch was je zelfverzekerd genoeg om de Masons hier onder bedreiging van een wapen mee naartoe te nemen. Me dunkt dat je een enorm risico nam.'

'Het bewijs voor mij gaven enkele bouwkundig aandoende tekeningen van virale capsides die ik in het lab in Key West zag,' legde Sean uit. 'Zodra ik ze zag, wist ik dat het allemaal waar moest zijn. Zie je, dokter Levy's speciale expertise is virologie. De tekeningen waren van een sferisch virus met icosahedrale symmetrie. Dat is het soort capsule dat een St. Louis-encefalitisvirus heeft. Het wetenschappelijk elegante gedeelte van deze kwaadaardige intrige is dat Deborah Levy in staat was de oncogenen in het St. Louis-encefalitisvirus te verpakken. Er was slechts ruimte voor één oncogeen in ieder virus omdat ze veel van het St. Louis-encefalitisvirus intact moest laten zodat het nog altijd zou werken. Ik weet niet hoe ze het heeft gedaan. Ze moet zowel enkele retrovirale genen hebben ingesloten als oncogenen om het oncogeen zover te krijgen dat het zich nestelde in de chromosomen van de geïnfecteerde cellen. Ik vermoed dat ze een aantal van de virussen met de oncogenen transformeerde en dat alleen de hersencellen die de pech hadden alle oncogenen gelijktijdig te krijgen, kankercellen werden.'

'Vanwaar een encefalitis-virus?' vroeg Janet.

'Het heeft een natuurlijke voorkeur voor neuronen,' zei Sean. 'Als ze een kanker wilden veroorzaken die ze konden behandelen, hadden ze een tumor nodig waarbij ze konden rekenen op vroege symptomen. Hersentumor is er een van. Wetenschappelijk gezien is het allemaal heel rationeel.'

'Diabolisch is een betere term,' zei Janet.

Ze keek naar het glazen kantoor. Dr. Mason ijsbeerde heen en weer, alhoewel hij ervoor waakte het bureau en de kolf in het ijsbad aan te raken. 'Denk je dat hij van dit alles op de hoogte is?'

'Dat weet ik niet,' zei Sean. 'Maar als ik moet raden zou ik ja zeggen. Het zou moeilijk zijn dit alles zonder medeweten van de directeur uit te voeren. En per slot van rekening werd er een hoop subsidie mee binnengehaald.

'Daarom was hun doelgroep directeuren en hun familieleden,' zei Janet.

'Dat neem ik aan,' zei Sean. 'Het is gemakkelijk uit te zoeken bij welke ziektekostenverzekeringsmaatschappij een groot bedrijf is aangesloten. Het is ook niet moeilijk om achter iemands sofinummer te komen, vooral niet als het om iemand gaat die een zogenaamd publieke persoon is.'

'Dus de avond waarop we hier de dossiers kopieerden en het woord donor hoorden, verwezen ze naar geld en niet naar organen?'

Sean knikte. 'Op dat moment sloeg onze fantasie op hol,' zei hij. 'We vergaten dat gespecialiseerde ziekenhuizen en daarmee verbonden onderzoekscentra steeds wanhopiger zijn geworden naarmate het moeilijker is geworden rijkssubsidie te krijgen. Een groep rijke, dankbare patiënten creëren is een goede manier om de eenentwintigste eeuw door te komen.'

Onderwijl was de ELISA-test met betrekking tot het ERB-2 en Helen Cabots medicament sterk positief gebleken, zelfs sterker dan dat met de tumorcellen het geval was geweest. 'Voilà!' zei Sean zelfgenoegzaam. 'Daar hebben we de antigeen-antistofreactie waarnaar ik heb gezocht.'

Daarna keerde Sean terug naar zijn honderden monsters in de twee thermocyclers.

'Kan ik helpen?' vroeg Janet.

'Nou en of,' zei Sean. Hij liet haar zien hoe ze met een micropipet moest omgaan en gaf haar toen een serie oncogene monsters om aan de thermocyclerputjes toe te voegen.

Ze werkten bijna drie kwartier samen, geconcentreerd op het precisiewerk. Allebei waren ze lichamelijk en emotioneel uitgeput vanwege de omvang van de samenzwering die ze vermoedden. Nadat het laatste putje was bemonsterd en geanalyseerd op zijn luminescentie, hadden ze nog twee oncogenen ontdekt: ha-ras, genoemd naar het Harvey-sarcomavirus dat normaal ratten infecteerde, en sv40 Large T, een virus dat gewoonlijk werd aangetroffen in apenieren. Uit de RNA-studies in de tweede thermocycler, waarin Sean een kwantitatieve polymerese kettingreactie was gestart, bleek dat alle oncogenen hoog uitgedrukt waren.

'Wat een oncogene cocktail!' zei Sean vol ontzag terwijl hij opstond en zijn vermoeide spieren rekte. 'Iedere zenuwcel die die vier kreeg, zou ongetwijfeld een kankercel worden. Dokter Levy liet zo min mogelijk aan het toeval over.'

Janet legde de micropipet neer die ze in haar hand had en omvatte haar hoofd met beide handen. Met een vermoeide stem en zonder op te kijken vroeg ze: 'En wat nu?'

'Ik denk dat we ons moeten overgeven,' zei Sean. Terwijl hij nadacht over de volgende stap, keek hij naar het kantoor waar de Masons weer aan het bekvechten waren. Gelukkig dempten de glazen schotten het geluid van hun stemmen.

'Hoe moeten we dat aanpakken?' vroeg Janet slaperig.

Sean zuchtte. 'Weet je, daar heb ik nog helemaal niet over nagedacht. Het zou lastig kunnen zijn.'

Janet keek op. 'Je moet enig idee hebben gehad toen je met dit plan op de proppen kwam.'

'Noppes,' bekende Sean. 'Ik heb niet zo ver vooruitgedacht.'

Janet stond op en liep naar het raam. Van daaruit kon ze op de parkeerplaats neerkijken. 'Je hebt het circus dat je wilde hebben,' zei ze. 'Er zijn daar honderden mensen, inclusief een groep in zwarte uniformen.

'Zij zijn degenen die me echt nerveus maken,' gaf Sean toe. 'Ik vermoed dat ze van het arrestatieteam zijn.'

'Misschien moeten we beginnen met de Masons naar buiten te sturen en hun te laten zeggen dat we klaar staan om naar buiten te komen.'

'Dat is een idee,' zei Sean. 'Maar jij gaat met ze mee.'

'Maar dan zul je hier alleen achterblijven,' zei Janet. Ze liep terug en ging weer zitten. 'Dat staat me niet aan. Niet met al die kerels in zwarte uniformen die popelen om hier binnen te vallen.'

'Het grootste probleem vormen Helen Cabots hersenen,' zei Sean.

'Waarom?' vroeg Janet met een wanhopige zucht.

'Het is ons enige bewijsmateriaal,' zei Sean. 'We kunnen niet toestaan dat iemand van het Forbes de hersenen zal vernietigen, wat ze zeker zullen doen als ze daarvoor de kans krijgen. Ik vermoed dat ik bij niemand erg populair zal zijn als we hieraan een einde maken. Er bestaat een gerede kans dat de hersenen tijdens de verwarring in verkeerde handen zullen vallen. Ik betwijfel of iemand de tijd zal nemen om naar me te luisteren.'

'Ik vrees dat je gelijk hebt,' zei Janet.

'Wacht eens even!' zei Sean met plotselinge geestdrift. 'Ik heb een idee.'

13

Zondag 7 maart, 16.38 uur

Het kostte Sean twintig minuten om Janet ervan te overtuigen dat het voor haar het beste was als ze in het kantoortje bij de Masons ging zitten. Sean hoopte dat ze eerder zouden geloven dat hij haar had gedwongen hem te helpen, als ze als gijzelaarster werd beschouwd. Janet was sceptisch, maar ten slotte liet ze zich overhalen.

Hierna verpakte Sean Helen Cabots hersenen in ijs en legde ze in de koeltas die hij had gebruikt om ze naar het lab over te brengen. Hij maakte met behulp van wat koord, dat hij in de voorraadkast had gevonden, een groot pakket van de drieëndertig gekopieerde dossiers plus de computeruitdraai van het Forbes-reisarchief. Zodra alles klaar was, nam hij de lopers op en met de koeltas in de ene en de dossiers in de andere hand, begaf hij zich naar de administratieve verdieping.

Met behulp van de loper ging hij de financiële afdeling binnen. Nadat hij de planken uit de goederenlift had gehaald, wrong hij zich er met zijn twee pakketten in. Tijdens de afdaling naar het souterrain zorgde hij er angstvallig voor zijn ellebogen binnenboord te houden, zodat ze niet langs de muren zouden schuren. De archiefkelder vormde een probleem. De lichtschakelaar bevond zich bij de ingang, en Sean moest de in volslagen duisternis gehulde ruimte helemaal door lopen. Toen hij zich ten slotte de indeling herinnerde, voelde hij zich wat zelfverzekerder, hoewel hij een paar keer gedesoriënteerd raakte. Uiteindelijk vond hij de andere goederenlift. Binnen enkele minuten zat hij in de lift, die hij naar het twee verdiepingen hoger gelegen medisch archief stuurde.

Toen hij de deur van de lift opende, was hij blij licht te zien maar teleurgesteld dat hij iemand iets hoorde dicteren. Voordat hij uit de bekrompen liftkooi stapte, stelde Sean vast dat de stem uit een klein hokje kwam dat zich buiten zijn gezichtsveld bevond. Zo geruisloos mogelijk stapte hij uit de lift; toen sloop hij de gang in met onder iedere arm een pakket geklemd.

Eenmaal in de gang kon Sean de spanning in de lucht voelen hangen. Het was duidelijk dat de afdelingen klinische scheikunde en radiologie op de hoogte waren gebracht van de gijzelingssituatie in het aangrenzende gebouw; de opwinding bracht de weekendstaf in een haast vakantieachtige stemming. Het merendeel van hen stond in de gang voor de van vloer tot plafond reikende ramen tegenover de liften, die uitkeken op het onderzoeksgebouw. Geen van hen besteedde aandacht aan Sean.

Sean meed de liften en nam de trap naar de eerste verdieping. Zodra hij de hoofdlobby betrad, werd hij rustiger. Tot zijn geluk was het net bezoekuur, waardoor er zich een behoorlijke menigte mensen rond de hoofdingang had verzameld. Ondanks zijn baard van twee dagen, zijn gekreukte kleren en de omvangrijke pakketten lukte het Sean op te gaan in de massa.

Hij verliet ongehinderd het ziekenhuis. Terwijl hij de parkeerplaats aan de onderzoekszijde overstak, begon hij waardering te krijgen voor het aantal mensen dat was komen opdagen voor zijn gijzelingsshow. Ze drentelden rond tussen het handjevol geparkeerde auto's, waaronder zijn eigen jeep.

Toen hij zijn Isuzu passeerde, overwoog hij de hersenen en de dossiers op de achterbank te deponeren. Maar hij concludeerde dat het beter was ze rechtstreeks aan Brian te geven. Sean vertrouwde erop dat zijn broer er nog was, ondanks zijn dreigementen hem aan zijn lot over te laten.

De politie had geel vinyl lint van voertuig tot voertuig gespannen om de voorkant van het onderzoeksgebouw af te zetten. Achter het gebouw maakten ze de afzetting vast aan bomen om het terrein volledig af te sluiten. Overal langs het lint stonden op regelmatige afstand agenten in uniform op wacht.

Sean zag dat de politie een commandopost had opgezet aan een opklaptafeltje dat achter een groep patrouillewagens was geplaatst. Enkele tientallen politieagenten hadden zich in de nabijheid van de centrale plek verzameld. Links bevonden zich de in het zwart geklede leden van het arrestatieteam, van wie sommigen gymnastiek deden en anderen een arsenaal van indrukwekkende wapens controleerden.

Sean bleef bij het lint staan en speurde de menigte af. Hij pikte Brian er ogenblikkelijk uit. Hij was de enige man die een wit overhemd en bretels droeg. Brian stond geanimeerd te praten met een in het zwart gekleed lid van het arrestatieteam, die een lik zwarte gezichtsverf onder ieder oog had gesmeerd.

Terwijl hij op een van de geüniformeerde politieagenten die het afgezette gebied bewaakten afstapte, zwaaide Sean om zijn aandacht te trekken. De man stond zijn nagels te knippen.

'Het spijt me dat ik u lastigval,' zei Sean. 'Ik ben familie van de persoon die die mensen heeft gegijzeld, en die man die daar staat te praten met een lid van het arrestatieteam is mijn broer.' Sean wees naar Brian. 'Ik denk dat ik het dilemma kan helpen oplossen.'

De politieagent tilde zonder iets te zeggen het lint op. Hij gebaarde dat Sean door kon lopen en concentreerde zich toen weer op zijn nagels.

Sean zorgde ervoor uit de buurt van Deborah Levy en Robert Harris te blijven, die hij vlak bij een van de patrouillewagens zag staan. Gelukkig keken ze een andere kant op. Hij liep ook met een grote boog om een van de mannen heen die hij in Key West in de kast had opgesloten. Het was de man die in Naples op de Sushita-jet had gewacht, en hij stond vlak bij het opklaptafeltje. Sean liep recht op zijn broer af en naderde hem van achteren. Hij ving flarden op van de discussie over het al dan niet bestormen van het gebouw. Het was duidelijk dat ze er tegengestelde meningen op na hielden.

Sean tikte Brian op de schouder, maar Brian schudde hem van zich af door ongeïnteresseerd zijn schouders op te halen. Hij was druk bezig een argument extra kracht bij te zetten door met een vuist in zijn open hand te beuken. Hij zette zijn emotionele monoloog voort tot Sean binnen zijn gezichtsveld verscheen. Hij bleef midden in een zin steken en keek Sean met open mond aan. George Loring volgde de richting van Brians blik, schatte Sean in als een zwerver en keek toen weer naar Brian. 'Ken je die vent?' vroeg hij.

'We zijn broers,' zei Sean terwijl hij de geschokte Brian opzij schoof.

'Verdraaid nog aan toe....' riep Brian uit.

'Maak geen scène!' waarschuwde Sean terwijl hij zijn broer meetrok. 'Als je nog steeds woest op me bent omdat ik je heb neergeslagen, spijt me dat. Ik wilde je niet raken, maar je liet me weinig keus. Je kwam op een ongelegen moment opdagen.'

Brian wierp een snelle maar bezorgde blik in de richting van de commandopost die op slechts twaalf meter afstand lag. Daarna richtte hij zijn aandacht weer op Sean en vroeg: 'Wat doe je hier?'

'Ik wil dat je deze koeltas overneemt,' zei Sean, en hij overhandigde hem. 'Plus deze gekopieerde dossiers. Maar de koeltas is het belangrijkst.'

Brian ging anders staan om het gewicht van de dossiers over te nemen. 'Hoe ben je in vredesnaam naar buiten gekomen? Ze hebben me verzekerd dat het gebouw was verzegeld: dat niemand erin of eruit kon.'

'Dat vertel ik je zo dadelijk.' zei Sean. 'Maar eerst dit: in die koeltas zitten hersenen. Geen erg mooie, maar wel heel erg belangrijke hersenen.'

'Zijn dit de hersenen die je hebt gestolen?' vroeg Brian. 'Als dat zo is, is het gestolen goed.'

'Hou je juridische kletspraat maar voor je,' zei Sean.

'Wiens hersenen zijn het?'

'Van een patiënte,' zei Sean. 'En we hebben ze nodig om een aantal lieden hier in het Forbes Cancer Center aan te klagen.'

'Je bedoelt dat het bewijsmateriaal is?' vroeg Brian.

'Het zal veel mensen versteld doen staan,' beloofde Sean.

'Maar het is niet legaal verkregen,' klaagde Brian.

'Dat lossen we wel op,' zei Sean. 'Zorg dat niemand het te pakken krijgt. En de dossiers zijn ook belangrijk.'

'Maar ze zijn niet geschikt als bewijsmateriaal,' zei Brian. 'Het zijn geen gewaarborgde kopieën.'

'In vredesnaam, Brian!' snauwde Sean. 'Ik weet dat het onnadenkend van me was om er niet voor te zorgen dat er een notaris aanwezig was toen ik ze kopieerde, maar we kunnen ze gebruiken in de rechtbank. Bovendien zullen de kopieën ons tonen wie we moeten dagvaarden en we kunnen ze gebruiken om er zeker van te zijn dat de oorspronkelijke dossiers niet vervalst worden.' Sean liet zijn stem dalen. 'Wat doen we om dit carnaval te beëindigen zonder verlies van levens, vooral dat van mij? Die rondlummelende arrestatieteamleden maken me nerveus.'

Brian keek opnieuw om zich heen. 'Ik weet het niet,' zei hij. 'Laat me nadenken. Je brengt me altijd uit mijn evenwicht. Jouw broer zijn is voor een advocaat meer dan een full-time baan. Ik zou willen dat ik je kon inruilen voor een leuke zus.'

'Zo dacht je er niet over toen we de aandelen in Immunotherapie verkochten,' wreef Sean hem onder de neus.

'Ik denk dat we gewoon weg zouden kunnen wandelen,' opperde Brian.

'Je zegt het maar,' zei Sean bereidwillig.

'Maar dan zouden ze mij kunnen aanklagen als medeplichtige,' zei Brian nadenkend.

'Doe maar wat je wilt,' zei Sean. 'Maar ik moet je wel vertellen dat Janet boven is.'

'Is dat dat rijke meisje met wie je in Boston omging?' vroeg Brian.

'Precies,' zei Sean. 'Ze kwam als verrassing hier opdagen op de dag dat ik arriveerde.'

'Misschien is het het beste als je je hier overgeeft,' redeneerde Brian. 'Dat zal het vermoedelijk goed doen bij de rechter. Hoe meer ik erover nadenk, hoe beter het me bevalt. Vooruit, ik zal je voorstellen aan inspecteur Hector Salazar. Hij leidt de show hier en hij lijkt me een fatsoenlijke vent.'

'Ik vind het prima,' zei Sean. 'Laten we het doen voordat de in het zwart geklede arrestatieteamleden die gymnastiek staan te doen hun spieren verrekken en bij mij een schadevergoeding komen indienen.'

'Zorg maar dat je voor dit alles een heel goede verklaring hebt,' waarschuwde Brian.

'Je zult versteld staan,' zei Sean. 'Gegarandeerd.'

'Laat mij het woord maar doen,' zei Brian. Ze liepen in de richting van het opklaptafeltje.

'Geen haar op mijn hoofd die eraan denkt me ermee te bemoeien,' zei Sean. 'Dit is het enige waarin je goed bent.'

Toen ze bij de tafel kwamen, keek Sean naar Sterling Rombauer en Robert Harris op, die aan de kant stonden te redetwisten. Sean probeerde zich zoveel mogelijk af te wenden om te voorkomen dat ze hem zouden herkennen en paniek teweegbrengen. Maar hij had zich niet ongerust hoeven te maken. Ze waren te veel verdiept in hun gesprek om hem op te merken.

Toen Brian achter Hector Salazars stevige gestalte stond, schraapte hij zijn keel om de aandacht van de agent te trekken, maar het was vergeefs. Hector was verdergegaan op het punt waar Brian het gesprek met George Loring had afgebroken.

George popelde om tot actie over te gaan. Hector bepleitte geduld.

'Inspecteur!' riep Brian.

'Verdraaid,' bulderde Hector. 'Anderson, heb je de klachtenlijn gebeld over die t.v.-helikopter? Daar heb je hem weer.'

Alle gesprekken moesten worden gestaakt toen de helikopter van Channel 4 laag over het parkeerterrein vloog en overhellend de bochten nam. Hector stak zijn vinger op tegen de cameraman, wat hij later betreurde toen hij het op t.v. steeds weer terugzag. Toen de helicopter eenmaal was verdwenen, kreeg Brian Hectors aandacht.

'Inspecteur,' zei Brian opgewekt. 'Ik zou u graag willen voorstellen aan mijn broer, Sean Murphy.'

'Weer een broer!' zei Hector, die niet meteen het juiste verband legde. 'Is dit soms een familiereünie?' Hij wendde zich tot Sean. 'Denk je dat jij wat invloed zou kunnen uitoefenen op die getikte broer van je daar in het lab? Hij moet gaan praten met ons onderhandelingsteam.'

'Dit is Sean!' zei Brian. 'Hij is degene die daarboven zat. Maar hij is nu buiten en hij wil zijn excuses aanbieden voor al deze overlast.'

Hector keek van de ene broer naar de andere terwijl hij deze plotselinge, verbijsterende wending probeerde te bevatten.

Sean stak zijn hand uit. Hector nam hem automatisch aan, nog altijd te perplex om iets te zeggen. De twee mannen schudden elkaar de hand alsof ze zojuist op een cocktailparty aan elkaar waren voorgesteld.

'Hoi!' zei Sean, en hij schonk Hector zijn innemendste glimlach. 'Ik wil u persoonlijk bedanken voor al uw moeite. Het is daardoor toch nog een geslaagde dag geworden.'

14

Maandag 8 maart, 11.15 uur

Sean ging Brian voor door de draaideuren van het Dade County Courthouse. Hij genoot van de zon en de koele, frisse lucht terwijl hij wachtte tot Brian naar buiten zou komen. Sean had een nacht in de cel gezeten nadat hij de avond tevoren was gearresteerd.

'Dat was erger dan de medische faculteit,' zei Sean, doelend op de nacht in de gevangenis, terwijl hij en Brian het brede, zonovergoten bordes afliepen.

'Er staat je een langdurige gevangenisstraf te wachten als deze zaak niet volkomen gladjes verloopt,' zei Brian.

Sean bleef staan. 'Dat meen je toch zeker niet?' vroeg hij gealarmeerd. 'Nu je weet wat die lui van het Forbes hebben uitgevoerd.'

'Het is nu in handen van het gerechtelijk systeem,' zei Brian schouderophalend. 'Als het eenmaal voor een rechtbank komt, is het een gok. En je hebt die rechter daar binnen gehoord bij je hoorzitting. Hij was niet al te gelukkig met je, ondanks het feit dat je jezelf hebt aangegeven en ondanks het feit dat de nitroglycerine geen nitroglycerine was. Zolang je gevangenen dachten dat het nitroglycerine was, maakt het niets uit wat het was. Je kunt me beter bedanken dat ik ervoor gezorgd heb dat je jeugddossier is gesloten. Als ik dat niet had gedaan, zou je waarschijnlijk niet op borgtocht zijn vrijgelaten.'

'Je had ervoor kunnen zorgen dat Kevin Porter de rechter vertelde dat er verzachtende omstandigheden waren,' klaagde Sean.

'Een hoorzitting is geen proces,' legde Brian uit. 'Dat heb ik je al verteld. Het is gewoon een gelegenheid om de formele aanklachten tegen je te horen en om een bekentenis af te leggen. Bovendien zinspeelde Kevin op verzachtende omstandigheden toen ze de borgsom bespraken.

'Nog zoiets,' zei Sean. 'Vijfhonderdduizend dollar borg! Mijn god! Had hij het er niet beter van af kunnen brengen? Nu staat een deel van ons startkapitaal van Oncogen vast.'

'Je boft dat je op borgtocht bent vrijgelaten,' zei Brian. 'Laten we de aanklacht nog eens doornemen: samenzwering, diefstal, inbraak, inbraak met een dodelijk wapen, geweldpleging, geweldpleging met een dodelijk wapen, wederrechtelijke vrijheidsberoving, ontvoering, verstoring van de openbare orde en verminking van een lijk. Mijn god, Sean, waarom heb je verkrachting en moord achterwege gelaten?'

'Hoe zit het met de officier van justitie van Dade County?' informeerde Sean.

'Ik heb gisteravond met hem en de officier van justitie van de vs gesproken. Terwijl jij comfortabel sliep in je cel, heb ik me kapot gewerkt.'

'Wat zeiden ze?'

'Ze waren allebei duidelijk geïnteresseerd,' zei Brian. 'Maar omdat ik ze alleen maar indirect bewijsmateriaal kon tonen, zoals een paar reisdossiers en kopieën van ziekenhuisdossiers, onthielden ze zich wijselijk van commentaar.'

'Hoe zit het met Helen Cabots hersenen?' wilde Sean weten. 'Dat is bewijsmateriaal.'

'Het is nog geen bewijsmateriaal,' zei Brian. 'De proeven die je volgens jou hebt genomen zijn niet gereproduceerd.'

'Waar zijn de hersenen op het ogenblik?' vroeg Sean.

'Die zijn in beslag genomen door de politie,' zei Brian. 'Ze zijn in bewaring gegeven van de lijkschouwer van Dade County. Denk erom, het is gestolen goed. Dus dat is een extra probleem wat hun status als bewijsmateriaal betreft.'

'Ik haat advocaten,' zei Sean.

'Ik heb het gevoel dat je ze nog minder aardig zult vinden tegen de tijd dat dit voorbij is,' zei Brian. 'Ik heb vanochtend gehoord dat in het licht van je onverantwoordelijke en lasterlijke verklaringen het Forbes een van de meest succesvolle en flamboyante advocaten van het land in dienst heeft genomen en dat ze kunnen rekenen op de steun van Miami's grootste advocatenbureau. Een aantal invloedrijke lieden uit het hele land zijn woedend over je aantijgingen en bedelven het Forbes met geld voor de juridische kosten. Gevoegd bij de strafbare feiten, zul je met een lawine van processen worden geconfronteerd.'

'Het verbaast me niet dat belangrijke zakenlieden achter het Forbes staan,' zei Sean. 'Maar dezelfde mensen zullen van mening veranderen als ze horen dat de fantastische kuur die het Forbes hun verschafte voor een hersenkanker was die het Forbes eerst zelf veroorzaakte.'

'Je kunt maar beter gelijk hebben wat dat aangaat,' zei Brian.

'Ik heb gelijk,' zei Sean. 'De tumor die ik heb onderzocht had vier virale oncogenen. Het vinden van één oncogeen in een natuurlijke tumor zou al verbazingwekkend zijn geweest.'

'Maar dat is maar één tumor uit de achtendertig gevallen,' zei Brian.

'Maak je maar geen zorgen. Ik heb gelijk.'

'Maar het andere bewijsmateriaal is al dubieus verklaard,' zei Brian. 'Bij monde van zijn advocaten zegt het Forbes dat het zuiver toeval was dat dokter Deborah Levy zich bevond in een bepaalde stad op het moment dat een latere Forbes-patiënt daar een operatie onderging.'

'O, natuurlijk,' zei Sean sarcastisch.

'Ze hebben ergens wel gelijk,' zei Brian. 'Om te beginnen vielen haar reizen niet met alle gevallen samen.'

'Dan stuurden ze dus iemand anders,' zei Sean. 'Margaret Richmond bijvoorbeeld. Je zult al hun reisdossiers moeten opvragen.'

'Er komt meer bij kijken,' zei Brian. 'Het Forbes beweert dat dokter Levy inspecteur is voor het Amerikaanse College van Pathologie. Ik heb het al nagetrokken. Het klopt. Ze reist vaak het land door om klinische laboratoriuminspecties te houden die noodzakelijk zijn voor ziekenhuizen om hun officiële goedkeuring te behouden. Ik heb het ook al bij een paar ziekenhuizen nagevraagd. Dokter Levy schijnt op die specifieke dagen inspecties te hebben gehouden.'

'En hoe zit het dan met het programma dat 's avonds sofinummers doornam?' vroeg Sean. 'Dat is nogal zware bewijslast.'

'Het Forbes heeft het al categorisch ontkend,' zei Brian. 'Ze zeggen dat ze regelmatig toegang hebben tot verzekeringsmaatschappijen, maar uitsluitend om claims te verwerken. Ze zeggen dat ze nooit toegang hebben tot de dossiers voor chirurgie. En bovendien beweren de verzekeringsmaatschappijen dat al hun dossiers beveiligd zijn.'

'Natuurlijk zeggen de maatschappijen dat,' zei Sean. 'Ik weet zeker dat ze allemaal staan te trillen op hun benen uit angst dat ze in juridische kwesties hierover worden verwikkeld. Maar Janet en ik hebben het programma in het Forbes zien lopen.'

'Het zal moeilijk zijn om dat te bewijzen,' zei Brian. 'We zouden het programma zelf nodig hebben en ze zullen dat vast niet aan ons geven.'

'Verdraaid!' zei Sean.

'Het zal allemaal neerkomen op de wetenschap en of we een jury zo ver kunnen krijgen dat ze het geloven of zelfs maar begrijpen,' zei Brian. 'Ik weet niet zeker of ik het wel begrijp. Het is nogal geheimzinnige materie.'

'Waar is Janet?' vroeg Sean. Ze liepen weer verder.

'Ze zit in mijn auto,' zei Brian. 'Haar voorlopige zitting was veel eerder en een beetje gemakkelijker maar ze wilde weg uit het gerechtshof. Ik kan het haar niet kwalijk nemen. Deze hele ervaring heeft haar van streek gebracht. Ze is er niet zo aan gewend in de problemen te zitten als jij.'

'Heel grappig,' zei Sean. 'Is er een aanklacht tegen haar ingediend?'

'Natuurlijk,' zei Brian. 'Denk je soms dat die lui daar debiel zijn? Ze was aan alles medeplichtig, behalve aan geweldpleging met een dodelijk wapen en ontvoering. Gelukkig scheen de rechter van mening te zijn dat haar grootste misdaad is dat ze met jou omgaat. Hij vroeg geen borg. Ze werd op haar woord vrijgelaten.'

Toen ze bij Brians huurauto kwamen, kon Sean Janet op de voorbank zien zitten. Ze leunde met haar hoofd tegen de hoofdsteun en scheen te slapen. Maar toen Sean opzij van de auto verscheen, gingen haar ogen open. Toen ze Sean zag, klauterde ze uit de auto en omhelsde hem.

Sean beantwoordde haar omhelzing, maar voelde zich verlegen met zijn figuur met zijn broer erbij.

'Alles goed?' vroeg Janet terwijl ze haar hoofd terugtrok maar haar armen om zijn nek liet liggen.

'Prima, en jij?'

'In de gevangenis zitten was een openbaring,' bekende ze. 'Ik geloof dat ik aanvankelijk een beetje hysterisch werd. Maar mijn ouders vlogen hiernaartoe met onze advocaat, en hij heeft mijn voorlopige zitting verhaast.'

'Waar zijn je ouders nu?' vroeg Sean.

'Naar het hotel,' zei Janet. 'Ze waren woest omdat ik op jou wilde wachten.'

'Dat kan ik me voorstellen,' zei Sean.

Brian keek op zijn horloge. 'Hoor eens, jullie twee,' zei hij. 'Dokter Mason heeft om twaalf uur een persconferentie bijeengeroepen in het Forbes. Ik vind dat we erheen moeten gaan. Ik was bang dat we het niet zouden halen, maar we hebben tijd genoeg. Wat zeggen jullie ervan?'

'Waarom zouden we erheen gaan?' vroeg Sean.

'Ik maak me ongerust,' zei Brian. 'Ik weet niet zeker of je hier in Miami wel een eerlijk proces zult krijgen. Ik zou liever hebben dat deze persconferentie niet het public-relationssucces wordt dat het Forbes verwacht. Jouw aanwezigheid zal hun retoriek inperken. Het zal ook aantonen dat je een verantwoordelijk iemand bent, die niet zomaar beschuldigingen rondstrooit.'

Sean haalde zijn schouders op. 'Ik vind het best,' zei hij. 'Bovendien ben ik benieuwd wat dokter Mason gaat zeggen.'

'Ik vind het ook best,' zei Janet.

Vanwege het verkeer kostte het meer tijd dan Brian verwachtte om van het Dade County Courthouse naar het Forbes te rijden, maar ze waren toch nog op tijd voor de persconferentie toen ze ten slotte de parkeerplaats opreden. De conferentie zou in het ziekenhuisauditorium worden gehouden en alle parkeerplaatsen in de buurt van het ziekenhuis waren bezet. Verscheidene t.v.-wagens stonden geparkeerd op de brandweerdoorgang vlak bij de voordeur van het ziekenhuis. Brian moest om het onderzoeksgebouw heen rijden om een plekje te vinden.

Toen ze naar het ziekenhuis liepen, merkte Brian op hoeveel aandacht de affaire van de media kreeg. 'Deze zaak staat midden in de belangstelling. Het is het soort zaak dat net zozeer in de media als in het gerechtshof wordt beslist. En het Forbes speelt momenteel een thuiswedstrijd. Wees niet verbaasd als je koeltjes wordt ontvangen.'

Een menigte mensen liep voor het ziekenhuis op en neer. Velen waren verslaggevers en helaas herkenden enkele van hen Sean. Ze omringden hem, vochten met elkaar om microfoons voor zijn gezicht te houden. Iedereen stelde tegelijkertijd vijandige vragen. Flitslichten flitsten; t.v.-cameralampen brandden. Tegen de tijd dat Sean, Brian en Janet de ingang hadden bereikt, was

Sean kwaad. Brian moest hem ervan weerhouden om uit te halen naar een paar fotografen.

Binnen was het niet veel beter. Het bericht van Seans aankomst veroorzaakte deining in de verrassend grote menigte. Toen het drietal het auditorium betrad, hoorde Sean een koor van boegeroep opstijgen van de aanwezige leden van de medische staf van het Forbes.

'Ik zie wat je bedoelt met koele ontvangst,' zei Sean toen ze een plaats hadden gevonden. 'Nauwelijks neutraal terrein.'

'Het is de mentaliteit van een menigte lynchers,' zei Brian. 'Maar dit geeft je een idee van waar je tegenover staat.'

Het boegeroep en gesis dat tegen Sean was gericht hield abrupt op en maakte plaats voor eerbiedig applaus toen dr. Randolph Mason vanuit de coulissen van het kleine podium verscheen. Hij liep resoluut naar de katheder en legde er een grote envelop op. Terwijl hij beide zijden van de katheder vastpakte, keek hij over het publiek heen met zijn hoofd enigszins achterover. Zijn houding en verschijning waren prijzenswaardig professioneel, zijn klassiek grijzende haar perfect gekapt. Hij was gekleed in een donkerblauw kostuum, een wit overhemd en een bescheiden das. De enige kleurtoets was een lavendelkleurig zijden pochet in zijn borstzak.

'Hij beantwoordt precies aan het romantische beeld dat iedereen van een arts heeft,' fluisterde Janet. 'Het type dat je op t.v. ziet.'

Brian knikte. 'Hij is het soort man dat een jury geneigd is te geloven. Dit zal een zware strijd worden.'

Dr. Mason schraapte zijn keel en begon toen te spreken. Zijn welluidende stem vulde met gemak het kleine auditorium. Hij bedankte iedereen voor zijn komst en steun aan het Forbes Cancer Center.

'Zult u Sean Murphy aanklagen wegens smaad?' gilde een van de verslaggevers vanaf de tweede rij. Maar dr. Mason hoefde niet te antwoorden. Het hele auditorium barstte los in een aanhoudend gesis als reactie op de lompheid van de verslaggever. De verslaggever snapte het en verontschuldigde zich gedwee.

Dr. Mason verplaatste de envelop, terwijl hij zijn gedachten ordende.

'Dit zijn moeilijke tijden voor ziekenhuizen en onderzoeksvoorzieningen, vooral voor gespecialiseerde ziekenhuizen met het

tweeledige doel van patiëntenzorg en onderzoek. Planningen gebaseerd op diagnoses en standaardtherapie werken niet in een
omgeving als het Forbes, waar behandelingsplannen vaak experimentele protocollen volgen. Behandeling van dit soort is intensief en daardoor duur.

De vraag is waar het geld voor dit soort zorg vandaan moet komen. Sommige mensen vinden dat het moet komen van onderzoekssubsidies omdat het deel uitmaakt van het onderzoekspro-
ces. Maar de staat heeft veel minder geld beschikbaar gesteld
voor onderzoek en dat heeft ons gedwongen om andere bronnen
van financiering te zoeken, zoals de industrie, of zelfs in uitzon-
derlijke gevallen, de buitenlandse industrie. Maar zelfs deze bron
heeft grenzen, vooral als de wereldeconomie keldert. Waartoe
kunnen we ons anders wenden dan tot de oudste methode: particuliere filantropie?'

'Die vent is ongelooflijk,' fluisterde Sean. 'Dit lijkt wel een praatje voor een geldinzamelingsactie.'

Een paar mensen draaiden zich met woedende gezichten naar
Sean om.

'Ik heb mijn leven gewijd aan de verlichting van het lijden,' ging
dr. Mason verder. 'Geneeskunde en de strijd tegen kanker hebben alles voor me betekend sinds ik de medische faculteit betrad.
Ik heb het welzijn van de mensheid altijd als mijn motiverende
kracht en doel beschouwd.'

'Nu lijkt hij net een politicus,' fluisterde Sean. 'Wanneer komt
hij eens ter zake?'

'Stil!' snauwde iemand achter Sean.

'Toen ik de positie van directeur van het Forbes Center aan-
vaardde,' vervolgde dr. Mason, 'wist ik dat deze instelling in financiële nood verkeerde. Een solide financiële basis vinden voor
de instelling was een doel dat overeenkwam met mijn verlangen
voor het welzijn van de mensheid te werken. Ik heb me met hart
en ziel aan deze taak gewijd. Als ik enkele fouten heb gemaakt,
is het niet vanwege gebrek aan altruïstische motieven.'

Hier en daar werd geapplaudiseerd toen dr. Mason zweeg. Hij
frunnikte aan de envelop en maakte het touwtje los dat eromheen zat.

'Dit is tijdverspilling,' fluisterde Sean.

'Dat was alleen maar zijn introductie,' fluisterde Brian terug.

'Hou je koest. Ik weet zeker dat hij op het punt staat tot de essentie van de persconferentie te komen.'

'Op dit tijdstip zou ik graag afscheid van u willen nemen,' zei dr. Mason. 'Mijn innige dank aan iedereen die me in deze moeilijke periode heeft geholpen.'

'Is deze hele flauwekul bedoeld opdat hij zijn ontslag kan nemen?' vroeg Sean hardop. Hij was vervuld van afkeer.

Maar niemand gaf antwoord op zijn vraag. In plaats daarvan ging er een golf van afgrijzen door het publiek toen dr. Mason zijn hand in de envelop stak en een met nikkel bedekte .357 Magnum-revolver tevoorschijn haalde.

Het gemompel zwol aan toen een paar mensen die het dichtst bij het podium zaten opstonden, onzeker of ze moesten vluchten of dr. Mason tegenhouden.

'Het is niet mijn bedoeling u van streek te maken,' zei dr. Mason. 'Maar ik voelde...'

Het was duidelijk dat dr. Mason meer te zeggen had, maar twee verslaggevers op de voorste rij liepen naar hem toe. Dr. Mason gebaarde hen op een afstand te blijven, maar de twee mannen kwamen langzaam dichterbij. Mason deed een stap weg van het podium. Hij zag er ontzet uit, als een in het nauw gedreven hert. Alle kleur was uit zijn gezicht weggetrokken.

Toen, tot ieders ontzetting, plaatste dr. Mason de loop van de revolver in zijn mond en haalde de trekker over. De kogel ging door zijn verhemelte heen, drong door een deel van zijn hersenstam en kleine hersenen en nam een schijfje van vijf centimeter schedel mee om zich daarna diep in de houten lambrizering te boren. Dr. Mason viel achterover terwijl het pistool uit zijn hand gleed. Het wapen raakte de grond, gleed onder de eerste rij stoelen en joeg de mensen die nog zaten uiteen.

Een paar mensen gilden, een paar schreeuwden, de meesten voelden zich onpasselijk. Sean, Janet en Brian wendden hun gezicht af op het moment dat het pistool afging. Toen ze weer keken, was er een hels lawaai in de zaal. Niemand wist precies wat te doen. Zelfs de dokters en de verpleegsters voelden zich machteloos; het was duidelijk dat dr. Mason niet meer te redden was. Het enige dat Sean, Janet en Brian van dr. Mason konden zien, waren zijn schoenen die omhoogstaken en de vertekende vorm van zijn lichaam. De muur achter het podium was bespat alsof iemand er een handvol rijpe rode bessen tegenaan had gegooid. Sean had een kurkdroge mond gekregen. Hij had moeite met slikken.

Er sprongen een paar tranen in Janets ogen.

Brian mompelde: 'Heilige Maria, moeder van God.'

Iedereen was verdoofd en geschokt. Er werd weinig gesproken. Een paar geharde zielen, onder wie Sterling Rombauer, waagden zich omhoog om dr. Masons stoffelijk overschot te bekijken. Op dat moment bleven de meeste mensen waar ze waren - allemaal behalve een vrouw die opstond van haar stoel en zich een weg baande naar een uitgang. Sean zag hoe ze gehaast de sprakeloze mensen opzij duwde. Hij herkende haar op slag.

'Dat is dokter Levy,' zei Sean terwijl hij opstond. 'Iemand moet haar tegenhouden. Ik wed dat ze van plan is het land uit te vluchten.'

Brian greep Sean bij de arm en belette hem haar achterna te gaan. 'Dit is niet het moment of de plaats om voor ridder te gaan spelen. Laat haar gaan.'

Sean keek toe hoe dr. Levy een uitgang bereikte en uit het gezicht verdween. Hij keek naar Brian. 'Het raadsel begint zich te ontrafelen.'

'Misschien,' zei Brian ontwijkend. Zijn juridische geest maakte zich zorgen over de sympathie die deze schokkende gebeurtenis waarschijnlijk zou opwekken.

Geleidelijk aan begon de menigte zich te verspreiden. 'Vooruit,' zei Brian. 'Laten we gaan.'

Brian, Janet en Sean schuifelden in stilte naar buiten en drongen door de menigte die zich bij de ingang van het ziekenhuis had verzameld. Ze begaven zich naar Brians auto. Ieder van hen had moeite om het afgrijselijke drama dat ze zojuist hadden bijgewoond, te verwerken. Sean sprak als eerste.

'Ik zou zeggen dat dat een nogal dramatisch *mea culpa* was,' zei hij. 'Ik neem aan dat we hem tot zijn eer moeten nageven dat hij in ieder geval raak kan schieten.'

'Sean, doe niet zo grof,' zei Brian. 'Ik houd niet van galgehumor.'

'Bedankt,' zei Janet tegen Brian en daarna tegen Sean: 'Er is een man overleden. Hoe kun je daar grapjes over maken?'

'Helen Cabot is ook dood,' zei Sean. 'Haar dood zit me veel meer dwars.'

'Beide doden zouden je dwars moeten zitten,' zei Brian. 'Per slot van rekening zou dokter Masons zelfmoord kunnen worden toegeschreven aan alle negatieve publiciteit die het Forbes dankzij jou heeft gekregen. De man had reden depressief te zijn. Zijn zelfmoord was niet per definitie een schuldbekentenis.'

'Wacht eens even,' zei Sean terwijl hij het groepje tot staan bracht. 'Heb je na wat we zojuist hebben gezien nog altijd twijfels over wat ik je heb verteld over die medulloblastoma-kwestie?'

'Ik ben advocaat,' zei Brian. 'Ik ben opgeleid om op een bepaalde manier te denken. Ik probeer de verdediging voor te zijn.'

'Vergeet een paar seconden dat je advocaat bent,' zei Sean. 'Wat voel je als mens?'

'Oké,' liet Brian zich vermurwen. 'Ik moet toegeven dat het een buitengewoon belastende daad was.'

Epiloog

Vrijdag 21 mei, 13.50 uur

De grote Delta-jet helde over en begon aan de laatste etappe van de landing op Logan Airport. Het vliegtuig landde in noordwestelijke richting en Sean, die aan het raampje zat, had een goed zicht op Boston vanaf de linkerkant van het vliegtuig. Brian zat naast hem met zijn neus in een vaktijdschrift. Ze vlogen over de Kennedy-bibliotheek op Columbus Pont en daarna over de punt van Zuid-Boston.

Vervolgens werd Sean onthaald op een schitterend uitzicht op de Bostonse horizon met op de voorgrond de binnenhaven. Vlak voordat ze de grond raakten, ving hij een korte glimp op van Charlestown met de Bunker Hill-obelisk, die in de lucht oprees. Sean slaakte een zucht van verlichting. Hij was thuis.

Geen van beiden hadden ze bagage afgegeven en daarom gingen ze nadat ze uitgestapt waren rechtstreeks naar een taxistandplaats. Eerst reden ze naar Brians kantoor in Old City Hall aan School Street. Sean zei tegen de chauffeur dat hij moest wachten en hij en Brian stapten uit. Ze hadden weinig gezegd sinds ze die ochtend Miami hadden verlaten, voornamelijk omdat ze onder grote druk hadden gestaan en de drie voorafgaande dagen zoveel hadden gepraat. Ze waren naar Miami gegaan zodat Sean in Florida voor een juryrechtbank kon getuigen inzake het proces van de Staat Florida tegen het Forbes Cancer Center.

Sean keek naar zijn broer. Ondanks hun verschillen en hun veelvuldige discussies, voelde hij een golf van liefde voor Brian opwellen. Hij stak zijn hand uit. Brian omklemde die stevig en ze schudden elkaar de hand. Maar het was niet genoeg. Sean liet Brians hand los en omhelsde hem stevig en langdurig. Toen ze elkaar loslieten voelden ze zich allebei een ogenblik verlegen. Ze brachten hun genegenheid zelden lichamelijk over. Over het algemeen raakten ze elkaar niet aan, afgezien van een klap op de schouder en klopjes op de rug.

'Bedankt voor alles,' zei Sean.

'Het is niets vergeleken bij wat jij voor een heleboel potentiële Forbes-patiënten hebt gedaan,' zei Brian.

'Maar zonder jouw juridische inbreng zou het Forbes nog steeds draaien.'

'Het is nog niet afgelopen,' waarschuwde Brian hem. 'Dit was nog maar de eerste stap.'

'Hoe dan ook,' zei Sean. 'Laten we onze energie weer in Oncogen steken. De Forbes-kwestie is in handen van de officieren van Justitie van Florida en de Verenigde Staten. Wie gaat volgens jou de zaak vervolgen?'

'Misschien gaan ze samenwerken,' zei Brian. 'Met alle aandacht van de media beschouwen beiden de zaak vermoedelijk als iets dat groot politiek potentieel bezit.'

Sean knikte. 'Enfin, ik houd contact,' zei hij terwijl hij weer in de taxi stapte.

Brian pakte het portier vast voordat Sean de kans had het dicht te trekken. 'Ik houd er niet van om bedilziek over te komen,' zei hij, 'maar als je oudere broer vind ik dat ik je een raad moet geven. Je zou het jezelf zoveel gemakkelijker maken als je die brutale kant van je persoonlijkheid wat zou temperen. Ik heb het niet eens over een grote verandering. Als je gewoon wat van die straatjongenslef kon afschudden. Je klampt je veel te veel aan je verleden vast.'

'Kom op,' zei Sean met een wrange glimlach. 'Kop op, Brian.'

'Ik meen het,' zei Brian. 'Je neemt mensen die minder intelligent zijn dan jij, wat helaas voor de meesten geldt, tegen je in.'

'Dat is het meest indirecte compliment dat ik ooit heb ontvangen,' zei Sean.

'Het is niet als compliment bedoeld,' zei Brian. 'Je bent net zo'n idiote geleerde. Hoe pienter je op bepaalde gebieden ook bent, op andere ben je achtergebleven, bijvoorbeeld op het gebied van sociale vaardigheden. Of je bent je niet bewust van de gevoelens van anderen, of het interesseert je niet. Maar het resultaat is hetzelfde.'

'Je slaat helemaal door!' zei Sean lachend.

'Denk er eens over na, broertje,' zei Brian. Hij gaf Sean een vriendschappelijke klap op zijn schouder.

Sean zei tegen de chauffeur dat hij hem naar het Boston Memorial Hospital moest brengen. Het liep tegen drieën en Sean hoopte

Janet te pakken te krijgen voordat haar dienst erop zat. Achterovergeleund dacht Sean na over hetgeen Brian had gezegd. Hij glimlachte. Hoe beminnelijk zijn broer ook was, hij kon zo nu en dan zo'n druiloor zijn.

Bij het ziekenhuis ging Sean regelrecht naar Janets afdeling. Bij de verpleegsterspost kreeg hij te horen dat ze in kamer 503 was om mevrouw Mervin haar medicatie te geven. Sean liep de gang af naar de kamer van de patiënte. Hij popelde om Janet het goede nieuws mee te delen. Hij trof haar aan terwijl ze antibiotica in mevrouw Mervins infuus injecteerde.

'Hallo, vreemdeling,' zei Janet toen ze Sean in het oog kreeg. Ze was blij hem te zien, hoewel ze duidelijk druk bezig was. Ze stelde Sean en mevrouw Mervin aan elkaar voor en vertelde de laatste dat Sean een van de medische studenten van Harvard was.

'Ik hou van jullie allemaal,' zei mevrouw Mervin. Ze was een witharige dame op leeftijd met roze wangen en schitterende ogen. 'Je mag me bezoeken wanneer je maar wilt,' zei ze giechelend.

Janet gaf Sean een knipoog. 'Mevrouw Mervin is aan de beterende hand.'

'Dat is duidelijk,' stemde Sean in.

Janet maakte een aantekening op een indexkaartje en stak dat in haar zak. Nadat ze haar blad met geneesmiddelen had opgepakt, nam ze afscheid van mevrouw Mervin en zei haar te bellen als ze iets nodig had.

In de gang moest Sean zich haasten om Janets tempo bij te kunnen houden.

'Ik popel om met je te praten,' zei hij terwijl hij naast haar ging lopen. 'Voor het geval je dat niet kunt raden.'

'Ik zou dolgraag een babbeltje maken,' zei Janet. 'Maar ik heb het echt heel druk. De rapportage begint dadelijk en ik moet deze geneesmiddelen nog toedienen.'

'De juryrechtbank heeft een aanklacht ingediend tegen het Forbes,' zei Sean.

Janet bleef staan en schonk hem een brede, warme glimlach.

'Dat is fantastisch!' zei ze. 'Ik ben blij. En ik ben trots op je. Je moet je in het gelijk gesteld voelen.'

'Zoals Brian zegt, het is een belangrijke eerste stap. De aanklacht heeft ook betrekking op dokter Levy, hoewel er niets meer van haar is gehoord of gezien sinds Mason de persconferentie hield.

Niemand weet waar ze uithangt. De aanklacht geldt ook voor twee van de artsen en het hoofd verpleegkunde, Margaret Richmond.'

'Het is nog steeds moeilijk te geloven,' zei Janet.

'Tot je beseft hoe dankbaar de medulloblastoma-patiënten van het Forbes waren,' zei Sean. 'Toen we er een einde aan maakten, hadden ze al meer dan zestig miljoen dollar gegeven.'

'Wat is er met het ziekenhuis gebeurd?' vroeg Janet met een blik op haar horloge.

'Het ziekenhuis staat onder het beheer van een curator,' zei Sean. 'Maar het onderzoeksinstituut is gesloten. En voor het geval het je interesseert, de Japanners waren eveneens misleid door de komedie. Ze hadden er part noch deel aan. Toen de zaak aan het licht kwam, hebben ze het zinkende schip verlaten.'

'Ik vind het jammer van het ziekenhuis,' zei Janet. 'Ik persoonlijk vind dat het een goed ziekenhuis is. Hopelijk redden ze het.'

'Nog een nieuwtje,' zei Sean. 'Weet je nog die getikte vent die ons op het strand de stuipen op het lijf joeg? Hij heet Tom Widdicomb en hij is nog gekker dan gek. Hij bewaarde zijn overleden moeder thuis in een vrieskist. Hij scheen te menen dat zij hem zei dat hij alle vergevorderde borstkankerpatiënten in moest laten slapen met succinylcholine. Zijn moeder had dezelfde ziekte.'

'Mijn god,' zei Janet. 'Dat is er dus met Gloria D'Amataglio gebeurd.'

'Kennelijk wel,' zei Sean. 'En met een aantal anderen.'

'Ik herinner me Tom Widdicomb,' zei Janet. 'Hij was de schoonmaker die Marjorie zo ergerde.'

'Enfin, kennelijk ergerde jij hem,' zei Sean. 'Op de een of andere manier concludeerde zijn verwrongen geest dat jij was gestuurd om hem tegen te houden. Daarom zat hij achter je aan. Ze denken dat hij de kerel in je badkamer was, in de Forbes-flat, en hij was vast en zeker degene die ons in het morturarium van het Miami General volgde.'

'Goeie genade!' riep Janet uit. Het idee dat een psychoot haar had beslopen beangstigde haar. Het deed haar opnieuw bedenken hoe anders haar reisje naar Florida was geweest dan wat ze zich ervan had voorgesteld toen ze had besloten te gaan.

'Widdicomb zal worden berecht,' ging Sean verder. 'Natuurlijk laat hij zich ontoerekeningsvatbaar verklaren en als ze de moeder in de vrieskist laten getuigen, zal hij geen enkel probleem hebben.' Sean lachte. 'Het komt door hem dat het ziekenhuis onder curatele staat. Iedere familie die onder verdachte omstandigheden een borstkankerpatiënte heeft verloren, heeft rechtsvervolging aangevraagd.'

'En heeft geen van de medulloblastoma-gevallen een klacht ingediend?'vroeg Janet.

'Niet tegen het ziekenhuis,' zei Sean. De medulloblastoma-patiënten zullen het onderzoekscentrum moeten aanklagen, niet het ziekenhuis. Per slot van rekening zijn ze in het ziekenhuis genezen.'

'Behalve Helen Cabot,' zei Janet.

'Inderdaad,' beaamde Sean.

Janet keek opnieuw op haar horloge en schudde haar hoofd. 'Nu ben ik echt achter,' zei ze. 'Sean, ik moet ervandoor. Kunnen we hier vanavond niet over praten, misschien tijdens het eten of zo?'

'Vanavond niet,' zei Sean. 'Het is vrijdag.'

'O, natuurlijk!' zei Janet koeltjes. Ze sloeg met haar hand tegen haar voorhoofd. 'Wat stom van me om dat te vergeten. Enfin, als je eens in de gelegenheid bent, bel me dan.' Janet begon de gang af te lopen.

Sean deed een paar stappen, pakte haar bij de arm en hield haar staande.

'Wacht!' zei hij, verrast door de abrupte manier waarop ze hun gesprek had beëindigd. 'Ga je me niet vragen naar de aanklachten tegen jou en mij?'

'Niet dat het me niet interesseert,' zei Janet. 'Maar je komt nu erg ongelegen en jij hebt het vanavond natuurlijk druk.'

'Het duurt maar een seconde,' zei hij met de moed der wanhoop. 'Brian en ik hebben het grootste deel van de avond onderhandeld met de officier van justitie. Hij gaf ons zijn woord dat alle aanklachten tegen jou zullen worden ingetrokken. Wat mij aangaat, in ruil voor mijn getuigenis hoef ik alleen maar schuld te bekennen inzake het verstoren van de orde en opzettelijke vernieling. Wat vind je ervan?'

'Ik vind het fantastisch,' zei Janet. 'Als je me nu wilt excuseren.' Ze probeerde haar arm los te trekken, maar Sean wilde haar niet loslaten.

'Er is nog iets,' zei hij. 'Ik heb veel nagedacht nu die Forbes-toestand achter de rug is.' Hij wendde zijn blik af en verplaatste onbehaaglijk zijn gewicht. 'Ik weet niet hoe ik dit moet zeggen, maar herinner je je dat je zei dat je over onze relatie wilde praten toen je naar Florida kwam, en dat je het wilde hebben over een vaste verbintenis en dergelijke? Welnu, ik geloof dat ik dat ook wil. Dat wil zeggen, als je nog steeds denkt aan wat je volgens mij dacht.'

Verbijsterd keek Janet Sean recht in zijn diepblauwe ogen. Hij probeerde zijn blik af te wenden. Janet stak haar arm uit, pakte zijn kin beet en draaide zijn hoofd weer om. 'Is dit ingewikkelde verhaal een poging om over trouwen te praten?'

'Tja, zoiets,' zei Sean. Hij bevrijdde zich uit Janets greep op zijn kin en staarde de gang in. Het kostte hem moeite naar haar te kijken. Hij maakte een paar handgebaren alsof hij op het punt stond meer te zeggen, maar er kwam geen woord.

'Ik begrijp jou niet,' zei Janet met een stijgende blos. 'Als ik denk aan al die keren dat ik wilde praten en jij niet, en nu breng je dit hier en nu ter sprake! Welnu, laat me je iets vertellen, Sean Murphy. Ik weet niet zeker of ik een relatie met jou aankan als je niet bereid bent tot een paar grote veranderingen, en eerlijk gezegd geloof ik niet dat je ertoe in staat bent. Na die ervaring in Florida weet ik niet zeker of jij bent wat ik wil. Dat wil niet zeggen dat ik niet van je hou, want dat doe ik wel. Het betekent alleen dat ik denk dat ik niet zou kunnen leven met het soort relatie dat jij onderhoudt.'

Sean was geschokt. Gedurende een moment kon hij geen woord uitbrengen. Janets reactie had hem volkomen verrast. 'Wat bedoel je met verandering?' vroeg hij ten slotte. 'Wat voor veranderingen?'

'Als je dat niet weet, als ik je dat moet vertellen, is het zinloos. Natuurlijk zouden we er vanavond over kunnen praten, maar jij moet zo nodig met je maten uit.'

'Doe niet zo moeilijk,' zei Sean. 'Ik heb de jongens al wekenlang niet gezien door al die juridische touwtrekkerij.'

'Dat is zonder meer waar,' zei Janet. 'En je hebt plezier.' Opnieuw liep ze verder de gang af. Na een paar stappen draaide ze zich naar hem om. 'Er is nog iets onverwachts uit mijn reisje naar Florida voortgekomen,' zei ze. 'Ik denk er serieus over medicijnen te gaan studeren. Niet dat ik niet van het verplegen houd, god weet wat een uitdaging het vormt, maar al dat materiaal over moleculaire biologie en de medische revolutie die eruit voortspruit, waarmee je me in kennis bracht, heeft me enthousiast gemaakt. Ik geloof dat ik er deel van wil uitmaken. Goed, laat nog eens iets van je horen, Sean,' voegde ze eraan toe terwijl ze verder liep. 'En doe je mond dicht.'

Sean was sprakeloos.

Het was iets na achten toen Sean Old Scully's Bar binnenging. Omdat hij een paar weken niet had kunnen gaan, was hij vervuld van een aangename verwachting. De bar was afgeladen vol met vrienden en bekenden en bruiste van vrolijkheid. Een aantal mensen zat er al vanaf vijf uur en ze waren in een opperbeste stemming. Er was een Red Sox-wedstrijd op de buis en toen Sean ernaar keek, maakte Roger Clements een gebaar naar de camera terwijl hij wachtte op het teken van de catcher. Er klonken een paar aanmoedigingen uit een groepje verstokte fans die pal onder het toestel bijeenzaten.

Sean bleef bij de deur staan om het schouwspel in zich op te nemen. Hij zag Jimmy O'Connor en Brady Flanagan bij het dartbord brullen van het lachen. Iemands dart had het bord gemist. In feite had hij de muur gemist en zat hij vast in een van de spijlen van het raam. Het was duidelijk dat ze allebei beschonken waren.

Achter de bar kon Sean Molly en Pete onvermoeibaar hun werk zien doen met het vullen van glazen bier, waarbij ze zo nu en dan vier of vijf beslagen volle glazen tegelijk in een hand hielden. Glazen Ierse whiskey stonden her en der verspreid. De dagelijkse problemen smolten veel sneller weg met deze borreltjes tussen de slokken bier door.

Sean bekeek de kerels aan de bar. Hij herkende Patrick FitzGerald of Fitzie, zoals hij werd genoemd. Hij was de populairste knaap op de middelbare school geweest. Sean kon het zich nog als de dag van gisteren herinneren hoe Fitzie zijn vriendin had ingepikt toen ze in de negende klas zaten. Sean was hals over kop verliefd geworden op Mary O'Higgins. Op een feestje waar hij haar mee naartoe had genomen, had hij haar zien verdwijnen om achter in Frank Kildares bestelauto een nummertje te maken met Fitzie.

Maar sinds zijn middelbare schooltriomf was Fitzie aanmerkelijk dikker geworden rondom zijn middel en zijn gezicht had een opgeblazen, deegachtig uiterlijk gekregen. Hij werkte bij de onderhoudsdienst in de oude Navy Yard, als hij tenminste werkte, en hij was getrouwd met Anne Shaughnessy, die was uitgegroeid tot tweehonderd pond nadat ze een tweeling had gebaard.

Sean deed een stap in de richting van de bar. Hij wilde weer deel uitmaken van zijn oude wereld. Hij wilde dat mensen hem op zijn rug sloegen en hem pestten met zijn broer die priester werd. Hij wilde zich de tijd herinneren dat hij dacht dat zijn toekomst een oneindige weg was die ze met z'n allen zouden afleggen. Pret en betekenis kon je ontlenen aan gedeelde ervaringen, waarvan je steeds weer kon genieten door het ophalen van herinneringen. In feite werden de ervaringen steeds prettiger met de onvermijdelijke verfraaiing die iedere nieuwe vertelling vergezelde.

Maar iets weerhield hem. Met een verontrustend, bijna tragisch gevoel, voelde hij zich apart staan. Het gevoel dat zijn leven een andere richting in was gegaan dan dat van zijn oude makkers keerde met vernietigende duidelijkheid terug. Hij voelde zich eerder een waarnemer van zijn oude leven dan een deelnemer. De gebeurtenissen in de Forbes-kliniek dwongen hem naar kwesties te kijken die verder gingen dan de wereld van zijn oude vrienden in Charlestown. Hij wist wat er in de wereld te koop was. Nu hij zijn vroegere vrienden half dronken of nog erger zag, zag hij hun beperkte mogelijkheden in. Door een verwarrende combinatie van sociale en economische redenen zaten ze gevangen in een web van herhaalde fouten. Ze waren gedoemd om het verleden te herhalen.

Zonder met iemand een woord te hebben gewisseld draaide Sean zich abrupt om en verliet Old Scully's Bar. Hij verhaastte zijn stap toen hij een krachtige stem hoorde die hem probeerde terug te lokken naar de warme vertrouwdheid van deze wijkplaats uit zijn jeugd. Maar Sean had een besluit genomen. Hij zou niet als zijn vader worden. Hij zou zijn blik op de toekomst gericht houden en niet op het verleden.

Toen Janet een klop op de deur van haar flat hoorde, haalde ze haar voeten van de poef en hees zich uit haar diepe fauteuil. Ze had een lijvig boek zitten doornemen dat ze had opgepikt in de boekhandel van de medische faculteit, met als titel *Moleculaire biologie van de cel*. Bij de deur gluurde ze door het kijkgaatje. Ze was geschokt toen ze Sean zag die een gek gezicht tegen haar trok.

Morrelend aan de sloten zwaaide ze ten slotte de deur wijd open.

'Ik hoop dat ik je niet stoor,' zei Sean.

'Wat is er gebeurd?' vroeg Janet. 'Is die favoriete tent van je afge-brand?'

'Misschien figuurlijk,' zei Sean.

'Kwam geen van je oude maten opdagen?'

'Ze waren er allemaal,' zei Sean. 'Mag ik binnenkomen?'

'Sorry,' zei Janet. 'Ga je gang.' Ze deed een stap opzij en sloot toen de deur achter hem. 'Ik ben mijn manieren vergeten. Ik ben ook zo verbaasd je te zien. Zal ik iets voor je inschenken? Een biertje? Een glas wijn?'

Sean bedankte. Hij zat links op de rand van de bank. 'Ik ging zo-als gewoonlijk naar Old Scully's...' begon hij.

'Nu weet ik het,' viel Janet hem in de rede. 'Het bier was op.'

'Ik probeer je iets te vertellen,' zei Sean wanhopig.

'Oké, het spijt me. Ik ben sarcastisch. Wat is er gebeurd?'

'Iedereen was er,' zei Sean. 'Jimmy O'Connor, Brady Flanagan, zelfs Patrick Fitzgerald. Maar ik heb met niemand gesproken. Ik kwam niet veel verder dan de deur.'

'Waarom niet?'

'Ik besefte dat ik door daarnaartoe te gaan mezelf veroordeelde tot het verleden. Ineens begreep ik wat jij en ook Brian bedoel-den met veranderingen. En zal ik je eens iets vertellen? Ik wil ver-anderen. Ik weet zeker dat ik af en toe een terugval zal hebben, maar ik wil in ieder geval niet mijn leven lang een straatjongen blijven. En ik zou graag willen weten of je wel of niet bereid bent me een beetje te helpen.'

Janet moest een plotselinge tranenvloed terugdringen. Ze keek Sean in zijn blauwe ogen en zei: 'Ik zal je met liefde helpen.'

Lees nu ook alvast het eerste deel van

Crisis

van Robin Cook

MEDISCHE THRILLER

ROBIN COOK

Crisis

De plotselinge dood van drie gezonde
vrouwen, maakt het leven van een
doodgewone huisarts tot een hel...

Proloog

8 september 2005

De herfst is een glorieuze tijd, al staat het jaargetijde vaak symbool voor de naderende dood en het sterven. Nergens onderga je de stimulerende frisheid en de kleurenpracht meer dan in het noordoosten van de Verenigde Staten. Al in begin september maken de hete, nevelige, vochtige dagen van de New England-zomer steeds meer plaats voor kristalheldere dagen met koele, heldere, droge lucht en een azuurblauwe hemel. 8 september 2005 was daar een goed voorbeeld van. Van Maine tot New Jersey stond er geen wolkje aan de blauwe hemel, en zowel in het asfaltlabyrint van Boston als in het betonnen labyrint van New York heerste een behaaglijke temperatuur van vijfentwintig graden.

Tegen het eind van de dag trokken twee artsen, ieder in hun eigen stad, tegelijk en met tegenzin hun piepende mobieltjes uit de houder aan hun riem. Ze vonden het geen van beiden prettig om gebeld te worden. Beiden waren bang dat het melodieuze piepen een crisis aankondigde die hun professionele aandacht en aanwezigheid zou vereisen.

Jammer genoeg kwam het voorgevoel van beide artsen uit. Het telefoontje in Boston betrof iemand die op het punt stond te sterven: acuut opkomende pijn in de borst, verregaande zwakheid en moeite met ademhalen. In New York ging het telefoontje over iemand die weliswaar nog maar net was gestorven maar toch duidelijk al dood was. In beide situaties ging het voor de desbetreffende arts om een spoedgeval. Het betekende dat beide artsen hun privéplannen moesten uitstellen. Wat ze niet wisten, was dat een van die telefoontjes een keten van gebeurtenissen in gang zou zetten die grote gevolgen zou hebben voor hen beiden, die hen beiden in gevaar zou brengen en hen tot elkaars bittere vijanden zou maken, en dat het andere telefoontje uiteindelijk een heel andere wending aan het eerste zou geven!

Boston

19.10 uur

Dokter Craig Bowman liet zijn armen even langs zijn zijden bungelen om de pijnlijke spieren in zijn onderarm wat rust te geven. Hij stond voor de kastdeurspiegel en probeerde een zwarte vlinderstrik precies goed te krijgen. In zijn hele leven had hij maar een keer of vijf een smoking gedragen, de eerste keer op zijn eindexamenfeest en de laatste keer toen hij ging trouwen, en bij al die eerdere gelegenheden had hij zich tevredengesteld met het voorgestrikte exemplaar dat bij de gehuurde smoking zat. Nu daarentegen wilde hij, in zijn nieuwe incarnatie van zichzelf, een echte strik. Hij had een gloednieuwe smoking gekocht en ging daar heus geen nepstrikje bij dragen. Het probleem was alleen dat hij niet wist hoe hij zo'n strik moest maken en zich te veel had gegeneerd om het aan de verkoper te vragen. In de winkel had hij zich geen zorgen gemaakt. Hij had gedacht dat het net zoiets zou zijn als veters strikken.

Jammer genoeg bleek het heel iets anders te zijn, en hij was al minstens tien minuten met dat verrekte ding bezig. Gelukkig was Leona, zijn nieuwe, adembenemend mooie secretaresse en nog nieuwere vriendin, in de badkamer om zich op te maken. In het ergste geval zou hij haar moeten vragen of ze wist hoe het moest. Daar had Craig echt geen zin in. Ze gingen nog niet zo lang met elkaar om en Craig wilde dat ze in hem een man van de wereld bleef zien. Trouwens, ze zou er nooit over uitgepraat raken. Leona had, zoals zijn oudere receptioniste en zijn assistente zeiden, een 'mond'. Tact was niet haar sterkste punt.

Craig keek vlug in Leona's richting. De deur naar de badkamer stond op een kier, maar hij zag alleen de contouren van haar welgevormde drieëntwintigjarige derrière, bedekt met glanzende roze zijden crêpe. Ze stond op haar tenen en boog zich over de wastafel om dichter bij de spiegel te komen. Er trok even een zelfvoldane glimlach over Craigs gezicht bij het vooruitzicht dat ze die avond door het middenpad van de Symphony Hall zouden lopen, de reden waarom ze zich op hun paasbest kleedden. Leona mocht dan een 'mond' hebben, ze was ook een 'stuk', vooral in de laag uitgesneden jurk die ze kortgeleden bij Neiman Marcus hadden gekocht. Hij was er zeker van dat er hoofden naar haar omgedraaid werden en dat hij jaloerse blikken van andere mannen van rond de vijfenveertig zou oogsten. Craig wist wel dat zulke gevoelens op zijn zachtst gezegd nogal puberaal waren, maar hij had ze niet meer gehad sinds die eerste keer dat hij een smoking droeg, en hij zou ervan genieten.

Craig glimlach haperde even toen hij zich afvroeg of er ook vrienden van hem en zijn vrouw in het publiek zouden zitten. Het was niet zijn bedoeling iemand te vernederen of te kwetsen. Aan de andere kant geloofde hij niet dat daar kennissen zouden zijn, want zijn vrouw en hij gingen nooit naar concerten, en hun weinige vrienden ook niet, want dat waren voor het merendeel overwerkte artsen, net als hijzelf. Met de gemiddelde artsenpraktijk draaide je zoveel uren dat je niet aan het culturele leven van de stad toekwam. Als je eens vrij was, bleef je in je comfortabele huis buiten de stad. Craig en Alexis waren nu zes maanden uit elkaar, dus zo vreemd was het niet dat hij een vriendin had. Leona's leeftijd was ook geen punt. Zolang hij met een volwassen vrouw omging, was het niets bijzonders. Per slot van rekening moest het er vroeg of laat van komen dat hij met iemand in de openbaarheid verscheen, zeker nu hij zo'n actief leven leidde. Hij ging de laatste tijd niet alleen regelmatig naar concerten, maar was ook een vaste bezoeker van een nieuw fitnesscentrum en ging naar de schouwburg, het ballet en allerlei andere activiteiten en bijeenkomsten waaraan normale, ontwikkelde mensen in een stad van wereldklasse deelnamen. Omdat Alexis van meet af zijn nieuwe persoonlijkheid niet wilde accepteren, achtte hij zich nu gerechtvaardigd om zich te laten vergezellen door wie hij maar wilde. Hij zou zich er niet van laten weerhouden degene te worden die hij wilde zijn. Hij was zelfs donateur van het Museum of Fine Arts geworden en verheugde zich op openingen van exposities, al was hij nooit eerder bij zoiets aanwezig geweest. Van al dergelijke culturele activiteiten had hij moeten afzien toen hij de moeizame en eenzame weg insloeg om arts te worden, en dan ook nog de beste arts die hij kon zijn. Tien jaar lang had hij het ziekenhuis alleen verlaten om te slapen. En toen hij zijn opleiding tot internist eenmaal had voltooid en zich zelfstandig kon vestigen, had hij nog minder tijd voor persoonlijke bezigheden gehad, en jammer genoeg ook niet veel tijd voor een gezinsleven. Hij was de typische, intellectueel achterop geraakte workaholic geworden, iemand die voor niemand tijd had, behalve voor zijn patiënten. Maar dat was allemaal veranderd, en als hij spijt had of zich schuldig voelde, vooral wat zijn gezin betrof, moest hij die gevoelens tijdelijk naar de achtergrond verdringen. De nieuwe dokter Craig Bowman had het jachtige, onbevredigende en onbeschaafde leven van altijd maar werken achter zich gelaten. Hij wist dat sommige mensen van een midlifecrisis zouden spreken, maar hij had er een andere naam voor. Hij noemde het een wedergeboorte of, om het nog nauwkeuriger te zeggen, een ontwaken.

In het afgelopen jaar was het bijna een obsessie voor Craig geworden om een interessanter, gelukkiger, veelzijdiger, beter mens en daardoor ook een betere arts te worden. Op het bureau in zijn appartement in de stad lag een stapel brochures van verschillende universiteiten in Boston en omgeving, waaronder Harvard. Hij was van plan colleges van culturele vakken te volgen, een semester of twee om de verloren tijd in te halen. En wat nog het mooiste was: dankzij zijn metamorfose kon hij zich weer aan onderzoek wijden. Hij vond het geweldig om onderzoek te doen, maar dat was volledig weggevallen toen hij als arts ging werken. Het was begonnen toen hij nog student was en wat bijverdiende door een hoogleraar te helpen met onderzoek naar natriumkanalen in spier- en zenuwcellen, en het was een ware hartstocht geworden toen hij tot het niveau van onderzoeker was opgeklommen. In de tijd dat hij nog student en arts in opleiding was, was hij zelfs medeauteur van een aantal veelgeprezen wetenschappelijke artikelen geweest. En nu deed hij weer onderzoek. Hij kon twee middagen per week in het lab werken en genoot daarvan. Leona noemde hem een *uomo universale*, en hoewel hij wist dat hij dat nog niet was, geloofde hij dat hij in de buurt kon komen als hij een paar jaar zijn best deed.

De verandering van Craigs persoonlijkheid had zich nogal plotseling voltrokken en had ook hemzelf volkomen verrast. Ruim een jaar geleden was zijn werk als arts drastisch veranderd. Er waren hem ineens twee grote voordelen in de schoot gevallen: meer inkomen en meer plezier in zijn werk. Plotseling was hij in de gelegenheid om het soort geneeskunde te bedrijven dat hij op de universiteit had geleerd, de geneeskunde waarbij de behoeften van patiënten de mysterieuze regels van hun verzekeringsdekking te boven gingen. Plotseling kon Craig een uur met iemand doorbrengen als de situatie van de patiënt dat vereiste. Daar mocht hij nu zelf over beslissen, en zo hoorde het ook. In één klap was hij bevrijd van de dubbele plaag van dalende vergoedingen en stijgende kosten, waardoor hij steeds meer patiënten in zijn drukke werkdag had moeten persen. Om betaald te worden, hoefde hij niet meer in de slag met verzekeringsmensen die op medisch gebied vaak volstrekt onwetend waren. Hij legde nu zelfs huisbezoeken af als dat in het belang van de patiënt was, iets wat vroeger ondenkbaar was geweest.

De verandering was een droom die werkelijkheid was geworden. Toen het aanbod was gekomen, had hij tegen zijn weldoener in spe, en nu zijn collega, gezegd dat hij erover zou nadenken. Hoe kon hij zo stom zijn om niet meteen akkoord te gaan? Als hij daardoor nu eens zijn grote kans had gemist? Alles werd er beter door, afgezien van de problemen thuis, maar die waren juist ontstaan doordat hij in zijn vroegere werksituatie nergens tijd voor overhield. Uiteindelijk was het zijn schuld geweest; dat wilde hij best toegeven. Hij had zijn leven helemaal door zijn werk laten bepalen. Nu hij niet meer helemaal in zijn werk opging, zouden de problemen thuis na verloop van tijd misschien ook tot een oplossing komen. Misschien kon hij Alexis er alsnog van overtuigen dat ze een veel beter leven konden leiden. Intussen ging hij van de verbetering van hemzelf genieten. Voor het eerst in zijn leven had Craig vrije tijd en geld op de bank. Craig had een uiteinde van de strik in elke hand en wilde net verder gaan met zijn pogingen, toen zijn mobieltje ging. Zijn gezicht betrok. Hij keek op zijn horloge. Het was tien over zeven. Het concert begon om halfnegen. Hij keek naar de nummerherkenning op het schermpje. Daar stond de naam Stanhope.

'Verdomme!' gooide Craig er nadrukkelijk uit. Hij klapte zijn telefoon open, bracht hem naar zijn oor en zei hallo.

'Dokter Bowman!' zei een beschaafde stem. 'Het gaat helaas slechter met Patience. Ik geloof dat ze deze keer erg ziek is.'

'Wat is er aan de hand, Jordan?' vroeg Craig. Hij draaide zich om en keek weer naar de badkamer, waar Leona de telefoon had gehoord en naar hem keek. Hij vormde met zijn mond de naam Stanhope en Leona knikte. Ze wist wat dat betekende, en Craig kon aan haar gezicht zien dat ze hetzelfde dacht als hij, namelijk dat hun avond nu in gevaar kwam. Als ze te laat voor het concert kwamen, zouden ze tot de pauze moeten wachten voor ze in de zaal konden gaan zitten, en dat betekende dat het plezier en de opwinding van hun binnenkomst hun zouden ontgaan. En daar hadden ze zich allebei op verheugd.

'Dat weet ik niet,' zei Jordan. 'Ze ziet er onnatuurlijk zwak uit. Blijkbaar kan ze niet eens rechtop zitten.'

'Wat zijn naast die zwakheid haar symptomen?'

'Ik denk dat we een ambulance moeten bellen om haar naar het ziekenhuis te brengen. Ze is erg van streek en ik maak me zorgen.'

'Jordan, als jij je zorgen maakt, maak ik me ook zorgen,' zei Craig sussend. 'Wat zijn de symptomen? Ik bedoel, ik was vanmorgen nog bij jullie thuis en toen hebben we haar gebruikelijke klachten besproken. Is het nu iets anders?' Patience Stanhope was een van de weinige patiënten die Craig 'probleempatiënten' noemde, maar ze was wel de ergste van dat groepje. Iedere arts had ze, in elke soort praktijk, en vond ze op zijn best vervelend en op zijn slechtst mateloos irritant. Het waren de patiënten die dag in dag uit kwamen aanzetten met een waslijst van klachten die voor het merendeel volslagen psychosomatisch of ingebeeld waren en waar bijna nooit met enige behandeling, ook niet met alternatieve geneeskunde, iets aan te doen was. Craig had van alles voor dat soort patiënten gedaan, maar het had geen enkel resultaat gehad. Ze waren meestal depressief, veeleisend, frustrerend en tijdrovend, en sinds er internet was, waren hun klachten veel creatiever geworden en hadden ze nog meer behoefte aan een gesprek en troost. In zijn vroegere praktijk had Craig, zodra hij had vastgesteld dat iemand met aan zekerheid grenzende waarschijnlijkheid een hypochonder was, ervoor gezorgd dat hij zo'n patiënt zo min mogelijk te zien kreeg. Meestal had hij zo iemand afgeschoven op de wijkzuster of een andere verpleegkundige. Een enkele keer had hij zo'n patiënt, als die het wilde, naar een andere specialist gestuurd, vooral een psychiater. In de praktijk die hij nu had kon hij niet veel gebruikmaken van zulke listen, en daardoor waren de 'probleempatiënten' het enige nadeel van zijn nieuwe werk. Uit de boekhouding bleek dat ze meer dan vijftien procent van zijn tijd in beslag namen, terwijl ze toch maar drie procent van zijn patiëntenbestand vormden. Patience was een heel goed voorbeeld. Hij had haar de afgelopen maanden minstens één keer per week bezocht, en dan nog vaak 's avonds of 's nachts ook.

'Dit is heel anders,' zei Jordan. 'Het is heel anders dan de klachten die ze gisteravond en vanmorgen had.'

'Hoe dan?' vroeg Craig. 'Kun je het me wat preciezer vertellen?' Hij wilde zo veel mogelijk zekerheid over Patiences toestand verkrijgen, want hij mocht nooit vergeten dat ook hypochonders soms echt ziek werden. Dat was het probleem met zulke patiënten: als ze echt iets hadden, geloofde je dat niet zo gauw. Het was net als met dat verhaal over die herdersjongen die steeds ten onrechte riep dat er wolven waren en niet meer werd geloofd toen er echt een troep wolven op de schapen af kwam.

'De pijn zit op een andere plek.'

'Oké, dat is al wat,' zei Craig. Hij haalde zijn schouders voor Leona op en maakte een gebaar dat ze moest opschieten. Als het probleem was wat hij dacht dat het was, wilde hij Leona meenemen wanneer hij op huisbezoek ging. 'In welk opzicht is de pijn anders?'

'Vanmorgen zat de pijn in haar rectum en het onderste deel van haar buik.'

'Dat weet ik nog!' zei Craig. Hoe zou hij dat kunnen vergeten? Het waren de gebruikelijke klachten geweest: opgeblazen gevoel, gasvorming, problemen met de afscheiding. 'Waar zit de pijn nu?'

'In haar borst, zegt ze. Ze heeft nooit eerder over pijn in haar borst geklaagd.'

'Dat is niet helemaal waar, Jordan. Vorige maand heeft ze

verschillende keren over pijn in haar borst geklaagd. Daarom heb ik haar een stresstest laten doen.'

'Dat is waar! Dat was ik vergeten. Ik kan al haar symptomen niet bijhouden.'

Vertel mij wat, wilde Craig zeggen, maar hij hield zich in.

'Ik vind dat ze naar het ziekenhuis moet,' zei Jordan weer. Ze heeft moeite met ademhalen en zelfs met praten. Eerder kon ze me vertellen dat ze hoofdpijn had en misselijk was.'

'Misselijkheid is een van haar gebruikelijke kwalen,' onderbrak Craig hem. 'En hoofdpijn ook.'

'Maar deze keer heeft ze een beetje overgegeven. Ze zei ook dat ze zich verdoofd voelde, en alsof ze in de lucht zweefde.'

'Dat zijn nieuwe klachten!'

'Ik zei toch dat het deze keer anders is?'

'Is de pijn diep en drukkend, of scherp en fluctuerend als kramp?'

'Dat kan ik niet zeggen.'

'Kun je het haar vragen? Het kan belangrijk zijn.'

'Goed. Wacht even!'

Craig hoorde dat Jordan de telefoon neerlegde. Leona kwam de badkamer uit. Ze was klaar. Ze zag eruit of ze zo van het omslag van een tijdschrift was weggelopen, vond Craig. Hij liet haar dat weten door zijn duim omhoog te steken. Ze glimlachte en vormde met haar mond: 'Wat is er?' Craig haalde zijn schouders op. Hij hield het mobieltje tegen zijn oor gedrukt, maar draaide het bij zijn mond vandaan.'Ik denk dat ik op huisbezoek moet.'

Leona knikte en vroeg toen: 'Heb je moeite met je strik?' Craig knikte met tegenzin.

'Eens kijken wat ik kan doen,' zei Leona.

Craig stak zijn kin omhoog om haar meer werkruimte te geven. Op dat moment kwam Jordan weer aan de lijn. 'Ze zegt dat de pijn vreselijk is. Ze zegt dat alle woorden die je gebruikte van toepassing zijn.'

Craig knikte. Dat leek op de Patience die hij maar al te goed kende. Zo kwam hij niet verder. 'Straalt de pijn in een bepaalde richting uit, bijvoorbeeld naar haar arm of hals of ergens anders heen?'

'Oei! Dat weet ik niet. Moet ik het haar vragen?'

'Graag,' antwoordde Craig.

Met een paar behendige manoeuvres kon Leona de lussen van de strik op hun plaats krijgen en trok ze de knoop strak die ze op die manier had gemaakt. Na nog een kleine aanpassing zette ze een stap naar achteren. 'Niet slecht, al zeg ik het zelf,' zei ze.

Craig bekeek zichzelf in de spiegel en moest het beamen. Zoals zij het deed, had het gemakkelijk geleken.

Jordan kwam weer aan de lijn: 'Ze zegt dat de pijn alleen in haar borst zit. Zou het een hartaanval kunnen zijn, dokter?'

'Dat is niet uitgesloten, Jordan,' zei Craig. 'Ik heb je verteld dat ze lichte veranderingen te zien gaf toen ze de inspanningstest deed, en daarom heb ik haar aangeraden haar hart te laten onderzoeken, al voelde ze daar niet veel voor.'

'Ja, nu weet ik het weer. Maar wat ze nu ook heeft, ik geloof dat het steeds erger wordt. Ik geloof dat ze zelfs een beetje blauw is.'

'Oké, Jordan, ik kom er zo aan. Maar nog één vraagje: heeft ze die antidepressiva ingenomen die ik vanmorgen heb achtergelaten?'

'Is dat belangrijk?'

'Misschien wel. Het lijkt niet echt op een reactie op een geneesmiddel, maar we moeten er rekening mee houden. Het was een nieuw medicijn voor haar. Daarom zei ik dat ze er vanavond mee moest beginnen, vlak voordat ze naar bed ging, voor het geval ze er duizelig van werd of zoiets.'

'Ik heb geen idee of ze ze heeft geslikt. Ze krijgt veel medicijnen van dokter Cohen.'

Craig knikte. Hij wist heel goed dat Patiences medicijnkast een apotheek in het klein was. Dokter Ethan Cohen schreef veel gemakkelijker iets voor dan Craig, en hij was oorspronkelijk Patiences arts geweest. Dokter Cohen was degene die Craig had uitgenodigd om samen met hem de praktijk te runnen, maar momenteel was hij nauwelijks nog Craigs collega. De man had zijn eigen gezondheidsproblemen en had een langdurig verlof genomen dat wel eens permanent zou kunnen worden. Craig had alle probleempatiënten van zijn afwezige collega geërfd. Tot Craigs grote geluk was geen van de probleempatiënten uit zijn vorige praktijk naar de nieuwe praktijk overgegaan.

'Hoor eens, Jordan,' zei Craig. 'Ik kom eraan, maar zoek het buisje met monsterpillen dat ik Patience vanmorgen heb gegeven. Dan kunnen we ze tellen.'

'Ik zal mijn best doen,' zei Jordan.

Craig klapte zijn telefoon dicht. Hij keek Leona aan. 'Ik moet echt een huisbezoek afleggen. Vind je het erg om mee te gaan? Als het vals alarm is, kunnen we meteen doorrijden naar het concertgebouw en alsnog onze entree maken. Hun huis staat niet ver bij het concertgebouw vandaan.'

'Goed,' zei Leona opgewekt.

Terwijl hij zijn smoking aantrok, liep Craig vlug naar zijn kast. Van de bovenste plank pakte hij zijn zwarte tas en klapte hem open. Die tas was een cadeau van zijn moeder geweest toen hij was afgestudeerd. Indertijd had dat cadeau enorm veel voor Craig betekend, want hij kon zich voorstellen hoelang zijn moeder geld opzij had moeten leggen zonder dat zijn vader het wist. Het was een vrij grote, ouderwetse dokterstas van zwart leer met koperbeslag. In zijn vorige praktijk had Craig er nooit veel mee gedaan omdat hij toen geen huisbezoeken aflegde, maar het afgelopen jaar had hij hem veel gebruikt.

Craig gooide de dingen die hij nodig verwachtte te hebben in de tas, waaronder een analysesetje om na te gaan of een patiënt een hartaanval of infarct had gehad. Sinds de tijd dat hij nog in opleiding was, was de wetenschap vooruitgegaan. Vroeger duurde het dagen voor je de uitslag van het lab had. Nu kon hij het onderzoek aan het bed van de patiënt doen. Het was geen kwantitatieve analyse, maar dat deed er niet toe. Het ging erom dat je de juistheid van de diagnose kon nagaan. Van dezelfde plank pakte hij ook het draagbare ecg-apparaat, en dat gaf hij aan Leona.

Toen Craig formeel van Alexis gescheiden was, was hij in een appartement in de wijk Beacon Hill in het centrum van Boston gaan wonen. Het was een maisonnette aan Revere Street met een goede lichtinval, een balkon en uitzicht op Cambridge en de rivier de Charles. Beacon Hill bevond zich in het midden van de stad en voldeed uitstekend aan Craigs behoeften, vooral omdat er veel goede restaurants en de theaterwijk binnen loopafstand waren. Het enige kleine nadeel was het parkeren. Hij moest een ruimte huren in een garage in Charles Street, op vijf minuten lopen.

'Hoe groot is de kans dat we op tijd zijn voor het concert?' vroeg Leona toen ze in Craigs nieuwe Porsche zaten en met grote snelheid door Storrow Drive reden.

Craig moest zijn stem verheffen om boven de motor uit te komen. 'Jordan schijnt te denken dat het deze keer misschien menens is. Dat zit me niet lekker. Hij gaat met Patience door het leven. Als iemand haar goed kent, is hij het.'

'Hoe kan hij met haar leven? Ze is zo'n lastpak, en hij lijkt me zo'n beschaafde man.' Leona had de Stanhopes een paar keer in de praktijk gezien.

'Er zullen wel voordelen tegenover staan. Ik heb het gevoel dat het geld van haar is, maar wie weet? Het privéleven van mensen is nooit wat het lijkt, dat van mij tot voor kort ook niet.' Hij gaf een kneepje in Leona's dij.

'Ik begrijp niet hoe je zoveel geduld met zulke mensen kunt hebben,' zei Leona.

'Het valt niet altijd mee, en onder ons gezegd kan ik ze niet uitstaan. Gelukkig zijn ze een kleine minderheid. Ik ben opgeleid om voor zieke mensen te zorgen. Hypochonders zijn voor mij net zoiets als simulanten. Als ik psychiater had willen worden, had ik psychiatrie gestudeerd.'

'Als we daar zijn, zal ik dan in de auto blijven zitten?'

'Dat moet je zelf weten,' zei Craig. 'Ik weet niet hoelang het duurt. Soms duurt het een uur voor ik bij haar weg ben. Ik denk dat je beter mee naar binnen kunt gaan. Het is saai om al die tijd in de auto te zitten.'

'Ik ben wel benieuwd hoe ze wonen.'

'Het is niet bepaald de familie Modaal.'

De Stanhopes woonden in een gigantisch bakstenen huis van drie verdiepingen in Georgian-stijl. Het stond op een groot bebost terrein bij de Chestnut Hill Country Club in een duur gedeelte van Brighton, Massachusetts. Craig reed de rondgaande oprijlaan op en stopte voor het huis. Hij wist de weg maar al te goed. Jordan had de deur al open toen ze de drie treden beklommen. Craig had de zwarte tas; Leona droeg het ecg-apparaat.

'Ze is boven in haar slaapkamer,' zei Jordan vlug. Hij was een grote, uiterst verzorgde man in een donkergroen fluwelen huisjasje. Als hij zich over de formele kledij van Craig en

Leona verbaasde, liet hij dat niet blijken. Hij hield Craig een plastic buisje voor en liet het in zijn hand vallen om zich vervolgens meteen om te draaien.

Het was het gratis monsterflesje Zoloft dat Craig die ochtend aan Patience had gegeven. Craig zag meteen dat een van de zes pillen ontbrak. Blijkbaar was ze eerder met het medicijn begonnen dan Craig had gezegd. Hij stopte het buisje in zijn zak en liep achter Jordan aan. 'Is het goed als mijn secretaresse meekomt?' riep Craig. 'Ze kan me misschien helpen.' Leona had in de praktijk al een paar keer laten zien dat ze bereid was een helpende hand te bieden. Craig was direct onder de indruk geweest van haar behulpzaamheid en betrokkenheid, allang voordat hij erover dacht haar mee uit te vragen. Hij vond het ook indrukwekkend dat ze een avondopleiding aan het Bunker Hill Community College in Charlestown volgde om uiteindelijk verpleegkundige of laborante te worden. Dat maakte haar alleen maar aantrekkelijker voor hem.

'Natuurlijk,' zei Jordan achterom, en hij maakte een gebaar dat ze met hem mee moesten lopen. Hij ging de grote trap op die langs het raam met twee zijvenstertjes boven de voordeur leidde.

'Aparte slaapkamers,' fluisterde Leona tegen Craig toen ze vlug achter Jordan aan liepen. 'Dat schiet min of meer aan het doel voorbij. Ik dacht dat ze dat alleen in oude films hadden.'

Craig zei niets. Ze liepen vlug over een lange, met tapijt bedekte gang en betraden de grote slaapkamer, die gestoffeerd was met een vierkante kilometer blauwe zijde. Patience, haar oogleden zwaar, lag in een groot bed, haar hoofd steunend op grote stijve kussens. Een personeelslid in het zedige tenue van een Frans dienstmeisje richtte zich op. Ze had een vochtige doek tegen Patiences voorhoofd gehouden.

Craig wierp even een blik op Patience en liep toen zonder een woord te zeggen op haar af, liet de tas op het bed naast haar vallen en voelde haar pols. Hij klapte de tas open en haalde zijn bloeddrukmeter en stethoscoop eruit. Terwijl hij de bloeddrukmanchet om Patiences rechterarm legde, blafte hij naar Jordan: 'Bel een ambulance!'

Jordan trok alleen maar een heel klein beetje zijn wenkbrauwen op om te kennen te geven dat hij het had gehoord. Toen liep hij naar de telefoon op het nachtkastje en draaide het alarmnummer. Hij gaf het dienstmeisje een teken dat ze weg moest gaan.

'Allemachtig!' mompelde Craig terwijl hij de manchet weghaalde. Hij trok de kussens achter Patience vandaan en haar bovenlichaam viel als een lappenpop op het bed terug. Toen rukte hij het dekbed weg en trok haar negligé open, waarna hij even met zijn stethoscoop naar haar borst luisterde en zich door Leona het ecg-apparaat liet aanreiken. Ze hoorden Jordan met de alarmcentrale praten. Craig maakte vlug de ecg-elektroden los en bevestigde ze met een beetje geleidende gelei.

'Komt het goed met haar?' vroeg Leona fluisterend.

'Wie zal het zeggen?' antwoordde Craig. 'Ze is cyanotisch, god nog aan toe.'

'Wat is cyanotisch?

'Er zit niet genoeg zuurstof in haar bloed. Misschien pompt haar hart niet goed of misschien is haar ademhaling niet goed. Het is een van tweeën of beide.'

Craig keek aandachtig naar het ecg-apparaat, dat een cardiogram uitspuwde. Het waren alleen maar stipjes, ver uit elkaar. Craig scheurde de strook los en keek er vlug wat beter naar alvorens hem in zijn zak te stoppen. Toen trok hij de elektroden van Patiences ledematen weg.

Jordan legde de telefoon neer. 'De ambulance komt eraan.'
Craig knikte alleen maar. Hij zocht vlug in zijn tas en haalde
er een Ambu-beademingsset uit. Hij legde het masker over
Patiences neus en mond en drukte het zakje samen. Haar
borst kwam gemakkelijk omhoog; dat wees op een goede
ventilatie.

'Kun je dit?' vroeg Craig aan Leona, terwijl hij Patience
bleef beademen.

'Ik denk van wel,' zei Leona aarzelend. Ze perste zich tussen
Craig en de hoofdplank en nam de kunstmatige beademing
over.

Craig liet haar zien hoe ze de lucht moest toedienen en Patiences hoofd achterover kon houden. Toen keek hij naar
Patiences pupillen. Die waren sterk verwijd en reageerden
niet. Dat was geen goed teken. Met de stethoscoop luisterde
hij naar Patiences ademgeluiden. Ze kreeg genoeg lucht.

Uit zijn zwarte tas haalde Craig het assaysetje voor biomar-
kers. Daarmee kon hij nagaan of ze een hartaanval had gehad. Hij scheurde het doosje open en haalde een van de
plastic apparaatjes eruit. Hij gebruikte een kleine, gehepari-
niseerde spuit om bloed uit een grote ader te halen, schudde
hem heen en weer en liet toen zes druppels op het monster-
gedeelte vallen. Toen hield hij het apparaatje in het licht.

'Nou, dat is positief,' zei hij even later. Hij gooide alles luk-
raak in de tas terug.

'Wat is positief?' vroeg Jordan.

'Haar bloed is positief op myoglobine en troponine,' zei
Craig. 'Dat betekent dat ze een hartaanval heeft gehad.'
Met zijn stethoscoop stelde Craig vast dat Leona de patiënt
goed beademde.

'Dus uw eerste indruk was correct,' merkte Jordan op.

'Niet bepaald,' zei Craig. 'Ik vind het erg dat ik dit moet zeggen, maar ze is er heel slecht aan toe.'

'Dat probeerde ik door de telefoon al duidelijk te maken,' zei Jordan stijfjes. 'Maar ik doelde nu op de hartaanval.'

'Ze is er slechter aan toe dan ik op grond van je mededelingen dacht,' zei Craig. Hij haalde adrenaline en atropine tevoorschijn, en ook een flesje intraveneuze vloeistof.

'Neem me niet kwalijk, maar ik heb duidelijk gezegd dat ze achteruitging.'

'Je zei dat ze een beetje moeite met ademhalen had, maar toen we hier aankwamen, haalde ze bijna helemaal niet meer adem. Dat had je me wel kunnen vertellen. Je zei dat je dacht dat ze nogal blauw was, terwijl ik haar hier volslagen cyanotisch aantref.' Craig legde behendig een intraveneus infuus aan. Hij plakte de naald vast en diende de adrenaline en atropine toe. De kleine infuusfles hing hij aan de lampenkamp met een S-haakje dat hij speciaal daarvoor had gemaakt.

'Ik legde het zo goed mogelijk uit, dokter.'

'Dat weet ik,' zei Craig, en hij maakte een verzoenend gebaar. 'Sorry. Ik wilde geen kritiek uitoefenen. Ik maak me alleen zorgen om je vrouw. We moeten haar nu zo snel mogelijk in het ziekenhuis zien te krijgen. Ze moet beademd worden met zuurstof en ze heeft een pacemaker nodig. Bovendien ben ik er zeker van dat ze acidotisch is en daarvoor behandeld moet worden.'

In de verte was het loeiende geluid van de naderende ambulance te horen. Jordan ging naar beneden om het ambulancepersoneel binnen te laten en naar Patiences kamer te begeleiden.

'Haalt ze het?' vroeg Leona, die nog steeds met de beademing bezig was. 'Volgens mij is ze nu minder blauw.'

'Je doet die beademing geweldig goed,' antwoordde Craig. 'Maar ik ben niet optimistisch, want haar pupillen reageren niet en dat betekent dat ze ernstig verslapt is. We weten meer als we haar in het Newton Memorial-ziekenhuis hebben. Dan kunnen we bloedonderzoek doen, haar aan de beademing leggen en haar een pacemaker geven. Wil jij mijn auto daarheen rijden? Ik wil met de ambulance meegaan voor het geval ze een hartstilstand krijgt. Als ze gereanimeerd moet worden, wil ik de borstcompressies doen.'

Het ambulancepersoneel was efficiënt. Het waren een man en een vrouw die blijkbaar al een hele tijd samenwerkten, want ze voelden precies aan wat de ander ging doen. Ze legden Patience vlug op een brancard, droegen haar naar beneden en legden haar in de ambulance. Binnen enkele minuten na hun aankomst bij het huis van de Stanhopes waren ze weer onderweg. Omdat ze zagen dat het een echt spoedgeval was, lieten ze de sirene nog harder loeien en reed de vrouw met ongelooflijke snelheid. Onderweg belde de broeder naar het Newton Memorial om te vertellen wat ze konden verwachten.

Toen ze aankwamen, sloeg Patiences hart nog wel, maar zwakjes. Er was een cardioloog opgeroepen die Craig goed kende, en zij stond al op het ambulanceplatform te wachten. Patience werd snel naar binnen gereden en een heel team ging met haar aan het werk. Craig vertelde de cardioloog zoveel als hij kon, ook over de biomarkersassay die de diagnose van een hartaanval had bevestigd.

Zoals Craig had verwacht, werd Patience aan een beademingsapparaat met honderd procent zuurstof gelegd, en vervolgens aan een externe pacemaker. Jammer genoeg bleek al snel dat zich PEA bij haar voordeed, *pulseless electrical activity*. Dat betekende dat de pacemaker wel een uitslag op het elektrocardiogram te zien gaf maar het hart niet met eigen slagen reageerde. Een van de artsen klom op de tafel om met borstcompressies te beginnen. De resultaten van het bloedonderzoek kwamen binnen en de bloedgassen waren niet slecht, maar de zuurspiegel zat dicht bij het hoogste dat de cardioloog ooit had meegemaakt.

Craig en de cardioloog keken elkaar aan. Ze wisten allebei uit ervaring dat PEA trieste gevolgen had voor een ziekenhuispatiënt, zelfs wanneer het van korte duur was geweest. Het ging nu veel slechter met Patience dan toen ze met de ambulance binnenkwam.

Nadat ze enkele uren alles in het werk hadden gesteld om het hart te laten reageren, nam de cardioloog Craig apart. Craig droeg zijn formele overhemd, compleet met de vlinderstrik, die nog op zijn plaats zat. Er zaten bloedspatten op zijn rechtermouw, en zijn smoking hing aan een infuusstang bij de muur.

'Het moet ernstige schade aan de hartspier zijn geweest,' zei de cardioloog. 'Anders zijn al die geleidingsafwijkingen en de PEA niet te verklaren. Het zou anders zijn geweest als we een beetje eerder met haar aan het werk hadden kunnen gaan. Op grond van wat je me over het tijdverloop hebt verteld, denk ik dat het oorspronkelijke infarct veel groter is geworden.'

Craig knikte. Hij keek weer naar het team dat Patiences magere lichaam probeerde te reanimeren. Ironisch genoeg was door de zuurstof en de borstcompressies haar kleur weer bijna normaal geworden. Jammer genoeg konden ze nu niets meer doen.

'Heeft ze een voorgeschiedenis van hartziekten?'

'Een paar maanden geleden heeft ze een onderzoek gehad waarvan de uitslag niet helemaal duidelijk was,' zei Craig.

'Er waren aanwijzingen voor een licht probleem, maar de patiënte wilde geen nader onderzoek.'

'Met alle gevolgen van dien,' zei de cardioloog. 'Jammer genoeg hebben haar pupillen niet meer gereageerd. Dat wijst op anoxische hersenbeschadiging. Wat zou je in het licht daarvan willen doen? Jij mag het zeggen.'

Craig haalde diep adem en liet de lucht luidruchtig ontsnappen om uiting te geven aan zijn moedeloosheid. 'Ik vind dat we moeten stoppen.'

'Daar ben ik het voor honderd procent mee eens,' zei de cardioloog. Ze gaf een geruststellend kneepje in Craigs schouder en liep toen naar de tafel terug om tegen het team te zeggen dat het voorbij was.

Craig pakte zijn smoking en liep naar de balie van de Spoedeisende Hulp om de papieren in te vullen: de patiënte was overleden en de doodsoorzaak was een hartinfarct, gevolgd door hartstilstand. Toen ging hij naar de wachtruimte. Leona zat tussen de zieken, de gewonden en hun familieleden. Ze bladerde in een oud tijdschrift. Zoals ze daar in die kleding tussen de mensen zat, leek ze Craig net een goudklompje tussen het grind. Ze keek naar hem op. Hij zag dat ze aan zijn gezicht kon zien hoe het was afgelopen.

'Niet goed gegaan?' zei ze.

Craig schudde zijn hoofd. Hij keek in de wachtruimte om zich heen. 'Waar is Jordan Stanhope?'

'Die is een uur geleden weggegaan.'

'O, ja? Waarom? Wat zei hij?'

'Hij zei dat hij liever thuis op je telefoontje wachtte. Ziekenhuizen maakten hem depressief, zei hij.'

Craig liet een kort lachje horen. 'Dat verbaast me eigenlijk niet. Ik heb altijd gedacht dat hij een nogal koude kikker was die bij zijn vrouw alleen maar zijn plicht deed.' Hij wilde nog iets filosofisch over het leven zeggen, maar zag daarvan af. Leona zou het waarschijnlijk niet begrijpen en hij was bang dat hij het niet kon uitleggen. Ze liepen zwijgend naar de auto toe.

'Zal ik rijden?' vroeg Leona.

Craig schudde zijn hoofd, maakte de passagiersdeur voor Leona open, liep om de auto heen en ging aan het stuur zitten. Hij startte de auto niet meteen. 'We zijn duidelijk te laat voor het concert,' zei hij, terwijl hij door de voorruit keek.

'Dat is zwak uitgedrukt,' zei Leona. 'Het is tien uur geweest. Wat zullen we doen?'

Craig had geen idee, maar hij wist dat hij Jordan Stanhope moest bellen en verheugde zich daar bepaald niet op.

'Er moet voor een arts niets moeilijkers zijn dan een patiënt te verliezen,' zei Leona.

'Soms is het contact met de nabestaanden nog moeilijker,' antwoordde Craig zonder te weten hoe profetisch zijn woorden waren.

Lees ook van A.W. Bruna Uitgevers B.V.

Robin Cook

Crisis

Drie vrouwen, allen gestorven onder mysterieuze
omstandigheden. Patholoog-anatoom Jack Stapleton staat voor
een raadsel.
De eerste vrouw overlijdt na een plotseling, ernstig
zuurstoftekort. Het tweede slachtoffer is de partner van een
Iraanse diplomaat bij de VN. Het lijkt in eerste instantie
zelfmoord, maar Jack ontdekt dat het een moord betreft. De
derde dode was een kerngezonde vrouw. Tijdens het winkelen
is zij plotseling overleden aan een acute vernauwing van de
kransslagader.
Is er een verband? Jack moet al zijn kennis en ervaring
aanspreken om erachter te komen wat deze vrouwen met elkaar
gemeen hebben.

ISBN 978 90 229 9259 3

Blijft u graag op de hoogte van de nieuwste
spannende boeken?
Kijk dan op www.awbruna.nl
en geef u op voor de spanningsnieuwsbrief.
Op deze manier krijgt u steeds als eerste alle
informatie over nieuwe boeken
en kunt u gebruikmaken van aantrekkelijke
kortingen en andere lezersacties.